ARCHE

Jim Harrison

SCHULD

Roman

Aus dem Englischen
von Christel Dormagen

ARCHE

Für Judy Hottensen und Amy Hundley

Vater wimmerte. Dem Stand der Morgensonne und dem schwimmenden Treibgut entnahm ich, dass uns eine unmerkliche Strömung langsam nach Süden führte. Er kauerte zusammengesackt auf der Rückbank des hölzernen Ruderboots, und ich beugte mich vor und packte ihn am Hemd, damit er nicht über Bord fiel. Seine beiden Hände waren am Handgelenk abgetrennt, und die Stümpfe waren fest mit Isolierband verklebt. Seine einst so welken Arme waren jetzt hässlich verfärbt und angeschwollen. Als sie uns vor Morgengrauen mit beginnender Ebbe in der Flussmündung aussetzten, hatten sie mir nur ein Ruder mitgegeben. Das wurde mir erst bei Tagesanbruch richtig klar, und mir entging keineswegs das Komische daran. Ich war ausgerüstet, um mit der linken Hand im Kreis zu rudern. Der Daumen meiner rechten Hand fehlte, und der Schmerz ließ nach, wenn ich sie hochhielt. Im ersten Morgenlicht hatte ich eine Grüne oder Unechte Karettschildkröte gesehen und meinen Daumen, den mir jemand in die Tasche gesteckt hatte, genommen und dem Tier hingeworfen, doch die Schildkröte hatte meine gute Absicht missverstanden und war erschrocken weggetaucht. Im Laufe des Vormittags wurde das Ufer sichtbar, und ich konnte die Küste südlich von Veracruz erkennen. Die Strömung trug uns in Richtung Alvarado. Mein Vater erwachte aus einer erneuten Ohnmacht. Sein zerschmettertes Gesicht ließ deutliches Sprechen nicht mehr zu, und anstatt zu wimmern, stöhnte er jetzt. Mit den Augen machte er mir seine Bitte klar, und ich stieß ihn sanft über den hinteren Bootsrand. Es sollte einige Zeit dauern, bis er völlig verschwunden war. Ich konzentrierte mich auf die stinkenden Fischschuppen und getrockneten Hautfetzen auf dem Bootsboden und blickte dann hoch, und er trieb noch immer in der Strömung. Und dann sah ich ihn zu meiner Freude endlich versinken. Was für eine sonderbare Art, seinem Vater Lebewohl zu sagen.

TEIL I

DIE SECHZIGER

1

Mein Name ist David Burkett. Ich bin übrigens der vierte David Burkett in einer Reihe, die in den 1860ern begann, als mein Großvater vom englischen Cornwall nach Michigan auswanderte – auf die Upper Peninsula, die den Lake Superior, jenen gewaltigen Süßwasserbinnensee, im Süden begrenzt. Diese Namensweitergabe ist eigentlich unwichtig, sagt aber etwas darüber aus, wie Väter das Leben ihrer Söhne von Anfang an beherrschen wollen. Ich habe alles Erdenkliche getan, um mich von meinem Vater zu lösen, doch meine Lebensumstände sind so chaotisch, dass ich die Geschichte erzählen muss, um sie begreiflich zu machen.

Mein Vater war so absolut grauenhaft, dass er in unserer Gegend zum Gegenstand von Witzen wurde. Doch seit seinem Umzug nach Duluth vor sehr langer Zeit wirkten die Witze schal, überholt im Grunde, und werden inzwischen nur noch von älteren, meist pensionierten Männern aufgewärmt, die im Park am Lake Superior an der Hafenmauer sitzen und die ein und aus fahrenden Schiffe beobachten, die sie nie betreten haben.

Ein Opfer des Bösen mag es verwundern, wie dieses Böse Teil der Folklore wird und seine lebendige Kraft einbüßt. Aber ich war auch nur zeitweilig Opfer, da ich meine Eltern mit achtzehn, mit dem Zorn der Jugend, verließ. Ich muss allerdings gestehen, dass meine Schwester Cynthia mir um einen vollen

Monat zuvorkam, und das schon mit sechzehn. Sie hatte sich vom Sohn unseres Handlangers, ihrem Freund, schwängern lassen, einem Halbblutindianer, halb Finne, halb Chippewa (Anishinabe), der an der Marquette Highschool eine Klasse über ihr und ein Star im Footballteam war. Sich von einem Indianerjungen schwängern zu lassen, war damals, 1966, für ein Mädchen ihrer Herkunft ungefähr so, als käme eine Tochter aus vornehmem Hause in Mississippi bei einer Affäre mit einem Schwarzen in andere Umstände. Wären wir Tiere, dann wäre Cynthia wohl am ehesten ein Bärenmarder, das absolut jähzornigste Tier Nordamerikas, während ich als Teenager eher einem Opossum glich, das gern ein Bär gewesen wäre. Nicht von ungefähr war es ein abartiges, ungesühntes Verbrechen meines Vaters, das uns aus dem Haus trieb, doch bis zu diesem schlimmen Vorfall ist es ein langer Weg.

Ich bin zu ungeduldig, um mit dem Anfang zu beginnen, und außerdem ist kein Gott in Sicht, der wüsste, wann genau alles begann. Ich mag den Spiegel in der Toilette meiner Hütte nicht, wo ich schon vor langer Zeit die einzige Glühbirne herausgeschraubt habe. Aber da die Toilette sich an der Nordwand der Hütte und im tiefen Schatten einer Tannengruppe befindet, sehe ich mich ohnehin nie anders als im Dämmerlicht. Ich habe nichts gegen mich, aber mein vorspringendes Kinn reicht, um mich an meinen Urgroßvater, meinen Großvater und meinen Vater zu erinnern. Es war mehr als eine glückliche Fügung, dass die weicheren Gesichtszüge meiner Mutter die meinen etwas glätteten, sodass die älteren Bewohner der Upper Peninsula sich nicht sofort in stummem Entsetzen abwenden mussten. Bis auf wenige haben alle jüngeren Mitbürger, sagen wir, die unter vierzig, vergessen, wer genau wir waren.

Ich werde mich hier jetzt nicht festfahren. Ich war noch

nicht ganz achtzehn, als ich in einer stürmischen Nacht am Grab eines alten Indianers auf Presque Isle dem Lake Superior verkündete, ich würde mein Leben nicht damit verplempern, über mich selbst nachzugrübeln. Das schien nämlich die Hauptbeschäftigung meiner Schulkameraden zu sein und ebenso aller Erwachsenen, die ich kannte. Die Ausnahmen waren Jesse, der Gehilfe meines Vaters seit dem Zweiten Weltkrieg, Clarence sowie mein Onkel Frederick, der Bruder meiner Mutter, der in einer Hütte unten in Süd-Ohio lebte, dort, wo der Ohio River an Ost-Kentucky grenzt. Fred war in Chicago Pfarrer der Episkopalkirche gewesen, hatte aber das Interesse an seiner Berufung verloren, noch ehe seine Gemeinde wegen seiner Verschrobenheiten die Geduld mit ihm verlor. Er lebte vom Familienvermögen und einer kleinen Rente der Kirche, die ihm aufgrund seiner offensichtlichen geistigen Verwirrtheit gewährt wurde. Als ich sechzehn war, erklärte Fred mir, dass der moderne Mensch, wenn er am Scheideweg stehe, dazu neige, dort stehen zu bleiben. Das ist an sich ein schöner Gedanke, aber wichtiger war, dass Fred mir beibrachte, wie man ein Boot über Seen und Flüsse rudert. Während eines heißen Ohio-Junis baute er mir ein solches Boot in zwei Wochen, hievte es auf seinen Pick-up, vertäute es, und dann fuhren wir nach Norden, bis zum Au-Sable-See in der Nähe von Grand Marais, Michigan, ließen das Boot bei Tagesanbruch zu Wasser und zerschlugen eine Flasche Goebel-Bier über dem Bug. Doch als wir das Boot taufen wollten, geriet Fred durcheinander. Er besaß einen scheußlichen Hund, eine Airedale-Bullterrier-Mischung, den er schlicht »Nein« genannt hatte, deshalb schlug ich »Ja« als Name vor, weil Fred, als wir das Boot an jenem Sommermorgen schließlich auf den See hinausruderten, Neins Zähne mit Gewalt vom Ruder lösen musste und ich dem Ganzen einen positiven Dreh geben wollte.

Fred bändigte den Hund und sagte, der Name »Ja« sei »banal«. Er imitierte gern seine grobschlächtigen armen weißen Nachbarn, aber er war ein gebildeter Mann, und seine Hütte war vollgestopft mit Büchern. Er zertrümmerte eine weitere Goebel-Flasche über dem Dollbord und taufte mein Ruderboot »Boot«. Und in dem Moment flog ein Eistauchermännchen direkt an uns vorbei, verschwand am westlichen Ende des Sees im Dunst und stieß dabei immer wieder seinen nörgelnden Schrei aus, den Fred, nach langem Schweigen, mit dem Lachen eines verrückten Heiligen kurz vor seinem Tod verglich. Fred bezog sich in all seinen Gesprächen stets auf das Christentum, obwohl er es für eine Religion hielt, die nicht »hingehauen« hatte. Nach drei Gläsern Bier konnte er sich in langen, ermüdenden Ausführungen darüber ergehen, dass das Christentum in der Welt mehr Schaden angerichtet als Gutes bewirkt habe. Das war ein heikles Thema, dessen Für und Wider ihn täglich verfolgte. Doch nach ein paar Bieren zu viel und einem Nickerchen nahm er die blasphemischen Behauptungen meist zurück, denn ich dachte damals daran, Pfarrer zu werden, und er wollte mich nicht frustrieren. Was hätte mich besser von meinem Vater, aber auch von der westlichen Ich-Bezogenheit befreien können als eine schlichte Form des Christentums? Selbstverständlich boykottierte mein Vater dieses Vorhaben so entschieden, dass ich wiederum die Familientradition boykottierte und mich anstatt an der Yale University an der Michigan State einschrieb. Da wusste er, dass er mich endgültig verloren hatte, was ihm aber nichts auszumachen schien.

Bloße Fakten erklären in diesem Fall nichts. Ich hatte die Ruder übernommen, und wir bewegten uns dicht am Ufer entlang durch Binsen und Seeroseninseln, während der Hund an Land blieb und hin und wieder knurrte. Es war schon warm um acht

Uhr morgens, aber eine leichte Brise sorgte dafür, dass die Mückenschwärme im Wald blieben. Fred pellte ein hart gekochtes Ei, das er aus der Kühltasche geholt hatte, und würzte es mit Tabasco. Ich hatte gerade eine rührselige theologische Frage gestellt, bei der es um Vergebung und Maria Magdalena ging. Das hatte wohl damit zu tun, dass ich mit sechzehn noch Jungfrau war und mir Maria Magdalena als gefährliche Verführerin vorstellte, die vor jedem, der ihr ein paar Münzen gab, lüstern die Röcke lüftete. Die Geschichte mit dem Boot ereignete sich vor über dreißig Jahren, und ich sehe noch immer die Eierschalen im schattigen Wasser treiben. Fred war von der langen nächtlichen Fahrt nach Norden müde und gereizt.

»Das ist dein Hauptproblem«, sagte er. »Man kann Religion nicht ohne Glauben haben. Du benutzt deine Religion nur als Dekoration, als Schutz gegen deinen Vater. Du bist wie deine Mutter, die nach Chicago fliegt, um sich Kleider für Ostern zu kaufen, irgendetwas in Zartrosa, weil der Herr angeblich auferstanden ist. Und du bist auch kein bisschen besser als dein Dad, der von Marquette nach Duluth fährt, um eine seiner Fünfzehnjährigen zu ficken. Was ich damit sagen will: Du kannst mit deinem Christentum nicht rummachen, als wäre es ein Werkzeugkasten, um deine Maschine am Laufen zu halten. Wie willst du jemals besser werden als dein Dad? Du würdest doch auf der Stelle dein linkes Ei hergeben für eine Stunde mit Maria Magdalena.« Damit bagatellisierte Fred meine frische Bekehrung in der Baptistengemeinde, durch die meine Seele *gerettet* worden war, ein Ereignis, das das episkopale Selbstverständnis meiner Familie – einschließlich Freds – schwer getroffen hatte.

Die Landschaft färbte sich rötlich, und ich ruderte kräftig und landete zwischen Schachtelhalmbüscheln am Ufer. Noch vor Fred verstand der Hund meinen Zorn und bellte laut. Ich sprang aus dem Boot und stürmte in ein Erlendickicht, wo ich sofort strauchelte, weil mein Körper sich schneller bewegen wollte als die Füße. Ich glaube, ich brüllte: »Leck mich«, und noch jetzt kommt mir meine Stimme jungenhaft vor, brüchig von den trockenen Schluchzern. Zwei Wochen vorher, an dem Tag, als ich von Marquette nach Süden trampte, hatte meine Schwester Cynthia in ihrer persönlichen Hofecke neben dem ausrangierten Puppenhaus auf einer Decke gesessen. Ich selbst war in der Werkstatt neben der Garage, wo Clarence, unser Handlanger, sich häufig aufhielt und auf einem alten Ledersofa schlief. Ich stand vor der fettverschmierten Werkbank, darauf bedacht, ihr mit meinem Sonntagsanzug nicht zu nahe zu kommen. Ich war auf dem Weg in die Baptistenkirche, während meine Eltern sich für einen späteren Gottesdienst in der Episkopalkirche zurechtmachten. Ich wollte Clarence fragen, ob er am Nachmittag Forellen angeln ging. Viele Chippewa-Männer sind sehr groß, die Finnen ebenfalls, und Clarence war von beidem die Hälfte. Ich habe ihn einmal einen vierhundert Pfund schweren Holzofen von seinem Studebaker-Pick-up laden und in eben diese Werkstatt tragen sehen.

Eines Sonntagmorgens im Juni, als wir gerade beratschlagten, wo wir am Abend angeln gehen könnten, und uns für den Yellow Dog entschieden hatten, sahen wir durch das schmierige Fenster über der Werkbank, wie mein Vater über den Hof zu Cynthia ging, die Gymnastik in einem Badeanzug machte, den mein innerer Tugendbold für einen Sonntagmorgen als viel zu knapp befand. Er muss etwas absolut Unzumutbares gesagt haben, denn Cynthia schnappte sich einen langen Holzstecken, der ein Rosenspalier stützte, holte damit gegen meinen Vater aus und traf ihn an Brust, an Hüfte und Knie, bevor er sich zur hinteren Veranda zurückziehen konnte, wo Jesse auf der Treppe stand. Vater humpelte, aber Jesse machte keine Anstalten, ihm zu helfen. Ich wollte zur Werkstatttür, aber Clarence packte mich am Arm. Jesse rieb dann das Hosenbein meines Vaters sauber, wo der Stecken es beschmutzt hatte. Ich sah zu Cynthia, die jetzt in einer Illustrierten blätterte, als wäre nichts geschehen. Sie war damals vierzehn, führte ihr eigenes Leben und hielt ihre Schlafzimmertür verschlossen.

Ich ging durch die Hintertür aus der Werkstatt und den Weg zur Straße hinauf, wo Jesse inzwischen neben dem alten Packard auf meine Eltern wartete, die er zur Kirche fahren sollte. Ich erklärte ihm, ich würde nach Ohio fahren, während meine Eltern in der Kirche seien. Entweder würde ich trampen oder den Greyhound nehmen. Immer wenn etwas mit meiner Familie schieflief, floh ich für eine Woche oder länger. Jesses richtiger Name war Jesus Tomás Sandoval, doch in der Gegend von Marquette duldete man nicht, dass Söhne nach mexikanischer Sitte Jesus getauft wurden, weshalb ihn alle Jesse nannten. Nur mein Vater nicht, der Sandy zu ihm sagte, ein privater Witz, der mir nie erklärt worden ist. Die beiden hatten sich vor dem Zweiten Weltkrieg bei der Grundausbildung in der Nähe von Houston kennengelernt. Jesse war aus Veracruz dorthin gegangen, als er herausfand, dass man amerikanischer Staatsbürger wurde, wenn man für die Vereinigten Staaten in den Krieg zog. Ich glaube, sie kämpften zusammen unter MacArthur auf Corregidor und den Philippinen, und mein Vater hatte Jesses Leben ziemlich buchstäblich gekauft, woraufhin der sein treuer Diener, »Sekretär«, Buchhalter, Reiseorganisator und was noch alles wurde. Jesse war nicht unterwürfig, nur sehr tüchtig. Im Gegensatz zu meinem Vater. Wer ihn zum Beispiel in der Bank oder auf dem Flughafen sah, war überzeugt, dass dieser Mann wusste, was er tat, denn er war stets gepflegt und gut gekleidet und sah auf die Uhr, als käme es auf jede Minute an. Aber im Grunde war dies nur eine Hülle, auf die die Kultur nach und nach alle Erkennungsmerkmale des wohlanständigen Bürgers und Wichtigtuers gemalt hatte, des männlichen Alphatiers. Dabei war sein Inneres nur ein labiles Fragezeichen, ein lebendiges Grab, durchtränkt von Alkohol und derart widerlichen Begierden, dass es kaum jemanden gab, der nicht am liebsten vor ihm davongelaufen wäre.

Ich erzählte Jesse von meinem Vorhaben, weil ich nicht wollte, dass meine Mutter eine Suchaktion startete oder dass sie sich in der Sitzecke in der Küche in ihre Erbauungsbücher vergrub, und die Spanne reichte von Theosophie bis zu komplexen Analysen doppelbödiger Familiensprache.

Jesse war meinem Vater treu ergeben, und ich kann mich an kein einziges Wort der Kritik gegenüber Dritten erinnern. Einmal allerdings, ich war gerade im Keller, hörte ich durch den Lüftungsschacht, wie Jesse mit meinem Vater sprach, und damals versuchte er scharf und energisch mit ihm zu argumentieren.

Eigentlich wollte ich dann losmarschieren, aber Jesse wies mich darauf hin, dass ich noch in meinem Sonntagsanzug steckte. Ich war tatsächlich etwas durcheinander. Dass deine eigene Schwester mit dem Knüppel auf deinen Vater eindrischt, kommt nicht alle Tage vor. Ich dankte ihm und verabschiedete mich mit Handschlag, für den Fall, dass er schon in den Ferien war, wenn ich zurückkommen würde. Solange ich denken konnte, fuhr Jesse jedes Jahr im Juli sowie im Dezember nach Veracruz, wo er eine Frau und eine Tochter hatte. Das war nicht so sehr Urlaub als vielmehr der Tribut, den er für seinen langen Aufenthalt im Ausland zahlte. Jesse hatte Verwandte, die Kaffee anbauten, oben bei Jalapa, nördlich der Stadt Veracruz, aber noch im gleichnamigen Bundesstaat. Mein Vater beklagte sich nicht nur jedes Mal über Jesses Abwesenheit, er heulte förmlich, weil er ohne ihn wie verloren war. Außerdem mochte er Clarence als Fahrer nicht, da der ihm zu langsam fuhr. Mein Vater hatte sich eine Menge Anzeigen wegen Trunkenheit am Steuer eingehandelt, und nachdem er das Dutzend voll hatte, war er seinen Führerschein los, und weder der Familienname noch sein politischer Einfluss brachten ihn zurück. Sein Gejammer war eigentlich ganz überflüssig, da meine Eltern den größten Teil des Sommers in einem Club des Geldadels achtzig Kilometer nördlich von Marquette verbrachten und der Dezember sie in Florida sah. Es ist komisch, aber ich habe es nie fertiggebracht, von meinem Vater anders als von »Vater« zu sprechen, während meine Kindheitsfreunde ihre »Dads« hatten, von denen viele ziemlich nett waren. Es war Fred, der mich daran erinnerte, dass ich mit Clarence und Jesse zwei Dads besaß, die besser waren als die der meisten. Der biologische Aspekt von Elternschaft bedeutete ihm nichts, obwohl doch seine Schwester die eine Hälfte der Gleichung war.

Zurück zum See, den ich nicht finden konnte, obwohl ich einigermaßen gut im Wald bin. Besonders damals mit sechzehn, als ich sehr genau wusste, wohin ich wollte. Doch an jenem Morgen hatte ich mich die meiste Zeit in aufgewühltem Zustand durchs Unterholz geschlagen. Denn Fred hatte behauptet, ich sei trotz meiner religiösen Überzeugung, die ich für sehr ernsthaft hielt, nicht besser als mein Vater, den ich hasste und der Hass verdiente, und auch nicht besser als meine übergeschnappte Mutter, die mir seit einiger Zeit ebenfalls verdächtig geworden war. Cynthia und Vater führten regelmäßig diese angespannten, ätzenden Gespräche, während meine Mutter vier oder fünf Tage im Monat in Chicago war, um einen körperlichen Zustand, den sie »Phantomschmerz« nannte, behandeln zu lassen. Mein Vater und ich glaubten an dieses Gebrechen, wahrscheinlich, weil es uns auf unsere eigenen mentalen Mängel hinwies. Cynthia hingegen hatte mir erzählt, dass der behandelnde Arzt Mutters Freund gewesen sei, als sie am Stephens College und er ein armer Junge an der University of Missouri war. Das mochte ich nicht glauben, fragte Cynthia aber auch nicht, wieso sie da so sicher sein konnte. Sie meinte nur, wenn man mit Dad (sie nannte ihn so) verheiratet sei, müsse man einfach Trost woanders suchen. Ein junger Mann kann die Untreue eines Vaters akzeptieren, doch die einer Mutter gehört eindeutig in eine höhere Kategorie von Schmerz. Cynthia ergänzte, sie wolle damit nicht unbedingt sagen, die beiden schliefen miteinander. Sie sagte, meine verklemmte Jungmännerfantasie deute jede Mann-Frau-Beziehung sexuell. An jenem Sonntagmorgen ging ich also zurück ins Haus, um meinen Anzug auszuziehen, nickte meinen Eltern zu, die auf dem Weg zur Kirche die Treppe herunterkamen, wobei mein Vater nach der Attacke seiner Tochter immer noch hinkte, packte eine kleine Tasche und ging dann in den Hof, um Cynthia Auf Wiedersehen zu sagen, die Besuch von ihrer Freundin Laurie hatte. Ich konnte einfach nicht begreifen, wie sie Vater hatte schlagen können, es verwirrte und beschämte mich zutiefst. Die Mädchen sangen Beatles-Songs und lachten über mich, wenn ich rot wurde – was jedes Mal der Fall war, wenn Laurie ihren Badeanzug trug, einen fleischfarbenen Zweiteiler, nur unwesentlich dezenter als ein Bikini. Ich blickte weg zu den Fliederbüschen, und Cynthia sagte: »Mach dir keine Gedanken. Du hast nichts getan. Dad sollte in einen Zoo gesperrt werden.« So viel zu einem vierzehnjährigen Mädchen, das sich redlich bemühte, ihrem Bruder etwas von ihrer Abgebrühtheit zu vermitteln. Viel später, als ich Theologiestudent höheren Semesters in Chicago war und ein Seminar über östliche Religionen belegt hatte, las ich einen japanischen Philosophen aus dem zwölften Jahrhundert, der schrieb: »Keine Verwandlung der Wirklichkeit um des eigenen Selbst willen«. Cynthia und Jesse waren Wirklichkeitsexperten, während Mutter, Vater und ich qualvoll im Reich der Selbsttäuschungen herumspekulierten, und Fred war ein Seiltänzer zwischen beiden Welten.

Gegen Mittag hatte ich eine steile Anhöhe erklommen, von wo sich mir endlich ein klareres Bild meiner Position bot. Ich war schon unten in der Ebene auf mehrere Bäume geklettert, aber nie hoch genug gekommen, um etwas anderes zu sehen als noch mehr Bäume. Und ich hatte, bevor ich mich verirrte, nicht genau genug auf den Sonnenstand geachtet, was mir geholfen hätte. Jetzt aber konnte ich kilometerweit nach Norden sehen, bis zu den beige gezackten Umrissen der Dünen, die an den Lake Superior grenzen, viel zu viele herzlose Kilometer entfernt. Mein Insektenschutzmittel lag beim Gepäck im Ruderboot, und mein Gesicht war so zerstochen von Mücken, Gnitzen und Bremsen, dass ich nur blinzelnd sehen konnte. Mein Mund war staubtrocken, und mir knurrte der Magen vor Hunger. Ich hatte Gesicht und Arme mit Schlamm eingerieben, was gegen die Insektenpein half. Allerdings hatten sich die Gnitzen meine Hosenbeine hinaufgearbeitet. Das mit der Schlammpackung hatte mir Clarence gezeigt, als wir einmal abends im Yellow Dog geangelt und unser Insektenmittel vergessen hatten. Wir machten ein qualmendes Feuer und brieten ein paar Forellen. Clarence packte immer Brot, Salz, eine gusseiserne Pfanne und ein kleines Schraubglas mit ausgelassenem Speck ein. Ich würde nicht behaupten, dass Clarence in irgendeinem herkömmlichen Sinne klug war. Eine Zeit lang war er auf der Upper Peninsula als Kneipenschläger bekannt gewesen, und eines Tages nahm seine Frau die zwei Kinder und ging zurück ins Haus ihrer Eltern in der Nähe von Ontonagon. Clarence beschloss, sich umzubringen, und sprang mit einem Betonklotz, den er sich ans Bein gebunden hatte, vom Pier. Auf dem Grund des Sees, als er keine Luft mehr bekam, dämmerte ihm aber, dass es vielleicht besser war, einfach mit dem Trinken aufzuhören, anstatt sich umzubringen. Mein Vater, der gerne mit seinen widerlichen Kumpanen auf die organisierteren Schlägereien von Clarence wettete, stellte ihn ein, als ich vielleicht fünf Jahre alt war, und kurz darauf lernte ich zu angeln. Beim qualmenden Feuer am Yellow Dog hörte ich von Clarence eine Geschichte, die, obwohl Clarence nicht religiös war, für mich eine direkte Beziehung zur Religion hatte. Während des Koreakriegs, im kalten Januar, froren einigen seiner Freunde die Zehen ab, und auch Clarence war besorgt. Nachdem er einem weinenden Soldatenfreund eines Morgens die Stiefel ausgezogen hatte und dabei ein paar Zehen herausfielen, erschoss er ein »Schlitzauge«, das aus einer Hütte gerannt kam. Clarence zog seine eigenen Stiefel aus, schnitt dem toten Mann den Bauch auf und steckte seine Füße so lange in dessen Eingeweide, bis sie keine Wärme mehr abgaben. Trotzdem verlor er den kleinen Zeh seines linken Fußes, den er sorgfältig in seiner Medizintasche aufbewahrte. Das Problem war, dass die Chippewa den Toten Respekt zu erweisen haben, weshalb Clarence noch Jahre später die Art und Weise, wie er seine Zehen gerettet hatte, zu schaffen machte. Besonders schlimm wurde es, wenn er Wild geschossen und ausgeweidet hatte. Da er zur Hälfte Finne war, vertrat er die Meinung, es sei der Finne in ihm, der ihn gezwungen habe, seine Zehen derart zu retten. Ich saß zehn Minuten stumm am Feuer, bis mir dämmerte, dass ein Urteil von mir erwartet wurde. Das war anstrengend, aber ich erklärte schließlich, ich hätte gehört, dass man ohne Zehen schlecht gehen könne, und vielleicht wüssten Clarence' Götter ja, dass er in Zukunft noch weit zu gehen hätte. Nach jener Nacht, in der er im kalten schwarzen Wasser mit dem Knoten am Betonklotz gekämpft hatte und fast ertrunken wäre, ging Clarence oft für stundenlange Wanderungen in die Wälder, wenn er das Gefühl hatte, jetzt müsse er unbedingt etwas trinken. Später wollte ich in einem theologischen Seminar Clarence' religiöse Fragestellung erörtern, aber meine Kommilitonen fanden sie abstoßend.

Nachdem ich mich eine halbe Stunde auf dem Hügel ausgeruht hatte, tauchte Freds knurrender Köter Nein auf und bellte mich an. Um den Hals hatte Fred ihm seine Feldflasche gebunden. Nach einigem Kampf brachte ich sie in meinen Besitz, und bei dem Gedanken, dass der Hund etwas vom Charakter meiner Schwester hatte, musste ich lachen. Erst nachdem ich das Wasser getrunken hatte, begriff ich, was Fred mit dem Scheitern der Religion gemeint haben könnte. Er wusste, dass ich auch deshalb in die Baptistenkirche ging, um meine Eltern zu ärgern. Er wusste allerdings nicht, dass ich das Neue Testament ein Dutzend Mal gelesen hatte, weil ich nicht dazu erzogen worden war. Fred interessierte sich eher für die sozioökonomischen Langzeitaspekte des Christentums und hatte wenig Vertrauen in so grundlegende Dinge wie die Auferstehung, an die wiederum ich irrationalerweise glaubte, weil mir der Glaube an die Rationalität abhandengekommen war.

Während ich dem Hund zurück zum See folgte, war ich die ganze Zeit guter Dinge, sogar die Blasen an meinen Füßen waren zum Lachen. Wenn ich langsamer wurde, bellte der grässliche

Hund und wartete auf mich, machte halt, wo ich am Morgen gepinkelt hatte, und warf mir einen wissenden Blick zu. Vielleicht bin ich ja nur ein Tier in Menschenkleidern, dachte ich. Erst vor einem Monat hatte Cynthia ihre Freundin Laurie, die bei uns übernachtete, so lange bearbeitet, bis sie meine Schlafzimmertür öffnete und mir ihren nackten Hintern zeigte. Ich wusste, dass sie Bier getrunken und was geraucht hatten. Es waren die Sechziger, und Marihuana war bis in den hintersten Winkel von Amerika vorgedrungen. Ich saß gerade an meinem Schreibtisch und las C. S. Lewis, als die Tür aufging, und da war Lauries vorgereckter nackter Arsch. Dann war sie weg. Mir schwanden tatsächlich, wie einer viktorianischen Dame, die Sinne. Als ich mein langes Abendgebet sprach, gelang es mir nicht, das Bild von Lauries Hintern loszuwerden. Ich hielt ihn in erster Linie für teuflisch, doch als ich Fred, während wir das Ruderboot in Ohio bauten, davon erzählte, meinte er lachend, ein prächtiger Hintern sei wunderschön und alles andere als teuflisch. Zu der Zeit hatte ich schon Ärger mit einem Baptistenpfarrer, dem zu meiner Überraschung C. S. Lewis missfiel und sogar Mozart, der mir doch aus meiner Depression herausgeholfen hatte.

Es dauerte Jahre, bis mir das Komische unseres Ausflugs in seinem ganzen Ausmaß aufging. Gegen fünf Uhr nachmittags erreichten der Hund und ich die Stelle am Ufer, wo ich aus dem Boot gesprungen war. Ich war geknickt, denn Fred war nicht mehr da, aber dann hörte ich ihn vom Anlegeplatz herüber rufen, wo wir das Boot zu Wasser gelassen hatten, kaum einen Kilometer seeaufwärts. Ich winkte, der Hund raste los, dann stakste ich ins Wasser und wusch mir den getrockneten Schlamm vom Körper, ehe ich bemerkte, dass Fred mir das Boot dagelassen hatte.

Am Lagerplatz witzelte Fred, ein Achtstundenmarsch sei

gut für meine Gesundheit. Er servierte mir drei Hotdogs und eine Dose aufgewärmte Bohnen und badete dann meine blasenübersäten Füße in Wasserstoffperoxyd. Ungeachtet meines Schwurs, nie wie mein Vater zu werden, trank ich eine Flasche Bier. Ich schlief ein und erwachte um Mitternacht weinend nach einem schlechten Traum. Fred schürte das Lagerfeuer und kochte Kaffee. Ich schämte mich wegen meiner Tränen und humpelte hinunter zum Steg und sah, wie das Mondlicht im ruhigen Wasser glitzerte. In meinem Traum war Laurie dünn und kahl, hatte rot geränderte Augen und war offensichtlich schrecklich krank (als ich sie zehn Jahre später im Krankenhaus von Marquette besuchte, wo sie an Brustkrebs starb, sah sie ähnlich aus, und mir fiel der Traum wieder ein). Ich versuchte mich zu fassen, was mir nur für wenige Minuten gelang, und wollte zurück zum Feuer. Als ich mich umdrehte, sah ich, dass der Hund, der mir gefolgt war, immer noch am Steg stand und augenscheinlich den Mond anstarrte. Das reinste Sinnbild für das Verhältnis des Menschen zu Gott, jedenfalls dachte ich das damals. Ich erwähnte es Fred gegenüber, der sagte: »Das ist ziemlich gut.« Ich fragte ihn auch, ob er mich für einen Tugendbold halte, und er antwortete »So ziemlich«, woraufhin es mit meiner Fassung wieder vorbei war. »Tugendbold« hatte Cynthia mich genannt, als ich sie zur Rede stellte, weil sie Laurie zu diesem hinterhältigen Auftritt angestachelt hatte. Das Wort Tugendbold kam auf der Upper Peninsula nicht vor, aber damals las Cynthia eine Menge, vor allem lange englische Romane des neunzehnten Jahrhunderts von George Eliot, Jane Austen und den Brontës, die ich uninteressant fand. Cynthia hatte gesagt: »Ich bin es leid, einen Tugendbold als Bruder zu haben. Alles, was du kannst, ist lesen, Trübsal blasen und die Welt verachten.« Als ich herausfand, dass Cynthia im Alter von vierzehn keine Jungfrau mehr war, war das regelrecht schmerzlich für mich. Laurie war es übrigens ebenfalls nicht mehr. Die beiden hatten sich dafür zwei Jungen ausgesucht, einer war der Sohn von Clarence: Donald, intelligent und ein durchtrainierter Sportler, der sich öffentlich cool gab, aber privat – wir waren zusammen aufgewachsen – ein wunderbarer Kamerad war.

Wir saßen am Feuer, und Fred verlängerte seinen Kaffee mit Whiskey, und ich versuchte ihm zu folgen, während er über den Verrat von Regierungen, die Winkelzüge der Katholiken und die Vernageltheit der Protestanten schimpfte, aber es gelang mir nicht. Ich grübelte darüber, wie ich den Tugendbold und den ich-bezogenen Grübler loswerden und endlich ins wirkliche Leben finden könnte, von dessen Dimensionen und Eigenarten ich keine Ahnung hatte. Ich musste an ein Zitat aus der albtraumhaften Offenbarung des Johannes denken, mit der das Neue Testament schließt und worin es heißt: »Ach, dass du kalt oder warm wärest! Weil du aber lau bist und weder kalt noch warm, werde ich dich ausspeien aus meinem Munde.« Ein Tugendbold war eindeutig lau.

Mehr als dreißig Jahre später werde ich, während ich mir all dies wieder ins Gedächtnis rufe, erneut zu einem unbedarften, hormongesteuerten Tugendbold, der Angst hat vor der Nacht, vor Freds Hund, vor dem glitzernden Mond auf dem Wasser, vor der Macht von Lauries Hintern in der Tür, der Verrücktheit von Mädchen, der Offenbarung des Johannes, einem betrunkenen und perversen Vater, einer Mutter, die sich so dicht in Nebel hüllte, dass sie zum Gespenst wurde. Und ich denke daran, wie ich manchmal auf dem Holzfußboden kniend die Klarheit der Schmerzen erflehte. Nach so vielen Jahren scheinen sich meine Ängste ziemlich erschöpft zu haben, doch ich kann sie wiederbeleben.

»Wo bist du?«, fragte Fred und holte mich aus meinen Träumen. »Es gibt einen sicheren Weg, kein Tugendbold mehr zu sein. Finde einfach heraus, was mit deiner Familie nicht stimmt, und vermeide es, dasselbe zu tun. Das bedeutet nicht, nichts zu tun. Es bedeutet nicht, mit dem Kopf im Arsch herumzulaufen.«

Mir stand sofort das Bild vor Augen, wie jemand versucht, seinen Kopf aus dem eigenen Hintern zu ziehen. Fred war ziemlich betrunken, doch das hinderte mich nicht, ihn ernst zu nehmen. Es war die erste wirklich wichtige Nacht meines Lebens. Trotz meiner schmerzenden Knochen und der Blasen an den Füßen spürte ich die Ahnung einer möglichen Kraft, sah – beflügelt durch das Feuer, den Hund, meinen Begleiter Fred, die Nacht, den hellen Mond und die Sterne und selbst die Eule, die wir hin und wieder hörten – eine Aufgabe vor mir, die Trost versprach, und dazu die Aussicht auf Erfolg oder sogar Sieg. Das klingt jetzt einigermaßen übertrieben, aber so viele Veränderungen in unserem Leben ergeben sich aus Zufällen, glücklichen Umständen, kleinsten Anstößen in die eine oder andere Richtung oder, im weniger glücklichen Fall, durch eine junge Frau, die man auf einer Versammlung kennenlernt, zu der man gar nicht gehen wollte, und die das eigene Leben so infiziert, dass die Narben einen bis ins Alter begleiten.

2

Wir wachten am späten Vormittag auf, denn wir hatten uns erst im Morgengrauen schlafen gelegt, als Fred einnickte, nach hinten kippte und ich ihn mit seinem Schlafsack zudeckte und das Gesicht mit Insektenmittel besprühte.

»Glaub nichts von dem, was ich gestern Nacht gesagt habe«, erklärte er und fragte dann: »Was habe ich zuletzt gesagt?«

»Du hast gesagt, ich könne erst verstehen, was gut ist, wenn ich verstehe, was schlecht ist.« Ich hätte gern einen Spaziergang gemacht, betrachtete aber zweifelnd meine blasenübersäten Füße.

»Kümmere dich nicht drum. Es könnte stimmen, aber es ist gefährlich.«

Ich hatte Gerüchte gehört, wonach Freds damalige Gemeindemitglieder Anstoß an seinem übermäßigen Interesse für die Kultur der Schwarzen genommen hatten, wozu auch die Affäre mit einer farbigen Prostituierten gehörte. Freds Frau hatte damals nach nur drei Jahren Ehe die Flucht ergriffen. Mir gegenüber behauptete Fred, er habe die Nase voll von der Sprache der Weißen und könne »auf einem solchen Diskursniveau nicht mehr kommunizieren«. Ich brauchte Jahre, um das zu verstehen.

Wir stellten unsere komplizierten Gespräche ein und ruderten stattdessen zwei Tage. Ich habe in meinem Leben stets Kraft aus der Zergliederung geschöpft, Subtraktion eher als

Addition. Wir wechselten uns jetzt also beim Rudern mit dem neuen Boot ab. Ich hatte meine Fliegenangel nicht dabei, konnte daher vor Fred nicht mit meiner Wurftechnik protzen, und auch vor mir selbst nicht, denn nur allzu schnell pflegte es ein eitles Gebaren zu werden (Clarence spottete immer, wenn ich weit ausholte, wo kurze Würfe angebracht waren, und sagte: »Hör auf, mit deinem Schwanz zu angeln«). Fred besaß eine ziemlich ausgeleierte Spinnrute, aber wir zogen sie lange genug hinter uns her, um ein paar Hechte und Barsche für unsere Mahlzeiten zu fangen. An den zwei Nachmittagen, an denen es zu warm zum Angeln war, wanderten wir zu den mächtigen Grand-Sable-Dünen, da wir herausgefunden hatten, dass die Insekten das sandige Terrain mieden. Das Gehen war mühsam, aber es gab schattige Sandbänke mit blühenden wilden Wicken, Dünenrosen und wilden Erdbeeren, von denen wir kosteten, obwohl sie voller Sand waren. Oben auf der Dünenkuppe konnte man sitzen und hinuntersehen auf die eisige Klarheit des Lake Superior oder den Blick weit übers Wasser schweifen lassen und der Bahn vorüberziehender Erzfrachter folgen. Weil der Vater von Fred und meiner Mutter beruflich mit Erzfrachtern zu tun gehabt hatte, verdarben sie ihm die Stimmung. Er behauptete, er und meine Mutter seien nur ein unerwünschtes Nebenprodukt gewesen im damaligen Leben seiner Eltern in Lake Forest, nördlich von Chicago. Ich versuchte, ihn mit den Frachtern aufzuziehen, und sagte: »Ich dachte, wir müssen diese Dinge offensiv angehen.«

»Das gilt für dich. Ich könnte das nicht.«

Eine leichte Röte, die nicht von der Sonne kam, färbte sein Gesicht, und ich wünschte, ich hätte es nicht gesagt. So aber war die Idylle zerstört, und die Sanddünen und der Lake Superior waren mit dem Stimmungswechsel ebenfalls trüb geworden.

»Meine Schwester ist keine Jungfrau mehr«, sagte ich beiläufig, um das Gespräch großherzig von Freds Kummer auf den meinen zu lenken.

»Das geht nur sie etwas an. Cynthia ist vierzehn, gibt sich aber wie fünfzig. Sie ist die einzige ehrliche Person in der Geschichte eurer Familie.« Für Fred war Klein Cynthia eine Heldin besonderen Formats. Schon sehr früh, vielleicht mit sieben, verfügte Cynthia über eine Redegewandtheit und eine Schärfe im Ausdruck, die allgemeines Befremden auslöste, außer bei ihren Freunden. Zum verfrühten Lesen hatte ein schwuler (das Wort wurde in den Sechzigern noch nicht ausgesprochen) Lehrer von der University of Michigan sie verführt, dessen Entlassung mein Vater dann betrieb, indem er ihm etwas anhängte. Später, als Cynthia zwölf war, löste das wiederum ihren eigenen einigermaßen erbarmungslosen Rachefeldzug gegen Vater aus.

»Es ist doch nur normal, dass ich mir um meine Schwester Sorgen mache. Hast du dir keine Sorgen um meine Mutter gemacht, als sie jung war?«, fragte ich lahm.

»Eigentlich nicht. Bei mir war es umgekehrt. Sie war zwei Jahre älter als ich und ziemlich gemein, was sie unter einer Maske guten Benehmens zu verstecken wusste. Nach Richards Tod wurde sie netter.«

Den jüngeren Bruder meines Vaters, Richard, habe ich nie kennengelernt. Beide Familien meiner Eltern waren Mitglieder des Clubs nördlich der Stadt, einem vornehmen Refugium für den Geldadel des Mittleren Westens. Zu diesem Club gehörten fast dreißigtausend Hektar Land mit Seen und Flüssen am Lake Superior. Viele der Mitglieder kamen aus Chicago und Cleveland und hatten mit Holzhandel oder Bergbau oder der Schifffahrt auf den großen Seen zu tun. Als ich etwa zehn war und das Gerücht hörte, meine Mutter sei zuerst in den jüngeren Bruder meines Vaters verliebt gewesen, wollte ich es nicht glauben. Kinder weigern sich häufig aus Selbstschutz, Unregelmäßigkeiten im Leben ihrer Eltern zur Kenntnis zu nehmen. In diesem Alter sind Eltern noch Götter, auch wenn sie jährlich kleiner werden. Angeblich war Richard ertrunken. Aber alle, die mir das erzählten, schienen nicht recht davon überzeugt.

An unserem dritten Abend – es war der Tag der Sommersonnenwende – schien die warme Luft eine gelbliche Färbung anzunehmen und unterstrich damit die unnatürliche Stille. Fred behauptete, er könne den Temperatursturz mit Augen und Ohren wahrnehmen. Die Sonne war am Tag ihres nördlichsten Stands hinter den Dünen versunken, doch dann wurde es plötzlich noch dunkler. Fred räumte sofort unseren Lagerplatz auf und packte zusammen. Dann hörten wir Donnergrollen und den Wind, der auf Ost drehte, und unser wachsamer Hund trottete hinunter zum Steg, um das aufziehende Unwetter anzuknurren. Wir hatten gerade alles eingeladen und saßen endlich im Pick-up, als die erste steife Böe den Wagen zum Schwanken brachte. Der Hund mochte Gewitter nicht, er machte sich klein und wickelte sich um meine Füße.

Auf einem Hügel im Dorf Grand Marais fanden wir ein schmuddeliges Ferienhäuschen. Es gab eine Kochnische, zwei Schlafzimmer, kaum größer als Schränke, und die obligatorischen Hirschgeweihe. Fred schaute sich voller Sentimentalität um und sagte, die Hütte wecke »romantische Erinnerungen«. In meiner tief sitzenden, aber, wie ich hoffte, bald schwindenden Tugendhaftigkeit bezweifelte ich das, da ein Aroma von Bier, Mäusedreck und Fisch in der Luft hing. Die Wände der Hütte bebten im Sturm und erlaubten die Frage, ob sie wohl hielten. Fred stand ratlos in der Küche, und ich bemerkte, wie er herauszufinden versuchte, welches der beiden Schlafzimmer die Erinnerungen geweckt hatte. Er zuckte die Achseln, als Nein, der Hund, für ihn entschied, indem er sich in einem der Zimmer auf den Kissen ausstreckte und vor sich hin knurrte.

Fred schenkte sich einen Whiskey ein und fragte, ob ich auch einen wolle. Ich schüttelte den Kopf und duschte, um mich auf den unvermeidlichen Gang in die Kneipe vorzubereiten. Fred behauptete, er liebe Kneipen wegen der »direkten Sprache« und der wunderbaren Tatsache, dass die wenigsten Wirte der Episkopalkirche angehörten. Als ich fertig war und Fred duschen ging, probierte ich ein kleines Glas von seinem Whiskey. Meine Mutter hielt ihren Bruder für einen »Problemtrinker«, aber eingehende Studien brachten mich zu der Überzeugung, dass er weniger trank als sie. Als wir das Ruderboot bauten, trank er vor dem Abendessen zwei Bier, und das war's, denn wegen der Hitze waren wir schon bei Tagesanbruch wieder auf den Beinen. Die täglichen zwei Martinis meiner Mutter hingegen tendierten eindeutig in Richtung Übergröße. Die zwei Biere machten Fred friedlich und einigermaßen fröhlich, die beiden Martinis meiner Mutter zeigten überhaupt keine sichtbare Wirkung, außer dass ihr wirrer Geist zur Ruhe kam. Wenn Vater da war, schüttelte er ihre Martinis in einem silbernen Shaker über seiner Schulter, als gelte es, ein Kunstwerk zu erschaffen oder ein Ritual zu vollziehen, ohne das eine zivilisierte Gesellschaft unmöglich überleben kann.

Der Wirt in der Kneipe nannte Fred in alter Vertrautheit »Herr Pfarrer«, doch als Fred mich vorstellte, wurde er ein wenig steif und formell. Immerhin war es erst achtzig Jahre her, dass meine Familie dort mit dem Abholzen der Seidenkiefern mehr als zweihunderttausend Hektar Land verwüstet hatte. Mitte der

Sechzigerjahre stand die Legitimität solchen Tuns noch außer Frage, und die Großartigkeit der Zerstörung wurde in Liedern und Geschichten verklärt. Fred bestellte einen Whiskey, und obwohl ich erst sechzehn war, wurde mir, als könnte sich der Wirt nichts anderes vorstellen, ein Bier vorgesetzt. Ich sah älter als sechzehn aus, war einen Meter achtzig groß und musste mich jeden Morgen rasieren. Doch der Grund für das Bier war mein Name. Im Laufe des Abends sprach er sich in der recht gut besuchten Kneipe herum, und viele Gäste, die meisten mittleren Alters oder darüber, sahen zu unserem Tisch her, wo Fred zwei pummeligen Frauen um die dreißig Getränke spendierte. Eine der beiden aß eine Portion Pommes mit einer Extraportion Bratensoße, einer Spezialität der Upper Peninsula. Ein alter Holzfäller und Trapper, der um die achtzig sein musste und ziemlich betrunken war, blieb an unserem Tisch stehen, um Fred zu begrüßen. Doch dann schaute er mich an und meinte: »Ich habe deinen Großvater und deinen Urgroßvater kennengelernt, die größten Raffzähne und Hurensöhne auf Gottes weiter Erde.« Es wurde still an den Tischen in unserer Nähe, aber ich sagte nur: »Das stimmt wahrscheinlich«, und alle um uns herum nahmen ihre Gespräche wieder auf. Es machte mich verlegen, als junger Kronprinz betrachtet zu werden, und ich wollte gehen, aber Fred hielt unterdessen einen Vortrag über die Sprache und lenkte meine Aufmerksamkeit auf die Art und Weise, wie die Menschen um uns herum über Wetter, Sport und kommerziellen Fischfang, über Alkohol, Mücken und Bremsen, über Liebe und Ehebruch redeten. In der Sprache meines Vaters finde sich hingegen nichts von einem echten Gefühl, behauptete Fred. Und nichts verweise eindeutig auf die Welt, die ihn umgebe. Bei meiner Mutter sei es kaum anders. Beide sprächen gewunden, ironisch und vieldeutig. Unterdessen blickten die zwei Frauen an unserem Tisch ratlos und gelangweilt umher und versuchten auch gar nicht, dies zu verbergen. Dann knipste das Unwetter das Licht aus, und alle klatschten. Der Wirt zündete zwei Laternen an, und in dem schwachen Licht küsste Fred die Frau, die direkt neben ihm saß. Die andere Frau war verschwunden, und ich stand auf und wollte gehen, aber als ich an der Tür war, wurde es wieder hell, und ich nickte zwei Mädchen im College-Alter zu, die Limonade tranken und amüsiert die Erwachsenen betrachteten. »Schon?«, fragte die Hübschere, die ein schmales, knappes T-Shirt trug. Da mir keine Antwort einfiel, zuckte ich die Achseln und trat hinaus in den Regen. Ich wollte mich ins Auto setzen, aber als ich die Wagentür berührte, drehte Nein durch. Er hatte offensichtlich beschlossen, mich nicht wiederzuerkennen. Ich stapfte den guten Kilometer bis zu unserem Häuschen durch Regen und Wind und horchte auf das Rauschen vom Lake Superior und versuchte gar nicht erst, komplizierten Gedanken nachzuhängen.

Mitten in der Nacht klopfte es laut an der Tür, die wegen der Feuchtigkeit eher zugeklemmt als verschlossen war. Es dauerte eine Weile, bis ich reagierte, und Fred musste vor meinem Fenster brüllen. Ich stieß die Tür auf und staunte, dass er das College-Mädchen mit dem knappen T-Shirt dabeihatte. Der Tugendbold in mir befand, dass Fred mit seinen über vierzig Jahren nicht ein so hübsches Mädchen mitbringen durfte. Ich stand wie ein Blödmann in meiner Unterhose da, und sie zwinkerte mir zu und lachte.

Wieder in meinem Zimmer, fürchtete ich, es könnte eine lange Nacht werden, und ich betete sogar, die beiden möchten betrunken genug sein, um gleich einzuschlafen. Doch ich hatte kein Glück. Die dünne Wand zwischen unseren Zimmern verstärkte ihre Liebesgeräusche mehr, als dass sie sie dämpfte. Zum Lesen hatte ich nur das kleine ledergebundene Neue Testament (King-James-Version), das ich seit meiner »Rettung« vor einem Jahr stets in der Tasche trug. Ich blätterte in den Thessalonikern und den Kolossern, aber nichts, was Paulus zu sagen hatte, konnte mit dem lärmenden Sex nebenan mithalten. Da saß es, das keusche Büblein, vernahm die Geräusche einer Welt, von der es nichts wusste, zu der es nicht gehörte und zu der es vorläufig auch nicht gehören wollte, denn die Konsequenzen waren einfach unausdenkbar, wie die Ehe seiner Eltern zeigte. Mein Angelfreund Glenn, Kind armer Eltern, hatte sein winziges Zimmer vollständig mit den Playmates des Monats aus dem *Playboy* tapeziert, und wenn wir dort an seinem Schreibtisch saßen und die unterschiedlichsten Fliegenköder herrichteten, die Muddler Minnows, Adams und Fan Winged Coachman hießen, sah ich heimlich auf die durchgeknallte Wand mit den Titten und Ärschen, spürte, wie ich rot wurde und es mir in den Lenden zog, und machte mich dann doch wieder verzagt an das Befestigen der Forellenköder.

Das war jedoch nichts gegen meine momentane Erfahrung, und ich legte das Neue Testament beiseite, aus Furcht, es könnte ebenfalls das Stöhnen, Wimmern, Schmatzen, den schrillen Sopran »Fick mich härter« und das Hundegebell hören. Ich knipste das Licht aus und konnte an der Wand Lauries Hintern ausmachen, den das Licht der vor der Haustür im Wind schwingenden Straßenlaterne projizierte. Meine Tür ging auf, und Fred schob den Hund mit einem »Tut mir leid« ins Zimmer. Endlich, nach über einer Stunde laut meiner Uhr, hörte ich ihr alkoholisiertes Schnarchen, und wir beide, der Hund und ich, konnten einschlafen.

Ich schlüpfte sehr früh zu einem Spaziergang mit Nein aus dem Haus. Die Luft war kühl, und obwohl der Ostwind sich gelegt hatte, trug der Lake Superior immer noch zerzauste Gischthäubchen. Der Himmel funkelte blau und wie blank geputzt, und der Sonnenaufgang tat meinem müden Herzen weh. Nein führte mich auf einem Weg durch Erlen und Hartriegel hügelabwärts zum Strand. Offensichtlich kannte er die Strecke. Fred fuhr im Sommer immer für ungefähr einen Monat nach Norden, machte unterwegs kurz bei uns halt und fuhr weiter zum Club, um seinem alten Vater und einer unverheirateten Tante einen Pflichtbesuch abzustatten. Die beiden zogen, sobald die Schneeverhältnisse es erlaubten, meist Anfang Mai, in ihr Blockhaus. Nach diesen Besuchen verkroch Fred sich, so schnell er konnte, für jeweils ein, zwei Wochen in Grand Marais, in einer Baracke bei Whitefish Point, am kanadischen Ufer von Soo. Dann fuhr er nordwärts und, über Wawa und Thunder Bay, einmal um den Lake Superior herum bis nach Duluth (er liebte die Stadt) und Houghton, anschließend zurück nach Marquette, um Cynthia und mich zu besuchen. Er machte mit Cynthia eine Wanderung mit Übernachtung in der Nähe des McCormick-Areals in den Huron Mountains, fuhr zurück nach Marquette, um Vater nicht zu begegnen und mit Mutter zu Mittag zu essen, und war schließlich im September, am Tag der Arbeit, wieder in Ohio.

Ich gestehe, ich bewunderte ihn mehr als irgendwen sonst, mehr noch als Jesse und Clarence. Fred war das schwarze Schaf, das so schwarz war, dass tatsächlich niemand mehr darüber sprach. Er war eine feste Größe in meinem Leben, und jeden Sommer fieberte ich seinem Besuch entgegen. Seit ich zehn war, durfte ich zusammen mit Fred und Jesse eine Wanderung von unserem monströsen alten Haus zur Presque Isle machen, wo wir dann picknickten. In den ersten Jahren fielen die beiden immer ins Spanische, wenn sie nicht wollten, dass ich ihre Gespräche verstand, aber als ich vierzehn wurde, durfte ich alles hören. Letzten Sommer, zum Beispiel, war Jesse einmal stehen geblieben, hatte erst mich, dann Fred angeschaut und gesagt, Reichtum sei wie die Brust einer schönen Frau, nur fehle die Frau dazu. Den Rest musste man sich selbst denken. Fred fand, Erbschaftssteuern sollten fünfundneunzig Prozent betragen, während ich ständig an meine noch junge Erfahrung mit den Baptisten denken musste und an den Pfarrer, der gesagt hatte: »Müßige Hände sind das Werkzeug des Teufels« oder so ähnlich, womit offenbar auch mein Vater gemeint war.

Binnen einer Stunde war ich zurück in dem Ferienhäuschen auf dem Hügel, wo Freds Liebste vor der Tür stand und sich das nasse Haar bürstete. »Ist das nicht wunderschön?«, sagte sie und zeigte mit ihrer Haarbürste auf die Landschaft. »Du hättest letzte Nacht dableiben sollen. Meine Freundin war scharf wie eine Schildkröte.« Natürlich stellte ich mir eine echte Schildkröte vor, schaffte es dann aber, an das andere Mädchen zu denken, das neben der Kneipentür gestanden hatte. Mein Magen zog sich zusammen, als mir klar wurde, wie knapp ich am Verlust meiner Unschuld vorbeigeschrammt war. Sie reichte mir die Hand ohne Bürste, und ich konnte einen Hauch von Ivory-Seife riechen, der von ihrem T-Shirt und den schwingenden Brüsten aufstieg. Sie schien noch die dampfende Hitze vom Duschen zu verströmen. »Hat die Katze deine Zunge gestohlen?«, stichelte sie, und ich schüttelte ihr die Hand und brachte immer noch kein Wort heraus. Fred rettete mich, indem er uns zum Frühstück rief.

Sie hieß Robin. Sie und ihre Freundin kamen aus Livonia bei Detroit, hatten gerade ihr Lehrerexamen an der Central Michigan hinter sich und waren für ein »Abenteuer« nach Norden gefahren. Sie umarmte Fred, als sie das sagte, ließ dann den Hund das Eigelb mit einem kleinen Stück Speck vom Löffel lecken und benutzte den Löffel weiter für ihre Frühstücksflocken. Sowohl Fred wie der Hund schienen zu grinsen. Robin schlürfte ihren Kaffee und zog einen zerknitterten Joint aus ihrer Handtasche, steckte ihn an und nahm einen tiefen Zug, und ihre Brüste bebten, als sie hustete. Ich lehnte natürlich ab, aber Fred zuckte die Achseln und nahm ebenfalls einen Zug. »Ich habe Ferien!« Robin kreischte fast. Fred spürte mein Unbehagen und schob die Schlüssel vom Pick-up über den Tisch. »Kannst du mich in ein paar Tagen abholen? Ich ruf dich an.«

3

Ich hatte die Hälfte des Wegs bereits zurückgelegt, ich fuhr gerade durch Munising, als ich endlich mein inneres Gleichgewicht wiederfand, und mir wurde zum ersten Mal klar, dass es mit diesem Gleichgewicht nicht weit her sein konnte, wenn so etwas eine geschlagene Stunde dauerte. Immerhin hatte ich die Welt erfolgreich daran gehindert, zu mir ins Fahrerhaus des Pick-ups einzudringen. Die Papiermühle in Munising hatte gerade Schichtwechsel, und ein Dutzend Autos fuhren für ein Morgenbier bei der Kneipe vor. Zwei schwer beladene Holzlaster parkten vor dem Eingang, und durch meine offenen Fenster drang der intensive Geruch von gerissener Borke und Baumharz, der mich an Robin nach dem Duschen erinnerte. In bekiffter Begeisterung hatte sie mich beim Abschied fest umarmt, und während ich bergan Richtung Au Train fuhr und Munising hinter mir ließ, konstatierte ich, dass seit meiner religiösen Bekehrung ein ganzes Jahr vergangen war und ich seither kein Mädchen mehr umarmt hatte. Zuletzt hatte mich die Freundin meines Kumpels Glenn umarmt, ein großes finnisches Mädchen in unserem Alter, im vergangenen Juni, beim Lagerfeuer am Middle Branch des Escanaba River, nachdem ich eine mindestens drei Pfund schwere Bachforelle gefangen hatte. Für meinen Geschmack war die Finnin zu stämmig, ich muss aber zugeben, dass ihre Umarmung mich erregte. Sie trank zusammen mit Glenn einen Sechserpack, den er seinem Dad geklaut hatte, und ich fuhr uns in dem alten Ford meiner Mutter, den sie mir geschenkt hatte, nachdem sie auf einen Buick umgestiegen war, vom Angeln nach Hause. Zwar war es für Fünfzehnjährige mit Probeführerschein verboten, nachts zu fahren, aber meine Eltern waren zu beschäftigt, um das zu merken. Jedenfalls saß ich während der einstündigen Rückfahrt nach Marquette am Steuer, während Glenn und seine Freundin es auf der Rückbank trieben. Ich drehte das Radio laut, um die sehr vernehmlichen Geräusche zu übertönen, die Glenn von sich gab, als er sich einen blasen ließ, ein mir übrigens unbegreiflicher Akt. Das Mädchen hatte mehrmals deutlich verkündet, sie wolle nicht schwanger werden. Als Glenn kam, stieß er gegen den Vordersitz, und ich brüllte, er solle aufhören.

Kurz bevor ich in Harvey abbiegen musste, hielt ich an einem einsamen Strand und döste eine Stunde. Ich hatte die Nacht kaum mehr als drei Stunden geschlafen, und beim Anblick von Marquette, das fast zwanzig Kilometer weiter westlich am Ufer lag, wurde mir schwindelig. Mit meinem Fernglas, das auf dem Sitz lag, hätte ich unser Haus zwischen den Bäumen der Ridge Street oberhalb vom Hafen erkennen können. Eine Woche bevor ich zu Fred nach Ohio gefahren war, hatte ich meinen Baptistenpfarrer gefragt, was Jesus mit seinem Satz »Schaffet, dass ihr selig werdet, mit Furcht und Zittern« gemeint haben könnte. Ich hatte das Gefühl, dass es eher um eine persönliche Sache ging, weniger um eine allgemeine Verhaltensregel. Der Passus klang nach Schweiß und Strafe. Der Pfarrer, der unablässig harte Zitronendrops lutschte, nahm sich einen neuen und sagte: »Wir beten gemeinsam, aber wir sterben allein, weshalb wir sehr hart arbeiten müssen, um mit unserem Glauben auf dem richtigen Weg zu bleiben.« Ich fand die Auslegung lahm, allerdings war der Pfarrer auch gerade heftig mit den Problemen seines rebellischen ältesten Sohnes beschäftigt, den wir durch das Fenster im Arbeitszimmer des Pfarrhauses eine skandalöse Zigarette rauchen sehen konnten, während er seinen Wagen wusch. Er war groß, etwas korpulent und handelte heimlich mit Kondomen und Bier, alles in allem eine schlechte Reklame für die Religion seines Vaters, aber in den volkstümlichen Erzählungen der nördlichen Gebiete stellten die Pfarrersöhne schon immer problematische Gestalten dar. Vielen war auch die Frau des Pfarrers suspekt, denn sie war zu attraktiv. Sie kam aus dem Süden (Missouri), und ihre samtweiche Stimme klang für uns wie purer Sex. Sie hatte spitze Brüste, und wenn sie ihr engelhaftes Kinn für ein Solo bei »Fairest Lord Jesus« hob, schwang mein Körper auf den tiefsten Tönen der Kirchenorgel mit. Als ich bei meiner Taufe zusammen mit einigen anderen in ein großes Metallbecken steigen musste, half sie, im Wasser stehend, ihrem Mann, und ihr nasses weißes Kleid war sinnverwirrend. Als Kind war ich in die St. Paul-Episkopalkirche gegangen, die nur drei Querstraßen von uns entfernt lag, trotzdem musste Jesse meine Eltern stets chauffieren, da mein Vater großen Wert auf etwas legte, was er »Familientraditionen« nannte.

Es war merkwürdig, an jenem Vormittag nach Marquette zurückzukommen, denn obwohl ich kaum mehr als zwei Wochen fort gewesen war, wirkte die Stadt verändert, irgendwie attraktiver und interessanter mit all den schmucken alten Häusern am Hang. Es versetzte mir einen Stich, als ich an der Peter-White-Bibliothek vorbeifuhr, da dieser White einen noblen Gegensatz zu meinen eigenen zweifelhaften Vorfahren bildete. Ebenso die ebenfalls recht mildtätigen Longyears, und das galt auch für Mather, der sich für die Bildung von Holzfällern und Bergarbeitern eingesetzt hatte, ein geradezu revolutionäres Konzept im Umfeld der Räuberbarone des neunzehnten Jahrhunderts.

Ich nahm die hintere Zufahrt, da ich wusste, meine Mutter würde den Anblick des schäbigen Pick-ups ihres Bruders vor dem Haus nicht ertragen, hielt neben einer Gruppe blühender Fliederbüsche und sann über meine veränderte Stimmung nach. Wortlos beichtete ich Gott und Jesus, dass ich die verbotenen Biere genossen hatte, dass ich die Hoffnung hegte, bald mit einem Mädchen wie Robin zu schlafen, dass ich keine Lust mehr hatte, in die Baptistenkirche zu gehen, dass ich am liebsten leise nach oben in mein Zimmer schlüpfen und meine Mozartplatten und die von Sonny Terry, Brownie MacGee und Joe Turner, die Fred mir geschenkt hatte, hören würde, dass ich meine Eltern nicht sehen wollte und dass ich mich, falls Laurie mir jemals wieder ihren Hintern hinstreckte, auf sie stürzen würde wie der Wolf auf das Rehkitz. Kurzum, meine geistige Wetterlage hatte sich ebenso radikal und plötzlich verändert wie jüngst der Himmel über dem See bei Grand Marais. In Zukunft würde ich mich entschlossen der Erforschung der Frage widmen, was mit meiner Familie schiefgelaufen war und ob überhaupt jemals irgendetwas mit ihr normal und in Ordnung gewesen war. Beginnen würde ich meine Untersuchung mit den Porträts jener großäugigen Menschen mit vorspringendem Kinn, die im Arbeitszimmer meines Vaters hingen.

Während ich so dasaß und in das dichte Fliedergebüsch starrte, kam mir dieser Anfall jugendlicher Selbstüberschätzung nicht die Spur komisch vor. Jahre später erklärte ich es mir damit, dass ein Sechzehnjähriger noch ungeformt ist und sein Weg noch nicht feststeht. Er bewegt sich noch nicht auf starren Gleisen wie später die Erwachsenen. Mit sechzehn kann man noch nach links oder rechts abspringen, rückwärtsgehen oder einfach abheben. Alles hat noch die Schlichtheit und Reinheit der Gefühle, wie ich sie mit zwölf erlebte, als ich Clarence half, für eine reiche alte Dame aus unserer Nachbarschaft hinten in ihrem Garten eine Müllgrube auszuheben. Als wir fertig waren, gab sie uns Limonade und außerdem Clarence fünf und mir einen Dollar. Wir waren hungrig und liefen den Hang hinunter und gingen in einen Imbiss für Arbeiter, den ich eigentlich nicht betreten durfte, denn meine Mutter wollte nicht, dass ich mit dem finnischen Akzent der Upper Peninsula in Berührung kam. Mein Dollar reichte für einen leckeren Hamburger und einen Teller Kartoffelsuppe. Dieser Zusammenhang von Arbeit und Essen, wenn man sehr hungrig ist, hinterließ einen bleibenden Eindruck im Kopf des verwöhnten Jugendlichen. Es war einfach herrlich. Zu Hause hätte meine Mutter mir wahrscheinlich eine Campbell-Tomatensuppe und ein Sandwich mit Sprühkäse serviert. Ich machte es wie Clarence und tat mir heißen Senf auf meinen Hamburger und eine kräftige Ladung schwarzen Pfeffer in die Kartoffelsuppe. Als ich danach den steilen Hang wieder hinaufstieg, kam ich mir zum ersten Mal männlich vor. Doch kaum betrat ich unser Haus, zischte meine Mutter: »Du bist dreckig«, und ich war wieder der schwache Junge.

Ich war enttäuscht, als Clarence aus seiner Werkstatt und Jesse aus seiner darüberliegenden Wohnung kam und keiner der beiden sich über mein neues Ruderboot zu freuen schien. Clarence hatte rot geränderte Augen, und Jesse blickte finster. Mir klopfte das Herz, weil ich fürchtete, es sei wer gestorben. Doch es handelte sich nur um eine jener Familienkrisen, die mein Vater nach einigen Martinis einen »Scheißmonsun« zu nennen pflegte. Mutter war zu einer ihrer Bridgepartien aufgebrochen, die gewöhnlich den ganzen Tag dauerten, fühlte dann aber eine Erkältung nahen, kehrte frühzeitig nach Hause zurück und stellte fest, dass Cynthia und der Sohn von Clarence, Donald, auf dem Wohnzimmerteppich bumsten. Mutter war ohnmächtig geworden, und Cynthia hatte nicht einmal den Arzt gerufen. Vater, Mutter und Cynthia warteten auf mich, um mit der Familienkonferenz zu beginnen. Vater hatte sogar die Bundespolizei in Grand Marais nach mir suchen lassen. Meine Mutter bestand darauf, dass Clarence gefeuert wurde. Jesse erklärte mir die ganze Geschichte, während Clarence mich flehentlich ansah. Er arbeitete ebenfalls bereits seit dem Ende des Zweiten Weltkriegs für die Familie. Sein flehender Blick schnitt mir ins Herz, und anstatt betreten zu schleichen, stürmte ich ins Haus. Cynthia war in der Küche und machte Limonade für unsere Sitzung. Sie verdrehte die Augen, grinste und streckte ihre Daumen in die Luft. Ihr Lächeln schien mir unangemessen, aber ich entsann mich sofort, dass sie eine Meisterin im Handhaben schwieriger Situationen war. Sie flüsterte: »Wenn sie Clarence feuern, gehen wir beide.« Ich nickte zustimmend.

Mein Vater saß am Kopfende der Esszimmertafel und hatte das Kinn in die Hände gestützt, die Ellbogen fest aufgesetzt, die Augen halb geschlossen, als wäre er mit seinen Gedanken in unerreichbarer Ferne. Unter uns nannten wir Geschwister das seine »Weise-alte-Eulen«-Haltung. Er nahm sie stets bei den seltenen Familienkonferenzen ein, wohl auf Anregung eines Therapeuten aus Chicago, weil er, wie uns schwante, vor allem das Dramatische daran liebte. Meine Mutter saß neben ihm, nestelte an mehreren Taschentüchern und versuchte, den Kopf leicht geneigt, wie eine Frau auszusehen, die in einem vom Krieg verwüsteten Land ihre Kinder sucht.

»Ich wurde für diese Geschichte aus einer wichtigen Vorstandssitzung der Bank geholt«, begann mein Vater wenig überzeugend, und wir gingen ihm nicht auf den Leim.

»Wenn du Clarence feuerst, werden wir beide gehen«, sagte Cynthia ungerührt.

»Cynthia!«, sagte Mutter mit einem dünnen Schluchzer und einem Hauch von Judy Garland, was uns anzeigte, dass der Arzt sie inzwischen ruhiggestellt hatte. Beide, sie und mein Vater, blickten Cynthia in großer Ratlosigkeit an.

»Clarence ist ebenso wenig für das Verhalten seines Sohnes verantwortlich wie ihr für Cynthias«, stellte ich sachlich fest.

Cynthia funkelte mich mit vorgetäuschtem Hass an und stolzierte aus dem Zimmer. Ich stand auf, stellte mich zwischen meine Eltern und umarmte beide, voller Mitgefühl wegen der ungeratenen Tochter, mit der sie geschlagen waren. Beide sanken an meine Seite, und in einem leichten Radiobariton fragte mein Vater tatsächlich: »Oh Gott, was haben wir bloß falsch gemacht?« Ich stand da, im stolzen Gefühl, die Rettung von Clarence' Job sei jeden Kompromiss wert. Cynthia kam mit der Limonade auf einem Tablett zurück, und als mein Vater sagte: »Du wirst diesen jungen Mann nicht wiedersehen«, brach sie in ein helles, glucksendes Lachen aus.

4

Es sollte noch zwei Jahre dauern, bis meiner Familie die endgültige Auflösung gelang. Unglücklicherweise verloren meine Eltern nach meinem starken Auftritt bei der Familiensitzung ihr Interesse an Cynthia und konzentrierten sich auf mein Potenzial als blonder Liebling, was Cynthia ziemlich lustig fand.

Mein Einsatz hatte sich gelohnt. Ich ging schnurstracks in die Werkstatt und erklärte Clarence, es gebe kein Problem. Er sank aufs Sofa, und Jesse lehnte sich gegen die Werkbank, wobei er sich die Ärmel seines stets makellos weißen Hemdes schmutzig machte. In diesem Augenblick sah ich Laurie den Weg entlangkommen, in einem neuen, extrem knappen Bikini winkte sie uns durchs Fenster zu, und Jesse sagte erleichtert »Caramba«. Clarence ignorierte Laurie, schüttelte mir die Hand und sagte: »Danke. Ich weiß, dass du es warst.« Mir glühten die Ohren vor Verlegenheit, und dann gingen wir endlich nach draußen, um das Ruderboot anzuschauen und zu bewundern. Da Jesse aus der Küstenstadt Veracruz kam und sich mit Schiffen auskannte, war er etwas kritisch, meinte aber, das Boot sei »durchaus verwendungstauglich«, eine Formulierung, die er von meinem Vater hatte, während Clarence das Boot wunderschön fand. Echte alte »Yoopers« (Bürger der Upper Peninsula) wie Clarence achten nicht so auf die Details. Vieles hier im einheimischen Handwerk geht nämlich ein bisschen salopp zu, da das gute Wetter nie lange hält und der Winter oft sieben Monate dauert, häufig mit eiskalten Winden bis weit unter minus zwanzig Grad Celsius, die vom Lake Superior herüberblasen. Und pro Jahr fallen insgesamt mehr als sechs Meter Schnee, was für eine Stadt auf Meereshöhe ziemlich viel ist. Einige große Gebäude konnten auch nur mithilfe ausländischer Arbeiter errichtet werden. Man hatte mir erzählt, die Handwerker für unser Haus seien von meinem Urgroßvater eigens aus Sussex in England geholt worden. Und eine Longyear soll ihr Haus so geliebt haben, dass sie es bei ihrem Umzug für viel Geld Stein für Stein von Marquette nach Brookline, Massachusetts, transportieren ließ.

Es wurde nach Jesse geklingelt, und eine halbe Stunde später, als Clarence und ich noch über die Position der Ruderdollen fachsimpelten, kam mein Vater heraus, um sich zu verabschieden. Mutter und er hatten beschlossen, schon eine Woche früher zum Club aufzubrechen, vermutlich, um Cynthia aus dem Weg zu gehen, aber er behauptete, Jesse wolle dieses Jahr früher in die Sommerferien fahren. Ich fand Vaters Hang, auch dann zu schwindeln, wenn nichts auf dem Spiel stand, schon immer interessant. Er sah flüchtig hinüber zu Cynthia und Laurie in der Hofecke und zuckte die Achseln. Ich ging pflichtbewusst nach drinnen, um mich von meiner Mutter zu verabschieden, doch in ihrem sedierten Nebel nahm sie mich kaum wahr. Sie lief konfus umher und gab der alten Mrs Plunkett ausführliche Anweisungen, wie sie für uns und das Haus zu sorgen habe, wies zum Beispiel auf ein leeres Fensterbrett und sagte: »Gießen Sie die Blumen.« Mrs Plunkett war die unverheiratete Tante einer der Bridge-Partnerinnen meiner Mutter und stammte ursprünglich aus Iron Mountain, wo viele Italiener leben. Wir liebten Mrs Plunkett, weil sie etwas verrückt war und italienisch für uns kochte, was köstlich schmeckte und in einem erstaunlichen Kontrast zu dem labberigen Fraß stand, den meine Mutter zusammenrührte. Mrs Plunkett sah fern, legte Patiencen, süffelte billigen Rotwein, mit dem Clarence sie versorgte, und kochte. Meine Mutter hatte in unserem Haus Pizza, Ketchup und Knoblauch verboten, aber bei Mrs Plunkett war alles erlaubt, bis hin zu Spezialitäten, die mit dem Paketschnelldienst von Iron Mountain geschickt wurden. Einen Tag vor der Rückkehr meiner Eltern wurden jedes Mal sämtliche Türen und Fenster des Hauses aufgerissen, und wir Geschwister halfen Mrs Plunkett, das Haus von oben bis unten mit Raumspray einzunebeln, der den Geruch nach gefährlichen Lebensmitteln und Gewürzen bannen sollte.

Clarence und ich brachten das Ruderboot für einen heimatlichen Stapellauf zum Dead Stream. Zum richtigen Angeln war es noch zu früh am Nachmittag. Hier oben im Norden ist es um elf Uhr noch immer hell, und die letzte Stunde vor der Dunkelheit ist seit jeher die beste für Forellen. Clarence äußerte etwas Verblüffendes über das Rudern, das ich mir eingeprägt habe. Es lief darauf hinaus, dass er das Rudern liebe, weil man sich dabei dem Leben rückwärts nähere. Man könne die Vergangenheit deutlich sehen und werfe nur flüchtige Blicke über die Schulter in die Zukunft, vor allem, um nicht gegen irgendein Hindernis zu stoßen. Was die Zukunft angeht, so sei zu vieles in ihr fremdbestimmt. Man könne sie nicht kontrollieren, könne bestenfalls versuchen, wachsam und bereit zu sein. Das waren nicht seine genauen Worte. Wie viele Halbblutindianer, die ich kannte, sprach Clarence langsam und formte seine Metaphern aus dem, was er gerade sah: aus Vögeln, Wasser, Wetter, Wolkenformationen, Bäumen, dem komischen Benehmen von Menschen. »Genau wie heute«, sagte er. »Mittags wurde ich gefeuert, ins Herz getroffen von meinem Sohn, der sich Flügel an seinen Schwanz geheftet hat. Er kämpft nicht so wie ich in seinem Alter. Er denkt, da draußen ist eine ganze Welt, die er rammeln kann wie der Hirsch ein Dutzend Hirschkühe. Dann, um zwei Uhr, hast du mir meinen Job zurückgeholt.« Dafür brauchte er eine halbe Stunde und eine Ruderstrecke von anderthalb Kilometern, und er lachte über seinen Sohn, weil das, was wir nicht kontrollieren können, häufig komisch ist. Glücklicherweise fingen wir zwei ziemlich ansehnliche Bachforellen. Mrs Plunkett liebte Forellen, und sie faltete jedes Mal die Hände wie zum Gebet, wenn ich ihr welche in die Küche brachte. Sie aß dann nur eine kleine Portion Spaghetti oder Lasagne und umso mehr von ihrer gedünsteten Forelle. Sie konnte Spaghetti auf unzählige verschiedene Weisen zubereiten, und jede einzelne davon war uns neu.

Zurück von der Ruderpartie mit Clarence, fuhr ich Jesse mitsamt Koffer zum Flughafen. Von dort würde er nach Chicago und weiter nach Mexiko-Stadt und schließlich am nächsten Morgen die Kurzstrecke bis Veracruz fliegen. Als ich ihn absetzte, hätte ich ihn schrecklich gern begleitet. Schon seit Jahren bat ich ihn darum, ohne zu ahnen, wie unsensibel das war. Einfach, weil er es verdient hatte, für eine kurze Zeit keinen von unserer Familie sehen zu müssen.

Eine neue Wetterfront zog auf und bescherte uns zwei kalte, nasse Tage. Ich verbrachte sie in der Peter-White-Bibliothek und strich dafür den Angelausflug mit Glenn, da wir sonst mit nassem Holz hätten Feuer machen und Bier in einem kalten, klammen Zelt trinken müssen.

Natürlich wusste ich nicht, wo beginnen in der Bibliothek, und Mrs Mueller (die stellvertretende Bibliothekarin, die ich flüchtig kannte) dachte anfangs, ich sei an Genealogie interessiert. Ich sagte ihr, ich wüsste gern, was meine Vorfahren in der Upper Peninsula getan hatten, und sie scherzte, dafür würde ich Jahre brauchen. In den verschlossenen Bücherschränken im Arbeitszimmer meines Vaters gab es eine Menge Unterlagen, doch ich wollte nicht auf der Suche nach dem Schrankschlüssel herumschnüffeln, aus Angst, ich könnte wieder auf das pornografische Zeug stoßen, das ich entdeckt hatte, als ich ungefähr zehn war. Natürlich erzählte ich Mrs Mueller auch nichts von meinem geheimen Plan, den Wurzeln des Bösen nachzuspüren. Ich las hauptsächlich allgemeine Darstellungen über den Bergbau und die Holzindustrie im neunzehnten Jahrhundert, sah durch die Fenster in den Regen und malte mir aus, wie mein Vater und seine Kumpane aus Cleveland und Chicago im Club um den Kamin saßen und mit hasserfüllten Worten Lyndon B. Johnsons Sozialreformen niedermachten. Mrs Mueller war ziemlich untersetzt und hatte schlaffe Arme. Trotzdem erregte es mich, wenn sie Bücher und Artikel an meinen Tisch brachte, weil ihr eigenartig blumiges Parfüm dem Duft von Laurie ähnelte, die während der Abwesenheit meiner Eltern viel Zeit bei uns zu Hause verbrachte. Wenn Cynthia und sie im Esszimmer zu Beatles-Songs tanzten, entströmte ihrer Haut dieser Duft. Um Mrs Plunkett eine Freude zu machen, spielte ich abends häufig eine Weile Gin Rommé mit ihr und setzte mich dabei so, dass ich Laurie tanzen sehen konnte, was nervenaufreibend, aber die Sache wert war.

Am zweiten regnerischen Morgen war ich mit Mrs Mueller in einem Lagerraum der Bibliothek. Sie versuchte, ergänzende Unterlagen zu einem Prozess zu finden, den der Staat Michigan gegen meinen Urgroßvater verloren hatte. Er hatte in der Nähe von Ontonagon auf knapp fünftausend Hektar Holz gefällt, das ihm nicht gehörte. Der Hauptzeuge des Staates war damals verschwunden und tauchte erst Jahre später als Straßenbahnfahrer in Chicago wieder auf. Ich stützte Mrs Mueller, die auf einem halbhohen Regal stand und einen Karton mit Akten auf einem Regal nebenan durchsah. Als ich ihr herunterhalf, rutschte sie zwischen meinen Armen durch, und meine Hände verharrten ein bisschen länger als nötig auf ihrem mächtigen Busen. Sie versuchte nicht, sich zu befreien. »Es wäre lustig, aber es kommt nicht infrage«, sagte sie, langte nach unten, zwickte kurz meinen Penis und lachte. Ich sagte wohl: »'tschuldigung«, aber ich konnte meine eigene Stimme nicht hören. »Du musst dich nicht entschuldigen. Das ist ganz normal«, sagte sie und eilte durch die Tür des Lagerraums. Im Rückblick erscheint einem die Heftigkeit sexuellen Verlangens bei einem Sechzehnjährigen irgendwie abwegig. Da versuchte ich, das Böse zu erforschen, und kriegte einen Steifen bei einer stämmigen verheirateten Bibliothekarin mit drei Kindern, die nicht im Entferntesten Ähnlichkeit mit jenen Mädchen aufwies, die ich auf den Seiten von Cynthias Zeitschrift *Seventeen* so gründlich studiert hatte. Meine Lust war auf das Niveau eines Witzes heruntergekommen, den ich einen von Vaters Kumpanen über einen alten Holzfäller hatte erzählen hören, der es mit einer mit Schweineleber gefüllten Milchflasche trieb. Neu war, dass ich, anders als noch vor wenigen Wochen, nicht mehr zu Gott betete, er möge mich von der Lust befreien. Ich hatte mich zwar nicht von Gott und Jesus abgewandt, aber die Idee verworfen, göttliche Macht könne irgendetwas an meinem Verlangen ändern.

Der Regen verzog sich, und früh am dritten Morgen klopfte Mrs Plunkett an meine Schlafzimmertür und sagte, Onkel Fred sei am Telefon. Ich zog einen Morgenmantel über, um meine übliche morgendliche Erektion zu verbergen, und trottete nach unten. Mitte der Sechziger war man noch nicht auf die Idee gekommen, in jedes Zimmer ein Telefon zu legen, auch wenn Cynthia ein eigenes in ihrem Zimmer besaß, das sie, gegen den Wunsch meiner Eltern, von ihrem Geld bezahlte.

»Komm und hol mich ab. Ich bin scharf geritten und wie ein nasser Lappen abgelegt worden«, schrie Fred beinahe.

»Was soll das denn heißen?«

»Es heißt, dass ich ein müdes, körperlich misshandeltes Pferd bin. Oder Pony.«

Ich fing sofort an zu packen, aber dann erwischte Cynthia mich in der Küche und verkündete, Laurie und sie kämen mit. Ich sagte Nein, ich führe mit Freds Pick-up und nähme das Boot mit, und auf der Rückfahrt sei nicht genug Platz für uns alle im Wagen. Nach zwei kalten Regentagen und der Bibliotheksarbeit wollte ich unbedingt mit meinem Boot auf dem Au-Sable-See rudern, und sei es auch nur für eine Stunde. Laurie, die bei uns geschlafen hatte, kam im Nachthemd in die Küche, und natürlich änderte ich meinen Entschluss. Cynthia quittierte diesen Sinneswandel mit ihrem höchst eigenen verrückten kleinen Lachen. Lauries ältester Bruder war bei der Air Force in Mississippi und hatte ihr von dort ein paar Blues-Platten geschickt, die sie bis spät in die Nacht spielten. Und wenn ich neben den Lüftungsgittern der Heizungsanlage kniend betete, hörte ich Musik von Menschen, die das Beten wirklich nötig hatten. Seit meiner neuen religiösen Wankelmütigkeit hatte ich auch aufgehört, für das Seelenheil meiner Eltern zu beten, denn es war ebenso sinnlos wie darauf zu hoffen, dass mein sexuelles Verlangen verfliegen würde. Darüber und über ein paar verstörende Träume dachte ich während des Frühstücks, am Glastisch sitzend, nach. Mir gegenüber aß Laurie energisch ihre Haferflocken mit Früchten, und ich konnte durch das Glas ihre braunen Beine und die freie

Hand sehen, mit der sie sich an der Innenseite des Schenkels kratzte. Sie war eine blendende Schwimmerin und Tennisspielerin, Cheerleaderin, und unsere besten Sportler machten ihr den Hof. Sie litt aber unter ihren Sommersprossen. Normalerweise behandelte sie mich, als wäre ich Luft oder ein Möbelstück, um das man einen Bogen macht. Sie kaute Nägel, war eine schlechte Schülerin und rauchte so viel Marihuana, wie sie nur kriegen konnte, auch wenn das Gras, meist »Indiana Red«, von schlechter Qualität war. Sie hatte regelmäßig leichte Depressionen und nahm dieselben Pillen und Beruhigungsmittel, die derselbe Arzt mir aus denselben Gründen verschrieben hatte. Nur dass ich meine wegwarf und Laurie ihre nahm, sodass sie manchmal das gleiche unzusammenhängende Zeug nuschelte wie meine Mutter. Cynthia kam zurück in die Küche und machte Laurie darauf aufmerksam, dass ich auf ihre Beine starrte. Laurie spreizte sie und streckte mir die Zunge heraus. Ich meinte, sie brauche keine Angst zu haben, ich würde sie nicht mit vorgehaltener Waffe ficken. Diese für mich vollkommen untypische Formulierung ließ beide zusammenzucken. Ich bemühte mich, wie John Wayne aus der Küche zu stolzieren, kam aber über Montgomery Clift wohl nicht hinaus. Auf der Upper Peninsula hatte man als guter John-Wayne-Imitator einen sehr viel besseren Stand. Montgomery Clift hatte keine Chance, man sah ihm die Anstrengung zu sehr an. Auf jeden Fall war es in Marquette für einen jungen Mann nicht gerade angenehm, wenn seine Schulkameraden wussten, dass er nur mit Pillen durch den Tag kam. Pillen und andere Drogen waren okay für die Studenten am Northern Michigan College (heute eine Universität), aber viele von ihnen kamen ja auch aus Süd-Michigan jenseits der Straße von Mackinac, doch für uns war klar, dass man, wenn man in Detroit lebte, den Stoff unbedingt brauchte.

Draußen vor der Werkstatt, wo der Pick-up parkte, äußerte Clarence seine Bedenken, weil ich Cynthia und Laurie mitnehmen wollte, aber ich sagte, ich würde schon abends zurück sein. Während ich dort stand und mein Ruderboot tätschelte, als wäre es ein Hund, geriet ich in einen geradezu tranceähnlichen Zustand. Ich konnte plötzlich schärfer und intensiver sehen, sodass die Blumenbeete, die Clarence angelegt hatte, unangenehm grell wirkten. Aus einem Fenster im ersten Stock hörte ich die Mädchen singen, und mir war, als könnte ich sehen, wie die Töne in das dichte Fliedergebüsch wehten. Ich scharrte mit der Stiefelspitze im Dreck und förderte einen Penny von 1903 zutage. Der Penny war wie aus dem Jenseits. Ich sah hoch zu den ausgefransten jagenden Wolken und hatte das Gefühl, sehr tief ins All zu blicken. Ich versuchte, mich aus diesem seltsamen Zustand zu befreien, indem ich mich auf die Mädchen konzentrierte, die durch die Fliegengittertür der hinteren Veranda traten, aber das nützte nichts, denn sie vollführten Tanzschritte, wie sie in schwarzen Musikgruppen üblich waren. Unter meinem Brustbein bildete sich ein Klumpen, und ich hatte plötzlich das dringende Bedürfnis, normal zu sein. Clarence klopfte mir auf die Schulter, wie um mich zu wecken. Ich war in Panik, als ich den Zündschlüssel im Wagen umdrehte. Der Ausdruck »den Verstand verlieren« verfolgte mich, und ich überlegte, ob ich, wenn ich aus dem Pick-up steigen und mich mit dem Gesicht nach unten ins Gras legen würde, mein inneres Gleichgewicht zurückgewinnen würde. Laurie saß neben mir, und Cynthia sagte: »Komm, wir zählen unser Geld.« Zusammen besaßen wir einundneunzig Dollar, und dieses Zählen half.

Während der ganzen zweistündigen Fahrt sangen die Mädchen Songs der Beach Boys. Als wir bei Freds Häuschen auf dem Hügel ankamen, war ich verstimmt, denn dort wartete Donald in seinem alten blauen Chevy auf Cynthia. Das war ein abgekartetes Spiel, und ich sagte: »Gottverdammter Mist, Cynthia«, dann krampfte sich mir der Magen zusammen, weil ich zum ersten Mal den Namen des Herrn missbraucht hatte. Cynthia und Donald zogen ab, und Laurie und ich standen einige Minuten lang da und beobachteten einen Schwarm zankender Raben in einem hohen Baum, was mich von meiner Wut auf Cynthia ablenkte. Laurie sagte, sie werde mal schauen, ob das Wasser im Hafen warm genug zum Schwimmen sei, und verschwand den Hügel hinunter.

Ich klopfte an, bevor ich Freds Häuschen betrat, weil ich keine weiteren Überraschungen gebrauchen konnte, aber Robin war nicht da. Fred saß niedergeschlagen und erschöpft am Tisch, trank Kaffee und las in einem Buch. In dem Häuschen herrschte große Unordnung, vier Schweinekoteletts klebten in einer Pfanne auf dem Herd, und eine stattliche Anzahl von Bierdosen und Flaschen quoll aus einem Müllsack.

»Nie Drogen, Alkohol und junge Mädchen gleichzeitig«, sagte Fred in spöttischer Nachahmung eines weisen Mannes.

»Da besteht bei mir wohl keine Gefahr.« Ich schenkte mir eine Tasse Kaffee ein und verzog das Gesicht, als mir der Geruch von schalem Bier, Schweiß, Parfüm und einem Aschenbecher voller Marihuanakippen in die Nase stieg. Eigentlich hätte ich wissen müssen, dass es der falsche Zeitpunkt war. Aber da stand ich und platzte mit meinen neuen religiösen Zweifeln heraus und gestand auch, dass ich mit meinem Vorhaben, die Wurzeln des Bösen in meiner Familie zu ergründen, nicht weitergekommen sei. Mir wurde umgehend klar, dass Fred nicht nur nicht richtig zuhörte, sondern offensichtlich auch nicht mehr wusste, welchen Anteil er an meinem Vorhaben hatte. Das versetzte mich gefühlsmäßig wieder in frühe Kindheitssituationen zurück, wenn mein Vater versprach, mit mir segeln, angeln oder jagen zu gehen, und es dann doch nie tat. Fred wedelte mit seinem Buch vor meiner Nase, einer historischen Studie über schwarze Indianer, die er unten in Ohio gelesen hatte, als wir am Ruderboot bauten. Er begann, über das Buch zu reden, aber ich war noch ganz befangen und konnte nicht richtig zuhören. Plötzlich fühlte ich mich sehr allein auf dieser Welt, denn ich hatte geglaubt, in ihm einen guten Verbündeten zu besitzen. Allmählich konnte ich Fred wieder hören. Er sprach über schwarze und indianische Mischehen in der Geschichte des Südens, und mir ging auf, dass er lieber ein schwarzer Indianer wäre und nicht der, der er war. Er legte den Kopf auf die Arme auf dem Tisch und verschüttete dabei etwas von seinem Kaffee, in den er Whiskey getan hatte. Und dann begann er zu schnarchen.

Ich fand, dass der Tag sich nicht besonders gut entwickelte. Es wurde eindeutig Zeit zum Rudern, und als ich schon halb den Hügel hinunter war, traf ich Laurie, die gerade auf dem Rückweg war. Sie maulte, das Wasser am Hafen sei zu kalt zum Schwimmen. Ich schlug vor, sie solle mit mir kommen, der Au-Sable-See würde warm sein und sie könne schwimmen, während ich ruderte. Ihre Miene hellte sich auf, und sie sang vergnügt »In My Room« von den Beach Boys, als wäre ich gar nicht vorhanden. Sie half mir, das Boot ins Wasser zu lassen, und ich ruderte fast zwei Kilometer in Richtung Westen, wo es einen schönen Strand und eine leer stehende Hütte gab. Sie stieg aus dem Boot, zog sich bis auf den Slip aus und warf T-Shirt, Sandalen, Shorts und BH zu mir ins Boot. Sie hatte nichts dagegen, dass ich zusah, weil sie sich so aufs Schwimmen freute. Also guckte ich auch und staunte, wie rosa ihre Brustwarzen in der heißen Sonne leuchteten. Sie schwamm quer über den See bis zu den Dünen, weshalb ich in die Gegenrichtung ruderte, weil ich nicht wollte, dass sie sich bedrängt fühlte. Ich fuhr einen großen Kreis, und nach einer halben Stunde kehrten wir fast gleichzeitig zum Strand zurück. Direkt am Ufer war es zu schlammig, und sie wedelte mit den Armen die Insekten weg und watete hinaus zu einer flachen Sandbank, wo das Wasser nur knietief war. Sie bibberte, und als ich mich näherte, sagte sie: »Komm auch rein.« Ich zog mich bis auf die Unterhose aus, stieg aus dem Boot und stieß es in Richtung Ufer. Ich hockte mich neben sie ins Wasser und fing an, ihren bibbernden Körper zu reiben, und war ganz überrascht, wie fest er war, obwohl sie so weich wirkte. Sie setzte sich, mit dem Gesicht zu mir, auf meinen Schoß und umarmte mich, um warm zu werden. Ich war verschwitzt vom Rudern, doch dann dachte ich, na und? Beim Reiben mied ich ihre Brüste und ihren Hintern, und sie stichelte: »Du verpasst die schönsten Teile.« Ich fuhr mit der Hand unter ihr Höschen und fühlte ihren kühlen, festen Hintern, und dann glitt ich mit den Daumen über ihre rosigen Brustwarzen. Sie stand abrupt auf und zog ihr Höschen aus. Ich beugte mich vor und pflanzte einen französischen Kuss auf ihre Scham, und sie lachte und setzte sich wieder auf meinen Schoß. »Wir haben keinen Gummi, du musst ihn dann rausziehen«, erklärte sie sachlich. Sie führte mich, und zuerst kam ich nicht rein, aber dann ging es plötzlich. Es war ein so überraschend warmes Gefühl, dass ich sie zurückstoßen musste, weil ich sofort kam. »Sieh mal, die vielen Tausend Babys«, sagte sie und zeigte auf meinen Samen im Wasser. Sie wusch die Spitze von meinem Penis und machte weiter, und dieses Mal dauerte es viel länger, bis ich mich nach hinten fallen ließ, um uns zu trennen. Ich lag mit pochendem Herzen halb untergetaucht da, und sie schaute über den See und sagte: »Ich habe Hunger.« Nachdem wir uns angezogen hatten, ruderte ich zum Auto zurück, und sie döste. Im Wagen schlief sie dann richtig ein, und als ich in der Stadt zwei Hamburger besorgte und ihr einen unter die Nase hielt, wachte sie gerade so weit auf, dass sie versuchte, ihn mit dem Papier zu essen. Noch halb benommen erzählte sie, Mrs Plunkett habe ihnen verboten, um vier Uhr früh die Platten mit Mississippi-Blues zu spielen, und sie hätten einen Energieschub gekriegt, als sie ihre letzten Diätpillen schluckten, wobei es sich meiner Meinung nach um Dexedrine handelte.

Fred war nicht im Häuschen, und auch von Donald und Cynthia war nichts zu sehen. Fred hatte mir eine Nachricht hinterlassen, ich solle zu ihm in die Kneipe kommen. Ich legte Laurie in meinem Zimmer schlafen, aber sie wollte nicht, dass ich ging. Sie war wieder weinerlich, und ich legte mich neben sie und überlegte, was von mir erwartet wurde. In dem Ferienhaus war es sehr warm, und sie hatte sich ausgezogen, aber ich fand ihre Tränen wenig erregend. Noch hatte ich mir etwas von dem guten Gefühl bewahrt, keine Jungfrau mehr zu sein, doch das verging jetzt wegen ihrer Weinerlichkeit. Sie umarmte mich so fest, dass ich kaum atmen konnte, und dann schlief sie ein. Eine knappe halbe Stunde später wachte sie wieder auf, und wir schliefen erneut miteinander. Ich war unsicher, ob ich ihn rechtzeitig rausgezogen hatte. Sie schlief wieder ein, aber ich war hellwach und versuchte, auf einen Ellbogen gestützt, mir ihren Körper zu merken, da ich wusste, dass mein Glück nicht von Dauer und ich bald wieder der einsame Tugendbold sein würde.

Ich hörte, wie Fred die Hütte betrat, zog mich an und schlüpfte durch die Schlafzimmertür, aber er konnte noch einen flüchtigen Blick auf Laurie im Bett werfen. Er machte große Augen, sagte aber gnädigerweise nichts. Er räumte die mitgebrachten Lebensmittel aus seiner Tasche und machte Abendessen. Mir dämmerte, dass es spät werden würde und ich lieber Mrs Plunkett anrufen sollte. Fred erklärte, er habe den Tag mit ein paar Bieren in der Kneipe »ausklingen« lassen, aber seit vierundzwanzig Stunden nichts mehr gegessen. Er roch säuerlich, sodass ich vom Herd abrückte, wo er die ungegessenen Schweinekoteletts entsorgt hatte und dabei war, eine frische Portion zuzubereiten. Laurie duftete süß nach sauberem Seewasser und nach Sonne im Haar. Ich fragte Fred, was mit Robin passiert sei. Sie war am Abend vorher sehr spät mit einem Jungen vom College verschwunden, woraufhin er sich aus purer Erleichterung betrunken hatte. Er hatte vor, am nächsten Tag seine Verwandten im Club zu besuchen, dann heim nach Ohio zu fahren, froh, wieder bei seinen Büchern zu sein. »Man kann nur eine bestimmte Menge an Realität vertragen«, sagte er. Ich bot ihm meinen Ford an gegen seinen Pick-up, aber er sagte, das sei ein schlechter Handel für mich, wir könnten doch einfach für eine Weile tauschen. Meine Eltern würden mir kaum den Kauf eines Pick-ups erlauben, aber ich brauchte einen für mein Ruderboot. Ich wollte wissen, was mit dem Hund passiert war, und Fred stampfte mit dem Fuß und schrie: »Nein«, und erklärte, der Hund habe Robin nicht leiden können und sich unter dem Haus eine Höhle gegraben. Er erschien an der Fliegengittertür, und als ich ihn hereinließ, schoss er zum Müllsack und wühlte die alten Koteletts heraus. Fred beschloss, es zu übersehen, und gab eine klein geschnittene Zwiebel und ein Glas gebackene Bohnen über die Koteletts in der Bratpfanne. Es war die Sorte Gericht, die sich ein ausgehungerter Junggeselle mit kulinarischen Ambitionen zubereitet, und es sah nicht besonders appetitlich aus, weshalb ich für ein Nickerchen im Zimmer verschwand, leise ins Bett glitt und hoffte, Laurie nicht aufzuwecken.

Kurz vor Einbruch der Dunkelheit, gegen halb elf, tauchten Cynthia und Donald auf. Ich hörte sie nicht kommen, und Cynthia überraschte uns beim Vögeln. Sie schrie und lachte, und ich bedeckte mein Gesicht mit einem Kissen, weil ich nicht wusste, wie ich die Situation sonst hätte meistern sollen. Donald hatte sich gewünscht, dass Cynthia seine Cousins kennenlernte, und so waren sie zum Chippewa-Reservat gefahren, das östlich von Brimley in Richtung Sault Sainte Marie liegt. Donald musste nach Hause und am nächsten Morgen wieder zur Arbeit. Laurie suchte ihre Sachen zusammen, um mit ihnen zu fahren. Cynthia setzte sich auf Freds Schoß und erzählte ihm von dem Reservat und rauchte dabei einen Joint. Donald war begeistert von der Vorstellung, dass es schwarze Indianer gab, und Fred lieh ihm das Buch. Ich begleitete sie nach draußen zu Donalds Auto und dachte, Laurie würde mich vielleicht zum Abschied küssen, doch sie tat es nicht.

5

Für einen Sechzehnjährigen ist die Welt klein, und die Dinge können sich leicht gegen einen verschwören und sie noch kleiner machen. Man hat flüchtige Einblicke in größere Dimensionen, doch sie lassen sich nicht festhalten. Der Eros eröffnet eine andere Welt, die nichts mehr mit der simplen Welt masturbatorischer Gedankenspiele gemein hat. Laurie fehlte der einfältige Charme eines Illustriertenfotos. Ja, meine Vermutung, dass sie genauso kompliziert, vielleicht sogar genauso kaputt war wie ich, sollte sich sehr schnell bestätigen. Natürlich wird man während des Liebesakts von keiner Realität behelligt, etwas, das ich auch beim Forellenangeln erlebt habe, aber leider kann das Leben nicht nur aus Vögeln und Angeln bestehen, so schön dies auch wäre.

Als wir am nächsten Vormittag nach Marquette zurückkehrten, hatte ich meinen ersten ernsthaften Streit mit Fred. Ein Jahr später sollte er ihn als unwichtig abtun, doch damals lag mir dieser Krach schwer im Magen. Während der Rückfahrt hatte ich halbherzig zugestimmt, Fred bei seinem jährlichen Übernachtungsbesuch im Club zu begleiten, aber dann wurde die Sehnsucht nach Laurie so stark, dass ich am liebsten doch daheim geblieben wäre. Für diese Club-Besuche hatte Fred einen Anzug bei uns hängen, und jetzt stand er in meinem Schlafzimmer, versuchte ärgerlich, mich umzustimmen, und sah in dem Sommeranzug von Haspel mit Ripskrawatte und

Button-down-Hemd idiotisch aus. Zwar war ich schon umgezogen, aber bei der Vorstellung, ich müsste all diese Menschen, inklusive meiner Eltern, sehen, die ich beileibe nicht sehen wollte, begann ich heftig zu schwitzen. Fred zog ab und ließ seinen Hund bei Cynthia, die ihn wiederum bei mir ließ. Ich beschloss, mit dem Hund einen Spaziergang nach Presque Isle zu machen, aber der Hund beschloss, bei Mrs Plunkett zu bleiben, die in der Küche Knoblauch hackte. Ich rief Laurie an, die sagte: »Ich kann jetzt nicht reden«, und aufhängte. Der Hund und Laurie gaben mir ein Gefühl der Verlassenheit.

Der Spaziergang nach Presque Isle (zu dem ich mit einem Kloß im Hals aufbrach) verdankte sich einer kleinen spontanen Regung, sollte aber für mein Leben nicht ohne Folgen bleiben. In Gedanken war ich bei meiner Mutter und ihrer Liste von Hunden, die sie für akzeptabel hielt und in der mein ersehnter Labrador nicht vorkam, sondern nur kleine Kläfferrassen, als ich in die Straße einbog, in der Glenns schäbiges Haus stand. Glenn lud mit seinem Vater gerade Werkzeug ein. Sie waren überrascht, da ich sonst immer vorher anrief – ein weiteres Zeichen der guten Erziehung, die man mir eingetrichtert hatte. Noch der letzte erwachsene Trottel wurde von mir »Sir« genannt.

Glenns Dad arbeitete im Betongewerbe als kleiner Bauunternehmer. Beide wollten für etwa einen Monat nach Iron Mountain, wo sie im Straßenbau zu tun hatten. Glenns Dad hieß Herb und begegnete mir wegen unserer so ungleichen Herkunft stets etwas misstrauisch, meinte aber gut gelaunt, er sei nur ein Mann der Schaufel, aber sein Schaufeltrupp sei noch nicht komplett, wenn ich zufällig Arbeit suchte. Und Glenn zählte die Flüsse auf, wo wir abends angeln könnten. Ich hörte mich sagen, morgen früh würde ich ihnen Bescheid geben, falls das noch reiche. Herb gab mir die Nummer des Ferienhäuschens in Iron Mountain, und dann fuhren sie los.

Ich ging weiter bis zur Spitze von Presque Isle, umrundete die Westseite der Halbinsel und kehrte nach Hause zurück. Es war insgesamt eine Dreistundenwanderung, auf der ich über Laurie nachdachte, mit jener Art von Rührseligkeit, die die Countrymusik so schmalzig macht. Ich ging einen Umweg, um nicht an der Baptistenkirche vorbeizumüssen, da mir inzwischen der Ruch der Unzucht anhaftete, und das nur ein Jahr nach meiner Taufe, nach einem Jahr Gebetskreis und der hingebungsvollen Beschäftigung mit der Bibel. Ich tröstete mich mit dem Gedanken, dass das Herummachen mit Mädchen auf der Du-darfst-nicht-Liste von Jesus nicht besonders weit oben zu rangieren schien, und der heilige Paulus mochte zwar ein guter Mensch gewesen sein, aber er hatte eindeutig einen Hang zur Trübseligkeit. Solches Lavieren ist typisch für junge religiöse Rigoristen auf der Suche nach einem Schlupfwinkel, wo sie sich aufführen können, wie sie wollen. Die viel wichtigere Frage lautete, ob Laurie bei Verstand war oder nicht, von mir ganz zu schweigen. An Floskeln zum Thema geistige Gesundheit war kein Mangel – hatte dieser oder jener einen Sprung in der Schüssel oder nicht mehr alle Tassen im Schrank? Obwohl Cynthia und Laurie erst vierzehn waren, wirkten sie in jeder Hinsicht reifer als ich, doch bei genauerem Hinsehen waren mir Zweifel gekommen. Beide gehörten in der Highschool zur Gruppe der Wortführer, und Wortführer wurde man, weil man entweder als Person beliebt war oder reiche Eltern hatte, oder weil man ein Sportass war oder besonders attraktiv, egal ob männlich oder weiblich. Kinder reicher Eltern waren spärlich vertreten, zwei meiner Spielkameraden waren zum Beispiel nach Groton oder Kent geschickt worden. Cynthia und ich bekamen regelmäßig

Wutanfälle bei der kleinsten Andeutung, auch wir könnten auf ein Internat geschickt werden.

Ich muss gestehen, dass mich alle paar Monate Selbstzweifel wegen meines störrischen Eigensinns überkamen, besonders, seit ich »religiös« geworden war. Ich hatte die Sache sogar mit Cynthia besprochen, die gewiss alles andere als unvoreingenommen war, aber für mich legte sie ihre Jane Austen kurz beiseite, um mit mir zu reden. »Natürlich sind wir hoffnungslose Fälle. Wie auch nicht? Väter- wie mütterlicherseits stammen wir von gewissenlosen Kriminellen ab. Dad ist ein perverser Alkoholiker und Mutter eine tablettensüchtige Esoterikerin.« Ich hielt altklug dagegen, wir müssten doch nicht werden wie sie, und Cynthia stimmte mir zu, weil nicht zu werden wie sie genau ihre Absicht sei. Vielleicht sei die Aufsässigkeit allerdings auch Teil unseres Charakters, fügte sie hinzu, und der habe die Menschen in unserer Familie zu dem gemacht, was sie waren, aber sie werde auch uns zu denen machen, die wir sein wollen, also hoffentlich zu besseren Menschen als unsere »wertlosen« Eltern. Dieses Gespräch hatten wir erst vor einem Monat geführt, und Cynthias Scharfsinnigkeit, die wahrscheinlich von ihrer Lektüre herrührte und so gar nicht zu ihrem impulsiven Verhalten passen wollte, hatte mich verblüfft. Obwohl sie gerade erst die Unterstufe hinter sich hatte und zu den Jüngsten zählte, war sie eindeutig die Anführerin der »bösen Mädchen«, also der Freigeister in ihrer Gruppe.

Als ich zurückkam, saßen Laurie und Cynthia in spärlichster Partykleidung vor unserem Haus auf dem Rasen – es war die Zeit der Miniröcke. Laurie nickte mir nur zu, und dann kam Donald in seinem Wagen, zusammen mit Brent, einem guten Footballspieler, der im Herbst an die Michigan State University gehen würde. Laurie und Cynthia stiegen in das Auto, ohne sich nur ein Mal umzuschauen. Vierundzwanzig Stunden früher hatte Laurie in dem aufgeheizten Ferienhäuschen zu mir gesagt, ich sei ihre »große Liebe«, und jetzt stand ich da, scharrte mit den Füßen im Gras, und Nein bellte mich von der Veranda aus an, als wäre ich ein Fremder.

Ich ging ins Haus, packte meine Tasche für Iron Mountain und trank mit Mrs Plunkett ein Glas von dem Rotwein, der Cribari hieß. Er schmeckte süßlich, aber die Wirkung war angenehm. Ich legte eine doppelte Patience mit ihr. Aus irgendeinem Grund trug sie ellbogenlange weiße Handschuhe. Ich hütete mich vor einem zweiten Glas Rotwein, da ich nicht in die Familienfalle der gewohnheitsmäßigen Sedierung tappen wollte. An jenem Abend wirkte Mrs Plunkett ebenso zerstreut wie ich und leerte innerhalb einer Stunde wohl ein halbes Dutzend Gläser, bis sie schließlich in Tränen ausbrach und erklärte, Laurie dürfe nicht meine Freundin werden, da die minimale Möglichkeit einer Verwandtschaft zwischen uns bestehe. Ich glaubte das nicht, weil ich es nicht glauben wollte. Natürlich war mein Vater ein berüchtigter Schürzenjäger, aber als ich Jesse vor Jahren einmal wegen einer anderen Klatschgeschichte ausfragte, hatte er gesagt, neunundneunzig Prozent allen Klatsches sei leeres Gerede. Meine Eltern waren uralt, Anfang vierzig, genauer gesagt, aber Lauries Mutter hatte ihren Sohn, der jetzt bei der Air Force war, mit fünfzehn bekommen und Laurie dann, als sie verheiratet war, mit einundzwanzig. Ein erstaunlich hoher Prozentsatz der Mädchen auf der Upper Peninsula schaffte es, vor der Heirat schwanger zu werden, und wenn es nicht zur Heirat kam, kriegten sie ihre Kinder auch so. Mitte der Sechziger wurde in unserer Gegend nicht so häufig abgetrieben, und da in der Upper Peninsula so viele Skandinavier und Frankokanadier leben, war eine uneheliche Schwangerschaft auch keine so große Schande wie in manch anderen Teilen des Landes, etwa dem »Bibelgürtel«.

Ich ging schon um zehn Uhr schlafen, einigermaßen betrunken, aber noch in der Lage, Mrs Plunketts Geschichte als Tratsch abzutun. Lauries Bruder hatte durchaus Ähnlichkeit mit meinem Vater, anders als Laurie, deren Mutter mit fünfunddreißig Jahren auf Silvesterpartys als Marilyn Monroe auftrat und jedes männliche Wesen der Gegend einlud, seine Qualitäten als Frauenheld zu erproben. Lauries Vater war nicht von dieser Welt, ein College-Professor, der wahrscheinlich wenig vom Gerede über seine Frau erfuhr, die gebürtig aus Ishpeming, der Nachbarstadt, war.

Bevor ich ins Bett ging, machte ich eine Runde durch Vaters Arbeitszimmer und überlegte, ob ich die Schränke oder den Schreibtisch, dessen Schubladen, bis auf die unschuldige oberste, abgeschlossen waren, gewaltsam öffnen sollte. Ich wusste von meinem früheren Herumschnüffeln, dass Vater einiges an Pornografie besaß, aber ich mochte nur Bilder von nackten Frauen, nicht solche von Männern, die sie fickten. Ich wusste, dass die Schränke alte Rechnungsbücher enthielten, angefangen mit denen, die mein Urgroßvater geführt hatte, und irgendwann würde ich die Schubladen tatsächlich aufbrechen und Kopien machen, aber das hatte Zeit. In diesem Moment fühlte ich mich nur wie ein betrunkener junger Trottel und nicht wie ein Mann, der sein Schicksal in die Hand nahm. Ich war angetreten, mein Leben nicht damit zu verplempern, über mich selbst nachzugrübeln, und jetzt grübelte ich mehr denn je. Und während ich mich entschieden hatte, das Böse in meiner Familie zu erforschen, gab mein persönliches Verhalten Anlass zu vielen Fragen. Selbst wenn es keine schreckliche Sünde war, mit Laurie zu schlafen, sondern nur die Verrichtung eines biologischen Drangs – wenn man zwei junge Menschen aufeinander losließ, hatte man unweigerlich Scherereien am Hals. In der Werkstatt hörten Clarence und Jesse bei ihrem Vormittagskaffee immer einen Countrymusik-Sender. Ich habe mir nie etwas aus dieser Musik gemacht, aber es war unmöglich, nicht berührt zu werden, wenn Hank Williams seinen »Lovesick Blues« sang. Ältere, vernünftige Oberstufenschüler gingen zu den Prostituierten nach Hurley in Wisconsin und vermieden die Scherereien zu Hause. Ich nicht.

Ungefähr um drei Uhr nachts erwachte ich, noch halb betrunken, aus einem wüsten sexuellen Traum und spürte, dass an meinem Penis gelutscht wurde. Es roch nach Laurie, vermischt mit warmem Fliederduft aus einem offenen Fenster. Ich reagierte zunächst empört, versuchte unentschlossen, ihren Kopf wegzustoßen, aber schließlich hatte ich diese unglaubliche Sache noch nie erlebt. Später, als sie flüsterte, ich würde immer ihr »heimlicher Liebhaber« sein, konnte ich meinen Samen in ihrem Atem riechen. Beim ersten Tageslicht, kurz nach fünf, stand ich auf, um nach Iron Mountain zu fahren, zog mich an und warf noch einen Blick auf Laurie, die nackt auf dem Bauch in den zerwühlten Laken lag. Ohne meine Arbeitsklamotten auszuziehen, vögelte ich sie schnell, und sie ließ sich nicht anmerken, ob sie wach war. Was meinen klaren Verstand anging, sah es nicht gut für mich aus.

Ich wollte unbedingt weg sein, bevor Fred vom Club zurückkam und es sich vielleicht noch anders überlegte mit dem Tausch von Ford und Pick-up. Er würde ohnehin schlechte Laune haben. Meine Mutter wich ihrem »kleinen Bruder« bei seinen jährlichen Club-Besuchen für gewöhnlich nicht von der Seite, um schlichtend einzugreifen, wenn er Streit anfing. Anders als Fred hatte ich schon herausgefunden, dass der prozentuale Anteil der Arschlöcher in allen sozialen Schichten stets gleich groß ist. Fred machte gern seine Witze über Republikaner, aber auf recht subtile Weise. Er hatte mir erzählt, im Jahr davor hätten sich mein Vater und ein paar Männer um den Kamin einer Zwölfzimmer-»Hütte« versammelt und bei altem Cognac über Tom, Art, Kim und Bob geplaudert. Sie benutzten stets nur die Vornamen für Thomas Dewey, Arthur Vandenberg (einen ehemaligen Senator), Kim Sigler (einen Ex-Gouverneur) und Robert Taft aus Ohio. Nach einigen Gläsern folgten dann auch Geschichten über die bizarren sexuellen Vorlieben von Lyndon B. Johnson und den Kennedys. Fred hatte eine völlig an den Haaren herbeigezogene Geschichte beigesteuert, wie er selbst einmal mit Angie Dickinson, die regelmäßig die Episkopalkirche besuchte, in ihrem Innenhof in Beverly Hills gevögelt habe und wie sie daraufhin von ihren Lieblingspfauen angegriffen worden seien. Ich musste denken, dass es doch viel einfacher wäre, gar nicht erst in den Club zu gehen. Doch Fred hatte einen Großteil seines Erbes bei der Scheidung verloren, wegen der Affäre mit der Schwarzen in Chicago, und war in gewisser Weise auf die Verwandtschaft angewiesen. Ich weiß, wie sehr es ihn fuchste, dass er kein Mittel fand, sich aus dieser Abhängigkeit zu befreien.

Gegen Mittag hatte ich Glenn und seinen Dad Herbert in einem heruntergekommenen Häuschen am Menominee River, ein paar Kilometer westlich von Iron Mountain, aufgetrieben. Der Fluss war breit und träge, und wir ließen mein Ruderboot zu Wasser und machten es an einem wackeligen kleinen Steg fest. Wir saßen am Picknicktisch, sortierten unsere Forellenköder und aßen Sandwiches mit italienischer Salami. Viele Bergarbeiter in der Gegend von Iron Mountain sind italienischer Abstammung, Menschen, die mein Vater nur »Guineas« nannte (die Iren waren »Micks«, und nur weil es dort sehr wenige Schwarze gab, außer an der Sawyer Air Base, blieb ihnen seine Sprache erspart).

Herb schlief seinen Kater in einem Gartenstuhl aus, und wir fuhren zum Fence River nordöstlich der Wasserfälle von Amasa und Crystal. Eigentlich kann man mittags gut Forellen angeln, aber es war warm, wolkig und windstill. Bachforellen sind nicht sehr helle, weshalb man sich am besten in einigem Abstand zu seichten Flussabschnitten platziert. Von diesem Abschnitt des Fence River hatte mir mal John Voelker erzählt, unser einziger Prominenter in Marquette, der nicht nur Richter am Obersten Gerichtshof von Michigan war, sondern auch den Roman *Anatomie eines Mordes* geschrieben hatte. Otto Preminger hatte die Kinoversion davon gedreht, und James Stewart, Lee Remick und Ben Gazzara hatten die Hauptrollen gespielt. Um diese Leute kennenzulernen, war ich mit meinen Eltern einmal mit zu einem Empfang im Club gegangen, und als ich Lee Remick die Hand schüttelte, bekam ich weiche Knie. Ich wusste, dass der Richter meinen Vater nicht mochte, aber das ließ er mich nicht merken, sondern gab mir viele gute Tipps zum Forellenangeln.

Mein Vater besaß neben einer großen, kaum benutzten Angel- und Jagdausrüstung diverse Segelutensilien, obwohl unsere Jolle nur dann den Hafen verließ, wenn zwei für diesen Zweck angeheuerte junge Männer sie zum Club nördlich der Big Bay überführten. Er brauchte die Ausrüstung für seine Ausflüge mit einem wirklich reichen Freund, einem Studienkollegen von der Yale aus Duluth, Minnesota, der Seward hieß und laut Cynthia in die Kategorie »auch so ein Perverser« gehörte. Als dieser Mann uns einmal im Frühling besuchte, war mir aufgefallen, wie er Cynthia und Laurie gebannt bei ihrem

Tanz zur *Hullabaloo*-Serie im Fernsehen zusah und so tat, als interessiere ihn die Sendung. Mein Vater und er machten einen Kult daraus, erlesene französische Weine zum Abendessen zu trinken, nachdem sie zuvor einige Dry Martinis gekippt hatten. Als ich einmal eine Flasche französischen Wein klaute, sagte Glenn: »In dieser Scheiße ist nicht genug Zucker.«

Wir fingen ein halbes Dutzend Bachforellen und sahen einen Fischadler. Ich habe lange gegrübelt, ob ich lieber ein Fischadler oder ein Hund sein würde. Der Fischadler bekam den Zuschlag, weil er sein Leben mit der Fischjagd verbringt. Eine gewisse Zeit lang hatte meine Mutter nämlich an Reinkarnation geglaubt und war dann enttäuscht über meine Wahl. Besser wäre es wohl gewesen, wenn ich als König von England oder als französischer Graf hätte wiederkommen wollen. Aber ich favorisierte den Fischadler.

Und so begannen die zwei schönsten Monate meines bisherigen, vielleicht meines ganzen Lebens. Mit der körperlichen Arbeit – wir schachteten aus und setzten die Fundamentstreifen für Bordsteine – lösten sich alle meine Probleme und fruchtlosen Grübeleien in Luft auf. Es dauerte an jenem ersten Arbeitstag keine zehn Minuten, und schon stellte sich dasselbe Glücksgefühl ein wie damals, als ich Clarence beim Ausheben der Müllgrube geholfen hatte. Ich bekam vier Dollar die Stunde, mehr als genug, um meinen Anteil für das Ferienhaus und die Verpflegung zu bezahlen. Glenns Dad hatte mit einer flotten Kellnerin aus einem italienischen Restaurant, dem Ventana, ein Techtelmechtel angefangen, und zweimal die Woche ließen wir unser Geld dort, anstatt selbst zu kochen. Wir bestellten dann Spaghetti mit riesigen Fleischklößen und Wurst oder, wenn wir sehr guter Dinge waren, Spaghetti mit Steak. Sonst aber aßen wir rasch irgendetwas im Ferienhaus, weil wir die langen Sommerabende zum Forellenangeln nutzen wollten. In den ersten zwei Wochen machte mich die harte Arbeit müde, aber später war ich so gut in Form, dass ich während des abendlichen Angelns nicht wegdöste. Eines Abends allerdings war ich am Ufer eingenickt, und als ich aufwachte, starrte mich vom anderen Ufer des schmalen Flusses ein Rotluchs an. An den Samstagen fuhren wir noch weiter hinaus, bis Bruce's Crossing, wo wir im Middle Branch des Ontonagon angelten. Ich saß am Steuer, weil Glenn genau wie sein Vater, wenn er nicht gerade arbeitete, ständig Bier trank. Mit Mitte dreißig sollte er sich dann so ziemlich das Hirn weggesoffen haben, wie man hier sagt.

Wahrscheinlich war meine Begeisterung für jenes elementare ökonomische Prinzip, das Arbeit unmittelbar mit Essen und einem Bett gleichsetzt, recht einfältig, aber ich verdiente meinen Lebensunterhalt zum ersten Mal selbst und hielt es zum ersten Mal für möglich, mich von meinen Eltern unabhängig zu machen. Ich liebte mein durchgelegenes Bett in dem Häuschen, den Linoleumboden, die tröpfelnde Dusche, das Essen, das mir, weil ich hungrig war, immer bestens schmeckte, und das aufregende Gefühl, wenn wir neue Wasserläufe zum Angeln entdeckten.

Nur drei Dinge waren in jenen zwei Monaten unerfreulich. Damals schienen sie unbedeutend, aber die eine Sache war es durchaus nicht. Mitte der zweiten Woche tauchte ein junger Anwalt von der Kanzlei auf, die für unsere Familien tätig war, und es machte mich verlegen, mit ihm zu reden, während andere Arbeiter aus der Entfernung zusahen. Natürlich hatten meine Eltern ihn geschickt. Ich erklärte ihm, dass alles in Ordnung sei, aber er wollte wissen, ob ich Geld oder sonst irgendetwas brauche. Ich sagte Nein und machte mich wieder ans Graben, worauf er in seinem MG davonfuhr. Bis auf Glenn und seinen Dad dachten alle, ich sei in irgendwelchen Schwierigkeiten.

Die zweite Sache war halb gut, halb schlecht. Glenn und ich hatten an einer Hamburger-Bude zwei Mädchen von der dortigen Highschool kennengelernt. Wir fragten, ob sie am Abend mit ins Kino kämen, und als wir mein Mädchen von dem kleinen Bungalow ihrer Eltern abholten, regte sich ihr Vater, ein Bergmann mit verkrüppelten Beinen aus der Nähe von Republic, mächtig auf, als ich meinen Namen nannte. Er stand an der Haustür, wo aufgestapelte Betonsteine die Treppe ersetzten, und forderte mich auf, meinen Namen zu wiederholen und zu sagen, woher ich komme. Ich tat es und spürte, wie ich am ganzen Körper schwitzte. Seine Frau stand, unfrisiert und mit gekreuzten Armen, hinter ihm und sah mitfühlend zu ihrer Tochter, die auf den Boden starrte. »Ich glaube, du führst nichts Gutes mit meinem kleinen Mädchen im Schilde. Du kommst aus einer schlechten Familie, du bringst sie sofort nach dem Kino nach Hause.«

Sie hieß Polly, und wir gingen nicht ins Kino, sondern quetschten uns zu viert vorne in den Pick-up und fuhren ein bisschen in der Gegend herum und machten dann in der Dämmerung einen Spaziergang auf einem Feldweg. Ich war so schüchtern, dass sich mein Magen verkrampfte. Polly war ein unbekümmertes Mädchen und obendrein ziemlich intelligent. Im Grunde war sie so schlau wie Cynthia, nur fehlte ihr die scharfe Aggressivität. Als sie das abweisende Verhalten ihres Vaters mit seinen ständigen Schmerzen in den Beinen zu entschuldigen suchte, sagte ich, ihr Vater habe recht. Ich sagte, jeder Gewerkschafter mit Selbstachtung hätte meinen Großvater und Urgroßvater erschießen sollen, worauf sie konterte: »Dann gäbe es dich nicht.« Darüber mussten wir lachen. »Warum deinen Vater nicht auch?«, wollte sie wissen. »Er hat nie irgendetwas anderes getan als Geld auszugeben. Es gibt keinen Grund, ihn zu erschießen. Jedenfalls für mich nicht.« Ich war bezaubert von Polly, denn mir war noch nie jemand begegnet, der ein so liebenswert heiteres Gemüt besaß. Sie küsste mich auf die Wange, als ich sie heimbrachte, und wir trafen uns in den folgenden vier Tagen immer mittags an der Hamburger-Bude. Danach musste sie mit ihrer Mutter nach Escanaba, weil ihr Großvater einen Schlaganfall bekommen hatte und sie sich kein Krankenhaus für ihn leisten konnten. Wir schrieben uns noch ein paar Briefe, und dann verloren wir uns aus den Augen, allerdings nicht für immer. Polly war auf eine ganz eigene Weise schön und hatte eine merkwürdige Art zu sprechen, da sie halb finnisch und halb italienisch war. Ich wusste, dass mein Vater sie hassen würde, doch das war nicht der Grund, weswegen ich sie anhimmelte. Sie hatte einfach keine neurotischen Macken, keine halb verrückten, dunklen Seelenwinkel.

Die dritte Sache, die beunruhigend war und die ich deshalb lieber nicht glauben wollte, passierte Anfang August, als Donald mit Laurie und Cynthia auftauchte. Ich hatte schlechte Laune, weil es mir nicht gelungen war, Glenn zu wecken, damit er seine Sachen packte, da wir zu einem nächtlichen Angelausflug in die Porcupine Mountains wollten, und nun wurde aus diesem Plan nichts. Donald war auffällig ausweichend und konnte mir nicht in die Augen sehen. Ich forderte ihn auf, wenn er schon da war, wenigstens Glenn aus dem Bett zu holen und ihn in den Fluss zu werfen. Das tat er auch, und Glenn brüllte: »Du verdammter Indianer.« Das war nur kurz komisch. Denn Cynthia und Laurie kamen zu mir, und Cynthia sagte ausdruckslos: »Laurie hat seit Ende Juni zweimal ihre Periode nicht gehabt. Bevor die Schule im September wieder beginnt, wissen wir Bescheid.«

»Woher wollt ihr wissen, dass ich es bin!«, fragte ich mit gewollter Grausamkeit. Die Tatsache, dass man ein heimlicher Liebhaber ist, schließt andere ja nicht aus.

»Weil du als Einziger, der mit ihr bumst, so blöd ist, keinen Gummi zu benutzen«, zischte Cynthia, und Laurie wandte sich ab.

»Und sie ist so blöd, nicht die Pille zu nehmen.« Ich ging zum Pick-up, stieg ein und fuhr weg, während Glenn in seiner nassen Unterhose brüllend hinter dem Wagen herjagte. Ich blieb nur eine halbe Stunde fort, da ich meine eigene dumme Grausamkeit nicht ertragen konnte. Einfach wegfahren war schlicht unchristlich.

Als ich wieder beim Häuschen war, saßen sie draußen, tranken Bier und rauchten einen Joint. Ich ging zu Laurie, nahm sie bei der Hand und führte sie zum Ruderboot.

»Ertränk sie nicht«, schrie Donald, und Cynthia knallte ihm eine.

Wir ruderten eine ganze Weile, ehe ich irgendetwas sagen konnte. Und Laurie half auch nicht, sondern saß nur schniefend und mit geröteten Augen hinten auf der Bank und sah plötzlich ihrem Alter entsprechend klein und jung aus. Ich fühlte mich getäuscht von ihr. Sie hatte sich so abgeklärt gegeben, hatte Cynthias Abgebrühtheit nachgeäfft, ohne über deren intellektuelle Fähigkeiten zu verfügen.

»Es tut mir leid«, sagte sie schließlich und schluchzte. »Und ich bin mir ja auch nicht ganz sicher.« Noch mehr Schluchzer.

Ich konnte mir nicht vorstellen, dass ich ein Kind gezeugt hatte. Das konnte einfach nicht sein, trotz der biologischen Tatsachen. Einmal habe ich in einem privaten Experiment versucht, ein Kondom überzuziehen, das ich von Glenn hatte, fand es aber ebenso albern wie abwegig. Beim Rudern schaute ich verstohlen auf Lauries Bauch in den hellblauen Shorts und entschied, dass sich unmöglich ein lebendes Etwas von mir unter diesen blauen Shorts befinden konnte. Idiotischerweise war ich plötzlich scharf auf sie und schlug vor, das Boot ans Ufer zu bringen, dann könnten wir im Wald miteinander vögeln.

»Mir ist nicht danach.« Ihre Stimme klang besonders dünn. Sie beugte sich über das Dollbord, um ihr Spiegelbild im dunklen Wasser zu betrachten. Wie sie so ihr Bein ausstreckte, um das Gleichgewicht zu halten, sah sie wieder wunderhübsch aus. Ihre Zurückweisung brachte mich irgendwie wieder auf das Evangelium. Der Kopf versteht sich auf schlechtes Timing.

»Ich habe so ein Gefühl, dass du nicht schwanger bist.« Ein unglückliches Schäfchen zu beruhigen war entschieden christlich. »Ich hab was darüber gelesen, und es gibt viele Gründe, weshalb bei Mädchen eine Periode ausbleibt.«

»Zwei. Zwei sind seit Grand Marais ausgeblieben.«

»Es gibt viele Gründe, warum bei Mädchen zwei Perioden ausbleiben. Sportliche Mädchen, die Gymnastik machen oder Marathon laufen, haben zum Beispiel Ausfälle.« Ich hatte so etwas in einem medizinischen Artikel im *Times*-Magazin gelesen.

»Ich habe im Sommer bei drei Tennisturnieren mitgemacht«, sagte sie hoffnungsfroh.

Auch wenn ich inzwischen selbst an die schwache Möglichkeit glaubte, hatte ich rasende Kopfschmerzen und brauchte dringend eine Toilette.

Zurück in der Hütte, küsste Laurie mich, bevor sie aufbrachen. Glenn hatte die ganze Geschichte von Donald gehört, und während wir für unseren Campingausflug packten, meinte er, er könne problemlos zehn Typen nennen, die Laurie gebumst hätten, ich müsse also keinerlei Verantwortung übernehmen.

Ich verwarf diese hässliche Möglichkeit, sagte aber nichts. Da ich Laurie schon seit meiner Kindheit kannte und nicht wusste, ob das so populäre Wörtchen »Liebe« irgendetwas mit uns zu tun hatte, konnte ich mich über ihre offensichtliche Promiskuität nicht so aufregen, wie andere Jungen meines Alters es getan hätten. Und weglaufen konnte ich ebenfalls nicht, da ich ja schon in Iron Mountain war. Meinen Vater oder den Baptistenpfarrer um Rat zu fragen, kam auch nicht in Betracht, und Fred war wieder in Ohio und mir vielleicht immer noch böse. Clarence mochte ich nicht fragen, weil er in seinen wilden Tagen selbst mehrere uneheliche Kinder gezeugt hatte. Außerdem ließen einige seiner Bemerkungen darauf schließen, dass er Probleme der Mittel- und Oberschicht nicht allzu ernst nahm. Ihm ging es vor allem darum, dass Essen auf den Tisch kam. Einmal hatte ich seine Familie in ihrem heruntergekommenen Haus, einem Wohnwagen mit Anbauten, im Wald besucht, wo sie Fisch grillten, aber bei dem Gewimmel von Kindern und Enkeln wusste ich nicht, wer zu wem gehörte. Manche sahen nach Chippewa aus und andere eher finnisch. Es blieb also noch Jesse, und ich überlegte, wie der Mexikaner wohl zu dem Problem stand. Im Laufe der Jahre hatte er immer mehr Verantwortung übernommen, zog mittlerweile mehrmals im Monat einen ordentlichen blauen Anzug an und suchte den Buchhalter, den Makler, die Bank und die Anwaltskanzlei auf. Als ich zwölf war, hatten wir in den Frühjahrsferien einmal einen Cousin meines Vaters in Palm Beach besucht, und mein Vater hatte Jesse als »Alleskönner« und »Tausendsassa« vorgestellt. Ich fand dort alles furchtbar, bis auf die zwei Tage, die ich mit Jesse in Stuart beim Tiefseeangeln verbringen durfte. Ich fing einen Fächerfisch, und ich hielt ihn für das schönste Tier, das ich jemals im Leben gesehen hatte. Ansonsten beobachtete ich am Ufer, wie die Sanderlinge immer bis zu einer bestimmten Stelle liefen, dann hinaus aufs Wasser flogen und genau zu der Stelle am Ufer zurückkehrten, wo ich sie zuerst gesehen hatte, bis ein neuer Schwarm landete. Cynthia hatte nie Probleme, wo immer wir auch hinfuhren. Sie las und tanzte. Als wir einmal in New York in ein schickes Hotel kamen, hatte Cynthia binnen einer Stunde ein Mädchen in ihrem Alter gefunden, das Lust hatte, mit ihr Tanzschritte zu üben. Mir dämmerte, dass Cynthia am Tanzen wohl dasselbe Vergnügen hatte wie ich an körperlicher Arbeit oder am Angeln. Vielleicht geht es allen Menschen besser, wenn sie physisch erschöpft sind.

Unser Ausflug war erst mal ein Flop. Es fing mit kaltem Regen hinter dem Lake Superior an, und als wir in Ontonagon ankamen, war der Vergaser kaputt. Mein Geld hatte ich gedankenlos im Koffer in der Hütte zurückgelassen, was Glenn empörte. Er behauptete, ich würde den »Wert« von Geld nicht kennen, bereute seine Worte aber sofort und entschuldigte sich. Natürlich hatte er recht. Cynthia und ich bekamen jede Woche fünfzig Dollar von einem kleinen Treuhandkonto, das von meiner verstorbenen Großmutter mütterlicherseits eingerichtet worden war. Sie hatte meinen Vater nicht gemocht, ihm misstraut und auf keinen Fall gewollt, dass das Geld über sein Büro lief. Sie selbst war auch nicht besonders liebenswert, obwohl sie einen Schwarzen beschäftigte, der Sam hieß und in ihrem Haus in Evanston arbeitete. Sam ging mit mir in Chicago in die Museen und in Brentanos Buchladen, wo ich jedes Buch bekam, das ich mir wünschte. Ich bekam auch stets eine Pizza, und in einem schwarzen Restaurant lernte ich ein paar von Sams Freunden und Verwandten kennen. Jedenfalls bewahrte ich mein Geld in meinem Zimmer auf, schon deshalb, weil ich ungern in Banken ging, und was ich jetzt bei mir trug, war nicht der Rede wert.

Da waren wir also nun. Wir standen an einer Tankstelle, tranken Limonade und sahen dem Regen zu, während ein Mechaniker ermittelte, dass es fünfzig Dollar kosten würde, einen Vergaser vom Schrottplatz zu besorgen und einzubauen. Wir besaßen zusammen nur zwanzig, und die Tankstelle wollte uns keinen Kredit geben. Von der Auseinandersetzung mit Laurie war ich noch etwas benommen, sonst wäre ich bestimmt schneller auf die Lösung gekommen. Mein Vater hatte nämlich einen weiteren Cousin namens Sprague, einen alten Junggesellen, der in der Nähe von Ontonagon wohnte und den wir nur gelegentlich bei Beerdigungen in der St. Paul-Kirche oder in Evanston oder Lake Forest sahen. Er war reichlich verschroben, aber mit mir redete er, weil wir uns beide fürs Angeln interessierten. Meine Mutter sagte, er trage immer noch denselben Anzug, den er in den Zwanzigerjahren in London hatte anfertigen lassen. Er schien keinen aus der Familie zu mögen, und es kursierte der Witz, dass er nur zu Beerdigungen käme, um sich zu vergewissern, dass dieser oder jener wirklich tot war. Ich rief ihn an und reichte den Hörer dann an den Tankstellenbesitzer weiter, der mir daraufhin erklärte, gegen Mittag werde der Wagen fertig sein. Sprague schickte seine Angestellte, eine riesige Finnin, die uns in einem holzverkleideten Ford Kombi aus den späten Vierzigern abholte. Die Kotflügel des Autos waren verrostet, und die Frau fuhr mit Höchstgeschwindigkeit, stieg an den Ampeln auf die Bremse, um anschließend wieder voll aufs Gas zu treten.

Spragues Haus war groß, hatte ein Giebeldach, und der Farbanstrich war seit ewigen Zeiten überfällig. Er selbst war hagerer und gebrechlicher denn je, was seinen Burkett-Unterkiefer noch länger machte. Schlurfend führte er uns durch seinen Salon und zeigte uns seine große Sammlung mit indianischen

Decken, Töpferwaren und Waffen aus dem Südwesten, wo er in der Nähe von Tucson die Winter verbrachte.

Das Abendessen mit gebratenem Hühnchen war gut, aber die Unterhaltung geriet ziemlich ungemütlich, da Sprague sich über das »beschämende« Verhalten unserer Familie während der Holzära der 1880er und -90er ereiferte. »Sie haben etwas weiter westlich von hier über achttausend Hektar Bäume gefällt, die ihnen gar nicht gehörten«, sagte er und zeigte auf die Wand. Ich erwähnte, dass ich mich genauer über diese Geschichte erkundigt hätte, und nannte einige Details, was ihn freute. Er hatte sein Essen nicht angerührt, und Nelmi, die riesige Finnin, schob den vollen Teller Glenn hin, der, so dünn er auch war, eine Menge verdrücken konnte.

»Ich hab nicht den ganzen Tag Zeit«, sagte Sprague und kniff mich dann in den Arm. »Seit dem vergangenen Jahrhundert hat in dieser Familie nicht einer Muskeln gehabt. Du schlägst aus der Reihe.«

»Ich schwinge seit zwei Monaten die Schaufel«, sagte ich und erzählte ihm dann unbekümmert von meinem Projekt, dass ich die Wurzeln des Bösen in meiner Familie aufdecken wolle.

»Du bist naiv. Wie aufrichtig kannst du sein, solange du dich von ihnen durchfüttern lässt? Ich habe unterrichtet, bis ich fünfundvierzig war, und bin dann meinen Neigungen nachgegangen, du weißt schon, Angeln und Reisen, meiner Sammelleidenschaft. Und zwar in der festen Überzeugung, dass das große Geld schmutzig ist. Heute glaube ich, dass einiges lediglich schmutziger ist als anderes. Wir waren damals unersättlich in unserer Gier. Wegen uns sind hundert Kinder in Keweenaw erstickt, vergiss das nie.«

»Es gibt kaum Dokumente aus dieser Zeit, die das eindeutig

belegen«, entgegnete ich. »Ich bin dem nachgegangen, und in den Zeitungen stand, es sei einfach Panik ausgebrochen.«

»Quatsch. Wenn du schon gräbst, dann grab auch tief genug. Es war Mord. In einem überfüllten Saal brüllte der Schlägertrupp *Feuer*. Das ist Mord.«

Damit war die Sache für ihn erledigt. Nelmi brachte eine Flasche Cognac und Papier und Bleistift. Sprague goss sich selbst ein großes Glas ein und mir und Glenn ein kleines, und dann zeichnete er uns eine detaillierte Angelkarte mitsamt der Verbindung zu einem Schleusentor und sagte, es seien zwar nur etwa vierzig Hektar, aber dort, wo der kleine Bach in den Superior münde, sei das Wasser sehr fischreich. Und außerdem gebe es einen schönen Biberteich weiter oben am Bach hinter der Hütte. Die könnten wir gern benutzen, da sie ihm gehöre, aber es sei »nichts« drin. Er sagte auch, er werde mir später einen Packen mit »Forschungsmaterial« schicken. Er schlurfte auf die Veranda, um uns zu verabschieden, blickte kritisch zum Himmel und meinte, der Wind habe nach Süden gedreht. »Dein Vater war nur gut im Krieg, weißt du das? Danach hat er hauptsächlich Geld verschleudert.« Ich nickte, obwohl mein Vater eigentlich nie den Zweiten Weltkrieg erwähnte und keinem Veteranenverein angehörte. Jesse hatte allerdings behauptet, Vater hätte General werden können, wenn er beim Militär geblieben wäre. Das konnte ich unmöglich glauben. Erst später leuchtete es mir ein: Wenn man keine Landstriche mehr verwüsten konnte – Landstriche, so groß wie ganze Staaten –, musste man sein Heil wohl in einem globalen Krieg suchen.

Spragues Hütte war unverschlossen und gespenstisch leer, aber tadellos in Schuss. Sie war etwa sechs mal sechs Meter groß und nur mit einem kleinen Feldsteinkamin, einem schmalen

Bett und einem Tisch mit Stuhl ausgestattet. Auf dem Tisch lag eine getippte Karte für Eindringlinge, auf der stand: »Hier gibt es nichts zu holen, Sie können sich die Mühe also sparen.« Es gab keinen Herd, keine Toilette, keine Pumpe oder sonstige Annehmlichkeiten. Glenn sagte: »Das ist ja unheimlich«, also gingen wir stundenlang angeln und campierten unten in Ufernähe. Die Hütte selbst befand sich auf einem kleinen Hügel, sodass man den Lake Superior nur aus dem Vorderfenster sehen konnte.

Das Grundstück wirkte unberührt. Riesige Seidenkiefern und ein paar Laubbäume warfen so viel Schatten, dass es, bis auf die Erlen um den Biberteich, kaum Unterholz gab. Das Gelände wurde durch einen kleinen klaren Bach zweigeteilt. Und als wir zur Mündung kamen, gingen wir sogleich vorsichtig in die Hocke, als wir einen Schwarm seewärts wandernder Bachsaiblinge sahen, die nicht sehr häufig sind. Wir waren ganz kribbelig, als wir unsere Angelruten zurechtmachten und mit einer Münze entschieden, wer als Erster auswerfen durfte. Glenn gewann und fing einen Zweipfünder, aber dann merkten wir, dass die Fische nicht scheu waren, und angelten gleichzeitig. Bis zum Einbruch der Dunkelheit hatten wir ein Dutzend gefangen und ließen alle wieder frei, bis auf zwei, die wir uns für einen Mitternachtsimbiss aufsparten und zu einem Sechserpack Bier aßen, das Glenn im Bach kaltgestellt hatte. Das Nordlicht mit seinen wirbelnden Bändern und Kegeln aus rosafarbenem, grünem und bläulichem Licht war umwerfend und so intensiv, dass man einen blechern-metallischen Ton zu hören glaubte. Glenn sagte, wenn wir jetzt noch an eine Muschi rankämen, wäre es die vollkommenste Nacht der Welt. Ich tat so, als wäre ich ebenfalls begeistert, aber innerlich war ich erleichtert, dass ich volle sechs Stunden nicht an Laurie hatte denken müssen.

Am Morgen war es kühl und windig und der Superior zu rau für die Saiblinge. Wir angelten erfolgreich im Biberteich, und dann machte ich einen Spaziergang, um mir, nach dem Schlafen am Strand, die Beine etwas zu vertreten. Ich war überrascht, als ich in einem Hemlocktannenwäldchen hinter der Hütte auf einen schlichten, moosbewachsenen Grabstein stieß. Meine Neugier war stärker als meine gute Erziehung, und ich kratzte das Moos ab und las:

AMANDA SWENSON BURKETT
7. Oktober 1913 – 12. Juni 1937

Sechzehnjährige haben wenig Umgang mit dem Tod, und mir lief ein Schauer über den Rücken. Ich ging wieder angeln, aber ohne rechte Begeisterung. Das ganze Gelände erschien mir wie ein einziges riesiges Mausoleum.

Der Gedanke, dass ein kaputter Vergaser unserem Leben eine entscheidende Wendung geben kann, ist fast erschreckend. Wir fuhren also am Sonntagabend zurück nach Iron Mountain, und ich schrieb Sprague einen Dankesbrief. Ich wagte, ihn an sein Versprechen zu erinnern, dass er mir Unterlagen zur Familiengeschichte schicken wollte. Gern hätte ich ihn auch nach seiner seltsamen Hütte und dem Grabstein gefragt, fand dann aber, dass beides mich nichts anging. Ich schloss mit einigen halbgaren allgemeinen Bemerkungen zu den Missetaten unserer Vorfahren. Den wenigsten Sechzehnjährigen gelingt es, sich davor zu hüten, schrecklich altklug zu sein. Ich hatte jedenfalls noch nicht begriffen, dass die Vermessenheit, mit der ich dieses gewaltige Projekt anging, auch ein Charakterzug meiner Familie war.

Am Montagmorgen weckte Herbert uns um fünf Uhr. Mit seiner flotten Kellnerin lief nichts mehr, er war wieder zur Vernunft gekommen. Dass wir mit unserer Arbeit sehr im Rückstand waren und er uns in wenigen Wochen würde zur Schule zurückschicken müssen, hatte ihn einigermaßen in Panik versetzt. Wir arbeiteten jetzt zehn Stunden pro Tag, bald auch an den Samstagen, was unseren Angelausflügen am Wochenende eine Ende setzte. In der letzten Woche brachten wir es auf zwölf Stunden am Tag. Die anderen Arbeiter bekamen die Überstunden bezahlt, während Glenn und ich ungerechterweise nur den normalen Tagessatz erhielten. Eines Abends, als beide schon mit Bier abgefüllt waren, geriet Glenn darüber mit seinem Dad in einen hässlichen Streit. Glenn holte aus und traf seinen Dad so heftig, dass dem die Tränen in die Augen schossen. Herbert warf seinen Sohn durch die Fliegengittertür nach draußen. Ich drehte den öffentlichen Radiosender von Marquette auf, sodass Brahms, nicht gerade mein Lieblingskomponist, die Hütte volldröhnte.

Nach zwölf Stunden Arbeit und nachdem ich mir wie üblich gehörig den Magen vollgeschlagen hatte, war abends nichts mehr mit mir los. Diese Auflösung des Hochgefühls in Erschöpfung war eindeutig die Kehrseite körperlicher Arbeit. Ich dachte schon daran, aufzugeben, wollte aber auch so spät wie möglich nach Hause zurückkehren. So kam es, dass ich nicht nur genauso viel Bier trank wie Glenn und Herbert, sondern auch die gleichen stumpfsinnigen Gespräche führte wie sie. Das halbe Dutzend Bücher, das ich für die Schule lesen wollte, hatte ich nicht angerührt. Meine Englischlehrerin, Mrs Schmidt, hatte mir erklärt, ich sei ihr einziger Schüler, der sie nicht vollkommen enttäuschte. Ich verschnürte meine Reisetasche ganz fest, um die Romane von Stendhal, Hamsun, Céline, Gogol,

Dostojewski und Alain-Fournier nicht mehr sehen zu müssen. Ich kam mir vor wie ein grober Klotz.

Am Freitagabend vor meinem Aufbruch traf ich Polly zufällig auf der Straße. Ich war ziemlich dicht, da wir nach Arbeitsende einen Sechserpack getrunken hatten, und Herbert hatte uns in der dämmrigen Nische des italienischen Restaurants obendrein noch heimlich Whiskey eingeschenkt. Ich ging mit Polly, und Herb und Glenn brüllten mir hinterher, sie würden ohne mich zum Haus fahren.

Wir gingen in den Stadtpark. Ich war zu betrunken, um etwas Intelligentes zu sagen, erklärte ihr aber natürlich, dass ich sie liebe. Angesichts meines Zustands fand sie das sehr komisch, was mich wütend machte, aber nur kurz, weil ich mich plötzlich übergeben musste. Polly half mir, mich an einem Trinkbrunnen zu säubern, und dann schlief ich, im Gras an einen Baum gelehnt, etwa eine Stunde. Sie war noch da, als ich erwachte, weswegen ich sie nach Hause brachte. Noch nie war ich mir so dumm vorgekommen, doch die folgenden Wochen sollten zeigen, dass ich mich noch steigern konnte.

6

Laurie war schwanger. Das erfuhr ich an jenem Samstag, kaum dass ich in die Auffahrt eingebogen und aus dem Wagen gestiegen war. Während ich mich mit Clarence und Jesse unterhielt, der meinte, ich sähe jetzt wie ein Boxer aus, kam Cynthia aus der Hintertür und sagte es mir vor den anderen. Ich fühlte mich etwas schwindelig und dann plötzlich ziemlich mies.

Meine Eltern und ein Anwalt trafen sich am Samstagnachmittag mit Lauries Eltern, und noch am Abend flog Laurie mit ihrer Mutter nach Chicago. Mein Vater sagte kein einziges Wort, aber meine Mutter war absolut empört. Ihren Drink in der Hand, sagte sie in der Küche: »Der Apfel fällt nicht weit vom Stamm.« Ganz offensichtlich war mit dem Stamm mein Vater gemeint.

Laurie kehrte nach einer Woche aus Chicago zurück und erwähnte die Abtreibung auf unserem Spaziergang zur Presque Isle mit keinem Wort. Mehrmals nahm sie einen Anlauf, konnte aber nicht sprechen. Sie tat so, als wäre sie wütend, weil ich Brent, ihren Footballspielerfreund, am ersten Schultag in der Sportstunde umgelegt hatte, als er mich angriff. Da ich nicht wusste, wie ich mich anders zur Wehr setzen sollte, hatte ich ihn einfach zu Boden geworfen und ihm die Kehle zugedrückt.

Ich hatte einiges an Gewicht und Muskeln zugelegt, und ein Kotrainer schlug vor, ich solle beim Footballteam mitmachen, weil ich den Ball gut fing, wenn wir im Sportunterricht Touch-Football spielten. Wir hatten schon zu viele gute Tight Ender, weshalb sie mich zum Middle Linebacker machten, was keine schlechte Spielposition für einen jungen Mann ist, der seine Wut loswerden muss. Im fünften Spiel der Saison brach ich mir auf einem gefrorenen Platz in Sault Sainte Marie den rechten Knöchel und bekam einen hinderlichen Gipsverband. Nachdem der Verband im Januar abgenommen worden war, brach ich mir den Knöchel erneut, als ich beim Verlassen der Peter-White-Bibliothek auf dem vereisten Gehsteig ausrutschte. Ich verbrachte einen Monat mit einer klinischen Depression in meinem Zimmer, und Cynthia versorgte mich mit den Schulaufgaben.

Doch ich war nicht der Einzige, der für Neuigkeiten in der Familie sorgte. Eine Woche vor Weihnachten wurde mein Vater während eines Besuchs in Duluth zusammen mit seinem alten Yale-Kumpan Seward verhaftet, weil sie sich mit minderjährigen Mädchen »eingelassen« hatten. Das gelangte natürlich nicht in die Zeitung von Marquette und löste auch keine Familienkrise aus, da meine Mutter nach Chicago floh, um sich in die Obhut ihres Phantomschmerz-Arztes zu begeben. Ich muss sagen, dass mein Vater die Angelegenheit sehr souverän handhabte und sogar, wie jedes Jahr, die traditionellen hundert Portionen Rinderbraten an die Armen verteilen ließ, damit sie Weihnachten etwas »Anständiges« zu essen hätten. Ich selbst erfuhr von dem Verfahren gegen meinen Vater nur um mehrere Ecken. Jedenfalls wurde er im Februar für sechs Wochen in eine therapeutische Einrichtung für Alkoholiker außerhalb von Minneapolis eingewiesen – ein Kuhhandel zwischen Anwalt und Richter. Ich habe es immer seltsam gefunden, dass in der amerikanischen Rechtsprechung die Strafe für bestimmte Verbrechen geringer ausfällt, wenn der Straftäter betrunken ist. Außerdem bin ich überzeugt, dass eine beträchtliche Geldsumme an die Eltern der minderjährigen Mädchen geflossen ist. Jesse musste meinen Vater in jenem Winter häufig nach Duluth fahren, zweimal machte er sich allerdings auch allein auf die Reise. Mrs Plunkett stand eines Abends weinend vom Esstisch auf, als Cynthia sagte: »Sie sollten den Kinderficker ins Gefängnis stecken«, und damit unseren Vater meinte. Nachdem er aus der Reha-Klinik entlassen worden war, verbrachte er den Rest des Winters hauptsächlich in Florida.

Nach zwei Monaten Chicago kam meine Mutter im März für eine Woche nach Hause, um mit uns über Vater zu sprechen. Ich weiß nicht, was sie von uns erwartete. Cynthia steckte unverwandt ihre Nase in den Sillitoe-Roman, den sie gerade las. Weil mir nichts Besseres einfiel, schlug ich vor, meine Mutter solle sich, bevor sie womöglich die Scheidung einreichte, zusammen mit Vater in eine sechsmonatige Therapie begeben. Cynthia blickte mich überrascht an, ganz offensichtlich hatte sie an diesem Tag ebenfalls die Kolumne von Ann Landers in der *Detroit Free Press* gelesen. Am Abend behauptete Cynthia, Mutter sehe vermutlich so blendend aus, weil sie in Chicago eine Affäre habe. »In ihrem Alter?«, sagte ich laut, und Cynthia antwortete: »Sie ist erst dreiundvierzig, und wie üblich hast du keinen blassen Schimmer.«

Kaum war der Gipsverband des zweiten bösen Bruchs ab, kam ich wieder ins Krankenhaus, weil der Knöchel nicht richtig verheilt war. Ein orthopädischer Chirurg sollte am nächsten Morgen entscheiden, ob der Knöchel operiert und dann erneut eingegipst werden musste. Es war ein ungewöhnlich warmer Märzabend, und die ganze Stadt versank im frisch getauten halbmeterhohen Schneematsch. Cynthia brachte mir eine Portion Lasagne von Mrs Plunkett und eine volle Karaffe Rotwein. Sie hatte erst kürzlich das Versteck für den Schlüssel zu

Vaters Weinkeller entdeckt, und wir hatten uns mit einigen Flaschen versorgt. »Lynch Bages 1953«, verkündete sie, nahm ein leeres Wasserglas und schenkte mir ein. »Gute Besserung«-Karten waren von meinem Vater und von Laurie gekommen, wobei seine in Key West abgestempelt und mit der Bemerkung »Fische beißen großartig« versehen war, was ich bezweifelte. Mein ehemaliger Pfarrer der Baptistenkirche, der seine seelsorgerische Runde durchs Krankenhaus machte, schaute auch bei mir vorbei. Er schenkte mir ein frisches Exemplar der Gideon-Bibel. Ich stellte die beiden vor, und Cynthia nahm so feierlich Platz, als wolle sie ernsthaft den Worten des Pfarrers lauschen. Sie war auf dem Weg zu einer Party, und ihr Minirock zeigte eine Menge Bein, wenn nicht noch mehr. Der Pfarrer holte zu einem weitschweifigen Vortrag aus und führte uns vor Augen, dass das Christentum sowohl eine Armee sei (vorwärts, ihr christlichen Soldaten) als auch ein sportlicher Wettbewerb (der Sieg geht an die Schnellen). Cynthia steckte sich eine Zigarette an, was in einem Krankenzimmer selbst damals schon ungehörig war, und ich meinte, Cannabis in ihrer Old Gold Filter zu riechen. Sie brachte den Pfarrer völlig aus dem Konzept, und so wäre es wohl den meisten Männern ergangen außer ihrem Bruder.

Später am Abend, als der Mond ins Zimmer schien, stand ich auf und zog mich an, da ich mich inzwischen gegen eine Operation und weitere Monate in Gips entschieden hatte. Für den Unterricht von Mrs Schmidt hatte ich gerade zwecks Notenaufbesserung Dostojewskis *Dämonen* gelesen und war bis zu der Stelle gekommen, wo Kirillow in einem dunklen Raum Stawrogin ins Ohr beißt. Neben manch anderem hatte mir auch dieser Roman klargemacht, wie kindisch meine Suche nach den Wurzeln des Bösen in meiner Familie war. Ich hatte an dem Projekt gearbeitet, Literatur zur Holzindustrie und zum Bergbau gelesen und einen Briefwechsel mit Sprague geführt, der ein ganzes Paket mit Material über seinen Zweig der Familie geschickt hatte. Mein letzter Brief war unbeantwortet geblieben, und ich fragte mich, ob er vielleicht gestorben war.

Ich setzte mich ans Fenster, starrte den Mond an und überlegte, ob mein Entschluss, das Krankenhaus ohne Knöcheloperation zu verlassen, richtig war. Ich starrte den Mond so lange an, bis mein Kopf ganz leer wurde und nichts mehr richtig registrierte, weder die vorbeifahrenden Autos noch die Krankenhausgeräusche (eine fallen gelassene Bettpfanne im Korridor und einen Pfleger, der »Scheiße« sagte). Auch wenn ich nicht einmal mehr die widersprüchlichen Stimmen in mir wahrnahm, dämmerte mir doch im hintersten Winkel meines Hirns, dass ich in demselben tranceartigen Zustand gefangen war wie damals bei den Fliederbüschen, am Weg hinter der Werkstatt, als ich zu Fred fahren wollte, nur dass ich diesmal weniger Angst hatte, den Verstand zu verlieren. Die Zeit zog sich zusammen, und ich sah den Mond seine Bahn ziehen. Es war irreal, aber gleichzeitig tröstlich, den Verstand zu »verlieren«. Im Geist suchte ich die verschiedensten Orten auf: Ich war auf den Klippen oberhalb von Lake Superior, wo Richard, der Bruder meines Vaters, tödlich abgestürzt war, in Spragues Hütte westlich von Ontonagon, wo es »nichts zu holen« gab, und an einem lauschigen Plätzchen am Fence River, wo ich beim Angeln mal eingeschlafen war. Anders war allerdings, dass ich jetzt alles viel plastischer erlebte als zu der Zeit, als ich leibhaftig an diesen Orten gewesen war. Ich hatte sie visuell offenbar viel genauer gespeichert, als ich es je für möglich gehalten hätte, und ich genoss den von mir so ersehnten Zustand: die Freiheit, nicht über mich selbst nachdenken zu müssen. Dann verblassten die Bilder. Zum Schluss hatte ich mich in dem Schatten hinter Pollys Ohr verkrochen und dann in Lauries von Seewasser beperlter Kniekehle. Ich verlor den Mond, als mich eine Schwester auf ihrer Runde mit der Frage »Wieso liegen Sie nicht im Bett?« aufschreckte, und ich antwortete: »Weil ich auf einem Stuhl sitze«, was sie komisch fand. Ein paar Minuten nachdem sie fort war, schlich ich mich aus dem Krankenhaus. Durch einen Blick auf die Uhr stellte ich fest, dass ich Stunden in diesem seltsamen Zustand verbracht haben musste. Inzwischen war es kurz vor sechs Uhr morgens, und der Imbiss hatte schon geöffnet. Wegen des elenden Knöchels ging ich sehr vorsichtig, da der getaute Schnee und die Pfützen in der Nacht wieder gefroren waren und den Gehsteig streckenweise in Eisbahnen verwandelt hatten.

Daheim traf ich Clarence an, der zwei seiner Trapper-Kumpane zu Besuch hatte. Jeden Winter legte Clarence eine Menge Fallen aus und suchte sie nachts bei Vollmond ab. Er erklärte mir, er brauche dieses Zubrot, um seine Enkel zu ernähren. Er hoffe aber darauf, dass Donald ein Football-Stipendium bekomme, was ihn ziemlich entlasten würde. Clarence winkte mir über den Tisch zu, und ich staunte, wie viel diese etwas heruntergekommenen Männer verputzen konnten. Aber vermutlich bekam man einen ordentlichen Hunger, wenn man die ganze Nacht mit Schneeschuhen unterwegs war. Der eine Mann hieß Bobber, ein dunkelhäutiger Indianer mit frisch verheilten Narben im Gesicht. Als er meinen Blick bemerkte, erklärte er gut gelaunt, er habe in Rapid River eine Auseinandersetzung wegen einer Frau gehabt. Nachdem sie mit ihrem Frühstück fertig waren, dösten die Männer auf ihren Stühlen bis zum Beginn ihrer Tagesarbeit. Clarence machte dort häufig ein Nickerchen, und Cynthia und ich versuchten dann, uns unbemerkt anzuschleichen, aber es gelang uns nie, ihn zu überraschen. Jesse gesellte sich zu uns. Er trug den blauen Anzug mit einem Mantel darüber und hielt die krokodillederne Aktentasche unter dem Arm, die er vor Jahren aus Veracruz mitgebracht hatte. Trotz seiner dunkleren Hautfarbe schienen ihn alle in Marquette zu mögen, denn er hatte tadellose Manieren und stets ein gewinnendes Lächeln. In geschäftlichen Angelegenheiten wurde ihm allerdings ein rasiermesserscharfer Verstand nachgesagt, aber es schien für ihn einerlei zu sein, ob er seinen blauen Anzug trug oder die weiße Jacke, die meine Mutter vorgeschrieben hatte, wenn er zum Tee oder bei Cocktailpartys auftrug.

Nachdem Jesse mit Kaffee und Donuts fertig war, winkte er mich nach draußen und fragte, wieso ich nicht im Krankenhaus sei. Clarence hatte mich ebenfalls darauf angesprochen: »Ich dachte, sie würden dich heute aufschneiden«, hatte er gesagt, als sie auf die Rauferei und die Verletzungen seines Freundes Bobber zu sprechen kamen. Ich erklärte, ich bräuchte eine Verschnaufpause und ertrüge keinen weiteren Gipsverband. Da lächelte Jesse, schüttelte mir die Hand und sagte, am Abend habe ein Anwalt aus Ontonagon angerufen, ich hätte von Cousin Sprague eine Hütte mit Grundstück geerbt.

Ich stand da und zitterte und erklomm dann den steilen Hügel und lief über die Ridge Street wieder nach Hause, wo ich in den Pick-up stieg und nach Ontonagon fuhr, um meine zweite Heimat in Augenschein zu nehmen. Ich war jetzt Haus- und Landbesitzer, und das Gefühl war fast so überwältigend wie der Moment, als ich meine Unschuld verlor. Ich würde mich vollkommen von meiner Familie lösen und von fünfzig Dollar die Woche leben können. Ich war siebzehn und ein freier Mann. Albernerweise sang ich mit meiner scheußlichen Stimme die neue Bürgerrechtshymne »O Freedom«. Ich war schon eine Stunde unterwegs und westlich von Champion, als die Schneeberge am Straßenrand immer höher wurden, und ich fragte mich, ob ich überhaupt bis zur Hütte kommen würde. Ich fuhr weiter und geriet tatsächlich in einen Schneesturm, der sich mir bei meiner Ankunft in Ontonagon als fast vollkommen konturlose, blendende Helligkeit darbot. Die letzten drei Kilometer Landstraße bis zum Eingangstor des Grundstücks waren unbefestigt und von riesigen Schneewehen versperrt, die der Seewind aufgetürmt hatte. Ich saß da und zählte mein Geld, während der heiß gelaufene Motor klopfte und der Pick-up im kalten Wind schwankte. Ich hatte genug dabei, um Schneeschuhe zu kaufen oder jemanden zu bezahlen, der mich mit einem Schneemobil zur Hütte schleppte. Letzteres war allerdings eher unwahrscheinlich, weil Schneemobile für Wege konstruiert sind, und als ich aus dem Auto stieg, sank ich auf dem unbefestigten Stück Landstraße bis zur Taille ein. Jetzt fing auch mein heikler Knöchel wieder zu schmerzen an, als hätte jemand einen Nagel hineingeschlagen. Trotz der Enttäuschung war ich noch immer guter Dinge, als ich in die Stadt zurückfuhr und mir ein Motel suchte. Die Hütte gehörte mir, auch wenn ich bis Ende April oder Anfang Mai warten müsste, um sie anzuschauen.

Ich stand eine Weile in dem Motelzimmer und sah durchs Fenster in den Schneesturm und ging dann zu Fuß zu Spragues Haus, doch das war dunkel und fest verrammelt. Wie ich in der Wohnstraße in dem grellen Schnee so dastand, fiel mir weder der Nachname der Haushälterin ein – ihr Vorname war Nelmi – noch hätte ich sagen können, was ich überhaupt von ihr wollte. Ich fror, war erschöpft und ging zurück ins Motelzimmer, zog mir einen Lehnstuhl ans Fenster, und während ich die beängstigend weiße Welt anstarrte, nickte ich langsam ein. Die Welt war eine leere Leinwand, auf die man, wenn man wollte, sein Leben malen konnte. Kurz vorm Einschlafen stellte ich mir vor, ich würde am Fenster der Hütte sitzen, und malte mir in Gedanken das Innere aus, inklusive des vorderen Fensters, dem einzigen, aus dem man den Lake Superior und den Horizont sehen konnte. Doch mir machte eine Behauptung von Fred zu schaffen. Er hatte erklärt, als guter Christ, der ich ja angeblich sei, müsse ich mich in der Welt erst bewähren, bevor ich den Rückzug antreten dürfe. Und er hatte mal gewitzelt, so richtig im Griff habe man die Welt nur, wenn man auf dem Klo sitze, aber das sei dann wohl doch etwas wenig.

Als ich am späten Nachmittag erwachte, schneite es nicht mehr, aber der Wind hatte aufgefrischt, und das Fenster, durch das ich den aufgewühlten Lake Superior in der Ferne sehen konnte, klapperte heftig. Ich nahm die allgegenwärtige Gideon-Bibel aus der Kommode, und sie erschien mir bleischwer. Es gab nur ein Blatt Briefpapier mit Hotelaufdruck in der Schublade und einen Kugelschreiber neben dem Telefon. Ich schrieb:

1. Gott erschuf den Kosmos vor Billionen Jahren, zog sich dann zurück, und jeder konnte sich nach Lust und Laune bedienen.
2. Wahrscheinlich wacht Gott nicht über die Aktivitäten, die wir mit unseren Genitalien anstellen.
3. Jesus war der Sohn Gottes, aber dann sagte er in einem rätselhaften Satz, das sei jeder andere auch.
4. Wenn man die Worte von Jesus aus dem Neuen Testament einmal beiseitelässt, stellt man fest, dass der Rest ganz offensichtlich nur zur Erleichterung des diesseitigen Kirchenlebens hinzugefügt wurde.
5. Die Menschen werden anscheinend von der Kirche zum Bösen ermutigt. Fred sagt, das diene der Stärkung kirchlicher Macht.
6. Fred sagt, wenn er einen Politiker, der sonst die Armen

knechtet, öffentlich beten sehe, würde er am liebsten zur Knarre greifen.

7. Als die Kirche sich mit der weltlichen Macht verbündete, löste sie die Verbindung zu Jesus.
8. Laurie will nicht mehr mit mir reden. Ich habe ihr gesagt, ich hätte Kondome gekauft. Sie geht zu einem Therapeuten, der sagte, sie soll ein ganzes Jahr lang mit niemandem ficken. Cynthia beschränkt sich inzwischen ausschließlich auf Donald. Ich bete immer noch, auch darum, dass ich nicht mehr ans Ficken mit Laurie denke, aber das hat nicht geklappt. Es war der größte Genuss, den ich je erlebt habe, und nun ist es vorbei. Es ist leichter, über Sex zu schreiben als über Gott und Jesus. Glenn zeigte letzten Sommer auf einen Eisvogel und fragte laut: »Wer hat sich den bloß ausgedacht?« Auf dem Rückweg nach Crystal Falls flog uns ein Hüttensänger in den Kühlergrill. Wir hielten an. Der Vogel klemmte im Gitter, und seine Augen zuckten noch. Dann schlossen sie sich für immer. Glenn fragte: »Warum musste das passieren?« Ich sagte: »Vögel werden Autos nie kapieren.« Es ist erstaunlich, wie leicht Vögel sind. Ich übersprang einen Graben, schlüpfte durch einen Zaun und grub mit den Händen ein kleines Loch. Da ich schon mal kniete, betete ich auch: »Lieber Gott, hol die Seele dieses Vogels zu dir in den Himmel.« Ich legte einen Stein auf das Vogelgrab und musste daran denken, dass ich wunderschöne Fische töte und esse.
9. Warum ließ Gott zu, dass böse Menschen wie meine Eltern und deren Vorfahren erschaffen wurden? Oder auch ich, nebenbei bemerkt.
10. Ich glaube, ich rufe Polly in Iron Mountain an. Ist das eine gute Idee?

Ich hatte beide Seiten des Blattes vollgeschrieben, also rief ich Polly an. Sie wirkte bedrückt. Ihr Dad lag im Veteranenhospital und musste erneut an den Beinen operiert werden, die bei dem Grubenunglück verkrüppelt worden waren. Meine Familie hatte das Bergbauunternehmen im neunzehnten Jahrhundert gegründet. Noch heute hielten wir einen Teil der Aktien in Händen, aber laut Jesse war es inzwischen nicht mehr viel wert. Ich sprach es nicht aus, aber vielleicht hätte meiner Familie ein finanzieller Bankrott ganz gut getan.

Ich fragte Polly, ob wir uns bei ihr in Iron Mountain treffen sollten. Sie hielt das für eine verrückte Idee, das Wetter war in der Tat grauenhaft. Zum Glück konnte ich hinter einer Reihe von Schneepflügen herfahren, doch es war ein langsames Vorankommen, und ich erreichte Iron Mountain erst gegen elf Uhr abends. Ich nahm einen Schluck vom Schnaps, den Glenn unter dem Sitz aufbewahrte, und aß ein Schinkensandwich. Als Polly in mein Zimmer kam, erklärte sie, sie habe ihrer Mutter erzählt, wohin sie gehe, und ihre Mutter habe gesagt: »Mein Vater hat deinen Dad gehasst, weil er nur ein Bergmann war. Jetzt ist es genau umgekehrt.« Polly fand das komisch, aber sie hatte sowieso immer gute Laune. Viel später fand ich heraus, dass diese permanente Fröhlichkeit »Hyperthymie« genannt wird. Wir plauderten und knutschten auf dem Bett, und sie eröffnete mir, sie werde nicht »bis zum Letzten« gehen und habe es auch noch nie getan. Ich fragte, wieso, und zog stolz ein Kondom aus der Brieftasche. »Darum geht es nicht«, sagte sie. »Ich bin mir nicht sicher wegen dir.« Wie sich herausstellte, hatte sie in Marquette eine Cousine, die ihr vom Klatsch um Lauries Abtreibung und später auch vom »Problem« meines Vaters in Duluth erzählt hatte. In diesem Moment konnte ich mir gut vorstellen, in New York zu leben, wo niemand die Geheimnisse des anderen kennt, anders als auf der Upper Peninsula. Sie wollte Glenns Schnaps nicht probieren, und so trank ich den Rest mit zwei Schlucken. Noch vor Kurzem hatte ich sehr ergriffen *Die Brüder Karamasow* gelesen und erkannt, dass ich alle drei Brüder auf einmal war und noch der zurückgebliebene Halbbruder dazu. Am liebsten wäre ich natürlich der jüngste Bruder gewesen, der heiligmäßige Aljoscha. Ich wurde traurig, aber plötzlich bot sie an, wir könnten ein bisschen herummachen, und innerhalb weniger Minuten war ich nackt, und sie war nur noch im Slip, den sie, wie sie sagte, anbehalten werde, bis sie »den Knoten geknüpft« habe, ein eigentümlicher Ausdruck fürs Heiraten. Ich war nicht darauf vorbereitet, wie nackt ihre Nacktheit war. Es war fast zu viel des Guten, wie man so sagt, und verglichen mit Laurie war Polly weich und üppig, sie schämte sich sogar ein wenig wegen ihrer großen Brüste. Wir machten alles, nur das Letzte, die Vereinigung, fehlte, und insgeheim musste ich mir eingestehen, dass es so mehr Spaß brachte. Während ich an ihrem Höschen knabberte, spürte ich ihre Zähne allzu heftig, und als ich zusammenzuckte, hörte ich ein ersticktes »Entschuldigung«. Sie machte krampfartige Bewegungen und warf sich in Zeitlupe hin und her, und einen Moment lang fürchtete ich, sie würde eine Art Anfall kriegen. Ich musste ihr einen Krampf im Fuß wegmassieren und war froh, dass sie schallend lachte. Ich war so glücklich wie noch nie und musste selbst lachen, was selten vorkommt. Als sie ging, stand ich in meiner Unterhose in der Tür und ließ den Wind meinen Körper kühlen. Ich sagte ihr, dass ich sie liebe, und sie kniff mich in den Schwanz und sagte: »Du liebst, was der liebt«, und ihr Lachen hallte über den verschneiten Parkplatz. Ich blieb stehen, bis sie in ihrem uralten Plymouth wegfuhr und die Reifen auf dem knirschenden Eis durchdrehten.

Am nächsten Morgen schaute sie auf dem Schulweg für eine

Viertelstunde vorbei. Sie trug einen Faltenrock, und ihre Beine fühlten sich sehr kalt an im Vergleich zu ihrer Vulva, die mir wie eine elektrische Heizung vorkam, nur eben weich. Ich schauderte zurück, als ihre eiskalte Hand nach meinem Penis griff, weshalb sie ihn in den Mund nahm. Sie sagte: »Das habe ich gestern Abend zum ersten Mal gemacht, und heute Morgen mache ich es schon wieder«, dann lachte sie. Hinterher äußerte sie ihre Verwunderung darüber, dass ich so lange die Schule schwänzen konnte, und ich erklärte, ich sei zwar ermahnt worden, da ich aber nur Einser hätte, habe man mich nicht bestraft. Ich war noch in der Unterstufe, Polly schon in der Oberstufe. Ihr Direktor hatte ihr gesagt, sie sei ein sicherer Fall für ein Stipendium der Michigan State University in East Lansing, und sie war der festen Meinung, sie könne sich ihre Unterkunft und Verpflegung selbst verdienen. Dass Menschen sich so nach der Decke strecken mussten, löste wieder einmal große Verlegenheit in mir aus. Nachdem Polly gegangen war, versank ich in Larmoyanz. Wie zum Teufel kam ich dazu, mit dieser bezaubernden jungen Frau meine Spielchen zu spielen? Doch dann beschloss ich, sie auf der Stelle zu heiraten. Damit tauchte bereits das nächste Problem auf, denn ich hatte entschieden, nie Kinder zu zeugen. Schließlich wollte ich meinen Teil dazu beitragen, dass die Gene unserer Familie nicht weiter in die Welt hinausgetragen würden. Meinen schriftlichen Arbeiten nach zu urteilen, galt ich als intelligent. Aber seltsamerweise hatte auch mein Vater an der Yale mit *Magna cum laude* abgeschlossen, und die Leistungen meiner Mutter waren ebenfalls sehr gut gewesen, was nur bewies, dass Intelligenz ein zweifelhaftes Kriterium ist. Immer wenn mein Vater auf sein Diplom an der Wand seines Arbeitszimmers wies, hätte ich am liebsten gesagt, dass es um diesen Mann besser stünde, wenn er dümmer wäre, und um die Welt sowieso.

7

Meine Eltern kehrten Anfang April von ihren jeweiligen Urlaubsorten zurück. Sie schienen in vergleichsweise guter Verfassung und waren braun gebrannt. Aber mit Bräune kann man natürlich so allerhand kaschieren. Mutter war auf den Bermudas gewesen und Vater in Palm Beach und Key West. Er hatte, wie er sagte, viel geangelt und zeigte uns einen Haufen Fotos von Fächerfischen, Tarpunen und Meeräschen, die das beweisen sollten. Ganz der junge Detektiv, registrierte ich immer wiederkehrende Ellbogen, Knie, Schenkel, Rücken und einen badehosenbewehrten Hintern, sah aber nie das dazugehörige Gesicht auf einem der Fotos. Ich konnte Vater wegen seines Geschmacks keinen Vorwurf machen, hoffte aber inständig, dass sie wenigstens annähernd mündig war, wenngleich ich wusste, dass das Mündigkeitsalter von Staat zu Staat variierte und Mississippi es zum Beispiel schon bei vierzehn angesetzt hatte.

Cynthia weinte Mrs Plunkett nach, die nicht mehr da war, kam aber innerhalb weniger Tage darüber hinweg. Ich hatte im Winter und Frühling die meiste freie Zeit in der Bibliothek verbracht, wobei mir das Ziel, das ich mir gesteckt hatte, im Wust der historischen Fakten und Landkarten und Grafiken ein wenig aus dem Blick zu geraten schien. Dass meine Eltern jetzt zweimal die Woche nach Escanaba zu einem Ehetherapeuten fuhren, ließ etwas Hoffnung in mir aufkeimen. Schließlich liebt man seine Eltern doch irgendwie, auch wenn sich diese Liebe wohl vor allem der großen Nähe und Abhängigkeit in der frühen Kindheit verdankt. Cynthia verbrachte seit Kurzem ihre Zeit bei Donalds Tante tief in den Wäldern südlich von Au Train. Sie erzählte mir, es bringe ihr Spaß, dieser Frau, einer Vollblut-Chippewa mit zwei kleinen Enkelkindern, zu helfen. Die Mutter der Kinder war am Alkohol gestorben. Clarence hatte Cynthia das Betreten seines Hauses verboten, weil er um seinen Job fürchtete. Eines Abends erzählte Cynthia mir, dass Vater, als er sehr betrunken war, mehrmals an ihr herumzufummeln versucht hatte. Ich sagte, das hätte ich mir gedacht, seit sie im letzten Sommer mit dem Stecken auf Vater losgegangen war. Die Erinnerung an diese Szene schien sie zu amüsieren. Cynthias Härte erschreckt mich immer noch. Fast kann ich nicht glauben, dass sie wirklich so ist. Als ich einmal mit Fred darüber sprach, meinte er, er habe deshalb sogar einen Psychiater befragt. Der hatte wohl auf die Schwierigkeit einer Ferndiagnose hingewiesen, meinte dann aber, vielleicht sei eine unter zehntausend jungen Frauen tatsächlich so unerschütterlich stark. Er selbst sei aus begreiflichen Gründen einer solchen Person beruflich noch nicht begegnet, habe aber in der Fachliteratur Hinweise auf eine derartige Konstitution gefunden. Fred zog daraus das Fazit, dass man bei den Starken und geistig Gesunden nicht zwanghaft nach einer Krankheit suchen müsse.

Nach unserem Krach im vergangenen August korrespondierten wir wieder miteinander. Und er hatte mir in Aussicht gestellt, dass ich ihm bei einem Regierungsprojekt helfen könne, bei dem sozial benachteiligten Kindern Lesen und Schreiben beigebracht werden sollte und das etwas unglücklich »Catch up« hieß. Mein angeschlagener Knöchel machte mir wenig Hoffnung, dass ich bald wieder eine befriedigende körperliche Arbeit aufnehmen könnte. Und Glenn war ohnehin in einer Sackgasse gelandet, da zwei Betrunkenheitsdelikte innerhalb von nur drei Wochen ihn seinen Führerschein gekostet hatten. Die Leute vom Sozialamt beschlossen daraufhin, ihn in ihren Gewahrsam zu nehmen und trockenzulegen. Glenn war nun schon seit zwei Jahren nicht mehr bei uns zu Hause erschienen. Er sagte, ihm gefalle nicht, wie meine Eltern ihn anschauten, auch wenn sie sich dabei höflich verhielten. Ich mochte ihm da nicht widersprechen. In Wirklichkeit hatten Menschen wie Glenn für meine Eltern schlicht keine gesellschaftliche Existenzberechtigung.

Am ersten Tag der Forellensaison, gewöhnlich eine herrliche Zeit, hatten Glenn und ich einen Streit. Es war ein kalter, regnerischer Tag, und ich konnte nicht länger als zehn Minuten im Middle Branch des Escanaba stehen, ohne dass mein Knöchel unerträglich wehtat. In einem wirklich feindseligen Ton nannte Glenn mich einen »Schlappschwanz«. Ich beschimpfte ihn, weil er eine Schnapsflasche in seinem Fischkorb hatte, denn wenn er erwischt würde, käme das Sozialamt und steckte ihn wieder in den »Zoo«, wie er es nannte. »Fick dich, du reicher Schnösel«, brüllte er und trank vom Schnaps. Er leerte die ganze Flasche in nur einer Stunde und fiel dann vornüber in den Fluss. In meinen Anglerstiefeln kam ich dem armen Kerl zu Hilfe. Während ich ihn im Pick-up nach Hause fuhr, schlief er ein. Er zitterte heftig im Schlaf, doch als wir ankamen, stieß er mich weg, als ich ihm ins Haus helfen wollte, und schlug mir dabei die Lippe blutig. Glenn war mein einziger echter Freund. Alle anderen waren nur Bekannte. Als er etwa zehn war, brannte seine Mutter mit einem Rekruten der Sawyer Air Base durch, als dieser versetzt wurde. Glenn musste seinen Vater begleiten, der seiner Frau bis zu einem militärischen Stützpunkt in North Dakota nachreiste, um sie zurückzuholen. Doch sie kam nicht zurück.

Mitte Mai, das Schuljahr ging zu Ende (es war das Ende der Unterstufenzeit), begann mein Verstand mich im Stich zu lassen. Ich besaß mittlerweile zehn Spiralnotizhefte voller Fakten zur Familiengeschichte und hatte dabei den von Sprague geschickten Haufen noch nicht einmal angerührt. Mrs Schmidt hatte mir aufgegeben, *Der Fremde* von Albert Camus zu lesen, was, glaube ich, auch nicht gerade hilfreich war, da ich die Neigung hatte, mich so sehr mit den Romanfiguren zu identifizieren, bis ich kaum noch eigenständig atmen konnte. Den *Fänger im Roggen* hatte ich gehasst, weil ich den Helden für einen Waschlappen hielt, dabei wies er natürlich eine gewisse, wenn auch nur leichte, Ähnlichkeit mit mir auf.

Im Mai gab es eine ungewöhnlich frühe Hitzeperiode, und meine innere Auflösung schritt voran. Zum Beispiel knipste ich abends nach meinem gemurmelten Gebet die Nachttischlampe immer wieder an und aus, um mich zu vergewissern, ob alle Dinge im Zimmer auch am richtigen Platz waren. Ich glaube jedenfalls, das war der Grund. Ich war entsetzt, wie sehr ich an meinem Vorsatz, nicht über mich nachzugrübeln, gescheitert war. In einem Brief an Fred jammerte ich ein wenig herum, und der schrieb sofort alarmiert zurück, ich solle auf der Stelle alles stehen und liegen lassen und viel rudern, was ich in diesem Frühling noch gar nicht getan hatte. Er sagte, es gebe keine politische Lösung für die krankhafte Gier in meiner Familie, weder in der Vergangenheit noch in der Gegenwart. Für ihn klänge ich wie eine junge Version von Karl Marx auf LSD. Ich wusste, dass er nicht nur scherzte. Wie könne ich mit siebzehn glauben, ich würde das Wesen der Gier ergründen, wenn doch schon die großen Philosophen der Welt an diesem Thema gescheitert seien? Ich solle mir lieber eine Aufnahme von »Pomp and Circumstance« besorgen und die vierundzwanzig Stunden lang laufen lassen. Wenn man ein großes Ziel vor Augen habe, dürften einem die kleinen nicht aus dem Blick geraten. Kurzum, Fred schonte mich nicht.

Sogar meine Eltern bemerkten, untypisch genug, meinen Durchhänger und rieten mir zu professioneller Hilfe, worunter sie allerdings nur die Zauberpillen verstanden, die sie selbst nahmen. Fred hatte gesagt, Menschen mit ererbtem Vermögen wüssten in der Regel nicht, was sie tun sollten, und die übrige Menschheit täte das, was sie tun müsse, um zu überleben, nur ungern. Mein Leben war eindeutig an einem toten Punkt angelangt.

Mit mildem Sadismus registrierte ich, dass mein Vater finanzielle Probleme hatte. Die Tür zum Arbeitszimmer war stets geschlossen, und man konnte hören, wie er beim Telefonieren »kaufen« oder »verkaufen« brüllte. Unterdessen hatte meine Mutter einen Privatdetektiv beauftragt, der Cynthia nach der Schule beobachtete. Und eines Abends konfrontierte sie meine Schwester beim Essen mit der Tatsache, dass sie sich verbotenerweise noch immer mit Donald traf. Cynthia sagte: »Du hättest dir das Geld sparen und mich fragen können.« Beschwingt von seinen Martinis, versuchte Vater, die Atmosphäre mit der Bemerkung zu entspannen, Donald könne sich, da er halb Finne und halb Indianer sei, »Findianer« nennen. Außer ihm lachte niemand. Ich fixierte meinen Weißfisch auf dem Teller, der trocken und pappig war. Cynthia und ich hatten seit Mrs Plunketts Weggang abgenommen. Ich hatte auch das Angeln vernachlässigt. Es war Mitte Mai, und ich hatte noch keine einzige Regenbogen- oder Bachforelle gefangen, und mein Erlebnis mit Glenn vor zwei Wochen hatte mir das Trinken vergällt.

Und dennoch war ich seltsam gerührt, dass meine Eltern sich, auf ihre ungeschickte Weise, um mich sorgten. So holte

Jesse mich am Freitag überraschend von der Schule ab und sagte, er müsse mit mir reden. Jesse hielt sich bei persönlichen Angelegenheiten eigentlich immer heraus, und ich merkte ihm an, wie schwer er sich mit dem Auftrag meines Vaters tat. Er begann damit, dass ich doch im besten Alter sei und deshalb auch tanzen gehen und Bier trinken und mich auf die Pirsch nach jungen Frauen begeben sollte. Ich würde viel zu viel lernen, und das tue meinem Kopf nicht gut. Meine unglückliche Erfahrung mit Laurie dürfe mir nicht die Lust an Frauen verderben. Wieso ich denn ausschließlich »altmodische« Musik höre und nicht tanzen ginge? Ich versuchte zu erklären, dass Rock and Roll mir nicht gefalle, verschwieg ihm aber meine Privattheorie, wonach Popmusik und Fernsehen die Droge »Soma« seien, von der Aldous Huxley in seinem Roman *Schöne neue Welt* spricht. Meine Schulkameraden hörten pausenlos Rock and Roll, was ihnen sichtlich das Gehirn aufgeweicht hatte. Jesse sagte, er werde mir zu Hause ein paar Platten aus Veracruz leihen, vielleicht gefielen mir die ja. Bei warmem Wetter drang seine Musik oft aus den Fenstern seiner Wohnung über der Garage. Aber Jesse war diskret, und sie war nie so laut, dass ich sie richtig hören konnte, man spürte nur ganz zart das Klöppeln der Marimbas.

Wir aßen im Mather Inn sehr nett zu Mittag, und er beschwor mich, meinen Knöchel operieren zu lassen, da ich nicht wie ein alter Mann durchs Leben hinken könne. Ich meinte, vielleicht irgendwann im Sommer, denn mit Ende der Schule würde ich nach Ohio gehen und zusammen mit Fred armen Kindern Lesen und Schreiben beibringen. »Wenn du arme Kinder unterrichtest, wirst du dich noch schlechter fühlen«, behauptete er, stand auf und ging zum Telefon im Vorraum.

Nach dem Essen fuhren wir in der Dämmerung zweimal um

den Block und kamen dabei an einem attraktiven, aber etwas stämmigen Mädchen vorbei, das an einer Laterne lehnte und in einer Zeitschrift las. »Gefällt sie dir?«, fragte Jesse. »Sie ist ein Geschenk von mir für dich.« Ich dankte ihm und sagte, ich hätte schon eine Freundin, in Iron Mountain. »In Iron Mountain? Höchstwahrscheinlich nur in deinem Kopf«, meinte er und zuckte die Achseln.

Zu Hause fand ich eine Nachricht von Clarence vor, er werde mich am nächsten Morgen um sechs zum Angeln abholen. Ich spielte ein paar von Jesses Veracruz-Platten und musste zugeben, dass ich mich danach tatsächlich besser fühlte. Ich rief Polly an, um zu hören, ob ich sie besuchen könne, und sie versetzte mir einen Schlag in die Magengrube. Ihre kleine Schwester hatte einige meiner Briefe gefunden und sie ihrem Vater gezeigt. Er sei noch in der Genesungsphase, aber die werde wohl so schnell nicht enden. In Zukunft könne sie mich »hier oben« auf gar keinen Fall treffen, sagte Polly, aber sie fange schon im Frühsommer an der Michigan State University an, um sicherzugehen, dass sie einen Job in der Küche des Studentenheims bekam. Ich könne mich im Juni in East Lansing mit ihr treffen. Ende der Durchsage.

Vielleicht war Clarence nicht so klug wie Jesse. Das ließ sich schwer entscheiden, da er nicht viel redete, und in unserer Kultur muss, wer schlau ist, auch unbedingt etwas Schlaues oder zumindest Ungewöhnliches sagen. Eigentlich hatte ich dort angeln wollen, wo der Middle Branch des Escanaba und der Hauptfluss zusammenstießen, aber Clarence hatte nur wenige Stunden Zeit, weil meine Mutter wollte, dass unser Rasen wie das Green eines Golfplatzes aussah, da eine Geschenkparty für die schwangere Tochter einer Freundin bevorstand.

Wir waren schon eine Stunde auf dem Deadstream unterwegs, wobei ich ruderte, ehe Clarence überhaupt etwas sagte.

»Ich habe gehört, dir geht es nicht gut.«

»Kann man sagen.«

»Man sieht es. Rudern hilft. Ein Körper, der sich nicht erschöpft, wird ruhelos.«

So albern es klingt, es funktionierte. Nach ein paar Stunden musste Clarence zum Rasenmähen nach Hause, ich aber machte mir ein Sandwich, kehrte wieder zurück zum Fluss und ruderte bis in den Nachmittag. Zu Hause rief ich dann Laurie an und fragte, ob sie mit ins Kino komme, und sie sagte: »Warum nicht?« Ich hatte sie kaum noch gesehen, seit Cynthia die meiste Zeit mit Donald verbrachte. Wir gingen in die frühe Vorstellung von sieben bis neun und sahen den Film *Picknick*, der ihr gefiel und mir nicht, aber das behielt ich für mich.

Nach dem Kino fiel ein warmer Regen, es war nur ein leichter Sprühregen. Wir machten einen Spaziergang zur Presque Isle, liefen an der Westseite entlang und schauten immer wieder zur Sonne, die leuchtend gelb hinter den dunklen Wolken eines aufziehenden Unwetters unterging. Laurie hatte mit Brent, ihrem Footballfreund, der ihre neue Enthaltsamkeit nicht akzeptieren wollte, Schluss gemacht. »Hoffentlich hast du mich nicht deshalb angerufen«, sagte sie. Ich erklärte, ich hätte sie mit ihrem Trainer beim Tennis gesehen und dass ich einfach mit ihr reden wollte. »Dieses Jahr kann ich ihn schlagen«, erklärte sie stolz. Ich hatte einen Kloß im Hals, als ich mich bei ihr für das entschuldigte, was im vergangenen Sommer geschehen war. »Das warst du nicht allein«, sagte sie schüchtern. »Ich dachte einfach, Jungs hätten immer Gummis dabei.« Ich witzelte, jetzt hätte ich zwar welche, hätte aber noch kein einziges benutzt. Sie schubste mich in ein Gebüsch. »Es ist zu nass für meinen

Rock. Du musst dich auf den Boden legen.« Das tat ich, und wir schmusten eine Weile, und dann versuchte ich natürlich, das Kondom auf dem Rücken liegend überzustreifen, und es fiel ins Gras, weshalb sie mir half. Das Licht war immer noch gelblich, und es hatte kräftiger zu regnen begonnen, und es wurde dunkler. Ich wischte ihr eine Stechmücke von der nackten Hüfte, und sie sagte »Danke«. Als sie nachher im heftigen Regen auf mir lag, sagte sie: »Es ist merkwürdig, wie schön es ist, wenn man es wirklich will.« Inzwischen donnerte es, und ich öffnete die Lippen, damit es hereinregnete, denn mein Mund war ganz trocken vor Anstrengung. Ich versuchte krampfhaft herauszufinden, ob es richtig war, was ich getan hatte. Meine Hände lagen auf ihren gebeugten Knien, und mit einem Mal dachte ich: Dies ist ihr Knie, nicht meins, und ich bin nicht der Mittelpunkt des Universums. Sie ist sie, und ich bin ich. Vielleicht klingt es ja ziemlich bescheuert – für mich allerdings nicht –, aber es kam mir so vor, als hätte ich mich früher für eine Radnabe gehalten, und alle anderen waren nur die Speichen, die bei mir, dem Mittelpunkt, zusammenliefen. Während ich dalag und den Blitzen zusah, ging mir dieser Gedanke in seiner ganzen Tragweite im Kopf herum. Ich legte meine Hände um Lauries regennassen Hintern, als wäre er ein Wunder, was er auch war. Sie besaß eine kleine Stiftlampe und untersuchte kichernd das Kondom nach Rissen. Wir liebten uns noch einmal. Als wir wieder im beleuchteten Inneren des Pick-ups saßen, strahlte sie wie ein glückliches Naturkind. Wir waren so nass, als hätten wir in unseren Kleidern gebadet.

Als ich nach Hause kam, schaute mein Vater sich gerade die Hockey-Play-offs des Stanley Cup an. Er war leicht angetrunken, aber recht leutselig. Als ich kleiner war, hatten wir die Detroit Lions oder die Green Bay Packers geguckt, aber wir waren beide nicht sonderlich an Football interessiert, und deshalb ließen wir es irgendwann sein. Auf der östlichen Upper Peninsula sind die Leute Lions-Fans, aber im Westen, an der Grenze zu Wisconsin, Packer-Fans. Mein Vater hielt Football für eine soldatische Übung, eine Art Ersatzkrieg. Ich ließ mich auf der Couch nieder und trank ein Bier. Er blickte auf meine Kleidung, die nur so troff, als erwarte er eine Erklärung, doch ich lieferte keine. Er sagte, er habe mit Bedauern gehört, dass mein Freund Glenn Probleme habe. Es klang aufrichtig, ohne den üblichen ironischen Unterton, und ich erwiderte, Glenn sei ein Kamikaze-Trinker. Für meinen Vater, der im Weltkrieg zwei Jahre im Südpazifik verbracht hatte, hatte das Wort »Kamikaze« natürlich eine ganz besondere Bedeutung. Feierlich drehte er sich zu mir und sagte: »Das kann eine schreckliche Krankheit sein. Ich war vierzehn, als ich anfing, dem Alkohol zuzusprechen. Mein Bruder Richard konnte trinken und es wieder sein lassen.« Seine Hände wischten ein unsichtbares Etwas fort. Für einen seltenen, kurzen Moment verspürte ich Mitleid. »Ich hoffe, für dich ist er kein Problem«, sagte er. Er fixierte mich scharf, und ich sagte, das glaubte ich nicht. Ich wich seinem Blick aus und sah zum verschlossenen Bücherschrank mit den Erstausgaben von Robert Frost, die meiner Mutter gehörten. Als ob irgendjemand in Marquette sie stehlen würde. Ich fand Frost öde, aber meine Mutter hatte ihn während ihrer College-Zeit mehrmals bei Lesungen erlebt und liebte sein Werk. Sie war schwer enttäuscht, als Frost bei Kennedys Amtseinführung Gedichte vortrug. »Ich habe gehört, Frost wurde ausfällig, wenn er betrunken war«, sagte ich. Mein Vater nahm die Bemerkung ernst und erwiderte: »Er konnte aber auch ausfällig werden, wenn er nicht betrunken war. Mir tut es übrigens immer noch leid um den Hund.« Er spielte damit auf einen Vorfall an, als ich in der zweiten Klasse war. Mein Vater besaß damals eine bösartige Bulldogge, weil er so sentimental an der Yale hing. Eines Tages biss der Hund eine Klassenkameradin von mir schlimm in die Hand, und ihr Vater, ein Straßenarbeiter, kam und erschoss den Hund auf unserem Rasen. Mein Vater ließ den Mann feuern, und die Familie zog weg aus Marquette. Ich wusste, dass er mit Geld für die Behandlung des Mädchens gesorgt hatte, aber trotzdem. In dem Moment wünschte ich, er würde lieber einen Vorfall mit Clarence bedauern, aber es war die Frage, ob er sich an den überhaupt noch erinnern konnte. Es lag schon ein paar Jahre zurück, dass er einmal, als er schon morgens mit blutunterlaufenen Augen trank, laut nach Clarence rief, der draußen im Blumengarten beschäftigt war. Clarence kniete in einem Beet, und mein Vater versuchte, ihn zu treten, aber Clarence packte seinen Schuh und riss meinen Vater um. Ich sah es aus dem Schlafzimmerfenster, und ich war in beschämender Weise froh darüber.

Ich trank das Bier aus und sagte Gute Nacht. Mein Vater lächelte.

»Sag der jungen Frau, sie soll sich die Nägel schneiden.«

»Wie bitte?«, fragte ich, aber er zeigte auf meine Schultern. An beiden Schultern war Blut durch mein Hemd gedrungen. Das waren Lauries Fingernägel, die sich in mich gekrallt hatten. Ich war zu verlegen, um irgendetwas zu sagen. Vielleicht glaubt er ja, ich bin wie er, dachte ich.

8

Sich seine eigene Feigheit einzugestehen ist hart, selbst wenn man versucht, vollkommen aufrichtig zu sein. Was ich sagen will: So jung ich auch mit siebzehn war, sah ich mich selbst doch gern als Mann, und diese Erfahrung machte mich in einer einzigen Nacht wieder zu einem Kind. Anfang Mai, ein paar Tage nach meinem Streit mit Glenn, fuhr ich an einem Nachmittag nach Ontonagon, um mir das Grundstück anzuschauen, das ich von Sprague geerbt hatte. Von Anfang an war ich wie alarmiert. Meine anhaltende Depression hatte mir ganz offensichtlich einen Tunnelblick beschert, denn während der Fahrt nach Westen auf der Route 28 konnte ich die ersten pastellfarbenen Grüntöne des Frühlings nicht im Mindesten genießen. Es war, als führe ich durch eine dieser riesigen Röhren, die sie in der Kanalisation verwenden. Immer plagte mich Atemnot, und ich konnte nicht richtig schlucken. Es war, als säße ein Stück Kohle unterhalb meines Brustbeins, das sich nie mehr würde entfernen lassen.

Als ich mich der Hütte näherte, sah ich noch vereinzelte Schneereste im kahlen Wald. Hier oben am kalten Lake Superior deutete kaum etwas auf den kommenden Frühling hin. Ich packte meine Sachen aus und spürte jetzt auch, wie kalt die Hütte war. In der Eile des Aufbruchs hatte ich nur zwei Sandwiches eingepackt, mit Erdnussbutter und Marmelade, was ich normalerweise gar nicht mochte, außerdem eine Dose Sardinen und Cracker, hatte aber die Getränke vergessen. Ich besaß kein Gefäß für Wasser, deshalb ging ich hinunter zum Strand und trank kniend aus dem flachen See, der in der Dämmerung schiefergrau und gespenstisch ruhig war. Auch eine Taschenlampe hatte ich vergessen, weshalb ich rasch ein paar Kienspäne und tote Äste für ein Feuer bei dem Steinhaufen vor der Hütte sammelte. Neben der Feuerstelle räumte ich eine einigermaßen ebene Fläche frei und rollte darauf meinen Schlafsack aus. Ein Kissen hatte ich ebenfalls nicht dabei, konnte aber meine Reisetasche benutzen. Zum Angeln war es zu spät, erst recht ohne Taschenlampe. Ich fragte mich, wer wohl die Spitzhacke zurückgelassen hatte, die an den Stufen vor der Hütte lehnte. Ich hatte auf der Straße Fahrspuren hin zur Hütte gesehen, und jemand kannte offenbar die Kombination für das Torschloss. Mir war ein wenig unheimlich, und ich musste außerdem daran denken, dass Schwarzbären, die aus dem Winterschlaf erwachen, zwar nicht häufig, aber doch hin und wieder Menschen töten und fressen. Jedenfalls hatte ich das von Clarence gehört, der mir von einem betrunkenen Indianer erzählte, der in der Nähe von Soo eingeschlafen und gefressen worden war. Es war mir etwas peinlich, als ich mir den langläufigen 44er Colt-Revolver meines Urgroßvaters umschnallte. Mein Vater hatte ihn mir als Dekoration für den Kaminsims in meinem Zimmer geschenkt. Glenn besorgte damals über seinen Cousin ein paar Patronen, und wir schossen einige Male damit, aber der kräftige Rückstoß und der ohrenbetäubende Lärm verleideten uns die Sache bald.

Inzwischen war die Dämmerung weit vorangeschritten, und ich bekam das Feuer nur schwer in Gang. Das tote Holz war noch feucht vom getauten Schnee, aber mir fiel ein, dass ich ein paar Kiefernstümpfe auf einem Hügel neben dem Biberteich gesehen hatte. Ich nahm die Spitzhacke und wollte versuchen, etwas Holz von den Stümpfen abzuhacken. Aber als ich um die Hütte herum zur Rückfront ging, sah ich, dass sich neben dem Grab von Spragues junger Frau ein kleines rundes Loch von etwa dreißig Zentimeter Durchmesser befand. Daneben war frische Erde aufgehäuft. Ich grub ungeschickt mit der Hand, bis ich auf ein kleines indianisches Gefäß stieß, das ich in Spragues Arbeitszimmer gesehen hatte. Es enthielt Asche und winzige Knochensplitter, die ich in der zunehmenden Dunkelheit mit den Fingern ertasten konnte. Das hätte ich wissen müssen, dachte ich beschämt. Ich deckte das Loch wieder zu und stieg mit der Hacke rasch den Hügel hinauf und konnte ein paar Scheite von den uralten Stümpfen abschlagen. Mit ihnen konnte ich ein schönes, prasselndes Feuer entfachen, das die feuchten Äste trocknen sollte. Ich würde sparsam mit meinem Holz umgehen müssen, da es zu dunkel war, um noch mehr zu finden.

Ich betrachtete meine Hände, an denen noch die Erde von dem Grab haftete, und ich gestand mir endlich ein, weshalb ich den Revolver mitgenommen hatte. Ich hatte vor, mich umzubringen. Mir wurde schwindelig, und ich setzte mich auf meinen Schlafsack. Ich zog den Revolver heraus und untersuchte ihn im Schein des Feuers. Er sah absolut befremdlich aus, war aber geladen. Seltsamerweise war ich noch eitel genug, die Idee, mir in den Kopf zu schießen, zu verwerfen – wegen der Sauerei, die dabei entstünde. Das Ziel müsste mein Herz sein, das rasend schnell schlug. Ich blickte zu den Sternen hoch, die in großer Zahl am Himmel leuchteten. Ich kannte mein Sternzeichen, aber in diesem Augenblick meines Lebens sagten mir die Sterne nichts. Ich massierte meinen schmerzenden Knöchel und dachte, nun würde er die Plage bald los sein. Irritierenderweise dachte ich jetzt an die Bilderwitze in den Comic-

Beilagen mit ihren Unterzeilen à la »Leb wohl, du grausame Welt«. Wollte ich meine Eltern verletzen, oder wollte ich mich nur von ihrer Welt befreien? Seit einigen Wochen begann ich Zweifel an meiner großen Einsamkeit zu hegen. Anscheinend gefiel sie mir ja, denn hier im Norden war es eigentlich einfach, Freundschaften zu schließen. Menschen, die mir wirklich ähnlich waren, fanden sich allerdings nur schwer. Ich dachte an Clarence, an Jesse, an Cynthia, an Polly und an Laurie. Und an Fred. In geistiger Hinsicht stand Fred mir am nächsten, und ich hatte ihn erst vor einem Monat in Ohio besucht. Ich warf ein trockenes Kiefernscheit ins Feuer. Unter der grauen Borke war das verwitterte Holz ockerfarben. Wieso mit Holz sparen, wenn man sich erschießen will? Ich erhob mich. Ich wollte es nicht im Sitzen erledigen. Ich stolperte über einen Stein und konnte mich gerade noch am Rand des Feuers fangen. Dabei verbrannte ich mir den Daumen und wusste, ich sollte ihn in kaltes Wasser tauchen. Aber war das noch wichtig? Ich blickte gen Osten und sah den Mond weiß und groß aus dem Lake Superior aufsteigen – es war zwei Tage vor Vollmond. Mein verbrannter Daumen tat höllisch weh, und ich kletterte den Abhang hinunter und tauchte ihn in den Bach. Seit ich etwa zehn war, erlaubten meine Eltern mir, bei zunehmendem Mond nachts allein am Strand entlangzuspazieren. Meine verrückte Mutter hielt das Studium der Mondphasen und dergleichen für eine gute Sache, auch wenn sie die Details nicht recht kapierte. Der Mond stand jetzt halb hoch am Himmel, warf sein diffuses Licht auf mich und war weiß wie Pollys Höschen. Ich bekam eine Gänsehaut, als ich es neben meinem Lagerfeuer rascheln hörte. Ich zog den Revolver, kroch langsam am Ufer hoch und sah einen kleinen, etwa einjährigen Bären von vielleicht fünfzig Pfund, der sich gerade mit meinen Sandwiches in der Papiertüte davonmachte. Zum Glück war die kleine Sardinenbüchse aus dem Sack gefallen. Verdutzt stand ich da und überlegte, was ich machen sollte. Ich sah, wie der Mond die Welt erhellte, sodass die Küstenlinie jetzt zu beiden Seiten des Sees sichtbar wurde. Wenn ich mich erschoss, würde ich jedenfalls nie mehr Polly hierher mitnehmen können, Polly mit dem weißen Höschen. Reichte das, um am Leben zu bleiben? Ich überlegte, wo in der Bibel stand, dass man sich nicht umbringen dürfe. Ich hatte zwei Verbündete, Polly und Jesus. Ich besaß ein Herz aus Eisen und weinte nie, aber jetzt begann ich zu schluchzen wie ein sehr hungriges kleines Kind. Ich wollte den Revolver in den See werfen, falls ich meine Meinung ändern sollte, aber vielleicht tauchte ja ein sehr viel größerer Bär auf, der nach Nahrung suchte. Für einen Moment hatte ich das Gefühl, als sei es der Mond selbst, der mich ins Leben zurücklockte.

9

Es war wohl Ausdruck meiner wechselhaften Gemütslage, dass ich in der ersten Juniwoche Marquette fast frohen Herzens verließ, aber eben nur fast. Nach dem feuchten Kinoabend mit Laurie und meiner Selbstmordnacht kehrte ich von dort, wo immer ich gewesen sein mochte, zur Erde zurück. Ich angelte und ruderte und lernte für das Abschlussexamen, das ein Klacks war. Ich hörte abwechselnd meine düstere Musik und Jesses Platten aus Veracruz, deren karibische Rhythmen einem direkt in die Glieder fuhren, und wenn ich diese Musik spätabends hörte, begleitete sie mich bis in meine Träume. Ich schockierte Cynthia damit, dass ich außerdem Platten von Otis Redding und Wilson Pickett kaufte, die, im Gegensatz zu ihren Beach Boys und Beatles, eben Soul waren. Meine Eltern absolvierten zunehmend lustlos die Besuche beim Ehetherapeuten. Mein Vater bezeichnete sie als »ermüdend«, obwohl er sonst nichts zu tun hatte, außer über seine Verluste an der Börse zu brüten. Am Abend vor meiner Abfahrt stritten sie ausgerechnet über Reinkarnation. Auf meine Bitte hin hatte meine Mutter einen Schmorbraten gemacht – eines der wenigen Gerichte, die sie gut konnte –, da ich mir für unterwegs Sandwiches mit kaltem Braten einpacken wollte. Meine Eltern bereiteten ihre Abreise ins Sommerhaus auf dem Clubgelände vor, das mein Großvater gebaut hatte und das für mich den Charme eines Leichenschauhauses besaß. Ich beobachtete sie zwar, achtete aber nicht auf ihren Reinkarnationsstreit über gegenwärtiges und zukünftiges Leben, dessen Logik sich ohnehin im üblichen Martininebel aufgelöst hatte. Meine Mutter bemühte sich wie stets um eine anspruchsvolle Argumentation, während mein Vater witzelte, er sei im vergangenen Leben ein streunender Hund gewesen, den ein Ford Modell A überfahren habe, und im nächsten Leben werde er als Kröte oder Guppy wiederkehren. Während des Nachtischs (Tapiokapudding) fragte ich mich im Stillen, ob mein Vater wohl jemals an Selbstmord gedacht hatte. Er besaß einen unbegründeten Glauben an die natürliche Überlegenheit seiner Sippe. Kurzum, es war ein guter Zeitpunkt, um die Stadt zu verlassen, und das tat ich dann auch.

Zeitig am nächsten Morgen frühstückte ich zum Abschied mit Clarence und Jesse im Imbiss. Es drängte mich zum Aufbruch, aber Cynthia war keine Frühaufsteherin, und ich wusste, dass sie mit Donald bei seinen Verwandten in der Nähe von Au Train übernachtete, eine knappe Stunde weiter östlich. Jesse plante, seine Tochter Vera mitzubringen, wenn er im August aus den Ferien zurückkehrte. Er hielt Englisch für die Sprache der Zukunft und wollte, dass sie es fließend konnte. Ich sagte, ich würde mit ihr üben, bevor ihre Schule anfange, da das Unterrichten von Kindern mein neuer Beruf sei. Was den Rassismus meiner Mutter anging, genoss Jesse eine Sonderstellung. Sie vergötterte ihn, und da sie die widerspenstige Cynthia im Grunde genommen aufgegeben hatte, gefiel ihr die Vorstellung, ein Mädchen im Haus zu haben, dem sie noch die »wahren Werte« beibringen konnte, worin auch immer die bestehen mochten. Mir scheint, dass sich Vaters Niedergang sehr rasch vollzogen hatte, während der meiner Mutter langsamer vonstattenging. Ich habe mich oft gefragt, wieso sie nicht aus dieser Ehe ausgestiegen ist, auch wenn sie in der höheren Gesellschaft als ausgezeichnete Partie galt. Ich wusste, dass schon die zehnjährige Cynthia meiner Mutter geraten hatte, ihr Leben selbst in die Hand zu nehmen. Ich wusste außerdem, dass sie genug eigenes Geld von ihrer Familie besaß. Wieso ist sie also nicht gegangen? Ich brauchte Jahre, um zu begreifen, in welch morastigem Gelände viele Ehen sich bewegen.

Im Dorf Au Train machte ich halt und studierte die Straßenkarte, die Cynthia mir gegeben hatte, und fuhr dann weiter in südlicher Richtung, bis ich in einer Waldlichtung auf ein heruntergekommenes Haus, eine wahre Bruchbude, stieß. Ein elender Köter hockte auf der offenen Veranda und knurrte böse, und eine dicke Frau kam durch die Fliegengittertür, deren Löcher wegen der Insekten mit Dutzenden Watteböllchen gestopft waren. Sie sagte, Donald und Cynthia seien am Morgen nach Bay Mills gefahren. Sie hatte ein rundes, braunes, glänzendes Gesicht und eine weiche, melodiöse Stimme. Ich kam auf ein Glas Limonade ins Haus, und sie plauderte, während sie an dem Kopf eines Spazierstocks aus Erlenholz schnitzte. Neben ihrem Arbeitstisch lag ein ganzer Haufen Stöcke, und sie bestand darauf, mir einen zu schenken, dessen lackierter geschnitzter Griff den Kopf eines Eistauchers darstellte, meines Lieblingsvogels. »Hab doch gesehen, dass du humpelst«, sagte sie und lehnte mein Angebot, ihn zu bezahlen, ab. Dabei hatte ich draußen an ihrem Briefkasten das Schild »Stöcke fünf Dollar« gesehen. »Wohnen Sie hier auch im Winter?«, fragte ich mit einem Blick auf die dünnen Wände, an denen Felle von Bibern, Ottern und einem Rotluchs hingen. »Nein, dann gehe ich nach Florida, in mein schönes Haus am Meer«, sagte sie lachend und tätschelte meine Hand, als ich rot wurde. Ich hatte plötzlich das Bedürfnis, dort zu bleiben und ihr Botenjunge oder was auch immer zu werden.

Als ich wieder beim Pick-up war, steckte ich spontan zwanzig Dollar für meinen neuen Stock in ihren Briefkasten. Sie sah von der Veranda aus zu und winkte. Ich schätzte sie auf Mitte fünfzig oder älter, aber als ich weiterfuhr, dachte ich, wie herrlich es sein müsste, wenn diese Frau meine Mutter oder Geliebte wäre. Mit einem Zwinkern hatte sie geäußert, Cynthia sei ein Mädel, das es faustdick hinter den Ohren habe, und Donald könne froh sein, sie zur Freundin zu haben.

Zwar wollte ich schnell nach East Lansing und zu Polly, aber Bay Mills lag nur wenig abseits von meiner Route. Der Ort war arm, wie üblich in Indianer-Reservaten, aber die Bewohner gaben sich nicht wie arme Menschen. Anders als Fred war ich noch nicht völlig fixiert auf das, was er die »weiße Lüge« nannte, in der jeder, vom »weißen Brot« verseucht, »weiße Dinge« für eine »weiße Welt« produzierte. Eigentlich war es ein wunderschöner Ort am Lake Superior, und natürlich wäre ich gern dort geblieben, um endlich ein Teil von etwas zu sein. Vielleicht war das auch ein Grund dafür, dass Cynthia mit Donald zusammen war. Ich fand sie im Haus seiner Großtante, wo sie einen Haufen unter Naturschutz stehender Hechte brieten. Wir aßen die Fische, die im späten Frühling, der im hohen Norden bis in den Juni reicht, köstlich schmeckten. Es war ein schöner Tag mit warmem Südwind, und wir aßen draußen an einem Picknicktisch. Cynthia hatte ihr tragbares Tonbandgerät dabei, und Indianerkinder tanzten zu Aretha Franklins »Respect«. Ich fand Arethas durchdringende Stimme fast bedrohlich, aber die Kinder nicht. Ein kleiner Junge machte ein paar indianische Tanzschritte zu der schwarzen Musik, und alle bettelten, Cynthia solle mittanzen. Das tat sie dann auch, und ich war merkwürdig stolz, dass sie für sich ein anderes Leben gefunden hatte. Sie und Donald gehörten auf eine Weise zueinander, die ich kaum verstand. Ich erzählte Cynthia, ich würde meine Fahrt in East Lansing unterbrechen, um Polly zu besuchen, und sie machte eine spitze Bemerkung wegen meines Abends mit Laurie. Bald nach diesem Abend war Laurie zu einem todschicken Tenniscamp in Kalifornien abgereist. Als ich merkte, dass man nach Cynthias Moralvorstellungen keine zwei Freundinnen auf einmal haben durfte, war ich für einen kurzen Moment peinlich berührt. Donald neckte sie, und sie schlug nach ihm, und dann tanzte er mit ihr und hob sie hoch, und sie tat so, als würde sie mit ausgebreiteten Armen durch die Luft schwimmen. Mehr noch als sein Vater Clarence war Donald enorm stark und wendig. Nach der Schule würde er sicherlich ein Sportstipendium für ein College bekommen. Im Leichtathletikteam gewann er jedes Mal sowohl beim Kugelstoßen als auch beim Hundertmetersprint, eine seltene Kombination aus Kraft und Schnelligkeit. Einige Leute waren besorgt, weil er als Mischling mit dem gesellschaftlich angesehensten Mädchen der Stadt ging. Aber schließlich hat jeder Ort seinen klassischen griechischen Chor, der im Hintergrund murmelt und klatscht und stöhnt.

Es war ein Albtraum, Pollys Wohnheim in East Lansing zu finden. Die Stadt war überfüllt, da am nächsten Tag die Abschlussfeier an der Universität stattfinden sollte, und ich hatte wenig Erfahrung mit starkem Verkehr. Ein Streifenwagen hielt mich an, nachdem ich eine Einbahnstraße in der falschen Richtung befahren hatte, aber der Polizist war nett, als er hörte, dass ich von der Upper Peninsula kam, also ein Hinterwäldler war. Er bewunderte mein Ruderboot, und ich gab ihm ein paar Tipps für Angelplätze in seinem Urlaub. Schließlich brachte er mich zu Pollys Studentenwohnheim ganz in der Nähe des Campus, ein in seinem absoluten Chaos abschreckender Ort. Studenten zogen für den Sommer aus und ließen Bierflaschen und Müll im Hof, auf der Veranda und überall in den Fluren zurück. Pollys winziges Zimmer hatte ein kaputtes Schloss, und sie war nicht da. Irgendwie wirkte der Raum ordentlich und verdreckt zugleich.

Ich fuhr weiter zum Kellogg Center, und da traf ich sie endlich auf der Laderampe hinter einer großen Kantinenküche. Sie arbeitete in einer Zwölfstundenschicht zur Vorbereitung eines riesigen Abschlussbanketts und roch nicht unangenehm nach Karotten, Zwiebeln und Sellerie. Sie sagte, ich solle sie nicht umarmen, da sie verschwitzt sei. In acht Stunden hatte sie frei, aber ich konnte mir denken, dass sie für alles zu müde sein würde, zumal nur sechs Stunden zum Schlafen blieben, bevor sie zur Vorbereitung eines weiteren Banketts antreten musste. Dann machte ich den Fehler, zu erwähnen, ich hätte die Taschen voller Geld und würde ihr gern helfen, ein größeres, freundlicheres Zimmer zu mieten. Sie lächelte wie immer, aber auch ein wenig verletzt. Ich wusste nicht, was ich sonst noch tun könnte, und so küssten wir uns zum Abschied. Ich war enttäuscht, und als ich wegfuhr, kam mir die Welt so unwirklich vor wie ein Comic. Hundertfünfzig Kilometer weiter bedauerte ich sehr, dass ich nicht geblieben war. Es wäre unsere erste Chance gewesen, miteinander zu schlafen, und die Vorstellung, dass es tatsächlich ein gemeinsamer Schlaf geworden wäre, war mir in dem Moment durchaus recht.

10

Ich fuhr die Nacht durch und kam beim ersten schwachen Samstagmorgenlicht bei Fred in Ohio an. Ich wollte ihn nicht wecken und ließ den Wagen schon am Anfang der langen, schmalen Auffahrt mit den tiefen Spurrillen stehen. Es nieselte, versprach aber richtigen Regen, deshalb breitete ich meinen Schlafsack hinten unter dem Wagen aus, rieb mich mit Insektenmittel ein und schlief ein paar Stunden. Ich wachte auf, weil eine Stimme sagte: »Los, komm raus, Junge«, und ich auf nackte schwarze Beine mit Turnschuhen an den Füßen blickte.

Sie hieß Riva und beschrieb sich selbst als Freds »Hilfe« bei dem »Catch up«-Programm, das sie »catsup« aussprach. Wir liefen den schmalen Weg hoch, und es dämmerte mir, dass Fred seine schwarze Indianerin gefunden hatte. Sie war aus Sapulpa, Oklahoma, und zur einen Hälfte eine Choctaw und zur anderen Hälfte schwarz. Sie sagte: »Ich habe mich nicht der Gegenkultur angeschlossen, ich bin die Gegenkultur.« Sie war groß, dünn und nicht schön, wirkte aber sexy, weil sie sich anmutig bewegte und einen trockenen Humor besaß. Sie ließ sich nicht eine Minute mit der Weiße-Schuld-Pose abspeisen. Nach meinem ersten enttäuschend verlaufenen Unterrichtstag sagte ich trübsinnig: »Die Kinder geben sich solche Mühe. Ich habe es echt nicht verdient, auf derselben Erde zu leben.« Riva explodierte. »Hör mir auf mit dem Quatsch. Scheiß-Ego-Gesülze. Du bist hier, damit sie in zwei Monaten fünf Prozent besser lesen und schreiben können, vielleicht auch mehr, aber wahrscheinlich weniger. Was bemitleidest du dich selber? Wo hast du deinen Kopf, Junge? Im Hintern? Was du tun sollst, ist, diesen Kindern helfen, und das geht nicht mit dem Kopf in deinem reichen Arsch, mein Kleiner.«

Ich wurde knallrot, und Fred lachte. Wir machten uns gerade Hamburger, beziehungsweise Riva tat es, weil sie Freds Kocherei für unter aller Kritik hielt. Am liebsten wäre ich davongelaufen und hätte mich im Gebüsch verkrochen, aber das hätte sie in ihrer schlechten Meinung von mir nur bestätigt. Fred mit seinen zwei Diplomen von der Chicagoer Universität und seinem Abschluss in Theologie war zwar der Chef, aber Riva, seine »Hilfe«, schmiss eindeutig den Laden. Sie hatte an der nahe gelegenen Uni von Ohio ihr Examen gemacht. Die zwei anderen Lehrer, beide ebenfalls von der Uni Ohio, waren Ed, ein Jude aus Pittsburgh, sowie Lila, eine gewitzte, mollige, blassnäsige junge Frau aus Columbus, Ohio, die nicht gut auf mich zu sprechen war, da ihr Freund diesen Job nicht bekommen hatte, und zwar wegen »Nepotismus«, jedenfalls behauptete sie das. Ich fühlte mich unbehaglich und mochte dazu nichts sagen. Wir fünf Lehrer gaben jeweils morgens und nachmittags zwei Stunden Unterricht in staatlichen Nissenhütten, die weder eine Heizung für die kühlen Morgenstunden hatten noch eine Klimaanlage für die heißen Tage, und heiß waren die meisten. Riva kümmerte sich um unsere Mahlzeiten und kochte auch für die fünfunddreißig Jugendlichen das Mittagessen, wobei wir alle, jeder auf seine Weise, halfen.

Fred und Riva bildeten fünf Gruppen von jeweils sieben Kindern, und ich bekam die Elfjährigen, also die Ältesten und damit auch die Hoffnungslosesten. Am ersten Tag organisierte Riva einen Test, der den Wissensstand ermittelte, bei Halbzeit folgte ein weiterer und am letzten Tag ein Abschlusstest. (Zur Halbzeit schnitten meine Schüler am schlechtesten ab, Freds waren die zweitschlechtesten und Eds die besten. Rivas kamen an zweiter und Lilas an dritter Stelle.)

Ich wohnte im Pumpenhäuschen, einem Anbau von Freds Holzhaus. Fred hatte Fußboden, Wände und Decke übergestrichen, und ich besaß eine Pritsche, ein Nachttischchen und eine Leselampe und teilte mir das Badezimmer mit dem Pärchen Riva und Fred. Lieber hätte ich zusammen mit Lila und Ed in ihrer kleinen Hütte weiter unten an der Straße gewohnt, aber es war nicht genug Platz. Riva machte viel Lärm beim Vögeln, was mich beim Lesen und Schlafen störte. Da der Unterricht immer erst um zehn Uhr begann, konnte ich sowohl früh morgens als auch manchmal noch abends Barsche und Welse angeln gehen. Einmal nahm ich Ed mit, aber er konnte dem nichts abgewinnen, da er keinen Fisch aß. Das Verhältnis zu Lila besserte sich bald. Sie begleitete mich mehrmals zum Angeln, und wir hatten sogar so etwas wie eine kleine Affäre. Lila hatte zwar einen Freund, der ihr regelmäßig aus Haight-Ashbury schrieb, aber es waren die lockeren Sechzigerjahre, und Lila fand, es fehle ihr hier in diesem Provinznest absolut an allem – womit sie irgendwie auch recht hatte. Und als sie von ihrem Freund einen Brief bekam, der mit »Liebe Jane« begann, suchte sie Trost bei mir. »Im Sturm ist jeder Hafen recht«, sagte sie, was zwar nicht gerade ein Kompliment für mich war, aber unser beider Einsamkeit beschrieb. Ed tat so, als wäre er etwas eifersüchtig, aber eigentlich stritten die beiden sich die ganze Zeit.

Ich hatte kein Heimweh nach zu Hause, sondern nur nach dem Norden mit seinen endlosen Wäldern, den kühlen Flüssen und den Forellen. Im ersten Monat fuhr ich mit Lila sogar dreimal bis nach Athens, um ins Kino zu gehen. Wir sahen *Alfie*,

Blow up und *Wer hat Angst vor Virginia Woolf?*. Die beiden ersten Filme gefielen mir, Letzterer aber überhaupt nicht, da er mich zu sehr an die schlimmen Auseinandersetzungen meiner Eltern erinnerte. Fred glaubte, Lila führe mich an der Nase herum, und ich war zu sehr Gentleman, um ihm zu eröffnen, dass sie eine leidenschaftliche Schwanzlutscherin war. Ob das etwas aussagte, und wenn ja, was, weiß ich nicht. Sie war auch sehr direkt in ihren Anweisungen, wie ich sie zu lecken hätte, eine sexuelle Spielart, bei der jede Frau ihre ganz speziellen Wünsche zu haben scheint.

Fred war ärgerlich, weil ich einen ganzen Karton voller Bücher und Broschüren über Holzwirtschaft und Bergbau mitgebracht hatte. Eines heißen Abends saßen wir zusammen am Küchentisch, und Riva und er machten mich runter wegen meiner mangelnden Bildung. Riva konnte mit Freds Jargon locker mithalten, da sie Soziologie studiert hatte. Als ich ihr unbekümmert von meinem Projekt erzählte, stellte sie mir eine Liste mit Büchern zusammen, von Marcuse, Paul Goodman, Oscar Handlin und anderen. Fred bestand darauf, dass ich Schopenhauer, Nietzsche und dazu eine Reihe von Theologen zu lesen hätte, darunter auch Niebuhr, den ich schon einmal angefangen, aber schrecklich öde gefunden hatte. Beide waren sich einig, dass meine Herangehensweise an das Böse und an die gesellschaftlichen Übel zu eng gefasst sei. Ich würde schon völlig erschöpft sein, ehe ich überhaupt begonnen hätte. Riva hatte kein Erbarmen mit Freds theologischem Hintergrund. Für sie war Religion eine sympathisch-primitive Regung. Riva trank nicht, drehte aber die perfektesten fetten Joints. Sie sang Kirchenlieder wie »Washed in the Blood of the Lamb« oder »Power in the Blood«, um Fred zu ärgern. Ich begriff, dass die beiden befürchteten, ich würde mit einem zu schmalen Fundament schlicht vornüberkippen. Riva zog mich mit ihrer Definition des Menschen auf, zu der ich ihrer Meinung nach keine Ausnahme bildete: »Männlich oder weiblich, gewöhnlich zwischen hundert und zweihundert Pfund, angetrieben von Vorurteilen, die sich Luft machen in Kriegen, Scheidungen, Lynchmorden oder indem man Ehefrauen verprügelt, den Nebenmenschen grundlos mordet oder auf den Ärmsten der Armen herumtrampelt, da es bei denen am leichtesten geht.« Sie besaß die einzigartige Fähigkeit, hellwach und geistreich zu bleiben, selbst wenn sie Marihuana rauchte. Eines Abends hielt sie einen ungefähr einstündigen Vortrag darüber, wie es den Indianern von Oklahoma seit Andrew Jackson ergangen war, und trieb Fred und mir damit die Tränen in die Augen. Ihre bittere Geschichte reichte bis in das vorangegangene Jahr, als ein paar weiße Teenager einfach so aus Spaß die einzige Milchkuh von Rivas Familie erschossen hatten. Ich war in dieser Zeit einerseits froh über die Hilfe, die ich von Fred und Riva erhielt, andererseits auch enttäuscht, da ich eigentlich nur eine knappe, vernichtende Geschichte meiner Familie schreiben wollte, und damit basta. Danach würde ich endlich ein befreites, ein weniger belastetes Leben führen können, auch wenn ich keine Ahnung hatte, wie das wohl aussehen mochte.

Kurioserweise waren es die Schüler, die meinem Egotrip erst einmal ein Ende bereiteten. Riva hatte sehr schnell festgestellt, dass fast alle Schüler hungrig ankamen, unser Budget aber nur für das Mittagessen reichte. Ed war besonders empört darüber und rief seine Eltern an, die große Kartons mit jüdischem Brot schicken ließen, das Challa heißt und mit Ei gemacht wird. Die Kinder liebten es, und da ich meinen reichlichen Lohn so nötig brauchte wie ein Loch im Kopf, ging ich zum Supermarkt und kaufte Schinken und Käse aus der Region, sodass jeden

Morgen, wenn die Kinder erschienen, große Platten mit Brot und Schinken und Käse auf dem Tisch standen. Ed witzelte, er werde seinen orthodoxen Eltern lieber nichts von dem Schinken erzählen.

Zu meiner Klasse gehörten ein schrecklich dünnes Mulattenmädchen, zwei Latinojungen, deren Eltern Farmarbeiter waren, zwei weiße Jungen und ein weißes Mädchen von der anderen Seite des Flusses in West Virginia, die ich nur schlecht verstand, und ein sehr kleines Mädchen mit verkrüppelten Beinen, als Folge einer schweren Rachitis. Sie hieß Marli, und auch nach über dreißig Jahren stehe ich noch in Verbindung mit ihr. Sie leitet heute einen lokalen Radiosender in Kansas. Ich muss gestehen, dass ich durch den Unterricht zum ersten Mal eine Ahnung davon bekam, was »soziale Gemeinschaft« sein kann. Unter meinen Schülern gab es nicht einen, bei dem nicht irgendetwas *nicht* stimmte. Sie hatten Hörschäden, verschiedene Mangelerkrankungen, wie Kleinwüchsigkeit aufgrund schlechter Ernährung, einer der Jungen aus West Virginia stotterte, und das Mädchen aus West Virginia war nicht krank, aber sexuell frühreif. Ich bat Riva, sich um dieses Mädchen zu kümmern. Später hörte ich, wie sie zu ihr sagte: »Du kannst doch den Jungs deinen Hintern nicht für einen Penny zeigen.« Ich fand es erstaunlich, wie wenig geklagt und gejammert wurde, und begriff erst später, dass sie nicht klagten, weil gewöhnlich niemand zuhörte. Entweder biss man die Zähne zusammen, oder man ging kaputt. Es waren alles schüchterne, freundliche Stoiker. Marli, die mit zwölf Jahren kaum einen Meter zwanzig groß war, scherzte, wenigstens würden sich so keine Jungs an ihr vergreifen, und als ich nicht lachen konnte, tätschelte sie meine Hand, als wäre ich es, der zu bemitleiden sei.

11

Den Beginn des endgültigen Zerfalls meiner Familie habe ich stets auf den Morgen des Unabhängigkeitstags datiert, als ich ins zweite Base rutschte. Wir spielten während eines Picknicks für alle Kinder Softball im Stadtpark. Ich war der Schlagmann und schlug den ersten Ball ungültig. Beim zweiten Versuch riskierte ich einen stark angeschnittenen Ball. Das traute ich mich wahrscheinlich nur, weil ich vorher ein paar Bier getrunken hatte. Jedenfalls konnte ich lossprinten, ließ das erste rettende Base aus, rannte weiter, der Gegner stellte sich in den Weg. Ich rutschte aus. Mein schlimmer Knöchel knickte einfach weg, Fleisch platzte auf, Knochen splitterten. Es dauerte keine Minute, und ich war ohnmächtig vor Schmerzen.

Meine Mutter kam am späten Nachmittag, und ich wurde mit einem kleinen Krankenhausflugzeug nach Meigs Field in Chicago geflogen und dann, früh am nächsten Morgen, in ein Krankenhaus für orthopädische Chirurgie gebracht. Ich bekam Demerol gespritzt und kann mich danach an nichts mehr erinnern, bis ich im Aufwachraum wieder zu mir kam. Meine Mutter stand, zusammen mit dem Arzt, der vermutlich ihren Phantomschmerz behandelte, an meinem Bett. Er sah Vater ähnlich, hatte allerdings kaum Falten im Gesicht und machte jedes Mal, wenn ich ihn in den folgenden Tagen sah, einen heiteren und humorvollen Eindruck. Viel zu spät für meinen Geschmack wurde ich mit meiner Mutter nach Marquette geflogen, wo sie mich in Vaters Arbeitszimmer einquartierten, damit ich nicht nach oben in mein eigenes Zimmer getragen werden musste. Cynthia, Clarence und mein Vater hießen mich willkommen. Jesse war noch im Urlaub in Veracruz, und ich konnte meine Mutter überreden, mit Vater in den Club zurückzukehren. Ich wollte nur in Ruhe lesen und Mrs Plunkett als Pflegerin um mich haben. Meine Mutter plapperte etwas von einem Gästezimmer, das sie mit Cynthia für den Besuch von Jesses Tochter hergerichtet habe, da die Wohnung über der Garage zu klein sei und eine junge Dame nicht im selben Zimmer wie ihr Vater schlafen dürfe. An der Stelle verdrehte Cynthia die Augen.

Am nächsten Morgen leerte sich das Haus. Meine Eltern fuhren in ihren blütenfrischen, teuren Sommerkleidern zum Club, und kurz darauf holte Donald Cynthia zu einem Verwandtenbesuch auf Sugar Island in der Nähe von Sault Sainte Marie ab. Später schaute Mrs Mueller vorbei, die ich angerufen und um neuen Lesestoff gebeten hatte. Sie tadelte mich wegen einiger »radikaler« Bücher, die ich mir gewünscht hatte, aber nur im Scherz. Eine Weile hielt sie meine Hand, und erstaunlicherweise bekam ich eine Erektion. Sie bemerkte die Beule in der Decke und gab meine Hand frei. Sie sagte: »Ich bin geschmeichelt«, und stand auf, um zu gehen. Ich war leicht benommen von den Schmerztabletten, aber in dem Moment mobilisierte Mrs Mueller das gesamte rätselhafte Mysterium der Sexualität in mir. Am liebsten hätte ich nach ihrem mächtigen Busen und ihrem dicken Hintern gegriffen, und mein Herz schlug heftig in seiner Verwirrung. Cynthia und ich hatten jahrelang immer wieder fasziniert über die Bulldogge meines Vaters gelacht, die sich jedes Mal geifernd gegen den Zaun warf, wenn eine bestimmte weibliche Töle daran vorbeistrich. Manchmal blieb sie auch für ein, zwei gierig empfangene Abschlecker am Zaun stehen. Im Jahr meines frommen Bibelstudiums hatte ich gelernt, eine Sünde Sünde zu nennen, sie mir aber nicht erklären können. Wir jungen Christen schmachteten, keuchten, litten und schluchzten genau wie die Heiden.

Fred schickte mir einen ebenso traurigen wie komischen Brief. Er hatte Riva gebeten, ihn zu heiraten, worauf sie erwiderte: »Hast du sie noch alle?« Außerdem empfahl er mir, Christopher Smart, William Blake, Walt Whitman, Henry Miller und »Howl« von Allen Ginsberg zu lesen, um meinen »Horizont zu erweitern«, woraufhin ich brav alle Titel in meine Bücherliste eintrug. Fred legte die Gute-Besserung-Wünsche der Schüler bei, in denen es unter anderem hieß: »Sie hätten nicht ins Base rutschen sollen« und »Wenn Sie mir eine Busfahrkarte schicken, bin ich eine gute Krankenschwester, alles Liebe, Marli«.

Nach zwei Wochen in Vaters Studierzimmer hatte sich noch immer nicht mein übliches Selbstmitleid eingestellt. Anfangs schrieb ich das den Schmerztabletten zu, von denen ich nach und nach immer weniger nahm. Ich versuchte mir vorzustellen, was die Metallschrauben wohl in meinem Knöchel anrichteten, und war trotzdem nicht besonders beunruhigt. Ich wollte nicht glauben, dass sie mich vom Angeln abhalten könnten. Im Grunde führte ich mein fehlendes Selbstmitleid auf die harte körperliche Arbeit des vergangenen Jahres in Iron Mountain, vor allem aber auf den Lehrerjob in Ohio zurück. Man geht fort von zu Hause und stellt fest, dass die Welt da draußen wenig Ähnlichkeit mit zu Hause hat. Ich musste an einen Freitag in Iron Mountain denken. Herbert zahlte uns am späten Nachmittag den Lohn aus, und Clyde, ein älterer Arbeiter schlichten Gemüts, redete davon, dass er mit Frau und Kindern zum Zelten und Angeln an den Lake Gogebic fahren werde. Seine Frau kreuzte mit vier Kindern in einem klapprigen alten DeSoto auf, ein kleiner Junge reichte Clyde ein kaltes Bier, und Clyde brüllte: »Partyyy!« Glenn äußerte später verächtlich, er habe gesehen, wie alle gleichzeitig, Clyde, seine Frau und die vier Kinder, in einem gemieteten Boot mit Ein-Dollar-Ruten nach Sonnenbarschen geangelt hätten. Herbert hatte ihm befohlen, die Klappe zu halten. Und die Kinder in meiner Klasse trugen ihr jammervolles Dasein so tapfer, nie würde ich ihr Elend ganz ermessen können. Ich fing wieder an, Mozart und Beethoven zu hören, weil Otis Redding, Aretha Franklin oder Ray Charles nicht die richtige Musik sind, wenn man sich nicht bewegen kann.

Es war ein Morgen Ende Juli, und mit sehr gemischten Gefühlen erwartete ich die Ankunft meiner Eltern am Nachmittag. Sie wollten extra aus dem Club kommen, um Jesse und seine Tochter Vera am nächsten Tag zu empfangen. Ich liebte die Ungestörtheit und hatte Mrs Plunkett gebeten, den Fernseher in die Küche zu stellen, um das Gebrüll der Gameshows nicht hören zu müssen. Ich befand mich gerade in einem leichten Kodeinnebel, als plötzlich Laurie in der Tür des Arbeitszimmers stand. Sie hatte drei Tage Urlaub von ihrem Tenniscamp und suchte Cynthia. Ich fand die Nummer von Donalds Tante in Au Train und gab sie ihr. Während sie mit Cynthia telefonierte, lehnte sie sich in ihrem kurzen Sommerkleid über den Schreibtisch, was mich schrecklich erregte. Sie drehte sich beim Reden zu mir und zog ihr Kleid mit der anderen Hand bis zur Taille hoch. Ich griff nach meinen Krücken, aber dann beendete sie das Telefonat und fragte, ob ich einen Gummi hätte, und ich sagte, die seien oben in meiner Schreibtischschublade. Ich kurbelte das Krankenhausbett aus seiner Sitzposition in die Horizontale und hörte Laurie in der Küche mit Mrs Plunkett plaudern und dann die Treppe hinaufgehen. Ich dachte, mein Schwanz würde platzen. Als sie wiederkam, sagte sie, sie habe ein Bündel mit Fünfzigdollarscheinen in der Schublade gefunden und nehme einen als Bezahlung. Sie schloss die Schiebetüren des Studierzimmers und zog sich bis auf ihren BH und die Turnschuhe aus. Ihre Arme und Beine waren sehr braun, aber Hintern und Bauch waren dank ihrer Tenniskleidung weiß geblieben. Mein Gipsverband reichte bis zum Knie hoch, deswegen setzte sie sich rittlings auf mich. Es war sofort vorbei, aber sie schaffte es, mich innerhalb von fünfzehn Minuten wieder scharf zu machen. Die Natur meint es gut mit jungen Männern. Ihr Körper war hart wie der eines muskulösen Jungen, und ich staunte über die Langzeitwirkung von acht Stunden Tennis pro Tag. Hinterher schliefen wir beide ein und wurden von Cynthia geweckt, die die Tür öffnete und »Saubande!« kreischte.

Jesse und Vera trafen am nächsten Morgen ein und waren völlig erschöpft vom Nachtflug von Mexiko-Stadt nach Chicago und dem Anschlussflug nach Marquette. Vater, Mutter und Cynthia hatten sich zur Begrüßung von Jesse und Vera im Wohnzimmer aufgestellt, während ich, die Krücken in der Hand, auf dem Sofa saß. Vera war kaum größer als einen Meter fünfzig, war nicht so dunkel wie Jesse und hatte sehr hübsche, wenn auch etwas unregelmäßige Gesichtszüge, eine hohe Stirn und eine fast römische Nase. Sie trug ein blassgrünes Kleid, weiße Söckchen und glänzende schwarze Kunstlederschuhe. Während Jesse uns vorstellte, machte sie abwechselnd Knickse und Diener. Sie sah mich auf dem Sofa hocken, reichte mir die Hand und nannte mich »Señor«. Sie war zwölf Jahre alt und duftete leicht nach Zimt und Vanille. Sie war sichtlich müde, und meine Mutter und Cynthia brachten sie in ihr Zimmer. Mein Vater und Jesse traten hinaus auf die hintere Veranda, um sich ungestört zu unterhalten. Der Anblick von Cynthia, wie sie neben meinem Vater stand, hatte mich irritiert. Sie war im vergangenen Jahr gewachsen und maß jetzt gut einen Meter fünfundsiebzig. Und auch wenn sie ein sehr viel feiner geschnittenes Gesicht hatte, sah sie ihm doch sehr ähnlich. Sie ist seine Kehrseite, dachte ich und roch Veras Zimtduft an meiner Hand und hoffte unwillkürlich, sie möge unserer Familie guttun.

Am nächsten Abend sollte Jesse meine Eltern in den Club zurückfahren. Und es wurde ein schöner gemeinsamer Abend, mit nur einem Misston. Das Abendessen war lecker, da mein Vater exzellente Steaks grillen konnte. Vera hatte den ganzen Nachmittag geschlafen und war dann beim Essen sehr lebhaft, sprach ein holpriges Pidgin-Englisch, und Cynthia kam ihr zu Hilfe, da sie an der Highschool Spanisch lernte. Ich zeigte Vera ein Übungsbuch, das Mrs Mueller mir besorgt hatte und das für Lehrer gedacht war, die Mexikanern die amerikanische Sprache beibringen. Es legte vor allem Wert auf die gängige Umgangssprache, und ich fand es nicht verkehrt, wenn Vera gleich mit der Alltagskultur vertraut gemacht wurde. Ich war nervös, während ich in dem Buch blätterte, weil Vera sich an meine Schulter lehnte, sagte mir aber, dass sie nur nett und höflich sein wollte.

Zu der unschönen Situation kam es später am Abend. Cynthia hatte im Esszimmer mehrere Teppichbrücken zusammengerollt, weil Vera ihr auf dem Ahornholzboden ein paar Tanzschritte zeigen sollte. Beide waren in Shorts und ärmellosen Hemden. Ich las in meinem Bett im Arbeitszimmer und konnte meinen Vater durch die geöffnete Tür im Wohnzimmer sehen, wie er las und fernsah. Er trank dabei seine üblichen Absacker, und irgendwann fiel mir auf, dass er sein Buch nicht mehr umblätterte. Auf Krücken verließ ich das Arbeitszimmer, um mir aus der Küche ein Glas Eiswasser zu holen, und bemerkte, dass Vater den Fernseher auf seinem Rolltisch so platziert hatte, dass er die Mädchen tanzen sehen konnte. Die Stereoanlage spielte Musik aus Veracruz, und Cynthia imitierte eifrig Veras komplizierte Sambaschritte. Ich blieb stehen und bewunderte Veras sinnliche Anmut und ihre fließenden Bewegungen. Es schien, als hätte ihr Körper weniger Knochen als unsere hier oben im Norden. Mein Vater lachte und sagte zu mir: »Was für ein süßer kleiner Hintern«, was ich geschmacklos fand. Ich war erleichtert, als er am nächsten Morgen mit Mutter abreiste.

12

Wie ich später nachrechnete, hatten wir in jenem August exakt einundzwanzig herrliche Tage miteinander. Cynthia und ich gaben Vera jeden Morgen nacheinander eine Stunde Unterricht, Mrs Plunkett kochte uns das Mittagessen, und dann gingen die Mädchen an den Strand, und ich kehrte ins Arbeitszimmer zurück. Eines Tages regte ich mich bei der Lektüre einer Zeitschrift aus Spragues Bestand derart auf, dass ich wieder in mein eigenes Zimmer zog. Außerdem hatte ich das dringende Bedürfnis danach, mich zu verausgaben. Deshalb ging ich auf Krücken so lange die Treppe rauf und runter, bis ich heftig schwitzte und mich etwas beruhigt hatte. Nach drei oder vier ziemlich gleich verlaufenen Tagen schlug Vera eines Morgens vor, dass ich mit an den Strand kommen solle. Er herrschte gerade eine ziemliche Hitzewelle, und Donalds Footballtraining war in die frühen Morgenstunden verlegt worden. Ich war einverstanden mit dem Vorschlag, und Donald trug mich vom Wagen bis zum Ufer, wo die Mädchen eine Wolldecke und Handtücher ausgebreitet hatten. Auf Krücken in feinem Sand zu gehen, ist sehr mühsam, aber mir war es unangenehm, getragen zu werden. Ich wog ungefähr achtzig Kilo, doch die waren für Donald kein Problem. Veras knapper Bikini irritierte mich etwas, aber die Tatsache, dass sie erst zwölf war, kühlte jede über den Moment hinausgehende Lust ab. Ihr kleiner Bauch war noch kindlich gerundet, und von ihren Brüsten war kaum etwas zu sehen, aber ansonsten hatte sie durchaus einen weiblichen Körper. Wenn andere Jungen am Strand ihr zu nahe kamen und zu sehr starrten, brauchte Donald nur einmal scharf zu gucken, und schon zogen sie ab. Einmal machten Donald und Cynthia gerade einen Spaziergang, als Vera aus dem Wasser kam, sich über meinen dösenden Kopf beugte und das Wasser auf mich tropfen ließ. Dann setzte sie sich, ungemütlich nah vor meinem Gesicht, auf meine Brust. Ich beschloss, mindestens vier Jahre zu warten und dann nach Veracruz zu reisen, um zu sehen, was sich machen ließe.

Bestimmte sexuelle Konstellationen sind in unserer Kultur verboten, auch wenn sich die Regeln in den letzten Jahren besonders in den Städten gelockert haben. In Marquette konnte damals ein Oberstufenschüler mit einem Mädchen aus der Mittelstufe gehen, aber bei einem Mädchen aus der Unterstufe war die Grenze eindeutig überschritten. Ein Mann jenseits seiner Schulzeit konnte sich juristische Probleme einhandeln, wenn er mit Schulmädchen herummachte, obwohl es für meine Oberstufenmitschülerinnen denkbar war, sich mit einem College-Jungen zu treffen. Eine Lolita-Affäre hätte in Marquette Gefängnis bedeutet, aber in entlegeneren ländlichen Regionen war sie nichts Unerhörtes.

Nach kaum einer Woche war ich auf beunruhigende Weise lächerlich verliebt in Vera, wähnte mich aber cool und gefestigt und dachte, ich könnte meine Gefühle so in etwa auf dem Niveau von Dante und Beatrice halten. Ich war der Lehrer und sie das heilige Gefäß für meine Lehre. Etwas in der Art. Sie lernte rasch und begann Cynthias übertriebenen Singsang beim Sprechen zu imitieren. Ich war bemüht, das Ganze gleichsam religiös zu sehen, insofern niedere Begierden keine Rolle spielen sollten. Das Modell einer kleinen Schwester kam dem am nächsten. Wenn Vera allerdings am Strand mit angezogenen Knien auf ihrer Decke lag und ein paar Härchen des rundlichen Schamhügels unter dem schützenden Badeanzug hervorlugten, dann machte das meiner Seele bei ihren halbherzigen Keuschheitsübungen schwer zu schaffen.

Eines Nachmittags, als Vera auf dem Sofa lag und döste, bedeutete Cynthia mir, ihr auf die hintere Veranda zu folgen. Sie sagte, es sei nicht zu übersehen, dass Vera drauf und dran sei, sich in mich zu verknallen, und ich solle bitte versuchen, mich ihr gegenüber etwas zurückzunehmen. Dazu war ich gern bereit, und so ging ich nicht mehr mit an den Strand. Ich wurde distanzierter und stellte zu meiner Verwirrung fest, wie schwierig das war. Wenn ich nicht mit Mrs Plunkett Gin Rommee spielte, zog ich mich ins Arbeitszimmer zurück und schloss die Tür gegen die laute Musik. Eines Abends, ich wollte gerade in mein Zimmer, hörte ich eine Feuerwehrsirene und trat ans Flurfenster. Vera kam, in ein Handtuch gewickelt, aus ihrem Zimmer und stellte sich neben mich. Als das Feuerwehrauto vorbei war, drehte sie sich um und ging, und das Handtuch rutschte ihr vom nackten Hintern. Vor ihrer Tür drehte sie sich um und lächelte. Am selben Abend führte sie zu späterer Stunde zusammen mit ihrem Vater einige traditionelle Tänze aus Veracruz vor. Geschickt und ernst zeigte Jesse etwas, das er »Danzon« nannte, einen engen Tanz, der an mehreren Abenden der Woche auf dem Marktplatz von Veracruz aufgeführt wurde. Später kühlten wir uns hinten an der Fliegengittertür zur Veranda ein wenig ab, Jesse zog sich in seine Garagenwohnung zum Schlafen zurück, und Cynthia und Donald brachen zu einem Spaziergang auf. Ich wollte nicht mit Vera allein sein, deshalb quälte ich mich mithilfe meiner Krücken durch die Schwingtür der Veranda. Vera gab mir einen Gutenachtkuss und steckte mir dabei die Zunge so tief in den Mund, wie es nur irgend ging. Ich verharrte einen Moment zu lange, ehe ich sie wegstieß. Als ich die Treppe hinaufhumpelte, schwirrte mir der Kopf. Nur wenige Minuten später klopfte sie an meine Tür, und ich schloss ab.

Meine Eltern kamen am Mittwochabend vor dem Tag der Arbeit aus dem Club zurück, fast eine ganze Woche früher als sonst. Jesse verschwand sofort, nachdem er ihr Gepäck hereingebracht und ins Schlafzimmer hinaufgetragen hatte. Vater hatte ein blaues Auge und eine geschwollene Lippe, und die Augen meiner Mutter waren rot verweint. Sie ging mit einem strammen Cocktail hinaus auf die hintere Veranda, und mein Vater folgte ihr mit einem noch größeren Glas, nicht ohne mich vorher manisch anzugrinsen und zu sagen: »Ich hab das Arschloch in die Knie gezwungen.« Dann blieb er plötzlich stehen, und als wäre er auf einer Hundeschau, starrte er Cynthia und Vera nach, die rasch die Treppe hinaufliefen. Ich ging ins Arbeitszimmer, konnte die Eltern aber durch das offene Fenster streiten hören. Ihre Stimmen klangen gedämpft, aber es schien darum zu gehen, dass meine Mutter es abgelehnt hatte, ihm Geld für einen »Margin Call« an der Börse zu leihen. Es musste sich wohl um eine Krisensituation handeln, denn es war ein Blauer-Anzug-Tag für Jesse gewesen, und als er aus der Innenstadt zurückkam, war seine Miene ausgesprochen ernst. Er hatte sich nicht einmal umgezogen, bevor er nach Norden fuhr, um meine Eltern abzuholen.

Ich stellte Musik im Radio an, um die hässlichen Stimmen und Vaters Gebrüll (»Du gottverdammte Schlampe«) zu übertönen. Ich hörte, wie meine Mutter ins Haus zurückkehrte und die Treppe hinaufging. Ich saß im Arbeitszimmer in der Falle, wusste aber nicht, wie ich entkommen konnte, als mein Vater das Wohnzimmer betrat. Ich schlich leise durch die Arbeitszimmertür, doch Vater nahm mich gar nicht wahr, als er sein Wasserglas mit Cognac füllte. Ich stolperte auf der ersten Stufe der Treppe, und mein Vater kam und half mir hoch, aber es war, als sähe er mich gar nicht.

Ich konnte nicht schlafen, setzte mich daher an den Schreibtisch und nahm mir einen anspruchsvollen Thomas-Mann-Roman vor, fand mich aber schon mit den vielen Namen nicht zurecht. Ich nahm eine unnötige Kodeintablette und einen Schluck aus der Schnapsflasche, die ich in der Schreibtischschublade aufbewahrte. Gegen zwei Uhr früh weckte mich ein grauenvoller, durchdringender Schrei in der Diele. Ich stellte fest, dass ich noch an meinem Schreibtisch saß. Ein weiterer Schrei folgte, ich griff nach meinen Krücken und ging hinaus in die Diele, wo Cynthia und meine Mutter schon vor ihren Schlafzimmertüren standen. Mein Vater kam aus Veras Zimmer gestolpert, und sein großer, halb erigierter Schwanz sah aus seiner Unterwäsche hervor. Ich glaubte Blut zu erkennen. Ich schwankte auf meinen Krücken und fiel zu Boden. Cynthia ging in ihr Zimmer, wählte eine Nummer auf ihrem Telefon und fing an, die Polizei anzuschreien. Meine Mutter folgte ihr und versuchte, ihr den Hörer wegzunehmen. Mein Vater ging in sein Schlafzimmer, erschien kurz darauf angekleidet wieder und schlich die Treppe hinunter. Jesse, der den Schrei gehört hatte, kam, nur in seiner Hose, ins Haus und eilte die Treppe hoch. Mein Vater rannte aus der hinteren Haustür, und ich hörte den Buick meiner Mutter anspringen.

Es dauerte eine geschlagene Stunde, bis ein Polizist erschien, und dann war es gleich der Polizeichef, begleitet vom Senioranwalt der Kanzlei, die unsere Familie vertrat. Wir saßen im Wohnzimmer und schwiegen alle, bis auf Cynthia, die mehrmals sagte: »Ich bring ihn um.« Vera saß in einem von Mutters Morgenmänteln auf dem Sofa, und Jesse hatte ihr den Arm um die Schulter gelegt. Er hatte sie in seine Wohnung bringen wollen, aber Cynthia wollte sie nicht gehen lassen. Ich saß am Wohnzimmertisch und hielt die Hand meiner Mutter.

Der Polizeibeamte und der Anwalt waren bei ihrer Ankunft außerordentlich verlegen. Ich merkte, dass schon irgendwelche Verzögerungs- und Vertuschungsaktionen im Gange waren. Der Anwalt schenkte sich etwas zu trinken ein, und es wurde beschlossen, Aussagen erst am nächsten Morgen zu Protokoll zu nehmen. Cynthia war außer sich vor Wut. Jesse und Vera verweigerten jede Stellungnahme. Meine Mutter weinte. Ich zitterte. Cynthia tobte. Ich blieb bei ihr, bis es hell wurde und Donald kam. Sie fuhr ohne Gepäck weg.

Als ich am späten Vormittag aufstand, noch ganz benommen von meinem Kodeinschlaf – ich hatte zwei weitere Tabletten genommen –, waren Jesse und Vera nicht mehr da. Meine Mutter saß, einen Koffer neben sich, im Esszimmer. Clarence erschien und brachte sie nach Chicago zum Flughafen, sie wollte den Mittagsflug nehmen. Clarence vermied es, mir in die Augen zu sehen. Ich legte mich aufs Sofa schlafen, da ich nicht oben außer Hörweite sein wollte, wenn die Polizei zur Befragung kam. Sie erschien nie.

Ich erwachte vor dem Abendessen und hörte, dass Clarence den Rasen mähte, was eigentlich noch nicht nötig war, und dann kam er und fragte, ob er Mrs Plunkett anrufen solle, und ich sagte, im Moment bräuchte ich sie nicht. Ich wusste, dass sie den Tag der Arbeit in Kenosha verbringen wollte, und wollte ihr nicht das Wochenende verderben. Wir gingen zum Imbiss und aßen Hamburger und Kartoffelsuppe. Als Clarence mich hinter dem Haus absetzte, schien es mir für einen Moment, als wäre unser Haus mitsamt seinen Bewohnern abgebrannt. Nein. Wir existierten noch, wo auch immer jeder Einzelne jetzt sein mochte, aber es war sehr wahrscheinlich, dass wir nie wieder alle zusammenkommen würden, und das war auch gut so.

TEIL II

DIE SIEBZIGER

13

Laurie starb kurz vor Morgengrauen, drei Tage vor der Sommersonnenwende. Ich wollte eigentlich nicht im Zimmer sein, blieb aber auf ihr Drängen hin. Sie berührte die Hand ihrer dreijährigen Tochter, dann brachte ihre Mutter das Kind aus dem Krankenzimmer. Lauries Ehemann Brent saß dösend am Erkerfenster, der Flieder draußen war verblüht, verblichen und verdorrt. Brent wollte mich natürlich nicht in seiner Nähe dulden, Cynthia nahm ihn daher mit in eine nahe gelegene Kneipe und hielt ihm eine Standpauke, während ich mit der dreijährigen Clemmie einen Spaziergang machte. Lauries Brustkrebs war, wie häufig bei jungen Frauen, aggressiv und gierig. Sie war fünfundzwanzig und erzählte mir, sie habe schon seit einigen Monaten gewusst, dass es passiert sei, schon bevor sie zum Arzt ging. »Wieso?«, hatte ich gefragt. Sie habe unter Depressionen gelitten, weil sie sich von ihrem Mann habe trennen wollen, nachdem sie begriffen habe, dass sie zwar ein Kind wollte, aber nicht einen Mann.

In der Woche, bevor sie starb, als sie noch klar im Kopf war, sprachen wir über die verflossene Zeit und was wir inzwischen erlebt hatten, denn in den letzten zehn Jahren hatten wir uns kaum noch gesehen. Wir redeten ein oder zwei Stunden miteinander, und dann sank sie weg. Ich küsste ihren kahlen Kopf zum Abschied, spürte mit den Lippen ihre Schädelknochen und musste daran denken, wie ich schon vor langer Zeit geträumt hatte, dass es so mit ihr kommen würde. Wie konnte das sein? Offensichtlich sind unsere Seelen zugänglicher für das Übersinnliche, als wir ahnen. Ich habe mit siebenundzwanzig Jahren noch ganz andere seltsame Schlüsse gezogen.

In der letzten Woche ihres Lebens war Laurie ruhig und gefasst, was natürlich auch an den Morphiuminfusionen lag. Ihre Stimme war so schwach, dass ich mich ganz nah an ihr Bett setzen musste. Sie machte sich lustig über meine »billigen Klamotten«, meine Tarnung als normaler Mensch. In ihrem Wahn meinte sie, sie hätte damals nicht abtreiben sollen, und wir hätten lieber zusammen fortgehen sollen, auch wenn ich damals erst sechzehn und sie vierzehn war. »In anderen Ländern machen sie das«, sagte sie. Ich versuchte, diese »Was wäre gewesen, wenn«-Themen nach Möglichkeit zu vermeiden, und schnitt umgehend ein anderes Thema an, wenn sie damit anfing. Ich mied ihren Ehemann, ging, bevor er nach der Arbeit erschien, und kam erst spätabends, wenn sie anrief, wieder. Auf diese Weise begegnete ich auch nicht ihren Eltern, vor allem nicht ihrem Vater, der gesagt hatte: »Sie hätte eine große Tennisspielerin werden können.« Dabei hatte Laurie Tennis schon mit zwanzig aufgegeben. Ihr Footballspieler hatte am örtlichen College Examen gemacht und war ein führender Immobilienmakler geworden, der mit allen sehr rüde umging, außer mit seinen Kunden. Fred hatte diese Sorte Menschen als »neue Amerikaner« bezeichnet, die jeden Tag mehr wurden.

Als Laurie ihre Tochter mit dem Zeigefinger berührte und ihre Mutter das Kind hochnahm, blickten wir einander an, und ich sah, wie ihre Augen leer wurden. Sie schien weniger zu sterben, als sich in sich zurückzuziehen. Ihr Körper unter den Laken war ruhig, aber es umgab sie eine Aura des Abschieds, die mich trotz des warmen Zimmers frösteln ließ. Anstatt nach der Schwester zu klingeln, horchte ich auf die Leere, die mir gänzlich unbekannt war und alle anderen Geräusche zu absorbieren schien. Es konnte mit Sicherheit nur wenige Augenblicke gedauert haben, aber die Zeit existierte nicht mehr. Als es vorbei war, fehlte mir jede Orientierung. Meine Hilflosigkeit war absolut. Eben war Laurie noch da, dann war sie nicht mehr da, und obwohl ich das biologische Faktum des Todes begriff, nahm die Sache Dimensionen an, die jedes begriffliche Fassungsvermögen sprengten.

Ich machte einen mehrstündigen Spaziergang, unfähig, einen Gedanken zu fassen. Ich hatte ihren Mann nicht aufgeweckt, bevor ich den Raum verließ. Draußen auf Presque Isle kam ich an dem Gebüsch vorbei, in dem wir uns in einer regnerischen Nacht geliebt hatten, und kehrte wieder in die Stadt zurück. Ich traf Clarence und Jesse im Imbiss, nickte ihnen aber nur zu, als sie mich fragend ansahen. Ich überlegte, ob ich Cynthia von der Telefonzelle aus anrufen sollte, aber das konnte warten. Sie hatte sich immer wieder zu Laurie ins Bett gelegt und mit ihr geplaudert und so das Unaufhaltsame einfach ignoriert. Sie sangen sogar häufig zusammen, bevor Cynthia wieder heimfuhr nach Sugar Island, unweit von Sault Sainte Marie. Donald und sie hatten jetzt zwei Kinder, einen achtjährigen Jungen und ein fünfjähriges Mädchen. In ihrem kleinen Haus am St. Mary's River gab es absolut nichts, was an ihre Vergangenheit erinnerte, außer einem Foto von Laurie und mir in meinem Ruderboot und einem von Mutter als Teenager.

Clarence kümmerte sich immer noch um Haus und Hof, aber ich hatte keine Ahnung, wie er bezahlt wurde. Ich wusste nur, dass er mindestens fünfundsechzig war, auch wenn er nicht danach aussah. Nachdem damals, an jenem Abend, alle das Haus verlassen hatten und nur ich noch übrig blieb, hatte Clarence weitergearbeitet, als wäre nichts geschehen. Er mähte, bestellte den Garten, harkte Blätter zusammen, schippte Schnee, bevor es hell wurde, reparierte den Kühlschrank oder die Heizung und säuberte die Regenrinnen. Ich war überzeugt, dass er in diesem Jahr, meinem letzten an der Highschool, eine Affäre mit Mrs Plunkett hatte, die im Gästezimmer wohnte. Einmal hatte ich durch mein Fenster gesehen, wie sie vorm Morgengrauen im Mondlicht von der Werkstatt ins Haus zurückging. Sechs Tage die Woche erschien Clarence morgens gegen fünf Uhr, und wenn es kalt war, machte er als Erstes ein Feuer im Holzofen in der Werkstatt. Nach den acht Stunden Arbeit in unserem Haus ging er am frühen Nachmittag zum Jachthafen hinunter, wo er sich im Sommer als Handlanger verdingte und im Winter in einem großen Schuppen Boote reparierte. Als ich vielleicht zehn Jahre alt war und angestrengt versuchte, die Welt zu verstehen, fragte ich einmal meinen Vater, wie Clarence geschlagene sechzehn Stunden pro Tag arbeiten konnte. »Er hilft vielen Leuten«, sagte er, als wäre es nichts Besonderes. Das war lange bevor ich an meinem Projekt zu arbeiten begann, ein erster Hinweis darauf, dass die Alphatiere meiner Sippe gewöhnliche Arbeiter nicht einmal verachteten, sondern einfach nur ignorierten.

Jesse war ein ganz und gar anderer Fall. Wieso er zurückkam und nach der Vergewaltigung seiner Tochter wieder für meinen Vater arbeitete, wollte mir nicht in den Kopf. Ein sehr ärgerliches Ereignis vor fünf Jahren, in den letzten Monaten meiner Ehe mit Polly, hatte meiner Freundschaft zu ihm einen empfindlichen Stoß versetzt. Danach war unsere Beziehung nicht mehr wie vorher. Folgendes war geschehen: In jenem Herbst war ich gerade ins Seabury-Western-Priesterseminar in Evanston eingetreten, und Mitte Oktober zerbrach unsere Ehe. Es war meine

Schuld. Wir hatten ein Jahr vorher, nach meinem Examen an der Michigan State, geheiratet, als Polly ihren Master in Pädagogik machte. Einen Monat nach unserer Hochzeit gestand ich ihr, dass ich nicht die Absicht hätte, jemals Kinder zu zeugen. Ich log damals und behauptete, meine Samenstränge seien durch einen Unfall verknotet, was stimmte. Gelogen war, dass man das nicht leicht hätte korrigieren können. Sie ließ das eine Weile auf sich beruhen, aber als wir in den Norden fuhren und Weihnachten mit ihren Eltern feierten, sagte ihr Vater frei heraus, er freue sich schon auf seine Enkelkinder. Im Studentenheim der Michigan State für Verheiratete waren wir umgeben von Paaren mit Kindern, und Polly war schrecklich neidisch. Um meine Gefühle zu schonen, gab sie sich trotzdem weiterhin fröhlich. Doch als wir im Sommer nach meinem Examen nach Chicago zogen, gestand ich schließlich, dass meine Unfruchtbarkeit behebbar war. Unsere Wohnung war so klein, dass man derlei Dinge besser nicht laut sagte. Ich betonte, der Stammbaum meiner Familie sei zu unrühmlich, um ihn willentlich zu erweitern. Da Cynthia schon zweimal Mutter geworden war, konnte Polly das Argument nicht akzeptieren.

Wie viele andere hege auch ich meine Zweifel an der Theorie der verdrängten Erinnerungen, allerdings bin ich auch kein Fachmann auf dem Feld der Psychologie. Wenn ich an meine vier College-Jahre denke, so geschieht dies zumeist auf Umwegen. Wenn meine Füße zum Beispiel auf den Straßen von Marquette im März nass vom Schneematsch werden, bin ich unwillkürlich sofort wieder auf dem Campus der Michigan State University und versuche, in den Unterrichtspausen auf den überfüllten Wegen voranzukommen. Der Anblick von Regierungsgebäuden mit ihren typischen blassen Beige-, Grau- und Grüntönen lässt mich wieder an eben diese Farben des Unigebäudes denken, und ich frage mich erneut, welcher Wirrkopf sich nur diese Scheußlichkeit hat ausdenken können, wo doch die zu Recht berühmte Fakultät für Gartenbau den landschaftlichen Teil des Campus sehr schön gestaltet hatte. Das Hässliche hinterlässt Spuren in der Seele, und nur sehr gute Lehrer können sie tilgen. Und von denen hatte ich nur drei, vielleicht vier, hinzu kamen einige wenige Bücher, die ich in der bedrückenden Bibliothek entdeckte. Nicht von ungefähr fällt man auf das Sexuelle zurück, wenn die Verzweiflung übermächtig wird. Eines Tages bückte ich mich vor einem untersten Regal in der Bibliothek, zog ein Buch heraus und konnte durch die Lücke eine Kommilitonin sehen, die auf dem Boden saß, ihren wollenen Faltenrock etwas hochgezogen und die Beine gespreizt hatte, was den Blick auf ihre fest in ein weißes Baumwollhöschen verpackte Scham freigab. Es war, als hätte ich einen elektrischen Zaun berührt. Ich verließ die Bibliothek, schwänzte die nächste Stunde und fuhr nach Hause in unsere grässliche Wohnung im riesigen Studentenwohnheim für Verheiratete. Polly arbeitete gerade am Küchentisch an einem Referat und wollte nicht mit mir schlafen, bis ich buchstäblich in Tränen ausbrach. »Mein armes, kleines Baby«, sagte sie und beugte sich über den Tisch, auf dem noch ihre Arbeit lag. Sie war eine schlechte Köchin und konnte nicht viel mehr als gebratene Hühnerleber oder Hackbraten oder irgendeinen undefinierbaren Bratfisch. Das Argumentationsniveau von Soziologietexten bereitete mir stets Magenschmerzen, die nur durch Sex geheilt werden konnten. Wir gewöhnten uns an, zweimal die Woche Pizza zu essen und vor und nach der Pizza zu vögeln. Kurzum, ich hasste das College, wurde aber versöhnt durch gewisse Lehrer, die mich an ihrem enormen Wissen teilhaben ließen. Zwei von ihnen, Weisinger und Jaffe, waren Juden und kamen aus New York. Ihnen war es gelungen, bis in unser

Inneres vorzudringen, wo es, unter intellektuellen Gesichtspunkten, traurig aussah. Sie retteten meine arme Seele. Diese beiden Männer, die Pizza und der Sex mit Polly vermochten es, mich aus meiner Trübsal zu reißen.

Gegen Mitte Oktober hatten wir uns ziemlich auseinander gelebt. Alles war schiefgelaufen. Nach nur einem Monat im Priesterseminar war mir klar, dass ich niemals in einer Episkopalkirche würde predigen können. Trotzdem beschloss ich, mit jener selbstzerstörerischen Sturheit der Menschen des Mittleren Westens, die nie wissen, wann sie sich aus dem Staub machen müssen, das ganze Jahr durchzuhalten. Wir beschlossen, in den Norden zu fahren, in meine von Sprague geerbte Hütte, und miteinander zu reden. Vor unserer Heirat hatte ich dort, in einem romantischen Anfall von Askese, drei ganze Monate gewohnt, aber Polly hatte nach zwei Besuchen mit der ihr eigenen Unverblümtheit gesagt, es sei »gruselig, unheimlich, schrecklich«. Sie begriff nicht, wozu der absolut kahle Raum und der kleine Küchenverschlag, den ich ungeschickt hinten angebaut hatte, gut sein sollten. Sie fand das Grab von Spragues Frau deprimierend, da die Toten nicht allein, sondern zusammen mit ihresgleichen ruhen sollten. Durch mich hatte sie klassische Musik lieben gelernt; als sie dann aber ihr batteriebetriebenes Radio einpackte, sagte ich, in der Hütte werde ich keine Musik dulden, woraufhin sie das Radio aus dem Pick-up warf. Erst hinter Milwaukee redete sie wieder mit mir, und bis dahin hatte sie eine halbe Schachtel Kleenex verbraucht. Einige Kilometer nördlich von Green Bay bog ich in einen Kiesweg ein, und wir machten einen Spaziergang, der aber alles nur noch schlimmer machte. Wir hatten die Sandwiches vergessen, die ich gemacht hatte, und sie schrie: »Ich will ein Kind, du egoistischer Mistkerl!« Sie rannte davon, und mit meinem maroden Knöchel, der zu nichts anderem mehr taugte als zu bedächtigen Spaziergängen, konnte ich sie nicht einholen.

In Nord-Wisconsin und auf der Upper Peninsula empfing uns ein goldener Nachmittag und bescherte uns eine kleine Atempause. Die Pappeln und Espen waren inzwischen gelb, die Koniferen wie immer verlässlich grün, und die Laubbäume leuchteten in sämtlichen Schattierungen von Rot und Gold. Wir hatten unsere Krise bei Bruce's Crossing fast überwunden, und ich sagte beiläufig, vielleicht sollten wir aus Chicago weggehen, hierher ziehen und eine Farm kaufen. Sie lachte bei der Vorstellung von uns als Bauernpärchen und drehte sich im Sitz herum, sodass ich ihre Beine unter dem Rock sehen konnte. Gewöhnlich erregte mich das, aber diesmal spürte ich nichts. Unfähig, mich mit diesem mangelnden Verlangen abzufinden, parkte ich den Wagen auf einem Waldweg und versuchte ohne Erfolg, mit ihr zu vögeln. Das war mir noch nie passiert, und ich war so frustriert, dass mir die Tränen in die Augen stiegen. Polly war mittlerweile ziemlich durcheinander, und wie wir da saßen, boten wir einen düsteren Kontrast zu dem herrlichen Spätsommertag. Der Kloß in meinem Hals wurde immer größer, und Polly sah aus, als wäre sie am liebsten weit, weit weg.

Das Schlimmste stand uns aber noch bevor. Wir aßen rasch und früh zu Abend und fuhren dann zu unserer Hütte hinaus. Ich hatte eine Flasche Whiskey gekauft, was ungewöhnlich war, da ich inzwischen höchstens ein Glas im Monat trank, seit ich im ersten College-Jahr ziemlich viel Alkohol konsumiert und schließlich begriffen hatte, dass ich schon fast in der Familienfalle saß.

Als wir am Tor ankamen, war es nicht mein Tor. Es war ein neues, breiteres, verzinktes Tor mit einem schweren Vorhängeschloss, und der schmale Fahrweg dahinter war planiert und verbreitert und meine Lieblingseiche gefällt worden. Polly sagte nichts, und ich war so schockiert, dass mir fast schlecht wurde. Ich kletterte über das Tor und tastete mich im Halbdunkel den Weg entlang. Die Veranda vor meiner Hütte war abgerissen worden, und eine neue war in Bau. An der Stelle meines Küchenverschlags stand eine Fertiggarage mit einem gewaltigen Stromgenerator darin. Stufen aus Eisenbahnbohlen bildeten einen Pfad hinunter zum Lake Superior. Der Grabstein war verschwunden, der Biberdamm beseitigt worden, und der Teich war trockengelegt.

Es war fast dunkel, als ich zum Wagen zurückkehrte. Polly kam mir auf halbem Weg entgegen, und als ich stolperte und schwankte, hielt sie mich. Ich fuhr zum Haus des alten Finnen, der die Hütte jede Woche kontrollierte und für Sprague Reparaturen erledigt hatte. Seine Frau sagte, er sei in der Kneipe und ob ich mein Zeug haben wolle, womit sie meine Kochutensilien, den Schlafsack und einen Karton mit Büchern meinte. Ich lud alles auf den Pick-up und fuhr zur Kneipe. Natürlich ahnte ich, was passiert war, aber meine Mordgelüste kühlte das nicht ab. Tad und drei andere alte Finnen spielten Karten. Tad blickte auf und sagte mit trüben Augen: »Ihr Vater hat sie im August verkauft.« Ich war kaum fähig zu sprechen und sagte leise: »Sie gehörte nicht meinem Vater, er hatte kein Recht dazu.«

Es wurde eine absurde Nacht am Telefon. Polly hatte schließlich ein Motelzimmer für uns gefunden. Ich trank fast den ganzen Whiskey aus und übergab mich irgendwann. Erst versuchte ich meinen Vater anzurufen, der mit seinem Kumpel Seward in Italien war. Jesse war nicht zu Hause, aber er hatte die Nummer eines Motels in Duluth hinterlassen, und da nahm niemand ab. Ich rief meine Mutter in Evanston an, die nichts von der

Geschichte wusste, aber sagte: »Das tut mir schrecklich leid.« Ich rief den wichtigsten Bankier meines Vaters und den Chef der Anwaltskanzlei in Marquette an, und beide behaupteten, nichts zu wissen. Alle wichtigen Dokumente der Familie, darunter auch meine, lagerten in der Bank und waren für meinen Vater und Jesse, der in den meisten Angelegenheiten ebenfalls eine Vollmacht besaß, leicht zugänglich. Schließlich erwischte ich Jesse gegen Mitternacht, als ich schon total betrunken war. Er sagte nur, er hätte es mir im Juli nicht sagen mögen. Ich legte auf, und mir wurde klar, wie einfach das Unrecht hatte geschehen können, da mein Vater David Burkett III hieß und mein juristischer Name schlicht David Burkett lautete. Ich übergab mich, erstickte fast, wurde ohnmächtig und schlief ein. Beim ersten Sonnenstrahl half Polly mir, mich und meine Kleidung zu säubern. Sie fuhr die Strecke bis Iron Mountain, wo ich sie bei ihren Eltern absetzte, um dann weiter nach Marquette zu fahren. Mein schlimmer Kater war die geringste meiner Sorgen. Als wir uns vor ihrem Elternhaus zum Abschied küssten, wusste ich, dass dies ein echter Abschiedskuss gewesen war. Sie liebte mich vielleicht noch, so wie man einen verrückten Hund liebt, der einem gehört, aber es wurde höchste Zeit für sie, das Gespenst, das ich war, abzuschütteln. In meinem letzten Studienjahr – wir waren zwar noch unverheiratet, lebten aber schon zusammen – hatte sie mir einmal nach dem Kino in einer Kaffeebar tief in die Augen geschaut und gefragt: »Wirst du irgendwann mal normal sein?« Ich hatte »Aber natürlich, Liebes« geantwortet. Jetzt begann mir zu dämmern, dass ich erst dann »normal« sein könnte, wenn ich eines Tages mein Projekt abgeschlossen haben würde.

In Marquette hielt sich der Bankdirektor bedeckt, aber der Senioranwalt der Kanzlei nahm sich eine ganze Stunde Zeit, um mit mir die verschiedenen Möglichkeiten durchzugehen. Es erschien ihm keine Frage, dass der Finanzmakler insofern haftbar zu machen war, als er dem Käufer garantiert hatte, der Verkäufer sei der alleinige Besitzer des Grundstücks. Wenn ich die Angelegenheit zu verfolgen wünsche, könnte der Finanzmakler dafür sorgen, dass mein Vater strafrechtlich belangt würde. Der Käufer würde sein Geld zurückerhalten, und nach einem Verfahren von ein, zwei Jahren ginge die Hütte schließlich wieder an mich. »Solche Dinge brauchen Zeit«, sagte er. Er sagte außerdem, mein Vater sei für ihn nun schon seit Längerem eine »Enttäuschung«, womit er offenbar auf Alkohol, Klagen wegen sexuellen Missbrauchs und die Scheidung meiner Eltern anspielte. Mit diesen Dingen im Hinterkopf sowie dem Verkauf seines Segelboots in Chicago, gegen den ein mühevolles Zurückbehaltungsverfahren in Marquette lief, würde jeder »richtige« Richter ihn zu mehreren Jahren Gefängnis verurteilen. Die Frage sei natürlich, ob ich als Sohn damit leben könne, meinen Vater ins Gefängnis gebracht zu haben. Würde ich die Hütte in ihrem ursprünglichen Zustand zurückhaben wollen? Er vertrete meinen Vater, nicht mich, aber er sei bereit, meinem Vater mitzuteilen, dass, falls ich nicht den Verkaufspreis zurückerhielte, ihm mit Sicherheit Gefängnis drohe. Die Sache war für den Senior durchaus heikel, da ein anderer Anwalt derselben Kanzlei die Interessen von Cynthia und mir vertrat.

Ich fuhr nach Hause, um alles zu überdenken. Mrs Plunkett war da und machte mir etwas zum Mittagessen, und dazu trank ich ein großes Wasserglas von ihrem scheußlichen Wein. Durch das Küchenfenster sah ich Jesse hinten vorfahren. Ich trank noch ein großes Glas Wein und ging hinaus, um ihn zur Rede zu stellen. Er plauderte mit Clarence, und ich fing an zu brüllen: »Wie konntest du mir das antun?« Ich brüllte, bis ich heiser war, und dann legte ich mich auf den Rasen und schlief ein. Es war ein kühler Tag, und Clarence deckte mich mit einer Decke zu. An jenem Abend beteuerte Jesse, er habe von dem Verkauf meiner Hütte durch Vater erst erfahren, als er bereits vollzogen war. Ich glaubte ihm nicht recht, was nicht heißen soll, dass es irgendjemanden interessiert hätte, was ich glaubte oder nicht. Mir fiel ein Abend ein, als wir noch auf die Highschool gingen und Cynthia bei einem Spaziergang in die Stadt gewitzelt hatte, sie wisse, dass Jesse Geld von Vater klaue. Das gefiel Cynthia, und mich störte es natürlich ebenfalls nicht im Geringsten.

14

Jetzt, fünf Jahre später, kehre ich zurück in den Imbiss und zu dem Morgen im Juni 1975, als Laurie starb. Ich hatte die ganze Nacht wach gelegen. Ich war wie ausgeweidet von der Macht des Todes. Beide, Clarence und Jesse, hatten Laurie sehr gemocht. Ich erzählte ihnen, dass sie friedlich gestorben sei, und legte plötzlich meine Hand auf Jesses Hand. Ich wollte, dass unsere Freundschaft wieder so würde wie vorher, bevor Vater meine Hütte verkauft hatte. Er sagte, er habe mein Ruderboot neu kalfatert und mattblau angestrichen, damit ich noch unsichtbarer wäre. Er fragte, wieso mein Gesicht so gerötet sei. Ich hatte seit Mai die meiste Zeit in den Regionen von Chippewa und Mackinac kampiert und versucht, die Geschichte der Landschaftsverwüstung durch meine Vorfahren aufzuarbeiten. Bei den verschiedenen Amtsgerichten hatte ich vorgegeben, an einem Buch über die glorreichen Tage der Holzfällerei zu schreiben, was die Angestellten zumeist sehr beflügelte. Sie machten mich dann mit den alten Leuten aus der Gegend bekannt, die sich noch an die letzten Tage der Holzwirtschaft im großen Stil erinnern konnten. Als wahre Fundgrube entpuppten sich die örtlichen Heimatvereine, bei denen man alte Fotos einsehen konnte. Aber das Entscheidende waren die alten Leute mit ihren Geschichten. Ich brauchte sie, um dem, was geschehen war, ein menschliches Gesicht zu verleihen. Die bloßen Statistiken und Landkarten waren eher etwas für die eingefleischten Akademiker.

Um ehrlich zu sein, nach meiner Scheidung von Polly erlebte ich immer wieder Phasen psychischer Labilität. Vielleicht war der Verlauf unserer Ehe von Anfang an zum Scheitern verurteilt gewesen. Im Rückblick denke ich, ich war ein Parasit, der von Pollys unerschöpflicher Fröhlichkeit zehrte. In einer Ehe siegt ja häufig die Trübsinnigkeit des einen Partners über die Fröhlichkeit des anderen. Polly hatte seit ihrem zwölften Lebensjahr für den College-Besuch gespart und musste dann trotzdem noch Kredite aufnehmen. Meine Großeltern mütterlicherseits hatten für Cynthia und mich einen Studienfonds angelegt, der Studiengebühren, Lebenshaltungskosten und darüber hinaus wöchentlich hundert Dollar für Verschiedenes abdeckte. Nicht besonders viel, aber es reichte, und mit Pollys Finanzen verglichen war es eine ganze Menge. Dieses, wie sie es nannte, »leichte Geld« bereitete ihr ein unbehagliches Gefühl. In meiner Familie wurden schon immer Witze über mich gemacht, weil ich keinen Spaß am Geldausgeben hatte, was wiederum Polly etwas aussöhnte. Zu unserer bescheidenen Hochzeitsfeier in Iron Mountain kamen meine Mutter, Clarence, Jesse, Cynthia und Donald mit ihren zwei kleinen Kindern. Vater war nicht eingeladen. Meine Mutter vergötterte Polly und schenkte ihr einen Ring mit einem zweikarätigen blauen Diamanten, den sie geerbt hatte, und dazu noch einen Scheck über fünfundzwanzigtausend Dollar, damit Polly uns »über die Runden bringen« konnte. Diese Summe verwirrte Polly total, aber ich erklärte ihr, meine Mutter halte mich für völlig unbedarft in Gelddingen, und außerdem gebe sie wahrscheinlich in einem Jahr ebenso viel für Kleider aus. Natürlich war das nicht der heikelste Punkt in unserer Ehe, aber wir konnten das Problem nur lösen, indem wir nicht mehr darüber sprachen. Während meines ersten Studienjahres an der Michigan State, noch vor unserer Heirat, wurde mir mitgeteilt, dass Vater die Mittel des Studienfonds für uns Geschwister für seine Zwecke missbraucht hatte. Das beunruhigte mich kaum, teils, weil ich es schon geahnt hatte, teils, weil das verschwundene Geld den Graben zwischen mir und meinem kriminellen Vater kaum noch vertiefen konnte. Ich warnte Cynthia am Telefon, doch sie lachte nur und gab ihren üblichen Kommentar ab: »Vergiss den Spinner!« Sie hatte eine College-Aufnahmeprüfung absolviert und besuchte inzwischen trotz ihrer zwei kleinen Kinder das College in Sault Sainte Marie (»Soo«, wie sie es da oben nennen), um ihr Lehrerexamen zu machen, da ihr im Bay-Mills-Reservat eine Stelle in Aussicht gestellt worden war. Das Komische war, dass man, nachdem die beiden damals durchgebrannt waren, in Marquette hauptsächlich über den Verlust von Donald als Quarterback gejammert hatte. In meinem letzten Highschooljahr, nach dem Auseinanderbrechen der Familie, musste ich mir fast täglich anhören, wie tragisch das sei, als träfe mich eine Mitschuld.

Die Scheidung hat meine Mutter sehr mitgenommen. Polly unterrichtete weiter an einer heruntergekommenen Grundschule in Süd-Chicago. Meine Mutter und sie wurden richtige Freundinnen, so seltsam das klingen mag. Meine Mutter bestand darauf, dass Polly den Notgroschen behielt, den sie mir hatte zurückgeben wollen. Damals interessierte mich das überhaupt nicht. Als Polly ein Jahr nach unserer Scheidung einen Lehrer heiratete, war meine Mutter auf der Hochzeit. Ich sollte noch erwähnen, dass meine Mutter sich nach ihrer Trennung von meinem Vater mithilfe eines Analytikers innerhalb eines Jahres fast gänzlich erholte. Sie kam vom Alkohol und von den Tabletten los, und wenn sie auch noch immer psychisch etwas labil schien, war sie mittlerweile doch eine erfreuliche menschliche Erscheinung und keine dieser Oberschicht-Judy-Garlands mehr. Sie wohnte in einem hübschen alten Haus in Evanston mit einer Kindheitsfreundin zusammen, die auch geschieden war. Gemeinsam stürmten sie täglich die Museen und Büchereien. Meine Mutter war erschrocken, als ich sie wegen ihres Arztfreundes aufzog, da sie bis dahin angenommen hatte, wir hätten ihr die Phantomschmerz-Eskapaden abgenommen. Mit dem Arzt war sie noch immer befreundet, meinte aber mir gegenüber, sie habe nicht die Absicht, jemals wieder zu heiraten. Es brauchte einige Jahre, aber schließlich entwickelten auch Cynthia und sie eine wirklich herzliche Mutter-Tochter-Beziehung, die hauptsächlich über die Enkelkinder lief. Das einzige Problem der beiden war am Ende ich. Im Frühling nach meiner Trennung von Polly geriet ich in einen Zustand, der als klinische Depression bezeichnet wird, dabei war mir nur wieder einmal der Glaube an die Menschheit abhandengekommen. Cynthia reiste an, und Fred kam aus Ohio, nachdem ich mich mit einem Stadtrat geprügelt hatte, der seine Frau am Ohr vom Restaurant zum Auto geführt hatte. Wahrscheinlich hätte ich mich nicht einmischen sollen, aber sie schrie laut. Zugegeben, ich leistete gewaltsamen Widerstand bei der Festnahme. Hätte die Familie meiner Mutter im Raum Chicago nicht ein gewisses Ansehen gehabt, wäre ich in ernsthafte Schwierigkeiten geraten. So wurde ich nur zu einem sechswöchigen stationären Aufenthalt in einer psychiatrischen Klinik nördlich von Chicago verurteilt. All das weckte in mir traurige Erinnerungen an die damalige Verfahrensabsprache meines Vaters, andererseits hatte mir die eine Nacht im Bezirksgefängnis durchaus gereicht. Ich hatte bei der Prügelei ganz schön was abbekommen, und meine blauen Flecken im Gesicht trugen wohl auch dazu bei, den Richter gnädig zu stimmen. Nach dem Klinikaufenthalt wurde verabredet, dass Fred für eine Weile in Ohio ein Auge auf mich haben sollte.

15

Ich bin nun einmal eher schüchtern. Polly hatte mich geerdet, und ohne sie schwebte ich unangenehm frei im Raum. Zu behaupten, ich sei instabil gewesen, wäre ein Euphemismus. Einmal saß ich zwei Tage und zwei Nächte ohne zu schlafen und zu essen an meinem Küchentisch. Ich trank Wasser, sah aus dem Fenster und pinkelte zwischendurch. Es war März, ohnehin mein schwierigster Monat. Ich sollte ein Referat über die »Befreiungstheologen« schreiben, hing aber seit Wochen am ersten Satz fest, denn ich war wie gelähmt durch die gedankliche Beschäftigung mit meinem eigentlichen Projekt. Ich ertappte mich bei dem Wunsch, ich wäre entweder jüdisch, schwarz oder indianisch statt ein Kind wohlhabender Weißer, damit ich irgendetwas Substanzielles hätte, worüber ich mich beklagen könnte.

Bevor Fred mich im Mai abholte, hatte Cynthia vorgeschlagen, ich solle doch bei ihr und Donald in der Nähe wohnen, aber ich hatte befürchtet, in der Nähe verarmter Chippewa würde ich mich womöglich erschießen. Das hatte ich aus Spaß gesagt, aber sie brach in Tränen aus, und ich versicherte ihr, so etwas würde ich nie tun, und sei es auch nur, um sie nicht unglücklich zu machen. Das Theologiestudium hatte mich zwar dem Evangelium entfremdet, aber ich wusste noch, dass man andere Menschen nicht unnötig quält.

Etwas Merkwürdiges und Schicksalhaftes geschah am

Nachmittag, bevor Fred und ich Chicago verließen. Wir hatten in der Newberry, einer Privatbibliothek, bei der Fred lange Mitglied gewesen war, über die frühe Geschichte der Ureinwohner auf der Upper Peninsula recherchiert, verließen gerade das Gebäude, stiegen die Treppe hinunter und winkten einem Taxi, als ein ungewöhnliches Mädchen auf uns zukam. Sie war groß und schlank und trug ein kurzes, blassgelbes Sommerkleid. Sie hielt ein Tablett, auf dem sich Streichholzschachteln befanden, und stellte sich als Vernice, »das Mädchen mit den Streichhölzern«, vor. Die Situation war absolut bizarr, und wir waren beide vollkommen hingerissen. Sie verlangte fünf Dollar pro Schachtel, und wir kauften jeder zwei. Ich rauchte damals nur selten, doch es schien mir ein guter Zeitpunkt, wieder damit anzufangen. Wir waren mit meiner Mutter und ihrer Mitbewohnerin zum Abendessen im Cape-Cod-Raum des Drake-Hotels verabredet, hatten aber noch etwas Zeit. Ich bin in solchen Situationen sehr langsam. Oder genauer, ich habe für so etwas überhaupt kein Talent, doch zum ersten Mal, seit ich vor sechs Monaten mit Polly Schluss gemacht hatte, spürte ich einen Anflug von Verlangen. Fred wiederum hielt sich für einen Don Juan erster Klasse, trotz Knollennase und Kugelbauch. Wir luden Vernice also in eine Kneipe ein, und ich bestellte meinen ersten Martini seit Langem, während Vernice einen vorsichtigen Eistee nahm und Fred sich mit einem Bier auf sicherem Terrain bewegte. Vernice gestand, ihr richtiger Name sei Sharon, aber sie schreibe unter dem Namen Vernice, weil das schicker klinge. Sie hatte einen ähnlichen Akzent wie meine Schülerin, die kleine Marli. Sie stammte aus dem südlichsten Indiana, wollte aber gern eine »Stadt-Poetin« sein und war nach Chicago gezogen. Jeden Abend zwischen fünf und sieben verkaufte sie Streichhölzer, danach spendierten Männer ihr manchmal ein Getränk und kamen sich großartig vor. Sie nahm wechselnde Routen, um alle besseren Bürogebäude, Cocktailbars und Tagungshotels abzugrasen. Und diese zwei Stunden finanzierten ihr das Gedichteschreiben. Fred war so unhöflich, sie zu fragen, ob ihr jemals unsittliche Anträge gemacht worden seien, und sie sagte: »Viele Dutzende Male.« Sie lachte und gab uns eine Karte mit ihrem Namen und der Telefonnummer. Fred strahlte, aber Vernice sagte, es sei die Nummer vom Salty Dog, einem Lokal. Wir saßen eine ganze Stunde da und hörten diesem faszinierenden Mädchen zu, und dann wurde es Zeit zu gehen, weshalb Fred sie fragte, ob sie uns nicht zum Essen begleiten wolle. Sie sagte, das würde sie gern, aber es gehe nicht. Fred hatte sehr schnell sehr viel Bier getrunken und benahm sich daneben, indem er ihr hundert Dollar bot, wenn sie mitkäme, aber sie sagte kühl: »Ich verdiene mein Geld auf ehrliche Weise, Sir.« Sie wollte die Lesung des kalifornischen Dichters Gary Snyder, eines ihrer Lieblingslyriker, auf keinen Fall verpassen. Fred war geknickt und ging erst einmal pinkeln. Vernice gab mir eine Karte mit ihrer privaten Telefonnummer. Ich sagte, ich würde am nächsten Tag abreisen, und sie sagte: »Jederzeit«, küsste mich auf die Wange und war aus der Tür. Zurück blieben nur ihr fataler Fliederduft und die schmerzliche Erinnerung an ihre haselnussbraunen Augen und ihr seidiges Haar. Als sie aufstand, um die Bar zu verlassen, hatte ich das leise Geräusch ihrer nackten Kniekehlen gehört, die sich von dem roten Plastikstuhl lösten. So unglaublich es auch scheinen mag, dieses Geräusch erinnerte mich daran, wie Vera einmal vor vielen, vielen Jahren in ihrem Bikini aus einem metallenen Gartenstuhl aufstand. Ich hatte die Augen abwenden wollen, drehte dann aber doch den Kopf, um zu beobachten, wie sie die Verandatreppe hochstieg. Beim Öffnen der Fliegengittertür hatte sie sich rasch umgedreht und mir zugewinkt, vielleicht wollte sie aber auch sehen, ob ich schaute.

Das Abschiedsessen mit meiner Mutter verlief einigermaßen gut. Mir gefiel die Wirkung des Martinis mit Vernice nicht, weshalb ich nur etwas Wein trank, aber Fred langte zu. Er kannte die geschiedene Freundin meiner Mutter ebenfalls und kehrte, etwas albern, den Charmeur heraus. Sie fragte sehr unverblümt, wieso er sich aufführe, als wolle er mit ihr ins Bett, wo er doch froh sein könne, wenn er seinen Schwanz noch zum Pinkeln fand. Meine Mutter fand das sehr witzig, und Fred sagte versonnen, spätestens am nächsten Morgen sei er wieder auf der Höhe, darauf könne sie Gift nehmen. Nach dem Essen verließen wir das Drake durch den Haupteingang, und da stand ein neuer gelber Chevrolet-Pick-up, ein Geschenk meiner Mutter, das meine Lebensgeister wecken sollte. Beim Anblick des Pick-ups bekam ich sofort Heimweh nach meinem Ruderboot und dem Norden. Während ich auf die Epauletten des Portiers starrte, der die Wagentür öffnete, erlebte ich einen kurzen, irritierenden Moment großer Klarheit. Was um Himmels willen machte ich hier an diesem Ort? Ich verlor vollkommen die Orientierung. Ich umarmte meine Mutter, und sie wirkte auf einmal sehr klein. Fred küsste Mutters Freundin die Hand, was einen Pagen amüsierte. Ich blickte in den Abendhimmel über der Hotelmarkise und hätte gern die Sterne gesehen, die im städtischen Licht von Chicago, anders als auf dem Land, aber kaum zu erkennen sind. Ich zitterte, obwohl es ein warmer Abend war. Ich ertappte mich dabei, wie ich darum betete, gesund zu werden.

16

Die Fahrt nach Ohio mit Fred ließ sich nicht gut an. Ich versuchte, ihn um sechs Uhr zu wecken, damit wir noch vor dem Berufsverkehr loskämen, aber es war hoffnungslos. Er lag schnarchend, eingerollt in ein Laken, auf der Couch und wimmerte und knurrte im Traum. Den größten Teil meiner guten Kleidung hatte ich vor einer Woche an ein paar Bettler verschenkt, weswegen alles in einen Koffer passte. Ich fand einen kleinen Achatohrring von Polly, was mich zu meiner eigenen Überraschung sehr verwirrte. Der Ohrring erregte mich, und ich überlegte, ob Pollys Schmuck und meine Reaktion auf Vernice am Vortag wohl Anzeichen eines wiedererwachenden Sexuallebens waren.

Ich ging frühstücken und brachte Fred einen großen Kaffee und einen Bagel mit. Wir brachen schließlich um zehn Uhr auf, und Fred schlief sofort ein, anstatt mich aus der Stadt zu lotsen. Mit seiner alten Freundin Riva hatte er erst kürzlich ein weiterführendes Programm für die von Armut betroffene Landbevölkerung erarbeitet, aber als ich ihn so im Sitz hängen und vor sich hin sabbern sah, konnte ich mir nur schwer vorstellen, dass er irgendwem würde helfen können. Ganz gewiss jedenfalls nicht mir. Ich versuchte, ihn mit einem Countrymusiksender wach zu kitzeln, doch er schlief die drei Stunden bis Indianapolis durch, wachte erst am Stadtrand auf und sagte tatsächlich: »Was für ein herrlicher Tag.« Wir hielten an, weil er sich ein kaltes Bier kaufen wollte, und dann fingen wir einen kleinen Streit an.

Ich sagte beiläufig, ich würde meine persönlichen Probleme hoffentlich rasch aus dem Weg schaffen können, um wieder an mein Projekt zu gehen. Fred meinte daraufhin, es sei doch offensichtlich, dass eben dieses Projekt mein einziges persönliches Problem sei. Das ließe sich aber leicht beseitigen, indem ich nach Duluth führe und meinem Vater eine Kugel in den Kopf jagte. Das brachte mich aus der Fassung, denn seit Veras Vergewaltigung durch meinen Vater hatte ich immer wieder mit dem Gedanken gespielt, ihn umzubringen. Das ging so weit, dass ich mir ein Waffenmagazin besorgte, weil ich mich daran erinnerte, dass Herbert, der Vater meines Freunds Glenn, ein 223er Gewehr besaß, mit dem er angeblich Kühe aus dreihundertfünfzig Metern Entfernung getroffen hatte. Ich liebte Kühe, und den Gedanken, sie zu erschießen, fand ich abstoßend. Meinen Vater zu erschießen hingegen nicht.

Beim Mittagessen in einem Imbiss erklärte Fred, ich müsse ihm versprechen, den *Don Quichote* zu lesen, es sei zu meinem eigenen Besten. Das musste ich erst einmal sacken lassen, denn ich hatte den Roman bereits für ein Oberseminar an der Michigan State gelesen, und die Parallele zu meinem Projekt war mir sofort unangenehm aufgefallen, aber ich hatte keine Lust, mich jetzt darüber zu unterhalten. Nichts ist unangenehmer für einen Examenskandidaten, als sich die Absurdität der eigenen Situation einzugestehen. Ich schmiss damals das Seminar und bekam keinen Schein in Englisch. Mein Tutor Weisinger, der bei Weitem klügste Mann, den ich jemals kennengelernt habe, riet mir, mich aus den Fängen von Thoreau und Melville zu befreien und in meinem armen Hirn mit Trollope, Tschechow und Isaac Singer einmal so richtig durchzulüften. Polly war begeistert, wie sehr die neue Lektüre unseren Alltag veränderte, aber dann kehrte ich plötzlich doch wieder zurück zum *Porträt des Künstlers als junger Mann* von Joyce, weil mir auffiel, dass ich ähnlich besessen war wie jene jungen Männer, die Schriftsteller oder Dichter werden wollten.

Wir tankten in einer kleinen Stadt in Indiana. Die Tankstelle lag an einer Bahnstrecke in einer bitterarmen Gegend. Ein pummeliges kleines schwarzes Mädchen mit einem dreckigen Verband am nackten Fuß beobachtete uns. Ich wandte mich ab, spürte aber, wie sich mein Magen verkrampfte, aus Sympathie, aus Rührung oder aus Mitleid. Den genauen Unterschied zwischen den dreien habe ich nie begriffen. Während ich auf ein schütteres Maisfeld am Stadtrand schaute, hörte ich Fred mit dem Tankwart reden. Der Mais sah blass und kümmerlich aus und würde bis zum Unabhängigkeitstag niemals Kniehöhe erreichen. Das kleine Mädchen kam bis zum Pick-up, wo ich an der Motorhaube lehnte. Sie sagte: »Ich heiße Lena«, und knickste. Ihre Zehen, die aus dem Verband guckten, waren geschwollen, und mir wurde leicht übel. Ich hatte keine Ahnung, was ich machen sollte, und rief Fred. Sie war die Tochter des Tankwarts und war auf einen Nagel in einem Brett getreten. Der Tankwart war verlegen und sagte: »Das wird schon wieder.« Fred erklärte, er sei beim FBI, gab dem Mann einen Fünfzigdollarschein und sagte, er solle mit dem Kind zum Arzt gehen. Wir würden am nächsten Tag wiederkommen, um uns selbst davon zu davon überzeugen. Der Mann sagte: »Vielen Dank«, und wir fuhren weiter.

Erst nach einer halben Stunde nahmen wir unser Gespräch wieder auf, das Fred mit einer Bemerkung begann, die ich zunächst als Seitenhieb auf mich deutete, bis ich merkte, dass er es gut meinte. Er sagte, es sei richtig, dass die Familie meines

Vaters aus selbstherrlichen Ausbeutern bestanden habe, die vieles auf der Upper Peninsula zerstört und vernichtet hätten. Doch ich würde die Auswirkungen nur theoretisch kennen. Ich müsse mir die Menschen selber genauer anschauen. Und das lerne man nicht auf der Highschool von Marquette, der Michigan State University oder in einem Jahr am Priesterseminar, das Fred im Übrigen eine »elende Tee- und Sherryparty« nannte. Ich verteidigte mich lahm und sagte, ich hätte immerhin sehr viel gelesen und mit ehemaligen Holzfällern und einigen alten Bergleuten gesprochen. Er trank den Rest seines warmen Biers und lachte. Dann sagte er, die Nachwirkungen jener Verwüstung, die meine Familie angerichtet habe, hätte ich noch nicht einmal ansatzweise begriffen. Die kleine »Junta« meiner Familie und einige andere Alphatiere hätten es geschafft, dass die Bergleute und Holzfäller tatsächlich ihr eigenes Leben und das Schicksal der bei Minenunglücken und Holzfällarbeiten zu Tausenden Gestorbenen im Nachhinein verklärten. An dieser Stelle verlor Fred etwas den Faden und erzählte noch einmal die Geschichte, wie die Chicagoer Polizei den schwarzen Aktivisten Fred Hampton umgebracht hatte. Ich versuchte, ihn wieder auf das Thema zurückzubringen, und sagte, nicht jede reiche Familie der Upper Peninsula habe eine schlimme Vergangenheit. Er solle an die Mathers, die Cohodes, an Peter White und an einige der Longyears denken. Fred war aber einmal in Fahrt und wollte herumschwadronieren und mehr Bier, das ich ihm aber verweigerte. Meine Mutter hatte mich gewarnt, Fred habe einen zu hohen Blutzucker, habe ihr aber versprochen, nicht mehr den ganzen Tag zu »süffeln«. Fred rief: »Scheiß drauf!«, und schlief dann abrupt ein, und ich musste mich allein im Nachmittagsverkehr von Cincinnati zurechtfinden. Als ich endlich die Route 52 gefunden hatte, die südöstlich am Ohio River entlangführt, war ich erschöpft. Die meisten Städte am Fluss boten ein Bild des Elends, aber nach den öden Highways fand ich sie sehr schön. Flüsse sind entschieden weiblich, und ich begann mir auszumalen, wie Vernice wohl nackt aussah, und kriegte nach sechs Monaten zum ersten Mal wieder am helllichten Tag einen Ständer. Mein Tunnelblick weitete sich, und ich nahm sehr viel mehr von dem Leben um mich herum wahr, dem ich mich so lange verschlossen hatte.

17

Im Rückblick lässt sich leicht erkennen, dass Riva mir das Leben rettete und Fred ebenfalls. Man sitzt einem Irrtum auf, wenn man die Strecken seines Lebens objektiv misst und jeden gelebten Tag, jeden Monat, jedes Jahr für gleich lang hält. Die kürzesten Augenblicke können manchmal eine derart explosive Kraft haben, dass sie sich dehnen und auf die Zeit vorher und nachher übergreifen. Wir waren im letzten Tageslicht bei Fred angekommen. Riva hatte uns Schweinshaxe mit Butterbohnen und Rübstiel zubereitet, da sie um meine Vorliebe für ihre ländlichen Gerichte wusste. Eine halbe Stunde vor unserer Ankunft hielt ich noch einmal, damit Fred sich einen Sechserpack kaufen konnte. Er nahm noch eine Flasche Whiskey dazu, und ich fürchtete, falls er auch nur die halbe Flasche trank, würde der Abend wahrscheinlich unangenehm verlaufen. Ich war mir meiner eigenen Gefährdung bewusst, da beide Seiten der Familie zum heftigen Trinken neigten, und gönnte mir nur ein einziges Bier.

Riva war wütend auf Fred. Er aß nur ein paar Bissen, verzog sich dann in die Ecke, trank die Flasche aus und ging ins Bett. Sie sah mich zornig an und erklärte, Fred sei im vergangenen Monat in eine Art diabetisches Koma gefallen und habe seinem Arzt versprochen, zukünftig nicht mehr als zwei Bier am Tag zu trinken. Als sie Genaueres über unsere Reise wissen wollte, hob ich nur stumm die Arme. Fred war nach Chicago gekommen, um mir zu helfen, aber sicherlich hatte er auch von Riva weggewollt, um zu trinken.

»Ich hab genug von diesem Idioten.« Sie holte ihre leeren Koffer aus dem weiß gestrichenen Pumpenhäuschen, wo ich schlafen sollte. »Und? Hast du deinen Kopf aus dem Hintern gekriegt?« Sie rieb mir die Schultern und lachte.

Ich berichtete ihr, welche Zeichen von Leben ich in mir entdeckt hatte. Mein Projekt erwähnte ich nicht, sondern nur, dass sich auf der Route 52, hinter Cincinnati, mein Blickfeld geweitet hatte. Das gefiel ihr, und sie erzählte mir eine erschreckende Geschichte. In ihrem letzten Jahr an der Highschool hatte ihr Freund, ein Basketball-Star, sich betrunken und sie dann so heftig »in den Arsch gefickt«, dass sie genäht werden musste. Sie hatte sich danach einen ganzen Monat lang in ihrem Kämmerchen verkrochen und sich auch drei Monate später noch geweigert, zur Schule zu gehen. »Niemand wusste etwas, nur ich und der Arzt und die Schwestern.« Der Freund kam ungestraft davon, weil er so toll Basketball spielte. Erst gegen Ende ihrer College-Zeit konnte sie wieder einen Mann in ihrer Nähe ertragen, »einen kleinen, fetten, weißen Jungen«, lachte sie.

Riva erhob sich, wühlte in einer Schreibtischschublade und zog einen Brief hervor, der mich nicht mehr erreicht hatte, als ich Fred während meines letzten Highschooljahres in den Osterferien besuchte. Er war in Key West abgestempelt und enthielt einen wütenden Kommentar meines Vaters. Er hatte erfahren, dass ich mich für die Michigan State entschieden hatte, obwohl ich an der Yale angenommen worden war, und es war ihm unbegreiflich, wieso ich mit der Familientradition brechen konnte. Der Brief war eine einzige, im Suff hingeschmierte Beleidigung. Ich sei dazu verdammt, ein Versager zu sein. Plötzlich überkam es mich, und ich erzählte Riva die Geschichte von jener Nacht, in der Vater Vera vergewaltigt hatte. Ich hatte sie bisher weder Polly noch sonst jemandem erzählt. Ich ließ nichts aus, weder dass Jesse am nächsten Morgen mit Vera weggefahren und mein Vater nach Duluth geflohen war, noch, dass Cynthia mit Donald abgereist und meine Mutter nach Chicago verschwunden war. Plötzlich musste ich heulen. Ich stand auf, drehte mich zur Wand und versuchte, mich wieder zu fassen. Fred hatte mehrere Fotos von Walker Evans von Alabama aus der Zeit der Weltwirtschaftskrise an die Wand geheftet. Mein Verstand spielte mir einen Streich und produzierte ein Bild von Vera an die Stelle, weshalb ich mich wieder zu Riva umdrehte, die von meiner Geschichte noch ganz mitgenommen war. Sie spielte ein Band von Buddy Guy ab, und wie jeder aufgeweckte, aber überforderte weiße junge Mann beneidete ich ihn darum, wie er den Schrecken in Songs verwandeln konnte. Angestrengt versuchte ich, die Unterhaltung von mir abzulenken, und fragte, ob sie Fred wirklich verlassen wolle. Sie blickte auf ihre Koffer am Boden und stieß einen davon leicht mit dem Fuß an. Sie sagte, sie sei nun seit sechs Jahren mit Fred zusammen, und nichts hätte sich zum Besseren gewendet. Vor einem Jahr habe man ihr einen guten Job in Washington D.C. angeboten, sie hatte abgelehnt, nur um bei ihm zu bleiben, und jetzt tue ihr das leid. Sie habe sich verpflichtet gefühlt, ihr gemeinsames Unterrichtsprojekt zu Ende zu bringen. Fred sei gut, wenn es darum gehe, Fördergelder von der Regierung zu beschaffen. Er brachte dann seine erstklassige Erziehung ins Spiel und sprach von einer spirituellen Verantwortung. Sie wandte sich wieder mir zu.

»Fred hat mir erzählt, dass dein Vater dir Geld gestohlen hat.«

»Das kratzt mich nicht. Sein Geld ist vergiftet.«

»Eines Tages kratzt es dich vielleicht doch«, spottete sie.

»Ich kriege von der Familie meiner Mutter hundert Dollar die Woche.«

»Du nagst ja am Hungertuch.«

»Im Augenblick nicht. Ich komme zurecht. Wenn ich richtig pleite bin, kann ich noch ein Anschlussstudium machen. Das würde ich bezahlt kriegen.« Was mich daran erinnerte, dass ich das Geld in meinem Koffer zählen sollte. »Was ich vorhabe, kostet nicht viel.«

Wir unterhielten uns bis weit nach Mitternacht. Zu meinem Projekt meinte Riva, ich solle mich bei meiner Recherche nicht zu früh spezialisieren. Wenn das Fundament, auf dem ich aufbaute, zu klein sei, tauge hinterher das ganze Gedankengebäude nichts. Gute Sozialanthropologen würden jahrelang in der Gesellschaft leben, die sie untersuchten, ehe sie Schlüsse zögen. Das klang nach einem guten Rat, aber dann machte sie einen Vorschlag, der mich vollkommen ins Schleudern brachte.

»Du solltest nach Mexiko fahren und die Sache mit dem jungen Mädchen in Ordnung bringen. Du solltest versuchen, sie um Vergebung zu bitten, nicht für deinen Vater, sondern für dich, weil du offenbar seine Schuld auch auf deine Schultern geladen hast. Und wenn du es nicht allein schaffst, kannst du vielleicht deine Schwester dazu bewegen, dass sie mitkommt.«

Ich spürte, wie mein Magen sich verkrampfte. Ich musste Riva recht geben, aber als ich mir vorstellte, wie ich mich auf den Weg nach Mexiko machte, war mir, als würde ich ins All katapultiert. Ich war zu anfällig, um meine Gesundheit zu riskieren. Mir wurde schwindelig.

Riva zündete sich einen Joint an, drehte die Musik laut und bat mich, mit ihr zu tanzen. Es dauerte, bis ich mehr als einen Schleifschritt zustande brachte, aber dann begriff ich, dass ich wieder eine Frau in den Armen hielt. Wir waren gleich groß, und ich sah, wie ihre Augen in der Musik versanken, bis ihr Verstand ausgeschaltet war. Ich brauchte länger, schaffte es aber ebenfalls. Sie spürte, wie ich hart wurde, lachte und stieß mich mit ihrer Hüfte in die Seite, entzog sich dann, drohte mir mit dem Finger und sagte: »Ich such dir morgen eine Frau.«

Sehr verschwitzt hatten wir gerade eine Pause eingelegt und uns gesetzt, als Fred die Schlafzimmertür öffnete und wie ferngesteuert eilig in die Küche lief. Er kniete sich hin, zog eine Flasche Tequila unter dem Spülbecken hervor und begann zu trinken. Er unterbrach sich und sagte: »Ich kann nicht schlafen«, und trank weiter. Inzwischen kniete Riva neben ihm und versuchte, ihm die Flasche wegzunehmen. Er schubste sie, und sie kippte nach hinten. Ich fing sie auf und wollte ihn packen, da schlug er mich mit der Flasche und riss mir die Lippe auf. Ich geriet in Wut und entwand ihm die Flasche und schleuderte sie so heftig von mir, dass sie durch das Vorderfenster flog und auf dem Betonboden der Veranda zersprang. Ich drehte mich um und holte gegen Fred aus, verpasste ihn aber und war froh darüber. Er sah mich an, als würde er mich nicht kennen, und wankte ins Schlafzimmer zurück. Von der aufgesprungenen Lippe tropfte jede Menge Blut auf mein Hemd. Riva wickelte einen Eiswürfel in Küchenkrepp und drückte ihn an meine Lippe. Es war klar, dass ein weiteres Mitglied meiner Familie ins Krankenhaus gehörte.

Riva begann »Some Enchanted Evening« zu singen, und ich war hingerissen von ihrer Unerschütterlichkeit und musste lachen. Der Zeitpunkt war völlig unpassend, aber trotzdem fiel mir Vaters sarkastischer Humor ein, den nur Cynthia geerbt zu haben schien und ich nicht. Vielleicht steckte er aber auch in mir. Vor meiner religiösen Phase, die mit meinem fünfzehnten

Lebensjahr begann, hatte ich das Leben überwiegend komisch gefunden.

Riva holte sich ein Laken aus dem Schlafzimmer und zog BH und Slip aus. Während sie das tat, drehte ich mich mit einem eigenartig hohlen Gefühl im Magen um. Ich breitete das Laken ordentlich über sie und rieb ihre Schulter. »Manchmal ist etwas Gutes etwas Schlechtes«, murmelte sie mit geschlossenen Augen und rollte sich auf der Couch zusammen, als würde sie schon schlafen.

Um fünf Uhr früh, ich hatte erst eine Stunde geschlafen, rüttelte Riva mich wach. Fred habe sich die ganze Zeit stöhnend hin und her geworfen, aber sie habe ihn nicht richtig wach bekommen. Sie hatte mit seinem Arzt telefoniert. Er befürchte, es sei ein diabetisches Koma, weshalb wir, anstatt auf den Krankenwagen zu warten, eine Matratze hinten auf den Pick-up legten und Fred wie einen sehr großen Kartoffelsack daraufhievten. Weil Riva Angst hatte, dass er wieder zu Bewusstsein kommen und toben könnte, klebte ich ihm Hände und Füße mit Isolierband zusammen.

Die Sonne ging gerade auf, als wir das kleine Krankenhaus in Gallipolis auf der Ohio-Seite des Flusses erreichten. Ein Arzt, eine Schwester und ein Pfleger warteten schon, und Fred wurde weggeschafft. Der Arzt sagte, Riva solle am Nachmittag anrufen, weshalb wir wieder zurückfuhren und schlafen gingen. Als ich gegen zehn Uhr aufstand, hatte Riva ihre Taschen gepackt. Sie machte mir Frühstück und sagte, bis das Unterrichtsprojekt im August zu Ende sei, ziehe sie in ein Zimmer weiter unten in der Straße, danach werde sie die Stadt verlassen. Ihr dunkles Gesicht funkelte vor Zorn, deshalb sagte ich nichts. Sie trug ein leichtes Sommerkleid, und ich starrte auf ihren Hintern, als sie sich bückte, um einen Koffer zu schließen. Sie drehte sich um, und bestimmt wurde ich rot. Plötzlich lächelte sie, und sie fragte, wie lange ich schon nicht mehr gevögelt hätte. Ich sagte, seit acht Monaten, seit ich mich Ende Oktober von Polly getrennt hätte. Sie sagte, ihr Körper sei viel zu lange ziemlich einsam gewesen. Beide schwiegen wir fast eine ganze Minute, ehe sie sich meinem Stuhl näherte. Ich schmiegte mich an sie, und sie steckte mir eine Brust in den Mund, als würde sie mich stillen. Zwei Stunden später lagen wir immer noch auf dem Sofa, und sie rieb meinen wunden Penis mit einer Aloe-Lotion ein. »Manchmal kann etwas Gutes auch etwas Gutes sein. Wir haben es verdient«, sagte sie.

Ich fühlte mich so großartig wie damals in Iron Mountain mit der Schaufel in der Hand. Es ist vielleicht nicht politisch korrekt, zu behaupten, schwarze Frauen seien im Bett besser als weiße Frauen, aber meiner bescheidenen Erfahrung nach traf es für Riva zu. Sie wärmte die übrig gebliebenen Haxen und die Butterbohnen wieder auf, während ich meine Mutter anrief, die Hazelden, die Reha-Klinik oben in Minnesota, vorschlug. Sie würde auch die Kosten für die Kur ihres »kleinen Bruders« übernehmen. Sie hatte mir einmal erzählt, dass Fred sich gegenüber seiner ersten Frau bei der Scheidung spendabler als nötig gezeigt und darüber hinaus einen Großteil seines ererbten Geldes bedürftigen Menschen und wohltätigen Einrichtungen geschenkt hätte.

Während das Essen heiß wurde, erklärte Riva, Alkohol diene in den Kulturen häufig dem Öffentlich-Festlichen, aber im Übermaß genossen diene er doch sehr leicht dem privaten Rückzug aus der Gesellschaft. Da die meisten Menschen keinen realen Ort hätten, wo sie sich verstecken könnten, griffen sie zum Alkohol. Natürlich habe sie Mitgefühl für arme, unglückliche

Seelen, die zu viel tranken, aber nicht für Menschen wie Fred. Es sei ihr nie gelungen, zu begreifen, worin sein »Herzeleid«, wie er es nannte, tatsächlich bestand, ob es sich womöglich nur um eine biochemische Kettenreaktion handelte, er also einfach deshalb trank, weil er einmal damit angefangen hatte. Ich erzählte ihr, mein Vater halte sich selbst für einen Gentleman der alten Schule. Er betrachte die drei Martinis vor dem Abendessen als eine Art Verpflichtung und lasse das Essen danach mit Cognac »ausklingen«, wie er es nenne. Mit dieser Menge komme er halbwegs zurecht, aber dennoch gebe es mindestens zweimal im Monat einen Absturz.

Gedankenlos würzte ich mein Essen mit einer scharfen Essigsoße und stöhnte, als meine geplatzte Lippe brannte. Riva legte einen neuen Eiswürfel auf. Ich öffnete ihren Morgenmantel, um einen kurzen Blick zu tun, und schon saß sie auf meinem wunden Schwanz, bis wir mit dem Stuhl zusammenbrachen und die Sache auf dem Linoleumboden zu Ende brachten. Sie meinte, ich mit meinen vierundzwanzig und sie mit ihren vierzig Jahren seien ein perfektes Paar, aber es war das letzte Mal.

Im Krankenhaus teilte die Krankenschwester uns mit, Fred sei wieder bei Bewusstsein und habe nach einem langen Gespräch mit dem Arzt bekundet, dass er lieber nicht sterben wolle. Danach hatte er mit meiner Mutter telefoniert, sich aber gegen Hazelden und für eine Klinik entschieden, die zum Krankenhaus in Columbus gehörte. Er würde sich freiwillig für mindestens sechs Wochen in eine geschlossene Abteilung begeben.

Als wir Freds Krankenzimmer betraten, sah er schlimm aus, lächelte aber. »Im Tablettenrausch habe ich geträumt, ihr zwei würdet es hinter meinem Rücken treiben«, sagte er. »Aber klar doch«, sagte Riva, während mir der Schweiß ausbrach. Er schrieb gerade auf einer Tafel seinen Abschiedsbrief an seine erste große Liebe, den Alkohol. Mit zehn Jahren hatte es mit heimlichen Kostproben in der Speisekammer seiner Eltern begonnen. »Es muss irgendwie aus dem Ruder gelaufen sein«, meinte er. »Eigentlich sollte ich ja dir helfen«, sagte er und packte mich am Arm.

18

Am frühen Morgen brach ich auf in den Norden. Ich fühlte mich körperlich und seelisch erfrischt genug, um ernsthaft mit dem neuen Leben zu beginnen. Ich wusste, dieses Hochgefühl würde nicht ewig währen, aber jetzt wollte ich es nutzen. Ich hatte mich ins Exil einer Ehe begeben, die für Polly eine reine Qual gewesen war. Darüber hinaus hatte ich mich selbst verraten und mich der Religion zugewendet, wenn meine Frömmigkeit auch immer eher theoretischer Natur war. Wie schmutzig und besudelt wirkte der arme Jesus verglichen mit einer Theologie, die das Gebet in den Dienst der diesseitigen Interessen stellte, und einer Kirchengeschichte, die das Feuer des Evangeliums in Dogmen erstickte. Ich hatte immer die Kommilitonen beneidet, die tiefgläubig waren und ihren Glauben säuberlich von den Anforderungen des Studiums trennen konnten.

Ich war versucht, beim Fahren die Augen zu schließen und Gott für das Geschenk zu danken, das er mir mit der hageren schwarzen Frau gemacht hatte, die so viel klüger war als die meisten meiner Professoren. Häufig dachte ich aber, dass die Klugheit meiner Lehrer in den Mühlen der Institution einfach keine Chance hatte. Während meines Studiums ereigneten sich die Morde an Robert Kennedy und Martin Luther King, und etwas später gab es das Massaker an der Kent State University. Akademische Probleme wirkten da häufig sehr abgehoben und wirklichkeitsfremd. Wie verstörend war es, wenn man, am Tag nach Kings Ermordung, in einem Chaucer-Seminar den Professor plötzlich in Tränen ausbrechen sah. Meine Rückkehr zur Religion war ein Selbstschutz gegen den Wahnsinn der Zeit, ein Versuch, nicht wie jene junge Frau auf dem berühmten Foto von der Kent State einfach nur dazustehen und zu schreien. Ich musste an den Tag denken, als Cynthia mich während meines Studiums an der Michigan State anrief und sagte, sie hätte gehört, unser ehemaliger Zeitungszusteller sei in Vietnam gefallen. Er kam aus ärmlichen Verhältnissen, und im Winter, wenn die eisigen Winde vom Lake Superior herüberwehten, war er immer zu dünn angezogen. Er hieß Larry, und Cynthia gab ihm oft ein extra Trinkgeld und etwas zu essen. Er war nicht besonders helle, aber auf der Highschool ein ziemlich guter Langstreckenläufer. Ich konnte mich noch erinnern, wie er vor dem Billardzimmer stand, nachdem er von seiner Grundausbildung bei der Marine zurück war. Er machte gute Miene zum bösen Krieg. Ich wusste, dass Cynthia damals bis über beide Ohren verknallt in diesen Jungen war und es absolut heroisch fand, wie er die schwere Segeltuchtasche mit den Zeitungen den verschneiten Hügel hinaufschleppte.

Ich war glücklich, ohne recht zu wissen, warum, als ich nördlich von Toledo über die Grenze nach Michigan fuhr, sehnte mich aber trotzdem schon nach Riva. Sie wollte die zwei Tage, die Fred noch im Krankenhaus lag, abwarten und ihn dann zu seiner hoffentlich erfolgreichen Kur nach Columbus fahren. Er hatte Freunde in der Gegend, die ihn besuchen würden. Darunter war ein Zen-Schüler namens Claude, der nach einem ganz besonderen Gelübde, dessen Namen ich vergessen habe, mit dem Trinken aufgehört hatte. Ich hatte Claude und Fred einmal bei einem Streit über die Frage erlebt, ob sich eine Religion aus der Kultur, in der sie entstanden ist, herauslösen lasse und von anderen Menschen in anderen Ländern übernommen werden könne, sei es nun der Buddhismus oder das Christentum. Die Deutschen machten Christus zwangsläufig zu einem Germanen, die Amerikaner zu einer Art Politiker im Dauerwahlkampf, und so ging es überall auf der Welt. Als die Spanier Mexiko eroberten, erschlugen sie kurzerhand jeden, der sich nicht taufen lassen wollte. Ein schönes Sinnbild. Fred hatte die Frage gestellt, was denn ein einsamer Zen-Schüler in Columbus, Ohio, zu suchen habe, und Claude konterte, was er tue, begreife er als »Haltung«, nicht als Religion. Sowohl sein Vater als auch sein Bruder hätten sich umgebracht, und diesem familiären Schicksal versuche er zu entgehen. Es bereitete beiden, Claude wie Fred, einiges Kopfzerbrechen, dass wir, mit unserer Religion jüdischen Ursprungs, in Amerika eindeutig Kolonialisten waren. Aber wir konnten doch nicht einfach die Religion eines der über fünfhundert Indianerstämme annehmen! War Religion ohne Glauben möglich? Ich war erleichtert, als sich die beiden alten Freunde endlich dem Thema Frauen zuwandten. Diese Geschichte lag schon Jahre zurück, aber Fred hatte immer betont, es sei weniger die Religion als Riva gewesen, die sein kaputtes Leben wieder zusammengeflickt habe. Deshalb fragte ich mich, was er wohl tun würde, wenn sie ihn jetzt verließ. Ich für mein Teil müsste mir eine eigene Privatreligion basteln, sonst würde ich vom Rand der Welt kippen. An jenem Nachmittag in der Chicagoer Kneipe hatte Vernice zu meiner und zu Freds Überraschung gesagt, als Dichterin habe sie entdeckt, die Wahrheit liege in ihrer persönlichen Geschichte.

Beschwingt überquerte ich am frühen Abend die gewaltige Mackinac Bridge, die auf die Upper Peninsula führt. Ich schaffte es noch vorm Dunkelwerden bis Soo, verpasste aber die letzte Fähre nach Sugar Island. In einer Kneipe aß ich einen Hamburger und trank ein Bier, parkte dann neben dem Fähranleger und schlief im Wagen. Es war eine kühle Nacht, und mein Schlafsack lag sicher zu Hause in Marquette, weshalb ich mehrmals wach wurde und den Motor für die Heizung anwarf. Der Ehebruch mit Riva quälte mich ein bisschen, aber dann verlor sich mein Schuldgefühl irgendwo draußen in der Nacht, als ich einen riesigen Ozeanfrachter mit Heimathafen Duluth beobachtete, der die Strecke über die großen Seen und dann weiter ostwärts zur St. Lawrence-Passage fuhr. Das Schuldgefühl konnte nicht sonderlich groß sein, wenn es sich durch einen Frachter zerstreuen ließ.

19

Eigentlich wollte ich nur eine Nacht bei Donald und Cynthia bleiben, doch daraus wurde eine überaus angenehme Woche, in der ich Donald half, den Klärtank auszugraben, der repariert werden musste. Wir gingen jeden Morgen Weißfische und Flussbarsche angeln, und anschließend buddelten wir den ganzen Tag. Wir hoben auch das Fundament für eine neue Treppe zur Veranda aus und mischten Beton mit der Hand. Die Arbeit war anstrengend, aber die Erschöpfung war herrlich. Ich genoss es auch, meinen Neffen und meine Nichte um mich zu haben. Der Junge war so sanft wie Donald und das Mädchen so impulsiv und eigensinnig wie die Mutter. Jetzt bedauerte ich es sogar, mich gegen eigene Kinder entschieden zu haben. Cynthia hatte sich obendrein noch drei Hunde angeschafft, alles Mischlingsköter, weil die uns in der Kindheit verwehrt worden waren. Ganz neu dabei war ein Welpe, eine Mischung aus Labrador und Schlittenhund, der mit mir auf dem Wohnzimmersofa schlief. Meine Nichte hatte das Hündchen Carla genannt, und an meinem letzten Tag beschloss die Familie, dass ich es bekommen sollte. Natürlich lehnte ich ab. Das war beim Abendessen, und Carla trug eine Geschenkschleife um den Hals.

»Du bist das einsamste arme Schwein der Welt. Du brauchst einen Hund«, sagte Cynthia, und damit war das Thema erledigt. Vor dem Essen hatte sie mir den Brief eines Anwalts aus West Palm Beach, Florida, gezeigt. Sie wurde darin um ein Leumundszeugnis für unseren Vaters gebeten, das vor Gericht präsentiert werden könnte. Aus Neugier hatte sie den Anwalt angerufen und so erfahren, dass Vater einen »begreiflichen« Fehler gemacht und ein minderjähriges kubanisches Mädchen verführt hatte. Auf ihre Nachfrage hatte der Anwalt argumentiert, für Weiße sei es unmöglich, das Alter eines dunkelhäutigen kubanischen Mädchens richtig einzuschätzen. Cynthia bat um die Telefonnummer des Staatsanwalts, da sie bei der Erstellung seiner Anklage behilflich sein wolle, worauf der Anwalt das Gespräch beendete. Wir standen am Herd, während sie Essen kochte, und hingen beide unseren Gedanken nach. Das war der Moment, als ich ihr von Rivas Rat erzählte, wir sollten nach Mexiko fahren und uns bei Vera entschuldigen. Cynthia berichtete mir, dass sie noch immer in brieflichem Kontakt mit Vera stehe und wir einen sieben Jahre alten Halbbruder hätten. Ich konnte es zunächst nicht fassen. Cynthia meinte, für sie bestehe kein Grund zu fahren, aber ich solle es tun, wenn ich mich dadurch besser fühlen würde. Allerdings sollte ich vorher unbedingt darüber nachdenken. Dann fragte sie mich, ob ich ein Foto von dem Jungen sehen wolle, das Vera geschickt hatte, und ich sagte Nein. Ich fragte, ob unser Vater von dem Kind wisse, und sie meinte, Jesse könne es ihm erzählt haben.

Ich verließ Sugar Island und die indianische Gemeinde von Bay Mills mit einer jungen Hündin namens Carla und dem Wissen um einen Halbbruder, den ich wahrscheinlich nie sehen würde. Am Abend zuvor hatte ich Riva angerufen, um zu hören, was sie mir unter diesen Umständen raten würde, und sie sagte, angesichts der neuen Situation müsse ich wohl noch ein bisschen »Mumm ansammeln«, bevor ich nach Mexiko führe. Auch Vernice hatte ich am späteren Abend, als alle schon im Bett waren, angerufen. Sie war sehr sanft und freundlich, und ich sagte, vielleicht hätte sie ja Lust, einmal auf der Upper Peninsula Ferien zu machen. »Wann?«, fragte sie. »So bald wie möglich«, erwiderte ich und stellte mir schon vor, wie sie wie eine Seerose auf meiner grünen Luftmatratze auf einem nördlichen See trieb. »Ich glaube an Worte«, sagte sie, »schreib mir einen Brief, und erzähl mir, wer genau du eigentlich bist. In der Bar damals fühlte ich mich zu dir hingezogen, sonst hätte ich dir meine Telefonnummer nicht gegeben, aber du musst dich und dein Leben beschreiben. Vor einigen Tagen hat mir ein attraktiver Mann angeboten, mich mit nach Paris zu nehmen. Ich wollte schon immer mal nach Paris, ich habe wahrscheinlich mehr über Paris gelesen als die meisten Pariser, aber ich glaube eher an Menschen als an Orte und habe gelernt, nicht jeder Laune nachzugeben. Zum Beispiel trug dieser Mann bei unserer ersten Begegnung auf der Michigan Avenue einen Ehering, und als wir am nächsten Tag etwas trinken gingen, war der Ring verschwunden. Darauf angesprochen, dass Winnetka ein merkwürdiger Ort für eine Junggesellenwohnung sei, wurde er rot. Also, bitte, keine Lügen. Stell dir vor, du liegst auf dem Totenbett, was wir im Prinzip ja alle tun. Sag mir die Wahrheit.« Ich erklärte, diesen Brief würde ich ihr wohl schreiben, hätte aber starke Zweifel, ob ich so Interessantes von mir zu erzählen hätte, dass sie Lust zu der Reise bekäme. »Versuch es«, sagte sie. Ende der Unterhaltung. Ich saß auf der Couch mit der kleinen Carla neben mir und grübelte über das Rätsel der Frauen. Das Telefongespräch hätte jeden Mann dazu gebracht, über die Annehmlichkeiten des Mönchsberufs nachzudenken.

Cynthia servierte mir gewildertes Rehfleisch zum Frühstück. Donald wollte mir hundert Dollar für eine Woche Buddeln zahlen, aber ich nahm sie nicht. Cynthia hatte ich jedenfalls noch nie so glücklich wie in der vergangenen Woche erlebt. Sie küsste mich zum Abschied und gab mir eine Babydecke für Carla.

Das Hündchen jaulte eine Weile, aber ich kraulte ihm den Bauch, während ich fuhr, und es schlief ein. Auf der Fahrt bot sich mir die zerzauste grüne Landschaft noch weiter und prächtiger dar als an dem Tag, da ich hinter Cincinnati den Ohio River entlanggefahren war und meine erste Erleuchtung erlebt hatte. Ich stellte mir die Frage, ob ich noch an die Auferstehung Christi glaubte, und kam nach zwei Stunden zu dem Schluss, dass ich es noch tat. Alles war möglich in einer Welt, die solch eine sagenhafte Landschaft mit ihren Wäldern, Sümpfen und Flüssen zu erschaffen vermochte. Ich versuchte mich zu erinnern, welcher deutsche Philosoph es war, den wir im Priesterseminar besprochen hatten und der gesagt hatte, das eigentliche Wunder sei, dass die Welt existiere.

Als ich kurz vor Marquette durch das Städtchen Harvey kam, sah ich ein Restaurant, das auf Truthahn spezialisiert war, und ich musste an ein schönes Erlebnis mit meinem Vater denken. Als Cynthia und ich noch sehr klein waren, liebten wir Putensandwiches. Wenn wir Kinder unsere Mutter an manchen Samstagen vormittags nervten, nahm Vater uns mit ins Restaurant. Mit verquollenem Gesicht trank er dann Kaffee und rauchte Zigaretten, während wir aßen. Und im Sommer gingen wir anschließend an den Strand östlich von Harvey, in Richtung Au Train, und mein Vater döste im Sand, während wir spielten. Als Cynthia vielleicht fünf Jahre alt war, lief sie einmal in ihrem hübschen Kleidchen bis zum Hals ins Wasser und wollte nicht mehr herauskommen. Mein Vater sagte: »Tu was«, aber ich konnte nicht. An einem Morgen wenig später schüttete sie seine halbe Schnapsflasche in den Küchenausguss, und er verprügelte sie, worauf sie verschwand. Ab Mittag dann suchte die Polizei von Marquette nach ihr, unter reger Anteilnahme der Bevölkerung. Ich wusste damals, wo ihr Versteck war, sagte aber nichts, weil es mir gefallen hatte, dass sie den Alkohol in den Ausguss gekippt hatte. Ein paar Häuser weiter in unserer Straße wohnte eine Frau, die einen aggressiven Schäferhund besaß, und Cynthia verkroch sich häufig in seiner Hundehütte. Kurz vorm Dunkelwerden verriet ich das meiner Mutter, und der Polizist, der Cynthia holte, wurde vom Hund gebissen.

Als ich hinten an unserem Haus vorfuhr, hatte ich ein flaues Gefühl im Magen. Da ich nicht ins Haus wollte, war Jesse so nett, mir die Campingausrüstung aus meinem Zimmer zu holen. Clarence lud das Ruderboot zusammen mit mir auf den Pick-up. Am nächsten Tag sollte Jesse nach Florida fliegen, um meinem Vater Bücher und Sonstiges ins Gefängnis zu bringen. Wir sprachen nicht weiter über das Thema, ich erwähnte nur, dass ich von der Geschichte wüsste, meine Mutter aber hoffentlich nicht, worauf Jesse meinte, sie bezahle den Anwalt. Clarence wurde philosophisch und sprach vom Unheil, das der hirnlose Schwanz über einen Mann bringen könne. Ich wusste, dass mein Vater noch sehr viel Land zwischen Witch Lake und Amasa besaß, und fragte Jesse, wieso er das nicht verkaufe. Er meinte, das meiste Land gehöre ihm zusammen mit seinem toten Bruder Richard, und den Gedanken, Land zu verkaufen, das Richard geliebt habe, ertrage er nicht. Außerdem sei Land das Letzte, was man verkaufe, was ich, angesichts meiner verlorenen Hütte, sehr komisch fand. Diese beiden Männer, die mit ihrer Arbeit immer noch für eine Familie sorgten, die es im Grunde nicht mehr gab, rührten und verwirrten mich gleichermaßen. Frank Lloyd Wright hat einmal gesagt, die Reichen würden zu Knechten ihres Besitzes, aber ich wusste inzwischen, dass sie für diesen Job meist jemanden einstellten. Fred sagte gern, Menschen, die nichts zu tun hätten, hätten auch nichts. Das Resultat von Gier sei Leere.

20

Sonderbar, als ich Marquette verließ, kam ich mir vor, als flöhe ich vom Tatort eines Verbrechens. Tatsächlich aber trug ich die vielen Verbrechen dieses Ortes im Gedächtnis mit mir, und daran war nichts zu ändern. Ich konnte Vernice keinen aufrichtigen Brief schreiben, weil eine wahre Darstellung sie vermutlich verstört hätte. Stattdessen würde ich ihr ehrlich von meinem Forschungsprojekt über die Untaten meiner Familie erzählen. Davon, dass ich herausbekommen wollte, was meine Vorfahren einer Landschaft angetan hatten, die Henry Schoolcraft, ein Forscher des frühen neunzehnten Jahrhunderts, einen der herrlichsten, aber vielleicht auch bedrohtesten Plätze auf Erden genannt hatte. Als Longfellow sein *Hiawatha* verfasste, kannte er die Upper Peninsula nicht. Er hatte nur von Schoolcraft abgeschrieben und die Schilderungen von Louis Agassiz benutzt. Vielleicht könnte Vernice das interessieren, da sie sich mit Lyrik beschäftigte, auch wenn ich *Hiawatha*, offen gesagt, hasste. Peter White und die frühen Väter von Marquette waren überzeugt, dass sie die Ureinwohner als gleichberechtigt betrachteten, wenn sie ihnen sogar erlaubten, in der Episkopalkirche zu tanzen. Was sie aber nicht daran hinderte, die Indianer einfach aus dem Weg zu schaffen, wenn der Fortschritt es verlangte. Tugend hat mitunter ihre Grenzen.

Tatsache war, dass ich als junger Mann von Mitte zwanzig ein heftiges Verlangen nach dem anderen Geschlecht hatte und nicht die Kraft, ihm zu widerstehen. Ein letzter Rest meines Glaubens hatte mich zum Glück davor bewahrt, ein so bezauberndes und verletzliches Geschöpf wie Polly mit meiner krankhaften Obsession zu erdrücken. Vernice war da hoffentlich weniger empfindlich. Und anders als mein Vater hatte ich immer noch die Absicht, mit dem, was ich tat, keinen Schaden anzurichten.

Eins war sonderbar an Vernice – sie erinnerte mich an meine Englischprofessoren. Diese Professoren waren der Meinung, man müsse für eine Sache nur eine sprachliche Form finden, und alle Unklarheiten würden sich von selbst erledigen. Das entsprach im Grunde sogar meiner stillen Überzeugung, dass sich die Realität, wenn ich die Dinge in meinem Kopf erst einmal gründlich ordnete, kooperativ verhalten würde.

An jenem ersten Juniabend mietete ich mir im Dorf Grand Marais das kleinste und billigste Ferienhäuschen und packte meine Landkarten aus. Der grobe Kiefernholztisch war zu klein, deshalb breitete ich einige Karten auf dem Boden aus und kniete mich davor. Manche waren ziemlich alt, und ich musste vorsichtig sein, damit sie nicht rissen. Die Aktivitäten meiner Familie hatten sich fast über die ganze Upper Peninsula erstreckt. Für den Anfang entschied ich mich aber für den mittleren Teil und nicht den östlichen oder westlichen, denn ich verband so viele schöne Erinnerungen mit dieser Gegend – von den Bootsausflügen mit Fred bis zu meinem ersten Liebesabenteuer mit Laurie auf einer Sandbank am Au-Sable-See. Ich hatte vor, den ganzen Sommer über zu wandern, wollte mir aber Zeit dazu nehmen, um meinen Knöchel nicht übermäßig zu strapazieren. Ich wählte blind ein Raster, das ein Areal von dreißig mal dreißig Kilometern umfasste, über das ich auch schon einiges gelesen hatte.

Es war noch hell um halb elf, als ich mich für ein Sandwich auf den Weg zur Kneipe machte, da ich das Abendessen ganz vergessen hatte. Ich unterhielt mich mit Mick, dem Besitzer, einem sehr großen Mann mit rostrotem Haar, über gute Angelplätze für Bachforellen. Ich war ihm schon früher begegnet und wusste, dass er als Forstwirt in den Wäldern unterwegs war und sich deshalb bestens in den Gegenden auskannte, die ich erforschen wollte. Zur Tarnung gab ich mich als Hochschulabsolvent aus, denn ich hielt mein Vorhaben noch für zu unausgegoren, um irgendjemandem davon zu erzählen. Jedes Mal, wenn ich es erwähnt hatte, war es, als beschriebe ich einen Traum, den ich selbst zwar sehr lebhaft vor Augen hatte, für den sich aber kein Mensch wirklich interessierte. Fred war natürlich die Ausnahme, aber zurzeit kein verlässlicher Verbündeter. Nach meiner Chicagoer Auseinandersetzung mit der Polizei musste ich eine Therapie machen und war ziemlich wütend auf den Psychiater gewesen, der von meiner Neigung zu »Zwangshandlungen« sprach. In der Folge verschwieg ich nicht nur all meine Pläne und Projekte, sondern warf auch das Lithium-Rezept sofort nach meiner Entlassung in den Papierkorb. Wenn einem die Bullen die Haare büschelweise ausreißen, bis es blutet, ist es wohl verständlich, dass man Widerstand leistet. Außerdem ist es einem Säugetier angeboren, aus der Deckung heraus zu agieren.

Ich verabredete mit Mick einen Treffpunkt für den nächsten Abend und trat hinaus in die zunehmende Dunkelheit. Ein großer gelber Mond ging im Osten auf, und ich wanderte hinunter zum Hafen, dann ostwärts zu meinem Häuschen. Ich war regelrecht beschwingt, da meine chaotische Lehrzeit hinter mir lag und ich nun endlich mit meinem Lebenswerk beginnen konnte, das ich hoffte, innerhalb der nächsten zehn Jahre zu vollenden. Ich war noch jung genug, um in großen Dimensionen zu denken.

Ich wanderte einfach weiter am Ufer entlang, vorbei an der Abzweigung, die zum Ferienhaus führte, bis zur zwei oder drei Kilometer entfernten Mündung des Sucker River. Aus Gründen, die ich nicht verstand, wanderte der sich im Wasser spiegelnde Mond mit mir mit. Mir kam der wenig tröstliche Gedanke, dass ich und meine Sichtweise einzig auf Erden seien. Wo immer ich stand und schaute, gab es nur mich. Die wenigen Geräusche des Dorfes wurden leiser, und ich hörte fast nur noch meine Schritte im feuchten Sand und dann den Ruf eines Eistauchers in der Mündungsgegend. Weit draußen auf dem Lake Superior zog ein Frachter seine langsame Lichterbahn gen Westen. Ich hörte einen Kojoten von einem Felsvorsprung herab heulen, der Lonesome Point hieß, und ein einsamer Hund antwortete dem Kojoten vom Dorf her. Mein Herz setzte für einen kurzen Moment aus, als ich einen Regenpfeifer im Strandhafer aufscheuchte. In der Luft lag ein starker Duft nach wilden Rosen, gemischt mit dem Geruch nach kaltem Wasser.

Einige Minuten lang war ich verwirrt, als mir aufging, dass ich, wenn ich den bösen Kern meiner Familie bloßlegen wollte, mich auch mit ihrem Glauben beschäftigen musste. Es war nicht zuletzt ihr Glaube, aus dem meine Vorfahren die Legitimation für ihre Raubzüge ableiteten. Mein Urgroßvater, der Mitte der 1880er-Jahre aus England gekommen war, hatte sich vorher in Indien und Afrika umgetan, die Aktivitäten aber irgendwann eingestellt, da sich dort schon zu viele seiner Sorte tummelten. Alte Rechnungsbücher können mitunter hochinteressant sein, aber bei ihm fanden sich hauptsächlich Renditekalkulationen, viele Abrechnungen und immer wieder anmaßende Reflexionen über seine Erwähltheit, vermischt mit Bibelversen und anderen

Bekundungen eines tiefen Gottvertrauens. Er glaubte an Gott. Aber tat ich es auch?

Zum Glück verscheuchten meine hoffnungsfrohen Gedanken an Vernice und der leuchtende Mond den arroganten alten Bastard. Ich würde versuchen, ihr morgen früh zu schreiben, bevor ich mich auf die Suche nach einem geeigneten Zeltplatz begab. Ich musste auch endlich prüfen, wie viel Geld noch in meiner Reisetasche war. Als mich der Chicagoer Psychiater vor einem Monat gefragt hatte, was ich neben der Polizei (die linke Seite meines Gesichts war immer noch ganz blau) noch hasse, antwortete ich »Geld«. Seinen Versuch, das Thema zu vertiefen, quittierte ich mit hartnäckigem Schweigen. Und als Jesse mich einmal fragte, wie ich denn von hundert Dollar in der Woche zu leben gedächte, entschuldigte er sich sogar dafür, dass er mein Vertrauen in der Angelegenheit mit meiner Hütte enttäuscht hatte. Es gab inzwischen einen Gerichtsbeschluss, dem zufolge mein Vater für den Fall, dass er jemals eigenes Land verkaufen würde, mir den Betrag, den er für die Hütte bekommen hatte, zurückzuzahlen hätte. Das beruhte auf einer Absprache zwischen dem Gericht und den naiven Finanzmaklern, die David den Dritten mit dem richtigen David verwechselt hatten. Und als meine Mutter bei dem Abendessen im Drake-Hotel ihr übliches »Ich bin immer für dich da« verkündet hatte, schlug ich ihr ein Schnippchen und sagte, ich würde an der Michigan State ein Anschlussstudium in Geschichte beginnen, um Geld zum Leben aus dem Studienfonds zu bekommen, und gegebenenfalls würde ich des Geldes wegen bis an mein Lebensende an der Universität bleiben. All das war so widerlich, weil offensichtlich auch ich bisher einfach davon ausgegangen war, ganz legitim ohne Arbeit leben zu dürfen. So wurde der hart arbeitende Clarence für mich zum heiligen Clarence, Jesse hingegen weniger, weil er in die finanziellen Machenschaften meines Vaters verwickelt war und auch keine Konsequenzen aus Veras Vergewaltigung gezogen hatte. Von nun an wollte ich mich in diesem Leben einfach nur noch als nützlich erweisen, und das sollte über Arbeit und nicht durch gute Absichten geschehen.

Es war der Mond, der meinen umgehenden Absturz bewirkte. Ich legte mich hin und starrte ihn eine Stunde lang an, versuchte dabei aber, nicht in eine meiner dummen Trancen zu fallen. Ich wusste, was der Mond war, aber nicht, wofür er gut war, ebenso wenig, wie ich Vögel oder Bären verstand. Das schreckliche Bild vom Gesicht meiner Mutter als gelber Mond tauchte vor meinem inneren Auge auf. Es war anlässlich eines Kostümfests zur Mittsommernachtsgala im Club gewesen. Meine Mutter war in ihrem Schlafzimmer und verkleidete sich. Ihr Gesicht war ein Mond mit unzähligen funkelnden Pailletten. Ich war zu der Zeit nicht mehr im Kindergarten, also muss Cynthia knapp vier gewesen sein. Sie weinte und versuchte, die Mondmaske abzureißen. Mutter stieß sie weg, und Cynthia knallte mit dem Kopf gegen die Ecke vom Bett. Mutters grellroter Lippenstiftmund blitzte aus dem gelben Mondgesicht und roch nach harzigem Gin. Ihr Gewand war dünn und weiß, und ihre beachtlichen Brüste stachen hervor. Cynthia kreischte: »Kacke, Kacke, Kacke«, und Mutter rannte hinaus, und Vater kam als Lone Ranger verkleidet herein, was uns keine Angst machte, da wir den Lone Ranger aus dem Fernsehen kannten. Cynthia schrie aber immer noch weiter »Kacke«, und Vater befahl mir: »Kümmer dich um sie«, obwohl es ein Kindermädchen gab, das ihren Suff mit Kaugummikauen überdeckte. Großvaters »Hütte« war riesig, mindestens zwölf Schlafzimmer, alle mit Kamin. Es gab ein Förderband, auf dem das Holz in den Keller transportiert wurde, und ein kleiner Mann, der nicht sprechen konnte, trug das Holz in die diversen Zimmer, wenn Gäste aus Chicago kamen. Cynthia nahm mich mit in ein Zimmer, von wo aus wir die Party draußen im Hof, wo hässliche rosafarbene Zelte aufgestellt waren, beobachten konnten. Ich sagte, Cynthia solle aufhören, Kacke zu sagen, also sagte sie »Pisse«. Wir hörten Mutter von Zimmer zu Zimmer gehen und »Gute Nacht, Kinder« rufen, aber wir antworteten nicht, weil wir sie nicht sehen wollten. Wir spielten am Fenster Mau-Mau und hörten dabei diese Glenn-Miller-artige Musik, während Hunderte kostümierter Menschen tanzten und tranken. Das Kindermädchen brachte uns Hamburger hoch, und Cynthia schmiss ihren zum Fenster hinaus auf die Köpfe der Gäste. »Was ist das denn?«, schrie eine Frau entsetzt. Wenig später hörten wir Schritte im Flur und versteckten uns in einem Schrank. Von dort aus sahen wir dann, wie ein Mann im Trapperkostüm mit Waschbärhut auf dem Bett eine Frau bumste, die als Little Bo Peep verkleidet war. Als sie fertig und wieder fort waren, war ich eine Weile wie benommen, aber Cynthia hüpfte auf und ab und klatschte in die Hände und lachte. Ich glaube, ich war so durcheinander, weil die Frau die Mutter eines Jungen war, den ich kannte, und der Pionier nicht ihr Mann. Cynthia kam zum Schlafen in mein Zimmer und schloss die Tür mit einem der vielen Schlüssel ab, die sie in einem kleinen roten Täschchen mit sich herumtrug. Einmal hatte sie Mutter morgens einen Regenwurm in den Kaffee getan. Auf meiner goldenen Taschenuhr war es drei Uhr morgens, als wir Mutter draußen entlangstolpern und an der Tür rütteln hörten, weil sie hereinkommen und uns zudecken wollte, aber wir rührten uns nicht.

In jenem Sommer wurde für die Erzählstunde im Club auch ein College-Schüler engagiert, der uns Kinder, vielleicht zwei Dutzend, im Laubengang Platz nehmen ließ und eröffnete, in uns allen wohne ein Tier, das uns befehle, was wir zu tun hätten. Dieses Tier übe eine große Kontrolle aus und diktiere uns unser schlechtes Benehmen. Es sei harte Arbeit, dieses Tier loszuwerden, und deshalb müssten wir unseren Eltern gehorchen und in die Kirche gehen. Die Geschichte, die uns Angst machen sollte, handelte von einem kleinen ungehorsamen Jungen, dessen inneres Tier so groß wurde, dass es ihn schließlich verschlang.

Jetzt aber, im mütterlichen Mondlicht am Ufer, begriff ich zum ersten Mal, dass ich die Existenz dieses Tieres im Grunde nie wirklich angezweifelt hatte. Wahrscheinlich war das Tier immer noch da und hatte sich an meinem Rückgrat festgekrallt. Hier beginnt der Wahnsinn, dachte ich und lauschte dem Wasser des Flusses, wie es auf seinem Weg in die Bucht über den Kieselgrund hinwegrauschte. Ich hatte meiner Mutter nie jene für mich tatsächlich wichtigen Fragen gestellt, wie zum Beispiel die nach meinem toten Onkel Richard, den sie laut Fred bis zur Raserei geliebt hatte. Was war damals wirklich geschehen? Auch hätte ich sie gern gefragt, wieso sie während unserer Kindheit immer Schwäche vorgetäuscht hatte und so alle Verantwortung von sich gewiesen hatte. Und wieso hatte sie, die sie doch eigenes Geld besaß, Vater nicht nach meiner oder spätestens nach Cynthias Geburt verlassen, da sein weithin sichtbares Verhalten doch eindeutig die Grenzen des Anstands überschritt? Aber schon damals hatte sie bei der kleinsten persönlichen Frage mit der Hand vor ihrem Gesicht herumgewedelt. War sie denn nie auf den Gedanken gekommen, dass ihre Phantomschmerzen vielleicht von den Schmerzen derer herrührten, die für sie tatsächlich Arme oder Beine verloren hatten? Als ich zwölf war, sah ich sie eines Morgens zufällig nackt an ihrem Toilettentisch stehen und fand, sie war das schönste Geschöpf auf der ganzen Welt. Damals war mein Schwanz manchmal tagelang hart und schien irgendwie undicht zu sein. Dabei wusste ich, dass dieses Verlangen falsch war. Fred hatte mir erzählt, dass ihre Schönheit in dem Augenblick zu welken begann, als sie beschloss, meinen Vater zu heiraten. Und in ziemlich betrunkenem Zustand hatte er mir auch berichtet, er habe meine Mutter einmal nackt in den Armen ihrer Mitbewohnerin überrascht. Als ich das erfuhr, war ich auf dem College. Ich war schockiert, ging der Sache nach und fand heraus, dass so etwas durchaus nichts Ungewöhnliches war. Die Menschen sind überhaupt nur selten einzigartig. Als wir für ein Geschichtsseminar Matthew Josephsons *Robber Barons* lesen sollten, ein Buch, das die kapitalistische Ausplünderung im neunzehnten Jahrhundert schildert, schmiss ich den Kurs, weil mir die Wiederholung meiner eigenen Familiengeschichte nicht behagte. Es sollten doch meine höchstpersönlichen Wunden bleiben. Aber während ich so am Ufer saß, ging mir langsam auf, dass dies wohl ein vergeblicher Wunsch war. Mir fiel ein Buch ein, das ich irgendwo gesehen hatte und das den Titel *Vater der Atombombe* trug. Vielleicht wollte ich, so absurd es auch klingt, einfach die Kontrolle über eine Vergangenheit erlangen, die so direkt mein gegenwärtiges Leben bestimmte. Für einen Moment kam mir die Idee, dass ich diese Vergangenheit, wenn ich sie ganz genau anschauen und begreifen würde, endlich hinter mir lassen könnte.

Als ich schließlich aufbrechen wollte, vermischte sich das nächtliche Nordlicht schon mit der Morgendämmerung. Ich dachte jetzt nicht mehr in klaren Begriffen, sondern starrte so lange in den Mond, bis ich glaubte, ich könnte mit eigenen Augen seine langsame, stetige Bewegung sehen. Nach und nach hörte der Mond auf, meine Mutter zu sein, und dafür war ich ihm dankbar. Aber dann erinnerte sich das Tier, das sich an mein Rückgrat krallte, wieder an den Körper meiner Mutter.

Doch kraft meines Willens gelang es mir, diesen Körper meiner Mutter durch den von Vernice zu ersetzen. Zwar blieben ein paar ungemütliche Ähnlichkeiten, aber die versuchte ich zu verscheuchen. Als ich erregt wurde, rollte ich mich herum und wollte den Sand ficken, was ich nicht unbedingt weiterempfehlen kann. Ich presste mein Gesicht in den vom Tau schon feuchten Sand und stellte mir die lieblichste Möse der Welt vor, und es war mir egal, zu wessen Körper sie gehörte. Ich döste ein, und als ich bei strahlendem Morgenlicht erwachte, saß ein seltener Flötenregenpfeifer direkt neben meinem linken Auge und fragte sich vielleicht, was dieser schlafende Eindringling in seinem Reich zu suchen hatte.

21

Ich schämte mich, denn ich hatte Carla, die ich am Abend vor meinem Kneipenbesuch im Auto gelassen hatte, einfach vergessen. Clarence und Jesse hatten das Hündchen gebührend bewundert und einen kleinen Tragekorb besorgt. Dann gaben sie mir noch ein paar Tipps zur Hundeerziehung, ich hörte aber kaum zu. Clara warf sich in meine Arme, als ich die Wagentür öffnete. Aus Frust hatte sie an den Polstern gekaut und auf den Boden gekackt. Statt den geplanten Brief an Vernice zu schreiben, fütterte ich meine Carla mit warmer Milch und machte erst einmal den Wagen sauber. Da Carla immer noch verstört war, hielt ich sie im Arm, während ich meinen Kaffee trank und dabei eine Landkarte der näheren Umgebung studierte. Ich fühlte mich etwas zerschlagen nach meiner Nacht am Strand, wollte aber jetzt nicht schlafen, sondern endlich loslegen. Ich packte einen kleinen Rucksack mit einem Notizheft, Sardinen, Crackern, Wasser und mit einem Beutel Hundefutter für Carla.

Eine Stunde später befand ich mich auf den Kingston Plains, einer Gegend, die Fred mir schon vor Jahren gezeigt hatte. Es sollte der erste von hundertdreiundzwanzig Tagen strammer Feldforschung werden, die eher ein Zugeständnis an meine Obsession als an die Vernunft war. Das Hauptcharakteristikum der Kingston Plains sind die endlosen Hektar mit Seidenkiefernstümpfen. Einige waren sehr groß und in Brusthöhe gefällt worden. Wahrscheinlich im Winter, denn die Bäume ließen sich besser auf verschneiten Wegen transportieren, die man damals anfeuchtete und vereisen ließ, damit die Pferde die Holzschlitten leichter ziehen konnten. Noch früher hatte man Ochsen benutzt, doch da der Hufbeschlag bei Ochsen sehr viel komplizierter war, verwendete man bald nur noch Pferde für diese Arbeiten.

Ich war noch keinen Kilometer zwischen diesen Stümpfen umhergewandert, als ich Carla neben mir vermisste. Ich drehte mich um, und da lag sie zusammengerollt, etwa dreißig Meter entfernt, und schlief. Das war auch gut so, denn mir tat mein lädierter Knöchel noch vom nächtlichen Herumstolpern am Strand weh, und das Verbandszeug war in der Hütte geblieben. Ich setzte mich neben einen Baumstumpf, sah Carla beim Schlafen zu und bestaunte die Landschaft.

Eine sehr leise Stimme flüsterte »Dummkopf« in mein linkes Ohr, und mir fiel ein Kommilitone aus einem Literaturseminar ein, der nach einem Sommer in San Franciscos Haight-Ashbury mit einem kahl rasierten Schädel zurückgekommen war. Wir spießigeren Seelen waren neidisch auf diesen verrückten jungen Mann in seinem Batikhemd und den ausgefransten Hosen. Selbst Verbindungsstudentinnen fühlten sich von ihm angezogen. Im Jahr davor hatte er viel Gras geraucht und eine Menge getrunken, aber jetzt, mit seinem kahlen Schädel, trank und rauchte er nicht mehr und war Vegetarier geworden. An einem Herbstnachmittag machte ich mit ihm einen Spaziergang am Red Cedar River, und er eröffnete mir, er habe inzwischen »*satoris* am laufenden Band« – wobei *satori* ein Zen-Begriff ist und eine Erleuchtung meint, bei der man das wahre eigene Selbst erkennt. Während ich halb schlafend am Stumpf lehnte, erlebte auch ich jetzt eine Erleuchtung, und zwar durch ein mädchenhaft gelispeltes »Dummkopf« in meinem Ohr. Bis auf einen oberflächlichen Gesamteindruck blieb mir die Landschaft vollkommen unverständlich.

Ich holte mein Notizheft heraus, aber dann wusste ich nicht weiter mit meinem gezückten Kugelschreiber. Das »Dummkopf«, das ich vernommen hatte, war nicht Ausdruck von Verachtung, sondern schlicht die Wahrheit. Auf meiner Herfahrt hatte ich ein paar Sandhügelkraniche aufgeschreckt, von denen nun einer zurückkehrte und seinen merkwürdig vorsintflutlichen, kreischenden Schrei ausstieß. Carla schoss hoch und warf sich Schutz suchend in meinen Schoß. Ich kam mir lächerlich vor. Unzählige Male war ich, auf dem Weg zum Forellenangeln, durch ähnliche Gegenden gekommen, hatte aber, im Geiste schon beim Fluss und möglichem Anglerglück, nie auf die Landschaft um mich herum geachtet.

Ich drehte mich einmal um die eigene Achse und versuchte, den Zorn darüber, dass kein einziger Baum für zukünftige Betrachter übrig gelassen worden war, erst einmal außen vor zu lassen. Der Versuch, sich den einstigen Wald im Geiste auszumalen, war so, als würde man einen heutigen Lakota-Indianer auffordern, sich eine Million Büffel vorzustellen. Ich hatte das gespenstische Gefühl, die Stümpfe seien Geisterbäume, weshalb ich beschloss, noch einmal bei Vollmond hierher zurückzukehren. Ich fand, die Verwüstung hatte auch eine gewisse Schönheit, denn sie war alles, was geblieben war – Land, das seiner ursprünglichen Natur beraubt war, und Boden, zu ausgelaugt, um die frühere Pracht wieder hervorzubringen.

Trotz dieser melancholischen Gedanken war ich von meinem »Selbst« befreit, und mein Kopf fühlte sich so leicht an wie noch nie. Ich ließ mich auf die Seite fallen, und im selben Moment kreischte der Kranich erneut, und Carla bohrte mir die Nase in den Hals und streckte den Hintern mit eingekniffenem

Schwanz in die Luft. Ich kam mir nicht weniger dumm vor als noch vor wenigen Minuten, doch dagegen half intensive Forschungsarbeit. Ich hatte hundert Bücher über Gott gelesen und konnte mich an kein einziges wichtiges Detail mehr erinnern. Das Wesen der Natur und der menschlichen Habgier ließ sich hoffentlich besser verstehen. Mir fiel ein, wie ich einmal vom College nach Hause kam und Clarence mich fragte, was ich denn studiere, und als ich Englisch sagte, meinte er: »Ich dachte, jeder kann Englisch?« Es half, als ich die Literatur erwähnte, allerdings sagte ich »Geschichten«, weil Clarence ein Geschichtenerzähler war, obwohl er weder schreiben noch lesen konnte. Als Halbblut kannte er zahllose Geschichten, sowohl finnische als auch solche der Chippewa. Und die waren so lang, dass sie Jesse nervten, denn seine Erzählungen von Liebe und Tod aus Veracruz neigten zu gedrängter Kürze, waren aber dennoch poetisch.

Auch wenn ich an der Highschool und am College viele Facetten der Naturwissenschaften kennengelernt hatte, konnte ich mir kein klares Bild von dem machen, was ich hier gerade sah. Dabei schwante mir seit Längerem, dass ich zu viel wissen wollte, vielleicht mehr, als zu wissen möglich ist. Meine religiöse Obsession mit fünfzehn Jahren entsprang zum Beispiel höchstwahrscheinlich dem dringenden Bedürfnis, Gott zu verstehen. Auf dem Heimweg vom Forellenangeln hatte mein Freund Glenn einmal gesagt: »Die Menschen wissen nicht, warum sie ficken, sie tun es einfach.« In meinem Anthropologieseminar lernte ich, dass in sämtlichen Kulturen gebetet wird. Aber woher kam der Drang, alles wissen zu wollen? In meinem Fall hatte er mit meiner Herkunft zu tun. Ich wollte alles wissen, was meine Vorfahren auf der Upper Peninsula getan hatten. Dazu gehörte auch all das Böse, das mein Vater unserer Familie angetan hatte. Fürs Erste musste ich aber das, was meine Familie den Bewohnern der Upper Peninsula angetan hatte, hintanstellen, denn sonst hätte mein Projekt den Rahmen der mir bekannten Welt gesprengt.

Mücken, Bremsen und andere Insekten holten mich aus meinen Gedanken zurück, denn mein Schweiß hatte den Insektenschutz fortgespült, sodass ich mich erst einmal neu einreiben musste. Mit schmerzendem Knöchel stand ich auf, Carla wollte aber weiterschlafen. Ich öffnete eine Sardinenbüchse, und das belebte sie. Wir teilten uns die Büchse, und dann trug ich sie langsam zurück zum Wagen. Auf dem Weg bis zum Pickup zählte ich die erkennbaren Baumstümpfe und vermerkte in meinem Notizbuch »547 Stümpfe«. Immerhin, die Welt hatte sich mir geöffnet, so unergründlich sie auch immer noch blieb.

Am Nachmittag erreichte ich die Hütte und belud das Ruderboot. Das Thermometer zeigte fast dreißig Grad Celsius, und ein südlicher Wind trieb kühlere Luft vom Lake Superior nach Norden. Ich war ein wenig müde, aber zu aufgeregt, um zu schlafen. Wenigstens kreisten meine Gedanken jetzt eher um die chaotische Realität als um mich. Vielleicht hatte ich ja mein ehrgeiziges Jugendziel erreicht und verplemperte meine Zeit nicht länger mit Grübeleien über mich selbst. Auf dem Rückweg von den Kingston Plains hatte ich eine neue Form des Gebets entwickelt, bei der ich mich selbst nicht mehr als menschlichen Sonderfall begriff. Ich hatte ganz schlicht darum gebeten, die Welt verstehen zu dürfen, und folglich auch das, was mir selbst widerfuhr. Ich hatte noch die Bitte angefügt, es möge mich bei meinem Projekt keine Gier überkommen, denn ich hatte inzwischen begriffen, dass die Sünde der Habgier tiefer ging und nicht nur das Geld betraf. Just in dem Moment, als ich das Gebet beenden wollte und in den Pfad zur Hütte einbog, sah ich ein junges Mädchen in den kürzesten Shorts der Welt in Richtung Dorf wandern. Mein bescheidenes Gespräch mit dem Schöpfer des Universums wurde durch einen Hintern in blauen Shorts unterbrochen. So kann's gehen. Sie drehte sich um und lächelte, kam zum Wagen, tätschelte Carlas Kopf und ging weiter. Sie roch nach Ivory-Seife.

Als ich am Au-Sable-See zuerst das Boot ins Wasser ließ und dann eine Runde schwimmen ging, war Carla ganz durcheinander. Sie verstand offensichtlich nicht, was ein See war. Vermutlich hatte Cynthia sie vom gefährlichen St. Mary's River ferngehalten. Mit einiger Mühe fing ich sie ein, und los ging es mit dem Boot. Carla hatte sich unter meinen Sitz geflüchtet. Nach einer halben Stunde tauchte sie wieder auf, stellte sich mit den Vorderpfoten aufs Dollbord und beobachtete die Ruder und das vorbeifließende Wasser. Wahrscheinlich war sie ähnlich verwirrt wie ich bei meiner ersten Autofahrt durchs Stadtzentrum von Chicago. Meist landeten wir auf dem Flugplatz O'Hare, wurden dort abgeholt und zum Haus meiner Eltern in Lake Forest gebracht. Aber als ich sieben war, landeten wir einmal mit einem Privatflugzeug in Meigs Field und fuhren mitten durchs Zentrum. Dabei hatte ich ein flaues Gefühl im Magen und einen Kloß im Hals. Natürlich fand Cynthia alles herrlich.

Zurück in der Hütte, holte ich das Briefpapier heraus und begann, Vernice zu schreiben, wohl auch, um nicht länger an das Mädchen zu denken, das auf der Straße an mir vorbeispaziert war.

Liebe Vernice,
ich weiß, dass die Chancen für diesen Brief nicht gut stehen, wo wir doch nur zwei Stunden miteinander ver-

bracht haben, aber ich denke häufig an dich. Ich kann dir nicht all die Fragen beantworten, die du mir am Telefon gestellt hast, als ich bei meiner Schwester in Sugar Island bei Sault Sainte Marie war. Wollte ich das, müsste ich eine ziemlich ereignislose Autobiografie schreiben. Du als Lyrikerin zehrst von deinen wechselnden Bewusstseinszuständen, deiner Selbstwahrnehmung und deinem differenzierten Blick auf die Welt, während ich hauptsächlich mit dem Studium der sozialen und wirtschaftlichen Geschichte der Upper Peninsula beschäftigt bin. Das klingt höchstwahrscheinlich nicht besonders interessant für dich, hat aber mit einem meiner Vorfahren zu tun, der vor vier Generationen aus England kam und immer noch einen starken Einfluss auf mein Leben auszuüben scheint. (Es ist schwierig, im Keller der Familie nach bestimmten Leichen zu suchen, wenn dort inzwischen fast nur noch Leichen liegen.) Väterlicherseits muss die Familie in ökonomischen Angelegenheiten sehr dubios verfahren sein, während die Familie mütterlicherseits mit der Schifffahrt auf den Großen Seen zu tun hatte und Eisenerz nach Cleveland transportieren ließ, aber auch Stahlwalzwerke in Gary, Indiana, besaß.

Ich habe gespürt, dass du dich für mich interessierst und ich mich für dich, sonst hättest du ja nicht deine Telefonnummer herausgerückt. Wenn du Lust hast, der Chicagoer Hitze zu entfliehen – hier ist es wunderschön. Auch das Hündchen, das meine Schwester Cynthia mir geschenkt hat, könnte dir gefallen. Ich mag Blues und Jazz lieber als Rock. Ich kann nicht gut kochen, aber Forellen für dich fangen. In deinem Beruf kenne ich mich nicht besonders gut aus, aber an der Michigan State liebte ich das Gedicht »Präludium« von Wordsworth und Walt Whitman und Allen Ginsbergs »Howl«. Mein einziger konkreter Beitrag zur Welt der Poesie besteht in dem Geld, das ich dir für ein Ticket schicke.

Herzliche Grüße, David

Was für ein einfallsloser Quark! Dabei hatten meine grauen Zellen das Geräusch ihrer Schenkel gespeichert, die sich vom Plastikstuhl in der Chicagoer Kneipe lösten. Sofort wurde mein Schwanz hart, wie ich da in der viel zu warmen Hütte saß. Ich nahm drei Hundertdollarscheine für ihr Ticket aus dem Stapel in meiner Reisetasche und setzte Carla in den Tragekorb, wogegen sie jaulend protestierte. Ich erreichte die Post wenige Minuten bevor sie zumachte, schickte meinen Brief per Einschreiben und ging anschließend für einen Hamburger in die Kneipe. Ich überlegte, dass ich eine Menge Geld sparen würde, wenn ich noch etwas anderes kochen könnte als die übliche Upper-Peninsula-Pampe, bei der man einfach irgendwas in die Pfanne rührt. All die enttäuschenden Restaurantbesuche hatten mich gelehrt, dass niemand besser kochte als Mrs Plunkett. Ich hatte Hunger, aber das eigentliche Problem war, dass jedes weibliche Wesen zwischen vierzehn und siebzig, das ich auf der Straße oder in der Kneipe sah, mir irgendwie begehrenswert erschien. Das junge Mädchen, das stehen geblieben war, um Carla zu streicheln, spielte mit drei Freunden in der Kneipe Billard, und ein Dutzend Männer standen aufgereiht am Tresen und sahen ihr zu, taten aber so, als wäre sie ihnen gleichgültig. Ihre Freunde nannten sie Shirley, und als sie sich mit ihren braunen Beinen in den engen blauen Shorts über den Tisch beugte, brüllte ein junger Holzfäller: »Immer schön einlochen!« Sie drehte sich um und zeigte ihm den Stinkefinger. Als das Spiel zu Ende war, kam sie zu mir herüber, sagte Hallo und fragte nach Carla. Vor Aufregung verschluckte ich mich fast an meinem Hamburger. Sie sagte, sie arbeite abends in der Bar, würde aber tagsüber gern mal auf Carla aufpassen, wenn es mir recht sei. In dem Moment kam Mick mit schmutzigen Händen aus dem Keller, wo er etwas an der Kühlpumpe repariert hatte. Shirley ging für ein neues Spiel zurück an den Billardtisch, und Mick meinte, wir sollten uns mit dem Angeln beeilen, da von Westen her ein Unwetter aufziehe. Wir packten unser Angelzeug in seinen klapprigen, alten Jeep, weil er behauptete, die Straße sei zu eng und dornig für meinen »hübschen Pick-up«. Der Jeep hatte ein interessantes Loch im Boden, durch das man zwischen den eigenen Füßen die Straße dahinrollen sah. Bevor wir den Fluss ansteuerten, fuhren wir noch an der Mole vorbei, um nach der Entwicklung des Unwetters zu sehen. Der Lake Superior lag noch einigermaßen friedlich da, aber weiter hinten im Westen konnte man schon eine unregelmäßige dunkle Linie ausmachen, und Mick schätzte, dass wir ungefähr anderthalb bis zwei Stunden zum Angeln hätten, bevor »die Kacke am Dampfen« sein würde.

Es ist außerordentlich beruhigend, mit dem Fliegenköder zu angeln. Alle anderen Gedanken und Sorgen lösen sich in Luft auf, und selbst wenn man wollte, könnte man sie nicht festhalten. Vielleicht ist das so, weil man bis zu den Schenkeln in einem Fluss steht und das Wasser, fast wie das Leben selbst, mit wechselnder Geschwindigkeit an einem vorüberzieht. Man ahnt die eigene Sterblichkeit, und sie verliert sich in der Landschaft. Wenn Insekten in der Luft sind und die Forellen hochkommen, angelt man mit Trockenfliegen. Wenn sich auf der Wasseroberfläche nichts rührt, nimmt man Köder mit langen Federn, die kleine Fische imitieren, oder Nymphen, die aussehen wie Insektenlarven, wenn sie aus dem Flussbett aufsteigen und mit dem Strom treiben.

Wir befanden uns tief unten in einer schluchtartigen Flussenge. An den lehmig-sandigen Uferhängen wuchsen prächtige Zedern. Einen Moment lang hatte ich gezögert, weil ich nicht sicher war, ob ich mit meinem empfindlichen Knöchel den steilen Rückweg schaffen würde. Aber unten im Talgrund gab es mehrere hintereinanderliegende tiefe Teiche. Sie waren durch umgestürzte Bäume entstanden, die das Wasser aufgestaut hatten. Und in der Stromschnelle hinter einem der Wasserlöcher entdeckte ich Bachforellen, denen ich nicht widerstehen konnte. Es war sehr warm und still in der Schlucht, und Mückenschwärme umkreisten meinen Kopf. Nach etwa einer Stunde hörte ich weit oben einen heftigen Wind und sah, wie die Äste sich bogen. Mick kam flussaufwärts zu mir gewatet und trug eine prächtige, späte Regenbogenforelle von vielleicht drei Pfund, die Ende Juni eigentlich längst hätte im See zurück sein müssen. Ich hatte zwei Bachforellen, also genug fürs Abendessen.

Auf der halbstündigen Fahrt durch den Wald zum Fluss hatte ich jeweils laut die Namen der Bäume aufgesagt und zu fünfundsiebzig Prozent richtig gelegen. Ich beschloss, mir von Jesse meine fast unbenutzten Bestimmungsbücher schicken zu lassen. Mutter hatte sie mir geschenkt, als mein Interesse an der Bibel erlahmte. Trotz ihrer eigenen Unausgeglichenheit spürte sie oftmals meine seelischen Schwankungen und versuchte, ausgleichend auf sie einzuwirken. Von den Bäumen waren Ahorn, Buche, Birke, Eiche und Hemlocktanne einfach zu erkennen, Seidenkiefer, Rotkiefer, Bankskiefer, Fichte und Balsamtanne dagegen schwerer. Bei den Büschen machten mir Felsenbirne, Hartriegel und Traubenkirsche einige Probleme.

Während ich meine Hüftstiefel überzog, fragte ich mich zum ersten Mal, woran es wohl liegen mag, dass wir uns nicht wirklich um ein Verständnis der Welt, die uns umgibt, bemühen.

Als mein Knöchel beim Hinaufklettern schlappmachte, zog Mick mich die letzten sechs Meter bis über den Uferrand. Inzwischen hatte der Himmel sich verdunkelt, obwohl es noch eine Stunde bis zum Sonnenuntergang war, und der Wind wehte schon in kräftigen Böen. Wir mussten bremsen und aussteigen, weil vor uns ein Baum umgestürzt war. Mick holte eine Kettensäge aus dem Jeep und schnitt uns den Weg frei. Als wir in ein offenes, sumpfiges Gelände kamen, schlug ein Blitz in eine Lärche, die sofort in Flammen aufging. Wir saßen im Wagen und sahen zu, wie der strömende Regen das Feuer löschte.

Ich hatte Mick von meinem Plan erzählt, den ganzen Sommer über zu zelten, was er für »Blödsinn« hielt. Zelten tue man zum Vergnügen, meinte er, und wenn ich mit meiner Arbeit vorankommen wolle, würde ich etwas Besseres brauchen. Da tranken wir schon aus einer Schnapsflasche, die er unter dem Sitz hervorgezogen hatte, und ich wurde redseliger. Wir machten einen kleinen Abstecher, und er zeigte mir eine teerpappengedeckte Blockhütte, die Freunden von ihm aus dem Süden gehörte. Darin könne ich wohnen, wenn ich das Dach neu decken und das Fundament stabilisieren würde. Ich hatte mit diesen Dingen keinerlei Erfahrung, aber er meinte, das könne er mir erklären. Noch ein paar weitere Schlucke aus der Schnapsflasche, und ich bekannte ihm, was ich eigentlich hier in der Gegend vorhatte. Er sagte: »Fang an, mach es, und dann vergiss es.« Andernfalls würde mich die Verbitterung zerfressen. Er klang wie Riva.

22

Es war meine zweite seltsame Nacht in Folge. Ich hatte Carla gefüttert, war mit ihr zusammen auf dem Bett eingeschlafen und wachte gegen drei Uhr von einem lauten Rauschen auf. Ich begriff erst nach einer Weile, dass es vom See kam. Es war kalt geworden in der Hütte, und ich stellte die elektrische Heizung an, briet mir die Bachforellen und wärmte eine Dose Bohnen auf. Carla fand die knusprige braune Forellenhaut köstlich. Für sie war ich jetzt eindeutig die neue Mutter.

Ich holte mein Notizheft heraus und war begeistert von meinem einzigen Eintrag – die Anzahl der Stümpfe. Was für ein Geniestreich! Diese Zahl konnte leicht ansteigen bis zu unvorstellbaren Aberhunderttausenden. Was meine geistige Verfassung anging, fühlte ich mich sehr normal, vielleicht wie jemand, der gerade Examen gemacht und den ersten Tag auf der neuen Arbeitsstelle hinter sich gebracht hat. Die Aufgaben waren noch überschaubar, ich tat einfach, was man von mir verlangte. Ich begann, in einem Band von Spragues Journalen zu lesen, die ich mitgenommen hatte. Darin ging es um die ersten Holzfäller, also auch um meinen Urgroßvater, und wie sie Pachtverhältnisse fingiert und sich einheimischen Besitz angeeignet hatten. Sie brachten Pachtverträge, die mit einem beglaubigten Kreuzchen unterzeichnet waren, in ihren Besitz und ließen diese dann grundbuchamtlich auf ihren Namen eintragen. Spragues wütenden Kommentar dazu überflog ich nur, denn zu diesem Zeitpunkt war ich mehr an den Fakten interessiert.

Ich nickte an dem kleinen Tisch ein und wachte nach einem Albtraum wieder auf, in dem Polly mit einem anderen schlief. Gut, sollte sie, doch in meiner Erinnerung hatte ihr Traumpartner Ähnlichkeit mit meinem Vater als jüngerer Mann, das heißt Ähnlichkeit mit mir. Trotzdem war er es und nicht ich. Ich wünschte mir, er würde in seiner Gefängniszelle in Florida auf der Stelle tot umfallen.

Ich brachte Carla hinaus zum Pinkeln und wollte mich dabei vollends von dem Traum befreien. Es wehte ein starker, kühler Nordwestwind, und im Mondlicht konnte ich sehen, wie sich große Wellen an der Mole brachen. Ich fragte mich, ob das Dorf eher ein trostloser Außenposten oder doch das Paradies war. Die Holzwirtschaft war im Ersten Weltkrieg ausgelaufen, und dann hatten Überfischung und die Neunaugenplage in den 1950er-Jahren der kommerziellen Forellenfischerei den Garaus gemacht. Jetzt lebte das Dorf vom Tourismus und von der Zellstoffproduktion aus minderwertigem Holz für die Papiermühlen. Vielleicht war es gar nicht so schlimm, wie ich glaubte, weil das erwirtschaftete Geld in einer Rohstoffe ausbeutenden Ökonomie ohnehin immer woanders hinfließt.

Vor meinem inneren Auge sah ich plötzlich, wie mein Vater im Gefängnis von armen Unterschichtsweißen oder wütenden Schwarzen erwürgt wurde. In einem nüchternen Moment hatte Fred mir einmal gesagt, ich sei nicht fähig, Mitleid mit meinem Vater zu haben, da ich nicht einmal mit mir selbst Mitleid hätte. Das hatte mich natürlich wütend gemacht. Schließlich benahm er sich wie der letzte Mensch! Er betrank sich und fickte minderjährige Mädchen und beging noch diverse andere Verbrechen! In einem öden Einführungskurs für Psychologie, der sich sehr wissenschaftlich gab, hatte ich begriffen, dass man alles wegdeuten kann, aber es änderte nichts an den Tatsachen. Vater mag ja bedauert haben, dass er Vera vergewaltigt hatte, aber was nützte Vera dieses mögliche Bedauern? Was dachte er sich dabei, als er mir meine Hütte stahl oder den Studienfonds plünderte, der für Cynthia und mich gedacht war? Er schlug meine Mutter zwar nicht, aber die Art, wie er mit ihr redete, war häufig so eiskalt und brutal, dass Cynthia sich noch mit zehn Jahren die Ohren zuhielt und schrie. Später dann ging sie ihm einfach aus dem Weg. Das erboste ihn umso mehr, als jeder in Marquette, der ihn nicht besser kannte, für liebenswürdig, charmant und großzügig hielt. Nach dem Vorfall in Duluth hörte ich einmal vor der Fliegengittertür der Werkstatt, wie Clarence zu Jesse sagte, mein Vater würde einen Steinhaufen ficken, wenn eine Schlange darin wäre.

Wie gut hatte ich denn Polly behandelt? Mit meinem ewigen Gejammer hatte ich sie ebenso effektvoll vertrieben, als hätte ich ihr mit der Keule gedroht. Schon am Tag unserer Hochzeit ahnte ich dunkel, dass ich etwas Falsches tat. Das müssen auch Cynthia und meine Mutter gespürt haben, obwohl sie sich bemühten, Optimismus zu verbreiten. Später verließ ich mich darauf, dass sich erfüllen möge, worum meine Mutter Polly gebeten hatte, als wir schon getrennt waren: »Du musst meinem Sohn vergeben.« Aber was vergeben? Dass dieser Sohn sich so lange bemüht hatte, nicht wie sein Vater zu sein, bis er nicht mehr wusste, wer er selbst war.

Riva hatte mich, gerade weil sie so klug und lebenserfahren war, mit der Bemerkung verstört, es gebe unsichtbare Bande zwischen bestimmten Menschen, und dagegen lasse sich nichts machen, man könne sie nur wachsam im Auge behalten. Das war, nachdem ich ihr die Geschichte mit Laurie erzählt hatte, als sie mich in den Pausen, wenn wir nicht vögelten, nach meiner sexuellen Erfahrung fragte. Jesse hatte Laurie einmal eine »*plumita*« genannt, was ich mir notierte. Jahre später fragte ich dann eine mexikanische Studentin, was das bedeute. Sie lachte etwas verlegen und sagte, es bedeute »schnelle kleine Feder« und meine ein Mädchen, das durchaus aus guter Familie stammen könne, aber »Intimität« liebe, nicht nuttig sei, aber »verfügbar«. All das erzählte ich Riva, und sie sagte, Menschen müssten nicht ineinander verliebt sein, um einander heftig zu begehren. »Sieh dir uns an«, fügte sie hinzu.

Ich saß bibbernd draußen auf der Veranda und horchte auf das unerbittliche Donnern der Wellen, das so unpersönlich feindselig klang, dass ich Carla an meine Brust drückte. Immerhin hatte ich jetzt Elternfunktion übernommen. Ich sehnte die ersten Anzeichen des Tageslichts herbei, damit ich endlich zu meiner Teerpappenhütte fahren, sie aufräumen und eine Vorratsliste aufstellen konnte. Ich hörte Carlas Herz an meinem pochen. Ich, die Ersatzmutter, hatte sie in der vorletzten Nacht vergessen, und sie hatte es mir mit zerfetzten Polstern heimgezahlt. Vielleicht versuchte auch sie, ganz ähnlich wie ich, sich die Welt auf ihre Weise zu erklären. Allerdings wusste sie nichts von jenen lähmenden Neigungen, die meine Ehe mit Polly zerstört hatten. Einige dieser Neigungen hatten mich so blind gemacht, dass ich genauso ichbezogen wurde wie mein Vater, dieser Alkoholiker dritten Grades, der alles in der Welt einzig und allein auf sich bezog – und sei es den Wetterbericht.

Auf halber Strecke zur Hütte stoppte ich den Wagen und sagte: »Wenn ich mir selbst predige, wem predige ich dann eigentlich?« Carla blickte sich alarmiert um, mit wem ich da sprach.

Ich fuhr etwas gedankenlos weiter, schlug ein paarmal die falsche Richtung ein, bis ich endlich die Hütte fand. Ich füllte einige Eimer mit Wasser aus der Pumpe und erhitzte es auf dem Propanherd, um im Haus zu putzen und den Boden zu wischen. Carla hielt mich zusätzlich auf Trab, denn erst wollte sie Stachelschweinscheiße fressen, und dann bellte sie und schnappte nach einer großen Strumpfbandnatter, die aus einem Holzhaufen heraus einen Angriff startete. Ich fing die Schlange und warf sie in den Fluss. Ich spülte das eingestaubte Geschirr und war plötzlich froh, in dieser Hütte zu sein. Sie besaß nicht die Anmut der Hütte, die Sprague mir geschenkt hatte, aber für meine schlichten Bedürfnisse war sie bestens geeignet. Es gab drei Kerosinlampen als Wohn- und Arbeitsbeleuchtung und eine Handlampe für den Gang zur Außentoilette, in deren Tür die typische Mondsichel ausgesägt war. Ich würde noch ein paar zusätzliche Taschenlampen kaufen, da ich sie leicht verlegte. Es gab ein zerfleddertes Kochbuch mit dem Titel *Campingkost*, in dem auch einige herzhafte Gerichte für Jäger standen. Zum Beispiel solche, für die man eine Dose Bohnen, eine Dose Mais und eine Dose Tomaten mischt, gewürfelte Zwiebeln und ein Pfund Hackfleisch dazugibt und mit Worcestersoße, sehr scharf, und einem Teelöffel Knoblauchsalz abschmeckt. Ich würde Jesse bitten, mir einige Kochbücher meiner Mutter zu schicken und auch das italienische, das Mrs Plunkett mir geschenkt hatte, als ich ans College ging. Unter einem Couchtisch neben dem Etagenbett lag ein Haufen »Mädchen«-Illustrierte der schlichtesten Sorte. Einige waren richtiggehend pornografisch, mit Fotos von Männern, die auf die begehrlichen Gesichter von Frauen ejakulierten, was ich für eine ausgemacht männliche Wunschfantasie hielt. In einem halben Dutzend Illustrierte entdeckte ich nur eine einzige Frau, die ich wirklich attraktiv fand, und fragte mich, wessen spezieller sexueller Geschmack da bedient wurde. In der ganzen Hütte gab es acht Schlafmöglichkeiten, wenn man eine wacklige Abseite unterm Dach mitrechnete. Mein Vater hatte früher südlich von Munising sehr viel gepflegter campiert. Er ging eigentlich nicht auf Rotwildjagd, besaß aber die komplette Ausrüstung. Ich glaube, meine Mutter ahnte, dass diese Jagdausflüge nichts Gutes bedeuteten, besonders, wenn er mit seinem alten Yale-Kumpan Seward aus Duluth zusammen war, einem echten Finsterling, der sich sowohl mit seinem anmaßenden Anspruchsdenken als auch mit schlechtem Benehmen hervortat. Manche Männer brauchten diese Camps anscheinend, um in einen Zustand des Primitiven zurückzufallen, auf den sie ein natürliches Anrecht zu haben glaubten.

In der Ferne hörte ich ein jaulendes Gebell und eilte zur Hütte. Ich hatte mich nicht um Carla gekümmert, und jetzt heulte sie irgendwo östlich vom Haus. Ich fand sie endlich in einem Pappelwäldchen mit zwei Stacheln in der Nase und einem jungen Stachelschwein, das sich vor ihr in einen Baum gerettet hatte. Ich schnippte gegen die Wurzeln der Stacheln, da ich irgendwo gelesen hatte, dass dann Luft austrete und sie leichter zu entfernen seien. Sie saßen auch nicht tief in ihrer Nase, aber als ich sie mit einem Ruck herauszog, jaulte Carla und schnappte nach mir. Ich legte mich mit ihr auf den Boden und beruhigte sie, döste dabei selbst für eine Weile weg und dachte noch, ich sollte zu einer festen Zeit ins Bett gehen, wenn ich vorhatte, den ganzen Tag über zu arbeiten.

Ich hatte mich in der Eile nicht richtig orientiert, und als ich erwachte, wusste ich nicht mehr, wo die Hütte lag. Beim Forellenangeln in der Wildnis prägte ich mir meine Position stets sehr genau ein, weil man sich auf der Upper Peninsula leicht verirren kann. Meist passierte das allerdings Jägern in einer besonders kalten Rotwildsaison im November oder Besitzern von Schneemobilen, denen das Benzin ausgegangen war.

Zwar bekam ich keine Angst, als sich herausstellte, dass ich die falsche Richtung eingeschlagen hatte, aber ich wusste, es könnte ungemütlich werden. Meine Jacke mit dem Kompass lag in der Hütte, und ich hatte nur ein Klappmesser dabei, aber keine Streichhölzer. Selbst meine Taschenuhr war in der Jackentasche. Bei Sonne kann man nämlich ziemlich gut nach der Uhr gehen. Es war ein frischer Junivormittag, und ich hatte hier auf diesem Breitengrad gute zwölf Stunden mit Tageslicht vor mir. Ich schaute mich in meiner unmittelbaren Umgebung um, ob ich auf der Suche nach Carla vielleicht Farnkraut geknickt hatte, fand aber keine solche Spur. Das größte Problem ist die dichte Belaubung in manchen Gegenden der Upper Peninsula. Man hat dann keinen Bezugspunkt außer der Sonne, muss dabei aber deren Umlaufbahn mit berücksichtigen.

Nach einer Stunde fand ich es nicht mehr lustig. Mein Insektenmittel war ebenfalls in der Jacke, und die hing in der Hütte. Carla war inzwischen so müde, dass ich sie tragen musste. Sie mochte kaum zwanzig Pfund wiegen, aber sie war ungnädig. Vielleicht spürte sie auch meine Besorgnis, denn sie zappelte heftig. Irgendwie gelang es mir nicht, aus einem Sumpfgelände herauszukommen, und die Bremsen und Mücken wurden immer lästiger. Ich setzte Carla ab und kletterte auf eine Kiefer, um mir einen Überblick zu verschaffen, und sie wimmerte, weil sie wohl dachte, ich würde sie verlassen. Ich kam nicht hoch genug hinauf, um über die Nachbarwipfel zu blicken. Dann versuchte ich, geradeaus nach Norden zu gehen, da ich wusste, dass es in etwa acht Kilometern Entfernung eine Landstraße gab. Anfangs hatte ich mich noch schnell bewegt, und das hatte mich durstig gemacht, außerdem tat jetzt mein Knöchel weh.

Endlich erreichte ich eine sehr große Lichtung und konnte die bedrückende Enge des Waldes hinter mir lassen. Erleichtert und erschöpft ließ ich mich auf einem Baumstumpf nieder. Ich kämpfte mit den Tränen. Carla rollte sich umgehend zusammen und schlief fest ein. Es dauerte einige Minuten, bis ich wieder klar sehen und denken konnte und dann feststellte, dass ich hier die imposanteste Versammlung von Seidenkiefernstümpfen vor mir hatte, die man sich überhaupt nur vorstellen konnte. Die Stämme waren einfach gigantisch, einige hätten drei Männer kaum umspannen können. Rein zufällig hatte ich einen regelrechten Baumfriedhof entdeckt, und ich konnte nur ahnen, dass die Baumriesen bis zu sechzig Meter in den Himmel geragt haben mochten. Mir schauderte vor Ergriffenheit, auch wenn mir Herz und Kopf wehtaten.

Ich saß eine halbe Stunde einfach so da. Carla fand das wohl zu kurz, denn als wir aufbrachen, blieb sie nach knapp fünfzig Metern stehen, sodass ich sie wieder tragen musste. Am anderen Ende der Lichtung befand sich ein Graben, der in westlicher Richtung zu verlaufen schien und dessen Wasser schließlich zu einem Bach oder zu dem Fluss führen musste, von dem ich aufgebrochen war. Um meine Mutmaßung zu überprüfen, schätzte ich die Tageszeit unter Berücksichtigung der jetzt, kurz vor der Sommersonnenwende, hoch im Norden stehenden Sonne, drehte mich dabei um und blieb schließlich volle zehn Minuten so stehen, bis ich mir vorstellen konnte, wie dieses Waldstück einst ausgesehen haben mochte. Ich weiß nicht, wie es geschah, aber plötzlich schienen die massigen Stümpfe zum Leben erwacht zu sein und mir zu versichern, dass meine Arbeit wichtig sei. Zwar tat mir der Knöchel noch immer weh, doch der Schmerz erschien mir so unbedeutend wie ein Mückenstich.

Ich hatte kaum hundert Meter in dem sanft abfallenden Graben zurückgelegt, als ich auf etwas Überraschendes stieß. Vor mir sah ich den größten aller Seidenkiefernstümpfe, die Mutter aller Baumstümpfe. Wie eine zehn Tonnen schwere Spinne überspannte er den Graben, gestützt von Wurzeln, so dick, dass ich sie nicht mit den Armen umfassen konnte. Ich hatte Carla abgesetzt, und sie war schnüffelnd losgerannt. Plötzlich war sie im Stumpf verschwunden, und ich konnte durch eine Öffnung zwischen zwei ineinander verdrehten Wurzeln zu ihr hinuntersehen. Ein Sonnenstrahl beschien ihren Kopf, und sie blickte mich ernst an. Ich kletterte auf die andere Seite und fand eine Öffnung, die groß genug für mich war, und ich kroch zu Carla hinein. Die Höhle war so hoch, dass ich aufrecht darin sitzen konnte. Carla zitterte ängstlich. Vielleicht waren vorher Rotluchse, Kojoten und sogar ein kleiner Bär in der Höhle gewesen, das legten die vertrockneten Kotreste auf dem kühlen Sandboden nahe. Doch das störte mich nicht, und es überkam mich ein Gefühl wie bei meiner Taufe. Es schien mir gelungen zu sein, so etwas wie eine angemessene Kirche für mich zu finden.

Der Graben führte tatsächlich zu dem Fluss. Ich schätzte, dass es noch fast zwei Kilometer bis dorthin waren, und der Weg führte mich durch einen Erlenbruch, den ich nur halb kriechend durchwaten konnte. Doch das Wichtige war, dass ich das Rauschen des Flusses hörte, dem ich freudig zustrebte. Carla stürzte sich auf das klare Flusswasser und trank. Obwohl ich halb verdurstet war, wartete ich damit noch, legte mich ins Wasser und ließ mich erst einmal einige Hundert Meter den Fluss hinuntertreiben. Carla schwamm neben mir. Als ich sicher sein konnte, dass das Wasser wirklich sauber war, trank auch ich.

23

Während das Dorf um das Wochenende des Unabhängigkeitstags völlig überfüllt war, arbeitete ich still und zurückgezogen zehn Tage lang in dem Gebiet, in dem ich die Seidenkiefern entdeckt hatte. Inzwischen konnte ich täglich problemlos bis zu vier Stunden mit meinem lädierten Knöchel laufen, und auch Carla wurde allmählich ausdauernder. Ich baute einen leichten Rucksack zu einer Art Hüfttrage um, wie man sie für Babys verwendet, in der ich sie auf dem Rücken tragen konnte, wenn sie müde wurde. Meine anfängliche Skepsis hatte sich verflüchtigt, denn Cynthia hatte recht gehabt: Carla war wirklich eine gute Gefährtin. Jeden Nachmittag, wenn es zu warm zum Laufen wurde, fuhr ich mit ihr zum Au-Sable-See, und wir schwammen und ruderten ein, zwei Stunden vor dem Abendessen. Jesse hatte mir Mutters *Freude am Kochen* geschickt, doch mir wurde schnell klar, dass es dauern würde, bis das Kochen mir Spaß brächte. Noch deprimierte mich vor allem meine Ungeschicklichkeit. Mein erstes Erfolgserlebnis hatte ich mit überbackenen Kartoffeln. Aber mein Hackbraten war unten angebrannt und oben matschig. Und meine Spaghettisoße war bitter. Als Mick das Material für die neue Bedachung der Hütte brachte, äußerte er die Vermutung, der Temperaturregler des Backofens sei vielleicht kaputt. Ich lieh mir von ihm ein Backthermometer und stellte fest, dass der Ofen tatsächlich dreißig Grad heißer wurde, als der Hitzeregler anzeigte. Seit dem Tag, als wir uns verirrt hatten und schließlich so vergnügt flussabwärts gewatet und geschwommen waren, wusste ich auch, dass eine ganze Dose Sardinen für Carla einfach zu viel war. Als ich auf ein Gläschen in den Ort fuhr, sah sie mich plötzlich komisch an und entleerte sich auf den Vordersitz. Küchenkrepp hatte ich natürlich nicht dabei.

Jeden Tag fragte ich auf der Post, ob sie etwas für mich hätten, und sowohl meine Mutter als auch Cynthia schrieben mir. Im Brief meiner Mutter lag ein Hundertdollarschein, und in einem P. S. hieß es: »Iss mal was Ordentliches.« Für das Geld hätte ich in der Kneipe allerdings zwanzigmal essen gehen können. Aus Sorge, ich könnte etwas mit einem einheimischen Mädchen anfangen, ging ich dort abends nicht mehr hin, obwohl es mich gereizt hätte. Aber ich wollte einen Monat lang konzentriert arbeiten, ehe ich wieder an Zerstreuung denken wollte. Auch wenn ich immer noch auf Vernice hoffte, wanderten meine Gedanken ständig zu Laurie, von der ich wusste, dass sie verheiratet war, und zu Riva, die Fred verlassen hatte. Fred schrieb mir einen Brief aus seiner Klinik in Columbus, Ohio, in dem stand: »Riva hat mich in der Stunde der Not verlassen. Ich kann es ihr nicht verübeln.«

Am Freitag nach dem Unabhängigkeitstag kam dann doch noch eine Postkarte von Vernice: »Vielleicht. In Liebe. Vernice.« Ich roch sofort, noch in der Schalterhalle, an der Karte, und eine alte Frau lachte mich aus. Allerdings duftete die Karte nach rein gar nichts. Sie war vor fünf Tagen abgestempelt, und ich malte mir aus, dass Vernice vielleicht schon unterwegs Richtung Norden sei. Mein Puls beschleunigte sich, und mein Schwanz regte sich in der Hose. Und so wurde ich schwach und ging in die gut besuchte Kneipe. Mindestens ein Dutzend ganz akzeptabler Frauen saß da, trank Bier und sagte so bemerkenswerte Dinge wie: »Ich geh mal pissen.« Die Frau neben mir auf dem Barhocker sagte zu mir: »Spendier mir ein Bier, Süßer.« Sie war aus Germfask, und ihre großen Titten wippten in ihrem Trägertop. Meine Ohren glühten. Eigentlich stand ich auf Beine und Hintern, aber zur Abwechslung lockten mich jetzt diese mütterlichen Riesenbrüste. Glücklicherweise tauchte ihr Freund, ein Papierarbeiter, auf, und ich richtete meine Aufmerksamkeit lieber auf Shirley, die mit einem stämmigen älteren Mann Billard spielte, von dem Mick mir erzählt hatte, er sei Schriftsteller, aus dem südlichen Michigan. Mir fiel ein, dass zu Hause noch die fünf kleinen Seeforellen warteten, das Geschenk eines Fischers, den ich tagsüber getroffen hatte, und so verließ ich nach den zwei Bieren, die ich mir zugestand, brav das Lokal, auch wenn ich mir sagte: »Wen zum Teufel schert es?«

Draußen vor dem Eingang übten zwei Mädchen einen Stepptanz. Sie waren eindeutig zu jung – ich schätzte sie auf vielleicht dreizehn –, aber sehr attraktiv. Eine der beiden war sogar eine richtige Schönheit. In der späten Nachmittagshitze trugen sie nur Shorts und Tops und bewegten sich anmutig zu der Musik, die aus der Fliegengittertür der Kneipe drang. Beide grinsten mich an, und ich spürte, wie mir das Blut ins Gesicht stieg, als mir klar wurde, dass eben dieses Verlangen meinem Vater so viele Probleme bereitet hatte. Weil er sich nicht an den gesellschaftlichen Konsens gehalten hatte und für sich keinerlei Verbote gelten ließ. Die andere Frage, die mir in den Sinn kam, lautete: Wieso ging ich eigentlich nie tanzen?

Es war ein Fehler, täglich im Morgengrauen aufzubrechen, um drüben im Westen in der Gegend des Big Two-Hearted River angeln zu gehen. Ich nahm immer das Boot mit und angelte nachmittags in verschiedenen Seen. Ich musste an Hemingway denken, der für meinen Vater eine Ikone des zwanzigsten Jahrhunderts war. Ich selbst hatte zwar nicht viel für ihn übrig, doch einige der frühen Geschichten gefielen mir. Die Kriegsgeschichten sagten mir nichts, schließlich war ich kein Kriegsteilnehmer. Ich bevorzugte Willa Cather und Faulkner, die Vater für »weich in der Birne« hielt. In den späten Vierzigern und den frühen Fünfzigern hatte er zusammen mit Seward einige Angelreisen nach Kuba gemacht und war dabei mehrmals Hemingway begegnet, mit Sicherheit in einer Bar. Später hatte ich den Verdacht, dass diese Reisen eine frühe Form des Sextourismus waren, der unter Batista damals florierte.

Mein Fehler war, dass ich drei Tage lang nicht nach Post fragte, da die Schalterhalle immer schon geschlossen war, wenn ich nach Grand Marais zurückkam. Um zwei Uhr früh in dieser Nacht fing Carla plötzlich an zu bellen. Eigentlich war das nichts Ungewöhnliches, da sie immer bellte, wenn sie Kojoten hörte oder einen Bären roch, aber diesmal drang Scheinwerferlicht durch die Fenster der Hütte, und mir fiel der Revolver ein, der mir nun fehlte.

Es war Vernice. Sie war wütend, um es milde zu formulieren. Da stand ich in Unterhose in der Tür, und sie fragte, wieso ich sie nicht, wie versprochen, am »Scheißflugplatz« in Marquette abgeholt hätte. Weiter hinten erkannte ich Mick im Scheinwerferlicht seines Pick-ups, er winkte. Ich leuchtete Vernice mit meiner Taschenlampe an, ihr Kopf war umschwirrt von Mücken. Als ich versuchte, ihr eine von der Wange zu wischen, zischte sie: »Rühr mich nicht an.« Sie stand in der halb geöffneten Fliegengittertür, und ich knipste rasch zwei Lampen an. Sofort drangen Mücken ins Haus, weshalb ich nach ihrem blauen Koffer griff und sie so weit hereinzog, dass sich die Tür hinter ihr schließen ließ. Sie zuckte zurück, als Carla ihre Füße ableckte, doch dann bückte sie sich und streichelte das Hündchen, das sich sofort auf den Rücken rollte. Vernice erklärte mir mit leiser, scharfer Stimme, sie werde morgen früh zurück nach Chicago fliegen. Sie habe den Flug bereits gebucht, weil ich nicht am Flugplatz war. Sie sei mit dem Bus von Marquette nach Seney gefahren und habe in der dortigen Kneipe zwei junge Leute gebeten, sie für Geld nach Grand Marais zu fahren, wo sie um Mitternacht angekommen sei. Dort in der Kneipe habe sie weitere zwei Stunden darauf warten müssen, dass Mick endlich seinen Laden schloss, und die anderen Männer an der Bar seien widerlich betrunken gewesen. Im Übrigen sei sie davon ausgegangen, dass ich eine Hütte am Strand hätte und nicht einen »Schuppen in einem Scheißwald«. Ich entschuldigte mich, dass ich in den vergangenen Tagen nicht meine Post abgeholt hätte, und machte ihr etwas Wasser zum Waschen warm. Sie sagte, ihr Flugzeug nach Chicago starte morgens um halb sieben, worauf ich ihr erklärte, dann hätte sie noch eine Stunde zum Ausruhen, bevor wir nach Marquette aufbrechen müssten. Sie schrie so laut »Scheiße«, dass Carla unters Bett kroch. Vernice kniete sich auf den Boden und lockte Carla wieder hervor, und ich musste plötzlich denken, wie wahrscheinlich es wohl sei, dass ich diesen Hintern unter dem leichten Baumwollrock, der da in die Luft ragte, jemals berühren würde. Ich fragte, ob sie hungrig sei, und sie nickte, während sie Carla beruhigte. Ich wärmte ihr eine Schale von meinem Chiligericht auf, das ich für ziemlich gelungen hielt. Aber nachdem sie Platz genommen hatte, starrte sie in ihre Schale und sagte: »Chili wird nicht mit roten Bohnen, Tomaten und Hackfleisch gemacht.« Während sie ein paar Salzcracker aß, musterte sie mich so abschätzig, dass ich mir ohne Hemd sehr nackt vorkam. Sie hatte ihr Haar zu einem Zopf geflochten und daraus einen Knoten geschlungen. Sie sagte, sie sei zu müde, um das Vormittagsflugzeug zu nehmen, sie werde erst einmal schlafen und sich dann entscheiden. Sie schleppte meinen Schlafsack zu einem Bett in der entferntesten Ecke, zog sich bis auf ihren Slip aus, lächelte, zeigte mir den Stinkefinger und war innerhalb kürzester Zeit eingeschlafen. Carla stellte sich auf die Hinterpfoten und kratzte am Schlafsack, da sie zu Vernice ins Bett wollte. Das machte mich eifersüchtig, aber ich half ihr hoch.

24

Ich verbrachte acht Tage mit Vernice, und sie hoben meine Welt aus den Angeln. Der Schaden war irreparabel. Dabei war es gar nicht beabsichtigt, denn Vernice hatte nichts Missionarisches an sich. Sie war kein übertrieben freundlicher Mensch, aber auch nicht unfreundlich. Abgesehen von Cynthia kannte ich niemanden, der so bei sich selbst war wie sie. Auch Riva und Clarence konnten da nicht mithalten. Vernice verwirrte mich vollkommen, unterließ es aber, mich an den schwierigsten Stellen wieder zu entwirren. An unserem ersten gemeinsamen Tag kam mir irgendwann der sonderbare Gedanke, dass wir unmöglich in derselben Welt leben konnten, denn sie nahm sie komplett anders wahr als ich. Ihre Welt bestand aus einer Abfolge ästhetischer Wahrnehmungen und Überlegungen. Dabei hatte sie durchaus eine Vorstellung von dem, was meine Welt ausmachte, verwarf das aber als ein für sie unzureichendes Lebensmodell. Von den unzähligen Lyrikern, Schriftstellern, Malern und Komponisten, die sie im Laufe der acht Tage erwähnte, kannte ich gerade mal vier oder fünf, und die auch nur oberflächlich. Sie sagte einmal, ich sei ein Trapez und sie ein Kreis, der sehr umfassend, aber sehr verletzlich sei. Und sie meinte, sie würde wetten, ich sei in der Schule gut in Geometrie gewesen, was zutraf. Zu meiner Verteidigung führte ich an, ich sei auch sehr gut in Geschichte gewesen, aber für Vernice war Geschichte nur ein Bestandteil dessen, was sie die »große Lüge«

nannte. Während wir am ersten Abend Thunfischsandwiches aßen, zitierte sie einen Satz auf Französisch und übersetzte ihn dann: »Alles, was uns gelehrt wurde, ist falsch.« Als Ausgangspunkt für eine Beziehung war das ein schwieriger Standpunkt.

In dieser Nacht schlief ich erst ein, als es schon hell wurde. Sie rauchte Zigaretten, und ich roch den kalten Rauch, aber auch jenen kaum wahrnehmbaren Duft, den Polly immer im Schlafzimmer hinterließ, wenn sie sich abends auszog. Das wühlte mich derart auf, dass ich unruhig aufstand und eine von ihren Zigaretten rauchte, meine erste, seit ich am College eine Grippe überstanden hatte. Irgendwann hörte ich Vernice im Schlaf wimmern, und Carla machte ein ähnliches Geräusch. Ich spielte mit dem Gedanken, eine der drei Weinflaschen meines Vaters zu öffnen, die Jesse mir in die Tasche gepackt hatte, als er meine Campingausrüstung aus dem Haus holte, das ich nicht mehr betreten mochte. In dem Moment, als ich die Zigarette ausdrückte, erschien mir das Haus zum ersten Mal nicht mehr unheimlich. Wieso? Vielleicht, weil ich mir das Gefühl weggewandert und weggerudert hatte. Ich öffnete den Wein dann doch nicht, weil mir einfiel, dass Vernice in der Chicagoer Bar erzählt hatte, sie habe ein Studienjahr in Frankreich und Italien verbracht. Vielleicht würde sie ihn gern trinken. Ich holte mir stattdessen ein Bier aus dem Propankühlschrank, rauchte noch eine Zigarette und drohte meinem Penis, der seinen Kopf aus meiner Unterhose steckte: »Die Chancen stehen nicht gut, mein Freund.« Ich rollte mich in eine kratzige Wolldecke und schlief bierselig ein.

Als ich erwachte, schaute Carla durch die Fensterscheibe neben meinem Kopf, was eigentlich unmöglich war, da die Hütte am Abhang stand, aber Vernice hielt den Hund hoch. Sie kam ins Haus und machte uns im Handumdrehen ein großes Käseomelett. Auf meine Frage, wieso das bei ihr so schnell gehe, erklärte sie, sie habe während ihrer College-Zeit zwei Jahre in einem mittelmäßigen französischen Restaurant in Evansville gearbeitet. Ich war beeindruckt, denn sie konnte das Omelett, ohne einen Pfannenheber zu benutzen, in der Luft wenden. Sie hatte früh kochen gelernt, da beide Eltern arbeiteten, ihr Vater als kleiner Bauunternehmer und ihre Mutter als Rechtsanwaltssekretärin. Sie besaß drei ältere Brüder: einen »Nazi«-Schuldirektor, einen rangniedrigen Berufsoffizier bei der Marine, und der jüngste arbeitete im Betrieb des Vaters. Er war Tischler und ein »Problemtrinker«, aber sie mochte ihn am liebsten. Ihr Vater war bei den Anonymen Alkoholikern, und ihre Mutter hatte häufig schwere Depressionen. Sie fragte mich nach Cynthia, und zur Beschreibung benutzte ich unter anderem das Wort »spitzfindig«, und das gefiel ihr. Ich verriet nicht, dass es mein Vater war, der Cynthia oft so bezeichnet hatte. Am besten gefiel Vernice, dass Cynthia als kaum Sechzehnjährige mit einem Halbblutindianer durchgebrannt war und trotzdem das College beendet hatte.

Als sie noch mehr über meine Eltern wissen wollte, vertröstete ich sie auf später, denn wir müssten los, ehe es zu heiß werde. Während wir Wasser, Sardinen, Cracker und Käse einpackten, stichelte sie, beim Aufwachen habe sie gedacht, ich hätte nur deshalb so laut geschnarcht, um auf meinen Schwanz aufmerksam zu machen, der sich so deutlich hervorgetan hatte. Ich wurde rot und wandte mich ab, was sie süß fand. Während ich das Ruderboot sorgfältig mit Gurten auf dem Pick-up festzurrte, erzählte sie, sie habe mich, als wir uns das erste Mal sahen, für einen reichen Pinkel gehalten, unter anderem auch, weil Fred mit seinem Akzent nach Nordküsten-Chicago klang.

Mir wäre so etwas nie aufgefallen, aber sie war die Dichterin. Als wir den Feldweg entlangfuhren, sagte sie auch noch, ich käme ihr »ganz schön schnöselig« vor, und ich sagte: »Leck mich.« »Davon träumst du«, erwiderte sie, und ich bekam einen Kloß im Hals. Denn seit ihre Rückkehr nach Chicago kein Thema mehr war, hatte ich mir eine kleine Hoffnung gestattet. Ich hatte ihr auch erklärt, es sei okay, wenn sie Shorts trug – obwohl Jeans wegen der Insekten natürlich vernünftiger gewesen wären, aber ich wollte ihre Beine und ihren Hintern besser sehen können. Erst hatte ich deswegen ein schlechtes Gewissen, aber seit sie mich »schnöselig« genannt hatte, war mein Schuldgefühl verflogen. Den ganzen Tag über benutzte sie so ausgefallene Wörter wie Epistemologie, Phylogenese und utilitaristisch, konnte mir aber ohne zu zögern im selben Satz sehr unelegant vorhalten, ich würde »voller Scheiße« stecken. Ich hatte das ungute Gefühl, ständig mit neuen Überraschungen rechnen zu müssen.

Ich änderte meinen Plan, da es an diesem Tag für eine Inlandtour bereits zu warm war, und entschied mich für die Dünen von Grand Sable. Als wir durch Grand Marais fuhren, ließ Vernice mich am Postamt anhalten und den schicksalhaften Brief abholen, der ihre Ankunft ankündigte. Es gab auch einen Brief von Cynthia, den ich in die Tasche steckte, um ihn später zu lesen. Unterdessen sprach Vernice über Cesare Paveses Selbstmord und, als sie den hübschen Hafen jetzt zum ersten Mal bei Tageslicht sah, über ein Gedicht von Valéry. Beim Verlassen der Stadt in westlicher Richtung waren die Dichter Ponge und Corbière dran. Ich merkte mir die Namen, um sie irgendwann im Herbst in einer guten Bibliothek nachzuschlagen. Als wir bei den Dünen parkten, erging sie sich gerade in einem langatmigen Lamento darüber, wie sehr sie es bedauere, Mitte der Fünfzigerjahre nicht in San Francisco gewesen zu sein. Aber leider sei sie damals erst fünf Jahre alt gewesen.

Und dann kletterte sie auch schon mit Carla die Dünen an der steilsten Stelle hoch, nachdem sie erst einmal »Verdammt schön hier« ausgerufen hatte. Ich war genervt, weil ich nicht mithalten konnte und einen weniger steilen Weg nehmen musste und weil beide sich nicht ein Mal nach mir umschauten. Beim Anblick von Vernice' glatten, schönen, muskulösen Beinen musste ich daran denken, dass ich mit dreizehn aufgehört hatte, Tennis zu spielen, weil meine Mutter mir haushoch überlegen war und jeden noch so kläglichen Ball von mir retournieren konnte. Jetzt trösteten mich Vernice' Hintern und ihre nackten Beine, wie sie da durch den tiefen Sand stapfte. Nach meinem Umweg traf ich sie etwa eine Viertelstunde später auf einem mit Strandhafer bewachsenen Felsvorsprung, von dem aus man tief unten den Au-Sable-See und in der Ferne, im Norden, den Lake Superior sah, der sich im Blau des Himmels sonnte.

Vernice war von der Schönheit der Landschaft ganz ergriffen und blickte jetzt nach Westen, wo die Dünen in etwa zwanzig Kilometern Entfernung an einem Leuchtturm endeten. Sie war erhitzt, und als ich mich neben sie setzte, lehnte sie sich kurz an mich. Ich wollte meinen Arm um sie legen, aber sie sprang abrupt auf und lief rasch so weit fort, dass ich sie nur mit lautem Rufen auf ein grünes Plätzchen in einem nahe gelegenen Tal aufmerksam machen konnte. Diesmal folgte Carla ihr nicht, sondern schien froh, als ich sie in ihren Tragesack setzte.

Als ich zu der Stelle kam, auf die ich Vernice hingewiesen hatte, ein kleines, dicht mit Espen und Warzenbirken bestandenes Wäldchen, fand ich sie nicht gleich. Ich setzte Carla ab, die Vernice sofort entdeckte: Sie lehnte an einer Birke und aß mit einer Hand wilde Erdbeeren und hielt in der anderen einen Kojotenschädel.

Es ist erstaunlich, wie hartnäckig junge Menschen, wenn sie um die zwanzig sind, an einem albernen Streit festhalten können. Es war inzwischen fast Mittag, und er sollte noch weit über Mitternacht hinaus dauern. Eine Kostprobe:

»Du bewegst dich so steif, man hat Angst, du könntest zerbrechen.«

»Findest du? Ich bin aber noch nicht zerbrochen«, log ich.

»Hast du nicht das *Tao Te King* gelesen?«

»Nicht, dass ich wüsste.«

»Das würdest du wissen. Im *Tao* heißt es, du musst weich und geschmeidig werden. Ich kenne deine Obsession nicht, aber sie macht dich steif wie ein Brett.«

»Und was ist mit deiner Obsession? Du bist doch auch besessen.« Ich gab Carla eine wilde Erdbeere, die sie wie beleidigt wieder ausspuckte.

»Dichten ist keine Obsession, es ist eine Berufung. Es ist so, als würdest du in einen Fluss springen, wenn du gerufen wirst. Und dann überlässt du dich und dein Leben der Strömung.«

»Bis du im Lyrikermeer landest?«

»Da hast du verdammt recht.«

»Und was ist mit dem Rest von uns?«

»Jeder macht das, wozu er sich berufen fühlt. Dichten ist keine besondere Tugend. Ich bin nicht besser als der Krähenschwarm, der da hinten zum See fliegt.«

»Das sind Raben. Sie verfolgen einen Bären, der bestimmt gerade Stranderbsen und wilde Erdbeeren frisst.«

»Sind die gefährlich?«

»Wenn man sie in Ruhe lässt, nicht. Komischerweise sind sie weniger streitsüchtig als du.«

»Ich musste halt mein Terrain gegen drei ältere Brüder verteidigen. Sie haben sogar versucht, mich zu vögeln.«

»Deine Brüder? Ich wäre bei Cynthia nie auf die Idee gekommen.«

»Du hast es erfolgreich unterdrückt, und so soll es auch sein. Meine Eltern waren bitter enttäuscht vom Leben, als wir klein waren. Sie konnten uns keine große Hilfe sein. Du solltest mal ein bisschen was über Inzest nachlesen.«

Aus irgendeinem Grund, vielleicht, weil ich hoffte, ihr nahe, sogar sehr nahe kommen zu können, beichtete ich ihr mein Leben. Allerdings in verkürzter Form. Die schlimmsten Dinge ließ ich aus. Ich brauchte eine halbe Stunde und schwitzte fürchterlich, obwohl der Platz, wo wir saßen, kühl und schattig war. Ich endete mit den Wiesos und Warums meines Projekts.

»Das kannst du doch nicht machen!«, explodierte sie.

»Was?« Ihre Heftigkeit verblüffte mich.

»Du kannst das Leben nicht damit verbringen, deine Familiengeschichte zu schreiben, die dann niemand lesen will. Dein Leben kann unmöglich nur eine Reaktion auf deine Familie sein. Und obendrein hauptsächlich auf deinen Vater. Das würde ja bedeuten, dass du immer noch sein verletzter kleiner Junge bist. Du behauptest, du bist Christ, aber anstatt dich ums Neue Testament zu kümmern, bist du im Alten stecken geblieben. Nach dem Motto: Da erhob er sich und erschlug seinen Vater mit dem Kinnladen eines Esels. Was für eine bescheuerte Art, sein Leben zu vergeuden. Glaubst du, du hast noch ein paar davon in Reserve, oder was?«

Ich rollte mich auf den Bauch und sah den Ameisen zu, wie sie aufgeregt hin und her rannten. »Und? Wieso bleibst du dann, wenn du so hart drauf bist?« Ich fragte das lebendige grüne Gras und die toten braunen Blätter und auch die Ameisen.

»Wir ziehen uns irgendwie an. Ich hab Durst.« Und schon war sie fort. Ich lud Carla in den Tragebeutel und staunte – fassungslos über die unmöglichen Situationen, in die einen das eigene sexuelle Verlangen bringen kann. Mein Verstand kam mir wie gehäutet vor. War ich wirklich ein verletzter kleiner Junge? Ein wenig schon, aber es schmerzte mich, das zuzugeben. Ich musste wieder an die Erzählstunde im Club denken. Vielleicht war das kleine böse Tier, das sich an mein Rückgrat gekrallt hatte, ja tatsächlich mein Vater.

Wir gingen am Steg schwimmen, und anschließend ruderte ich über den See. Um sie dezent daran zu erinnern, was uns beiden gerade entging, zeigte ich ihr die Sandbank, wo ich mit Laurie meine Unschuld verloren hatte. Das fand sie amüsant, erzählte mir dann aber die gar nicht lustige Geschichte, wie sie ihre Jungfräulichkeit an ihre erste Liebe verloren hatte. Sie war in der zehnten Klasse, und er war zwei Jahre älter. Sie liebte ihn wahnsinnig. Selbst dann noch, als sie mit dem Studium begann und er plötzlich ihre beste Freundin heiratete, weil deren Familie ein bisschen Kohle hatte und er auf diesem Wege Filialleiter in einem ihrer Haushaltswarengeschäfte wurde. Nach seiner Heirat kehrte sie nach Hause zurück, verführte ihn und sorgte dafür, dass ihre Freundin es erfuhr, bekam ihn aber trotzdem nicht zurück. Sie war immer noch beschämt, dass sie so etwas Schäbiges getan hatte.

»Was für eine schreckliche Geschichte«, sagte ich und sah, wie sie sich auszog und BH und Slip zum Trocknen über das Dollbord des Ruderboots hängte. »Himmel Herrgott«, sagte ich, beugte mich über Bord und spritzte ihr kühles Wasser ins Gesicht.

»Entspann dich«, sagte sie. »Du musst ein bisschen aus dir

rauskommen.« Sie lachte, als sie sich umdrehte und meinen Steifen in der nassen Unterhose sah. »Ist der für mich?« Sie kitzelte ihn mit ihrem großen Zeh, während ich ruderte. Was für ein irres Spiel, dachte ich.

Ich wartete im Wagen vor dem Lebensmittelladen auf Vernice, die ein Hähnchen zum Braten kaufen wollte. Eigentlich hatte ich unterdessen Cynthias Brief lesen wollen, musste aber immer daran denken, wie Vernice sich über den Rand des Ruderboots gebeugt hatte. Also schaute ich nicht mehr in Cynthias Brief und schon gar nicht durch die Windschutzscheibe, sondern sah vor meinem inneren Auge die so sinnvoll ausgeklügelte Struktur der Vagina und das, was ein gewisser Theologiestudent einst das »göttliche Perineum« genannt hatte. Als wir in der fünften Klasse einmal eine Fahrt zu einem Bauernhof in der Gegend von Trenary machten, meinte ein aufgewecktes kleines Mädchen über die Kühe: »Man sieht ja alles.« Dieser Vergleich aus dem Tierreich wirkte auch nicht gerade abkühlend, weshalb ich jetzt doch Cynthias Brief las. Darin berichtete sie mir aber leider, dass Laurie Brustkrebs habe, gefolgt von dem üblichen beruhigenden Kommentar, sie hätten ihn zum Glück »früh genug festgestellt«. Als Vernice aus dem Laden kam, steckte ich den Brief schnell weg.

»Ich habe noch nie so viel braunen Salat gesehen«, sagte sie. »Was zum Teufel essen die bloß hier oben im Norden? Du bist doch hier der religiöse Typ, ich war seit der Highschool nicht mehr in der Kirche, aber die Botschaft des Neuen Testaments ist doch Vergebung. Dieser ganze Mist, dass die Söhne für die Sünden der Väter zu büßen haben, ist doch völlig überholt. Du bist nicht Moses. Und du hast nicht jeden einzelnen Scheißbaum auf der Upper Peninsula abgehackt. Die Bergleute in den unsicheren Minen sind nicht durch deine Skrupellosigkeit gestorben. Du hast dieses junge Mädchen nicht vergewaltigt. Glaubst du etwa, du kannst mit Toten abrechnen?«

»Mein Vater ist nicht tot.«

»Du weißt, dass ich deine Vorfahren gemeint habe. Dein Vater klingt doch nach einem Stück getrockneter Hundescheiße. Deiner Mutter und deiner Schwester kann er nicht mehr schaden, nur noch dir.«

In der Hütte war es zu heiß, um ein Hähnchen zu braten. Wir verschoben es auf später und teilten uns ein Thunfischsandwich. Ich holte die drei Weinflaschen, die Jesse mir eingepackt hatte. Ich hatte mir nie viel aus französischem Wein gemacht, weil das eine Domäne meines Vaters war. Vernice wurde ärgerlich, als sie die Flaschen sah, weil es sich um einen sehr wertvollen Jahrgang aus den frühen Fünfzigern handelte und ich sie einfach auf einem Regal in der warmen Hütte aufbewahrte.

»Ich könnte die in Chicago verkaufen und von dem Geld einen netten Monat in Frankreich verbringen«, sagte sie.

»Mach doch. Klingt nach einer guten Idee.« Dieser Kommentar gefiel ihr nicht, obwohl ich es ernst gemeint hatte.

Sie ging ihren Koffer auspacken, was mir Mut machte, aber dann entdeckte sie den Stapel Pornozeitschriften in der Kommodenschublade und starrte mich zornig an.

»Die waren schon vorher in der Hütte«, sagte ich achselzuckend.

»Da kommen Frauen nur als Zielscheibe vor, und Männer vergessen, dass die Zielscheibe eine Frau ist.«

Sie zog sich bis auf BH und Slip aus, warf sich auf ihr Bett und war sofort eingeschlafen. Ich wollte nicht zu ihr hinschauen, deshalb ging ich auf die baufällige Veranda, rieb mich mit Insektenmittel ein und schlief in einem Schaukelstuhl.

Ich erwachte am frühen Abend und stellte fest, dass das Insektenmittel nicht viel genützt hatte. Vernice, immer noch in BH und Slip, saß am Tisch, schrieb in ein Heft und trank Kaffee.

»Sag nichts. Ich bin mitten in einem Gedicht.«

Ich goss mir auch einen Kaffee ein und machte mich mit Seife und Handtuch auf zum Fluss. Carla hatte sich wahrscheinlich draußen in den Dünen in einem Stück Aas gewälzt, weshalb ich sie einseifte. Sie zappelte vor Vergnügen. Es hatte etwas zutiefst Wonnevolles, so nackt in einem kühlen Fluss zu stehen und heißen Kaffee zu trinken. Ich seifte mich ein, packte dann den Ast einer Erle über einer tiefen Stelle, hielt mich gut fest und ließ mich von der Strömung sauber spülen. Es war kurz vor Sonnenuntergang, und Carla warf einen gestochen scharfen Hundeschatten an die Uferböschung.

Als ich zurückkam, bereitete Vernice gerade das Hähnchen zum Braten vor. Ich erzählte ihr von Lauries Brustkrebs und meinte, sie würde bestimmt wieder gesund, da sie jung sei und die Krankheit besiegen könne. Vernice entgegnete ernst, es verhalte sich genau andersherum. Ihre Jugend verleihe der Krankheit mehr Energie, und sie habe weniger Überlebenschancen als eine ältere Frau. Das erwischte mich kalt, und mir schossen die Tränen in die Augen, was ich vergeblich zu verbergen suchte. Vernice blickte rücksichtsvoll zur Seite.

»Oh verdammt. So was habe ich noch nie zu kosten gekriegt.« Sie öffnete die Flasche, die Petrus hieß, und schenkte zwei Gläser ein. »Dein Vater mag ja das letzte Arschloch sein und du vielleicht auch, aber ich danke euch.« Sie nahm einen großen Schluck, bewegte ihn im Mund und schauderte vor Wonne.

Ich probierte ebenfalls und meinte, ja, er schmecke recht ordentlich, was sie ärgerte. Fred hatte es amüsiert, dass ich mich damals für die Michigan State anstatt für die Yale entschied, und jetzt hatte ich schon wieder gegen die Regeln meiner Herkunft verstoßen. Vernice stichelte, viele Mädchen, die mit Restaurants zu tun hätten oder mal in Frankreich waren, würden für diese Flasche glatt eine Nummer schieben. Ich sagte: »Du übertreibst.« Da stand sie auf und zog ihre Sachen aus. Ich sagte schwach: »Ich will nicht, dass du für eine Flasche Wein eine Nummer schiebst.« Und sie meinte: »Du warst nett, während ich ein unerträglich schwanzfixierter Quälgeist bin.«

Damit war das also geklärt. Sie duftete nach frischem Seewasser und Sonnenbräune, genau wie Laurie vor so langer Zeit. Der Unterschied war, dass Vernice an diesem Abend noch sehr viel lachte. Es wurde alles andere als melancholisch. Ihre orgasmischen Fähigkeiten hatten allerdings nichts mit meinem Talent zu tun. Im letzten Licht, das durch die Fenster fiel, blickte ich ihr in die Augen, und sie waren praktisch nicht da. Einen Moment lang wurde mir unheimlich. Ich richtete mich auf und hörte, wie unsere verschwitzten Leiber sich schmatzend voneinander lösten. Für einen Moment »sah« sie mich anscheinend, aber als ich mich wieder an sie schmiegte, zog sie sich erneut in sich selbst zurück. Doch anscheinend schloss dieses »Selbst« in jenem Moment auch mich ein, sodass ich zum ersten Mal in meinem Leben beim Vögeln ein vollkommenes Einssein erlebte. Mir war regelrecht zum Heulen zumute, aber ich tat es nicht. Erst war ich verwirrt, aber dann versank ich ebenso in mir wie sie.

Um Mitternacht aßen wir unser Brathähnchen. Sie hatte es innen mit Zitrone, Thymian und Knoblauch gewürzt und außen mit Karotten, Zwiebeln und ein paar Kartoffeln umlegt. Wenn sie vom Wein trank, schloss sie die Augen. Ich holte mir lieber ein kaltes Bier, wogegen sie nichts einzuwenden hatte. Diese Art lustvollen Genießens war mir neu. Als Köchin überragte sie Mrs Plunkett glatt um mehrere Sterne. Anscheinend galten die ästhetischen Prinzipien, die sie auf ihre Lyrik anwendete, ebenso für ihre Kochkünste. Mir war auch aufgefallen, wie sie vor den kleinen Fenstern der Hütte den Kopf leicht schräg legte, um sich ein Bild von der Landschaft zu machen. Den einzigen Fauxpas während des Essens leistete ich mir mit der Bemerkung, ihre exzellente Kochkunst werde ihr sicher einen guten Ehemann bescheren. Sie wurde sehr zornig, und ich wusste nicht, wie ich meine Bemerkung wiedergutmachen konnte. Sie sagte, sie sei katholisch aufgewachsen und lebe wie eine »Nonne nur für ihre Kunst«. Eine Heirat wäre ein Hohn auf alles, was sie sich für ihr Leben gewünscht habe. Ich bemühte mich um einen geordneten Rückzug, indem ich sanft vorbrachte, mir komme es einfach natürlich vor, dass diese Art von Liebespraxis, die wir eben erlebt hätten, biologischerweise zur Vermehrung führe. Sie lachte und erinnerte mich daran, dass ich selbst ihr erzählt hatte, Polly und ich hätten uns getrennt, weil ich keine Kinder wollte. Ich gab mich geschlagen und meinte, sie habe mich um den Verstand gebracht. »Wir haben doch gerade erst angefangen«, sagte sie.

Es war ein warmer Abend, und wir nahmen nach dem Essen noch ein kurzes Bad. Am anderen Ufer des Flusses war ein heftiges Rascheln im Gebüsch zu hören, und Carla sauste zurück zur Hütte. Vernice war verängstigt, und ich beruhigte sie, es sei nur ein harmloser Bär, den wahrscheinlich unser verführerischer Knoblauchduft angelockt habe. Als sie fragte, woher ich wisse, dass er harmlos sei, erwiderte ich, wenn er der eine aggressive Einzelgänger unter den Hunderttausenden Schwarzbären wäre, hätte er uns schon längst angefallen. Ohne Sonne bibberten wir im kalten Wasser und fingen wieder an zu vögeln, aber die Bremsen trieben uns ins Haus. Ich war enttäuscht, als sie nicht mit mir in einem Bett schlafen wollte, aber sie sagte, nachts schlafe sie niemals mit einem anderen Menschen zusammen. Es war großartig, miteinander zu vögeln, nachdem wir beide vom Schwimmen abgekühlt waren. Kurz bevor ich, allein in meinem Bett, in den Schlaf sank, suchten mich doch noch schmerzliche Erinnerungen an Laurie heim. Alles hängt mit allem zusammen, und nichts ist unabhängig und frei. Ein seltsamer Gedanke für einen geometriefixierten Mann.

25

Am nächsten Morgen waren wir trotz der lustvollen vergangenen Stunden ein wenig träge und niedergeschlagen. Vielleicht, weil wir ahnten, dass wir, wider besseres Wissen, jeder unseren einmal eingeschlagenen Weg fortsetzen und uns wieder in unsere tief im Innern gewollte Einsamkeit zurückziehen würden. Und selbst unsere mögliche, vielleicht sogar wahrscheinliche Liebe könnte uns nicht daraus hervorlocken. Andere Menschen mögen sich ja trotz solcher selbst errichteten Barrieren ineinander verlieben. Aber vielleicht hatte die Kultur uns beiden eingeflüstert, die Verfolgung ehrgeiziger Ziele sei eine höhere Tugend. Vielleicht gab es Zeiten, wo die Menschen einfach nur Menschen gewesen waren. Wir beide versuchten wahrscheinlich nicht einmal, »einfach nur Mensch« zu sein. Oder wir waren vielleicht genau die Sorte Mensch, die durch Kultur leicht zu formen ist. Als Kind konnte man sich noch wünschen, einfach mal ein Vogel zu sein, aber nichts geht schneller verloren als spielerische Leichtigkeit.

Draußen wehte ein lebhafter Südwind. Ich stand am Fenster und beobachtete, wie Vernice mit wehendem Haar am Flussufer ihren Kaffee trank, während Carla zu ihren Füßen lag. Ich wusste, dass dieser frische Südwind ein Unwetter ankündigte, weshalb ich meine leichte Regenjacke und einen Poncho für Vernice einpackte. Das Frühstück wäre fast ein Desaster geworden. Ich hatte meine größte Landkarte hervorgeholt, mit dem

Raster, mit dem ich sorgfältig die gesamte Upper Peninsula gegliedert hatte. Schraffierte und mit Aufklebern versehene Stellen kennzeichneten Gebiete, wo die Familie Holzwirtschaft und Bergbau betrieben hatte. Ich zeigte Vernice die Karte, faltete sie zusammen und holte eine andere hervor, einen vergrößerten Ausschnitt der Gegend, in der wir uns momentan befanden. Es war eine sehr detaillierte Karte der Bundespolizei.

Vernice erklärte schroff, sie sei kein Landkartentyp, und ärgerte mich mit der Bemerkung, ich sei ein Ordnungsfanatiker oder Kontrollfreak, ich weiß nicht mehr, was es war. Ich war sauer, versuchte aber, es mir nicht anmerken zu lassen. Eigentlich war ich nämlich ziemlich stolz auf meine Kartenarbeit. Als Nächstes nahm sie sich mein aktuelles Tagebuch vor und begann, ohne mich um Erlaubnis zu fragen, darin zu lesen. Es war, als würde ich einem Professor zusehen, der mein Semesterreferat prüft, an dem mir sehr viel liegt. Sie las eine Viertelstunde lang, ohne etwas zu sagen, und aus lauter Nervosität packte ich weiter für unsere Wanderung.

»Also das, was du an Geschichten und einzelnen Fakten gesammelt hast, ist gut, aber alles Übrige ist unverdautes, überholtes Geschichtsseminargelaber. Du trittst schon auf die Bremse, ehe es überhaupt losgeht. Wieso so schüchtern? Du baust dir ein paar tote Leute auf, um sie dann zu ermorden. Bei dieser Geschwindigkeit bist du erst in fünfzig Jahren fertig, kurz bevor du selber tot umfällst. Wie wär's damit, pass auf.« Sie zog eine gerade Linie quer durch eine Reihe aneinandergrenzender Rasterkästchen, in denen zum Teil gänzlich unbewohnte Gemeinden lagen. Mit dem Zeigefinger folgte sie, wo es möglich war, alten Holzrouten. »Bisher hast du dich hauptsächlich in konzentrischen Kreisen bewegt. Du kämst besser voran, wenn du einfach die Baumstümpfe zählen und aus den gehörten Geschichten die zerquetschten Körper und abgetrennten Glieder hinzufügen würdest. Dreißig Dollar Lohn im Monat und ein Tag frei, um in der nächstgelegenen Kneipe ›die Kuh fliegen zu lassen‹. Jetzt ein hübsches Detail: Warum zum Teufel nennst du Bordelle ›zwielichtige Etablissements‹?«

»Darf ich deine Gedichte lesen?«, fragte ich bockig, bedauerte es aber sofort.

Sie schenkte sich noch einen Kaffee ein und dachte über meine Frage nach, deutete sie aber edler, als ich sie gemeint hatte. »Nein. Ich interessiere mich für deine Welt, aber du interessierst dich nicht wirklich für meine.« Sie ging nach draußen, und ich packte zu Ende. Nun musste ich doch ein wenig lächeln über die intellektuellen Schlachten, die wir in den vergangenen dreißig Stunden geschlagen hatten. Ich kam mir vor wie eine watschelnde Ente beim Spießrutenlauf. Da draußen war sie, die Königin der Gedichte, ein erhörtes Gebet. Und hier war ich und staunte sie an und fragte mich, wie viele Jahre ich wohl brauchen würde, um alles zu verdauen, was sie gesagt hatte. Wenigstens hatte ich ihr geraten, sie solle heute lange Hosen und nicht die Shorts anziehen.

Ich schlug den Weg ein, den ich genommen hatte, als ich mich verirrte, jetzt allerdings in entgegengesetzter Richtung. Wir liefen oben am Rand des Grabens entlang, um nicht in den Sumpf zu geraten. Tiefe Senken mit dichtem Gestrüpp mochte Vernice nicht, weshalb ich versuchte, sie zu umgehen und dabei trotzdem die Richtung nicht zu verlieren. Sie wollte unbedingt Carla tragen, um zu sehen, »wie sich das anfühlt«. Etwa eine Stunde später sah ich in der Ferne im Graben die »Mutter« aller Baumstümpfe, machte aber einen Umweg, weil ich mir das für den Schluss aufsparen wollte. Wir betraten die Lichtung, den

Baumfriedhof. Natürlich wollte ich ihre Reaktion testen, aber wieder einmal war sie mir voraus. Die Enge des dichten Waldes hatte sie bedrückt, aber jetzt fühlte sie sich befreit und tanzte in der Lichtung herum, während Carla in ihrem Tragebeutel kläffte.

»Sagenhaft! Verkauf den Wein deines Vaters, und kauf dieses Stück Land. Wie groß ist es, vierzig Morgen? Bau dir eine Hütte. Du hast mir erklärt, wir hätten die Religion und die Natur zerstört. Jetzt wird es Zeit, dich selbst zu retten, Kumpel.«

Sie setzte sich, lehnte sich an einen Baumstamm, zog Schuhe und Socken aus und rieb sich die Füße im weichen grünen Gras. Ich setzte mich neben sie und machte dasselbe. Seit meiner Kindheit hatte ich so etwas nicht mehr getan, und es war ein herrliches Gefühl, wie die Grasbüschel über meinen Rist strichen und die Zehen sich vor Vergnügen krümmten. Als ich zu Vernice hinüber schaute und sah, dass sie innerlich wieder Gott weiß wohin verschwunden war, beunruhigte mich das nur wenig. Zum Dichten berufene Menschen gerieten offensichtlich in ähnliche Ekstasen wie Säulenheilige oder tanzende Derwische. Der Südwind blies kräftig genug, um die Mücken und Bremsen zu verscheuchen, weshalb sie jetzt Hemd und BH auszog und sich vom Gras Bauch und Brüste kitzeln ließ. Es folgten Hose und Unterhose, und ich wurde langsam erregt. Doch als ich mich über sie beugen wollte, schüttelte sie den Kopf. »Ich nehme gerade mein erstes Grasbad«, sagte sie.

Carla hörte den Donner als Erste und fürchtete sich, und wenige Minuten später hörten wir ihn auch. Heftige Gewitter beenden hier im Norden häufig eine Hitzewelle. Ich führte uns zur »Mutter« aller Baumstümpfe, und Vernice war von ihren Dimensionen begeistert. Uns erwischten bereits die ersten

Regentropfen, als wir hineinkrochen, und dann entlud sich der Himmel mit einer derartigen Gewalt, dass die Welt, die wir durch die Lücken zwischen den Wurzeln zu erspähen versuchten, hinter den Regenwänden verschwand. Vernice drückte die völlig verängstigte Carla fest an ihre Brust. Zum Glück hatte sich schützende Erde an dem Stamm angelagert, während rechts und links breite Sturzbäche vorbeirauschten. Vernice erzählte mir von einem Tornado, den sie bei ihrer Großmutter unweit von Springfield in Missouri erlebt hatte, und überlegte dann laut, was Carla sich wohl unter Donner vorstellte. Nach ungefähr einer Viertelstunde ließ das Gewitter etwas nach, und ich erklärte, wir könnten von Glück sagen, dass wir uns nicht direkt unter der Gewitterfront befanden, denn die Wolkenwand war pechschwarz und wurde immer wieder von gelben Blitzen aufgerissen. Ich rollte mich zusammen, legte meinen Kopf in ihren Schoß und begann, ihren Bauch zu streicheln, aber sie sagte: »He, du willst doch wohl nicht in deiner Kirche bumsen.« Sie half mir ein wenig über meine Enttäuschung hinweg, indem sie sich, wenn auch sehr verhalten, dafür bedankte, dass ich ihr »eine andere Welt« gezeigt hatte. Irgendwie kamen wir dann auf unser Selbstverständnis als Amerikaner zu sprechen. Aber es gibt mehr als *ein* Amerika in den Vereinigten Staaten, wenn man sich jenseits von Autobahnen und Fernsehen bewegt.

26

Danach hatten wir nur noch einen einzigen Streit, und zwar am nächsten Nachmittag. Vernice wollte an ihren »Sachen« arbeiten, wie sie es nannte, und ich musste endlich mit dem Dach anfangen. Mick hatte auch schon alles Material vorbeigebracht und nur den Hammer vergessen. Zu meiner Überraschung erklärte Vernice, als Tochter eines kleinstädtischen Bauunternehmers könne sie mir zeigen, wie man es macht. Sie habe einige Sommer zusammen mit ihrem Vater und dem jüngsten Bruder gearbeitet, und sie hätten viele Dächer gedeckt. Wahrscheinlich hatte das ihren Körper so kräftig und muskulös gemacht. Ich musste daran denken, was ein Sommer hinter der Schaufel bei mir bewirkt hatte. Sie schob mir die Einkaufsliste hin, und ich zog los.

Auf der Post gab es Briefe von Cynthia und von Fred. Cynthia berichtete, unser »lieber Vater« sei früher entlassen worden, nach Key West zurückgekehrt, habe sich aber nicht an seine Auflagen gehalten (der Besuch von Bars war ihm strengstens untersagt) und war wieder für neunzig Tage in den Knast gewandert. Für Cynthia stand fest, dass er demnächst sein Heil außerhalb von Florida suchen musste. Freds Brief war sehr viel beunruhigender. Er sei, schrieb er, nach einem Monat klinischem Entzug »über die Klostermauern gesprungen«. Er habe die Nase gestrichen voll von jeder Art von Therapie und wolle nach einem kurzen Trip in den Norden wieder nach Hause. Und anschließend plane er, mit Unterstützung seines Freundes in Columbus in ein japanisches Zen-Kloster einzutreten. Allein die Idee erschreckte mich. Ich hatte den Verdacht, dass er wieder trank, auch wenn er behauptete, trocken zu sein.

Als ich mit zwei Hämmern und einer Tüte voller Lebensmittel zurückkehrte, war Vernice verärgert, da ich normales Bier und kein dunkles mitgebracht hatte, wie sie es auf den Zettel geschrieben hatte. Sie kochte gerade etwas, das sich Belgischer Rindfleischtopf nannte, und dazu hätte das dunkle Bier sehr viel besser gepasst. Während ihrer kleinen Strafpredigt sah ich vor meinem inneren Auge das kleine Mädchen Vernice, das, wenn es geärgert wurde, die Brüder zusammenstauchte.

Aber sie war noch nicht fertig. Während ich weg gewesen war, hatte sie offensichtlich meine gesamten Tagebuchaufzeichnungen seit meinem sechzehnten Lebensjahr durchgesehen. Sie umfassten einen Zeitraum von fast zehn Jahren, aber für sie stand fest, dass ich mich rückwärts statt vorwärts bewege, wie eine Art neuer Frantz Fanon, meinte sie. Augenscheinlich sei ich noch nicht ganz »trocken hinter den Ohren«, um ein so umfangreiches Material bewältigen zu können. Die Notizen läsen sich wie eine halb gare Moralpredigt, die ich mir selbst hielt, da ich offensichtlich von meinem eigenen Tun nicht richtig überzeugt sei. Ich klänge, als schriebe ich über Cortés' Eroberung von Mexiko. Ihre Trumpfkarte aber lautete: Die Fakten seien doch hinreichend bekannt, würden aber von anderen gänzlich anders interpretiert. Bäume, Eisenerz und Kupfer seien eben keine Menschen. Wieso ich denn die Vernichtung beziehungsweise die Vertreibung der Ureinwohner, der Indianer, übergangen hätte? Die von mir aufgezeichneten Einzelheiten und Geschichten seien ja sehr interessant, aber ich würde sie abhandeln wie ein etwas schlicht gestrickter lutherischer Pfarrer. Ich merkte, dass sie sich erst bis zur Hälfte ihrer Liste durchgearbeitet hatte, und machte mich aus dem Staub.

Dabei erfüllte sich meine genetische Programmierung: Zuerst betrank ich mich in der Kneipe, dann schlief ich am Strand ein, wo ein paar junge Leute eine Party am Lagerfeuer feierten. Ich versuchte sogar, mit Shirley zu vögeln, war dafür aber viel zu betrunken. Ich ging in Klamotten in den Lake Superior, um nüchtern zu werden, aber es funktionierte nicht. Kurz vor Morgengrauen erwachte ich durchgefroren und nass, aber mit einigermaßen klarem Kopf und konnte zur Hütte zurückfahren. Carla bellte wie verrückt, aber Vernice tat so, als schliefe sie.

Als ich am späten Vormittag aufstand, war sie mit Carla irgendwohin verschwunden. Auf dem Küchentisch lag ein Zettel mit der Nachricht: »Ich war zu hart zu dir. Tut mir leid.« Ich war entschieden zu krank, um mich dafür zu interessieren, und wärmte mir stattdessen lieber etwas vom Rindfleischtopf auf. Dann machte ich mich an die Arbeit und fing an, die alte Teerpappe mit einem Spaten zu lösen und abzureißen, fiel dann aber fast von der Leiter, als ich wieder hinunter wollte, um mich zu übergeben. Zum Trinken braucht man Übung, dachte ich, als ich mir danach die Zähne putzte. Da ich mich der Leiter noch nicht wieder gewachsen fühlte, ging ich stattdessen zum Fluss, watete auf die andere Seite und marschierte dann durch ein Gelände, das von meiner Familie verschont geblieben war. Trotzdem stieß ich auch dort auf Baumstümpfe. Und die waren von den Vorfahren einer Familie gefällt worden, die in Marquette ganz in unserer Nähe wohnte. Ich konnte mir gut die erbitterten Kämpfe vorstellen, die zwischen unseren Urgroßvätern stattgefunden haben mussten.

In den fünf Tagen vor Vernice' Abreise verbrachten wir noch eine schöne Zeit, da wir alle Probleme einfach außen vor ließen. Das war ihre Idee. Und sie verriet mir schließlich auch, dass sie das von ihren Eltern gelernt habe. Wenn die sich von größeren, scheinbar unlösbaren Problemen in die Enge getrieben gefühlt hatten, hatten sie sich immer auf die kleinen notwendigen Alltagsverrichtungen zurückgezogen.

Die Dacharbeiten waren schon am ersten Abend erledigt. In den Tagen, die uns noch blieben, führte ich Vernice dann in die Geheimnisse des Fliegenfischens ein, was ihr großen Spaß brachte. Jeden Morgen fuhren wir ganz früh hinaus, täglich ein bisschen weiter, und erwanderten ein neues Rasterkästchen von meinem Forschungsvorhaben, vermieden es aber, die Absurdität dieses Unterfangens zu thematisieren. Nachmittags gingen wir dann rudern und angeln. Mindestens zweimal am Tag vögelten wir miteinander, aber jetzt eher heiter, nicht mehr so versessen, als ginge es um Leben und Tod. Ich drängte sie, mir eine kleine Literaturliste zusammenzustellen, weil ich sie und das, was sie interessierte, besser verstehen wollte. An unserem letzten Abend sagte sie, irgendwann werde sie vielleicht ein Kind haben, aber ohne zu heiraten, worauf ich töricht bemerkte, ich hätte gelesen, jedes Kind brauche einen Vater. Sie sagte nicht: »Einen wie dich«, sondern saß eine ganze Weile stumm da, ehe wir beide lachen mussten. Sie meinte, kaum ein Paar passe weniger zusammen als wir. Ich tat so, als fände ich das auch, aber das stimmte nicht. Inzwischen glaubte ich nämlich, dass ich sie wirklich liebte, und zwar noch sehr viel mehr als in unseren ersten wilden Tagen. Ich war überzeugt, dass ich wohl nie wieder eine Frau kennenlernen würde, die so durch und durch lebendig war. Ich wollte sie unbedingt festhalten, auch wenn ich spürte, dass sie schon längst gegangen war.

Überraschenderweise tauchte Fred an unserem letzten Morgen auf, kurz bevor wir uns auf den Weg zum Flugplatz machten. Er wirkte ziemlich klapprig, aber recht glücklich. Als Vernice hinter der Hütte hervorkam, machte Fred ein Gesicht, als sähe er Gespenster, blickte dann mich an, als hätte ich ein krummes Ding gedreht, freute sich schließlich aber doch, als sie ihn umarmte.

»Dein Neffe ist ein netter Junge, nur will er die ganze Zeit bumsen«, stichelte sie.

»Wie unangenehm. Komm mich unbedingt in meinem Kloster besuchen. Mit einem Freiflug nach Hawaii.«

Seit dem letzten Brief hatte Fred seine Pläne geändert und beschlossen, bei einem Zen-Meister namens Aitken in Hawaii in die Lehre zu gehen, denn Japan war ihm zu weit weg, sollte er irgendwann doch wieder nach Hause wollen. Er sagte, Religion ermüde ihn zwar, aber er wolle doch noch, bevor er sterbe, Erleuchtung erlangen. Immer zu Streit aufgelegt, sagte Vernice, sie habe gelesen, viele Zen-Anhänger seien im Zweiten Weltkrieg Sympathisanten der Japaner gewesen.

»Ich erwarte von keiner Religion mehr, als ich von den Menschen erwarte. Größenwahn suhlt sich im Schmutz.«

Vernice holte ihr Merkheft heraus und notierte es. Mir fiel jetzt auf, dass Fred nicht insgesamt schmaler geworden war, nur sein Gesicht wirkte, bis auf die Knollennase, eingefallen.

»Riva sagt, sie kommt zu mir zurück, wenn ich ein Jahr lang trocken bleibe und danach für immer und ewig. Ich dachte schon an ein Zeltlager am Mount Everest, aber dort sind die Gebühren zu hoch.«

»Soll ich lieber das Bier im Kühlschrank beseitigen?« Natürlich war ich besorgt.

»Nein, ich habe selbst eine Flasche Whiskey dabei, um meine Vergangenheit nicht zu vergessen. Man muss sich betrinken können, wenn das Flugzeug vom Himmel fällt. Nur als Beispiel. Hast du übrigens deine Geschichte Amerikas beendet?«

»Noch nicht ganz.« Mir dämmerte, dass sich unter dem Deckmantel der neuen weiblichen Sanftheit doch wieder die männliche Aggressivität meldete. Verloren stand ich da und starrte auf eine seltsam geformte Birke am anderen Flussufer. Da hatte ich nun eine Frau gefunden, die mich richtig zu nehmen wusste, aber ich genügte ihr nicht. Meine innere Temperatur sank um einige Grad, als würde sich mein Verstand bereits wieder in die Zeit vor Vernice zurückziehen. Ich musste nicht groß überlegen, woran es mir mangelte, denn sie war sehr deutlich gewesen. Und ich fragte mich, starr vor Schrecken, ob meine Mängel überhaupt noch behebbar waren. Vernice wedelte mit ihrer Hand vor meinen Augen, um mich ins Hier und Jetzt zurückzuholen.

Auf halbem Weg zum Flugplatz kriegte ich endgültig das große Flattern: Krämpfe im Magen, einen Klumpen unterm Brustbein und im Kopf die peinigende Erkenntnis, dass man erst merkt, was man hat, wenn man es verliert. Vernice ergänzte meine Lektüreliste, während sie mit den nackten Zehen ihres linken Fußes an den Radioknöpfen spielte. Sie trug den leichten Sommerrock mit Blumenmuster, in dem ich sie kennengelernt hatte. Er war so weit hochgerutscht, dass ich mich sehr auf die Straße konzentrieren musste, um keinen Unfall zu bauen.

Wir waren frühzeitig aufgebrochen, da Vernice noch den Weinkeller meines Vaters besichtigen wollte. Während der zweistündigen Fahrt war mir zwar nicht unbedingt nach Reden zumute, trotzdem ärgerte es mich, dass sie sich die ganze Zeit Notizen machte, anstatt sich mit mir zu unterhalten.

»Was schreibst du da?«

»Gedankensplitter, Impressionen. Bilder und Spekulationen über das Wesen der Natur. Ich wünschte, wir hätten Carla nicht bei Fred gelassen. Ich vermisse sie schon.«

Was sollte ich darauf erwidern? Als wir hinter unserem Haus vorfuhren, arbeitete Clarence gerade im Garten. Die Päonien blühten verschwenderisch.

»Ich hätte nicht gedacht, dass es so scheißnobel aussehen würde.« Vernice sprang aus dem Auto und schüttelte Clarence die Hand.

»Sie sind eine wunderschöne Frau«, sagte Clarence in seinem gewohnt sachlichen Ton. Seine Direktheit verwirrte sie, so wie manch anderen auch. Er sagte, Jesse sei diesmal früher nach Veracruz gefahren.

Beim Gang durch das Haus wirkte sie ungewöhnlich nervös. Sie wies mich auf diverse Möbelstücke und frühe amerikanische Landschaftsbilder hin, die mir nie aufgefallen waren. Wenn Cynthia damals nicht den Schlüssel zum Weinkeller entdeckt und mir gezeigt hätte, als sie zehn war, hätte ich nie gewusst, wo er lag. Später hatte sie einmal erzählt, ihre Freunde hätten den französischen Wein nicht süß genug gefunden. Der Schlüssel hing an einem kleinen Haken hinter dem gerahmten Yale-Diplom meines Vaters. *Magna cum laude*, wie gesagt.

Den Weinkeller fand sie so beeindruckend, dass sie mich umarmte. Es gab mehrere Kisten mit Cognac und Portwein aus der Zeit vor dem Ersten Weltkrieg, die noch von meinem Großvater stammten, und auch Wein aus der Zeit. Vernice meinte aber, der müsse inzwischen wohl leider hinüber sein. Ich sagte, ich sei seit meiner Kindheit nicht mehr hier unten gewesen. Wieder einmal irritierte es mich, dass sie sich für etwas interessierte, was nicht direkt mit mir zu tun hatte. Ich schlug vor, ihr die ganze Ladung nach Chicago zu schicken, wo sie alles verkaufen könnte. Das Geld würden wir uns dann teilen, und sie könnte ein Jahr in Frankreich leben, wie sie es sich gewünscht habe.

»Das würde für mehrere Jahre reichen. Aber du kannst das nicht verkaufen. Das kann nur dein Vater.«

Ich erinnerte sie an die Geschichte mit meiner Hütte bei Ontonagon, die er mir gestohlen hatte, und erwähnte bei der Gelegenheit auch, dass einiges Geld vom Treuhandkonto für Cynthia und mich verschwunden sei. Die genaue Summe nannte ich nicht.

»Wie viel?«, fragte sie und wischte mit ihrem Taschentuch ein Etikett frei, damit sie es lesen konnte.

»Nach dem, was ich zuletzt hörte, sind von den drei Millionen noch ein paar mickrige Hunderttausend übrig. Eigentlich soll ich es mir mit Cynthia teilen, wenn ich dreißig bin.«

»Und was machst du dann damit?« Sie liebäugelte offenbar mit zwei bestimmten Flaschen, also packte ich sie in ihre große Tasche. Ich konnte ihr keine klare Antwort geben, da ich ratlos war. Es gab schmutziges und sauberes Geld beziehungsweise wirklich schmutziges und relativ sauberes Geld.

Schließlich erklärte ich: »Jeder braucht *genügend* Geld, aber niemand braucht *zu viel*.« Ich hatte mich mit meinen gesellschaftstheoretischen Überlegungen nie wirklich sicher gefühlt, und Fred hatte sie für fundamentalistisch links gehalten. Aber eines verstand ich tatsächlich nicht: Wie konnte eine Regierung die Vernichtung vieler Menschen zugunsten des materiellen Vorteils einiger weniger billigen? Für einen klaren Durchblick bei ökonomischen Themen war ich allerdings viel zu emotional.

Wir verließen den Keller und gingen nach oben, und ich zeigte ihr mein Zimmer. Sie prüfte amüsiert meine Bibliothek, während ich mir einen Stapel Bestimmungsbücher zusammenstellte, die ich mit zur Hütte nehmen wollte. Eigentlich hatte ich sie bitten wollen, mir ein nützliches Buch für ein tieferes Naturverständnis zu schicken, doch stattdessen fragte ich sie ziemlich schüchtern, ob wir nicht noch ein letztes Mal vögeln könnten. Sie lachte, umarmte mich und sagte, sie wolle nicht ihr Kleid zerknittern, und außerdem hätten wir nur wenig Zeit. Sie hob ihren Rock und beugte sich über meinen Schreibtisch. Ich hatte die selige Vision einer Heiligsprechung meines Schreibtischs, fiel aber, als ich kam, etwas lächerlich auf den Rücken und schaute vom Boden zum schönsten Hintern des Universums auf.

Am Flugplatz sah sie hinüber zu den sanft geschwungenen grünen Hügeln jenseits der Landebahn und sagte: »Du wohnst in einer wunderschönen Gegend und benimmst dich, als wüsstest du das nicht.« Das war eine sehr grobe Bemerkung, denn wenn ich mich in die Landschaften der Upper Peninsula versenkte, versuchte ich stets, sie mit den Augen von Schoolcraft oder Agassiz zu sehen, die sie noch unzerstört erlebt hatten.

Am Abfertigungsschalter beobachtete ich einige Geschäftsleute, die Vernice verstohlen anstarrten. Ich glaube, sie war nicht schön im Sinne einer Illustriertenschönheit oder Schauspielerin, aber sie fesselte die Blicke sowohl von Männern als auch von Frauen. Sie besaß den »élan vital«, jene Lebenskraft, von der der französische Philosoph Bergson spricht. Als sie mich zum Abschied küsste, sagte sie: »Möge dein Gott mit dir sein, Quichote. Schreib mir, wenn du Lust hast, und denk dran, ich hasse das Telefon.« Und das war's. Ich ging hinaus zu meinem Pick-up und weinte. Jetzt hatte ich nur noch meine Arbeit und meinen Hund, der Vernice wohl genauso vermissen würde wie ich.

Auf dem Rückweg hielt ich beim Imbiss, kaufte mir ein Truthahnsandwich zum Mitnehmen und sah zu dem Ecktisch hinüber, an dem ich immer mit meinem Vater und Cynthia gesessen hatte. Plötzlich fiel mir die rothaarige Martha aus der dritten Klasse ein. Sie war aus Boston, Tochter eines Gastprofessors am College, und schaffte es, mein Leben vollständig zu dominieren. Ich fand sie seltsam, war aber hingerissen von ihr, und sie wurde meine Führerin durch die dritte Klasse. Wenn ich zum Spielen zu ihr nach Hause kam, trug ihre Mutter, die »den Tanz liebte«, Strumpfhosen, rauchte Zigaretten und spielte sehr laut klassische Musik. Ich stahl aus dem Schmuckkästchen meiner Mutter einen Diamantring für Martha, aber ihre Eltern brachten ihn umgehend zurück, als sie sahen, wie Martha ihn beim Abendessen trug.

In der Nähe von Au Train hielt ich an, um ein wenig am Strand spazieren zu gehen, da ich noch keine Lust hatte, Fred zu sehen. Ich dachte über Martha und darüber nach, wie es manchen Menschen gelingt, andere in ihren Bann zu ziehen. Da ist ein achtjähriger Junge so überwältigt von einem rothaarigen kleinen Mädchen, dass er, als sie im Juni wegfährt, tränenüberströmt in ihrer Auffahrt steht, während ihre Eltern das Auto beladen. Nachdem sie abgereist sind, geht er noch tagelang morgens zu ihrem Haus, als wäre die Abreise ein entsetzlicher Fehler, den sie über Nacht korrigiert hätten.

Liebe ist so unerforschlich wie der Glaube. Natürlich war ich auf das herzzerreißende Gefühl des Verlassenseins nicht vorbereitet. Vernice hatte den Kopf kaum zur Seite gedreht, leicht mit der Hand gewedelt und war dann im Flugzeug verschwunden. Wieso musste ich mir diese Szene immer und immer wieder vorspielen, wenn nicht aus Liebe? Woher kam das Verlangen? Zwischen den Frauen, an die ich bisher mein Herz gehängt hatte – Laurie, Riva, Polly und Vernice –, schien es absolut nichts Verbindendes zu geben, abgesehen von der Tatsache, dass außer Polly keine von ihnen mit mir zusammenleben wollte. Wieso das so war, blieb mir nach wie vor ein absolutes Rätsel.

Als ich am späten Nachmittag in der Hütte ankam, überraschte mich Fred mit der Erklärung, er werde nur noch diese Nacht bleiben, dann nach Marquette und anschließend zum Club fahren, um für einen Abend seine Verwandten zu besuchen. Er müsse unbedingt so schnell wie möglich zu seinem Zendo-Zentrum, ehe er gänzlich »aus dem Leim gehe«, was eine Lieblingsformulierung von ihm war. Es deprimiere ihn zutiefst, dass er noch immer Beruhigungsmittel nehmen müsse. Fast beiläufig gestand er mir, er habe gründlich in meinen Tagebüchern herumgeschnüffelt. Gefallen hätten ihm die detaillierten Karten, weil sie meiner Arbeit den Anstrich des Rationalen verliehen, während die Tagebücher ein ziemlich wirres Bild vermittelten. Ich war nicht verärgert, denn ich hatte inzwischen ein gewisses Training darin, Kritik einzustecken, an meinem Leben, an meinem Charakter, an meiner Arbeit, und Fred bot in dieser Hinsicht nichts Neues. Also wandte ich meine Aufmerksamkeit seinem sehr fragwürdigen Gericht zu, das er aus einer Dose Bohnen, einer Dose Mais, einer Dose Tomaten und dem Rest von Vernice' herrlichem Rostbraten zusammengerührt hatte. Stolz erklärte er, er habe einen ganzen Esslöffel Rosmarin hinzugefügt, ein Kraut, das, in Mengen genossen, scheußlich schmeckte. Ich trauerte meinem Rostbraten nach, was ich jedoch für mich behielt. Auch weil Fred schon verkündet hatte: »Ich muss hier dringend weg, denn im Wald komme ich wieder ans Trinken«, weshalb mir schwante, dass eine Nörgelei am Essen jetzt nicht das Richtige war.

Während des gemeinsamen Abends, der uns noch blieb, schwafelte Fred in einer Art daher, die mich stark an die Judy-Garland-Phase meiner Mutter erinnerte – damals in den Monaten nach Vaters Vergewaltigung von Vera und kurz vor der endgültigen Auflösung ihrer Ehe. Vermutlich waren Beruhigungsmittel für Fred ja besser als Alkohol, charmanter wurde er durch sie nicht. Er sprach undeutlich, zusammenhanglos und die ganze Zeit nur von sich. Sonderbarerweise war er sich dessen durchaus bewusst und meinte, er sehne sich danach, nur noch Wasser zu trinken. Es war ein wirklich trostloser Abend, bis er schließlich auf meinen Onkel Richard zu sprechen kam und darüber spekulierte, wie er wohl ertrunken war. Angeblich waren damals meine Eltern die einzigen Zeugen. Fred glaubte einerseits fest, dass es ein Unfall war, glaubte aber andererseits ebenso fest, dass meine Eltern nicht alles gesagt hatten. Ich meinte nur lahm, ich könne mir durchaus vorstellen, dass es schrecklich sei, wenn zwei Brüder dasselbe Mädchen liebten. Mit zwei Adams und einer Eva wäre es wahrscheinlich auch im Paradies eng geworden. Das erheiterte Fred, und er meinte, diese Konstellation hätte sicherlich die Geschichte der Theologie verändert. Vergnügt spann er den Faden weiter und fragte mich schließlich, ob mir aufgefallen sei, wie tiefreligiös mein Urgroßvater und auch mein Großvater gewesen seien, ganz im Gegensatz zu meinem Vater. Ich bestätigte seine Beobachtung, erklärte aber, es sei die übliche Heuchelei gewesen. Daraufhin machte er auf seine wirre Art eine Bemerkung, die meinem Forschungsprojekt einen empfindlichen Stoß versetzen sollte, ihm aber dadurch auch eine neue Richtung gab. Er sagte, wenn ich all die Lebensbeschreibungen und Monografien und sonstigen Darstellungen läse, solle ich immer im Kopf behalten, dass die großen Plünderer stets Theokraten waren. Für diejenigen, die zuerst die Indianer beraubten oder später die Arbeiter ausbeuteten, war es von größter Wichtigkeit, Gott auf ihrer Seite zu wissen. »Luther und Calvin sitzen bei jeder amerikanischen Aufsichtsratssitzung mit am Tisch«, schloss er.

Ein Eistaucher flog im Mondlicht flussaufwärts und stieß dabei seine klagenden Schreie aus. Ich hatte gehört, wenn der männliche Eistaucher nach anderthalb Monaten im Nest den Platz an das Weibchen übergebe, drehe er regelrecht durch. Ich hatte nicht vor, daraus irgendwelche Schlüsse zu ziehen, als ich das Fred erzählte, aber der wurde wieder munter.

»Vielleicht ist es ja egal, ob du bekloppt bist, Hauptsache, du hast zu tun. Scheiß auf alle, mich eingeschlossen. Mach weiter, volles Programm. Auf geht's.« Dann erhob er sich, holte die Whiskeyflasche aus seiner Tasche, schraubte sie auf und schüttete den Inhalt in den Ausguss. »Die Natur, oder was man fälschlicherweise dafür hält, macht mich durstig. Sie lässt sich nicht begreifen. In der Entzugsklinik stand vor meinem Fenster ein blühender Zierapfel, und ich lag da in meinem ruhiggestellten Zustand, sah ihn blühen und wusste, dass ich, abgesehen von dunklen Erinnerungen an den Biologieunterricht, nicht den blassesten Schimmer hatte, was da vor sich ging. In unserer Alkoholiker-Abteilung lag auch ein komischer Landschaftsarchitekt, der formaltechnisch ziemlich gut wusste, wie Bäume funktionieren, aber mehr auch nicht. Ich habe jahrelang die religiösen Gefühle der Menschen studiert, bin aber nicht sehr weit damit gekommen und weiß nichts über den Ursprung der Religion – zum Beispiel, wenn ich einen Baum anschaue und sage: ›Was zum Teufel blüht denn da?‹ Jetzt muss ich wieder ganz von vorne anfangen.«

Später erfuhr ich von meiner Mutter, dass Fred über einen Monat für den Weg nach Hawaii brauchte, was unter anderem mit einem Rückfall nach einem verspäteten Abflug in San Francisco und einer Taxifahrt ins Zentrum zusammenhing. Jedenfalls war er am Morgen seiner Abfahrt schon früh auf und beobachtete Vögel mit meinem Fernglas. Als ich ihn zum Frühstück rief, erzählte er, in der Oberstufe sei er im Audubon Club gewesen, und er hätte wohl besser bei den Vogelbeobachtern bleiben sollen. »Siebenundsiebzig verschiedene Wege durch den Wald, und ein halbes Dutzend habe ich geschafft.« In diesem Moment erwachte Carla von ihrem Nickerchen auf der Decke und sprang auf seinen Schoß. Das gefiel ihm, und er löffelte ihr Rührei ins Maul. »Du musst lernen, wie eine anständige junge Dame zu essen.«

27

Nach Freds Abfahrt vergrub ich mich derart in meine Arbeit, dass ich diese neue Gewohnheit irgendwann gar nicht mehr so wunderbar fand. In Phasen größter Selbstzweifel kam ich mir vor wie einer jener Pseudophilosophen, die ich in Chicago erlebt hatte und die ihre wirren Lehren besonders nuschelig vortrugen, damit niemand sie verstehen konnte. Ich begann eine gelegentlich auch sexuelle Freundschaft mit Shirley von der Kneipe. Wie jeder männliche Depp hoffte ich, sie würde unkompliziert sein, doch wie sich wieder einmal herausstellte, war das nicht der Fall. Shirley befand sich auf der Flucht vor einer heiklen Geschichte in Ann Arbor und spielte hier nur die Kneipennutte, weil niemand daran Anstoß nahm – abgesehen von ihr selbst in stillen Momenten. Wir schienen beim jeweils anderen bestimmte Lücken zu füllen, und manchmal dachte ich, ohne ihre Liebe zu Carla wäre es gar nicht so weit gekommen.

Mitte Oktober war ich durch mit meiner Erkundung des mittleren Teils der Upper Peninsula, so wie er sich auf der gerasterten Karte darstellte. Ich musste nun auch aus der Hütte ausziehen, denn die Besitzer hatten sich angekündigt, um rechtzeitig vor der Jagdsaison einen großen Bock aufzutun. Rotwild ist bekanntlich standorttreu, und wenn das männliche Tier brünstig ist, vergisst es seine gewohnte Vorsicht. Einmal saß ich mit Carla auf der vorderen Treppe, als ein Bock keine zehn

Schritte entfernt mit der Nase am Boden an uns vorbeizog. Er war offenbar sexuell so erregt, dass er uns einfach nicht wahrnahm. Und Carla knurrte angesichts der Größe des Tieres nur ganz leise.

Gern hätte ich Laurie besucht, da mich ihr Zustand bedrückte. Aber von Cynthia wusste ich, dass Laurie sich mit ihrem Kind und ihrer Mutter bei einer Tante in Minneapolis aufhielt, wo es wohl einen Onkologen gab, der sich auf Brustkrebs bei jungen Frauen spezialisiert hatte. Da Laurie allerdings inzwischen auch ein Melanom im Kreuz hatte, beschrieb Cynthia ihre Aussichten als nicht sehr günstig. Ich erlaubte mir, für sie zu beten. Wenn man um die zwanzig ist, hat man noch keinerlei Erfahrung mit dem möglichen Verlust eines geliebten Menschen.

In jenem Sommer und Herbst retteten mich meine Bestimmungsbücher, die Literaturliste von Vernice und natürlich das Rudern und Angeln. Die exakte naturwissenschaftliche Bestimmung von Bäumen, Wildpflanzen und Vögeln kann einen so absorbieren, dass einem das Wohl der Landschaft plötzlich näherliegt als das eigene. Man sieht eine Blume und sagt im Stillen »Gänseblümchen«, und dann entdeckt man, es gibt über hundert verschiedene Sorten von Gänseblümchen. Die Weiße oder Warzenbirke ist allgemein bekannt, aber wo kommt die Gelbbirke her? Wie sah diese Landschaft vor der Eiszeit, wie sah sie vor zwölftausend Jahren aus? Die wichtigen Themen der Erd- und Menschheitsgeschichte, die mich schon immer interessiert hatten, gingen jetzt an manchen Tagen in der Gesamtheit der Landschaft auf. Gleichzeitig verlagerte sich mein Interesse von der gerasterten statistischen Erfassung der Seidenkiefern hin zu den diversen Zeugnissen und Dokumenten, die die Heimatvereine der einzelnen Dörfer gesammelt hatten. Jedes Dorf wollte etwas über seine Geschichte wissen. Das nächste Dorf fünfzig

Kilometer weiter interessierte schon nicht mehr. Erst später lernte ich, dass Ethnologen so etwas »geo-religiös« nennen und dieses Phänomen auch auf größere Einheiten anwenden, zum Beispiel auf die Fan-Gruppen der Footballmannschaften der Michigan State und der University of Michigan. Auf dieser lokalen Ebene war dann auch auffällig, dass sich nur sehr wenige der einheimischen Käuze, mit denen ich sprach, für ein größeres Gesamtbild interessierten. »Mein Großvater verlor beim Holztransport sein Bein vom Knie abwärts und schnitzte sich ein neues. Nach sechs Wochen war er schon wieder im Pferdestall des Holzfällerlagers. Er hatte schließlich hungrige Mäuler zu stopfen.« Solche Sachen. Kritische Fragen zur Rolle der Unternehmen wurden so gut wie nie gestellt.

Die Briefe von Vernice waren, im Gegensatz zu meinen, eher unpersönlich gehalten. Ich schrieb ihr kuriose kleine Berichte zu den Büchern, durch die ich mich gekämpft hatte. Yeats, Paddy Kavanaugh und William Carlos Williams fand ich fesselnd, aber mit Ezra Pound, Charles Olson und Robert Duncan hatte ich Schwierigkeiten. Vernice versicherte mir, man brauche Zeit, um sich in die lyrische Sprache hineinzufinden. Es war Mitte September, und ich hatte einige Wochen schon nichts mehr von ihr gehört, und das Telefon, das sie mir ja verboten hatte, war inzwischen sogar abgestellt. Schließlich erhielt ich eine Postkarte aus London, wo sie auf ihrem Weg nach Frankreich mit einem »prominenten Dichter« haltgemacht hatte, einem Guggenheim-Stipendiaten. Das war's also erst mal. Gleich und gleich gesellt sich eben gern, dachte ich, als ich vor dem Postamt bei heftigem Regen im Pick-up saß.

Nach meinem Auszug aus der Hütte mietete ich mich für einige Zeit in einer Ferienwohnung in Grand Marais ein. Ich hatte kein Geld und arbeitete drei Tage lang als Aushilfslehrer, fand die Tätigkeit aber zermürbend. Ich rief meine Mutter an und fragte sie, ob es ihr recht sei, wenn ich über Winter wieder in Marquette einzöge, und sie sagte: »Natürlich, das Haus gehört dir. Ich will den gottverdammten Kasten jedenfalls nicht haben«, und lachte. Das belustigte mich irgendwie, da ich mich nicht erinnern konnte, meine Mutter jemals fluchen gehört zu haben. Als ich andeutete, dass ich selbst nicht recht wüsste, meinte sie, sie werde Mrs Plunkett bitten, sich um mich zu kümmern. Und als ich darauf erwiderte, ich käme gut alleine zurecht, erklärte sie, von Cynthia wisse sie, dass ich ausgemergelt sei und nicht auf meine Äußeres achte. Ich solle Mrs Plunkett einfach als ihr Weihnachtsgeschenk betrachten. Cynthia hatte mich auf ihrem Weg zu Laurie nach Minneapolis kurz besucht und befunden, ich würde gut als Tagelöhner in der Papiermühle durchgehen. Ich erklärte ihr daraufhin, dass das nächste Kleidergeschäft fast hundert Kilometer entfernt sei, weswegen ich gelernt hätte, meine Sachen selbst zu flicken. Sie blieb nur für wenige Stunden, aber trotzdem erzählte ich ihr die Geschichte mit Vernice. Diese Frau sei das Beste, was mir passieren könne, meinte sie und fragte, ob ich mich nicht irgendwann doch einmal der menschlichen Gemeinschaft anschließen wolle.

Jesse und Clarence freuten sich über meine Rückkehr nach Marquette, schienen aber wegen meiner Gesundheit besorgt. Ich war kaum die Auffahrt hinaufgefahren, als ein früher Oktoberschneesturm losbrach. Wir setzten uns in der Werkstatt an den Holzofen und tranken Whiskey. Ich erklärte, ich sei so dünn geworden, weil ich selbst gekocht hätte und Aberhunderte Kilometer zu Fuß gelaufen sei. Dort in der Werkstatt eröffnete Jesse mir auch, dass meine Mutter das Haus auf meinen Namen überschrieben habe, aber noch die laufenden Rechnungen begleiche. Sie hatte meinen Vater dadurch ausbezahlt, dass sie seine Anwaltskosten übernahm. Beide Männer mochten Carla. Jesse begleitete mich zum Haus, um mir beim Hereintragen der Campingausrüstung, der Kartons mit Notizheften und Büchern zu helfen. Fast nebenbei sprach ich auch von meiner Hoffnung, irgendwann Vera in Mexiko besuchen zu können und mich bei ihr für meinen Vater zu entschuldigen. Worauf er nur sagte: »Das war nicht dein Fehler. Du kannst dich nicht für deinen Vater entschuldigen.« Weil ich nicht wusste, was ich darauf antworten sollte, ließ ich das Thema fallen, fragte mich im Stillen aber trotzdem, wieso er weiterhin für meinen Vater hatte arbeiten können. »Latinos haben ein langes Gedächtnis«, hatte Fred einmal unheilvoll zu mir gesagt.

Es gelang mir, in East Lansing Geld aus dem Studienfonds loszueisen, indem ich diverse Rechercheaufgaben übernahm: Für einen Geschichtsprofessor sollte ich über volkstümliche Holzfällererzählungen forschen und für einen Anthropologen namens Cleland über frühe Indianersiedlungen im Westen der Upper Peninsula. Mit dem Geld würde ich mir Schneeschuhe und die kurzen breiten Langlaufskier kaufen können, die ich im Winter brauchte. Außerdem könnte ich so auf meinen Wanderungen in Motels übernachten, denn im Winter, wenn zwanzig Grad minus keine Seltenheit sind, wollte ich nur ungern zelten.

Kurz vor Erntedank tauchte Vater auf. Ich hatte zuvor die Historische Gesellschaft von Marquette und dann die Peter-White-Bibliothek aufgesucht und war gegen fünf Uhr, als es schon dunkel wurde, nach Hause gekommen. Jesse und Clarence halfen einem Mann, die Bestände des Weinkellers in einen großen

Lastwagen zu laden. Jesse rollte mit den Augen, und als ich das Haus betrat, stieß ich auf Vater, der in seinem Arbeitszimmer Akten und Erinnerungsstücke zusammenpackte. Meine Mutter hatte mir dieses Vorhaben telefonisch angekündigt, aber den genauen Termin nicht nennen können, und ich hatte gehofft, dann nicht da zu sein. Vater war in seiner »Gentleman der alten Schule«-Stimmung und schüttelte mir lächelnd die Hand. Er hatte ziemlich zugenommen, was ihm aber nicht schlecht stand. Er schenkte sich Whiskey nach und fragte, ob ich einen mittrinken wolle. Nachdem ich ihn zehn Jahre nicht gesehen hatte, wagte ich nicht abzulehnen. Ein großes Gefühl der Leere überkam mich. Mir fiel plötzlich auf, dass ich größer war als er. Er lobte überschwänglich Carla und sagte, es sei doch so schade, dass wir nicht einen ganzen Haufen Hunde hätten, und er sähe nie seine Enkelkinder, weil Cynthia einfach unerbittlich sei. Mutter habe ihm erzählt, dass ich eine Geschichte der Holzwirtschaft und des Bergbaus auf der Upper Peninsula schreibe, und er hoffe, sie werde nicht »zu hart für die Familie« ausfallen. Dann eröffnete er mir, ich sähe wie ein arbeitsloser Holzfäller aus, und ich hätte wirklich anständigere Kleidung verdient. Bis dahin war ich nicht in der Lage gewesen, irgendetwas zu sagen. Erst als er meinte, er habe mit Bedauern von meiner Scheidung erfahren, antwortete ich, ich hätte meinerseits mit Bedauern von seiner gehört. »Mein Bruder Richard war ein guter Mensch. Ich nicht. Fast alles, was ich in meinem Leben angefasst habe, ist kaputtgegangen. Nur deine Mutter, Cynthia und du nicht. Ich gratuliere dir, dass du überlebt hast.« Und damit ging er. Ich wusste, er hätte mich gern zum Abschied umarmt, aber das kam nicht infrage. Ich sah ihm hinterher, sah, wie er auf dem Gehsteig vorm Haus ins Straucheln geriet. Aber Jesse stützte ihn rechtzeitig am Ellbogen.

Ein glücklicher Zufall fügte es, dass ich Weihnachten mit meiner Mutter nach Chicago fuhr. Ich sage »glücklicher Zufall«, weil ich eigentlich nicht fahren wollte. Ich liebte die kahle Klarheit des nördlichen Winters, und der einzig akzeptable Grund, die Stadt zu verlassen, wäre ein Wiedersehen mit Vernice gewesen, von der ich nun schon seit drei Monaten nichts mehr gehört hatte. Doch abgesehen von einem unerfreulichen Vorkommnis wurde es eine wunderschöne Reise. Cynthia und Donald mit meinem Neffen und meiner Nichte kamen ebenfalls, und ich hatte fast vergessen, dass die Ferien für die Kinder gedacht waren. Zu dem unschönen Vorfall kam es an dem Morgen, als ich mit meiner Mutter Kaffee trank und ihr erzählte, ich hätte vor, Vera in Mexiko zu besuchen, und sie in Tränen ausbrach. Erst als Cynthia mit den Kindern in die Küche kam, gelang es ihr, sich zu beruhigen. Als ich später mit Cynthia allein war, erfuhr ich, dass Veras Sohn, unser Halbbruder, auf dem Fahrrad von einem Auto angefahren worden war und operiert werden musste. Mutter hatte Jesse das Geld für die Operation zukommen lassen. Cynthia zeigte mir ein Foto von Vera und ihrem Sohn, und Veras Schönheit warf mich um. Ihr Sohn hatte das Kinn meines Vaters und für ein so junges Wesen etwas ziemlich Furcht Einflößendes.

Eine glückliche Wendung nahm die Reise dadurch, dass ich den Freund der Mitbewohnerin meiner Mutter kennenlernte. Er hieß Gerald Coughlin, war Mitte vierzig und stammte aus Irland, war aber bereits kurz nach dem Krieg nach Chicago gekommen. Vor dem gemeinsamen Abendessen hatte meine Mutter ihn mir als »Geisteswissenschaftler« vorgestellt. Denn angeblich hatte er eine starke Aversion gegen Begriffe wie Psychiater, Psychologie, Psychotherapie, Psychoanalytiker. Fred hatte mir einmal erklärt, das Milieu, in dem er und meine Mutter aufgewachsen seien, sei eines des geistigen Gesundheitszwangs gewesen, auch wenn man sich die Fingernägel bis aufs Nagelbett wegkaute. Und als ein Cousin sich umbrachte, habe es geheißen, er habe eine Grippe gehabt. Zunächst stieß Coughlin mich mit der Bemerkung vor den Kopf: »Sie sind also der junge Mann, der sich in den Kopf gesetzt hat, die Vergangenheit zu retten. Ein ziemliches Unterfangen.«

Nach dieser etwas taktlosen Bemerkung entdeckten wir unsere gemeinsame Begeisterung fürs Angeln. Als Junggeselle konnte er seiner Passion im großen Stil frönen und ging jedes Jahr für den ganzen August und September auf Forellenjagd. In den vergangenen Jahren hatte er in vielen Flüssen von Nord-Michigan geangelt. Doch jetzt galt seine Leidenschaft den Seeforellen in Wyoming und Montana. Er war sehr beeindruckt, als ich ihm erzählte, ich hätte im letzten Sommer eine drei Pfund schwere Bachforelle erwischt, als ich mit meinem Freund Mick in einem Biberteich angeln war. Dann kamen wir in unserem Gespräch darauf, dass es die Väter sind, die ihren Söhnen das Angeln beibringen, und ich sagte, in meinem Fall hätte mein Vater Clarence, unserem Handlanger, aufgetragen, mit mir angeln zu gehen, worauf er meinte: »Da hatten Sie es besser als die meisten.« Und dann erzählte er, sein Vater sei ein Varieté-Pianist gewesen, und als er in den dreißiger Jahren in Belfast aufspielte, hätten ihm ein paar »Oranier« mit einem Hammer die Hände zerschmettert, weil er die falschen Lieder gespielt habe. Immer wenn er dann mit seinem Vater angeln gegangen sei, habe er dessen Hand mit Isolierband an dem Griff der Rute befestigen und ihm die Köder anbringen müssen. Mir wurde ganz schlecht bei der Vorstellung, und ich schob meinen Teller beiseite. Coughlin war verblüfft über meine Reaktion und lenkte das Gespräch geschickt in eine andere Richtung, indem er behauptete, der Hass zerfresse die Seele wie ein ausgehungerter Wolf. Munterer wurde ich dann wieder, als ich den Titel eines Yeats-Gedichts wusste und er es anschließend ganz aufsagen konnte. Wir saßen am hinteren Tischende der lärmenden Runde, aber Donald hatte uns trotzdem gehört und erklärte: »Ben Bulben« sei die schönste Ansammlung von Wörtern, die ihm je zu Ohren gekommen sei.

Während der beiden Tage vor meiner Abreise sah ich Coughlin noch zweimal. Wir trafen uns in einem Angelgeschäft außerhalb des Zentrums und gingen zusammen essen, und am letzten Tag kam er abends zu uns. Ich hatte keinen Zweifel, dass meine Mutter alles arrangiert hatte, aber es war mir gleich. Ich hatte das Gefühl, ich hätte Sauerstoff getankt, und frische Luft hatte ich in der Tat bitter nötig. Die Reise nach Chicago hatte mich im besten Sinne aufgerüttelt und mir das, was Weihnachten eigentlich bedeutet und was ich in meiner Kindheit nie erfahren hatte, etwas näher gebracht.

Auf dem Rückflug nach Marquette fragte mich mein Sitznachbar, was ich beruflich mache, und ich sagte ungeniert, ich sei Historiker, in spiritueller wie in ökonomischer Hinsicht. Das sah mir überhaupt nicht ähnlich, aber ich wollte, dass er sich zuerst erklärte. Und ich hatte richtig geraten, denn er war ein Bankier aus Escanaba. Zu meiner Verblüffung kippte er sehr schnell hintereinander drei Whiskeys, meinte aber, seine Frau hole ihn in Marquette ab und fahre ihn nach Hause. Er war Captain bei den Marines in Vietnam gewesen und hatte von seinen ursprünglich hundertundzwanzig Mann siebzig »verloren«. Wie anders war es doch, mit jemandem zu reden, der tatsächlich dort gewesen war, wenn ich an all das unverdaute Geplapper und das schwachsinnige Geschwafel in den Zeitungen und im Fernsehen dachte.

Fast den ganzen Winter über konnte ich Carla nicht mit auf meine Exkursionen nehmen, da der Schnee zu hoch lag. Deshalb ließ ich sie bei Clarence, der mit ihr nur um den Block lief. Jedes Mal, wenn ich zu meinem Wagen ging, bellte sie heftig, aber Clarence versicherte mir, sie beruhige sich sofort, wenn ich um die Ecke verschwunden sei. An einem Februarnachmittag nahm ich leichtsinnigerweise eine Abkürzung zwischen Sagola und Northland. Ich grübelte gerade über einen Text von Louis Agassiz, den ich am Morgen gelesen hatte: »Lake Superior – Seine geologische Beschaffenheit, Vegetation und Tiere, verglichen mit denen ähnlicher anderer Regionen«. Das Buch war 1850 veröffentlicht worden. In einem Briefwechsel mit Darwin hatte Agassiz die Einzigartigkeit der Upper Peninsula herausgestrichen. Und das gab mir das Gefühl, dass mein Vorhaben, so bescheiden es auch sein mochte, doch Teil einer bedeutenden Forschungsgeschichte war. Agassiz' Blick war atemberaubend, ebenso scharf und luzide.

Unterdessen hatte das angekündigte Unwetter eingesetzt, und mir kamen Zweifel, ob ich es bis zur Route 35 schaffen würde. Nachdem ich ein, zwei Stunden sehr langsam gefahren war, blieb ich schließlich, wenige Hundert Meter vor dem Highway, in einer Schneeverwehung stecken. Ich saß eine Stunde lang da und sah nichts außer dem orangefarbenen Scheinwerferlicht eines vorbeiziehenden Schneepflugs. Ich wusste, ich durfte mich nicht rühren und musste abwarten. Mein Tank war nur noch halb voll und reichte nicht, um die Heizung die ganze Nacht laufen zu lassen, aber ich war wenigstens so vernünftig gewesen, eine Notausrüstung und einen Schlafsack für solche Gelegenheiten einzupacken. Zum Notfallpaket gehörten auch zwei Schachteln mit jeweils zwanzig Kerzen. Ich hatte gelesen, dass eine einzige Kerze in einem liegen gebliebenen Wagen so viel Wärme abgibt, dass die Insassen nicht erfrieren können, also zündete ich drei an. Binnen einer halben Stunde war ich warm genug, um erst eine auszumachen und dann eine zweite, die dritte befestigte ich in einer Hustenbonbondose auf dem Armaturenbrett. Mehrere Stunden lang schrieb ich in mein Tagebuch und aß zwischendurch zwei schreckliche »Energie«-Riegel, die ich in einem Camperladen gekauft hatte. Ich schrieb auch einen kurzen Brief an Coughlin, mit dem ich seit Weihnachten korrespondierte.

> Lieber C.,
> ich stecke irgendwo in einer verlassenen Gegend in einer Schneewehe fest. Es handelt sich nicht um einen Selbstmordversuch wie den von mir bereits erwähnten. Im Gegenteil, ich bin voller Zuversicht und fest entschlossen, das Projekt zu Ende zu bringen. Ich heize meinen Wagen mit Kerzen, und es wäre nett, wenn ich jetzt eine Flasche Rotwein hätte, aber der nächste trinkbare ist hundert Kilometer und Billionen Tonnen von Schnee entfernt. Vor drei Tagen habe ich kurz eine jüngere Bibliothekarin gevögelt, und es hat uns beiden Spaß gemacht. Das gehörte eindeutig auf die Seite des Lebens und nicht auf die der schuldbeladenen Selbstzerfleischung, die Sie bei mir diagnostiziert haben. Also noch einmal: Ich stecke die ganze Nacht lang mit dem Wagen in einem recht kalten Schneesturm fest, sehe aber in der Situation nicht mehr, als dass ich mit dem Wagen in einem kalten Schneesturm feststecke.
>
> Mit freundlichen Grüßen, Jack London

Coughlin hatte erzählt, als kleiner Junge habe er in Irland alles von Zane Grey und Jack London gelesen. Und er habe sich nie entscheiden können, ob er in der Wildnis lieber mit den Indianern kämpfen würde oder als Jäger und Trapper unterwegs wäre. Mit seiner Arbeit als Psychoanalytiker in Chicago habe er eine andere Art von Wildnis betreten, die vielleicht weniger gefährlich sei, aber dennoch viel Mut abverlange. Heute wünsche er sich einfach, doch noch ein Meister im Entwirren menschlicher Knoten zu werden.

In jenem Frühling und Sommer wurde klar, dass Laurie sterben würde. Ihr Ehemann starrte mich noch auf der Beerdigung böse an. Als ich den Hügel hinunterging und den Laden von Gertz betrat, um mir etwas Passendes zum Anziehen zu kaufen, sagten sie, ich sei ja schon eine Ewigkeit nicht mehr bei ihnen gewesen und, wie es scheint, bereits ein wenig geschrumpft. Nach der Beerdigung saß ich so lange mit Cynthia zusammen, bis sie auf dem Sofa an meine Schulter sank und einschlief. Lauries dämlicher Mann hatte auf einer Aufbahrung im offenen Sarg bestanden. Und als die Trauernden dann vorbeidefilierten, blickten sie auf ein Gerippe aus Haut und Knochen, das in ein blaues Gewand gehüllt war, das Laurie nie getragen hätte. Dieses Vorbeidefilieren war wie ein Gang durch die dunkelste Dunkelheit, auch wenn eine helle Junisonne durch die Buntglasfenster schien. Eine einzelne Fliege kreiste über dem Sarg wie ein Vogel *en miniature*. Die Orgel schmetterte. Die Blumen welkten.

TEIL III

DIE ACHTZIGER

28

Ich bin im Arbeitszimmer. Es erinnert mich an das Nest einer Buschratte, das ich vergangenen Winter zusammen mit einem Biologen in der Wüste im Südwesten freilegte. Dreizehn etikettierte Kartons mit Papieren sind an der Südwand aufgereiht und vielleicht an die tausend Bücher an der gegenüberliegenden. Das Ganze wird in ein paar Tagen zur Northern Michigan University (denn inzwischen ist sie eine richtige Universität) transportiert werden und mich von allem befreien, was mit meinem unendlichen Projekt zusammenhängt, mein Ringen mit dem großen Rätsel, das mir zeitweise so klar vor Augen stand. Bleiben werden mir, neben meinen Erinnerungen, nur die ungefähr siebzig eigenen Tagebücher und einige Aufzeichnungen von Sprague, die viel Persönliches enthalten. Was ich vor allem entdeckt und begriffen habe, ist, dass auf das Offensichtliche keine Verlass ist.

Ich sitze hier schon seit kurz vor Sonnenaufgang, seit Cynthia aus Chicago anrief, um mir mitzuteilen, dass Mutter an einer Lungenembolie gestorben ist. Die Nachricht trifft mich nicht unvorbereitet, denn sie litt an Nephrose, einer sehr ernsten Nierenkrankheit, die eine tägliche Dialyse erforderte. Und als ich sie vor einer Woche besuchte, konnte sie sich nicht vorstellen, in dieser Weise weiterzuleben. Sie wirkte ruhig und gefasst und alles anders als verzweifelt. Da ich selbst noch nie ernsthaft krank gewesen bin, konnte ich ihren Gemütszustand nicht begreifen, diese Ruhe, hinter der sich sicherlich eine rege geistige Tätigkeit verbarg, von der sie andere aber nichts wissen lassen mochte. Allerdings hatte meine Schwester mir erzählt, Mutter habe nach einem mehrtägigen halb komatösen Zustand berichtet, sie habe die ganze Zeit auf einem Felsblock unweit des Huron River Point gesessen, es war Hochsommer, und sie war wieder zehn Jahre alt. Sie habe außerdem das schönste Nordlicht ihres Lebens gesehen. Ich las sofort das Buch von Kübler-Ross, das Cynthia mir geschenkt hatte, und erfuhr, dass solche Nahtodzustände häufig sehr beglückend für die Betroffenen sind, außer für die Hinterbliebenen natürlich.

Ich habe die Tür des Arbeitszimmers geschlossen, aber in der Küche höre ich Mrs Plunkett das Frühstück für Pollys Tochter Rachel machen, die dreizehn ist und seit drei Tagen in Cynthias Zimmer wohnt, da sie Krach mit ihrer Mutter hat. Nach der Highschool-Abschlussfeier ihres Freundes war sie am Abend zu lange mit ihm aus gewesen. Worum es eigentlich in solchen Mutter-Tochter-Auseinandersetzungen geht, werde ich wohl nie begreifen, weshalb ich mich denn auch ganz aus der Sache herausgehalten habe. Dreizehn scheint mir allerdings sehr jung für einen Freund.

»Affiges Getue. Sag der dummen Kuh, ich leihe ihr nicht meine Lieblingsbluse.« Rachel ist am Telefon genauso schnoddrig wie Cynthia früher. Ich höre Mrs Plunkett sagen: »Deine Sprache, junges Fräulein«, und Rachel darauf: »Entschuldigung.«

Polly wohnt übrigens am Fuß des Hügels, ein paar Straßen westlich vom alten Stützpunkt der Küstenwache. Als sie im vergangenen Monat in den Norden zurückkehrte, veranstaltete ich mit Mrs Plunketts Hilfe ein Festessen für sie und »ließ die Frage fallen«, wie man hier sagt. Sie lachte und sagte, sie würde mich auch mit vorgehaltener Pistole nicht wieder heiraten. Ich war eher verblüfft als verletzt. Wir sind ein Liebespaar, und sie ist fest überzeugt, dass ich es als ihr Geliebter doch viel besser hätte. Vielleicht stimmt das sogar. Ihre Tochter Rachel überfordert mich etwas, aber bei der Erziehung von Kenneth, ihrem neunjährigen Sohn, habe ich Polly geholfen. Das heißt, ich gehe mit ihm angeln, wann immer er Lust hat, vielleicht zweimal die Woche, und ich kaufe ihm Dinge, die er zu brauchen glaubt und die Pollys Lehrergehalt nicht hergeben. Zuletzt war es ein teures Rennrad, das mir eher Angst macht und Polly ebenfalls, da sie fürchtet, er habe die Geschwindigkeitssucht von seinem Vater geerbt, der bei einem Motorradausflug in Wisconsin ums Leben kam. Er war in jeder Hinsicht ein guter Ehemann und Lehrer, aber wenn am Samstag schönes Wetter war, setzten sich seine Freunde und er, allesamt Vietnamveteranen, auf ihre Motorräder und ließen Dampf ab. Ich versuche in keiner Weise, Kenneth den toten Vater zu ersetzen, weshalb es mich auch besonders amüsierte, als Polly mir erzählte, der Junge sei von einem Pfadfinderlager nach Hause geschickt worden, weil er sich mit einem Freund geprügelt hatte, der mich als »Oberschichtwichser« bezeichnet hatte. Einmal habe ich Donald drüben in Soo angerufen und ihn wegen Kenneth um Rat gebeten, aber der sagte nur: »Sieh zu, dass er dich mag, damit er dich fragt, wenn er Hilfe braucht.« Spontan kaufte ich ihm einen Hund. Aber da die Kinder zur Erkundung ihrer neuen Umgebung den ganzen Tag unterwegs sind und Polly an der Sommerschule unterrichtet, ist der Hund meistens bei mir. Es ist eine gelbe Labradorhündin namens Sally, genau die Rasse, die ich als Kind hatte haben wollen. Das Tier hat uns schon einige Probleme bereitet. Erst musste ich den Hinterhof einzäunen, und dann hat sie dort riesige Löcher in den Rasen und in die Blumenbeete gebuddelt, die Clarence einst so makellos in Ordnung hielt. Clarence ist vor zwei Jahren gestorben, als ein Spanngurt riss und das herunterstürzende Segelboot ihn zerquetschte. Er muss um die siebzig gewesen sein. Zwei Neffen von ihm arbeiten fest angestellt in dem kleinen Gartenbauunternehmen, das ich inzwischen betreibe. Im Winter schaufeln sie Auffahrten frei.

Jesse ist im vergangenen Winter in Rente gegangen und nach einem leichten Schlaganfall nach Veracruz zurückgekehrt. Vor seiner Abreise fragte ich ihn, wann er den letzten regelmäßigen Lohn von Vater erhalten habe. Er erwiderte, er sei stets in der Lage gewesen, für sich selbst zu sorgen. Und jüngst habe er drei kleine Mietshäuser unweit vom College verkauft, die er vor langen Jahren zu einem Spottpreis erworben habe. Hatte er das geheim gehalten, oder war es mir einfach nur entgangen? Er besaß auch eine Tankstelle mit Autowaschanlage und einen Waschsalon. Ich hatte mich schon des Öfteren gefragt, um was für eine Art »Exil« es sich bei ihm eigentlich handelte, aber seit der Vergewaltigung von Vera war ich befangen und konnte mich kaum mehr normal mit ihm unterhalten. Ein paar Tage bevor er uns für immer verließ, fragte ich ihn nach dem Kaffeeplantagengrundstück, das er mit meinem Vater gekauft hatte, als ich in der neunten Klasse war. Er gab sich sehr zurückhaltend und antwortete, dass nie genug Kapital vorhanden gewesen sei, um etwas daraus zu machen. Ich fragte ihn auch noch, wieso er die ganzen Jahre zwischen Marquette und Vaters neuem Wohnsitz Duluth hin- und hergefahren sei, anstatt ganz dorthin zu ziehen, und er antwortete, Vater habe sich ungern beobachten lassen und außerdem erwartet, dass er, Jesse, mich im Auge behalte. Weshalb Vater auch vorausgesagt habe, dass meine Ehe mit Polly zerbrechen werde, da ich zu rastlos und zu leicht erregbar sei, um eine Frau zu halten. Das machte mich natürlich wütend, und Jesse meinte lachend: »Siehst du.« Ich beruhigte mich, und wir setzten uns und tranken ein Glas zusammen, und endlich fragte ich ihn auch, wieso er meinen Vater an jenem Abend nicht erschossen hatte. Er sagte, damit hätte er nur sich selbst bestraft und Vera noch mehr verletzt, ganz zu schweigen von einigen anderen. Er komme aus einer großen Familie und sei der »*patrón*« für viele jüngere Brüder und Schwestern und deren Kinder. Er habe seine Heimat immer sehr vermisst, aber wie hätte er in Veracruz für so viele Menschen sorgen können? Und mein Vater habe ihm jedes Jahr zwei Monate frei gegeben, in denen er nach Hause fahren konnte. Natürlich erwähnte ich nicht die unzähligen Situationen, wenn mein Vater im betrunkenen Zustand etwas von seinem »braunen Veruntreuer« gefaselt hatte.

In jenem Moment fragte ich mich auch verwirrt, ob ich eigentlich in diesem Mann jemals etwas anderes gesehen hatte als den »Gehilfen«, der immer zur Stelle war, wenn man ihn brauchte. Wir saßen stundenlang zusammen, und ich entschuldigte mich dafür, dass ich nicht genügend Interesse aufgebracht hätte, um ihn zu verstehen. Er meinte, nur wenige Menschen interessierten sich wirklich für einander, selbst Geschwister und Eheleute bemühten sich selten um gegenseitiges Verständnis. Aber er fand, Cynthia und ich bildeten da eine Ausnahme. Schließlich erklärte er, entscheidend für ihn sei gewesen, dass er seine Familie mit der Arbeit für meinen Vater aus ihrer schon Generationen währenden Armut habe befreien können, auch wenn er dafür von zu Hause habe fortgehen müssen. Jetzt, nach fünfundvierzig Jahren, sei diese Arbeit beendet.

Erst wollte er nicht reden, als ich ihn nach dem Zweiten Weltkrieg und der Zeit danach fragte. Doch dann hob er die Arme, als wollte er sagen, jetzt sei schon alles gleich. Mein Vater begann seinen Militärdienst erst 1941, nach seinem Examen an der Yale University. Er war Jesses direkter Vorgesetzter, und Jesse war sofort klar, dass er da einen Mann vor sich hatte, der eigentlich sterben wollte und jemanden brauchte, der auf ihn aufpasste. Sie wurden ungewöhnliche Freunde, und am Abend, bevor sie sich in San Francisco einschifften, betranken sie sich ordentlich, und mein Vater erzählte, wieso er sich nicht vorm Sterben fürchtete. Er habe sich im letzten Sommer mit seinem Bruder Richard über eine Frau gestritten, und sein Bruder habe Selbstmord begangen, indem er bewusst an der falschen Stelle von einer Klippe sprang. Es gebe nur eine gute Stelle zum Springen, das sei Richard bekannt gewesen, und er sei absichtlich nicht von dort ins Wasser gesprungen. Mein Vater habe die junge Frau gemocht, aber Richard habe sie geliebt. Mein Vater habe schon als kleiner Junge gewusst, dass er nie ein guter Mensch sein werde, aber seinen Bruder habe er immer geliebt. Und da er die Schuld an seinem Tod trage, hätten die junge Frau, meine Mutter, und er danach beschlossen, dass es vielleicht eine Art von Wiedergutmachung sei, wenn sie einander heirateten.

Natürlich hätte ich mir manches davon denken können, wenn ich besser auf bestimmte Äußerungen von Fred geachtet hätte, aber wenn man jemanden verachtet, will man es wohl nicht so genau wissen.

Vor zwei Jahren rief ein Anwalt aus Grand Rapids in Minnesota an, um mir mitzuteilen, dass Vater zusammengeschlagen worden sei, womöglich ins Gefängnis komme und meine Hilfe brauche. Ich war zu der Zeit in meiner Hütte in Grand Marais, aber Mrs Plunkett machte mich ausfindig und informierte mich. Ich rief den Anwalt an und fragte, ob ich mir durch die Übersendung eines Schecks die Reise ersparen könne. Doch das war nicht möglich. Der dortige Richter wollte unbedingt ein Mitglied der Familie sehen. Ich fuhr frühmorgens los, war schon am Abend dort und suchte sofort den Anwalt auf. Es war das Übliche. Nur hatte Vater, inzwischen Mitte sechzig, diesmal eine gehörige Tracht Prügel von einem Mann seines Alters bezogen, der einen kleinen Holzfällerbetrieb besaß. Mein Vater war zusammen mit ein paar »Bonzen aus Duluth«, so die Beschreibung des Anwalts, in der Gegend auf Moorhuhnjagd gewesen und hatte mit einem Mädchen »rumgemacht«, das ein bisschen zu jung und die Enkelin des Holzfällers war. Ihre Eltern waren geschieden. Der Holzfäller hatte die Sache herausgefunden, meinen Vater ausfindig gemacht und ihn mit einem Montiereisen niedergeschlagen. Gegen den Holzfäller gebe es eine Anklage wegen Körperverletzung, erklärte der Anwalt, der Gefängnisaufenthalt könne dessen Betrieb ruinieren, und mein Vater würde wegen strafbarer Vergewaltigung angeklagt werden, was für einen Mann mit seinem Namen (unsere Familie war an der nahe gelegenen Mesabi Iron Range beteiligt) »fatale Folgen« haben könnte. Ich wäre am liebsten sofort wieder gegangen, nachdem ich dem Anwalt vom kriminellen Vorleben meines Vaters erzählt hatte. Doch der Mann bat mich, das alles auf keinen Fall zu erwähnen, ich solle vielmehr ein wenig »christliches Mitleid« mit meinem Vater zeigen. Wir fuhren dann gemeinsam zum Krankenhaus, wo mein Vater in einem Privatzimmer untergebracht war, Whiskey trank und mit seinen geschwollenen Lippen mit einer Schwester plauderte. Mit seinen Blutergüssen im Gesicht sah er wie eine verschrumpelte Zwetschge aus. »Hallo, mein Sohn. Ich bin froh, dass du kommen konntest. Meine Freunde haben mich im Stich gelassen.«

Der Verhandlungstermin war auf morgens sechs Uhr angesetzt, was unliebsame Zuschauer ausschließen würde. Der Richter war im Alter meines Vaters und wollte das Problem offensichtlich so schnell wie möglich loswerden. Der Sheriff, ein riesenhafter Schwede, sagte gar nichts. Der Holzfäller-Großvater blickte finster und schnaufte rechtschaffen. Der Richter gratulierte meinem Vater allen Ernstes zunächst einmal zu dessen großen militärischen Verdiensten und den Verdiensten unserer Familie, die in der Gegend für viele Arbeitsplätze gesorgt habe. Die Mutter des Mädchens war im Sonntagsstaat und weinte ununterbrochen die ganzen fünfzehn Minuten. Mein Vater in seiner teuren Sportkleidung – Vicuña-Hemd und frisch gebügelte Sommerhose – saß da, als handelte es sich um einen bedauerlichen Irrtum. Die noch nicht aktenkundigen Anklagen wurden fallen gelassen. Es kostete mich zwei Tausender für den Anwalt, der auch dafür sorgte, dass fünf Riesen von mir an die Mutter des Mädchens gingen. Mein Auftrag war erfüllt, mein kleiner Ausflug in die Banalität des Bösen.

Kurz bevor er auf der Fahrt nach Duluth von den Schmerztabletten einschlief, murmelte er, wie bedauerlich es doch sei, dass er anstehende wichtige Verpflichtungen erst wieder wahrnehmen könne, wenn sein Gesicht nicht mehr blau verfärbt sei. Auf der Suche nach einem Nachrichtensender fummelte er ständig am Radio herum. Er war seit jeher nachrichtensüchtig, und die halbe Stunde mit Walter Cronkite vor dem Abendessen war eine Art Andacht, in der, außer in den Werbepausen, alle zu schweigen hatten. Von mir hingegen hatten sowohl Fred wie Coughlin behauptet, ihnen sei noch nie jemand begegnet, der so wenig am aktuellen Tagesgeschehen interessiert sei. Vermutlich war es eine Gegenreaktion auf Vaters Manie. Hinzu kommt, dass Nachrichten über politische Wirren und Korruption in der Wirtschaft zwangsläufig von Männern seines Schlags handelten. Ich habe genug gesehen, um sagen zu können, dass die meisten hohen Beamten im Außenministerium, die Kabinettsmitglieder und Vorstände großer Unternehmen aus demselben minderwertigen Holz geschnitzt sind und dieselbe Art von Reden führen, egal, ob sie über politische Gegner, über Krieg oder wirtschaftlichen Aufschwung sprechen.

Ich fuhr in östliche Richtung, anstatt den kürzesten Weg nach Duluth zu nehmen, und grübelte die ganze Zeit darüber nach, was es wohl bedeutete, dass sowohl Judy Garland als auch Bob Dylan in der Gegend von Grand Rapids und Hibbing geboren worden waren. Unterwegs kam ich an einem Themenpark zur Eisenerzgewinnung vorbei, der jetzt im späten Herbst nur schwach besucht war. Überall am Hang ragten die monströsen, vorsintflutlichen Maschinen auf. Bei einer Tankstelle wurde ich langsamer und sah, wie eine winzig wirkende Frau mit Zigarette im Mund auf eine Leiter stieg und in das Fahrerhaus eines Lastwagens kletterte, der eine Ladung von gut dreihundert Tonnen Eisenerz transportieren konnte. Ich hatte gehört, dass die riesigen Reifen solcher Lastwagen vierzigtausend Dollar pro Stück kosteten, was ich ziemlich absurd fand, aber das Kind in mir wäre am liebsten sofort mit diesem Laster über eine Landstraße gedonnert.

Als ich endlich die Route 61 erreichte, die am Lake Superior entlang nach Duluth und weiter in Richtung Süden führt, ächzte und seufzte mein Vater im Schlaf. Seine jämmerliche Gestalt bildete einen hübschen Kontrast zu der goldenen Pracht des Oktobers ringsum mit seinen gelb und rot leuchtenden Bäumen und dem blauen See, der sich im Osten bis zum Horizont erstreckte. Carla, meine treue Gefährtin, war mit zwölf Jahren gestorben. Jetzt hätte sie auf den Sitz neben mir gehört und nicht dieser schmutzige alte Mann. Ich musste wieder an den bigotten Anwalt denken, der mich zu christlichem Mitleid ermahnt hatte. Coughlin hatte diagnostiziert, dass mein

Vater an Nympholepsie leide, was anscheinend noch schlimmer war als Pädophilie. Sein Hirn war vollkommen besessen von jungen Mädchen, die zwischen dreizehn und fünfzehn waren. Die sollten aber eigentlich nur für junge Menschen im selben Alter infrage kommen. Die Ursachen dieser Krankheit sind bisher ungeklärt, und die beste Darstellung findet sich noch in Nabokovs *Lolita*, wobei ich nicht weiß, ob mein Vater das Buch jemals gelesen hat. Vielleicht hat das Übel damit zu tun, dass eine bestimmte Phase in der Entwicklung eines jungen Mannes einfach ausgefallen ist. Andere Fachleute meinen, es entspringe dem Drang des Säugetiers, junge Frauen zu »bergen«, bevor andere männliche Tiere sich an sie heranmachen. Ein bestimmter Prozentsatz von Männern, zum Glück nur ein kleiner, akzeptiert das kulturelle »Nein« nicht, wenn es um junge Mädchen geht, so wie andere sich nicht von Mord oder Raub oder auch nur vom Verprügeln anderer Männer abhalten lassen. Coughlin sprach sogar von einer genetischen Disposition, wobei er diese Möglichkeit für wenig wahrscheinlich hielt. Natürlich wird solch ein Verhalten nicht dadurch weniger pervers, dass man beginnt, es zu verstehen. Aus Neugier hatte ich einmal versucht, Begründungen für Richard Nixons Verhalten zu finden, aber trotz unzähliger Erklärungen blieb da immer noch diese abstoßende, monströse individuelle Person.

Ich habe diesen hässlichen Vorfall hier nur aufgeschrieben, weil ich etwas vom Charakter meines Vaters begriff, als wir in seinem Haus ankamen, einer herrlich am Hang gelegenen großzügigen ehemaligen Remise neben Sewards viktorianischem Herrenhaus. Ich half ihm mitsamt seinem Gepäck ins Haus, doch bevor wir aus dem Pick-up stiegen, überreichte er mir sein 20er Parker-Jagdgewehr, da er beschlossen hatte, nicht mehr jagen zu gehen. Coughlin war zweimal mit mir auf Moorhuhnjagd im Norden gewesen und hatte mich auf den Geschmack gebracht, dabei besaß ich nur eine ramponierte alte Fox Sterlingworth, die ich an einer Tankstelle gekauft hatte. Zum einen schmecken Moorhühner köstlich, zum anderen fand Coughlin, es könne mir guttun, einmal in die Natur einzutauchen, ohne die Landschaft kritisch zu beäugen. Vater war glücklich, weil ich mich sichtlich freute über sein Geschenk.

Die Räumlichkeiten der Remise waren geradezu bedrückend makellos. Es gab ein prächtiges Wohnzimmer über zwei Etagen, von dem aus man weit unten den Hafen von Duluth liegen sehen konnte. Die Küche und sein Schlafzimmer befanden sich im hinteren Teil, davor lag links ein Essbereich und rechts ein Arbeitsbereich, der zum Teil durch chinesische Paravents aufgeteilt war. Über seinem Schreibtisch hing ein Porträt von Cynthia und mir, wie wir klein und etwas verloren vor unserem Haus stehen. Mutter hatte das Bild nicht gemocht und weggepackt. Es gab mindestens ein Dutzend Kinderfotos von uns, dazu Hochzeitsfotos von ihm und Mutter, ein Foto von Mutter in ihrem beängstigenden Mondkostüm im Club und ein neueres Foto von Cynthia und ihren Kindern, bei dem man deutlich erkennen konnte, dass der Rand mit Donald abgeschnitten worden war. Es gab auch ein Foto von Richard am Tag seines Abschlussexamens in Groton.

In den wenigen Minuten verkrampfter Freundlichkeit begriff ich, dass es tatsächlich mein Vater war, der sich für den Gekränkten, den Beleidigten, den Verletzten hielt. Als wäre die Familie ein kollektiver Papst, der ihn grundlos exkommuniziert hatte. Wenn es um sein Fehlverhalten ging, hatte er stets von »Schwächen« gesprochen. Ich begann innerlich zu zittern, denn plötzlich wurde mir klar, dass er seine Opfer einfach nicht als menschliche Wesen betrachtete, so wie sein Vater und Großvater die Holzfäller oder Bergleute nicht als Menschen betrachtet hatten. Oder wenn sie sie als Menschen betrachtet hatten, dann ganz offensichtlich als eine Sorte Mensch, die sie ignorieren durften, ja, es gehörte sich einfach, sie zu ignorieren. Als ich wieder im Pick-up saß, nachdem ich schließlich doch weich geworden war und ihn zum Abschied umarmt hatte, erkannte ich, dass sich bei uns in Amerika, ebenso wie in Europa, eine Aristokratie herausgebildet hatte, deren Verdienste sich daran bemaßen, wie lange ihr Geld es ihnen gestattete, den Rest der Menschheit möglichst gründlich zu ignorieren.

29

Jetzt, am Mittag, stehe ich im Arbeitszimmer und esse mein Lieblingssandwich von Mrs Plunkett, ein Brötchen mit altem Provolone und mit Mortadella. In anderthalb Tagen werde ich nach Chicago zum Gedenkgottesdienst für meine Mutter fahren, dann mit ihrer Asche zurückkehren und sie in der Nähe vom Huron River Point verstreuen, dort, wo sie sich in ihrem komatösen Schlaf hingeträumt hatte. Ich habe mir immer gewünscht, dass auch Laurie eingeäschert worden wäre, da ich gelesen habe, dass die Betonfundamente, in die die Särge eingelassen werden und die in etwa wie Klärbecken funktionieren, häufig undicht sind, sodass der Sarg schließlich in einer schwarzen Brühe schwimmt. Ich habe nie herausgefunden, warum so viele Menschen sich gegen eine Einäscherung sträuben. Wer schon einmal beobachtet hat, was mit einem toten Tier passiert, bekommt eine Ahnung davon, wie schnell auch wir uns verflüssigen. In einer seiner ansonsten wenig interessanten Notizen zum Zen-Buddhismus hatte Fred einmal geschrieben: »Asche wird nicht wieder zu Holz.«

Nach ihrer Einäscherung werde ich meine Mutter in Erinnerung behalten können, so wie sie wirklich war, wohingegen mich der Anblick von Laurie im Sarg sicher noch Jahrzehnte verfolgen wird. Eine Einäscherung entlastet zudem die Hinterbliebenen. Trotzdem erschien es mir damals vollkommen natürlich, dass Clarence in einem schlichten Kiefernsarg, ohne

Betongruft, auf einem Friedhof der Chippewa begraben worden war. Im November nach seinem Tod hatte ich, zusammen mit Donald, Cynthia und knapp hundert Verwandten und Freunden, an einem sogenannten »Geistermahl« für Clarence teilgenommen. Es war ein kalter, klarer Nachmittag, und es gab gebratene Truthähne und einen köstlichen Eintopf mit Kalbfleisch und Mais. Vor Clarence' Hütte brannte ein großes Feuer, und wenn man Tabak ins Feuer streute, half man, die Seele des geliebten Verstorbenen zu befreien. Erst wenn der eigene Schmerz über seinen Tod ihn nicht mehr festhielt, konnte er in die andere Welt reisen. Den lieben Clarence zu befreien, indem ich Tabak in die Flammen krümelte, fiel mir leicht, aber als die Bilder von Laurie an meinem inneren Auge vorbeizogen, musste ich weinen. Natürlich weinten viele andere auch, und als ich später die paar Schritte zu meinem Wagen ging und mich gegen die Motorhaube lehnte, hörte ich, wie eine Gruppe älterer Frauen mit viel Wehklagen einen Anishinabe-Totengesang anstimmte. Und während ich ihnen zuhörte, sah ich plötzlich Laurie und mich wieder auf der Presque Isle. Es war ein warmer Abend gewesen, ich hatte ihr auf einen Felsen geholfen, und nun stand sie da oben, mit ihren braunen Beinen unter dem gelben Sommerkleid, und blickte gen Westen. So sehe ich sie auch heute meistens, und das hängt wohl mit jenem Geistermahl zusammen, das mir die Wirkkraft der Religion vor Augen führte. Aber wenn es mir schlecht geht, wenn ich nervös, erschöpft, gereizt oder wütend bin, sehe ich wieder Laurie und den Sarg, wie er in einer fauligen Brühe schwimmt.

Ich spüre, dass meine Mutter in meiner Vorstellung so sein wird, wie sie in ihren guten Momenten war, nicht betrunken und auch nicht, wie damals, als sie nach einem Streit mit Vater im Hof hinstürzte, in Tränen aufgelöst. Cynthia und ich hatten uns im Fliedergebüsch hinten am Weg versteckt und beobachteten sie heimlich, Cynthia ordnete dabei die Schlüsselsammlung in ihrem roten Portemonnaie. Wahrscheinlich hat sich jedes Kind schon einmal vor seinen Eltern versteckt. Später erklärte meine Mutter, es sei ihr schwergefallen, sich wieder ihren Kindern zuzuwenden, nachdem sie ihren Ehemann, den »kranken Spinner«, verlassen habe. Sie hatte gefürchtet, dass es vielleicht schon zu spät für sie als Mutter sei. Ich hatte dem damals zwar widersprochen, doch es war tatsächlich zu spät. Andererseits stellt sich ohnehin die Frage, inwieweit Eltern noch lenkend eingreifen können, wenn ihre Kinder erst einmal das Teenageralter erreicht haben. Als Coughlin Cynthia kennenlernte, meinte er, ihr sei es gelungen, die unglaubliche Willensstärke ihrer Familie für sich positiv zu nutzen. Bei mir war er sich in dieser Hinsicht nicht so sicher. Denn auch wenn ich als Sechzehnjähriger mit eisernem Willen mein großes Projekt begonnen hätte, sei das vor allem eine Entscheidung gegen etwas gewesen, eine Reaktion auf etwas mir Unbegreifliches, und nicht Ausdruck eigenen Wollens. Mein Vater habe die Türen zur Welt verschlossen, und ich verbrächte mein Leben damit, sie wieder zu öffnen. Vielleicht hätte ich sie ja lieber einschlagen und fliehen und das Haus dann anstecken sollen. Etwas, das Cynthia, metaphorisch gesprochen, getan hatte. Und selbst meiner Mutter war der Ausbruch gelungen, wenn auch spät. Als sie eines Abends in Chicago bedrückt äußerte, sie habe mir gegenüber versagt, antwortete ich mit einer Frage: »Wie hättest du das tun sollen? Du musstest dein eigenes Leben retten, und die Aussichten dafür standen alles andere als gut.«

Das war ungefähr ein Jahr nach Lauries Tod, und ich war inzwischen ein Vollzeit-Eremit. Mutter wollte gern, dass ich mir »professionelle« Hilfe bei Coughlin holte. Aber das war schwierig, da wir bei unserem dreiwöchigen Angelausflug nach Wyoming und Montana im vergangenen September Freundschaft geschlossen hatten. Coughlin hielt eine Therapie deshalb für heikel und ethisch schwer vertretbar, hätte aber trotzdem einen Versuch gewagt. Ich war dagegen, weil mir mehr an einem Freund lag als an einem menschlichen Beichtstuhl. In jenem Winter hatte ich auch den Verdacht, dass Mrs Plunkett als Mutters Spionin agierte. Eines Abends – wir hatten zu viel getrunken, während wir eine doppelte Patience legten – gab sie dies auch zu, woraufhin ich aber nur dachte: Und wenn schon? Mutter meinte es gut, und ihre Sorge war ja auch begründet; wieso sollte es mir etwas ausmachen, wenn Mrs Plunkett ihre täglichen Berichte ablieferte? Im Frühling einigten wir uns dann auf den Kompromiss, dass ich jede Woche einen Brief an Coughlin schreiben sollte, in dem ich meinen seelischen Zustand schilderte. Aber zu dem Zeitpunkt war der Sturm schon fast vorüber. Ich habe den Begriff der »Depression« stets für einen ungeeigneten Psychologismus gehalten. Wenn man erst einmal in der Lage ist, diesen Zustand, wo man glaubt, ersticken zu müssen, als solchen zu erkennen, dann kann man plötzlich schon wieder freier atmen.

Meine neuerliche Krise begann im November, als ich ein Päckchen mit Vernice' erstem Gedichtband bekam. Es gab keinen Absender, keinen Brief, nicht einmal eine Widmung, nur das Buch, das von einem Universitätsverlag veröffentlicht worden war und auf dem Cover das Foto eines Baumstumpfs zeigte – es war kein besonders mächtiger Stamm, eher ein ganz normaler. Gierig verschlang ich das Buch auf der Suche nach irgendwelchen Anspielungen auf mich, fand aber keine. Hinten auf dem Umschlag stand das Lob eines Mannes, den ich für ihren prominenten Lyriker-Geliebten hielt. Es hieß da, dieser

Band werde Vernice zu einer der »führenden jungen Autorinnen im Bereich der Lyrik« machen. Ihr Baumstumpfgedicht eröffnete den Band, und ich musste zugeben, dass es sehr ansprechend war. Ein einsames Mädchen wandert durch einen Wald des Nordens und stößt auf einen gewaltigen Baumstumpf, der einen Graben überspannt. Sie kriecht darunter, setzt sich hin und erträumt sich eine neue Welt.

Mich hatte Vernice aus ihrem Werk verbannt. Aber als mein erster Zorn verraucht war, gestand ich ihr zu, dass das ein legitimes ästhetisches Verfahren war. Sie konnte ja schlechterdings nicht verkünden, dass da unter dem Stumpf ein Geliebter sich über sie herzumachen versuchte. Was mir einen Stich gab, war, dass jetzt ein anderer Mann ihr Leben beflügelte. Und das war nackte Eifersucht. Es gab für mich keinerlei Möglichkeit, ihr zu antworten, ich schrieb ihr allerdings einen Brief über die Adresse des Universitätsverlags. Den ganzen Winter wartete ich vergeblich auf eine Reaktion. War sie mit diesem Mann zusammen, weil er ein besserer Liebhaber war, ein besserer Freund, kurzum, ein besserer Mann? Hatte sie mir das Buch geschickt, um mich zu peinigen, oder hatte ich es nur wie Dutzende andere Freunde von ihr zur freundlichen Kenntnisnahme zugesandt bekommen?

Ich versuchte, mich mit dem naheliegenden Gedanken zu trösten, dass sie nur deswegen etwas mit diesem Mann angefangen hatte, weil er ihrem Ehrgeiz den Weg ebnete, aber ich wusste sehr wohl, dass es so einfach nicht war. Menschen tun Dinge nie aus nur einem einzigen Grund. Unsere Motive sind auf undurchsichtige Weise vielfältig. Trotzdem blieb die Tatsache: Vernice hatte sich einen Mann an Land gezogen, der ihr unmittelbar nützlich war, und dieser Mann war nicht ich.

Vielleicht war mein Eindruck falsch, aber zu dieser Zeit erwachten in mir auch größere Zweifel, ob ich mein Projekt überhaupt allein würde bewältigen können – allein mit einem Berg von Büchern, Karten und Notizbüchern und der allmählich aussterbenden alten Garde der Holzfäller. Hilfe hatte ich natürlich von Mick, meinem Angelfreund, dem Wirt aus Grand Marais, erhalten und auch von Vernice, nicht zu reden von Cynthia mit ihrer schwesterlichen Fürsorge und dem Carla-Geschenk. Das Problem war nur, dass ich zu lange brauchte, um all diese großzügigen Gaben für mich fruchtbar zu machen. Jetzt war da Coughlin, der mir, wenn ich so vernünftig war, ihm zuzuhören, auf meinem Weg beistehen würde. Im vergangenen September, als wir am Yellowstone River bei Big Timer in Montana campierten, hatte er gesagt, es sei vollkommen in Ordnung, wenn ich mich im Dienste meines Projekts von der menschlichen Gemeinschaft zurückziehen würde. Doch vorher müsste ich sie überhaupt erst einmal kennen. Man könne sich nicht wie ein begossener Hund (netterweise sagte er nicht »Welpe«) in der Hundehütte verkriechen und durch die Ritzen zwischen den Brettern auf die Welt schielen.

In jenem Winter enttäuschten mich die Worte. Ich sollte sagen, die wissenschaftlichen Worte enttäuschten mich. In einer Abhandlung stieß ich auf folgenden Satz: »Im Jahre 1923 sah sich Michigan mit einer Fläche von zehn Millionen Morgen voller Baumstümpfe konfrontiert.« Ich warf das Buch an die Wand des Arbeitszimmers, und die aus dem Schlaf geschreckte Carla bellte wie wild. Was zum Teufel konnte dieser Satz bloß meinen? »Der Westen musste sich mit dem Fehlen von fünfundsiebzig Millionen Büffeln befassen« wäre ähnlich sinnvoll. Monatelang kam mir die gesamte Wissenschaft wie eine schwachsinnige Parodie der Realität vor. Eine unerträgliche

Wortjauche. Erträglich war für mich nur die Lektüre der frühen Umweltschützer, wie Ernest Thompson Seton, James Oliver Curwood, Thoreau, Sigurd Olson oder Aldo Leopold, aber alles, was den Ruch des Akademischen hatte, wurde mir verhasst. Es besaß keinen Nährwert. Es war so tot wie Sardinen in Büchsen.

Im Januar war ich einige Wochen lang wie betäubt. Alles, was ich schaffte, war, auf Schneeschuhen Teile der Dickinson- und der Baraga-Region abzulaufen, allerdings in dem festen Bewusstsein, dass ich bis oben hin mit Wortjauche abgefüllt war. Ich schrieb Coughlin von meinem Elend und setzte die Schneeschuhwanderungen fort, solange es hell war. Und ganz allmählich sog mir die Winterlandschaft das Gift aus dem Körper. Anfang Februar hatte meine Welt sich um einiges aufgehellt, weil ich tagsüber eher »gesehen« als gelesen oder gedacht hatte, wobei das Denken ohnehin hauptsächlich darin bestand, voreilige Schlüsse aus zweifelhaften Prämissen zu ziehen. All das durfte sich von mir aus gerne in die Landschaft verflüchtigen, denn die Fruchtlosigkeit meiner harten Arbeit hatte mich zusehends erschöpft.

Erfreulicherweise taute es Anfang Februar drei Tage hintereinander, und als es danach wieder kalt wurde, konnte ich Carla mit auf meine Wanderungen nehmen. Sie fand es herrlich, über die gefrorene Schneedecke zu laufen. Weichen Schnee mochte sie dagegen gar nicht, weshalb ich sie dann immer bei Clarence ließ. Nach der körperlichen Anstrengung genoss ich die Pausen in einem Dorf oder einer kleinen Stadt umso mehr und traf dort häufig auf Menschen, die eine Sammlung von Fotografien aus der, wie sie sagten, »guten alten Zeit« der Holzwirtschaft und des Bergbaus besaßen. Da mein Kopf inzwischen von theoretischem Wissen völlig überfrachtet war, fand ich es wunderbar, mir einfach diese Fotografien anzuschauen und die abstrakten

Daten und Fakten mit menschlichen Gesichtern zu bevölkern. Eine Kamera, die arbeitende Männer ablichtet, macht zum Beispiel etwas von der widersinnigen Liebenswürdigkeit des Stolzes sichtbar. Als Cynthia zehn Jahre alt war, spazierte sie an Sommerabenden häufig mit einer Brownie-Kamera durch Marquette und knipste Fotos von Menschen, die ihren Hund ausführten. Die Hundebesitzer posierten bereitwillig und stolz mit ihren Kötern. Und selbst Vater war fasziniert von Cynthias Fotosammlung.

An einem Freitag Mitte Februar hatte ich eine Glückssträhne, die vierundzwanzig Stunden anhielt und dazu beitrug, dass meine Arbeit eine entscheidende Wende nahm. Ich war zusammen mit Carla an einem strahlend hellen Tag auf Schneeschuhen die McCormack-Region abgelaufen, ein großes Gebiet mit altem Baumbestand westlich von Champion, und war erst bei einbrechender Dunkelheit heimgekehrt. Carla und ich hatten in einem Kieferndickicht Rast gemacht und zugesehen, wie ein Rotschwänzchen in seinem Nest ein und aus flog. Rotschwänze sind die einzigen Vögel, die hier oben überwintern können. Sie polstern ihre Nester mit Tierhaaren und Federn von Raufußhühnern aus und schaffen so einen denkbar warmen Kokon. Ich war nur wenige Schritte vom Vogel entfernt, der offenbar beschlossen hatte, sich nicht durch uns stören zu lassen. Carla beobachtete ihn eine Weile und schlief dann, eingerollt im Schnee, wieder ein. Wie viele Tausend Jahre mochte es gedauert haben, bis der Vogel seine Überlebenstechniken entwickelt hatte?, fragte ich mich, und dann überlegte ich träge, wie es wohl um meine eigenen Überlebenstechniken in diesem kurzen Leben stand. Aber mein Interesse war nicht besonders groß, und so ließ ich diese absurde Frage mit einem Lächeln wieder fallen.

Auf dem Rückweg zum Pick-up begann Carla auf dem

Kamm eines lang gestreckten Hügels plötzlich zu knurren und zu bellen. In der Ferne erkannte ich einige Männer neben ihren Fahrzeugen. Ich marschierte auf meinen Schneeschuhen den Hügel hinab, und die Männer drehten sich zu mir um. Offenbar steckten sie gerade die Bahn für das Rennen ab, das am nächsten Tag, einem Samstag, stattfinden sollte. Einer von ihnen war ein junger Anwalt aus der Kanzlei, die für meine Familie tätig war. Er zeigte sich überrascht, dass sie noch nichts von mir gehört hätten, und ich erklärte, dass ich die Geschäftspost immer nur am Sonntag bearbeitete. Also setzte er mich davon in Kenntnis, dass mein Vater einiges Land zu verkaufen gedenke. Demnach würde ich dann, über das gerichtlich angeordnete Pfandrecht, die Summe zurückerhalten, die Vater für meine Hütte bekommen hatte. Es handele sich um etwas mehr als hunderttausend Dollar. Weil ich nicht wusste, wie ich darauf reagieren sollte, bückte ich mich und tätschelte Carla. Ein anderer Mann trat hinzu und meinte, er habe gesehen, wie schnell ich den Hügel heruntergekommen sei. Ob ich nicht Lust hätte, am nächsten Morgen bei ihrem Fünfzehn-Kilometer-Schneeschuhrennen mitzumachen. Normalerweise wäre mir so ein Vorschlag abwegig vorgekommen, aber zu meiner eigenen Verwunderung willigte ich ein.

Zu Hause saß Mrs Plunkett in der Küche und trank Rotwein, anstatt zu kochen. Sofort fiel mir mein Versprechen wieder ein, sie an ihrem Geburtstag in ein Restaurant einzuladen. Es gab zwei Briefe für mich, einen von Coughlin und den anderen von Fred aus Hawaii. Seit einiger Zeit schon schickte Fred mir einmal die Woche sehr kryptische Mitteilungen im Stil alter chinesischer Weisheiten, wie etwa: Wir müssen in flachen Wassern zu uns selbst finden. Coughlins Brief las ich erst nach dem Duschen bei einem Glas Wein, er klang beunruhigend.

Coughlin schrieb, ich würde mich wie ein hundert Jahre altes Brot anhören. Ich solle dringend irgendetwas Dramatisches unternehmen, um aus meiner momentanen »Jauchegrube« herauszukommen. Er schlug vor, ich solle endlich Vera in Mexiko aufsuchen und ihr meine Entschuldigung anbieten – eine Idee, die sich längst zu einem Geschwür in meinem Hirn ausgewachsen hatte. Es wurde Zeit, mich davon zu befreien. Als zweite Möglichkeit schlug er vor, ich könne Vernice in Europa oder wo auch immer aufspüren und schauen, ob sie noch etwas mit mir zu tun haben wolle. Selbst ein entschiedenes »Nein« sei besser als weitere fruchtlose Grübelei. Ideal wäre es, wenn ich beides machte, um nicht zu ersticken. Er fügte hinzu, dass er normalerweise Patienten keine direkten Ratschläge gebe, aber unser Verhältnis falle ja nicht in diese Kategorie. Das war ein wunder Punkt, da Mutter versucht hatte, ihm ein »Angelauto« zu schenken, ein Allradfahrzeug für seine Freizeit. Er hatte das Geschenk abgelehnt und sie getadelt, natürlich nicht für ihre Großzügigkeit, sondern weil sie sich in etwas eingemischt hätte, das sie nichts anging.

Die einzige bessere Kleidung, die ich besaß, war die von Lauries Beerdigung, die ich danach nicht mehr getragen hatte. Und jetzt stellte ich fest, dass ich inzwischen noch dünner geworden war. Es ist nicht einfach, sein Gewicht zu halten, wenn man täglich sechs Stunden auf Schneeschuhen unterwegs ist. Während ich mich ankleidete, schob ich den unerfreulichen Gedanken beiseite, dass ich, statt der hunderttausend Dollar, viel lieber meine Hütte und das Grundstück zurück hätte. Ich wusste da noch nicht, dass das ein erster Schritt in die richtige Richtung war. Eine Stimmung kann wie eine Pfütze sein, die man überspringen muss.

Es wurde ein netter Abend im »Supper Club«, wie die besseren Restaurants hier oben im Norden häufig heißen. Mrs Plunkett aß ein großes, blutiges T-Bone-Steak, was für eine Dame um die siebzig etwas seltsam war, und sie tadelte mich, weil ich gedünsteten Weißfisch bestellte. Sie wollte unbedingt, dass ich mehr »Fleisch« ansetzte. Ich erklärte ihr, Fanatiker seien häufig ziemlich dünn, was sie aber nicht komisch fand.

Ich war zunächst etwas befangen, da die Kellnerin eine Klassenkameradin aus der Highschool war. Sie hieß Susie, und ich erkannte sie nicht sofort, weil sie damals, als ich ihr in der neunten Klasse half, ihre entsetzliche Grammatik zu verbessern, ein ziemlicher Brocken war, jetzt aber war sie geradezu schlank. Als sie fragte, was ich denn so mache, erwiderte ich, ich schriebe eine Geschichte der Upper Peninsula, worauf sie meinte: »Etwa die ganze, von A bis Z?« Sie lachte gutmütig, und wir plauderten eine Weile, und sie erzählte, bei ihr sei es »das Übliche«: geschieden, zwei Kinder und zwei Jobs. Ich konnte nicht anders und musste einfach auf ihren hübschen Hintern unter der gestärkten blassgrünen Kellnerinnenuniform gucken. Mrs Plunkett beobachtete uns sehr genau, und als Susie an einen anderen Tisch ging, sagte sie: »Die junge Dame hat's auf dich abgesehen.«

Ich brachte Mrs Plunkett nach Hause und holte Susie vom Restaurant ab. Sie fragte, ob es mir recht sei, wenn wir bei einer Bowling-Party vorbeischauten. Ich war zwar schon ziemlich erregt, ließ mir meine mangelnde Begeisterung aber nicht anmerken. Auf der Bowlingbahn traf ich mindestens ein halbes Dutzend alter Klassenkameraden, aber keiner gehörte zu meinen engeren Freunden – außer Glenn, und der wirkte mürrisch und schien nicht mehr ganz nüchtern. Plötzlich brüllte er:

»Der reiche Pinkel macht auf volksnah, aber er ist nur scharf auf Susies Muschi!« Alle verstummten. Bis Clyde, den ich als guten Angreifer beim Football in Erinnerung hatte, Glenn aufforderte, sich gefälligst zusammenzureißen. Trotz seines Ausrutschers setzte ich mich zu Glenn und trank ein Bier mit ihm. Er taute etwas auf und erinnerte an unseren Sommer in Iron Mountain, sprach von der Arbeit und unseren Angelausflügen. Das mit Polly tue ihm leid, sagte er und erzählte, er habe zwei Ehefrauen verloren, die geglaubt hätten, sie könnten ihn vom Saufen abbringen. Natürlich hatte ich keine Ahnung vom Bowling, deshalb gingen wir wieder, nachdem ich allen die Hände geschüttelt hatte. Im Auto meinte Susie: »Sie haben dir nicht gestattet, so zu sein wie alle anderen.« Ich wusste mittlerweile, dass ich in Marquette als Spinner galt, aber wenigstens nicht als bösartiger Spinner wie mein Vater. Ehe wir vor Susies Haus aus dem Pick-up stiegen, fragte sie, ob es mir recht sei, wenn wir miteinander schliefen, und ich sagte, irgendwie hätte ich auch schon daran gedacht. Ich hatte kapiert, dass unser Auftritt in der Bowlinghalle dazu gedient hatte, einen der Anwesenden eifersüchtig zu machen, der sie ganz offensichtlich etwas vernachlässigt hatte.

Ich gewann das Schneeschuhrennen, obwohl ich nach dem Start fast zehn Minuten verlor. Es gab noch zwölf andere Wettkämpfer, und ich war eindeutig derjenige, der in den vergangenen neunzig Tagen die meiste Zeit auf Schneeschuhen verbracht hatte. Ich überholte den verdutzten jungen Anwalt gut einen Kilometer vor dem Ziel. Das Siegergefühl war völlig neu für mich, denn ich konnte mich nicht erinnern, jemals einen Wettkampf gewonnen zu haben. Im Grunde genommen war es auch ein Versehen, da ich, während ich lief, eine Reihe seltsamer

Erleuchtungen hatte und gar nicht auf das Rennen achtete. Es kam mir vor, als wäre ich drei Personen anstatt einer einzigen. Ich hatte diese merkwürdige Erfahrung schon früher in einem Traum gemacht, und jetzt beim Rennen kehrte das Gefühl zurück. Gleichzeitig glaubte ich erkennen zu können, dass die Vernichtung Gottes, der Natur und der Liebe weiter zunahm. In besagtem Traum hatten wir diese drei aufgegessen und in getrockneter Form wieder ausgeschissen. Im Traum wirkte alles irgendwie verschwommen, und ich wusste nicht richtig, ob das Ganze eine Bedeutung hatte. Jetzt bei dem Wettkampf war ich schweißüberströmt, und nach drei Vierteln der Rennstrecke hatte ich wieder das Gefühl, dass die Welt sich weitete, wie damals, an jenem Tag, als ich mit Fred hinter Cincinnati den Ohio entlangfuhr. Einige gedehnte Sekunden lang nahm ich gar nicht mehr wahr, dass meine Schneeschuhe den Boden berührten. Ich hatte von Sportlern gelesen, die irgendwann »in der Zone« liefen, wie sie das nannten, und das muss auch ich in diesem Moment erlebt haben. Ich war erst in dem Augenblick wieder voll bei Bewusstsein, als ich im Ziel gegen ein rosafarbenes Band rannte. Dort warteten die Ehefrauen und Freunde der Teilnehmer und klatschten, und ein älterer Mann reichte mir eine Dose eiskaltes Bier, das beste meines Lebens. Ich taumelte ziemlich, während ich Hände schüttelte und gleichzeitig scharf nachdachte: War mir das eben etwa widerfahren, weil ich Mrs Plunkett zum Geburtstagsessen ausgeführt, bowlen gewesen, mit Susie geschlafen und an einem Schneeschuhrennen teilgenommen hatte? Das kam mir sehr komisch vor. Als ich zu meinem Auto ging und mir das schweißüberströmte Gesicht mit Papiertaschentüchern abwischte, fiel ich trotz meines hellwachen Zustands abermals in jenen Traum mit den drei Ichs zurück. Die erste und unterste Person war ein hässlicher, flennender Junge, der irgendwie versuchte, sich von dem Tier zu befreien, das sein Rückgrat umklammert hielt, und gleichzeitig seinen Vater umbringen wollte. Die zweite und mittlere Person trug eine Schweißerbrille und war ein verkniffener Streber, der mit falscher Leidenschaft und verlogener Freundlichkeit rund um die Uhr las und schrieb. Die dritte Person war eine kleinere Version der zweiten, und ihre Gesichtszüge waren stark abgeschliffen oder poliert, wie in einem unfertigen Gemälde. In ihrem Kopf schwirrten Bilder von Polly und Vernice und Cynthia umher, und sie konnte sich an herrliche Landschaften, sogar aus ihrer Jugend, erinnern – Landschaften, die ich nie wirklich wahrgenommen hatte, als ich sie tatsächlich sah. Ich wusste überhaupt nicht, was ich von all dem halten sollte. Wie konnte man Gott oder die Natur oder die Liebe fressen und dann ausscheißen?

Der junge Anwalt, Ted mit Namen, tippte mir auf die Schulter. Ich war so in Gedanken, dass ich ihn kaum erkannte. Da ich mir nicht sicher war, ob es gut war, jetzt allein zu sein, lud ich ihn und seine Frau zu mir nach Hause ein. Mrs Plunkett war noch etwas verkatert, kochte uns aber trotzdem etwas zu Mittag. Ted erwähnte, dass es seine Aufgabe in der Kanzlei sei, sich vor allem um Angelegenheiten zu kümmern, die Cynthia und mich betrafen. Und da mein Vater sich eines treuhänderischen Vergehens schuldig gemacht habe – ich weiß den juristischen Fachbegriff nicht mehr genau –, sei er sicher, dass er ein Gericht dazu bringen könne, alle zukünftigen Landverkäufe mit einem Pfandrecht zu belegen, bis der Fall geklärt sei. Teds Frau tadelte ihn, weil er an einem Sonntag über Geschäfte sprach. Auch ich wollte nicht länger darüber sprechen, weil ich mir nicht vorstellen mochte, zusammen mit meinem Vater in einem Gerichtssaal zu sein. Lieber würde ich das Geld in den Wind schreiben.

30

Eines Montagmorgens bat ich Mrs Plunkett, bei dem Universitätsverlag anzurufen, der Vernice' Gedichte herausgebracht hatte, und zu sagen, sie sei eine Tante, die gerne Kontakt mit ihrer Nichte aufnehmen möchte. Vernice und ihr Dichter lebten in Aix-en-Provence, wo der Mann Gastprofessor an der Universität war.

Ich nahm mir den Weltatlas vor und musste feststellen, dass Orte gar nicht dort lagen, wo ich sie vermutete. Meine Mutter verbrachte gerade zwei Monate in Tucson, wo ich sie eigentlich kurz besuchen wollte. Aber von dort war es noch sehr weit bis Veracruz, die Stadt lag auf einer fast senkrechten Linie südlich von Houston. Außerdem erinnerte ich mich an die tränenreiche Reaktion meiner Mutter, als ich damals erwähnte, ich würde nach Mexiko fahren und Vera um Verzeihung bitten. Mit Frankreich war es etwas anderes. Es würde sicher einen Flug von Mexico-Stadt geben. Zum ersten Mal fühlte ich mich auf der Upper Peninsula von allem abgeschnitten. Als meine Eltern einmal gewünscht hatten, dass Cynthia und ich sie auf einer Europareise begleiteten, die ein Cousin aus Lake Forest organisierte, kam das für uns schon deshalb nicht infrage, weil es ihr Wunsch war. Ich dachte nicht länger darüber nach, da ich mich schmerzlich an Vernice' Oberlehrerweisheit erinnert fühlte, mein Leben sei eine einzige Abwehrreaktion gegen meinen Vater. Womit ich offensichtlich schon früh angefangen hatte.

Ich frühstückte mit Clarence und Jesse, bevor ich zum Reisebüro ging. Ich hatte beschlossen, Jesse von dem Plan, seine Tochter zu besuchen, nichts zu sagen, da ich ihn mir auf keinen Fall ausreden lassen wollte. Ich sagte nur, ich würde im Reisebüro einen Flug nach Frankreich buchen, um eine Frau wiederzusehen. Beiden gefiel die Idee. Sie hatten Vernice nur einmal gesehen, aber sie hatte sie beeindruckt. Clarence war die halbe Nacht unterwegs gewesen und hatte im Mondlicht seine Fallen abgesucht. Und jetzt sah ich ihm dabei zu, wie er drei Schweinekoteletts mit Eiern und Kartoffeln aß und danach fast einnickte. Das erlaubte mir einen Einblick in das Wesen der Gier: Wenn sechs hungrige Menschen an einem Tisch saßen und ein Mann schnappte sich alle sechs Schweinekoteletts, dann wäre das Gier. Wenn Clarence drei Schweinekoteletts aß, war das Hunger. Und außerdem, wer wusste schon, für wie viele Menschen Clarence und auch Jesse sorgen mussten. Als Kind wusste ich nie, was ich antworten sollte, wenn meine Schulkameraden mich fragten, womit mein Vater sein Geld verdiene. Meine Mutter schlug vor, ich solle sagen, »mit Investitionen«. Das verstand ich nicht, also fragte ich wie immer bei Jesse nach. Der war in Marquette in einer stadtbekannten Dienstagsrunde ein berühmter Pokerspieler und erklärte es mir mit entsprechenden Begriffen. Eine Investition sei wie eine Karte, auf die man wette und mit der man Geld zu gewinnen hoffe. Ich war damals etwas enttäuscht, dass das alles sein sollte, was mein Vater machte.

Im Reisebüro redete ein älterer Herr auf mich ein, der, wie man hier sagt, »vom anderen Ufer« war, also schwul. Er erzählte mir lang und breit, wie viel meine Eltern früher gereist seien. Anstatt zuzuhören, sah ich mir die Plakate an, was dazu führte, dass alles sehr viel teurer für mich wurde, da der Angestellte annahm, auch ich wolle in der Art meiner Eltern reisen. Später fühlte ich mich ziemlich elend, weil ich mich so dämlich angestellt hatte. Clarence sagte immer: »Es lohnt sich immer, zuzuhören«, aber diese Lektion hatte ich nicht gelernt. Vergessen hatte ich auch, die Sache mit dem Pass anzusprechen, doch mir fiel ein, dass ich mir damals in Chicago einen Pass besorgt hatte, als ich mit Polly und einer Gruppe von Theologiestudenten ins Heilige Land fahren wollte. Die Reise zerschlug sich dann aber wegen unserer Scheidung.

Ich war etwas kribbelig und aufgedreht, aber trotzdem noch ganz gut beisammen. Es hatte leicht getaut, und als ich mit Carla an den Strand ging, fand sie einen halb gefrorenen, halb verwesten Fisch zwischen aufgetürmten Eisschollen, und es gelang mir nicht, sie wegzuziehen. Gier ist bei Hunden wahrscheinlich ein Überlebensinstinkt. Da Carla sich nach ein paar Probehappen auf dem stinkenden Fisch wälzte, würde ich sie später baden müssen, weil sie immer am Fußende meines Bettes schlief. Als ich sie endlich fortziehen konnte, sah sie mich an, als wollte sie sagen: Los, nimm ihn, er gehört dir.

Ich rief Coughlin in seiner Mittagspause an und erzählte ihm von meiner Reise nach Mexiko und Frankreich, ließ aber meine verwirrenden Träume unerwähnt. Noch vor einer Woche hatte ich ihm von einem Traum erzählt, in dem ich auf Presque Isle mit all meinen Tagebüchern im Arm von einer Klippe gefallen war. Ich war dabei fast gestorben, aber meine Tagebücher waren unversehrt geblieben. Das war ein uncharmant deutlicher Traum, genau wie der, in dem ich träumte, in meiner Wirbelsäule gebe es drei Blockaden, die die freie Zirkulation von was auch immer verhinderten. Wir redeten noch eine Weile über unseren Plan, im kommenden Sommer einen Plattbodenkahn nach Montana transportieren zu lassen oder ihn auf dem Dach des Campingwagens selbst dorthin zu bringen, um im Yellowstone und im oberen Missouri zu angeln. Coughlin hatte aber herausgefunden, dass so ein Kahn für die starke Strömung dort ungeeignet sei, und wir beschlossen, uns die Kosten für einen McKenzie-Katamaran mit hohem Bug zu teilen. Und dann fragte er mich etwas, woran ich noch gar nicht gedacht hatte: Was ich denn von den Leuten hielte, die sich seit geraumer Zeit in Umweltschutzgruppen zusammenfanden, die sich ebenfalls mit der Holzwirtschaft und dem Bergbau auf der Upper Peninsula beschäftigten. Durch die Aktivitäten einer dieser Gruppen konnte einem Bergbauunternehmen sogar gerichtlich untersagt werden, Millionen Tonnen von Eisenerzabfällen im Lake Superior zu versenken. Ich erwiderte, ich hätte mit einigen dieser Leute korrespondiert. Deren Arbeit beeinträchtige mich aber nicht weiter, da ich nicht den Eindruck hätte, sie würden in meinem Gebiet wildern. Der entscheidende Unterschied sei doch, dass es meine Verwandten gewesen seien, die dieses Unrecht begangen hätten. Ich würde mich in dem Thema auskennen und versuchen, nicht mit dem für meine Familie typischen Größenwahn vorzugehen, sondern meine Untersuchungen in einem übersichtlichen Rahmen zu halten. »Und was kommt danach? All das findet in deinem Kopf statt. Aber das Leben ist da draußen.« Ich antwortete, er spreche mit einem Mann, der an einer Bowling-Party teilgenommen, mit einer Kellnerin geschlafen und ein Schneeschuhrennen gewonnen habe und gleich einen Hund baden werde. Er hielt das für eine ziemlich gute Liste.

Während ich Carla badete, rief Riva an. Sofort sprang Carla aus der Wanne und kroch unter das Bett, was meiner Ansicht nach für ein Säugetier eine ziemlich intelligente Art ist, auf eine unerfreuliche Realität zu reagieren. Alle Kinder haben sicher schon einmal unter dem Bett die Sprungfedern und die Schuhe der Suchenden betrachtet. Riva sagte, sie habe Freds Adresse verlegt. Aber nachdem wir eine Weile geplaudert hatten, kamen mir Zweifel, ob dies der wirkliche Grund ihres Anrufs war. Sie erzählte, sie sei für zwei Wochen nach Hause gefahren und habe ihre erste Liebe wiedergetroffen, den Jungen, der auf der Highschool so brutal auf sie losgegangen war. Er habe sehr verändert gewirkt, weshalb sie mit ihm geschlafen, sich danach aber sehr elend gefühlt habe. Ich konnte kaum glauben, dass sie einen Rat von mir zu erwarten schien. Ich saß an meinem Schreibtisch und sah Carla an, die mich unter dem Bett hervor anstarrte. Ich wagte Riva nicht zu fragen, wie denn der Abend geendet habe. Und so sprachen wir darüber, wie seltsam Menschen sich manchmal verhielten. Ich erzählte, dass ich Vera in Mexiko besuchen werde, und sie meinte, ich hätte immer noch ein schlechtes Gewissen, da ich wahrscheinlich immer noch »scharf auf Veras Arsch« sei. Im Stillen hatte ich mir das längst eingestanden, sagte aber: »Ich habe es aber nicht getan. Und was man nicht tut, zählt nicht.« Sie lachte, stimmte mir zu und bedankte sich dann, dass ich zugehört hatte. Sie arbeitete im Augenblick in Washington D. C., hatte aber Aussicht auf eine Stelle in Memphis, an der sie sehr interessiert war. Als ich meine Bedenken wegen der Stadt äußerte, meinte sie, die kriminelle Szene dort gebe einfach mehr her. Washington sei zu brav für ihren Geschmack. Die Männer dort seien »öde Bürokratenärsche«. Mir fiel eine Verszeile ein, die ich bei einem Lieblingsdichter von Vernice gelesen hatte, dem unergründlichen Robert Lowell: »Nur wenn es erleidet den Streit der Arena, vermag unser Herz das Schlagen zu erlernen.« Das gefiel Riva, aber dann fragte sie, wieso ich mich immer noch in den Wäldern herumtriebe.

Carla wollte nicht unter dem Bett hervorkommen, also brachte ich ihr das Essen hoch. Weil Susies Schwester auf ihre Kinder aufpasste, konnte Susie mich in der freien Stunde zwischen ihren beiden Jobs als Kellnerin und Schreibkraft besuchen. Sie war etwas nervös und erzählte, als Kinder hätten sie und ihre Freundinnen geglaubt, unser Haus sei verflucht, weil meine Ahnen böse gewesen seien. Sie war höflich genug, nicht mit den alten Geschichten über meinen Vater anzufangen. Carla wollte Susie nicht in meinem Zimmer haben. Als wir uns aufs Bett setzten, knurrte sie so laut, dass ich sie einschloss und mit Susie in Cynthias Zimmer ging. Während sie sich auszog, meinte sie, ich solle mich bei Gelegenheit nach einem Mann für sie umschauen. Sie sei es leid, siebzig Stunden in der Woche zu arbeiten. Das kühlte meine erotischen Fantasien ziemlich herunter, aber es war schon erstaunlich, dass mich innerhalb einer Stunde gleich zwei Frauen um Hilfe baten. Carla nicht mitgerechnet, die immer noch beleidigt war. So ging es, wenn man sich als Eremit wieder unter Menschen wagte. Als Mann für Susie fiel mir ein Neffe von Clarence ein, der nach seiner Ausbildung als Automechaniker in Detroit bei Chevrolet wieder nach Marquette zurückgekehrt war.

»Muss er schneeweiß sein?«, fragte ich.

»Wer?« Sie lag nackt auf dem Rücken und fuhr mit einem Finger meine Wirbelsäule entlang.

»Der Ehemann, den ich für dich suchen soll.«

»Indianer oder Schwarzer, oder was?«

»Ich glaube, sein Vater ist von Sawyer und halb schwarz, und seine Mutter ist indianisch mit ein bisschen Finnisch drin.« Sawyer ist unser Luftwaffenstützpunkt.

»Klingt gar nicht übel. Nett?«

»Zu mir nicht, aber zu dir wahrscheinlich schon. Er hat

Trompete und Basketball gespielt. Ist ungefähr einen Meter achtzig groß und hat ein gesundes Gebiss. Seinen Schwanz musst du selbst testen. Ich weiß jedenfalls, dass er auf der Suche ist.«

Sie lachte, was mich wieder im Stimmung brachte. Wir konnten Carla aus dem Zimmer nebenan bellen hören.

Nachdem Susie gegangen war, wurde es noch ein seltsam aufschlussreicher Abend für mich. Mrs Plunkett hatte frei und war zu ihrer Senioren-Bowlinggruppe gegangen. Sie war stolz auf die goldfarbene Bowlingkugel, die ich ihr zu Weihnachten geschenkt hatte. Sie gestand mir zwar, dass sie trotzdem nicht besser geworden sei. Aber alle »Mädels« in ihrer Gruppe würden sie beneiden. Während ich Fleischbällchen mit Soße aufwärmte, grübelte ich darüber nach, wieso siebzig Jahre alte Damen sich als Mädels bezeichneten. Doch das betraf nicht nur die Damen. Im Dezember hatte ich mit Clarence an einem Wildessen teilgenommen. Er hatte gesagt: »Also, Jungs, wir werden uns etwas Rotwild, ein paar Rebhühner und Enten brutzeln.«

Ich zog mich eine Weile ins Arbeitszimmer zurück und blätterte in den tausend Seiten Notizen zu meinem Projekt, die ich auf meiner alten mechanischen Olivetti getippt hatte. Ich hatte diese Texte den Winter über liegen lassen und mir dafür lieber »angesehen«, was damals angerichtet worden war. Mit Carla hatte ich in Republic auf den künstlichen Bergen aus Erzabfällen gestanden und sehr weit blicken können. Carla gefiel es da oben nicht, da es kein Leben und also auch keine Tierfährten zu riechen gab.

Jetzt begriff ich mit einem Mal, dass diese tausend Seiten eigentlich bedeutungslos waren und bestenfalls als Grundlagenmaterial dienen konnten. Ich musste daran denken, wie ich als

Junge bei den Pfadfindern ausgetreten war, weil ich keine Lust mehr auf Knotenknüpfen und Marschieren hatte. Im Winter marschierten wir immer in Zehnerreihen in der Sporthalle auf und ab. Einmal trug ich die amerikanische Fahne. Marschieren war peinlich, und Singen war auch peinlich, besonders, wenn wir in der Schule »Give my Regards to Broadway« singen mussten. Außerdem hatte meine Mutter mich gezwungen, in den Knabenchor der Episkopalkirche einzutreten.

Es war nur mechanisches Zeug. Genau wie meine tausend Seiten Material mit nichts als trockenen Fakten, bis auf hier und da einer Anekdote von einem alten Holzfäller oder Bergmann. Es gab Daten von Landvermessern, Messtischblätter von Gemeinden und Provinzen, Grafiken über Produktionsmengen, Reliefkarten mit Baumsorten, Längen- und Breitengradangaben und die Listen mit den Abertausenden von Festmetern Holz pro Familienclan.

Zurück in der Küche, musste ich eine neue Portion Nudeln kochen, da die ersten zu Kleister verklumpt waren. Diesmal blieb ich vor dem Topf stehen, und sie gelangen perfekt.

Vielleicht stellte mein Projekt ja ein spirituelles Problem dar. Allerdings versuchte ich, voreilige Schlüsse, die meine jahrelange Arbeit zunichtemachen könnten, zu vermeiden. Es war ja nicht so, dass die Zahlen logen, aber sie waren wenig aussagekräftig, wo es um die Geschichte meiner Familie und erst recht um die der anderen Clans ging. Mein Kampf gegen meinen Vater – und damit auch der Kampf gegen meinen Großvater und Urgroßvater – war im Grunde in der falschen Sprache geschrieben worden. Ihre Sprache der Eroberung war naturgemäß eine Sprache des Kriegs. Und das Vokabular meines Projekts bewegte sich bis jetzt auf derselben Ebene, und das machte das ganze Unterfangen wahrscheinlich aussichtslos. Plötzlich glaubte ich zu wissen, dass Vernice genau das gemeint hatte. Ich bediente mich der Sprache des Feindes. Gier war eine Geisteshaltung, die nach und nach die ökonomischen Verhältnisse infiltriert hatte. Und mein Urgroßvater verstand es meisterlich, in seinem Erobererjargon die eigenen Geschäftsinteressen mit dem Willen Gottes in Einklang zu bringen.

Ich unterbrach meine Spaghettimahlzeit und suchte im Arbeitszimmer eine seiner typischen Äußerungen heraus: »Mit Gottes Hilfe werde ich Felch bei jenen zwölftausend Hektar südlich des Ford River ausstechen.« Die Tatsache, dass ihm das in diesem speziellen Fall misslungen war, steigerte seinen religiösen Eifer nur noch. Einen Monat später konnte er übrigens gegen Felch gewinnen, indem er korrupte Landvermesser bestach, die eigentlich für den Staat Michigan arbeiten sollten. Wenn man damals das Recht erwarb, eine Waldfläche von beispielsweise nur zweihundertsechzig Hektar zu fällen, versuchte man garantiert, auch im angrenzenden Gelände abzuholzen, und selten wurde der Diebstahl sofort bemerkt. Das offensichtliche ethische Verbrechen bestand darin, Gott in all diese gewaltsamen Raubzüge mit einzubeziehen, als würde er höchstpersönlich die selbstherrlichen Aktionen gutheißen. Um auf das Bild aus meinem schrecklichen Traum zurückzugreifen: Mit ihrem Verhalten machten sie aus Gott menschliche Scheiße. Das passte nicht besonders zu meinen Spaghetti mit Fleischklößchen und meinem Glas Rotwein. Ich beschloss, noch einmal dort in Spragues Tagebüchern nachzulesen, wo er über seine Frankreich-Reise aus dem Jahr 1920 schreibt. Er vergleicht manche Landschaften nach dem Gemetzel des Ersten Weltkriegs mit den abgeholzten Gegenden um Ontonagon, deren Schönheit ebenfalls »geschreddert« worden sei. Und ein Gebiet in Frankreich, ich glaube, es hieß Bois de Belleau, der Wald von Belleau, bringt er in Zusammenhang mit den Erzählungen seines Vaters vom großen »Peshtigo-Feuer« an der Grenze zwischen Michigan und Wisconsin, bei dem zwölfhundert Menschen ums Leben kamen. Es war nicht eigentlich ein Waldbrand, da das Gelände schon vorher abgeholzt worden war. Was damals mit unvorstellbarer Heftigkeit brannte, waren die liegen gebliebenen Wipfel der Bäume und die Holzabfälle. Es hieß, die Flüsse, in die die armen Menschen sprangen, hätten gekocht, und ein Zug voller Flüchtender habe Feuer gefangen. In einem Eisenwarenladen seien die Nägel geschmolzen, und Vögel seien brennend vom Himmel gefallen. Von vielen Toten seien nur noch Aschehäufchen übrig geblieben.

Manchmal, wenn ich in Spragues Tagebüchern las, dachte ich an Vernice' ästhetische Prinzipien, die Übertreibungen zuließen, wenn sie sinnvoll waren. Die Tagebücher meines Onkels verrieten sein starkes Interesse an Malerei und Kunsthandel, und sie klangen sehr anders als meine Notizen und natürlich auch anders als die Geschäftsbücher meines Großvaters und Urgroßvaters. Seine künstlerischen Neigungen hoben Sprague entschieden aus der weitverzweigten Familie heraus, und vermutlich hat er mir aufgrund unserer Ähnlichkeit seine Hütte vererbt.

Wie ich da so mit meinem Extraglas Rotwein saß, begann mich der Gedanke zu beunruhigen, dass Menschen wie Sprague, Vernice und auch ich vielleicht gar nicht das Mitgefühl verdienten, auf das andere Menschen grundsätzlich ein Recht haben. Denn wir stellten uns bewusst außerhalb von allen anderen. Wie kamen zum Beispiel Riva oder Susie bei mir vor? Wieso war Susie »die Kellnerin« für mich? Und als was sollte ich Riva bezeichnen, die sich so hingebungsvoll um die Armen kümmerte? Susie und Riva warfen sich mit offenen Armen ins

Leben. Sprague hingegen betrachtete alles und jeden, außer seiner toten Frau, kühl-distanziert. Vernice bestand darauf, ihre Berufung seien Sprache und Dichtung, und das leidenschaftliche Spiel mit den Worten beherrschte ihr Leben. Ich war erschrocken, als ich bei Sprague einen Satz von Dostojewski las, in dem es sinngemäß hieß, zwei plus zwei sei der Anfang des Todes. An der Michigan State hatte mein Professor für Literatur, Adrian Jaffe, diesen Ausspruch ebenfalls zitiert und uns aufgefordert, dazu eine Interpretation von einer Seite Länge zu schreiben. Jaffe sprach stets in kunstvoll verschachtelten Sätzen und schüchterte uns alle damit ein. Ein paar von uns trafen sich in einem Café, und wir unterhielten uns über das Thema, bis uns die Köpfe rauchten. Kommentarlos warf Jaffe später sämtliche Aufsätze in den Papierkorb. Und das Zitat wurde zu dem, was Fred kürzlich in einem Brief ein Koan genannt hatte. Wenn ich eine Notiz über »fünfzehn Millionen Festmeter im Baraga-Distrikt« las (was sich in »eine unfassbar große Waldfläche« übersetzen lässt), rannte ich gegen dieselbe Wand.

Ich zog meinen Mantel an und machte mit Carla einen späten Spaziergang. Es war windstill bei minus vier Grad Celsius, und große Schneeflocken taumelten zur Erde. Als ich unter einer Laterne hochblickte und sah, wie sie aus der Dunkelheit herabfielen, sah Carla ebenfalls hoch. Die Flocken bildeten auf dem Gehsteig eine dünne Schneeschicht, und da ich keine Angst mehr wegen meines Knöchels hatte, wagte ich ein bisschen zu rutschen und zu gleiten. Carla lief wie üblich voraus, um mögliche Gefahren aufzuspüren. Wir spazierten zum Hafen hinunter und betrachteten das Eis, das sich über den Buhnen auftürmte. Der Hafen war völlig zugefroren, und das Eis würde erst im April brüchig werden. Dann konnte man es bis in die Stadt hören, wenn weit draußen auf dem Lake Superior das

Eis wie Kanonenschüsse krachte. Der Schnee hatte die Lichter im zwei Straßen entfernten Geschäftsviertel mit seinen alten Backsteinbauten gedämpft, nur die Granitfassade der Cohodas-Bank war verschwommen zu erkennen. Das war sehr hübsch anzuschauen. Und ausnahmsweise spürte ich einmal so etwas wie Zuneigung zu meiner Heimatstadt, als entdeckte ich gerade, dass nicht alles Menschenwerk missraten war. Plötzlich stellte ich mir die Bevölkerung als einen griechischen Chor vor, der die vergangenen Taten gewisser beklagenswerter Bürger kommentierte, zu denen mein Vater und vielleicht auch ich gehörten. Ich konnte unser Haus auf dem Hügel erkennen, drehte mich aber schnell weg und ging durch eine Gasse bis zu einem Bootsschuppen, wo unsere nur höchst selten benutzte Segeljolle untergebracht war. Durch ein gelblich schimmerndes Fensterrechteck konnte ich Clarence sehen, wie er gerade sein Werkzeug zusammenpackte. Ich öffnete die Tür, und Carla wich vor dem Firnisgeruch zurück. Clarence hatte seinen sechzehnstündigen Arbeitstag gerade zu Ende gebracht und freute sich über mein Kommen.

Inzwischen war es Mitternacht, und wir entschlossen uns zu einem Absacker in einer Arbeiterkneipe, in der auch Carla willkommen war. Nach meinem Fortgang war er dort häufiger mit ihr auf einen Cheeseburger gewesen. Clarence vertrat die Ansicht, dass Hunde wegen ihres kurzen Lebens alle zwei Monate Geburtstag hätten. Wir fuhren mit seinem uralten DeSoto, der wie ein Boot durch die verschneiten Straßen zu gleiten schien. In der Kneipe bestellte Clarence für sich sein Ginger Ale und einen Cheeseburger für Carla, die schon auf den Boden sabberte. Ich trank ein Glas billigen Whiskey, der mich an Kinderhustensaft erinnerte. Clarence riet mir, bei Vernice nicht ohne einen Blumenstrauß anzutreten.

»Du solltest dir von deinem Vater nicht die Freude an eigenen Kindern nehmen lassen«, sagte er.

Mein Magen krampfte sich zusammen, aber ich sagte nichts. Jesse hatte ihm gerade erzählt, ein Arzt in Duluth habe geraten, mein Vater solle sich für ein ganzes Jahr in stationäre Behandlung begeben. Dem Arzt zufolge zeigte er Symptome und Verhaltensweisen eines fünfzehn Jahre älteren Mannes. Clarence war der Meinung, Vater habe das College »fit wie ein Turnschuh« verlassen, und erst nach dem Weltkrieg sei es mit ihm Stück für Stück bergab gegangen.

»Da unten auf diesen Südseeinseln waren die irgendwann so hungrig, dass sie Schlangen gebraten haben. Ich glaub, es war auf den Philippinen.« Clarence' abwesender Blick amüsierte mich.

Ich verlor mich in meinen eigenen Gedanken, dachte an meine Mexiko-Reise und an etwas, das Fred vor langen Jahren in einer Weinlaune gesagt hatte – damals in Grand Marais, als ich ihm verriet, dass Vera mir ihren nackten Hintern gezeigt hatte. »Mädchen flirten«, hatte er erklärt. »Als wir jung waren, gingen wir mit den Mädchen aus, küssten sie stundenlang auf Französisch, fummelten und grabbelten. Das machen junge Menschen so. Und dann platzt plötzlich dein Dad als Anti-Dante dazwischen, macht allem ein Ende und zerstört die Poesie des Lebens. Ich war achtzehn, als ich endlich mit einer Frau schlafen konnte. Sie war eine Sekretärin aus Boston und Mitte dreißig, und sie setzte mich aufs richtige Gleis. Leider gibt es tausend Dinge, die beim Sex schieflaufen können. Wenn du aber allem aus dem Weg gehst und nichts riskierst, fühlst du dich bald ausgeschlossen, und das hilft auch nicht weiter. Wer kennt sich da schon aus?«

»Würde sie auf der Upper Peninsula leben können?«, fragte Clarence.

»Nein.« Ich brauchte eine Weile, bis ich begriff, dass er von Vernice sprach.

»Tja, ich glaube nicht, dass du irgendwo anders leben könntest. Es bringt jedenfalls nichts, darüber zu grübeln, warum du Polly hast gehen lassen.«

31

Wenn man schon vor Tagesanbruch ein Flugzeug besteigt, kann einen leicht der ganz große Zweifel befallen, der regelmäßig in der Frage kulminiert: »Was mache ich hier eigentlich?« Für einen Ex-Theologiestudenten gibt es da zum Beispiel die englische Erbauungsschrift *Die Wolke des Nichtwissens* aus dem vierzehnten Jahrhundert. Wie gesagt, ich bin nie viel gereist. Und so war ich der Erste in der Schlange am Flugsteig, eine ganze Stunde zu früh. Wenn ich mich recht erinnere, war ich einige Male in Montana und Wyoming, mehrmals in Chicago, einmal in New York und natürlich in Ohio. So gesehen bin ich ein Hinterwäldler oder Landei. In einem Literaturseminar an der Michigan State hatte ich Mark Twains *Die Arglosen im Ausland* gelesen, und die Erinnerung daran stimmte mich nachdenklich.

Durch einen unglücklichen Zufall saß eine der Ex-Bridge-Spielerinnen meiner Mutter neben mir und entfernte sofort ein Preisschild vom Ärmel meines neuen Sakkos und eine Stecknadel hinten aus dem Kragen meines neuen Hemdes. Ich tat so, als sei dies ganz natürlich, und als sie ohne Punkt und Komma zu plappern begann, blickte ich aus dem kleinen ovalen Fenster, als interessierte ich mich für die Morgendämmerung. Blödsinnige Fragen begannen mich heimzusuchen. Was täte ich wohl ohne mein Projekt? Hatte ich eine unverdient hohe Meinung von mir selbst? Warum sagte mein ewig Zitronendrops lutschender Baptistenpfarrer, als ich mich vor langer Zeit über meinen Vater beklagte: »Die Missetaten der Väter werden heimgesucht an den Söhnen bis ins siebente Glied«? Das Flugzeug zitterte, als der Motor auf Touren kam, und die Frau quasselte weiter. Ihr Sohn sei in Vietnam gewesen und fünfundzwanzig Prozent schwerbehindert. Ich war damals wegen meines lädierten Knöchels freigestellt worden. Auf der Highschool war dieser Sohn der größte Idiot gewesen. Alle wussten, dass er sich von einem geistig behinderten Mädchen öfter einen blasen ließ. Einmal hatte Donald ihn auf einer Party beim Schwimmen so lange unter Wasser gedrückt, bis er sich dafür entschuldigte, am Leben zu sein. »Ihr Jungs habt immer noch Probleme«, sagte meine Sitznachbarin.

Ich sah den Glanz der aufgehenden Sonne auf dem gefrorenen Ford River, konnte das traurige Dorf Sagola ausmachen, die dunklen Linien der Straßen in der weißen Landschaft mit den Wäldern, die wie Bartstoppeln auf einem Kinn aussahen. Natürlich war es absurd, sich im Flugzeug zu fragen, was man dort zu suchen hatte, trotzdem fühlte ich mich außerordentlich unbehaglich, so als säßen meine einzelnen Körperteile nicht richtig an ihrem Platz. Coughlin nannte dieses Gefühl »Dislokation«, doch das Wort wirkte verdammt blass verglichen mit der physischen Empfindung. Denn wahrscheinlich unterstellt der Begriff Dislokation ja fälschlicherweise, es gäbe – neben meinem Baumfriedhof und dem Baumriesen im Graben – einen Ort, wo ich hingehörte.

»Irgendwas riecht hier«, sagte die Bridge-Spielerin.

»Das ist mein Sandwich mit italienischer Salami.«

»Das mit der Scheidung deiner Eltern hat mir so leidgetan. Sie waren ein so hübsches Paar.« Sie versuchte, sich mit großem Anlauf ans Thema heranzupirschen.

»Mal gewinnt man, mal verliert man«, sagte ich leicht gereizt.

»Einige aus eurer großartigen Familie sind leider auf Abwege geraten.«

Ich täuschte ein Gähnen vor, rutschte in den Sitz und dachte, wie schnell ein anderer Mensch die Hölle sein kann. Oder wir selbst, korrigierte ich mich. Ich versuchte, mir ein Streitgespräch über Marshall McLuhan, das wir während meines Theologiestudiums in einem Café geführt hatten, in Erinnerung zu rufen. Mein Lieblingsprofessor bevorzugte die Eremitenhaltung. Wie konnte man einem anderen helfen wollen, wenn man nicht zuerst mit Furcht und Zittern sein eigenes Heil erlangt hatte? McLuhan behauptete, wir hätten unser Nervensystem nach außerhalb verlagert. Mein Professor behauptete, wir wären verloren, wenn wir der unendlichen Heerstraße der Zivilisation folgten, die uns in diese unsere Hölle geführt habe. Aber was wäre die Alternative? Wenn ich mich in den Wäldern versteckte, dann, weil der Wald meinem Charakter entsprach. Die Upper Peninsula war buchstäblich eine Brutstätte für verschrobene Einsiedler, die die moderne Welt für inakzeptabel oder unerträglich hielten. Ich bin einmal einem begegnet, der eintausend Kubikmeter Holz gehackt und gestapelt hatte. Damit hatte er Heizvorrat für fünfzehn Jahre geschaffen – wie ein Kleiber, der zwölfmal mehr Nahrungsvorrat sammelt, als er für ein Jahr braucht. »Ich hacke gern Holz«, sagte der Mann.

Ich döste ein wenig und träumte von Donalds Objubwe-Freunden auf Sugar Island. Eines Abends waren wir bei ihnen aufgekreuzt, als sie gerade in der Garage einen Tanz für den bevorstehenden Kriegsrat einübten. Sie hatten einen alten Plattenspieler, auf dem sie ihre Trommelstücke abspielten. Damals war ich verblüfft, wie schön und geschmeidig diese hochgewachsenen Männer tanzten, doch jetzt im Traum bewegten sie sich so schnell, dass sie fast unsichtbar wurden. Und als Donald und ich wieder wegfahren wollten, waren wir plötzlich in einem anderen Jahrhundert, konnten meinen Wagen nicht finden, und es gab keine Straßen, weshalb wir zu Fuß nach Hause liefen. In der Luft flogen viel zu viele Vögel.

Ich erwachte, als wir gerade zur Landung in Chicago ansetzten. Vor einigen Jahren hatte Clarence mir eine Gedenkmünze von der Chicagoer Weltausstellung von 1893 gezeigt, die sein Chippewa-Großvater dort für einen Tanzauftritt bekommen hatte. Und mir fiel Peter White wieder ein, der die Indianer in der Episkopalkirche tanzen ließ. Dann dachte ich: Da die Indianer Teil des Landes sind, wurden auch sie abgeräumt, als das Land abgeräumt wurde. Damals an der Michigan State und im Priesterseminar fand ich es sehr befremdlich, dass niemand außer meinem Professor Cleland irgendetwas über die amerikanischen Indianer zu wissen schien. Aus den Augen, aus dem Sinn. Geschichte ist das, was die Männer in Anzügen angerichtet haben, sagte ein radikaler Freund. Als das Flugzeug landete, dachte ich, dass diese Krankheit eine besondere Entstehungsgeschichte hatte, dann aber rasch zur akzeptierten ökonomischen Realität wurde.

Bäume konnten sich erholen, Wälder aber nicht. Indianer konnten ausgelöscht oder in erbärmliche Reservate vertrieben werden, aber sie waren so stark und erfindungsreich, dass sie als Stamm überlebten. Natürlich wurden sie von allen verhöhnt, weil sie arm waren, aber das wurde auch Jesus mit seinen Jüngern und Anhängern.

Nach der Landung lief ich in der Flughafenhalle hinter einer hübschen Frau in einem engen Rock her. Und wieder einmal gesellten sich irdische Erwägungen zu einem religiösen

Gedanken. Wenn ich so gute Ohren gehabt hätte wie Carla, hätte ich hören können, wie ihre Hinterbacken beim Laufen aneinanderscheuerten. Ich holte sie ein, um zu prüfen, ob sie in einem zulässigen Alter für mein Interesse war. Ja. Sie hatte eine römische Nase und bereits einige graue Haare. Doch meine Neugier schwand, als ich mich meines Auftrags entsann. Ich hatte mein neues Tagebuch dabei und musste mich hinsetzen, um das vorzuformulieren, was ich sowohl Vera als auch Vernice sagen wollte.

32

Chicago, 2. März (aus dem Reisetagebuch)

Aufenthaltsraum der mexikanischen Fluggesellschaft. Ein eleganter mexikanischer Geschäftsmann trinkt Rum mit Cola und rät mir, unbedingt in Zihuatanejo zu angeln, wo es Marline, Segelfische, Rooster etc. gibt. »Für euch reiche Amerikaner ist es billig«, sagt er. Ich habe es mal wieder dem Mann vom Reisebüro zu verdanken, dass ich in diese schicke VIP-Lounge geraten bin. Mir ist übel.

»Vera, es tut mir leid, was mein Vater getan hat.«

»Vera, ich entschuldige mich für das, was mein Vater dir angetan hat.«

»Vera, brauchst du Geld?«

»Vera, das ist also mein Halbbruder.«

»Vera, mein Vater hat den Tod verdient für das, was er dir angetan hat.«

»Vera, ich liebe dich noch immer.«

»Vera, ich habe keine Ahnung, was ich dir sagen soll.«

Nur fünf Personen in der ersten Klasse. Fühle mich wie üblich unwohl hier, aber wen schert das. Lese gerade *Schwarzer Hirsch – Ich rufe mein Volk*, Donalds Lieblingsbuch, das er mir geschickt hat. Ich bin auch wieder bei der *Wolke des Nichtwissens* gelandet. Lese ebenfalls *Wildlife in America* von Matthiessen. Düster wie die verschwundenen Bäume. Die Stewardess verströmt einen blumigen Duft.

Flughafen Mexiko-Stadt: desorientiert, verwirrt nach Schlaf. Beim Zoll sage ich, ich besuche Freunde in Veracruz. Amerikanische Mennonitenfamilie mit einer Farm in Mexiko bringt mich zum Anschlussflug nach Veracruz. Je näher das Ziel rückt, desto mehr verkrampft sich mein Magen.

Im Flugzeug nach Veracruz sind wir vorne nur drei Passagiere. Eine mit Schmuck behängte große, schicke Latina und auf der anderen Gangseite ein Mexikaner, der mich an meinen Vater erinnert, lässige, unaufdringliche, aber elegante Kleidung trägt, Kaffee trinkt und *U.S. World & World Report* liest. Bis auf die wenigen Gepäckträger am Flughafen von Mexiko-Stadt ist mir noch niemand aufgefallen, auch nicht im Flugzeug von Chicago, der so mexikanisch aussah wie die Farmarbeiter, die ich in Ohio und in der Gegend von East Lansing gesehen habe. Allerdings habe ich viele wohlhabende Mexikaner in Chicago gesehen. Ich habe zwei Gläser herrlichen Tequila getrunken. Ich habe ein bisschen in einem Buch mit spanischen Redewendungen geblättert. Ich habe die drei Adressen von Vera mehrmals abgeschrieben, die Cynthia mir mitgegeben hat, weil Vera sich manchmal bei Verwandten in Jalapa oder in Alvarado aufhält, aber meistens ist sie in Veracruz. Außerdem habe ich Telefonnummern, aber ich will Vera lieber nicht vorwarnen, da ich fürchte, dann rennt sie davon. Die Stewardess hat meine Hand genommen und mir durch ein Fenster hinten den Pico de Orizaba gezeigt. Irgendwie sieht er beängstigend aus mit seinem schneebedeckten Gipfel und dem tiefgrünen Dschungel weiter unten – der Gipfel leuchtet im letzten Sonnenlicht, und der Dschungel liegt im Dunkeln. Die Stewardess schreibt mir seinen aztekischen Namen auf: »Citlaltepetl«. Ich rechne ihr mit Vergnügen die Meter in Fuß um. Der Berg ist fünftausendsiebenhundert Meter hoch, also fast neunzehntausend Fuß, so viel höher als Berge in Montana und Wyoming, und er wirkt auch so, weil er sehr nah am Meer liegt. Sie zeigt auf die dunkelblaue karibische See dahinter und auf die Lichter der Stadt Veracruz. Sie erzählt mir, dass es im Dschungel da unten Jaguare und Schlangen gibt und einen Adler, der kleine Babys holt. Der Geschäftsmann lächelt und rollt mit den Augen. »Glauben Sie nicht diesen Bauernunsinn«, sagt er. Beleidigt stolziert sie davon. Im Flughafengebäude sehe ich, dass in den nächsten Minuten ein Flugzeug nach Havanna geht, und sofort möchte ich mit. Ein dunkler, kleiner, untersetzter, muskulöser Mann macht sich an mich heran. Er stellt sich in texanischem Englisch vor, obwohl er eindeutig Mexikaner ist. Natürlich bin ich argwöhnisch, doch er nennt den Namen des Mannes vom Reisebüro. Ich bin immer noch argwöhnisch und frage mich, ob der Reisebüromann Jesse informiert hat, dass ich hierherkomme, obwohl ich ihn gebeten habe, es nicht zu tun. Ich frage den Mann, ob er Jesse kennt, und er nickt, allerdings wenig überzeugend. Er sagt, er heißt Bob oder »Roberto«, wenn mir das lieber ist. Er sei da, um mich herumzuführen. Ich beschließe, das erst mal zu glauben, aber den Reisebüromann morgen anzurufen, bis mir einfällt, dass Jesse immer alle Rechnungen von Cynthia und mir durchsieht, die an die Bank gehen. Ich gebe auf. Es ist heiß und feucht, und Bobs Auto hat eine Klimaanlage. Die leise Musik im Radio besänftigt mich, und ich denke an Sommernächte und an Musik aus Jesses Garagenwohnungsfenster. Bob erzählt mir, dass er bei Corpus Christi in Texas Cowboy war, wo ein Pferd ihn abgeworfen und seine Hüfte zerschmettert hat, und dass er dann Koch geworden ist. Er biegt von der Hauptstraße ab, die in die Stadt führt, und als er auf eine Küstenstraße kommt, zeigt er auf eine Stelle, wo die ersten Rinder von Don Gregorio de Villa-Lobos 1521 auf dem Kontinent an Land gebracht wurden. Ich sehe nur dunkles Wasser. Im Hotel zeige ich Bob die drei Adressen von Vera, und er bleibt unverbindlich, doch dann brüstet er sich damit, er könne jeden im ganzen Bundesstaat finden. Wir sind für morgen früh verabredet.

Was ich durch das Fenster für die Lichter der Stadt im Südosten halte, entpuppt sich als ein riesengroßes Schiff, das gerade mit Sattelschleppern beladen wird. Ich stehe auf einem Balkon mit Tisch und Stühlen und bin zu keinem Gedanken fähig, außer dass ich noch nie an einem Ort war, der so »jenseits« ist, so ohne irgendwelche vertrauten Zeichen, bis auf das Schiff, das zu groß wäre, um die Soo-Schleuse zu passieren. Ich rufe Jesse an. Er reagiert ausweichend, gibt aber schließlich zu, dass Roberto ein Freund ist. Jesse sagte, ich wäre »verloren« ohne ihn. Ich sage nichts dazu und frage nach Vera, und er sagt, er weiß nicht, wo sie ist, weil sie wütend auf ihn ist, da er sie nicht einen Mann heiraten lässt, von dem er nichts hält. Ich lese ihm die drei Adressen vor, und er meint, sie kämen alle infrage. »Viel Glück«, sagt er.

Vera muss jetzt einunddreißig sein. Ich habe einen Kloß im Hals. Neben einer Schale mit exotischem Obst steht eine Vase mit exotischen Blumen. Ich habe Heimweh und schäme mich für meine sentimentalen Anfälle. Mein Vater ist schuld, dass ich hier bin. In der Ferne ruft ein Schiffshorn. Ich gehe auf den Balkon, und da ist noch ein riesengroßes Schiff, das weiter draußen von Schleppern gezogen wird. Genau dort ist Cortés gelandet, der Eroberer aus Spanien, der Mexiko überfallen hat. Cortés und die Rinder.

Beim Abendessen studiere ich die Tentakel eines Tintenfischs. Der Kellner fragt, ob etwas nicht in Ordnung ist. Ich sage, ich hätte noch nie einen Tintenfisch gesehen. Das kann er kaum glauben. Ich esse einen wunderbaren Fisch, der in Florida Snook heißt. Er ist mit Knoblauch und Zitronensaft gebraten. Hier nennen sie ihn »roballo«.

Jemand hat mir währenddessen kubanischen Rum, Limetten und drei Bier in einem Eimer mit Eiswürfeln aufs Zimmer gebracht. Auf der Karte steht »Jesus«, Jesses richtiger Name. Die Möbel sind alt, aber hübsch. Ich würde gern einen Spaziergang machen, schlafe aber fast im Stehen ein. Mein Hemd ist nass, darum dusche ich und gieße mir dann ein Glas ein. In einer idealen Welt würde ich jetzt Vera anrufen, und sie würde kommen und mit mir schlafen. Es ist meine ideale Welt, nicht ihre.

Veracruz, 3. März

Ich stehe um halb fünf auf, um meinen Träumen zu entfliehen. Ich rufe unten an, und ein junger Kellner, der sehr nach einem Chippewa aussieht, bringt mir Kaffee und Obst. Ich setze mich auf den Balkon und beobachte das Beladen des zweiten Schiffs. Ich versuche verzweifelt, aufrichtig zu sein, wenn auch nur aus Gründen der Klarheit und des inneren Gleichgewichts. Ich sehne mich danach, an einen Baumstamm gelehnt und mit einer Hand auf Carlas Rücken einzudösen. Die Frage lautet: Bin ich hier, um eine frühe Liebe wieder aufzufrischen oder um mich für das Verhalten meines Vaters zu entschuldigen?

Eine Stunde später, im Osten das erste Licht. Die Antwort auf alles ist alles. Sie sitzt auf meiner Brust draußen am Strand bei Presque Isle. Sie presst ihre sandigen Zehen gegen meine Ohren. Cynthia blickt zu uns herüber, lacht und starrt in den Himmel. Dann ist da plötzlich lautes Geschrei, und Mutter und Cynthia sind im Flur, und mein Vater stolpert mit heraushängendem, blutigem Schwanz vorbei. Jetzt erinnere ich mich, dass er nicht mit glühenden, sondern mit toten Augen auf die Knie fiel. Es ist merkwürdig, sich an etwas zu erinnern, das neu ist.

Als es hell genug ist, verlasse ich das Hotel Emporio, nachdem ich mir vorher seine Lage eingeprägt habe. Es ist erst sechs Uhr, und die Stadt ist noch nicht richtig erwacht. Ich wandere eine halbe Stunde in südlicher Richtung an einem schwarzen Sandstrand entlang, kehre dann um und sehe wieder zu, wie das Schiff beladen wird, während ich auf einer Bank am *malecón* sitze. Mit einem Mal fühle ich mich wie erschlagen von all dem, was ich nicht weiß. Manchmal glaube ich, ich weiß eine Menge, aber hier auf der Bank verschwindet alles. Man kann locker werden und gleichzeitig fest. Bruchstücke zusammenhanglosen Wissens strömen aus mir heraus und fallen in das dreckige Hafenwasser. Wenn hier das erste Rind des Kontinents anlandete, dann kamen in seinem Gefolge auch Abertausende Cowboys und später dann reichlich Kultur des amerikanischen Westens hierher. Lange Zeit gab es aber mehr Vieh als Menschen. Der Obermogul und allererste Plünderer, mein Urgroßvater, und seinesgleichen haben Abertausende Holzfäller und Bergleute im Gefolge gehabt, die heute ihren Lebensunterhalt verdienen können. Unser junger Anwalt hat gesagt, an der Universität von Chicago werde Humangeografie gelehrt. Wo Menschen leben und wieso und wie sie da hinkamen. Coughlin sagt, unser Körper ist unser wahres Zuhause. Ich bin hier in Veracruz mit meinem Achtzig-Kilo-Haus. Ich habe Augen und ein Gedächtnis, und ich suche Vera. Ich weiß nicht, wie meine Eltern zu dem wurden, was sie sind, aber ich weiß ziemlich genau, was ich bin. Ich verstehe Cynthia und Polly einigermaßen gut, Vernice und meine tote Laurie schon weniger. Clarence besitzt ungezählte Stapel Gartenzeitschriften und Samenkataloge. Er kann Hunderte von Ziersträuchern und Blumen aufzählen. »Damit beschäftige ich mich«, sagt er. Er und Mutter konnten stundenlang überlegen, was sie demnächst pflanzen wollten. Jedes Mal, wenn ich dachte, ich hätte Jesse begriffen, stimmte es nicht. Wieso hat er nicht den Dienst quittiert, als seine Tochter vergewaltigt wurde? Mir kommt der Gedanke, dass dieses Labyrinth, in dem ich lebe, keinen Ausgang hat. Es ist das Leben. Die Schauerleute, also die Hafenarbeiter, denen ich zusehe, verdienen sich ihr täglich Brot, wie man früher sagte. Mein Körper ist merkwürdig entspannt. Ich bin nicht einmal der kleinste der Hausgötter, die die Griechen erfanden. Ich kann nicht weit sehen.

Roberto holt mich um zehn Uhr ab. Er möchte lieber »Bob« sein, ein flotter Mann von Welt, der lakonisches Texanisch spricht. Er kann im Nu eine Zigarette drehen und gut spucken. Ich sage ihm nicht, dass ich mit Jesse telefoniert habe. Wir fahren an der Küste entlang nach Alvarado im Süden, wo Vera vielleicht bei einer Tante wohnt. Bob sagt, sie ist wütend auf ihren Vater, weil sie einen Lehrer heiraten will, Jesse aber verlangt, dass sie einen Kaffeefarmer heiratet. Ich bin immer noch ziemlich entspannt, und die Landschaft gefällt mir. Und jetzt fällt mir ein, dass Jesse und Vater zusammen eine Kaffeeplantage gekauft hatten und Jesse einen

Sack brauner Kaffeebohnen mit nach Marquette brachte, die meine Mutter morgens immer frisch mahlte. Der Kaffee heute morgen hatte denselben kräftigen, nicht säuerlichen Geruch. Jesse hat mir erzählt, dass er als Junge für zwanzig Cent am Tag auf einer Kaffeeplantage gearbeitet hat. Zu unserer Linken türmen sich wilde Dünen und bilden eine Barriere zur karibischen See. Es kann dort im Herbst ebenso unglaublich heftige Unwetter geben wie auf dem Lake Superior, der jetzt unter einer festen Eisdecke liegt. Bob sagt, sein Bruder ist in einem Herbststurm im Fischerboot ums Leben gekommen.

Alvarado ist von überwältigender Schönheit, ein Fischerort an einer Flussmündung, vielleicht tausend Menschen, pastellfarbene Häuser in Rosa, Blassblau, sogar in verblichenem Orange, Fischerboote liegen festgemacht an einer schmalen Straße, die ums Dorf läuft. Hier würde ich hingehen, wenn jemand hinter mir her wäre. Wir laufen durch eine Miniaturkathedrale, verlassen sie durch den Hinterausgang, gehen über Kopfsteinpflaster. Bob klopft an eine Tür, und eine Frau mittleren Alters öffnet. Sie wirft mir über Bobs Schulter einen durchdringenden Blick aus unglaublich unfreundlichen Augen zu. Nein, Vera war schon seit einem Monat nicht mehr hier. Ich bin argwöhnisch und frage Bob, wieso er nicht angerufen hat. Sie hat kein Telefon, sagt er. Wir gehen in ein kleines Restaurant und essen eine Schale Tintenfische, die in Limettensaft eingelegt sind. Ein Mann kommt über den Fluss gerudert, der dort, wo er ins Meer mündet, ganz schmal ist, sich aber landeinwärts so weitet, dass ich kaum noch das andere Ufer sehe. Wir teilen uns einen gebratenen Snook, von dem der Kellner sagt, er sei heute morgen »da drüben« gefangen worden. Ich würde gern rudern, und als der Mann mit seinem Boot landet, mietet Bob es für mich. Einige Fischer finden es komisch, dass ich kein Motorboot will. Und los geht es Richtung Westen. Ich rudere so wild, dass ich schon bald schweißgebadet bin. Einen Moment lang muss ich weinen, aber dann denke ich: Scheiß auf die Vergangenheit, die nicht einmal richtig vergangen ist, und überlasse mich der Schönheit der Umgebung. Die Frau an der Tür sah so aus, als könnte sie Jesses Schwester sein. Hinter ihr war ein kleiner, blumenbewachsener Hof zu sehen. Sie war nett gekleidet. Als ich zum Landeplatz umkehre, kommt die Ebbe, und ein auffrischender Ostwind kräuselt das Wasser im Mündungsbereich. Ich sehe, dass ich es nicht mehr zurück schaffe und unter der Highwaybrücke hindurch ins offene Meer getrieben werde. Mir gefällt die Vorstellung, aber ein Mann in einem Motorboot kommt und schleppt mich ans Ufer.

Auf dem Rückweg nach Veracruz halten wir an einem Stand, und ich kaufe von den einunddreißig Obstsorten je eine Frucht, und die einzige, die ich erkenne, ist eine Banane. In meinem Zimmer baue ich alles auf dem Tisch auf, schaue es mir an und trinke dabei ein großes Glas Rum. Bob ist zur Arbeit gefahren. Er kocht in einem Restaurant in Boca Rio, einer schicken Gegend, durch die wir auf dem Weg nach Süden gekommen sind. Betuchte mexikanische Touristen fahren dorthin, aber keine Amerikaner. Die bevorzugen die Pazifikküste. Morgen wollen wir nach Jalapa im Norden fahren und Vera suchen. Ich bin gelassen, denn ich werde so lange hierbleiben, bis ich sie finde, und wenn ich dabei draufgehen sollte. Von dem Rum bin ich schnell betrunken.

Auf der Flasche steht, er ist fünfzig Jahre alt und kommt aus Havanna auf Kuba.

Ich wache in der frühen Abenddämmerung auf und folge den Klängen der Musik bis zum *zócalo* im Zentrum und komme an einem Krüppel vorbei, der mich an Pollys Vater erinnert. Er spielt auf einer Marimba, und spontan lege ich umgerechnet fünf Dollar in seine Schale. Vielleicht hat er ja in einem Bergwerk gearbeitet. Auf dem Platz tanzen ungefähr hundert ältere Paare zur Musik eines Orchesters in Uniform. Ich habe in einer Hotelbroschüre über diesen »Danzon« gelesen, den uns auch Jesse und Vera vor so langer Zeit vortanzten. Es gibt viele Zuschauer, darunter auch die erwachsenen Kinder und Enkelkinder der Tanzenden. Einige alte Frauen halten Fächer in der Hand. Es ist bezaubernd, aber dann muss ich daran denken, dass meine alten Eltern niemals tanzen werden. Ich kehre ins Hotel zurück, und eine Straße davor fragt mich eine junge Prostituierte, ob ich Gesellschaft wünsche. Ich sage Nein, aber als ich am Hoteleingang bin, kehre ich um bis zu der Stelle, doch sie ist fort.

Jalapa, 4. März

Wir sind auf einer Nebenstraße hierher gefahren, und ich weiß, dass es Stunden länger gedauert haben muss als auf der Strecke, die ich mir auf der Karte angesehen habe. Aber das ist mir egal. Vermutlich steckt Jesse hinter diesem Unsinn, und schließlich habe ich keine Eile. Aber es ist wohl doch kein Unsinn, sondern Jesse will vielleicht nur, dass ich etwas von seiner Heimat sehe und verstehe. Immerhin hat er fast fünfunddreißig Jahre mit unserer Familie zusammengelebt. Als wir einen mit Feuerholz beladenen Wagen überholen, der von einem Esel gezogen und von zwei Jungen gelenkt wird, frage ich Bob, ob Jesse so aufgewachsen ist, und er nickt. Bevor wir wieder bergabwärts fahren, machen wir halt, damit ich die gut hundertfünfzig Kilometer entfernte Stadt Orizaba sehen kann. Tief unten im Tal kreist ein riesiger Vogel über der Straße. Es ist ein Adler, der sich von kleinen Affen ernährt, und da fällt mir wieder der Duft der bezaubernden Stewardess ein. »Wo sind die Jaguare?«, frage ich und denke an die Jaguare und Schlangen, von denen die Stewardess gesprochen hat. »Da oben«, sagt er und zeigt nach Nordwesten, als wir auf einer Brücke über einen breiten, donnernden Fluss stehen bleiben. Beim Anblick dieser großartigen Landschaft wird mein Kopf ganz leer, alles Denken scheint wie betäubt vom Tosen des Wassers. Es ist ein sagenhaftes Tal mit einer nackten Felswand nach Nordosten hin. Ich wünschte, Vernice wäre hier. Sie hat mich doch mit ihrer Behauptung gequält, die menschliche Geschichte sei nun einmal ein Schlachthaus, und früher oder später müsste ich meine obsessive Suche nach den Wurzeln der Gier aufgeben und mich, so wie sie, künstlerisch betätigen oder irgendetwas in der Richtung machen. Ansonsten würde ich mich am Ende noch erschießen. Ich erzählte ihr damals nicht, wie nah dran ich schon gewesen war. Sie sagte: »Aufrichtigkeit ist so billig«, was immer das meinte. Eine Ahnung habe ich allerdings.

Wir fahren immer weiter hinunter, bis wir an einer schattigen Kaffeeplantage vorbeikommen, wo es so feucht ist, dass Moos und Pflanzen auf Telefon- und Stromkabeln wachsen. Wir sind noch etwa dreißig Kilometer von Jalapa entfernt, und Bob tut weiterhin so, als wäre das die einzig mögliche Strecke. Ich sage, das sei doch totaler Blödsinn, und er lacht und gibt endlich zu, dass Jesse gern wollte, dass wir hier entlangfahren, damit ich sehe, aus was für einem schönen Land er kommt. Und? Wie finde ich es? Herrlich, gestehe ich. Ich sage, es ist eine mythische Landschaft, und er stimmt zu. Als wir nach Jalapa hineinfahren, das ebenfalls auf Hügeln erbaut ist, biegt er irgendwo ab und hält an einem Pförtnerhaus zu einem imposanten Anwesen. Ein alter Mann erklärt ihm, dass Vera vor drei Tagen hier gewesen ist und ihren Freund besucht hat. Selbst der Pförtner weiß, dass Vera wütend auf Jesse ist und dass sie einen anderen heiraten will. Bob erzählt mir, dass Jesse eine kleine Kaffeeplantage fünfzehn Kilometer weiter südlich in der Nähe von Coatepec besitzt. Diesen Ort habe ich auf der Landkarte gesehen.

Wir halten vor einem hübschen Mietshaus in einem Vorort von Jalapa. Ich warte gegen das Auto gelehnt, und als Bob nach fünfzehn Minuten wiederkommt, berichtet er, dass Vera gestern Abend hier war. Er sagt, er hat hier etwas für Jesse zu erledigen, das ein, zwei Stunden dauern kann, und vielleicht sollten wir erst am Morgen wieder »nach Hause« fahren. Wir suchen uns ein einfaches Hotel, und dann setzt er mich an einem archäologischen Museum ab, das ich unbedingt besuchen soll. Ich bin völlig aufgelöst von der Hitze, übermüdet und auch sauer, weil er mich an der Nase herumgeführt hat. Ich setze mich auf eine Bank im Museumsgarten und beruhige mich sehr schnell wieder. Denn im Stillen gestehe ich mir ein, dass dieser Tag mein zielloses Herumwandern auf Schneeschuhen tatsächlich um Längen geschlagen hat. Seine Schönheit hat mich in unbekannte Regionen meines Gehirns entführt. Ein hübsches Mädchen geht an mir vorüber und lächelt. Ich muss plötzlich an einen heißen Tag am Strand denken, als mein

Knöchel im juckenden Gipsverband steckte und ich auf der Seite lag und *Manhatten Transfer* von John Dos Passos las. Ein Lehrer hatte gemeint, das Buch könnte mir gefallen. Vera kommt aus dem Wasser, und durch ihre Beine sehe ich die Picnic Rocks im Lake Superior. Sie setzt sich neben mich und schüttelt das Wasser aus ihren Haaren. Ohne erkennbaren Grund steht sie plötzlich auf und hüpft auf und ab. Sie hält inne und stellt einen kühlen, sandigen Fuß auf meinen Bauch und fährt mir mit fragendem Blick über die Badehose. Der Spann ihres Fußes liegt auf meinem Penis, und ich nehme ihren Fuß weg. Sie lässt sich neben mich fallen und knabbert an meinem Ohr.

Ich bin noch nicht in der richtigen Stimmung für dieses Museum, aber wofür bin ich denn überhaupt in Stimmung? Professor Weisinger hielt häufig Vorlesungen über die »Andersheit«, und hier haben wir sie. Während ich durch die Tür trete, wird mir meine ganze Unzulänglichkeit bewusst. An einem Tag Anfang März konnte ich auf der Upper Peninsula abends vielleicht »elf Raben, vier Goldhähnchen, drei Meisen« notieren. Aber jetzt, an diesem Morgen, hier zwischen Veracruz und Jalapa, habe ich unzählige verschiedene Vogelarten gesehen, gar nicht zu reden von all den mir unbekannten Bäumen. Mein Protestantismus gedeiht ganz offensichtlich nur in einem schlechten Klima. In diesem Klima hier ist eindimensionales Denken unmöglich. Professor Grabo zitierte gern laut aus Jonathan Edwards donnernder puritanischer Predigt: »Sünder in den Händen eines zornigen Gottes«. Hier hätte seine Gemeinde »Was für ein Blödsinn« gemurmelt. Mein Gehirn schmilzt langsam dahin. So viele Statuen und Figurinen stehen im Museum mit Gesichtern von Frauen, die sich in Jaguarköpfe verwandeln. Was das bedeuten soll, weiß ich nicht, aber sie erinnern mich eindeutig an Cynthia. Das Museum ist nicht groß, trotzdem halte ich mich zwei Stunden darin auf, während mein Inneres sich zu verflüssigen scheint. Immer wieder kehre ich zu einem zwanzig Tonnen schweren Olmec-Kopf zurück, der im sumpfigen Mündungsgebiet bei Alvarado ausgegraben wurde, wo ich durchgefahren bin. Wie mögen sie ihn vor viertausend Jahren von den Bergen dorthin geschafft haben? Im Museum stehen einige dieser Köpfe aus der Olmec-Kultur, doch keiner strahlt die beruhigende Heiterkeit von Freds Buddha aus. Ich kann mir nur vorstellen, dass sie sagen: »Du wirst geboren, du liebst, du leidest, du stirbst.« Vielleicht nicht einmal das. Sie haben keine Antwort, und man kommt sich albern vor, weil man ihnen eine Frage gestellt hat.

Draußen vor dem Museum schläft Bob in seinem Wagen. Im Hotel rufe ich Cynthia von der Rezeption aus an, weil es in meinem Zimmer kein Telefon gibt. Sie ist regelrecht schroff zu mir und sagt, morgen Nachmittag um fünf Uhr soll ich mich mit Vera vor dem Hotel Emporio treffen, und dann soll ich aus Veracruz verschwinden, weil Vera nur noch weint, seit ich hier bin.

Das behalte ich für mich und trinke im Zimmer ein großes Glas Rum. Unweit vom Hotel gibt es mitten in der Stadt eine tiefe Schlucht, und Bob hat mir die Frauen gezeigt, die ihre Wäsche dort unten mit der Hand waschen. Es ist schon dunkel, als ich erwache, weil Bob an die Tür klopft. Wir trinken ein Glas Rum und gehen zusammen essen und treffen uns anschließend mit seiner Freundin in einem Nachtklub, der kein Dach hat und wo Weinranken und blühende Büsche aus den Wänden wachsen. Einige Hundert junge Leute tanzen zur Musik einer fünfzehnköpfigen kubanischen Band, die ohrenbetäubend laut, aber trotzdem sinnlich und melodiös spielt. Eine stattliche Frau im engen grünen Satinkleid singt, und Bob übersetzt mir: »Diese Welt ist voller Haie, du musst lernen zu schwimmen.« Bob sagt, die meisten der jungen Leute seien Medizinstudenten von der hiesigen Universität. Ihr Tanz folgt keinem strengen Muster, und ihre Bewegungen sind vollkommen fließend. Bob muss um die fünfzig sein, und seine Freundin ist eine Krankenschwester um die zwanzig und hat frappierende Ähnlichkeit mit Vera. Es ist heiß, und ich trinke zu viel Rum und zähle siebenunddreißig schöne Frauen, als würde ich Baumstümpfe zählen. Erst um vier Uhr morgens möchte ich endlich gehen, was Bob gefällt, der für eine Stunde mit seiner Liebsten verschwindet. Total durchgeschwitzt kehren sie zurück. Ich sitze da wie ein Olmec-Kopf, bis ich mir fast in die Hose mache. Ich habe einem Mädchen zugesehen, das fast zwei Stunden lang ununterbrochen tanzte. Als die Band eine Pause einlegt, tanzt sie einfach ohne Musik weiter. Die Menge klatscht Beifall. Beim Einschlafen im Hotel höre ich immer noch die Musik, während ich sehr lebhaft vom kalten Norden träume.

Jalapa – Veracruz, 5. März

Erwachte bibbernd vom kühlen Nordwind, der durch die offenen Fenster weht, war erstaunt, dass ich mich nicht übergeben musste, und ziemlich glücklich, weil in mir immer noch die Musik von gestern Abend nachklang. Wir brachen am Vormittag auf, nachdem Bob ein paar geschäftliche Dinge erledigt hatte, und die Menschen auf der Straße trugen

Mäntel und Pullover, obwohl ich schätze, dass es immer noch um die fünfzehn Grad Celsius sind. Ich sage nicht, dass es mir gut geht, sondern nur, dass das erwartete elende Gefühl nicht da ist. Früher fragte ich mich oft, warum Vater immer für einen konstanten Alkoholpegel sorgt und ob er wohl gegen den Kater, unter dem andere Menschen leiden, resistent ist. Vielleicht passt dieser halb kranke Zustand aber auch nur gut zum Zustand seiner Seele.

Ich wollte sehen, wie Bob reagierte, wenn ich ihm von einer selbstständig organisierten Verabredung mit Vera erzählte, ohne aber zu verraten, wo und wann. Ihm ging es offensichtlich schlecht, weil er wenig geschlafen hatte, und ich zog ihn ein wenig damit auf, dass er Geschäft und Liebe nicht klar trennte. Er räumte ein, dass Jesse ein harter »Boss« sei und dass er vielleicht seine Liebe aufgeben müsse, um den Job nicht zu verlieren, der darin bestehe, dass er sich um all die kleinen Geschäfte von Jesse und um die Kaffeeplantage kümmere. Bob benutzt immer Verkleinerungsformen, wenn er von Jesses Interessen spricht. Ich war an den Geschichten nicht sonderlich interessiert, hakte aber trotzdem nach, auch weil ich die Fahrzeit damit verkürzen wollte. Bob ist ein angeheirateter Neffe von Jesse. Als Jesse sechzehn war, starb sein Vater und hinterließ viele Kinder. Sie waren arm, aber nicht völlig mittellos, und Jesse versuchte, die Verantwortung für die Familie zu übernehmen, wusste aber, dass das nur möglich war, wenn er nach Norden in die USA ging. Er erwarb die Staatsbürgerschaft im Zweiten Weltkrieg und freundete sich mit einem netten, reichen Mann an, der mein Vater war. In den zwei Monaten seines jährlichen Urlaubs hatte er Zeit, nach den »kleinen« Geschäften zu sehen, denen seine weitverzweigte Familie nachging. Ich wollte das Thema nicht weiter vertiefen und erfreute mich lieber an dem kühlen Nordwind, der über die grüne Landschaft fegte und in den Straßen der Dörfer, durch die wir fuhren, große Staubwolken aufwirbelte. Die Vorstellung, dass mein Vater auch freundlich sein konnte, irritierte mich nicht, da ich von seiner weihnachtlichen Wohltätigkeit in Marquette wusste und auch sonst mancherlei Wohlwollendes gehört hatte. Weil ich nur wenige enge Freunde hatte, konnte ich mir allerdings unter der Art von Freundschaft, die während eines vierjährigen Weltkriegs im Pazifik entsteht, nicht recht etwas vorstellen. In dieser unberührten Landschaft sah ich meine Familie jetzt klarer. Und auch wenn ich einen leichten Kater hatte, gab es keine körperlichen Beschwerden, wie den üblichen Kloß im Hals oder das sirrende Pochen des ansteigenden Blutdrucks.

Ganz beiläufig fragte ich, wieso Jesse so entschieden gegen Veras Heirat mit dem Lehrer war. Immerhin sei sie doch alt genug für eine eigenständige Entscheidung. Bob wurde mürrisch. An jedem der acht Sonntage im Jahr, in denen Jesse zu Hause war, musste die Großfamilie zu einem ausgedehnten Picknick auf der Kaffeeplantage antreten. Hinter Jesses Rücken nannte die Familie diese Zusammenkünfte »Sonntage in der Hölle«. Dann wurden die Geschäftsbücher aller Familienunternehmen geprüft: von der chemischen Reinigung, dem Café, der Metzgerei, dem Taco-Laden, der Autowerkstatt und so weiter. Präzise Pläne wurden aufgestellt. Und an den Werktagen tauchte Jesse zu unangekündigten »Besuchen« bei sämtlichen Betrieben auf, die ihm gehörten. Alles, was nicht dem Wohl der Familie diente, musste korrigiert oder beseitigt werden. Veras Lehrer-Liebhaber passte nicht in Jesses Pläne, während der ältere Mann, der eine angrenzende Kaffeeplantage besaß, eine gute Wahl war. Es war wichtig, dass er weder arm noch reich war, da man den Reichen nicht trauen konnte. Natürlich freuten sich alle am Wohlstand der Familie, waren aber trotzdem erleichtert, wenn Jesse wieder zu seinem schönen Job in den Norden zurückkehrte. In Veracruz wusste jeder, dass Jesse »*loco*« war, verrückt nach Geld, weswegen seine Frau auch mit einem anderen Mann nach Mexiko-Stadt durchgebrannt war. Danach hatte Jesse seine Tochter mit in den Norden genommen, wo sie aber leider geschwängert worden war. Vera war genauso schön und labil wie ihre Mutter, und ihr Sohn war seit einem Fahrradunfall nicht mehr ganz »richtig« im Kopf. Einmal hatte er sogar einen Klassenkameraden derart verprügelt, dass der für eine Woche ins Krankenhaus musste.

Ich wusste nicht, ob ich das eigentlich wirklich alles wissen wollte, aber jedenfalls begriff ich jetzt, wie ganz und gar anders die Familie von Clarence war. Jesse war also seinen eigenen Leuten gegenüber nicht nur der liebevolle Patriarch. Doch wenn man genauer hinschaut, gibt es eben in jeder Familie ungeahnte Schwierigkeiten. Kurz vor Veracruz bat ich Bob um einen kleinen Umweg, da ich noch einmal bei Tageslicht die Stelle sehen wollte, wo die ersten Rinder den Kontinent betreten hatten. Dass so etwas irgendwann passieren musste, war natürlich klar; was mich faszinierte, waren die enormen Folgen. Coughlin hatte mir erzählt, dass China einst von endlosen Wäldern überzogen war, und jetzt gab es dort angeblich kaum noch einen Baum. Ich hatte noch nie wirklich allein für mich sorgen müssen, außer aus einer bockigen Laune heraus. Und es gibt viele andere, die meine privilegierte Situation teilen, was sie aber nicht weniger fragwürdig macht. Im Laufe der Geschichte gab es immer wieder wirtschaftliche Konquistadoren, die für mehr oder weniger Unruhe sorgten, und sei es von der Größenordnung eines kleinen Jesse. Man kommt ins Grübeln über den Begriff »Lebensunterhalt«.

Ich saß stundenlang am Fenster, blickte auf den Hafen und wartete auf mein Treffen mit Vera. Der Nordwind wühlte das Hafenwasser so kräftig auf, dass die kleinen Boote auf und ab hüpften, und ich konnte hören, wie die Wellen gegen die Kaimauern schlugen. Nur die großen Schiffe blieben unerschütterbar, zumindest innerhalb des Hafens.

Ich befand mich im unangenehmen Zustand der leeren Grübelei über Vera. Ich dachte an ihren Vater, der sie für ein besseres Leben nach Nord-Michigan gebracht hatte; an ihre Mutter, die geflohen war; ihre Freundschaft mit Cynthia; meine geheim gehaltene Leidenschaft; an ihre Vergewaltigung durch meinen Vater; an ihren Sohn; an ihren Vater, der schlicht und einfach seinen Zorn gegen Geld getauscht hatte. Aber was wusste ich schon, was es hieß, Dutzende von Menschen ernähren zu müssen? Es war nicht der Lake Superior, auf den ich schaute, und plötzlich packte mich unerträgliches Heimweh, seltsamerweise gepaart mit dem Wunsch, nicht in die Heimat und zu einem normalen Leben zurückkehren zu müssen. Das normale Leben war aufgebraucht. Es hatte sich abgenutzt. So vieles von dem, was ich einst in großer Tiefe entdeckt zu haben glaubte, war in den Untiefen dieser Reise verschwunden. Ich hatte mich zu früh auf eine zu schmale Spur begeben. Ich konnte die Rolle meiner Familie in dem Gesamtgefüge nicht verstehen, weil ich das Gesamtgefüge nicht überblickte. Mir fiel ein, dass Einstein einmal gesagt hatte, er habe keine Geduld mit Wissenschaftlern, die sich das dünnste Brett aussuchen und gerade dort eine Unzahl Löcher bohren.

Als ich vor zwanzig Jahren in Marquette bei einem dieser komisch-ernsthaften Teenagerrituale den Entschluss fasste, mein Leben nicht, wie alle anderen, mit dem Nachdenken über mich selbst zu verplempern, wurde ich religiös. Das ging vorüber, beziehungsweise es verwandelte sich in etwas wenig Überzeugendes; ich spielte den Narren, weil ich ein Narr war. Immer und immer wieder. Ich war nur noch die Parodie meiner guten Absichten. Wie kann man gleichzeitig Sklave und Eroberer sein? Offensichtlich ist es ganz einfach. Nachdem ich all die von Vernice empfohlenen Bücher gelesen hatte, kam ich mir ziemlich dumm vor. Ich mochte William Carlos Williams, weil ich ihn verstehen konnte, und Rainer Maria Rilke, weil ich ihn nicht verstehen konnte. Wahrscheinlich sollte man sich lieber mit dem Chaos im eigenen Kopf abfinden, als tagtäglich darum bemüht sein, den Deckel möglichst fest darauf zu halten. Gerade jetzt zum Beispiel, unten auf dem *malecón*, hält ein Priester mit zerzausten Haaren einer Gruppe unaufmerksamer Teenagerjungen wild gestikulierend einen Vortrag. Ich bin überzeugt, dass der Katholizismus für diese üppige Kultur und Landschaft am ehesten geeignet ist. Aber demnächst sollte jemand wie ich, der zeitweise in seinem eigenen Hintern verschwunden war, mal überlegen, welche Art von Religion denn für ihn am geeignetsten ist, falls es überhaupt eine gibt. An diesem Punkt angelangt, fällt mir die Kindersendung mit dem Bauchredner Edgar Bergen ein, auf dessen Schoß immer entweder Charlie McCarthy oder Mortimer Snerd oder beide saßen. Ich lächle und denke, ich bin alle drei.

Noch zehn Minuten. Ich habe meine Armbanduhr, die Taschenuhr aus dem Aktenkoffer und den Hotelwecker vor mir auf dem Tisch aufgebaut, sie weichen um jeweils drei Minuten voneinander ab. Ich habe Schmetterlinge im Bauch. Ich gehe zu früh hinunter, in der Hoffnung, ich könnte mich vor ihrer Ankunft noch beruhigen, aber sie ist schon da, steht auf der anderen Straßenseite gegenüber vom Hoteleingang. Sie lehnt an einem flotten neuen Auto und trägt ein sehr hübsches blassgrünes Kleid, und neben ihr steht ein schlanker Mann in einem flotten blauen Anzug. Der Sohn mit dem Kinn meines Vaters sitzt in der geöffneten hinteren Wagentür und blickt finster. Sie sieht mich und überquert die Straße, der Wind schlägt ihr das Kleid um die Beine. Ich gehe einen Schritt auf sie zu. Sie ist immer noch unglaublich hübsch, aber ihr Gesicht wirkt angespannt, ihr Blick ist ausweichend und unruhig. »Du kannst hier nicht sein. Das ist unmöglich. Ich weiß, du hast ein gutes Herz, aber das ist unmöglich.« Ich nehme ihre Hand, aber sie zieht sie weg. »Es tut mir so leid, was geschehen ist«, beginne ich, aber mir bleibt die Stimme weg. »Ja, aber du hast nichts Schlimmes getan. Ich wollte dich zum Freund, aber ich war zu jung. Das ist unmöglich. Gib Cynthia einen Kuss von mir. Leb wohl«, und dann dreht sie sich um und geht wieder über die Straße.

Mexiko-Stadt, 6. März

Natürlich habe ich geweint, so heftig geweint, dass ich ganz verschwollene Augen hatte und das Zimmer nicht verlassen mochte. Ich bestellte mir einen Fisch, wieder einen Snook, rührte ihn aber nicht an. Ich dachte idiotischerweise einen Moment daran, ihn mitzunehmen, diese geheimnisvolle Kreatur, die ihr gesamtes Leben unter Wasser verbrachte.

Ich machte noch ein paar Anrufe und reiste dann umgehend ab. Ich verbrachte die Nacht im obersten Stock eines Hotels in Mexiko-Stadt, wo über mir auf dem Dach Tennis gespielt wurde. Auf einer Bank im Hotelgarten schlief ich neben einem Busch mit blauen Blüten ein, die einen starken Meeresgeruch verströmten. Ein Wachmann weckte mich um Mitternacht, und ich aß eine leckere Suppe in einem Café, wo junge, gut gekleidete mexikanische Paare französischen Wein tranken und lachten. Ein Mädchen von umwerfender Schönheit sah aus, als könnte sie eine jüngere Schwester von Vera sein. Natürlich dachte ich über den fatalen Lauf des Schicksals nach, das Menschen, die etwas füreinander empfinden, nicht zueinanderkommen lässt. Mit diesem Gedanken löste ich mich nun auch von der Vorstellung, dass mein Vater allein an alledem die Schuld trug. Es war die Zufälligkeit der Liebe, die nicht gegen das übrige Leben ankommt. Ich dachte an Polly und an die Liebe, die sich selbst ein Ende bereitet.

Ich verließ mein Zimmer erst, als es Zeit wurde, zum Flughafen aufzubrechen. Amüsiert stellte ich fest, dass die Reise mich mehr kostete, als ich sonst in einem ganzen Jahr ausgab, und ich dachte an den lästigen Gang zum Reisebüro, der für mich genauso unangenehm war wie Gänge zum Anwalt, zur Bank oder zum Arzt. Im Flugzeug, einer Air-France-Maschine, entwarf ich drei verschiedene Briefe an Vera, bis mir dämmerte, dass ich keinen davon abschicken würde. Es gab keine Möglichkeit mehr, erneut in ihr Leben zu treten. Meine einzige dauerhafte Beziehung zu einem weiblichen Wesen war die zu meiner Hündin Carla, die nun aber ihrerseits Clarence zu vergöttern schien. Meine Mutter war nur ein freundliches Gespenst in Evanston, und für meine Schwester Cynthia würde ich, obwohl ich älter als sie war, stets ihr »kleiner Bruder« bleiben. Polly war verheiratet, hatte zwei Kinder, und dass es für mich eine nochmalige Chance gab, war wenig wahrscheinlich. Und als ich später im Flughafen von Mexiko-Stadt an den Schaltern der verschiedenen Fluglinien entlangging, kam mir mein Ansinnen, eine ernsthafte Beziehung mit Vernice einzugehen, allenfalls komisch vor. Ich könnte natürlich einen Flug nach Los Angeles buchen und Schauspieler werden oder einen nach Montreal und mich als französischer Reisender und Trapper versuchen. Zurückgestoßen habe ich mich von Vera eigentlich nicht gefühlt, ich passte einfach nicht in ihre Welt, nicht einmal als Erinnerung.

Eine Stewardess in hellblauem Kostüm schenkte mir ständig Rotwein nach, und am Etikett sah ich, dass es eine von meines Vaters Lieblingssorten war. Es konnte nicht alles falsch an ihm sein. Er hatte als Fünfjähriger ein Jahr in Paris gelebt. Das war allerdings keine schöne Geschichte. Mein Großvater hatte zwei Männer aus Marquette nach North Dakota geschickt, wo sie für ein pompöses Fest ein paar Hundert Fasane schießen sollten. Nach ihrer Rückkehr an einem späten Oktoberabend posierte er mit den Fasanen, als wäre er der Jäger. Das fand meine Großmutter abstoßend, und sie fuhr mit Vater und Richard, der damals noch ein Baby war, und Mrs Plunketts Mutter, die für sie arbeitete, nach Paris. Mir gefiel die Geschichte, weil sie ein Beleg für den sehr freien Umgang der Erwachsenen mit der Wahrheit war und mich darin bestätigte, ihnen nicht zu trauen. Nachdem ich in einem Fotoalbum mehrmals auf dieses Foto mit meinem Großvater vor einer Wiese voller Fasane gestoßen war, stand für mich fest, dass dieser Mann tatsächlich nach dem Arschloch aussah, das er auch war. Als ich erfuhr, dass er mehr als Dreiviertel des Familienvermögens in der Weltwirtschaftskrise verloren hatte, freute mich das. Mein Vater sagte, dass der gesamte Landbesitz damals nur deshalb nicht verloren ging, weil niemand ihn kaufen wollte. Für die Familie war es »ein Glück«, dass der Zweite Weltkrieg begann und die Preise für Eisenerz rasant stiegen.

Paris, 7. März

Kalt und regnerisch. Perfektes Wetter für einen auf dem letzten Loch pfeifenden romantischen Vollidioten auf seiner doch nicht so romantischen »Grand Tour«. Wir landeten kurz nach Tagesanbruch, und mir war sofort klar, wieso bestimmte Leute diese Stadt für ihre unbeschreibliche Melancholie lieben. Der Taxifahrer hatte als Austauschstudent ein Jahr in der Nähe von Atlanta in Georgia gelebt, und man hörte ihm noch den Südstaatenakzent an. Er fragte, was ich vorhätte, und bevor ich antworten konnte, nannte er eine Summe, für die er mich am Abend auf eine Sextour zu einem Platz namens Pigalle mitnehmen würde. Prompt erwiderte ich, ich müsste am nächsten Tag zu einer Beerdigung nach Aix-en-Provence, und merkte im selben Augenblick, dass mir immer noch der Traum nachging, den ich kurz vor der Landung gehabt hatte. Nach dem Rotwein aus einem Ort namens Beaune war ich eingeschlafen. Ich hatte einen krausen Traum von einem Kurs in meinem Priesterseminar, in dem ein Professor aus England über den historischen Aspekt der Idee der Vergebung gesprochen hatte. Einige von uns fanden, dass sein Oxford-Akzent ihn intelligenter erscheinen ließ, als er tatsächlich war. Jedenfalls sagte er, in der frühen

Kirchengeschichte habe die Vorstellung geherrscht, wer einem anderen nicht vergeben könne, werde innerlich zu dessen Sklave. Das hatte mich erschüttert und aufgeregt. Nach dem Seminar hatte ich einen langen Spaziergang gemacht. Es war Februar, und in der Gegend von Chicago hatte ein heftiger Schneesturm gewütet, und in Evanston schaufelten die Menschen ihre Autos frei. Im Traum nun stapfte ich endlos auf derselben Straße durch tiefen Schnee, und ich war stinksauer auf den Professor, denn das war zu jener Zeit, als ich mir noch sehr real ausmalte, ich würde meinen Vater in etwa so abknallen wie Lee Harvey Oswald Präsident Kennedy.

Die Bedeutung des Traums war offensichtlich. Trotzdem rief ich gleich vom Hotel aus Coughlin in Chicago an und hatte das Glück, ihn zu erreichen. Wir redeten über meine Mexiko-Reise und dass der Frühling dazu einlade, Forellen angeln zu gehen. Ich kam dann auf die Idee der Vergebung zu sprechen, und er meinte, das würde nur funktionieren, wenn es mehr als eine bloße Idee sei, nämlich eine umfassende Erfahrung. Vielleicht sollte ich deshalb, wenn ich wieder zu Hause war, meinen Vater besuchen, in Duluth oder wo auch immer er gerade war. Wer vergibt, sagte er, entschuldigt nicht den Täter, sondern befreit sich selbst von der Tyrannei des Täters, indem er ihn in seiner ganzen menschlichen Dimension erkennt. Ich sagte, dass das für mich etwas abstrakt klinge, worauf er konterte, ich sollte mir einfach mal die schlimmsten Dinge, an die ich jemals gedacht hätte, in Erinnerung rufen, dann könnte ich nämlich in meinem Vater den Mann sehen, der sie in die Tat umgesetzt hatte. Ich verstummte und dachte daran, wie aufgegeilt ich tagelang gewesen war, nachdem ich Veras nackten Hintern oben im Flur gesehen hatte. Dann sagte Coughlin, sein Vater hätte ihm erzählt, dass er den Männern, die damals seine Hände zerschmetterten, hauptsächlich deshalb vergeben habe, damit er nicht nach Belfast fahren und sie erschießen musste. Wenn er sie erschossen hätte, hätte er sein Leben im Gefängnis beendet, voller Hass, ohne die Familie und auch ohne die Freuden des Forellenangelns.

Im Hotel sagten sie, mein Zimmer würde erst mittags fertig sein. Ich nahm also die abgetragene Regenjacke aus meiner Reisetasche und ließ mir vom Mann an der Rezeption einen Stadtplan geben. Der sah mich darauf scharf an, markierte die Lage des Hotels mit einem Kreuz und schrieb mir zusätzlich Adresse und Telefonnummer vom Hotel de Suede auf einen Zettel, für meine Brieftasche, falls ich mich verirrte. Und los ging es zu einem vierstündigen, regendurchtränkten Spaziergang am Rive Gauche. Ich begann beim Invalidendom, lief die Seine entlang bis zum Jardin des Plantes und kehrte durch den Jardin du Luxembourg wieder zurück.

Anfangs hatte ich noch keine Augen für meine Umgebung, weil Coughlin mir am Schluss unseres Telefongesprächs geraten hatte, umsichtig und besonnen mit dieser Vergebungsidee umzugehen, da es kein Sicherheitsnetz gebe. Er sagte, das sei so, als würde man nach zwanzig Jahren mit einem schweren Rucksack auf dem Buckel diesen plötzlich abwerfen. Damit würde mir wahrscheinlich viel Energie verloren gehen, auch wenn sie noch so fehlgelenkt war. Würde ich zum Beispiel das Projekt aufgeben wollen, das mein Leben so lange so ausschließlich bestimmt hatte?

Himmel, dachte ich, während ich rasch an der Seine entlanglief. Nein, das Projekt wollte ich nicht aufgeben, schon weil ich fast ein ganzes Jahr große Regionen zu Fuß und auf Schneeschuhen durchmessen hatte, ohne dass mir dies zum Selbstzweck geworden war. Das, was »ist«, besiegt das, was »war«. Ich glaubte eigentlich nicht an die alte Leier vom »Wissen ist Macht«, aber nach und nach erlangte ich wohl doch einen topografischen Überblick über das Labyrinth. Es war mir mittlerweile wichtiger, das gesamte Labyrinth zu begreifen, als mich auf den Ausschnitt, für den meine Familie zuständig war, zu beschränken. Im Januar hatte ich in der Nähe von Sagola für eine kurze, aber ziemlich gruselige halbe Stunde in einem Schneesturm gänzlich die Orientierung verloren, war dabei auf eine Schneewehe geklettert, auf der anderen Seite wieder hinuntergerutscht und auf der Landstraße gelandet, wo mein Pick-up etwas weiter nördlich geparkt stand. Im Schneegestöber wäre ich fast gegen den Wagen gerannt, ohne ihn zu sehen.

Durch den langen Spaziergang löste sich meine innere Verwirrung allmählich auf, und ich achtete mehr auf meine Umgebung. Manche reichen und mächtigen Männer besaßen offensichtlich einen ausgeprägten Sinn für Ästhetik. In den Stadtlandschaften Amerikas ist das weniger deutlich zu beobachten als in Paris, wo man seinen Augen fast nicht trauen mag und sich vorkommt, als betrachte man ein riesiges Gemälde. Jene amerikanische Georeligiosität, die dazu führte, dass man stolz auf die zerstörerische Erschaffung von Hässlichkeit war, hatte etwas äußerst Beunruhigendes. Dass man im Staate Michigan den gesamten alten Baumbestand hatte abholzen können, galt tatsächlich als Grund zu berechtigtem Stolz.

Irgendwo zwischen dem Jardin des Plantes und dem Jardin du Luxembourg wirbelte ein frischer Wind meine

Gedanken durcheinander. Vernice hatte versucht, meinen verschütteten Sinn für Schönheit freizulegen, und nicht richtig begriffen, dass meine obsessive Beschäftigung mit der Landschaft eher ästhetisch als wissenschaftlich war. Diese Idee war so neu für mich, dass ich sie erst mal wegzuschieben versuchte. In der Zeit meiner größten Besessenheit hatte ich all die verschiedenen Formen, die Schönheit annehmen kann, nicht wahrnehmen wollen. Meine Verzweiflung über Vaters Missetaten und die meiner Vorfahren hatte mich daran gehindert, ein erfülltes Leben zu leben, so wie die Habgier diese Menschen blind für alles andere gemacht hatte.

Inzwischen war es Mittag, meine Hose war völlig durchweicht und mein Schuhwerk quatschnass. Der Wind hatte nach Süden gedreht, und als ich an einem Restaurant namens La Closerie des Lilas vorbeikam, blieb ich stehen und fragte mich: »Wie kann der Mensch so irren?« Dieses Gefühl war ein bisschen albern, aber das Restaurant erinnerte mich an Vaters Bewunderung für Hemingway und sein Buch *Paris – Ein Fest fürs Leben*, das ich nie gelesen habe. Hemingway hat mich nie interessiert, aber das ist im Moment unwichtig. Am College trugen die jungen Hemingway-Verehrer gern Flanellhemden und gaben sich irgendwie raubeinig, was ich nie war. Damals begriff ich es noch nicht, aber später wurde mir klar, dass ich zu sehr von Fragen besessen war, auf die Männlichkeit keine Antwort war. Für jemanden wie mich, der von der Upper Peninsula kommt, waren die »großen Wälder« außerdem kein echtes Mysterium. Ich war dort geboren und aufgewachsen, und mit der gebotenen Vorsicht waren sie auch nicht gefährlich. Mein Vater erlaubte sich, etwas anderes in Hemingway zu sehen als ich. In seinen frühen Werken, die ich gelesen hatte, schien er genauso labil zu sein wie ich. Was mir jetzt zu schaffen machte, war der Gedanke, dass das, was der Krieg bei meinem Vater angerichtet hatte, nichts Einfaches und Literarisches war. Die Missetaten der Familie und der Krieg hatten aus meinem Vater ein Monster gemacht. Mein Großvater war im Ersten Weltkrieg Offizier gewesen, hatte aber nie Washington D. C. verlassen. Er hatte ebenso eindeutig Krieg gegen Deutschland wie gegen die Landschaft geführt. Die Marschmusik vom Unabhängigkeitstag, die ich hasste, half uns, die Toten und Verwundeten zu vergessen. Ich hatte so lange im Krieg gegen die menschliche Natur gelegen, dass ich vergessen hatte zu leben.

Breitbeinig lief ich den Montparnasse entlang, weil meine nasse Hose innen an den Oberschenkeln scheuerte. Der Regen hatte nachgelassen, und es tröpfelte nur noch. Ich zog meine Jacke aus und strich mir das nasse Haar aus der Stirn. Jetzt waren viele Menschen auf der Straße, auch schöne, elegante Frauen und kesse Verkäuferinnen. Man warf verstohlene Blicke auf den nassen Hund, den dummen Amerikaner, der ich war. Ich ging in ein Bistro und aß ein ganzes gebratenes Hähnchen, das allerdings ziemlich klein war, trank eine Flasche Rotwein dazu und ging erst wieder, als ich über der Frage, wie man leben soll, einzunicken drohte.

Ich schlief mehrere Stunden und wachte in der Dämmerung auf. Im großen Garten hinter dem Hotel waren Vögel zu hören, aber ich konnte sie nicht identifizieren. Als es dunkel war, rief ich unten an und bat um Kaffee und den Namen für die Eule, die ich im Garten gehört hatte. Das Mädchen an der Rezeption sagte »chouette«, ein hübscher Name für eine Eule. Ich saß auf meinem Bett und grübelte darüber, ob im realen Leben die Gier stets das Ästhetische besiegt, und zog mich dann schnell an, weil ich heute schon genug nachgedacht hatte. Ich war versucht, Vernice anzurufen und ein Treffen zu verabreden, verwarf die Idee aber wieder, weil ich anfing, das planlos Improvisierte meiner Reise zu genießen. Wenn sie nicht mehr in der Stadt war, würde ich eben dasitzen und auf ihre Rückkehr warten oder ihr hinterherreisen. Wenn ich ihren Liebhaber antraf, würde ich mich als ihr Cousin aus Indiana vorstellen. Fort Wayne, um genau zu sein.

8. März

Ich sitze im Schnellzug nach Marseille, wo ich in einen Regionalzug nach Aix-en-Provence umsteigen werde. Begreiflicherweise bin ich nervös wegen des Wiedersehens mit Vernice, aber in Veras Liga kennt man keine Beklommenheit. Als ich ungefähr zwölf war, malte ich mir aus, wie mir die Frauen, wenn sie mich sahen, in die Arme sanken. Zuerst war das Ingrid Bergman, dann Deborah Kerr, dann Ava Gardner, dann Grace Kelly, die wahrscheinlich Eistee trank und eine weiße Unterhose trug, so wie ein Mädchen aus der siebten Klasse, die Nancy hieß und ihr Kleid hochhob und uns für einen Dollar ihre Unterhose sehen ließ, was damals viel Geld war.

Gestern Abend aß ich nach einem langen Spaziergang einen Hering im Café Select und unterhielt mich mit Leuten vom Nebentisch, Hochschulabsolventen an der Sorbonne. Unter ihnen war eine attraktive junge Jüdin aus Thessaloniki in Griechenland. Ich war ganz verdutzt, da ich das Wort Thessaloniki nur aus den Paulus-Briefen kannte. Zu einem

Gespräch mit ihr kam es nicht, da ihr Begleiter, ungefähr in meinem Alter, mich die ganze Zeit nach den amerikanischen Indianern ausfragte. Ich erklärte ihm, dass ich mich im Grunde nur bei den Chippewa auskannte, die er korrekt Anishinabe nannte. Er studierte Indigene Religionen und fragte, ob er wohl bei einem Besuch auf der Upper Peninsula einen Schamanen kennenlernen und mit ihm sprechen könnte. Ich sagte, dass das meiner Kenntnis nach so gut wie unmöglich war. Ich erfuhr zum Beispiel erst, als ich Clarence' Cousin Harold schon zwanzig Jahre kannte, dass er ein Schamane war. Ich erklärte dem jungen Mann, wenn es um Religion gehe, seien die Chippewa keine wirklich offene Gesellschaft, und erzählte, mein Schwager Donald hätte mal mit einem Schamanen reden wollen, der aber nichts mit ihm zu tun haben wollte, ehe er nicht drei Tage und drei Nächte ohne Essen, ohne Trinken und ohne Dach über dem Kopf verbracht hätte. Donald hatte nur zwei Tage durchgehalten, wollte es aber später noch einmal versuchen. Ich fügte hinzu: »Ohne Wein«, was sie komisch fanden. Die junge Frau aus Thessaloniki, die Sufismus studierte, stichelte, ihr Freund sollte es doch versuchen. Sie erinnerte mich an Vernice, und als sie auf Französisch stritten, dachte ich über den Zufallscharakter der Zuneigung nach. Laurie war Cynthias Freundin. Vera kam aus Mexiko. Polly stand an einem Hamburger-Imbiss in Iron Mountain, als ich dort zusammen mit Glenn Saisonarbeiter war. Vernice sprach uns an, als ich mich vor der Newberry-Bibliothek mit Fred unterhielt. Alles war Zufall gewesen. Die junge Jüdin war so attraktiv und geistreich, dass ich am liebsten mit ihr durchgebrannt wäre. Zu allem Überfluss saß in einer entfernten Ecke des Cafés eine elegant gekleidete Frau mittleren Alters, die leichte Ähnlichkeit mit meiner Mutter hatte. Das akademische Paar fragte, ob ich Lust hätte, mit ihnen in einen amerikanischen Jazzklub zu gehen, doch ich lehnte ab und sagte, dass ich am nächsten Morgen sehr früh nach Aix-en-Provence fahren wollte, um dort nach jemandem zu suchen. Sie rieten mir, ich sollte mich einfach in das Café Deux Garçons setzen, irgendwann würde meine Beute dort schon auftauchen. Es war sehr untypisch für mich, aber ich änderte meine Meinung und ging doch mit in den Klub, und die Band, die da auftrat, war, wie sich herausstellte, aus Detroit. Die junge Frau saß zwischen uns, und als ihr Freund zur Toilette ging, legte sie ihre Hand auf meinen Schenkel und gab mir ihre Telefonnummer. Ich bekam einen Schweißausbruch und stellte einmal mehr fest, wie unerfahren ich für einen Mann meines Alters war, aber zugegebenermaßen kannte ich keine Statistiken. In den Wäldern trifft man aber relativ wenig Frauen, und meine Gefühle waren bisher eher manisch und beschränkt gewesen. Ich ging dann nach einer Stunde und kam auf dem Rückweg zum Hotel zu der Erkenntnis, dass das Hauptproblem der Städte darin besteht, dass man im Dunkeln die Sterne nicht sieht.

Nach einer wunderbaren Zugfahrt habe ich ein schickes Hotel gefunden und sitze jetzt im Café Deux Garçons. Ich beschließe, irgendwann mit einem kleinen Koffer erneut nach Frankreich zu kommen, um für ein paar Wochen meine Zeit in Eisenbahnen zu verbringen.

Es ist zwei Uhr nachmittags, ich bin auf ein langes Warten eingestellt und weiß eigentlich nicht, was ich erwarte. Was würde ich tun, wenn Vernice sich mir in die Arme würfe und riefe: »Ich möchte ein Kind von dir«? Das ist zwar sehr unwahrscheinlich, aber alles ist möglich, außer dem Weltfrieden. Ich bin dabei, ein paar wirklich wichtige Dinge auf den Weg zu bringen. Zum Beispiel habe ich heute morgen beschlossen, meine Mutter zu besuchen und zu schauen, ob sie Vater vergeben hat, und dann meinen Vater zu besuchen und zu schauen, ob er bereit ist, mir sein Leben zu erklären. Ich glaube, diese grundlegende Idee kam mir im fahrenden Zug. Die Zeit rast.

Aber Vernice. Ich saß einmal an Deck unseres kaum genutzten Segelboots, und Vater war mit ein paar Freunden auf dem Trockendock. Ich versuchte, ihnen nicht zuzuhören, als sie über eine hübsche junge Frau sprachen, die gerade vorbeikam und weiter unten am Kai an Bord eines großen Kabinenkreuzers ging. Sie war die Tochter einer »führenden Familie«, wie sie es nannten, und in einem Chicagoer Nachtklub in den Armen eines schwarzen Mannes gesichtet worden. Vater und seine Freunde waren einhellig der Meinung, diese Frau sei »ein heißer Ofen«, was mich irritierte, da das Wort nach einem Auto klang. Später erklärte mir mein Kumpel Glenn, dass es »verrücktes Luder« bedeutete.

Was würde ich machen, wenn ich Vernice wieder ihrem Dichter abspenstig machen könnte? Ich hatte sein Buch *Etudes* (nicht ganz der richtige Titel, aus Persönlichkeitsschutzgründen) gelesen. Er war eine dieser schrecklich gequälten Seelen, und bemerkenswerterweise konnte er Geld damit verdienen. Im Buch gibt es zum Beispiel ein langes Gedicht darüber, wie sehr er seine Tochter Lila in Kalifornien vermisst. Das Gedicht ist wunderschön, aber es stellt sich doch die Frage, wieso er sie nicht einfach besucht hat. »Das Schicksal hat mich dir entrissen«, heißt es dort.

Vernice war eindeutig ein heißer Ofen, und ich war wahrscheinlich ziemlich lau, jedenfalls nach meiner eigenen Einschätzung. Oder ich hatte mich für diesen Weg entschieden. In seinen Tagebüchern hatte Sprague gestanden, das »Privileg des Müßiggangs«, wie er es nannte, hätte ihm zu schaffen gemacht. Nach dem Tod seiner jungen Frau wollte er als Schullehrer sein Leben dem »Dienen« widmen und hatte seine Gehaltsschecks gespendet. Aber nach einigen Jahren war er so angewidert vom Desinteresse seiner Zöglinge, dass er den Dienst quittierte und sich nur noch mit der Kunst der Pueblovölker im Südwesten beschäftigte, was ihn denkbar weit von der Familie entfernte. Ich war nie müßig gewesen, was aber nicht heißt, dass ich etwas wirklich Nützliches tat. Das mit dem Privileg ist noch einmal etwas anderes. Ich habe gehört, dass manche Immobilienmakler bei Kunden mit ererbtem Vermögen von »DNA-Kohle« redeten.

Von zwei bis sieben im Deux Garçons zu sitzen, wurde allmählich komisch. Nach dem späten Mittagessen gingen die meisten Gäste, und die Tische auf der Terrasse leerten sich ebenfalls, als ein kühler Wind aufzog. Ich fürchtete, aufzufallen, da ich zu lange den Platz besetzt hielt, weshalb ich immer wieder neue Kleinigkeiten bestellte, nachdem ich mittags schon ein köstliches Zitronenhühnchen gegessen hatte. Wein, Obst, Kaffee, Käse, Tee, noch mehr Wein, Schokoladenkuchen. Schließlich sagte der Kellner, ein freundlicher älterer Mann, man dürfte auch draußen sitzen, ohne andauernd etwas zu bestellen. Ich war in Gedanken gerade weit weg, bei Pollys Vater, dessen Beine von einer Maschine zerschmettert worden waren, deren Wartung man aus Kostengründen vernachlässigt hatte. Sie waren zu Fleischbrezeln verdreht worden.

Ich hatte zu wenige Detektivromane gelesen, um mir

einen schlauen Schachzug auszudenken, wie ich Vernice ohne ihren Liebhaber treffen könnte. Sollte ich warten, bis es dunkel wurde, und schauen, ob bei ihnen Licht war? So lange anrufen, bis sie abnahm? Aufhängen, wenn er abnahm, oder sagen, ich bin ein Cousin? Ich war hoffnungslos unbedarft. An einem Nachbartisch saß ein junges Mädchen mit einem Stapel Schulbücher, trank Kaffee und rauchte Kette. Ich bestellte ein Päckchen Zigaretten, die ersten nach langer Zeit. Ihre Beine unter dem kurzen Rock waren sehr nackt, und ich bekam eine Erektion. War ich den weiten Weg gekommen, um Vernice zu bumsen? Ich liebte sie, aber das schloss das andere ja nicht aus. War ich ein Vampir, den nur Frauen am Leben hielten? Wahrscheinlich. Die Gesellschaft von Männern verschärfte nur mein Verlangen nach Frauen.

Ich stand in einer dunklen Straße gegenüber ihrer Wohnung mit der Hausnummer 2A. Die Fenster waren erleuchtet. Um acht Uhr ging das Licht aus. Vernice erschien mit ihrem großen, schlanken Dichter. Sie stiegen in ein winziges Auto und fuhren weg. Ich packte den Stier bei den Hörnern: Ich kaufte Briefpapier. Ich schrieb: »Liebe Vernice, komm um zehn Uhr morgen früh ins Hotel Pigonnet, um mit mir zu besprechen, was wir mit Tante Louise machen sollen. Dein Cousin aus Grand Marais. D. B.« Das war natürlich albern. Als ich mich ihrem Hauseingang näherte und nach dem Briefkasten suchte, blickte mich eine alte Dame misstrauisch an. Was würde Cary Grant jetzt tun? Ich verneigte mich tief, reichte ihr den Umschlag zusammen mit umgerechnet zehn Dollar in französischem Geld und bat sie, ihn heimlich Vernice zuzustecken. Alles in holprigem Französisch, aber sie grinste, als sie begriff, worum es ging.

Mit leicht nervösem Magen als Folge des seltsamen Nachmittags wanderte ich zum Hotel zurück. Ich setzte mich ans offene Fenster, wie ich es in Veracruz getan hatte, und hoffte, Sterne zu sehen, doch im Licht der Stadt verschwanden sie fast. Ich saß da und hoffte, Vera würde ihren Lehrer-Liebsten heiraten und Riva und Polly würde es ebenfalls gut gehen, auf welche Weise auch immer. Ich war offen gestanden einsam und fragte mich, wieso meine Sehnsucht nach Zuneigung so unerfüllt blieb. Unwillkürlich kamen mir die Tränen, als ich an Laurie dachte. Sie versiegten, und dann passierte dasselbe, als ich an Polly dachte. Diese Tränengeschichte war neu. Offenbar eröffneten sich mir jetzt neue Regionen meines Inneren, ohne dass ich dies forcierte.

Ich ging zur Rezeption hinunter und bat darum, mir ein Taxi zu rufen. Ich würde gern aufs Land fahren, um die Sterne zu sehen. »Aber selbstverständlich.« Der Plan kam der Frau am Empfang plausibel vor. Sie war vielleicht fünfzig und gepflegt und hatte ein scheues Lächeln. Plötzlich wäre ich am liebsten über den Empfangstresen gesprungen, woraufhin sie natürlich in meinen Armen dahingeschmolzen wäre, und der Weg wäre frei für eine dieser Szenen, die ich zur College-Zeit in Henry Millers *Sexus* gelesen hatte.

Der Taxifahrer fuhr mich auf einer schmalen Straße durch ein ansteigendes Tal, das in die Berge führte. Einmal hielt er für einen kurzen Moment an und zeigte auf ein kleines, verdunkeltes Haus und sagte »Cézanne-Atelier«. Da wusste ich plötzlich, wieso mir der Name Aix-en-Provence so bekannt vorgekommen war. Als ich als Junge auf der Suche nach nackten Frauen war, guckte ich mir gern die Kunstbücher meiner Mutter an und las dabei sogar die Texte über das ebenso aufregende wie tragische Leben der verschiedenen Künstler. Cézanne, der hier unten in Aix-en-Provence gelebt hatte, war sehr alt geworden.

Als ich aus dem Taxi stieg, waren die Sterne ganz nah und die Milchstraße ein einziger breiter, verschwommener weißer Streifen. Ich fühlte mich sehr beschwingt in dieser Talsenke mit ihren Felswänden aus grauem Granit. In der kühlen Nachtluft lief ich die Straße ein Stück entlang, und meine Brust weitete sich; fast hätte ich das Nordlicht zu sehen erwartet. Ich war außerstande, einen konkreten Gedanken zu fassen, und ganz ergriffen von der Großartigkeit des Universums.

Etwas später fuhren wir an einem nobel aussehenden Restaurant vorbei, und ich schlug dem Taxifahrer, der schon in die Stadt zurück wollte, vor, mit einem Glas Wein auf die Sterne anzustoßen. Der Fahrer hatte sich inzwischen von meiner blendenden Laune anstecken lassen und willigte ein. Er stellte die Uhr ab, wir überquerten den halb belegten Parkplatz und betraten die Bar des Restaurants, wo ich einen Côte Rôtie von der Weinkarte bestellte, ebenfalls eine Sorte, die mein Vater schätzte. Wir hatten die Flasche schon halb geleert, als ich mich umdrehte und dabei acht Gäste aus dem Restaurantbereich in die Bar kommen sah, wo sie Cognac und Kaffee bestellten. Unter ihnen waren Vernice und ihr Dichter, der sich in einem schüchtern glucksenden Bass mit den Freunden unterhielt. Vernice entdeckte mich sofort. Unsicher näherte sie sich. Sie war viel dünner geworden und ziemlich blass.

»Was um Himmels willen machst du hier?«, fragte sie flüsternd.

»Kenne ich Sie?« Ich versuchte, einen Witz zu machen, aber es funktionierte nicht. Sie sah aus, als würde sie jeden

Moment in Ohnmacht fallen, weshalb ich rasch hinzufügte: »Ich habe einer alten Frau vor deiner Haustür eine Nachricht für dich hinterlassen.« Sie nickte und ging wieder. Ich winkte ihrem Liebhaber grüßend zu, der mit verhaltener Neugier herübersah.

Erwachte bei Tagesanbruch nach süßestem Schlaf, der aber, was die Träume angeht, entschieden unspirituell war. Ich hatte mir ein Brathühnchen mit Carla geteilt, die in einem Babyhochstuhl saß. Zu Fuß lief ich die anderthalb Kilometer bis ins Zentrum und setzte mich auf die Stufen an der Rückseite der Kathedrale und sah zu, wie Leute vom Land auf dem Platz ihre Marktstände aufbauten. Auf einem Schild stand, dass das Baptisterium der Kathedrale um 357 errichtet worden war, zu der Zeit, als die Römer die Mittelmeerküste besetzt hielten. Das hintere Portal war geöffnet, und jemand spielte hoch oben an der Orgel Bach. Der kraftvoll brausende Klang brachte den Granit unter meinem Hintern zum Vibrieren. Ich gab mich der Musik hin, schloss die Augen und meinte, die Töne sehen zu können. Ich stieg die Stufen zum Markt hinunter und sah einem Mann an einem senkrecht aufgestellten Grillspieß zu, an dem Hühner und Enten rotierten, deren Saft auf den meterhohen Berg aus Gemüse und Würsten tropfte. Ich dachte noch, solch ein Ding würde sicherlich gut nach Marquette passen.

Wieder in meinem Zimmer, setzte ich mich an ein offenes Fenster und bedauerte, dass ich kein französisches Vogelbuch zur Hand hatte. Es waren noch zwei Stunden bis zu dem Treffen mit Vernice, falls sie denn tatsächlich kommen würde. Optimismus schien ebenso irrelevant wie Pessimismus, allerdings bezweifelte ich, dass sie mir, wenn sie wirklich kam, in die Arme fallen würde.

Ich hatte vor, mein ganzes Haus in Ordnung zu bringen, aber alle Türen und Fenster weit offen zu lassen. Wenn ich hier eine Bibel und eine Konkordanz besäße, würde ich alle Stellen über Vergebung nachschlagen. Ich würde erst meine Mutter und dann meinen Vater besuchen. Ich hatte festgestellt, dass Cynthia und meine Mutter und die wenigen anderen Frauen, die ich gut kannte, anscheinend nicht in geometrischen Begriffen oder in linearen Vorstellungen von Kreuzungen, Haltepunkten oder festen Standorten dachten und auch bei Tagen und Monaten nicht auf Zahlen achteten. Als Mann hatte ich einen großen Hang zu Ordnung, was sich aber nicht auf die Realität auswirkte. Wenn ich meine Armband- und meine Taschenuhr wegwerfen würde, wüsste ich immer noch, wie spät es ist. Dieser wenig rühmenswerte Sinn für die Zeit schien mir nur beim Forellenangeln und während meiner – zum Glück nur seltenen – Trancezustände abhandenzukommen.

Um neun Uhr fünfundvierzig wurde ich langsam unruhig, aber es war nicht dieselbe Unruhe wie vor dem Treffen mit Vera. Das Leben steckt voller abwegiger Möglichkeiten. Ich würde Vernice auf der Stelle heiraten, aber das war so unwahrscheinlich wie dass ich nackt den Mount Everest bestieg. Sie war genauso entschieden in dem, was sie wollte, wie Cynthia. Für ein theologisches Seminar hatte ich einmal ein Buch von Idries Shah über die Sufis gelesen. Doch trotz meiner angeblich hohen Intelligenz war es so, als steckte ich den Kopf in eine Schneewehe. Später im Priesterseminar versuchte ich es noch einmal und machte minimale Fortschritte, aber Vernice könnte genauso gut eine Sufi sein.

Unsere gemeinsame Woche in der Hütte war eine einzige Abfolge alarmierender Ereignisse, und jetzt reifte in mir die Überzeugung, dass sie damals meine überraschende Retterin gewesen war. Sie hatte mir in meiner Dunkelheit einen kräftigen Stoß gegeben. Wünschte ich mir noch einen weiteren? Hatte ich ihn denn nötig? Natürlich hätte ich alles darum gegeben – wie die Menschen so gern sagen, ohne zu wissen, was sie damit meinen –, diese körperliche Ekstase noch einmal zu erleben, aber gestern Abend in der Bar deutete alles darauf hin, dass das nicht passieren würde.

Und das tat es auch nicht. Nur auf meiner Seite war das Treffen auch von Verlangen geprägt. Die Empfangsdame kündigte sie telefonisch an, und dann stand Vernice in der Tür, sah schmal und zerbrechlich aus in ihrer langen Hose, der zotteligen Strickjacke und dem fahlen, fast grauen Teint, fast so, als hätte sie Asche in ihr Make-up gemischt. Nicht die kleinste Spur von Süd-Indiana war noch an ihr zu entdecken. Sie schien meine Besorgnis zu spüren und sagte, sie hätte seit Oktober zweimal die Grippe gehabt, wodurch sich auch ihr Kindheitsasthma zurückgemeldet habe. Ohne Zigaretten fände sie das Leben aber entmutigend. Das Schreiben sei härter. Ihr Liebhaber würde sie dürr bevorzugen, aber sie hätte das Gefühl, dass die Beziehung im Grunde vorbei war. In zwei Wochen wollte er nach Hause fahren und seine Kinder besuchen, aus drei Ehen je eines, und er hätte eine »sehr wichtige« Lesung in der Library of Congress. Sie würden sich »auf einer bestimmten Ebene« immer noch lieben, aber er hätte beschlossen, ein Dichter sollte nicht mit Dichtern zusammenleben. Sie hätten das beide schon von Anbeginn an gewusst, aber gedacht, dass sie die Ausnahme wären.

Ich war so naiv, sie nach den Gründen zu fragen, und sie erklärte mir, dass Dichter total konkurrenzorientiert waren und schnell nervös wurden, wenn der eine gut vorankam und der andere nicht. Ihr Liebhaber würde spüren, dass sein Stern im Sinken begriffen war, während ihrer gerade stieg, auch wenn sie selbst davon noch nicht viel merken würde. Für den Markt gibt es zu viele Dichter, sagte sie. Im Grunde seien sie beide ziemlich arm, weil viel von seinem Verdienst an die Unterstützung der Kinder und die Alimente für seine letzte Ehe gehe. Sie selbst sei ständig müde, weil sie täglich sechs Stunden lang französischen Studenten Privatstunden in Englisch gebe. Sie hätte zwei Preise von jeweils fünfhundert Dollar für ihr erstes Buch erhalten. Neben ihren Gedichten würde sie nun versuchen, einen Sexroman im Stil von Djuna Barnes' *Nachtgewächs* zu schreiben, um etwas Geld zu verdienen. Selbst der große Apollinaire hätte zwischendurch Pornografisches geschrieben, um irgendwie leben zu können. Sie sagte, sie wolle erst im Herbst in die Staaten zurückkehren, dann hatte sie sieben Lesungen und eine Teilzeitstelle als Lehrerin in Columbia, Missouri. Wenn ihr Liebhaber abgefahren sei, würde sie gern in die Nähe von Arles ziehen, zu einer quasi lesbischen Freundin aus Chicago, die dort eine Wohnung hat. Sie will bis dahin genug gespart haben, hoffe sie, um ihren Anteil an Essen und Miete zu bezahlen. Sie sagte, sie klage nicht, sie »beschreibe« nur. Sie lebe sehr gern in Frankreich. Plötzlich hörte sie mittendrin auf zu reden und sah mich an, als wäre ich ein Fremder, lächelte dann und sagte: »Ich habe gar nicht nach dir gefragt.«

Sie saß am Fenster und schien ihre Umgebung zum ersten Mal wahrzunehmen. Sie stand auf und betrachtete den kleinen Aushang an der Tür mit den Zimmerpreisen. »Und?«, sagte sie, als Aufforderung an mich.

Ich erzählte ihr, dass ich in Mexiko war, um Vera zu sehen, und dann hierhergekommen sei, in der vagen Hoffnung, dass wir vielleicht wieder eine Beziehung beginnen könnten. Das freute sie, und sie fand es ziemlich romantisch. Dann platzte ich damit heraus, dass sie mir sehr geholfen hätte, weil meine Welt durch sie um einiges größer geworden sei. Ich versuchte, vorsichtig zu formulieren, was ich als Nächstes sagen wollte, weil ich sie nicht in ihrem Stolz verletzen wollte, und berichtete, ich hätte Glück gehabt und einen Ausgleich für meine Hütte bekommen, und ich würde ihr gern finanziell helfen. Ich sagte, ich hätte keine Ahnung, was sie brauchte, aber ich würde morgen nach Hause fahren, um Dinge mit meinen Eltern zu klären, und hätte noch zweitausend Dollar in Reiseschecks übrig. Das sei nicht viel, aber ich könnte ihr jeden Monat etwas schicken, bis sie auf die Füße gekommen wäre und vielleicht ihren Roman verkauft hätte.

Jetzt blickte sie gegen die Wand direkt vor ihrem Gesicht. »Wieso willst du mein Mäzen sein?«

Ich wiederholte, sie hätte mein Leben bereichert und ich sei in ihrer Schuld, außerdem sei mir Geld scheißegal und es täte mir weh, sie in Not zu sehen.

»Das meinst du wirklich, oder? Ich hatte vergessen, wie sachlich du bist.« Sie ging zum Badezimmer und warf einen Blick hinein. »Ich habe seit sechs Monaten nicht mehr geduscht. Wir haben nur eine Wanne. Hast du was dagegen?«

Es machte mich ganz verlegen, dass eine relativ kleine Geldsumme einem Menschen, der es so sehr verdiente, so viel bedeuten konnte. Mir lag nichts daran, in der extravaganten Weise meiner Familie zu klotzen. Für mich war es etwas Besonderes, einmal einem anderen etwas Gutes zu tun. Ich öffnete eine Flasche Wein, die ich als mögliche Verführungshilfe in einem Eiskübel im Schrank deponiert hatte. Mein Gesicht glühte, und meine Finger zitterten. Albernerweise musste ich an Mickey und Sylvia denken, wie sie »Love Is Strange« gesungen hatten, aber vor meinem geistigen Auge sah ich Cynthia und Laurie, die den Song schmetterten. Hatte ich vorgehabt, in Frankreich zu bleiben, falls Vernice wieder zu einer Liebesbeziehung bereit gewesen wäre? Wie ein blindes Huhn stocherte ich viel zu verbohrt in den falschen Dingen herum, während Laurie und Cynthia singend ein Tänzchen vollführten. Da zitterte ich nun um eine Liebe, die gar nicht zur Disposition stand.

Vernice kam vollständig bekleidet aus dem Bad, erspähte den Weinkübel und lachte. »Wo sind die Rosen?« Einen Moment war ich eingeschnappt, und es half auch nicht, dass sie mir einen keuschen Kuss auf die Wange gab. »Du musst bis Oktober warten. Einer zur Zeit ist mehr als genug.«

Sie nahm einen winzigen Schluck, und dann gingen wir zu ihrer Bank, da es an der Rezeption kein Bargeld für die Reiseschecks gab. »Wieso gehst du nicht einfach in eine College-Bar in Marquette und guckst dir da eine aus?«, stichelte sie. Ich sagte, ich hätte sehr spezielle Neigungen, aber College-Mädchen gehörten nicht dazu. Nach dem Bankbesuch hielten wir uns für eine Weile an den Händen und küssten uns dann zum Abschied. Es war kühl, und ein frischer Wind schien sie von mir weg über die Straße zu wehen.

Zurück im Zimmer, hatte ich binnen weniger Minuten gepackt. Ich wollte im Taxi nach Marseille und dort einen Zug nach Paris nehmen. Ich war in einer etwas trübsinnigen Stimmung, beschloss dann aber im letzten Moment noch, die junge Frau aus Thessaloniki in Paris anzurufen. Sie hieß irgendwas mit »Mary«, das ich nicht richtig verstanden hatte, ich glaube, Meriam. Meine Laune besserte sich, als sie sagte, sie hätte auf den Anruf gehofft. Sie würde abends nach der Arbeit zum Hotel kommen.

Im Zug nach Paris machte ich mir klar, dass ich unbedingt meine Mutter sehen musste. Vielleicht könnte ich die Strecke bis Tucson mit Carla im Auto fahren. Meine Mutter sah sich selbst als Christin, und ich würde sie fragen, ob sie Vater vergeben hatte. Zweifellos hatte er sich sehr viel mehr gegen sie als gegen mich versündigt, aber das war nur ein theoretischer Gedanke, denn wie wollte man derlei messen. In der letzten Zeit hatte ich eine starke Abneigung gegen die Unsitte entwickelt, immer und überall sofort einen Entschluss fassen zu müssen, um dann zur nächsten Aufgabe zu hetzen. »Wir müssen vorankommen«, wurde uns eingetrichtert. Hier handelte es sich jedoch um etwas radikal anderes, denn ich war fast fünfunddreißig Jahre alt und immer noch kaum mehr als ein Kind, als ich begriff, dass irgendetwas schrecklich verkehrt gelaufen war. Mein ganzes Projekt war nichts als ein einziges Gestammel gewesen, und jetzt lernte ich allmählich sprechen.

Während ich auf Meriam wartete, sah ich hinaus in den nächtlichen Garten und horchte auf die Chouette-Eule. Die Empfangsdame hatte berichtet, dass manchmal auch eine größere Eule in den Garten kam, die sie den »grand duc« nannten und die sich von den vielen Tauben ernährte, ein Todesengel der Tauben also. Ich blickte auf die funkelnden

Lichter von Paris und versank in Gedanken. Es kam mir so vor, als würde ich mich aus meinem vergangenen Leben zurückziehen, so wie ich mich damals vor der geplanten Knöcheloperation aus dem Krankenhaus geschlichen hatte. Nach der Erledigung meiner Eltern-Mission würde ich eine große Portion Garnichts nötig haben, bevor ich entscheiden könnte, ob es sich überhaupt noch lohnte, das Projekt zu Ende zu führen, wenn der große Zorn auf Vater entfiel.

Als Meriam schließlich nach zehn kam, war ich schon so weit weggedriftet, dass es mir bei ihrem Eintreten Schwierigkeiten bereitete, von dem Hügel in einem bestimmten Sumpfgelände bei Seney zurückzukehren. Carla und ich hatten uns an einem heißen Augustnachmittag bis dorthin vorgepirscht. Biber hatten in einem Bach einen Damm errichtet, und während wir auf dem Hügel saßen, spielte eine Otterfamilie am anderen Ufer. Nachdem Carla mehrere vergebliche Versuche gemacht hatte, einen zu fangen, tat sie so, als wären Otter ohnehin nicht ihr Fall. Wir waren kilometerweit entfernt von jeglicher menschlicher Behausung, und ich bezweifelte auch, dass auf dem Hügel schon einmal jemand gesessen hatte.

Meriam hatte einen kleinen Picknickkorb dabei, sodass mein letztes französisches Restauranthühnchen, auf das ich spekuliert hatte, wohl würde warten müssen. Vielleicht könnte ich ja auf der Upper Peninsula dicke, runde französische Hühner züchten. Ich erklärte ihr, ich würde sie gern zum Essen ausführen, aber sie erinnerte mich daran, dass ich im Jazzklub die ganze Rechnung bezahlt hatte. Obwohl sie für meine Begriffe exotisch aussah, war ihre Sprache sehr direkt, wenn auch etwas langsam. Und in Zeitlupe öffnete sie dann auch den Wein und stellte das Essen auf den

Tisch. Sie betonte, sie sei eine freie Frau aus Mitteleuropa, sie wisse, dass ihr Gelegenheitsfreund eine Frau in Lyon hatte, was er aber nicht zugab. Ich war gleichzeitig ausgehungert und sexuell erregt. Es gab Brot, verschiedene Oliven- und Käsesorten, Peperoni und eingelegten griechischen Fisch. Sie hatte keine gute Meinung von den USA, auch wenn sie versuchte, es nett auszudrücken. Die amerikanischen Studenten an der Sorbonne würden ihr ständig alles mögliche von den USA erzählen, schienen aber überhaupt nicht an ihrem Heimatland Griechenland interessiert und wollten nur wissen, ob man da billig leben konnte. Sie hatte ein kleines, batteriebetriebenes Transistorradio in ihrer Handtasche und suchte einen Sender mit arabisch klingender Musik. Sie zündete einen Joint an und reichte ihn mir. Ich nahm einen vorsichtigen Zug und half ihr beim Tischabräumen, dann ging sie ins Badezimmer, und zwar, wie mir schien, ziemlich lange, aber das kam wahrscheinlich vom Marihuana. Ich war irgendwie gelähmt und plötzlich schrecklich besorgt, ich würde nie mehr mit einer Frau schlafen können. Ich wollte mich schon aufs Bett legen, dachte dann aber, das könnte zu dreist wirken. Sie kam vollständig angekleidet wieder heraus, löschte alles Licht bis auf das im Badezimmer, das durch die Tür schien, drehte das Radio etwas lauter, sagte etwas zu der Nacht da draußen, in ihrer eigenen Sprache, wie ich vermutete, und führte mich zum Bett. Ich fragte, was sie gesagt hatte. »Ich habe meiner schrecklichen Mutter mitgeteilt, dass ich jetzt mit einem Amerikaner schlafen werde«, sagte sie lachend. Ein paar Stunden später fragte ich mich, wieso ich eigentlich Paris verließ. Aber ich tat es.

33

Während ich in Chicago auf den Flug nach Marquette wartete, rief ich meine Mutter in Tucson an. Sie sagte, ich solle mich noch eine Woche gedulden, sie plane, in Chicago ihren Arzt aufzusuchen. Sie verriet nicht, weswegen, aber als Reaktion auf ihre eigene hypochondrische Mutter erwähnte sie ihre Krankheiten, bis auf jene »Phantomschmerzen«, ohnehin nie. Auf dem Flug nach Norden wurde ich so ungeduldig, dass ich beschloss, zuerst meinen Vater in Duluth zu besuchen. Trotz all der elenden Kindheitslektionen über die Pflicht zur Geduld trieb es mich jetzt, die Angelegenheit auf den Weg zu bringen, wie unschön sie sich auch entwickeln mochte.

Zu Hause erwartete Mrs Plunkett mich mit einer Portion Lasagne. Clarence ging es nicht gut, er hatte, völlig ungewöhnlich für ihn, schon mittags Feierabend gemacht. Ich lief hinüber zu Jesses Wohnung, und zur Abwechslung bat er mich sogar hinein. Meine Einladung zum Abendessen schlug er zwar aus, öffnete aber sofort den edlen Cognac, den ich in Orly für ihn gekauft hatte. Er war müde, verärgert, fast verzweifelt und ließ die mir von Kindheit an vertraute Zurückhaltung fahren. Nachdem ich Mexiko verlassen hatte, war Vera mit ihrem Lehrer nach Oaxaca durchgebrannt. Ihren Sohn hatte sie allerdings auf dessen Wunsch hin bei einem Onkel und einer Tante auf der Kaffeeplantage untergebracht. Jesse gestand, dass er kaum Geld habe, weil mein Vater ihn seit fast einem Jahr nicht mehr bezahle. Seine Geschäfte, sagte er, liefen gut, aber er würde Vera gern dabei helfen, in Oaxaca Fuß zu fassen, auch wenn er schlecht auf sie zu sprechen sei. Er war völlig perplex, als ich anbot, ihm Geld für Vera zu leihen oder zu schenken. Er fragte, welchen Eindruck Vera auf mich gemacht habe, und schenkte uns noch einen Cognac ein.

»Sie sieht gut aus. Ich hätte sie sofort geheiratet, auch wenn ihr Sohn mein Bruder ist.« Es war nicht einfach, leichthin mit einer Sache umzugehen, über die wir nie gesprochen hatten. Wir alle hatten nur die Achseln gezuckt und weitergemacht wie bisher. »Ich habe nie begriffen, dass du damals nicht alles hingeschmissen hast.« Sie lag so lange zurück, aber plötzlich war jene Nacht wieder zum Greifen nah.

»Die Sorge für meine Familie war wichtiger als mein Zorn.« Das war alles, was er dazu sagte.

»Ich hätte ihn am liebsten umgebracht. Jahrelang wollte ich das. Ich habe sie geliebt.«

Jesse nickte, als wäre es das Selbstverständlichste von der Welt, dass ich meinen Vater ermorden wollte. Die Vorstellung von dem, »was hätte sein können«, ließ uns beide lange verstummen. Ein drittes Glas, das jeder Schwachkopf bei diesem Thema zweifellos gern genommen hätte, lehnte ich ab. »Bitte ruf ihn an und sag ihm, ich werde am Nachmittag bei ihm sein. Sag ihm auch, er soll ehrlich zu mir sein, oder ich bringe ihn mit der Landgeschichte vor Gericht.« Tränen schossen mir in die Augen, ob aus Zorn oder deshalb, weil ich endlich etwas unternahm, wusste ich nicht. Viele Söhne rannten einfach davon, aber mir war das Herz inzwischen zu schwer für eine Flucht.

Während ich, mit Carla neben mir, entschieden zu viel Lasagne aß, las ich einen Brief von Mick aus Grand Marais. Er schrieb, die Jagdhütte stehe demnächst zum Verkauf. Die Jägergruppe habe sich zerstritten, und er schätze, ich könnte die Bude am Fluss zusammen mit dem zehn Morgen großen Grundstück für etwa fünfzehn Riesen in bar übernehmen. Zu Mrs Plunketts Verdruss rief ich Mick noch während des Essens an und sagte, ich hätte die Hütte schrecklich gern und er möge mich auf dem Laufenden halten. Carla sabberte neben meinem Stuhl den Boden voll, weshalb ich auch ihr ein Tellerchen mit Lasagne hinstellte. Sie liebte italienisches Essen schon seit geraumer Zeit, und ich glaube, der Geruch von Knoblauch stieg ihr verführerisch in die Nase. Irgendwo in seinem Tagebuch hatte auch Sprague einmal erwähnt, wie sehr sein Hund Fleischpasteten mochte. Die einzige andere Post von Bedeutung war ein Buch von Fred aus Hawaii: *Versuchung durch Erkenntnis – Die gnostischen Evangelien* von Elaine Pagels. Darin beschäftigt sich die Autorin mit den in Ägypten ausgegrabenen Papyrusrollen von Nag Hammadi. Freds Kommentar dazu lautete: »Das bist du. Lies es langsam.« Wenn er in seinem Zendo demnächst noch kryptischer würde, würde er am Ende gänzlich verstummen, aber den Großteil unserer Gespräche führen wir ohnehin stumm, mit uns selbst.

Plötzlich wurde ich sehr müde. Ich rechnete mir aus, dass es in Frankreich jetzt vier Uhr früh war, und ging kurzerhand mit Elaine Pagels Buch ins Bett. Die wenigsten werden ein Buch mit dem Titel *Die gnostischen Evangelien* für geeignete Bettlektüre halten, aber Freds Kommentar machte mich neugierig, auch wenn ich das Gefühl hatte, Sand würde in meinen Augen knirschen und Meriams schwüles Parfüm liege immer noch wie ein Film auf meiner Haut. Natürlich war es kindisch von mir, dass ich Sex nach wie vor als das pervertierte Gegenteil von Religion ansah. Aber dass ich nach der Lektüre der kurzen Einleitung derart in Tränen aufgelöst war, nahm ich als deutlichen Hinweis auf meinen doch sehr labilen Zustand. Meine neue Entschlossenheit hatte offenbar noch wenig Durchschlagskraft:

> Jesus sagte: »Wenn ihr ans Licht bringt, was in euch ist, wird das ans Licht Gebrachte euch retten. Wenn ihr nicht ans Licht bringt, was in euch ist, wird das nicht ans Licht Gebrachte euch vernichten.«

Ich dachte, ich würde abheben bei diesem Zitat aus dem Evangelium des Philippus, das frühe christliche Oberhäupter nicht in den offiziellen Kanon der Evangelien aufgenommen hatten. Ich las weiter und kam zu einem Ausspruch des Theodotus, der Gnostiker als Menschen beschreibt, die begriffen hätten, »wer wir waren und was wir geworden sind; wo wir waren ... ob wir eilig voranhasten; wovon wir frei werden; was Geburt ist und was Wiedergeburt ist«.

Das folgende Zitat eines Gnostikers namens Monoimus drückt aus, dass man Gott im eigenen »Selbst« finden muss:

> Hör auf, Gott und die Schöpfung und dergleichen Dinge zu suchen. Such nach ihm, indem du dich selbst zum Ausgangspunkt nimmst. Lern begreifen, wer es ist in dir, der sich alle Dinge in dir aneignet und sagt: »Mein Gott, mein Verstand, mein Gedanke, meine Seele, mein Körper.« Lern die Quellen von Kummer, Freude, Liebe, Hass ... begreifen. Wenn du all dies sorgfältig erforschst, wirst du ihn *in dir selbst* finden.

Ich tigerte wie ein hoffnungsloser Depp in meiner Unterhose durchs Zimmer, während der Eisregen gegen das Fenster prasselte. Das war eine Form von Christentum, die der Kirche keine Möglichkeit gab, ein abgehobener, diktatorischer Vater zu werden. Meine Wirbelsäule war zwar immer noch ein gekrümmtes Fragezeichen, doch es bestand die Hoffnung, dass Heilung in greifbarer Nähe und nicht eine Angelegenheit galaktischer Kommunikation war. Carla war von meiner Rastlosigkeit etwas verstört, und ich streichelte sie, um sie zu beruhigen. Mit einem Mal ahnte ich, dass die Erde sehr viel faszinierender war, als ich hatte wahrhaben wollen. Im Moment hatte ich nicht das Bedürfnis, anderen vorzuwerfen, dass ich so häufig verbohrt in die falsche Richtung gelaufen war. Mit Bildern vom Forellenangeln und meinen Lieblingsbaumstümpfen gelang es mir endlich, einzuschlafen, aber die Vorstellung, dass ein Frauenhintern auch zum Lobe Gottes existierte, war gar nicht so fern.

34

Bevor ich nach Duluth aufbrach, frühstückte ich mit Clarence und Jesse im Imbiss. Als ich kam, saßen sie schon da, und offenbar hatte Jesse Clarence erzählt, ich würde meinen Vater aufsuchen. Beide waren inzwischen Mitte sechzig und wirkten auf mich zum ersten Mal altersmüde. Clarence sagte, der Arzt habe eine Herzschwäche bei ihm festgestellt. Er dürfe nicht mehr sechzehn Stunden am Tag arbeiten. Was ihn aber stärker beunruhigte, war sein »nachlassender« Verstand. Zum Beispiel habe er die Büsche, die im April gepflanzt werden sollten, zweimal bestellt. Meine Mutter war seit zwanzig Jahren nicht mehr im Haus gewesen, aber die gärtnerischen Angelegenheiten besprach sie immer noch mit ihm am Telefon. Jesse wirkte gebrechlich, aber er würde sich sicherlich bald wieder erholen, da der Streit mit Vera wegen ihrer Heirat ja nun beendet war. Mir war klar, dass beide wissen wollten, was ich mit meiner Reise zu meinem Vater bezweckte, aber ich konnte ihnen nur sagen, es seien ein paar Angelegenheiten zu regeln. Beim Aufbruch steckte ich Jesse einen Scheck für Vera zu, der ihr und ihrem Mann helfen sollte, in Oaxaca auf einen grünen Zweig zu kommen. Im letzten Moment fragte Clarence, ob ich vielleicht Zeit hätte, mit ihm zur Presque Isle zu fahren, und obwohl ich schon sehr auf dem Sprung war, konnte ich schlecht Nein sagen.

Wir parkten und liefen die letzten hundert Meter zu Fuß durch die Kälte. Anfangs schien uns die überfrorene Schneedecke zu tragen, aber dann brach sie doch ein. Wir kamen zum Grab seines Ururgroßvaters, der angeblich von 1798 bis 1901 gelebt und Häuptling Kaw-baw-gam geheißen hatte. Clarence sprach ein paar Worte auf Chippewa und sagte dann zu mir, es sei keine gute Medizin für mich, wenn ich zu hart mit meinem Vater wäre. »Er ist zu alt, du kannst ihn nicht mehr in den Hintern treten. Das hättest du vielleicht tun können, als er damals wegging, aber jetzt ist es dafür zu spät.« Das war's. Ich fuhr ihn nach Hause, wo er den Nachmittag mit Carla, den Blumen und seinen Baumschulkatalogen verbringen wollte.

Auf halber Strecke nach Duluth fiel mir die Zeile eines Dichters ein, den Vernice geliebt und von dem ich nichts gelesen hatte. »Die Tage haben sich verschworen gegen das, was wir zu sein glauben.« Überall nur offene Fragen, und dieses Gefühl erinnerte mich an den Tag, als Carla drüben hinter Republic einen toten Wolf im Gebüsch fand. Ihre Nackenhaare sträubten sich, und sie wich knurrend zurück. An der Schnauze des Wolfs konnte ich sehen, dass er sehr alt war. Damals hatte ich mit Erstaunen festgestellt, dass ein totes Tier so viel mehr sein konnte als ein totes Tier. Aber Wölfe waren schließlich auch so selten, dass sie als Boten von etwas Höherem erscheinen konnten. Ein toter Wolf in einem Dickicht bedeutete, dass die Welt der Natur weit mehr war, als wir uns unter ihr vorstellten.

Als ich Superior in Wisconsin erreichte, musste ich auch daran denken, wie Fred nach einem Besuch im Club verkündet hatte, was für ein verdammter Schwachkopf mein Großvater gewesen sei. Nach einigen Gläsern Alkohol schwang Fred sich gern zum großen Wirtschaftsexperten auf, besonders, wenn es um die Vergangenheit ging. Mein Urgroßvater war der erste Beweger gewesen, der große Beschaffer, und mein Großvater der Bewahrer der Anteile am Holz- und Bergwerksgeschäft, aber auch jemand, der auf seinem Spezialwissen beharrte. Als er gegen Ende der Weltwirtschaftskrise starb, hatte er das Familienvermögen tatsächlich um drei Viertel verringert, vor allem wohl deshalb, weil er in seinem Größenwahn glaubte, seine Erfahrungen aus Holzwirtschaft und Bergbau ließen sich umstandslos auf jedes andere Gebiet übertragen.

Für mich jedoch war nicht mein Großvater das eigentliche Problem, sondern das, was Fred unter »wirklich reich« verstand. Für Fred hatten Zahlen immer noch einen religiösen Charakter. Er selbst hatte bewusst einen anderen Weg eingeschlagen, aber wenn er betrunken war, fühlte er sich schnell wieder als der »Versager«, dessen frühes Interesse an Literatur der Familie meiner Mutter als sicheres Anzeichen dafür gegolten hatte, dass er aus dem falschen Holz geschnitzt war. Fred legte ungeheuren Wert darauf, sich als arm auszugeben. Dabei wusste ich inzwischen längst, dass das nicht zutraf. Es hatte einige Zeit gedauert, bis ich herausfand, dass er wegen seines psychischen Zusammenbruchs gar keine Rente von der Kirche erhielt. Jetzt auf meiner Fahrt nach Duluth wurde mir vor allem klar, wie sehr er um ein Leben kämpfte, das nicht auf der unsäglichen Betäubung durch den Alkohol gründete. Er hatte durchaus genug von seinem Mogulvater im Blut, um mit einem Fingerschnippen Fördermittel zu ergaunern, wie Riva erzählt hatte, aber das verband ihn eben mit der Welt, in der er sich so absolut unwohl fühlte. Ich konnte ihm bei seinem jüngsten Versuch mit Zendo nur Glück wünschen.

Am Ende liefen diese Überlegungen natürlich darauf hinaus, dass ich hoffte, meine eigene Befreiung würde erfolgreicher sein. Jedenfalls fühlte ich mich kurz vor Duluth stark genug, der Erkenntnis ins Auge zu sehen, dass sich mein neues

Leben nicht in der Reaktion auf jenen Vater erschöpfen durfte, den ich jetzt besuchte.

Als ich Sewards Einfahrt hinauffuhr, sah ich meinen Vater in einem leuchtend bunten Trainingsanzug aus dem Wäldchen hinter der umgebauten Remise tapern. Es sah absolut unmöglich aus, wie er mir da zuwinkte. Ich verlangte mal wieder zu viel von der Wirklichkeit. Wir hatten fast fünfzehn Grad Celsius, und er hätte eigentlich in einem warmen Mantel im Gartenstuhl sitzen und mit leicht melancholischem Blick über den Lake Superior blicken sollen. Ich folgte ihm ins Haus, und er schenkte sich ein Glas ein. Er wirkte klapprig, das einzige Wort, das mir zu ihm einfiel. Seine viel gereisten Ledertaschen und Koffer standen an der Tür, und er sagte, er habe seinen jährlichen Angeltrip nach Key West um einen Tag verschoben, nur um mich zu sehen. Diese Gepäckstücke kosteten mehr als meine ganze extravagante Reise, und als ich mich näher in dem großen Raum umschaute, fielen mir all die Dinge ins Auge, mit denen sich ein reicher Gentleman zu umgeben pflegt, doch die meisten dieser Dinge waren alt, was mich, angesichts seines schwindenden Vermögens, anrührte. Ich versuchte aber, mich vor Mitgefühl zu hüten, zumal mir nicht bekannt war, wie viel Land er tatsächlich noch besaß. Jetzt ging es darum, seine undurchdringliche Patriarchenpose zu erschüttern – diese lakonische Haltung, mit der er signalisierte, dass er, mochte das Leben auch noch so beschissen sein, den Durchblick hatte und sich selbstverständlich auf dem Fahrersitz befand.

»Du hättest dir den weiten Weg sparen können. Wenn du dich dazu herabgelassen hättest, die Bank und unsere Anwälte aufzusuchen, hättest du erfahren, dass ihr beiden, Cynthia und du, von jedem verkauften Stück Land euren Anteil erhaltet.

Einige meiner Investitionen sind nicht ganz aufgegangen, und ich war ein bisschen unvorsichtig, als ich auf Geld zurückgriff, das vielleicht nicht ganz mir gehörte.«

»Ich bin nicht hier, um mit dir über Geld zu reden, das dir nicht gehört. Ich möchte wissen, wieso du versucht hast, mit Cynthia herumzumachen, als sie noch ein kleines Mädchen war?« Eigentlich hatte ich gehofft, ich würde das alles wie in einem russischen Roman säuberlich, Stück für Stück, aufs Tapet bringen, aber diese ungeschickte Frage kam leider zuerst.

»Sie ist sehr grausam zu mir. Sie erlaubt mir nicht, meine Enkelkinder zu sehen.«

Mit anderen Worten, ein Schuss in den Ofen. Es war viel zu heiß im Zimmer, und im Nu hatte ich mich bis aufs Hemd ausgezogen. Mir fiel auf, dass der einst so athletische Mann inzwischen sehr hager war, bis auf den kleinen Kugelbauch. Und seine schlaffen Gesichtszüge ließen den Unterkiefer noch länger wirken.

»Wie konntest du nur ein solcher Perversling werden?«

Er dachte eine Weile über diese Frage nach, ohne irgendein Zeichen innerer Erregung. »Ich war halt schon immer etwas anders. Aber was soll das? Ich dachte, es geht hier um Geld.«

»Nein. Ich versuche, dir zu vergeben.«

»Wozu? Im Ernst, wozu das?«

»Ich wollte dich umbringen, weil du Vera vergewaltigt hast.«

»Das ist nichts Neues. Ich wollte auch meinen Vater umbringen. Er war ein niederträchtiges, selbstgerechtes Arschloch. Hat Richard und mich nur tyrannisiert. Nach einer Kindheit unter seiner Fuchtel war der Zweite Weltkrieg eine regelrechte Erlösung für mich. Er war schon Ende vierzig, als er Vater wurde. Wir waren einfach nicht konsequent. Er verlor sehr rasch sehr viel Geld und fuhr trotzdem immer noch mit uns in seinem privaten Eisenbahnwaggon nach Chicago, und er verließ nie seinen Schreibtisch, blickte nie aus dem Fenster.«

»Und was ist mit deiner Mutter?«

»Sie war eine Expertin in Sachen Müßiggang. Sie starb, als ich zwölf war, angeblich an einem Herzinfarkt, aber ich glaube, es war Selbstmord. Pillen und Alkohol.«

»Und was hält dich am Leben?« Ich hatte keine Ahnung, wohin ich mit meinen Fragen wollte.

»Ich liebe jeden einzelnen Tag. Das wirst du auch, wenn du erst mal so alt bist wie ich.« Er sagte das ohne Ironie.

»Warum hast du Vera vergewaltigt?«

»Ich erinnere mich, dass ich getrunken hatte.«

»Es muss in dir gesteckt haben, auch wenn du nicht getrunken hast. Immerhin war sie nicht die Einzige.«

»Tja, das habe ich mich auch gefragt. Vielleicht hat es während des Kriegs auf den Philippinen angefangen. Bei sehr jungen Mädchen konnte man eher hoffen, dass sie keine Syphilis hatten. Wir tragen offenbar alle abnorme Sehnsüchte in uns.«

»Was zählt, ist das, was man *tut*.«

»Richtig, aber wohin soll das hier führen? Wenige unter uns sind wirklich gläubig, so wie du oder dein Onkel Fred. Ich wünsche dir alles Gute. Ich bin sogar stolz darauf, dass du anscheinend nicht meinen Weg eingeschlagen hast.«

Ich konnte kaum schlucken. Hier kam ich offenbar nicht weiter. Mein deutliches Unbehagen schien ihn völlig kaltzulassen. Ebenso wenig, wie er Vera nicht um Vergebung bitten konnte, würde er zu mir sagen: Vergib mir, dass ich deine Freundin vergewaltigt habe. Der Außenseiter war ich. Die Sprache, die ich von ihm verlangte, wurde in seiner Welt nicht gesprochen.

Ich erhob mich, um zu gehen. Ich konnte nicht sprechen, und ich konnte nicht schlucken. In diesem Augenblick wünschte ich, Carla wäre bei mir, dann hätten wir jetzt zur Erholung einen Spaziergang gemacht, und er wäre sehr lang geworden, vielleicht hätte er ein Jahr gedauert. Ich staunte, dass wir beide dasselbe Englisch sprachen.

»Ist das immer noch die alte Jesus-Geschichte? Du bist also extra hierhergekommen, um mir zu vergeben. Die Sache verfolgt dich. Jesse hat mir erzählt, dass du sogar bis nach Mexiko gefahren bist. Du kannst nicht vergeben, was ich getan habe. Versuch es gar nicht erst. Du könntest mir vergeben, dass ich ein schlechter Vater war. Aber es war mir nicht anders möglich.«

Wir gingen nach draußen und blickten auf die schmelzenden Eisschollen, zwischen denen schon das blaue Wasser zu sehen war. Auf der Veranda stand eine große Schüssel mit Hundefutter. Er sagte, die stelle er für die streunenden Hunde hin, die sich hinten im Wald herumtrieben. Er lehnte sich gegen das Geländer, und seine Beine sahen spindeldürr aus. Das Alter.

»Leute in Chicago erzählen mir, deine Mutter führt ein flottes Leben ohne mich.«

Mir fiel keine Antwort ein. Ich kam mir vor wie ein Kind bei dem aussichtslosen Versuch, einen möglicherweise uferlosen See zu durchschwimmen.

35

Ein kleiner Erfolg hob meine Stimmung. Auf dem Weg zu meiner Mutter in Chicago machte ich in Kalamazoo halt, um den Kauf der Hütte am Fluss abzuwickeln. Da meine Kaufbereitschaft inzwischen durchgesickert war, hatte man den Preis auf zwanzigtausend heraufgesetzt. Mit Überraschung entdeckte ich bei der Verkaufsverhandlung mit den zwei Hauptbesitzern den Namen eines Indianers auf der Originalurkunde, und erstaunlich war auch das dümmliche Gezänk, das die Jägergruppe gespalten hatte. Die jüngeren Mitglieder blieben abends gern lange auf und spielten Karten oder kamen erst spät und mit viel Lärm aus der Kneipe. Einer von ihnen hatte sich einmal über dem Holzofen erbrochen, und es hatte die ganze kalte Novembernacht gestunken. Die Jüngeren kochten lustlos, kauften das Brennholz, statt es selbst zu hacken, und blieben überhaupt ihren Teil der häuslichen Pflichten meist schuldig. Die beiden älteren Männer arbeiteten in einer Möbelfabrik und wollten die Hütte, die ihnen dreißig Jahre lang gehört hatte, nun aus einer schieren Laune heraus aufgeben.

Ich hatte Carla dabei und belohnte sie für die Wartezeit im Pick-up mit einem Cheeseburger. Von dem nun eine Woche zurückliegenden Treffen mit meinem Vater hatte ich mich schnell und gut erholt, wobei mir auch ein einstündiges Telefonat mit Cynthia half, die meinen Versuch für ebenso mutig wie naiv hielt. Ich hatte ihr aus Jalapa einen Stapel Postkarten mit Jaguarfrauen geschickt, worüber sie sich geärgert hatte, da sie sich selbst für eine weiche, mitfühlende Frau hielt. Als ich sie daraufhin an ihre kriegerische Vergangenheit erinnerte, meinte sie, das sei reine »Selbstverteidigung« gewesen, eine Fähigkeit, über die ihr Bruder nicht verfüge. Sie berichtete von einem vermutlich bösartigen Nierenleiden unserer Mutter, mit dem sie aber noch lange leben werde. »Warum kann das nicht unser Vater kriegen?«, fragte ich. »Du weißt, dass das so nicht läuft«, sagte sie.

Der Berufsverkehr in Chicago hatte den Vorteil, dass er alle anderen Gedanken verhinderte. Carla hatte beschlossen, uns mit Knurren und Bellen gegen jeden einzelnen Lastwagen zu verteidigen, was mich ganz verrückt machte, bis ich sie schließlich mit einem guten Rhythm-and-Blues-Sender übertönte. Als Stadt gefällt mir Chicago von jeher, obwohl das Verkehrsaufkommen allmählich jedes erträgliche Maß überschreitet. Als wir vor Mutters Haus in Evanston aus dem Auto stiegen, attackierte Carla einen Hund, weil der ihren Hintern beschnüffelte. Ich fuhr mit meiner Reisetasche dazwischen und packte Carla beim Halsband. Trotzdem hatte sie sich schon in die Kehle des männlichen Tiers verbissen und es zu Boden gedrückt. Ich entschuldigte mich bei dem Besitzer, einem tuntigen jungen Mann, der sagte: »Zeke begreift einfach nicht, dass ihn nicht alle Weibchen mögen.«

Ich saß in der Küche mit einem Glas Wein. Mutter briet ziemlich ungeschickt ein Hühnchen und kippte, bevor ich sie daran hindern konnte, eine Dose Champignoncreme als »Soße« dazu. Sie war vom Südwesten gebräunt, aber darunter hatte sie keine gute Farbe.

»Wie geht es ihm?«

»Er selbst findet, gut, aber er sieht schrecklich aus, klapprig und spindeldürr. Und mit der Knollennase wirkt sein Unterkiefer noch länger.«

»Cynthia hat mir erzählt, du wolltest ihm vergeben.« Sie trank Wasser und mied meinen Blick. Ich merkte, dass ich mich vor Grobheiten hüten musste.

»Ach ja?«, meinte ich.

»Mir wäre das niemals eingefallen. Zwar halte auch ich mich für eine Christin, aber er ist nie mit diesem Anliegen zu mir gekommen. An manchen Tagen scheint mir all dies so weit zurückzuliegen, aber andererseits vergesse ich auch nicht, wie lange es gedauert hat. Gin habe ich danach nie mehr anrühren können.« Jetzt lächelte sie, und das fand ich erleichternd.

»Ich musste es versuchen. Aber er war so undurchdringlich wie Beton. Er sagte, ich könnte ihm vergeben, dass er ein schlechter Vater war, aber nicht das, was er getan hat. Nur lässt sich das schlecht auseinanderhalten. Er sagte, nichts hätte anders sein können.«

»Seine Freunde, seine Klassenkameraden waren übrigens genauso, wenn ich ihnen hier in Chicago oder in New York oder auch oben im Club begegnet bin. Alle schienen fest davon überzeugt, dass sie zu Recht so sind, wie sie sind. Sie taten wie kleine Fürsten, aber wenn ich mit ihren Frauen sprach und sie nicht in der Nähe waren, kamen sie mir nur wie eingebildete Gockel vor.«

»Vermutlich kommt das vom Geld«, schlug ich vor.

»Nicht nur vom Geld. Keiner seiner Freunde hat irgendetwas Besonderes zustande gebracht, aber sie führten sich auf, als wären sie allen überlegen. Sie ereiferten sich über die schlechte Welt, machten aber einfach weiter wie bisher. Vielleicht bin ja auch ich keine Ausnahme.« Sie verstummte, den Tränen nahe, und schwieg eine Weile, um sich zu sammeln.

»Ich denke nicht so von dir«, sagte ich.

»Ich war nur auf eine bestimmte Art von Leben vorbereitet und hatte nie den Mut, den Schritt hinaus zu wagen, so wie du und Cynthia. Als ich Donald und Cynthia im vergangenen Herbst besuchte, kam sie mir kaum wie unsere Tochter vor. Sie hatte einfach überhaupt nichts von mir oder deinem Vater. Und es hat mich gefreut. Wie du weißt, rede ich gern so, als wüsste ich genau, wie es läuft in der Welt, aber als ich einmal in einer onkologischen Kinderklinik aushelfen wollte, hielt ich nur eine Woche durch. Ich bin nicht zäh genug. Ich tauge nichts, außer unter Leuten, die so aufgewachsen sind wie ich. Meine einzigen Freunde in der Welt da draußen sind Polly und ihre beiden Kinder, die mich ›Omi‹ nennen. Vermisst du sie eigentlich nicht?«

»Doch, natürlich.« Es freute mich, dass auch sie in Vater nur eine lahme Ente sah. Diese spezifische Blutarmut der sogenannten Oberschicht konnte einen schlichtweg sprachlos machen. Diese Menschen bewegten sich auf den seit Jahrzehnten eingefahrenen Gleisen. Mutter hatte erzählt, in den Anfangszeiten der Ehe sei Chicago ihr fester Standort gewesen, Marquette und der Club waren den schönen Monaten von Mai bis Mitte Oktober vorbehalten. Später fanden sie dann, Marquette sei geeigneter, um Kinder großzuziehen.

»Es war so traurig, dass ihr euch getrennt habt.« Sie wollte nicht vom Thema Polly lassen. »Eigentlich verstehe ich nicht, wieso du keine Kinder wolltest.«

Ich stand auf und rührte ihr gallertartiges Hühnchengericht um. Wie kam ich bloß aus dieser Situation heraus, die anfing, der trostlosen Pampe in der Bratpfanne zu ähneln?

»Ich glaube, Dr. Coughlin findet, dass du vom Leben mehr verlangst, als es dir bieten kann. Jesse hat mir erzählt, dass du in Mexiko warst. Das ist ein gutes Beispiel.«

Da hatte sie mich erwischt. Ich hatte einmal etwas darüber gelesen, wie Eltern die Rolle quengeliger Kinder übernehmen können. Es ist ein Fehler, in ihnen mehr als die ältere Version von uns selbst zu sehen. Ich sollte mich damit zufriedengeben, dass es Cynthia und mir gelungen war, nicht das Leben unserer Eltern zu leben, das zwar einen gesellschaftlich sicheren Rahmen bot, aber innerlich völlig ausgehöhlt schien. Um Zeit zu gewinnen, fütterte ich Carla. Und als ich mich umschaute, traf mich die Erkenntnis wie ein Schlag, dass diese Sorte Leben in einer teuren Küche bestand, in der man dann nichts kochen konnte – in der alles vorhanden war, nur nicht die richtigen Zutaten. Mir fiel wieder ein, wie unansehnlich Freds Mortadellasandwiches für die armen Kinder gewesen waren, aber immerhin hatte er sich bemüht.

»Du weichst mir aus«, sagte sie.

»Bisher konnte ich nicht sehen, was das Leben mir zu bieten hat. Ich war zu sehr mit Denken beschäftigt. Ich habe versucht, das schon gelebte Leben zu bewältigen.« Das war lahm, aber mehr fiel mir nicht ein. Aus Rücksicht konnte ich gewisse Dinge mit ihr nicht so besprechen wie mit meinem Vater. Ein Teil von mir wäre gern wie ein heller Scheinwerfer gewesen, aber eine kleine Taschenlampe musste genügen. Ich konnte ja nicht meine Seele erleichtern, indem ich eine andere untergehen ließ. Zum Beispiel mochte ich sie nicht fragen, wieso sie damals nicht einfach mit uns getürmt war, ehe das Familienleben seelisch so verwahrloste, dass Veras Vergewaltigung möglich wurde. Wir waren an einem Punkt angelangt, wo ein weiteres Aufreißen alter Wunden fruchtlos war.

Amüsiert betrachtete ich den Hühnermatsch, den ich da umgerührt hatte. Ein klarer Fall von Ackergaul, aus dem kein Rennpferd mehr wird. Carla saß neben dem Stuhl meiner Mutter und blickte mich an, als wäre der köstliche Duft vom Herd kaum noch auszuhalten. Mutter streichelte sie entzückt. Ein perfektes Stillleben. Ich liebte meine Mutter, und mir war, als würde ich meine imaginäre Richterrobe ablegen und in den Müllcontainer werfen. Ich ging zu ihr und umarmte sie. Aus einer plötzlichen Laune heraus fragte ich sie, ob es ihr recht sei, wenn ich einen Pizzaservice anriefe. Ich hatte seit dem Priesterseminar keine gute Chicagoer Pizza mehr gegessen. Sie fand die Idee prima.

36

Ich geriet in den Zustand eines stillen Zusammenbruchs. Nach dem Abendessen ging meine Mutter zu Bett, und Coughlin kam vorbei, und wir machten Pläne für unsere Forellenexpedition im Spätsommer. Früher einmal hatte er gefrotzelt, ich äße zu viel von der Welt, ohne etwas davon wieder auszuspucken. Und als er mich jetzt fragte, was ich so mache, sagte ich, ich würde fleißig meinen Überschuss an Welt ausspucken, von dem es ja eine Menge gebe.

Eigentlich hatte ich am nächsten Morgen abfahren wollen, aber da mir das Gefühl von Dringlichkeit abhandengekommen war, verbrachte ich zusammen mit meiner Mutter und einer Nachbarin den Morgen mit Löcherbuddeln und Büschepflanzen. Irgendwann nannte meine Mutter mich Clarence, bis sie es selbst merkte und sich mitten im Wort bei »Clare…« unterbrach.

Am Nachmittag ging ich in die Newberry-Bibliothek, um mir einige ethnologische Karten des nördlichen Territoriums anzuschauen. Ich konnte mich aber nicht konzentrieren, weil ich immer noch ganz erfüllt war vom Löchergraben und der Vorstellung, dass ich in Clarence' Fußstapfen trat. Beim Verlassen der Bibliothek blieb ich einen Moment an der Stelle stehen, wo ich Vernice begegnet war. Ein kalter Wind vom Lake Michigan fegte durch die Straßen, sodass ich mir ihr Sommerkleid nicht mehr richtig vorstellen konnte.

Am folgenden Tag stand Mutter früh auf, um mir Eier, hart wie Tennisbälle, zu kochen und um mir in ihrem alten blauen Morgenmantel nachzuwinken, den sie schon getragen hatte, als sie morgens mit Clarence durch den Garten gewandelt war, um die neuen Pflanzstellen festzulegen.

Ich machte einen Hunderte Kilometer langen Umweg, weil ich mir den Mississippi bei La Crosse in Wisconsin anschauen wollte. Zusätzlich wurde die Fahrt noch durch Carla verlangsamt, die ständig in die Büsche musste, aber es war immer noch besser, dass sie Mutters Hühnchen gegessen hatte und nicht ich. Eigentlich hatte ich geplant, in Madison haltzumachen, um mich an der Uni über die neue Fachrichtung »Humangeografie« zu informieren, aber dann rief ich mich zur Ordnung: Ich musste mich dringend zurückziehen, ich brauchte Ruhe. Als ich mit Coughlin unseren Angelausflug besprach und dabei Karten mit ihm anschaute, hatte er behauptet, ich könne offenbar nicht begreifen, wieso Menschen in den Vereinigten Staaten dort lebten, wo sie lebten. In Europa sei das viel einfacher. Eine bestimmte Gegend in Südfrankreich sei zum Beispiel praktisch die Wiege des Abendlandes.

Nördlich von La Crosse fand ich eine schöne Stelle an einem grasbewachsenen Hang, setzte mich auf einen großen Stein und schaute auf den gefrorenen Mississippi hinunter, während Carla durchs Gras streifte. Es war frühlingshaft warm, sodass das Sitzen angenehm war. Ich musste an einen Geschichtsprofessor denken, der ein kluger Spötter war. Er sagte, als die Weißen nach Amerika kamen, hätten sie dauernd Entdeckungen gemacht; so hatten sie auch die Quelle des Mississippi »entdeckt« – die die Ureinwohner natürlich längst kannten. Und er sagte auch, unsere Einstellung ihnen gegenüber sei leider nicht viel anders gewesen als die Hitlers gegenüber den Juden. Ich fand, die Geschichte meiner Familie hatte viel Ähnlichkeit mit der Geschichte der Vereinigten Staaten. Wir gehörten zu den großen Eroberern einer bestimmten Region, und als wir deren Hauptressourcen gründlich erschöpft hatten, gingen wir dazu über, unser Werk der Zerstörung zu verklären.

Doch dann ließ ich diese anmaßenden Überlegungen bleiben, hinter denen ich mich hatte verschanzen wollen. Ich widmete mich lieber dem Fluss und beobachtete einen Krähenschwarm, der sich auf einer großen Eisscholle treiben ließ, und eine einzelne Krähe, die krächzend hinterherhüpfte. Kopfschüttelnd musste ich daran denken, dass mein Vater seine Verbrechen zwar nicht geleugnet, sie aber für nicht der Rede wert gehalten hatte. So verfuhr er mit der Realität. Ich hatte gelesen, dass selbst Krähen sich auf bestimmte Weise ethisch verhalten. Wenn ich aber die Geschichte der Menschheit betrachtete, war pathologisches Verhalten mindestens so verbreitet wie die allgemeine Gleichgültigkeit.

Ich saß fast zwei Stunden so da, mit Carla, die von einer verwilderten Katze in einem Gebüsch verschreckt worden war, dicht neben mir.

Und dann begann die große Obsession meines Lebens von mir abzufallen. Eine seltsame Erfahrung. Jeder einzelne Muskelstrang entspannte sich nach und nach, und es war, als würde mein Gehirn sich wohlig verflüssigen und versickern. Ich war erstaunt, wie instabil der Hass auf meinen Vater war. Jetzt, da er zu weichen begann, merkte ich, wie sehr man sich wünscht, seine Eltern auch über die eigene Kindheit hinaus zu lieben.

Der weite Fluss vor meinen Augen wurde zunehmend unbegreiflich, und ich hätte schrecklich gern den Versuch aufgegeben, die Welt zu verstehen, zumindest für den Augenblick.

Ich kraulte Carlas Ohren. Sie war nervös wegen der wilden Katze, die jetzt das Gebüsch verließ und sie aus vierzig Meter Entfernung böse anfunkelte. Wie ich die Katze so sah, musste ich an Cynthias erstaunliche Gabe denken, andere einzuschüchtern, während ich selbst so schrecklich arglos war. Gelegentlich war ich bei meinem Soloabstieg in die Hölle, kurzsichtig, wie ich war, gleichsam unfreiwillig über das Leben als solches gestolpert. Und im Rückblick erschien es mir sehr einleuchtend, dass ich, getrieben von einer monomanischen Obsession, nicht deutlich sehen konnte, wohin mein Weg führte.

Plötzlich erstarrte Carla, ein tiefes Grollen stieg aus ihrer Kehle, und dann schoss sie auf die Katze los, die durch das Gebüsch entkam und einen schlanken Baum hochjagte. Auf dem Rückweg zum Pick-up stolzierte Carla so eingebildet daher, dass sie mit jedem Schritt größer zu werden schien. Was mich anging, hatte ich noch dieselbe Körpergröße, war aber nicht mehr derselbe Mann.

Das Abendessen im Speisesaal des Hotels war eigentlich deprimierend, wäre da nicht die rothaarige Bedienungshilfe gewesen, die Schriftstellerin werden wollte und mit der ich mich lange unterhielt. Sie hatte einen blassen Teint, die Anmut einer Ballerina, eine helle, klare Stimme und die lebhafte Redeweise einer frühreifen oder jüngeren Vernice. Sie fragte, ob wir uns nach ihrer Arbeit nicht noch treffen könnten, und ich war ganz aufgeregt vor Glück. Doch dann sagte sie, sie werde ihrem Vater Bescheid sagen, er brauche sie nicht abzuholen, wenn ich sie nach Hause brächte. Ich fragte: »Kannst du nicht fahren?«, und sie gestand, dass sie noch nicht alt genug für den Führerschein war, was bedeutete, dass sie unter sechzehn sein musste. Mir wurde ganz schwül, und ich erklärte, ich könne mich leider nicht mit ihr treffen. Ich machte einen Spaziergang mit Carla, und als wir zurückkamen, konnte ich vom Rasen vor dem Hotel durchs Fenster sehen. Das Mädchen beendete gerade seine Arbeit und wirkte etwas bedrückt. Ich brachte Carla ins Zimmer und betrat dann durch die Hintertür die Bar neben dem Speisesaal und bestellte mir einen doppelten Whiskey. Die Nacht war kühl, aber mein Haar war feucht, und ich konnte kaum schlucken. Sie erschien in der Tür zwischen Speisesaal und Bar und winkte mir zu. Ich schwenkte auf dem Barhocker herum und kehrte ihr den Rücken zu.

37

Das war der Moment, wo ich zu fließen begann, nicht wie ein Fluss, aber wenigstens doch wie ein Bach, der sich in ungezählten Windungen durch einen Wald schlängelt. Es geschah wenige Tage bevor ich tatsächlich begriff, dass der Zustand meines stillen Zusammenbruchs begonnen hatte.

In Marquette wartete ein mürrischer, widersprüchlicher Brief von Vernice auf mich, in dem sie gestand, sie hätte die Hälfte des Geldes, das ich ihr geschenkt hatte, ihrem Dichter-Liebhaber geliehen. Er habe einen Scheck aus den Staaten erwartet, doch als der endlich eintraf, waren sie schon getrennt, und er sei die Summe schuldig geblieben. Sie sei dann erst mal zu der »leicht sapphischen« Frau in die Nähe von Arles gezogen, die Vernice so lange unterstützen wollte, bis ihr Roman fertig sei. Vernice schrieb, sie verlange nichts mehr von mir, nur eins noch, nämlich, dass ich unseren Baumriesen von ihr grüße, wenn ich nach Grand Marais käme. Sie werde unsere Affäre in ihrem Roman benutzen, aber natürlich die Namen ändern. Vielleicht sähen wir uns ja im Oktober.

Ich fragte mich besorgt, ob ihr depressiver Zustand wohl dauerhaft sein würde. Im Grunde war ihr Beruf ihr »Selbst«, was natürlich heikel war.

Mein eigener Versuch, nicht zwanghaft über mein Selbst nachzudenken, war längst fehlgeschlagen, aber nicht, weil ich ihn abgebrochen hatte, sondern weil er allmählich versandet war. Mein Vater war ein falscher Anker gewesen, und ich hatte die Ankerleine gekappt.

Kaum zurück in Marquette, stürzte ich mich auch schon ins fröhliche Löcherbuddeln. Clarence hatte eine Schleimbeutelentzündung in der Schulter, und ein Schneepflug hatte unsere Hecke, die die Grenze zum rückwärtigen Weg bildete, ziemlich ramponiert, weshalb sie neu gepflanzt werden musste. Eigentlich sollten seine Neffen das Graben besorgen, aber die hatten anderswo zu tun. Zu meinem Erstaunen stieß ich in dreißig Zentimeter Tiefe noch auf gefrorene Erde und musste die Spitzhacke benutzen. Es war ein warmer Apriltag, und ich war schon bald völlig durchgeschwitzt und musste Handschuhe von Clarence anziehen, um keine Blasen zu kriegen. Clarence und Jesse saßen auf Gartenstühlen, tranken Bier und sahen fachmännisch zu. Nach einigen Stunden erschienen Clarence' Neffen, und wir brachten die Arbeit gemeinsam zu Ende. Dann kreuzte auch Susie auf, offenbar war sie hinter Sam her, dem Neffen, der von Detroit nach Marquette gezogen war. Mit Mrs Plunketts Lasagne und einem ziemlich zweifelhaften Rotwein picknickten wir im Freien. Aus einer geschäftsmännischen Laune heraus beschloss ich, die Neffen mit ihrem Gartenbaubetrieb zu unterstützen, da sie zu wenig Kapital hatten. Wir drei würden Kompagnons sein, und ich würde ihnen einen gebrauchten Pick-up, Schaufeln, Harken, eine Motoregge und ein paar Rasenmäher kaufen. Clarence würde sie bei der Pflanzung von Bäumen, Büschen und Blumen beraten. Als ich einige Tage später meine Sachen für Grand Marais zusammenpackte, sah ich, dass Susie auf die Türpaneele meines Pick-ups »David Burkett – Landschaftsgestaltung« gemalt hatte. Nicht, dass das Begeisterung bei mir ausgelöst hätte, aber nett war es trotzdem. Ich plante, meine Zeit zwischen der Hütte und harter körperlicher Arbeit in Marquette aufzuteilen. Dieses Programm würde mir Bodenhaftung verleihen. Die Idee, dass ich den Rasen der feinen Freunde meiner Eltern mähen würde, gefiel mir.

Auf dem Weg aus der Stadt fuhr ich noch bei Sam und seinem Bruder Teddy vorbei, und es endete damit, dass ich den beiden dabei half, rechts und links von einer Auffahrt Findlinge abzusetzen, die eilige Schneeräumdienste in Zukunft daran hindern sollten, den Hof in eine Kraterlandschaft zu verwandeln. In Gedanken war ich aber bereits bei der kommenden Forellensaison und quetschte mir prompt einen Finger. Brüllend sprang ich umher, bis Teddy mir mit seinem Klappmesser ein kleines Loch in den Fingernagel bohrte und das Blut druckvoll herausspritzte. Der Nerv in der Fingerspitze war sehr viel schmerzempfindlicher als der im gebrochenen Knöchel damals. Es wurde von Sekunde zu Sekunde schlimmer.

Während Teddy und Sam Kaffee aus einer zerbeulten Thermosflasche tranken, sahen sie mich mitleidig an. Trotz meiner bösen Schmerzen fiel mir jetzt auf, wie abgearbeitet sie wirkten, obwohl sie doch genauso alt waren wie ich. Es war nicht nur das voranschreitende Alter, so wie ich es am Vortag bei Clarence und Jesse beobachtet hatte, sondern das harte Leben der unteren Schichten. Teddy hatte aus seiner Zeit als Leichtgewicht-Boxer der Golden Globes und danach als ziemlich unangenehmer Freestyler Blumenkohlohren und wulstig vernarbte Augenbrauen behalten. Sam war weniger vernarbt, machte aber den Eindruck, als hätte er in einer Detroiter Blechpresse oder Autofabrik gearbeitet. Er hörte nicht mehr gut und hielt einem das Ohr hin, wenn man was zu ihm sagte.

Ich als gut betuchter Ideologe und eifernder Historiker war dagegen kaum vom Leben gezeichnet und in guter Verfassung, nachdem ich mich nun auch von meinen endlosen Winterwanderungen erholt hatte. Meine Malaisen waren selbst gewählt.

Auf der Fahrt nach Grand Marais ging mir auf, dass man kaum mehr zu Mitgefühl fähig ist, wenn man nur um sich selbst kreist. Ich hatte mich so sehr auf die Verbrechen meiner Familie an der Natur konzentriert, dass mir dabei die menschlichen Opfer aus dem Blick geraten waren. Vielleicht hatten die Überlebenden ihre Arbeit im Nachhinein verklären müssen, um ihr Schicksal leichter zu ertragen. Das unausgesprochene Ideal von meinem Urgroßvater und meinem Großvater war sicher, Menschen dazu zu bringen, dass sie mehr oder weniger umsonst arbeiteten, genau wie die Sklaven im Süden. Die Reichen wussten immer sehr genau, wie die Armen zu leben hatten. Sie sollten demütig zur Arbeit antreten.

Auf dem Waldweg zur Hütte musste ich mich noch durch ein paar verharschte Überreste von Schneewehen arbeiten, obwohl in zwei Tagen der Mai begann. Der Wald wirkte noch farblos, aber die Bäume begannen schon zu knospen, und auf den freien Flächen konnte ich erstes zartes Grün erkennen, das sich zwischen dem toten Gras hervorkämpfte. In meinem Finger pochte es noch immer, und doch war mir fast unheimlich leicht zumute. Beinahe kam ich mir selbst wie Carla vor, die aufgeregt auf ihrem Lieblingssitz neben mir saß. Eigentlich hatte ich vor meinem Aufbruch noch Coughlin anrufen und ihm von meinem nächtlichen Erlebnis erzählen wollen. Ich hatte da mit einem Mal das Gefühl gehabt, ich würde abheben und in der Luft schweben. Als ich vor der Hütte am Ufer entlangspazierte, weinte ich hemmungslos. Tränen lassen sich nicht wegdiskutieren.

38

Ich wurde auf eine neue Art von der Zeit mitgerissen. Es war eine angenehme Form der Verrücktheit, so als fülle sich die Lücke, die durch das aufgegebene Vater-Thema entstanden war, mit einer lang unterdrückten Albernheit. Im Fluss konnte ich noch nicht angeln, da er von der Schneeschmelze zu aufgewühlt war. Also machte ich mit Carla Spaziergänge oder ruderte in der Bucht oder auf dem Au-Sable-See. Ich musste mich aber warm anziehen, denn vom Wasser stieg eine eisig kalte Luft auf. Am Kai angelte ich ein paar Weißfische mit einer Gruppe von Opas, die ihre nach Schnupftabak riechenden Schnapsflaschen kreisen ließen. Ich schrieb Briefe an Vernice, Fred, Coughlin und Cynthia. Gern hätte ich auch an Elaine Pagels, die Kirchengeschichtsexpertin, geschrieben, aber ich war zu schüchtern. Ich grübelte viel über die Gnostiker nach, die verlangten, dass man sich vor allem auf seine eigene, unmittelbare Erfahrung verließ. Das klang mehr als nur ein bisschen nach Freds Zen-Weisheiten. Einmal hüpfte ich wie ein Kind so lange herum, bis ich völlig durchgeschwitzt war. Ich versuchte sogar zu kriechen, was Carla derart irritierte, dass ich an ein Kind denken musste, das vom wunderlichen Verhalten seiner Eltern verstört ist. Ich schlief mit einer nicht mehr ganz jungen Frau, die ich häufig im Lebensmittelladen getroffen hatte. Sie wollte, dass ich vorbeikam, um ihre Rosen zu begutachten, weil viele im Winter eingegangen waren. Wir liebten uns auf ihrem Wohnzimmerboden neben einer alten Standuhr, deren Pendelschlag mich störte. Wir legten uns anders hin. Ich hatte aufgeschürfte Knie. Ihre Katze fauchte mich an. Beim nächsten Mal waren wir weniger leidenschaftlich, und beim dritten Mal war ich erleichtert, dass sie ihren Mann aus Minneapolis zurückerwartete. Ich glaube, auch sie war erleichtert. Sie behauptete, es sei ihr erster Ehebruch in fünfunddreißig Jahren Ehe. Unpassenderweise fiel mir ein: »So alt werde ich im nächsten Jahr«, was ich allerdings nicht äußerte.

Als ich eines Tages einem Eistaucher zum westlichen Ende des Au-Sable-Sees folgte, fiel ich beim Rudern in eine neue Art von Trance. Es war relativ warm, und der Wind wehte kräftig genug, um die Insekten fernzuhalten. Ich zog Schuhe und Socken aus und fühlte, wie das Wasser unter dem dünnen Bootsboden entlangfloss. Seit ich vom Anleger losgerudert war, beschäftigte mich wieder einmal die alte Frage, ob individuelle Erlösung ohne kollektive Erlösung möglich ist. Begonnen hatte diese neuerliche Grübelei, als mir morgens beim Aufwachen Spragues Tagebücher einfielen, in denen er seine Frankreich-Reise kurz nach dem Ersten Weltkrieg beschreibt. Nach dem Besuch von Verdun, wo innerhalb von zehn Tagen achthunderttausend Männer gestorben waren, notierte er, dieses Schlachtfeld hinterlasse das größte Fragezeichen in der Menschheitsgeschichte, »seriöse Antworten gibt es darauf nicht«. Eingedenk dessen begann ich mit einer gewissen inneren Leichtigkeit zu rudern, da alles Dasein ohnehin vollkommen unbegreiflich war. Bei jedem Ruderschlag fixierte ich einen Gedanken, zum Beispiel den, dass sich alle Religionen den weltlichen politischen Mächten andienten und der Gier auf diese Weise praktischerweise die höhere Weihe verliehen. Nach jedem Ruderschlag glitt ich eine Weile still dahin und versank vollkommen in der reinen »Dinghaftigkeit« des Lebens, das mich umgab. Ich konnte nichts denken, erst recht nichts verstehen: See, Wasser, Himmel, Vogel, meine Füße, mein Atem. Etwas Ähnliches war mir schon einmal widerfahren, als ich mit Coughlin im Westen angeln war und in Nebraska vor meinem ersten leibhaftigen Büffel stand. Wir hatten uns noch am Morgen über mein Projekt unterhalten und dann bei Fort Fiobrara unweit von Valentine haltgemacht. Ich war mit den Gedanken ganz woanders, als ich aus dem Pick-up stieg und mich plötzlich Auge in Auge mit einem Büffel befand, der hinter einem soliden Zaun stand. Ein Ranger erzählte uns später, es handele sich um einen der größten noch existierenden Büffel. Mir kribbelte es unter der Haut, und der Rest der Welt, ich inklusive, verblasste angesichts seiner Großartigkeit, seines Geruchs, des Geräuschs seines Atems, seiner unheilvollen rötlichen Augen. Ich kam wieder zu mir, als er ein hohles, donnerndes Grollen ausstieß und ich mit einem, wie Coughlin erklärte, »athletischen« Satz in die Luft sprang. Seit diesem Erlebnis überlagerte sich in meinem Kopf das Bild vom Büffel mit den gewaltigen Baumstümpfen, über die wir gesprochen hatten, bevor wir in Fort Niobrara anhielten. Coughlin, der als kleiner Junge in Irland begeistert Cowboy-und-Indianer-Bücher sowie populäre Darstellungen des amerikanischen Westens gelesen hatte, wusste um die fünfundsiebzig Millionen Büffel, die damals getötet worden waren, und dass es heute nur noch einige Hundert gab, die das Überleben der Gattung sicherten. Seither bildeten Büffel und Seidenkiefernstümpfe eine untrennbare Einheit in meinem Kopf.

Der Eistaucher war in einem großen Bogen von der Mündung des Rhodey Creek zurückgekehrt, und mit ein paar kräftigen Ruderschlägen näherte ich mich Lauries Strand. Meine Gedanken wanderten jetzt zu der Vogelfedersammlung meiner

Kindheit und dann zu Lauries Scham. Niemand ist wahrscheinlich darauf vorbereitet, wie warm es da drinnen ist. Glenn und ich waren vielleicht zwölf, als wir uns an einem Frühlingstag im College-Wald an ein Liebespärchen heranschlichen. Das Mädchen erkannten wir, da wir sie häufig auf der Third Street gesehen hatten, wenn wir auf unseren Fahrrädern an den College-Mädchen vorbeifuhren, die auf uns allesamt geheimnisvoll attraktiv wirkten, ganz anders als die eigenen kreischenden Klassenkameradinnen. Jetzt im Wald waren wir erschrocken über den Anblick der ineinander gesteckten Geschlechtsteile und das Stöhnen des Mädchens. Der Mann keuchte, und ein Bein des Mädchens fiel zur Seite. Irgendwie hatte sie im bekleideten Zustand beeindruckender ausgesehen. Das erinnerte mich an eine unscheinbare, unauffällig gekleidete Lehrerin in der siebten Klasse, die ich einmal in einem knappen Badeanzug am Strand sah und die dadurch für mich zu einer ganz anderen Person geworden war. Sie sprach mich an und fragte, wie meine Ferien so seien, und ich brachte kaum eine Antwort heraus. Sie war sichtlich amüsiert über ihre Wirkung auf mich. Nichts in meinem Leben hatte mich jedoch mehr beeindruckt als Vera. Vera, wie sie am Strand tanzte oder mir oben im Flur ihren Hintern hinstreckte. Das unerfüllte Verlangen nach ihr war fast wie eine körperliche Krankheit und von anderer Qualität als meine Erfahrungen mit Laurie, Polly, Riva oder Vernice. Wenn ich damals darum betete, von der Lust befreit zu werden, hatte ich die Vorstellung, ich würde auf der Stelle sterben, wenn ich mit Vera schliefe. Als ich schließlich wieder am Anleger festmachte, musste ich lachen, denn ich war tatsächlich vier Stunden gerudert. Carla hatte gelangweilt auf dem hinteren Sitz geschlafen und war wahrscheinlich stinksauer über den ereignislosen Nachmittag. Meine Wiedergutmachung bestand darin, dass ich sie am frühen Abend mit zur Mutter aller Baumstümpfe nahm. Als wir in die Höhle darunter krochen, knurrte sie ein Häufchen Bärenkot an. Ich verspürte den Drang zu beten, aber das schien mir dann doch an diesem heiligen Ort etwas zu viel des Guten.

39

Ich verbrachte jetzt abwechselnd eine Woche mit Gärtnerarbeit in Marquette und eine Woche in der Hütte, bis ich Anfang August mit Coughlin zu unserem Angeltrip aufbrach. Während der Hüttenwoche setzte ich meine leicht autistische Übung des mehrstündigen täglichen Ruderns fort und angelte am Abend. Wenn ich in Marquette zusammen mit Sam und Teddy arbeitete, angelte ich abends an meinen alten Lieblingsplätzen am Middle Branch des Escanaba in der Nähe von Gwinn oder am Chocolay. Als wir einmal wegen heftigen Regens nicht draußen arbeiten konnten, ging ich sämtliche Notizen und Unterlagen meines Projekts durch, die ich ironischerweise im Arbeitszimmer meines Vaters aufbewahrte. Wen interessiert's?, dachte ich. Ich erkannte klar und deutlich, dass, bis auf die Berichte der alten Bergleute und Holzfäller, fast alles, was ich niedergeschrieben hatte, ressentimentgeladener, pseudoakademischer Müll war. Abgesehen von den authentischen Geschichten war alles einfach nur schrecklich. Mir schien, dass es nur zwei Möglichkeiten gab, wirklich aufzuklären: Entweder wählte ich einen eindeutig distanzierten Blickwinkel, oder ich verfasste einen klar autobiografischen Bericht nach der Methode, wie sie Vernice vorgeschlagen hatte, allerdings mit der neuen Maßgabe, dass mein Vater nicht mehr im Mittelpunkt stand. Schließlich hatte sein wesentlicher Beitrag zur Familiengeschichte nur darin bestanden, selbstgefällig das Geld auszugeben.

Eines Nachmittags, als wir in einem Garten von Leuten arbeiteten, die Teddy »reiche Typen« nannte, gab es einen kurzen peinlichen Moment. Eine alte Frau mit brüchiger Stimme kam aus dem Haus, nörgelte über unsere Arbeit, verstummte aber mit einem Mal und schaute mich an, als befände sie sich am falschen Ort. »David?«, sagte sie, und erst jetzt erkannte ich, dass sie eine frühere Bridge-Partnerin meiner Mutter war. »Ist alles in Ordnung?« Sie sah erst mich und dann Sam und Teddy verwundert an. Ich gewöhnte mich allmählich an diesen Blick, der mir überall in der Stadt begegnete. Aber sie war die Erste, die etwas sagte. Man ging offensichtlich nicht davon aus, dass ich mir meinen Lebensunterhalt selbst verdiente.

Ich wunderte mich, wieso mir niemand auf meine Briefe antwortete, bis mir einfiel, dass ich in meinem Postfach in Grand Marais nachschauen sollte, was ich schon damals vor Vernice' erstem Besuch versäumt hatte. Dort fand ich dann auch Briefe von Cynthia, Fred, meiner Mutter und einen erst kürzlich eingetroffenen von Vernice, die schrieb, sie komme vielleicht früher in die Staaten, wenn ich ihr einen Tausender für das Flugticket leihe. Sie habe ihren Sexroman inzwischen beendet und überlege nun, ob sie ihn unter ihrem eigenen Namen veröffentlichen solle. Wobei das vielleicht auch ein bisschen egal sei, da den Namen ohnehin kaum jemand kenne. Sie wohne nicht mehr bei ihrer »allzu anhänglichen Gönnerin« und koche jetzt für ein älteres Ehepaar aus Chicago, das ein Haus in der Nähe von St. Remy besitze und häufig Gäste empfange.

Cynthia schrieb, Donald habe endlich seine drei Tage und drei Nächte ohne Nahrung, Wasser und Dach über dem Kopf absolviert, sei völlig zerstochen zurückgekehrt, habe sich seine Lieblingsrippchen gegrillt und sei dann ins Bett verschwunden.

Von Vera aus Oaxaca habe sie gehört, dass die Ehe nicht gut laufe und dass sie Heimweh nach Veracruz habe, da Oaxaca voller Touristen sei. Cynthia berichtete auch, dass demnächst ein weiterer Scheck für uns komme, da »Dad« wieder Land habe verkaufen müssen, um ein juristisches Problem mit einem schwarzen Mädchen zu lösen, das er vor mehreren Jahren auf einer Wachtelfarm in Süd-Georgia kennengelernt hatte. (Das erklärte einen Brief des jungen Anwalts, den ich nicht hatte öffnen wollen.) Dad wäre normalerweise längst aus der Sache raus, wenn die Eltern des Mädchens nicht engagierte Bürgerrechtler wären, meinte Cynthia.

Fred schrieb, er versuche noch immer, in dem Zendo seinen »armen Hintern« zu retten, aber die spirituelle Begeisterung der ersten Monate sei dahin. Er arbeite im Gemüsegarten, was ihm gut gefalle, und studiere obendrein die Vogel- und Pflanzenwelt Hawaiis. Er sei betrübt, dass Riva nicht auf seine Briefe antworte. Ob ich etwas von ihr gehört hätte. Die Erwähnung von Riva weckte ein Gefühl der Einsamkeit in mir. Ich fragte mich, ob mir wohl das Schicksal Spragues bevorstand, der nach dem Tod seiner jungen Frau nie mehr eine Gefährtin gefunden hatte.

Mutter verstand es, mir mit ihrer Fürsorge zur Last zu fallen. Sie hatte einen Scheck beigelegt und schrieb, sie habe mit Entsetzen vernehmen müssen, dass ich in einem jämmerlichen Aufzug beim Rasenmähen gesehen worden sei. Meine Herkunft und Erziehung gälten wohl gar nichts mehr. Sie habe ihren Bankier angewiesen, mir monatlich einen Scheck zu schicken. Sie fürchte, an mir versagt zu haben, und wollte wissen, ob ich meine Geschichte der Upper Peninsula aufgegeben hätte. Sie habe schließlich Clarence angerufen und von meinem Gartenbaubetrieb erfahren, was offenbar für sie dasselbe war wie

Rasenmähen. Ich solle sie bitte besuchen kommen, damit wir meine Zukunft besprechen könnten. Sie leide an einer Nierenkrankheit, die in aller Regel nicht tödlich sei, jetzt mache nur noch ich ihr Sorgen, da Cynthia inzwischen auf eigenen Beinen stehe. Sie ging so weit zu behaupten, meine derzeitige körperliche Arbeit werfe ein schlechtes Licht auf den Namen der Familie, und schloss mit der Bemerkung, sie liebe mich sehr und bete um eine würdevolle Zukunft für mich.

Am Abend vor meinem Aufbruch nach Montana lud ich Clarence und Jesse zum Essen ein, wozu uns Mrs Plunkett Kalbfleisch mit Parmesan servierte. Zusätzlich zu seiner Schleimbeutelentzündung hatte Clarence jetzt auch noch Schwierigkeiten beim Laufen. Mir fiel auf, wie vorsichtig er die Füße aufsetzte. Jesse sprach inzwischen fast unverständlich nuschelig. Ich fragte ihn nach dem jüngsten Landverkauf, und er meinte, der Anwalt regele das. Auch nach Vera erkundigte ich mich, und er berichtete mit unverhohlener Genugtuung, dass ihre Ehe schwierig geworden sei.

Dafür, dass ich am nächsten Morgen früh aufbrechen wollte, hatte ich zu viel gegessen und getrunken und wurde nachts prompt von einem sehr realitätsnahen Albtraum gequält, der mir einmal mehr zeigte, wie wenig ich meinen Vater los war. Die reale Geschichte hatte sich damals im Club ereignet. Und auch in meinem Traum befanden wir uns mit einem Floß auf einem See – vier Väter und vier Söhne – und feierten offenbar eine Angel-, Schwimm- und Picknickparty. Ich war vielleicht acht Jahre alt. Das Floß war groß und stabil, hatte eine Leiter ins Wasser und schwamm auf leeren Ölfässern. Wir Kinder angelten und badeten, während die Männer tranken. Wir kümmerten uns nicht um sie, bis es Zeit zum Essen wurde. Mein Vater lag mittlerweile auf einer Matte am Rand des Floßes und erzählte Geschichten. Plötzlich stöhnte er und rollte vom Floß ins Wasser. Alle waren in Panik. Zwei Männer, die gut schwimmen konnten, sprangen ins Wasser und suchten nach ihm. Ich war ebenfalls ein guter Schwimmer und tauchte mit einem Kopfsprung unter, aber als ich wieder auftauchte, wurde ich angebrüllt, ich solle wieder aufs Floß kommen. Mein ertrinkender Vater könne mich mit in die Tiefe reißen. Nach fünf Minuten kletterten die zwei Männer aufs Floß zurück, der eine weinte und sagte, die Sache sei aussichtslos. In dem Augenblick rief mein Vater mit tiefer, lauter Stimme, er sei im Reich des Todes. Er hatte sich in einem Hohlraum zwischen den Fässern festgeklammert, wo er atmen konnte. Die Männer tobten, und ich konnte nicht aufhören zu weinen.

In meinem Albtraum kam mein Vater nicht wieder aufs Floß zurück. Ich tauchte bis auf den Grund, wo er sich an einem gesunkenen Holzbalken festhielt, den er nicht loslassen wollte. Zunächst quollen noch Luftblasen aus seinem Mund, doch dann kamen keine mehr. Ich war völlig aufgelöst, weil ich ihn nicht retten konnte. Ich war zu jung und zu schwach. Schweißgebadet und um mich schlagend wachte ich auf. Carla sprang alarmiert vom Fußende des Betts. Es war vier Uhr früh, und ich versuchte mit eingeschaltetem Licht weiterzuschlafen, aber es gelang mir nicht. Ich las einige späte Gedichte von Yeats, doch sein eleganter Zynismus machte mich nur noch wacher. Überall in der Welt, dachte ich, hatten Söhne und Töchter verquere Vorstellungen davon, wie ihre Eltern sein sollten oder hätten sein sollen. Einige unserer Besten hat das regelrecht gelähmt. Wir sind mitunter zu ressentimentgeladen, um gut zu funktionieren. Wenigstens hatte ich meine krause historische Studie verfasst. Aber dass ein Albtraum über meinen Vater mich dermaßen niederschmettern konnte, erschreckte mich. Meine Reaktion hatte nichts mehr mit Zorn oder Neugier zu tun, sondern bestand einfach nur in einem stummen Akzeptieren der menschlichen Existenz. Das Gehirn spinnt Geschichten, angesichts derer wir einigermaßen hilflos sind.

40

Wir wählten eine Route mit Umwegen, da Coughlin noch gern ein paar Orte sehen wollte, über die er als Junge in Irland gelesen hatte. Da war zuerst Teddy Roosevelts Ranch in North Dakota, dann ging es weiter südwärts nach Belle Fourche, wo wir die 212 in nordwestliche Richtung nahmen, durch das Northern-Cheyenne-Indianerreservat fuhren und an einem frühen Abend das Custer-Schlachtfeld bei Crow Agency erreichten. Coughlins geschichtliche Kenntnisse über die Ureinwohner waren erstaunlich, und ich versuchte mir einen irischen Jungen in Sligo vorzustellen, der sich seine persönliche Weltkarte zusammenflickte. Coughlin sagte, ob man als mutig oder als tollkühn gelte, hänge vor allem davon ab, ob man gewinnt. Und General Custer habe katastrophal verloren, weshalb er in die Annalen der Militärgeschichte als jemand eingegangen sei, der seinem verrückten Ego gehorchte, anstatt eine vernünftige Strategie zu verfolgen.

Ich meinte, man könne sich selbst durchaus normal vorkommen, da man an die eigenen Sonderbarkeiten gewöhnt sei. Man hoffe, für das, was man ist, belohnt zu werden, ob man es verdient hat oder nicht. Selbst der Ort, an dem man lebt, könne zu etwas Persönlichem werden. Coughlin hielt die Upper Peninsula eher für ein »Minisibirien«. Der Wald, der in Nord-Michigan beginnt, erstrecke sich über die Upper Peninsula, über Wisconsin und Minnesota und ende erst anderthalb Tausend

Kilometer weiter, kurz vor Grand Forks in North Dakota, in der offenen Prärie. Er spekulierte, ob die Menschen, die damals gen Westen aufbrachen, alle klaustrophobisch gewesen seien. Ich ergänzte, sie hätten immerhin auf der von ihm beschriebenen riesigen Landfläche mehr als fünfunddreißig Millionen Morgen jungfräulichen Wald abgeholzt.

»Du klingst einsam, wenn du das sagst«, meinte er.

Meine klagender Ton beschämte mich, und ich fragte ihn, was ich dagegen tun könne. Er schlug vor, ich solle mein Projekt rasch und konzentriert zu Ende führen und dann überlegen, was ich mit dem Rest meines Lebens anfangen wolle. Er finde, ich sei kein »natürlicher Junggeselle«, und wenn ich demnächst vielleicht nicht mehr ganz so fanatisch sei, werde ja womöglich jemand in mein Leben treten, der nicht sofort wieder davonliefe. Ich hatte ihm natürlich viel von meiner Ehe mit Polly erzählt und war damals ziemlich erstaunt gewesen, wie gut er sich in sie hineinversetzen konnte.

In Livingston, Montana, übernahmen wir unser Boot und verbrachten einen Tag mit einem Führer namens Danny, der sich alle Mühe gab, uns die nötigen Handgriffe und Tricks zu erklären, damit wir die Fahrt auf dem Yellowstone River unbeschadet überstanden. Danny schlug vor, wir sollten uns an das Ufer bei Big Timber halten, wo die Strömung des Flusses weniger tückisch sei. Solange man nicht einen toten, relativ fischlosen Flussabschnitt befahre, müsse man rückwärts rudern, um Strudeln und kleineren Felsen ausweichen zu können. Das alles war nicht so einfach, aber wir konnten ja auch nicht im Ernst erwarten, an einem Tag Dannys schwierigen Beruf zu erlernen. Danny war ein ehemaliger Holzfäller mit Hang zum Sarkasmus, der seit einer Schulterverletzung durch einen umstürzenden Baum als Fremdenführer arbeitete. Abends nannte Coughlin ihn eine »autonome Person« – ein amerikanischer Typus, der in Europa seltener anzutreffen sei. Coughlin schlug vor, wir sollten nicht mehr über Holzwirtschaft reden, sondern nur rudern lernen und die Angel auswerfen. Denn es hatte mich erschüttert, als Danny erzählte, ein bestimmtes, komplett abgeholztes Areal in den Absaroka Mountains werde dreihundert Jahre brauchen, um sich völlig zu regenerieren, auch deswegen, weil es dort sehr viel trockener als in Michigan sei.

Wir angelten fünf Tage hintereinander, und als zwischendurch ein schweres Gewitter aufzog, setzten wir das Boot auf Land, mieden die Pappeln am Fluss, die den Blitz anzogen, und streckten uns auf einer Wiese aus. Ich deckte mich mit einem Poncho zu und fand es seltsam angenehm, so in einem warmen Grasnest zu liegen. Als das Unwetter vorüber war, wollte eine Herde junger Angusrinder uns näher kennenlernen. Ein besonders mutiges weibliches Tier wagte sich so weit vor, dass ich es glatt an der Nase hätte streicheln können. Die männlichen Tiere hielten sich vorsichtig zurück und schnaubten leise, als hätten wir ihnen gedroht.

Am Abend des fünften Tages musste Coughlin wegen einer Erkrankung seiner jüngeren Schwester in London mehrmals telefonieren. Und das war das Ende unserer Tour. Es bestand der Verdacht auf Bauchspeicheldrüsenkrebs – der immer tödlich ist –, und nachdem wir fast die ganze Nacht über nichts anderes geredet hatten, fuhr ich ihn am nächsten Morgen zum Flughafen von Bozeman. Wenn man tagelang nur angelt, passiert etwas Seltsames, man wird ganz leer im Kopf und kehrt nur widerwillig in die alltägliche Wirklichkeit zurück. Coughlins Schwester lebte nach zwei gescheiterten Ehen allein, und als ehrgeizige Malerin hatte sie auch keine Kinder haben wollen. Sie sei ziemlich gut, aber eben nicht gut genug als Malerin, sagte Coughlin und fügte hinzu, damit habe sie den Status des »Beinahe« erreicht und sei ein gutes Beispiel für den »elenden« und »rätselhaften« Mangel an Demokratie in den Künsten. »Denn viele sind berufen, aber wenige sind auserwählt«, schloss er und schenkte sich um zwei Uhr früh einen bernsteinfarbenen schottischen Whiskey ein.

Ich hatte schon früher am Abend mit dem Trinken aufgehört, weil ich fürchtete, meine Gedanken würden dorthin zurückwandern, wo ich nichts mehr zu suchen hatte. Coughlins Schwester gehörte, ebenso wie Vernice und ich, zu den Menschen, die sich von der Familie abgesetzt hatten. Auf meine Frage, wieso Coughlin sich um die Probleme so vieler Menschen kümmere, antwortete er: »Aber das ist doch mein Leben.« Er bedauerte zwar das vorzeitige Ende seines Urlaubs, aber angesichts der Krankheit seiner Schwester wurde alles andere natürlich unbedeutend.

Ich für mein Teil konnte mir zwar nicht so recht vorstellen, dass Cynthia mich jemals brauchen würde, falls aber doch, würde ich auch sofort zu ihr eilen.

Coughlin war nicht betrunken, wurde aber jetzt sehr viel mitteilsamer. Er erinnerte mich dabei an meinen College-Professor Weisinger, der in seinen Seminaren manchmal so loslegte, dass wir nach der Stunde völlig benommen waren. Coughlins nächtliche Rede war das sprachliche Pendant zu dem Bach-Orgelstück, das ich an jenem Morgen in Aix-en-Provence gehört hatte. Er sprach über Einsamkeit, die Zeit und den Tod und landete schließlich bei unseren Privatreligionen. Ich holte mein Tagebuch, um mir Notizen zu machen, aber er bat mich, es wegzulegen. Er wolle mich nicht in eine bestimmte Richtung lenken, sondern wünsche sich vielmehr, dass ich meinen Weg selbst finden möge. Wenn ich seine Worte zu wichtig nähme, liefe ich Gefahr, zu einem Jünger zu werden. Ich witzelte, er klinge wie ein alter Gnostiker, und er stimmte mir zu.

Bei Anbruch der Morgendämmerung setzte ich ihn am Flughafen von Bozeman ab und fuhr dann weiter nach Big Timber, da ich die Bootsfahrt flussabwärts allein fortsetzen wollte, auch um einen klaren Kopf zu bekommen. Wir hatten uns bisher beim Rudern und Angeln abwechseln können. Jetzt wollte ich das Boot an sandigen Uferstellen und Inseln an Land setzen, um an bestimmten Stromschnellen zu angeln, die wir vorher zu schnell passiert hatten. Es war ein sehr warmer Morgen, und am Anleger beobachtete ich, wie ein junges Mädchen ihrem Freund dabei half, ein Schlauchboot vom Anhänger zu hieven. Sie trug eine ärmellose Bluse und aquamarinblaue Shorts. Als sie das Schlauchboot ins Wasser zogen, konnte ich die fast schmerzliche Perfektion ihrer Beine und ihres Hinterns bewundern. Sie hatte tatsächlich den entzückendsten Körper, den ich je gesehen hatte. Als die beiden den Fluss hinunterglitten, tat mir regelrecht das Herz weh, und in meiner Hose spannte es. Sie hatte mich so verwirrt, dass ich schon auf den ersten paar Hundert Metern einen Felsen rammte.

Ich ruderte kräftig bis zur ersten Stromschnelle, wo ich angeln wollte. Der Schweiß lief mir nur so herunter, und jetzt fiel mir auf, dass ich weder Wasser noch etwas zu essen dabei hatte. Und bis zu der Stelle, wo der Pendeldienst meinen Pick-up mit dem Anhänger abstellen wollte, waren es noch mindestens fünf Stunden. Ernüchtert dachte ich daran, dass ich, schon nachdem ich Coughlin am Flugplatz abgesetzt hatte, am liebsten nach Hause gefahren wäre, um neun Zehntel meines Projekts wegzuwerfen, gewissermaßen, um Klarschiff zu machen und neu anzufangen, wenn das kühle Herbstwetter kam.

Das Flusswasser konnte ich nicht trinken, da durch die Kühe, die am Ufer grasten, sicherlich Parasiten ins Wasser gelangten. Und in der Kühltasche gab es nur eine einsame Tüte Kartoffelchips, die mich noch durstiger machen würden. Ich angelte, träumte vor mich hin und registrierte nebenbei ein schweres Gewitter, das weiter im Süden vorbeizog. Während ich in einem Strudel badete, beobachtete ich, wie ein Steinadler einen Sandhügelkranich jagte. Beide verschwanden hinter einem Hügel, sodass ich nicht sehen konnte, wie der Kampf ausging. Das dahinfließende Wasser war eine schöne, einleuchtende Metapher für unsere Sterblichkeit. Hinter einer Flussbiegung geriet ich in die Strömung und sah das leere Schlauchboot am anderen Ufer. Wahrscheinlich lag das Pärchen irgendwo in einem Pappelhain und liebte sich. Wäre ich auf ihrer Seite des Flusses gewesen, hätte ich sie um etwas Wasser bitten und das Mädchen noch einmal anschauen können. Doch ich war nicht am anderen Ufer des schnell dahineilenden Flusses und würde sie wohl nie wiedersehen.

Endlich tauchte mein Wagen in der Ferne auf, aber weil ich so ungeschickt war, schoss ich hundert Meter über die Anlegestelle hinaus. Ich brachte das Boot ans Ufer und zog es am Festmachertau mühsam stromaufwärts. Mein Mund war inzwischen trocken wie ein heißer Stein. Ein junger Mann half mir bei den letzten dreißig Metern, nachdem ich auf den glitschigen Steinen schon ausgerutscht und hingefallen war. Er holte einen Becher kaltes Wasser aus seinem schäbigen alten Subaru und bot es mir an. Verrückterweise stellte sich heraus, dass er ein Botanikstudent von der Yale war. Er interessierte sich für das Gartenbau-Schild an meinem Pick-up und schenkte mir einen

Schokoriegel. Ich sagte, sein Akzent erinnere mich an meinen Vater. Er sei ein Stipendiat aus Ohio, erklärte er, und der Akzent, von dem ich spräche, komme an der Yale nicht so häufig vor. Er hatte sich auf Wildpflanzen spezialisiert und zeigte mir auf der Wiese neben dem Ankerplatz die hier nicht heimischen Pflanzen. Beim Abschied eröffnete ich ihm, er habe mir geholfen, ein weiteres Vorurteil loszuwerden, und er meinte seinerseits: »Ich staune jeden Tag, bei wie vielen Dingen ich komplett falsch liege.«

41

Es war Ende August, und ich war erst einen Tag wieder in Marquette, als Vernice anrief. Sie sei bei ihren Eltern in Indiana, habe ein paar freie Tage, und ob ich ihr das Ticket für einen Besuch zahlen würde. Natürlich. Sie sei frühzeitig aus Frankreich zurückgekehrt und versuche, ihren Sexroman an einen New Yorker Verleger zu verkaufen, aber im August sei es ziemlich hoffnungslos, irgendjemanden zu irgendetwas zu bewegen. Bisher habe sie zwei Absagen erhalten und darin nur eine einzige ermutigende Formulierung, nämlich: »Elegant, aber nicht sehr erotisch, zu literarisch.« Sie sei gezwungen, vorübergehend als Lehrerin an einem Junior-College in Indianapolis zu arbeiten, was Ende September beginne. Eine kleine Glühbirne leuchtete in meinem Kopf, und ich sagte, es wäre doch sinnvoller, wenn sie mir erlaubte, sie für vielleicht ein Jahr oder so finanziell zu unterstützen. Sie könnte mir dafür helfen, das Manuskript meines Projekts zu redigieren. Die Idee schien ihr zu gefallen, und sie sagte, wir sollten darüber reden.

Danach ging ich für ein paar Stunden zu Sam und Teddy und half ihnen beim Rasenmähen und Heckenschneiden. Dort unterhielt ich mich auch zehn Minuten mit dem Besitzer des Hauses, einem kauzigen, pensionierten Versicherungsvertreter, der spöttisch meinte, es sei sicherlich schon hundert Jahre her, dass irgendjemand aus meiner Familie einer »ehrlichen Arbeit« nachgegangen sei. Ich hielt den Mund und konterte nicht mit der Bemerkung, dass das Versicherungsgewerbe mir auch keine allzu große Bewunderung abringe.

Am selben Abend rief mich Cynthia von Rochester in Minnesota aus an. Sie begleitete Mutter, die dort eine ganze Woche lang gründlich wegen ihrer Nieren untersucht werden sollte. Ich merkte, dass Cynthia geweint hatte, und hielt aus lauter Angst vor schlechten Nachrichten so lange den Atem an, bis mir schwindelig wurde. Es sei unwahrscheinlich, dass Mutter noch länger als ein Jahr zu leben habe. Das konnte aber, nach alldem, was Mutter mir erzählt hatte, nicht sein. Doch Cynthia erklärte mir, dass unsere Mutter noch von der »alten Schule« sei: Eine Frau könne ihre gesundheitlichen Probleme sehr wohl mit einer anderen Frau besprechen, aber nicht mit einem Mann. Und ein Sohn bilde da keine Ausnahme.

Es war ein warmer Abend, aber mich fröstelte, und wie betäubt legte ich den Hörer auf. Ein großer Zorn stieg in mir auf, weil Vater womöglich meine Mutter überleben würde. Und obendrein bellte Carla mich jetzt auch noch an. Ich hatte während des Gesprächs mit Cynthia nervös am Globus gedreht, und aus irgendeinem Grund mochte Carla es nicht, wenn die Erdkugel rotierte. Ihr angstvolles Bellen und die schlimme Nachricht passten irgendwie zusammen.

Elend vor Kummer verließ ich das Haus und wanderte im Dunkeln mit Carla hinaus zur Presque Isle. Es war eine sternklare Nacht mit einer schmalen Mondsichel, und wir liefen eine ganze Stunde, bevor ich stehen blieb und endlich weinte. Ohne dass mir der genaue Zusammenhang klar wurde, kam ich mir angesichts der Willkür des Todes nicht mehr so einzigartig vor. Ich wusste nicht, wohin mit meiner kindischen Wut darüber, dass meine Mutter die Welt vor meinem Vater verlassen würde. Mir schoss kurz die Idee durch den Kopf, nach Duluth zu fahren und ihn zu erwürgen. Doch dann fiel mir ein, dass er gar nicht dort war, weil er, wie Jesse mir gesagt hatte, mit seinen Kumpanen gerade eine Segeltour zu den Apostle Islands im westlichen Lake Superior machte.

Weil ich auf dem Rückweg von Presque Isle schweißnass war, zog ich mich am Strand nackt aus und sprang zusammen mit Carla ins Wasser. Der Mensch ist ein unbeständiges Wesen, stellte ich fest, denn in dem weichen, dunklen Nass dachte ich zuerst daran, dass meine Mutter sterben würde, und schon im nächsten Moment sah ich vor meinem inneren Auge die Bilder von Vera in ihrem knappen Badeanzug hier an diesem Strand. Vera mit Fliederduft im Nacken. Vera mit Sand an ihren nassen Beinen. Vera, die auf meiner Brust saß. Veras Fuß auf meiner Badehose. Und dann wieder Mutter, betrunken auf dem Rasen. Mutter, die den Toaster schüttelte, weil er einen Wackelkontakt hatte. Mutter, die mit Clarence vor den Blumenbeeten kniete. Mutter, nackt im Badezimmer. Mutter mit ihrer Mondmaske und süßem Gin-Atem. Fast wäre ich zu weit hinausgeschwommen, aber Carla drehte rechtzeitig um, und ich folgte ihr.

Eine gute Nachricht. Coughlin rief sehr früh morgens aus London an. Er jubelte. Seine Schwester erhole sich von einer seltenen Pankreasinfektion, es sei doch kein Krebs.

Ich arbeitete fröhlich und hart mit Sam und Teddy bis in den späten Nachmittag hinein, räumte dann bei mir auf und fuhr zum Flugplatz, um Vernice abzuholen. Sie war immer noch viel zu schmal, sah aber schon gesünder aus als in Aix-en-Provence. Da Mrs Plunkett ihren freien Tag hatte, gingen wir wie ein richtiges Ehepaar Lebensmittel einkaufen. Bevor Vernice mir ein Hühnchen briet, duschte sie und erlaubte Carla, mit ins Bad zu kommen – Carla, die es hasste, gewaschen zu werden.

Wir tranken dann eine ziemliche Menge Wein und plauderten über ihren Beruf. Ich war sehr vorsichtig, da mir schwante, dass fast alles, was ich sagen könnte, entweder schlicht falsch oder bestenfalls dumm sein würde. Sie wirkte sehr müde, und ich war enttäuscht, aber nicht überrascht, als sie fragte, ob es in Ordnung sei, wenn sie alleine schliefe. Ich antwortete, sie müsse doch nicht fragen, worauf sie witzelte, sie sei jetzt eine Hauspoetin, die dem Hausherrn zu gefallen habe. Das ärgerte mich, und sie setzte sich so lange auf meinen Schoß, bis die Zornesröte aus meinem Gesicht verschwunden war. An der Tür zu Cynthias Zimmer gab ich ihr einen Gutenachtkuss und war ein wenig beleidigt, als Carla beschloss, bei ihr zu schlafen.

In meiner schlaflosen Einsamkeit fiel mir wieder ein, dass Meriam im Hotel de Suede in Paris gesagt hatte, wenn Franzosen Sorgen hätten, würden sie häufig von »schwarzen Schmetterlingen« im Kopf sprechen. Kurz vorm Einschlafen sah ich einen Schmetterling, der Mutters Gesicht hatte – als wäre ich wieder ein Kind, das die Gattungen nicht auseinanderhalten konnte. Es gab bestimmte Hunde in der Nachbarschaft, die mir genau zuzuhören schienen, wenn ich mit ihnen redete, aber noch aufmerksamer lauschten sie Cynthia, die stets Kekse in ihrem roten Täschchen mit den Schlüsseln hatte und um den Hals eine Brownie-Kamera.

Vernice erschien beim ersten Sonnenstrahl. Ich hörte die Tür aufgehen, und träge wie in Zeitlupe kam sie zu mir. Zuerst schliefen wir nicht besonders leidenschaftlich miteinander, eher so wie echte Erwachsene, allerdings wurde ich gegen Ende doch etwas wilder. Danach dachte ich daran, wie anders unser allererstes Mal gewesen war. Als ich ihr das beim Frühstück erzählte, lachte sie.

»Häufig gewöhnen sich die Menschen einfach an ihre beschissenen psychischen Probleme, und wenn sie die dann irgendwann los sind, fühlen sie sich leer. Zum Glück fällt ihnen aber wieder ein, wie deprimierend das Leben vorher war, und sie wollen sie nicht wiederhaben.« Sie sagte das, während sie eine ganze Honigmelone vertilgte.

»Ich bin ziemlich reif für eine Veränderung«, sagte ich.

»Das ist mir nicht entgangen. Meine Probleme haben ausschließlich mit meinem Beruf zu tun. Warum habe ich mir bloß keinen andern ausgesucht? Manchmal wünschte ich mir, ich wäre noch immer Köchin. Als ich damals mit dem Gedichteschreiben begann, kam es mir beinahe wie Kochen vor. Auf dich sehe ich allerdings eine lange Phase der Trübsal zukommen.«

Ich berichtete ihr von meiner Mutter, und während wir für Grand Marais packten, erzählte sie von ihrem Lieblingsonkel, der bei einem Oldtimer-Rennen starb. Sie war da noch ein Kind und konnte es einfach nicht fassen, obwohl sie mit ihren Eltern selbst dabei gewesen war. Das Rennen fand auf einem Jahrmarkt statt, es waren nur vier Amateurfahrer, und die üblichen Sicherheitsvorkehrungen waren nicht eingehalten worden. Das Auto ihres Onkels war durch eine hölzerne Barriere gebrochen, hatte sich mehrmals überschlagen und war direkt vor der Tribüne in Flammen aufgegangen. Eingeklemmt und vom Feuer eingeschlossen, hatte ihr Onkel ins Publikum geblickt. Sie hatte trotzdem nicht glauben wollen, dass er tot war, und als sie in seine Garage ging, roch sie ihn in seiner Arbeitskleidung, die an der Tür hing. Sie stahl seinen Henkelmann und stellte ihn auf ihren Schreibtisch, auf dem lauter Schreibstifte, Glückssteine und Murmeln lagen. Ihre Mutter hatte erklärt, ihr Onkel sei jetzt an einem »besseren Ort«, und sie hatte »Nein« gesagt. Denn der Tod hatte ihr den Lieblingsonkel genommen.

42

Grand Marais erlebte eine spätsommerliche Hitzewelle. Der See war spiegelglatt, nur gelegentlich kräuselte ihn ein auffrischender Wind. Und als wir aus dem Hafen hinausruderten, beugte Vernice sich über Bord und sagte: »Ich sehe große Fische auf dem Grund.«

Sie hatte darauf bestanden, dass ich mein dickes Manuskript mitnahm, und an unserem zweiten Tag in der Hütte ging ich mit Mick auf Bachforellenfang, damit sie in Ruhe lesen konnte. Ich war ziemlich nervös, und nicht zu Unrecht, denn als ich zur Abendessenszeit zurückkam, sagte sie, sie habe nur dreizehn Seiten vom gesamten Manuskript retten können, und selbst die waren noch übersät mit roten Anmerkungen. Sie fand fast alles, was ich geschrieben hätte, so schmalzig und schwammig wie von einem schlechten Schüler und zitierte René Char: »Klarsicht ist die Wunde, die der Sonne am nächsten ist.«

»Was zum Teufel heißt das?« Verschwitzt, dreckig und verärgert putzte ich Forellen im Spülbecken.

»Das musst du selbst rausfinden. Wenn nicht, wirst du immer nur Müll schreiben. Du stocherst in viel zu viel Material herum. Fang noch mal an. Liefer mir hundert anständige Seiten mit dem Titel ›Was meine Leute getan haben‹ oder so ähnlich. Du gibst dich wie ein alter Griesgram des neunzehnten Jahrhunderts, fängst mit der Eiszeit an und quälst dich dann im Schneckentempo voran. Erledige die Eiszeit bitte auf Seite eins.

Du hast doch diese herrlichen Passagen von Agassiz zitiert. Versuch zu begreifen, wieso seine Sprache so schön ist und deine nicht. Die dreizehn Seiten sind deshalb schön, weil du da dich selbst und deine ewigen Ex-post-Rationalisierungen vergessen hast und die Fakten selbst sprechen lässt.«

Ich hatte mit dem Daumen auf die Rückenflosse einer Forelle gedrückt und sah jetzt einen kleinen Tropfen Blut heraussickern. Ich hatte um diese Rede gebeten und von einer Schullehrerin eine ordentliche Tracht Prügel erhalten. Seit Jahren lebte ich für mein Projekt, und jetzt hatte ich dreizehn gute Seiten.

Es war zu warm in der Hütte, um zur gewohnten Zeit zu essen, also machten wir beide in getrennten Betten ein Nickerchen und wachten in der Abenddämmerung auf. Ich war nicht mehr verletzt wegen ihrer Kritik. Sie war der Profi und ich der sich selbst überschätzende, uninspirierte Dilettant.

Wir badeten im kühlen Fluss und lachten ohne besonderen Grund, während Carla stromabwärts trieb und uns fragend anblickte, da sie Lachgeräusche von ihrem Herrn nicht kannte. Vernice kletterte ans grasbewachsene Ufer, ich stand noch im Wasser, sah sie in ihrer Nacktheit und schnippte von ihrem Hintern eine Mücke, die einen kleinen Blutfleck hinterließ. Ich stieg aus dem Wasser und setzte mich auf die kleine Veranda, die ich gebaut hatte. Die Kiefernbretter waren noch warm von der Sonne. Ich legte mein Gesicht an ihre Schulter, die ein bisschen nach Carla roch, weil sie neben ihr geschlafen hatte. Ich konnte ihre Kopfform unter den nassen Haaren fühlen und sah im schwachen Licht ihr leicht weggetretenes Lächeln. Mücken sirren. Sie ist etwas trocken, als mein Schwanz sie besucht, und so warm nach dem kalten Flusswasser. Die Vögel des Tages verstummen, und ich höre die erste Eule über dem Fluss.

43

Vier herrliche Tage, und dann war sie fort. Liebe durfte man es nicht nennen, weil sie derlei Reden oder Denken nicht gestattete. Mit meiner Unterstützung sagte sie ihre Stelle in Indianapolis ab, bevor sie überhaupt angefangen hatte, und suchte sich eine Einzimmerwohnung in Chicago. Ich himmelte sie an, und sie erlaubte mir wenigstens einen Besuch pro Monat. Als ich sie zum Flugplatz von Marquette brachte, machte der Abschied mir das Herz schwer. Was mir in meiner kommenden Einsamkeit fehlen würde, war weniger der Sex als die anmutige Lebendigkeit ihrer Gesellschaft. Als wir einmal unseren Morgenkaffee am Ufer tranken, schilderte ich ihr, wie der Fluss vor der Holzwirtschaftsära wohl ausgesehen hatte, also bevor abertausend Riesenbaumstämme seine Ufer zerstört hatten. Sie fand, dieses Wissen um ein voradamitisches Paradies sei wie ein Fluch, denn ihr gefalle der Fluss, wie er sei, und ebenso der Wald. Dagegen wandte ich ein, der Fluss habe in den zwölftausend Jahren seit der Eiszeit seine ganz bestimmte natürliche Form erlangt, und es sei eine Schande, dass diese Form in den wenigen Jahren gewaltsamer Holzgewinnung zerstört worden sei. Und dann sagte ich noch, während sie genau erkennen könne, was in Prosa und Lyrik nicht stimme, könne ich erkennen, was in der Natur nicht stimme. »Aber ich schließe die Menschen nicht aus, so wie du«, hatte sie erwidert und dann gemeint, sie sei froh über ihren unschuldigen Blick, der sich noch immer von der Schönheit der Welt beeindrucken lasse. Das fand ich auch, bestand aber darauf, dass wir die begangenen Fehler beim Namen nennen müssten, da wir sie sonst zwangsläufig wieder begehen würden. »Ich möchte aber nicht, dass das, was verkehrt ist, dein Leben auffrisst, wie der Kritiker, der nur darauf reagiert, was andere verkehrt gemacht haben. Deinem Leben würde die innere Balance fehlen.« »Fehlt sie deinem nicht?«, fragte ich, und sie lachte und sagte: »Das muss sie sogar. Denn es sind meine Wahrnehmungen, die mein Leben schreiben.«

Nach Vernice' Abreise beschäftigte ich mich nur damit, die mageren dreizehn Seiten, die von meinem Textkonvolut geblieben waren, auszubauen. Da nicht mehr die Verzweiflung über Vater mein Motor war, bestimmten Wut und Unbehagen nicht länger meinen Schreibprozess. Es war, als hätte ich einen Großteil meines »Ichs« aus dem Prozess entfernt und könnte seither andere Menschen sehr viel genauer erkennen, seien es mein Urgroßvater, mein Großvater oder auch Sprague, der in Sachen Bosheit den anderen beiden zuweilen in nichts nachstand, oder sei es mein Vater, den diese drei nur mit Abscheu als nichtsnutzigen Verschwender betrachteten. Sprague hielt die Börse für ein »verachtungswürdiges Pokerspiel«, weshalb ihn jeder Crash freute. Ich wurde freier und sachlicher in meiner Arbeit, und manchmal schenkte sie mir eine ähnliche Befriedigung wie die Gärtnerarbeit, der ich nach wie vor alle zwei Wochen mit Sam und Teddy nachging. Ich lernte zu schreiben, und in Marquette verbrachte ich obendrein viele Stunden mit Clarence und entdeckte mit ihm die Feinheiten des Gärtnerhandwerks. Von den ersten dreißig Seiten, die ich Vernice schickte, erklärte sie sieben für »passabel«, und das machte mir Mut. Ich konnte mich sogar darüber freuen, dass sie zu einem Satz, an dem ich wirklich lange gefeilt hatte, »sehr hübsch, aber unwichtig« angemerkt hatte.

Zweimal besuchte mich Coughlin, um mit mir auf die Jagd zu gehen. Einmal Mitte September und dann drei Wochen später, als das Laub nicht mehr so dicht war und man die Moorhühner leichter vor die Flinte bekam. Carla suchte die Moorhühner und Waldschnepfen begeistert mit ihrer guten Nase, wollte dann aber die apportierten Vögel nur ungern freigeben, weil sie fand, sie gehörten ihr. Einmal schoss Coughlin ein Moorhuhn, das über den Fluss flog. Carla barg es, schwamm ans andere Ufer, blickte zu uns hinüber, setzte sich und fraß den Vogel auf, den wir schon fürs Abendessen verplant hatten. Am letzten Tag der Jagd machte Carla einen auffällig erschöpften Eindruck, und nachdem ich Coughlin am Flugplatz von Marquette abgesetzt hatte, ging ich mit ihr zu einem Tierarzt namens Randy Ryan, der ein schwaches Herz bei ihr diagnostizierte. Ich schämte mich, als mir die Tränen kamen. Ab jetzt durfte sie nur noch kurze Spaziergänge machen.

Coughlin liebte die Hütte, weil ihn die kühlen Tage, an denen wir morgens das Feuer wieder anfachten, an die Winter in Sligo erinnerten. Seit es seiner Schwester besser ging, war er wieder guter Dinge. Zu mir aber meinte er, ich solle mich auf den Tod meiner Mutter vorbereiten und sie so oft wie möglich besuchen. Ich hatte nichts gegen Fahrten nach Chicago, da ich dann auch Vernice sehen konnte, aber Besuche bei Mutter in Tucson begeisterten mich ganz und gar nicht. Coughlin mahnte, man habe nur eine Mutter, und ich würde sicherlich lange an der Sünde der Unterlassung tragen. Er sagte, er finde es zum Beispiel verwerflich von James Joyce, dass er sich geweigert habe, mit seiner Mutter zu beten. Das sei doch keine große Sache. Alte Damen hätten es verdient, dass man sich um sie kümmert. Ich solle meine Mutter jetzt nicht mehr mit meinen Wahrheiten konfrontieren und die Jahre ihres wenig vorbildlichen Verhaltens nicht mehr zur Sprache bringen. Was für eine Sorte Vater ich denn wohl gewesen wäre, wenn ich Kinder mit Polly gehabt hätte? Das brachte mich zur Besinnung. Jedes Kind verdient einen besseren Vater als so einen Spinner, wie ich es damals war.

Es war ein melancholischer Tag Anfang November, als ich die Hütte für den Winter abschloss und durch den frisch gefallenen Schnee davonfuhr. Unser Gartenbaubetrieb schloss jetzt ebenfalls. Sam und Teddy hatten die Schneepflüge an ihre Pick-ups montiert und würden nur noch Schnee räumen. Unsere erste Saison war profitabel gewesen, und ich stufte meinen Gewinnanteil herunter, da ich ja eindeutig nicht Vollzeit gearbeitet hatte. Sam und Teddy wollten das aber nicht akzeptieren. Teddy meinte: »Vertrag ist Vertrag«, und außerdem hätte ich die Ausrüstung finanziert. Es war wieder einmal kaum zu fassen, dass arme Menschen so viel weniger habgierig sind als die Reichen.

Meine Arbeit machte aus mir einen Langweiler. Ich musste lernen, dass die Menschen um mich herum nicht ebenso fasziniert von meinem Thema waren wie ich. Mrs Plunkett gähnte und schaltete den Fernseher ein oder mischte ungeduldig die Karten. Als wir zum Saisonende in Northwoods Restaurant eine kleine Betriebsfeier machten, versuchten Sam und Susie geduldig, meinen Ergüssen zu folgen, aber Teddys Freundin, eine Bardame namens Myrna, die pelzbesetzte, weiße kniehohe Stiefel trug, erklärte rundheraus: »Ich verstehe kein Wort von dem, was du da redest.«

Beim Erntedankessen mit Clarence und Jesse schlug Clarence einen scharfen Ton an – so wie früher, wenn ich als Kind mit meinem Fahrrad durch seine Blumenbeete gefahren war. »Wie hätten die Menschen überleben sollen ohne Arbeit?«, fragte er. »Man musste entweder Holz fällen oder ins Bergwerk. Die Menschen starben früh, weil sie nichts Ordentliches zu essen hatten und sich keinen Arzt leisten konnten. Die Finnen und die Männer aus Cornwall arbeiteten in den Bergwerken, und dann konnten sie es sich leisten, zu heiraten und Kinder zu haben, was ein ganz natürliches Bedürfnis ist. Ohne Holzwirtschaft und Bergbau konnten die Menschen nicht überleben. Nachdem diese italienischen Steinhauer, die man für den Bau der Schleusenanlage im River Soo geholt hatte, mit der Arbeit fertig waren, brauchten sie eine andere. Sie konnten schließlich nicht einfach wieder nach Hause gehen. Ohne Menschen gibt es keine Welt.«

»Und was ist mit deinen Chippewa-Verwandten, die vertrieben worden sind?« Ich war sehr gespannt auf die Antwort, wollte aber auch nicht den Besserwisser spielen, wie ich es vor Vernice getan hatte.

Clarence sah mich nachdenklich an, während seine Gabel unangenehm lange über seinem Kürbiskuchen schwebte. Er hätte einfach sagen können: »Du elender Wicht, dir hat doch noch nie ein Dollar gefehlt.«

»Mein Sohn Donald erzählt mir, überall in der Welt, wo weiße Leute sich Land aneigneten, haben sie die Ureinwohner getötet oder einfach vertrieben. Gott allein weiß, wieso es so niederträchtig in der Welt zugehen muss.«

»Als Cortés von Veracruz nach Mexiko-Stadt marschierte, verbrannte er die Vogelvolieren der Herrscher. Das war genau so, als hätten die Japaner und Deutschen den Krieg gewonnen und dann all unsere Tiere und Zoos verbrannt. Es waren diese Sachen, die Kämpfer aus uns machten.« Jesse wirkte ganz offensichtlich zufrieden mit seinem Beitrag.

Eine Woche später war Clarence tot, erschlagen von einem Segelboot, das aus den Slipgurten in der Lagerhalle gerutscht war. Die Beerdigung habe ich schon erwähnt, aber nicht, dass keiner der Angereisten bei mir im Haus übernachten wollte – weder Mutter noch Cynthia und Donald mit den Kindern. Sie schliefen alle im Holiday Inn, wo es ihnen anscheinend besser gefiel. Mrs Plunkett war empört, als sie nicht einmal zum Essen kommen wollten. Natürlich konnte ich ihre Weigerung verstehen. Cynthia machten sich Sorgen wegen Vera, die daran dachte, ihren Mann zu verlassen, und auch wegen Jesse, der immer klappriger wirkte. Sie machte mit ihm den allerersten Arztbesuch seines Lebens, und der Arzt stellte einen gefährlich hohen Blutdruck bei ihm fest. Jesses größte Angst war aber, dass die Tabletten sein Liebesleben beeinträchtigen könnten, was Cynthia ziemlich komisch fand. »Würdest du denn lieber sterben?«, fragte sie. »Ich bin nicht krank«, erklärte er. Ich hatte beobachtet, wie eine Lehrerin, halb so alt wie er, an einem verschneiten Morgen seine Garagenwohnung verließ. Sie legte einen Finger auf die Lippen, und ich behielt es für mich. Aber ich staunte doch, denn Jesse musste inzwischen Mitte sechzig sein.

44

Eine Woche vor Weihnachten packte ich für unsere große Reise. Carla trauerte. Jeden Morgen lief sie zu Clarence' Werkstatt, um zu gucken, ob er nicht doch wiederkam. Und inzwischen schien sie sogar zu fürchten, ich könnte sie zurücklassen. Hunde lieben sanfte, freundliche Menschen wie Clarence.

Ich hatte Bedenken gehabt, im Haus meiner Mutter in Evanston würde ich nicht schreiben können, aber schon eine Stunde nach meiner Ankunft saß ich am Schreibtisch. Auf der Fahrt durch Wisconsin – es war ein verschneiter Tag mit böigen Winden – hatte ich immer wieder angehalten und mir ausführliche Notizen für nur eine einzige Seite gemacht. Ich zählte auch die »Käse«-Reklamen, wie Cynthia und ich es auf den Fahrten mit unseren Eltern nach Chicago gemacht hatten. Bei einundsiebzig hörte ich auf.

Mutter sah nicht gut aus, käsig, als leide sie an Gelbsucht. Am Tag nach Neujahr wollten wir nach Tucson fahren, und ich hatte vor, einen Monat dort bei ihr zu bleiben. Danach hatte Cynthia sich mit den Kindern angekündigt, worauf Mutter sich schon sehr freute. Ich dachte, die lange Autofahrt nach Arizona würde sie abschrecken, aber sie mochte inzwischen einfach nicht mehr fliegen.

Sie wusste von mir und Vernice und sagte, hoffentlich würde ich meine »Liebste« mal mitbringen, doch das konnte ich mir beim besten Willen nicht vorstellen. Nach dem Abendessen nahm ich Carla zum Treffen in der Altstadt von Chicago mit, weil Vernice es sich ausdrücklich gewünscht hatte. Mich plagten Bedenken wegen meiner einen Seite, auf der ich Spragues seltsames Leben beschrieben hatte. Unter anderem gab es dort zwei eigenartige Zitate aus seinem Tagebuch, wo er schreibt, leider müsse er nun doch »die Hand beißen, die ihn füttert«, etwas, das mir inzwischen keinen Kummer mehr bereiten würde.

Die Wohnung von Vernice war sehr klein und erinnerte mich an Pollys schmuddeliges Studentenapartment nahe der Michigan State University in East Lansing. Es gab keinen Wachmann für das Haus, und ich sorgte mich um ihre Sicherheit. Vernice lag auf der Couch und herzte und küsste Carla, bemerkte aber mein Unbehagen, ohne dass ich etwas äußerte. Sie nannte mich ein »reiches Arschloch«, und zur Abwechslung verteidigte ich mich diesmal entschieden: Wenn mir Geld wichtig wäre, wieso würde ich dann wohl Rasen mähen, Büsche pflanzen und in einer Jagdhütte leben? Ich hätte das Geld, mit dem ich sie unterstütze, nicht verdient, wieso nehme sie sich also nicht eine größere Wohnung? Ich dächte daran, noch ein Examen in Humangeografie zu machen und an Schulen zu unterrichten. Klinge das etwa nach einem reichen Arschloch?

Meine Empörung entzückte sie, und wir liebten uns so leidenschaftlich wie bei ihrem ersten Besuch, damals in meiner Hütte. Als ich sie später fragte, ob sie nicht doch an eine größere Wohnung denke, sagte sie: »G. D. N. A.«, wie wir als Kinder sagten, was natürlich hieß: »Geht dich nix an«, und sie klang tatsächlich wie ein kleines Mädchen, als sie es sagte, und ich ließ das Thema fallen.

Wir gingen in eine Kneipe in der Altstadt, wo ich mir einen friedlich stimmenden Whiskey bestellte und Vernice einen gewaltigen Cheeseburger aß. Wenn sie schreibe, könne sie nicht essen, sagte sie, weil der Verdauungsvorgang ihre Einbildungskraft beeinträchtige. Ich lernte einige ihrer ziemlich schrillen feministischen Freundinnen kennen, die mich an Cynthia erinnerten. Zu mir waren sie im Großen und Ganzen freundlich, und ich musste an die vielen Männer denken, die Clubs und Vereine mit Namen gründeten, die demonstrieren sollten, was sie gerne wären: Löwen, Elche, Panther – aber niemals Opossum.

Mutter war noch wach, als ich nach Mitternacht zurückkam. Sie hatte sich wegen meiner nächtlichen Fahrt durch Chicago Sorgen gemacht. Eigentlich wollte sie mir aber endlich erzählen, dass sie wohl nicht mehr lange zu leben hatte. Da sie schon bei den einleitenden Worten ins Stammeln geriet, sagte ich, Cynthia habe mich schon über alles informiert. Wir saßen in ihrer Frühstücksecke in der Küche, und ich hielt ihre Hände. Eine elektrische Uhr summte. Ihre Hände waren trocken, und noch nie zuvor war mir unsere Sterblichkeit so klar zu Bewusstsein gekommen. Mir kamen die Tränen, aber sie nahm dem Augenblick die Schwere, indem sie mir die Urlaubskarte ihres Bruders Fred aus dem Zendo auf Hawaii zeigte. Es war ein Foto, das Fred, auf eine Hacke gelehnt, in einem großen Gemüsegarten zeigte. Zwei attraktive Frauen mit geschorenen Köpfen standen neben ihm. Fred war sonnengebräunt und schlank, nur die Knollennase hatte er noch immer. Mutter nannte ihn wie stets ihren »kleinen Bruder«, obwohl er inzwischen Mitte fünfzig war. Zuvor hatte er mir in einem Brief geschrieben, er müsse noch ein weiteres Jahr ganz und gar trocken bleiben, ehe er Riva wiedersehen dürfe. Sie habe ihm eine entsprechende kryptische Postkarte aus Jackson, Mississippi, geschickt.

Als ich meine Mutter umarmte und ihr eine gute Nacht wünschte, sagte sie, wie seltsam es sei, dass sie womöglich zum letzten Mal Weihnachten feiern werde. Durch das Fenster über dem Spülbecken blickte sie in den fallenden Schnee hinaus. Ich wusste nicht, was ich sagen sollte, und wurde dadurch erlöst, dass sie Carla mit einer in Käse eingewickelten Herztablette fütterte. Es war merkwürdig, dass diese beiden weiblichen Wesen nicht mehr lange leben würden. Ich hatte die Absicht, die Geburt Jesu zu feiern und nicht tiefer darüber nachzudenken, dass das Christentum auf der ganzen Welt als Machtinstrument missbraucht worden war. Was mir von meinem Glauben noch blieb, wusste ich nicht genau, nur dass ich mehr Mitgefühl besaß, seit ich hinaus in die Welt schaute und nicht mehr nur nach innen. Mein irgendwie immer noch vorhandener Glaube an die Auferstehung war nicht das Entscheidende. Ich war nur einer von unendlich vielen Menschen, die dazu beigetragen hatten, dass die Welt um so vieles größer geworden war. Und das Sternengefunkel, das in Grand Marais so hell leuchtete, im nächtlichen Chicago aber nur zu ahnen war, versicherte mir, dass ich richtig daran getan hatte, meine privaten Belange strikter in den Hintergrund zu stellen.

45

Während der Fahrt nach Arizona schliefen meine Mutter und Carla die meiste Zeit auf dem Beifahrersitz. Als wir bei Davenport den Mississippi überquerten, wollte ich meine Mutter eigentlich wecken, um ihr den Fluss zu zeigen, ließ es dann aber bleiben, weil ich mich noch immer nicht ganz von der Erschütterung des Vortags erholt hatte. Bei sonnigem und kaltem Wetter hatte ich mit Cynthia einen Morgenspaziergang am Lake Michigan gemacht. Sie erzählte, wie neidisch sie auf Donald sei, weil er in seinem Heimatort, an dem sein Volk vielleicht schon seit über tausend Jahren lebte, religiös so fest verwurzelt sei. Die wenigen christlichen Einsprengsel in seinem Glauben würden ihn nicht im Geringsten beunruhigen. Seit er sich mehr in der Stammespolitik engagiere, warne sie ihn allerdings vor dem typischen Verhalten von Politikern, die so lange Halbwahrheiten wiederholten, bis sie selbst daran glaubten. Nicht nur die Weißen, auch die Indianer erwarteten anscheinend von ihren Führern, dass sie Dinge behaupteten, von denen jeder wisse, dass sie nicht stimmten.

Wir schauten beide in den grauen Himmel über dem grauen, windzerzausten See und hörten die unsichtbaren Flugzeuge über den Wolken bei ihrem Landeanflug auf O'Hare. Hart wurde es, als Cynthia erwähnte, Vater habe eine Klage gegen sie angestrengt, mit der er erzwingen wolle, seine Enkelkinder zu sehen. Plötzlich brauste sie auf und sagte, mein ganzes Gerede von Vergebung sei der reinste Schwachsinn. Etwas verstehen heiße noch lange nicht, es vergeben. Mit zwölf Jahren habe sie Dad dabei erwischt, wie er mit Laurie im Fliedergebüsch neben der Garage »herummachte«, und laut geschrien. Wenige Tage später habe sie dann mit dem Stecken aus dem Rosenbeet auf ihn eingedroschen. Cynthia erklärte mir, schon kleine Mädchen spürten genau, wann Männer scharf auf sie seien. Sie würden zwar durchaus flirten, wüssten aber auch sehr genau, wann was zu weit ging und wie man sich dem entzieht. All das sei beängstigend und verwirrend. Sie habe Mutter damals von Dads Übergriffen erzählt, aber die habe das nicht ernst genommen. Später in der achten Klasse habe sie ein wenig Hoffnung geschöpft, als Vater eine Affäre mit einer Kellnerin hatte, die aber nicht lange dauerte. Sie habe sich so schrecklich gewünscht, dass er normal werde. Einmal habe sie ernsthaft daran gedacht, ihm die Kehle durchzuschneiden, während er auf dem Sofa seinen Rausch ausschlief. Von unserer Mutter habe sie übrigens erst kürzlich erfahren, dass Dad seinen Bruder Richard damals vielleicht sogar in den Tod stieß. Erzählt hatte sie ihr das in Rochester, Minnesota, kurz nachdem man Mutter in der Mayo-Klinik die Diagnose gestellt und sie von ihrem baldigen Tod unterrichtet hatte. Cynthia sagte, Mutter habe in Gedanken so viele Versionen durchgespielt, und nun, da die Geschichte schon über vierzig Jahre zurückliege, traue sie keiner von ihnen mehr. Sie fühle sich noch zusätzlich schuldig, da sie mit beiden Brüdern geschlafen habe, und als es den einen nicht mehr gab, habe sie sich gezwungen gesehen, den anderen zu heiraten. Mutter sei vollständig zusammengebrochen, als sie Cynthia das offenbarte.

Wir standen dort im kalten Wind, und ein schmaler Sonnenstrahl brach durch die Wolken und beschien eine kleine, aufgewühlte Wasserfläche in der Ferne. Das war der Moment, wo sie mich fragte, ob mir irgendeine Anomalie an Veras Sohn aufgefallen sei, und ich erwiderte, ich hätte ihn nicht genau sehen können, er habe nur mürrisch geblickt, was bei Jungen seines Alters allerdings nichts Besonderes sei. Cynthia berichtete, Vera habe ihren Mann verlassen und sei aufs Land südlich von Jalapa gezogen. Nicht wieder nach Veracruz. Der Sohn habe nämlich einen Hang zur Gewalttätigkeit, und auf dem Land sei er friedlicher. Sein Spitzname sei »Mañoso«, was verschlagen bedeute. Er besitze keine Freunde und beschäftige sich vor allem mit Krafttraining.

»Wieso machst du dir das Leben so schwer?«, hatte Cynthia mich schließlich gefragt. Mein ganzes Leben lang würde ich mich am Unmöglichen abarbeiten, sei es mein Projekt oder sei es bei den Frauen. Sie gestand, dass sie vor einigen Tagen nicht, wie behauptet, einen Einkaufsbummel auf der Michigan Avenue gemacht, sondern sich mit Vernice auf einen Kaffee getroffen habe. Sie hätten sich über mich unterhalten und beide nicht verstehen können, wieso ich keine Frau zum Heiraten fände.

»Wie weit bist du bei Vera gegangen?«, fragte Cynthia plötzlich.

»Nirgendwohin«, erwiderte ich. »Das habe ich dir doch schon gesagt.«

»Ich habe mich nur gefragt, wieso du aus deinem Leben einen Bußgang für dich und Dad gemacht hast.«

Wir standen uns gegenüber. Ich war wütend auf Cynthia und fing nicht nur wegen der Kälte an zu zittern. Schließlich kehrte auch ich dem Wind den Rücken zu, indem ich mich einfach neben sie stellte.

»Wahrscheinlich sind wir angesichts unserer Umstände sogar noch einigermaßen gut geraten. Donald sagt, du bist ein

›mugwa‹, ein Bär, und kannst schlecht die Richtung ändern. Du bist einfach hoffnungslos der, der du bist. Ich mag Vernice, aber es wird die Zeit kommen, wo sie dich zusammen mit dem Müll einfach auf die Straße befördern wird.« Sie hakte sich bei mir ein, und wir eilten zurück zum Haus. Dabei erzählte ich ihr, Vernice habe mich schon längst »hinausbefördert«, Carla und ich seien beide nur Gelegenheitshaustiere. Cynthia ließ meinen Arm los, rannte quer durch einen kleinen Park und übersprang dabei eine Parkbank. Einmal Tänzerin, immer Tänzerin.

Zu Hause bei Mutter wurde es dann auf etwas angenehmere Weise kompliziert. Ganz zum Schluss hatte Cynthia mir den Vorschlag gemacht, ich solle das Haus in Marquette in Brand stecken oder verkaufen. Sie versicherte mir, sie könne mir eine Lehrerstelle am Soo College oder vielleicht am College in Brimley besorgen. Indianer würden Neunzehntes-Jahrhundert-Figuren wie mich mögen.

Vor dem Haus parkte ein älterer Kleinwagen, von dem sich herausstellte, dass er Polly gehörte, die mit ihren beiden Kindern gekommen war, um sich von Mutter zu verabschieden. Ich war perplex und wusste nicht, was ich sagen sollte. Wahrscheinlich ginge das jedem so, der seine Exfrau seit über einem Jahrzehnt nicht mehr gesehen hat. Dabei kam ich mir gar nicht wie ein Exmann vor. Ich stand einfach nur im Esszimmer, konnte nichts sagen und wurde rot. Ich bückte mich, um Carla zu streicheln, die eine Girlande um den Hals trug. Cynthias Tochter hatte sie aus Weihnachtsgeschenkband geflochten. Cynthia setzte sich zu Mutter und Polly an den Tisch, und alle drei waren von meiner Verlegenheit sichtlich belustigt. Was nicht weiter schlimm war, obwohl mir schon seit längerer Zeit auffällt, wie sehr Frauen die Hilflosigkeit der Männer genießen können. In diese Sparte gehören auch die Schulmädchen, denen es ein diebisches Vergnügen bereitet, wenn Jungen sich ihretwegen prügeln.

»Hallo, Polly«, sagte ich, und alle lachten. Sie wirkte härter als früher, durchtrainierter. Wie sich herausstellte, leitete sie eine Mädchen-Basketballgruppe nach der Schule, und das hielt sie wahrscheinlich in Form. Trotz ihres Altersunterschieds waren Polly und Mutter offensichtlich richtige Freundinnen geworden, und Pollys Kinder waren Mutters Ersatzenkelkinder. Für mich war es mühsam, mit Polly zu reden, was sich auch bis zum Schluss ihres Besuchs nicht änderte. Ich fragte nach ihrem Vater, und sie sagte: »Grauenhaft.«

Coughlin erschien mit einem Topf Irish Stew und irischem Sodabrot, das er extra fürs Mittagessen gebacken hatte. Ich selbst fand es wenig aufregend, aber allen anderen schmeckte es. Mir entging nicht, dass Coughlin und Polly ein wenig verschämt miteinander flirteten. Und ich bemerkte auch, wie Donalds zwölfjähriger Sohn Pollys gleichaltrige Tochter durchs ganze Haus verfolgte. Als er, von ihrer Kühle entmutigt, den Fernseher anstellte, fand sie rasch einen Weg, seine Aufmerksamkeit wieder auf sich zu lenken. Irgendwann ließ Polly sich aufs Sofa fallen, und mir klopfte das Herz, als ich dabei ein Stück Schenkel aufblitzen sah. Anscheinend ist bis ans Ende seiner Tage niemand gegen Versuchungen gefeit.

Ich ging mit Coughlin in die Küche, um für unsere geplante Frühlingsreise Karten und Broschüren von Costa Rica und Mexiko anzuschauen. Er flüsterte, Polly sei »reizend«, und schon sah ich mich wieder in dem Motel in Iron Mountain, wo sie mir an jenem kalten Wintermorgen nicht erlaubt hatte, mit ihr zu schlafen. Und wo wir dann nackt auf dem Bett herumgetobt und das gemacht hatten, was sie damals lässig »das andere« nannte.

Als Polly jetzt in die Küche kam, um sich zu verabschieden, erhob Coughlin sich und machte eine Verbeugung. Ich küsste ihr spontan die Hand und wünschte mir sehnlichst, es wäre ihr Hintern. Sie sagte: »Toll, ich habe gehört, du warst in Frankreich.«

In Des Moines verkündete der Wetterbericht ein heraufziehendes Unwetter, sodass ich mich gegen die ursprünglich geplante Strecke durch Nebraska entschied. Stattdessen drehte ich nach Süden ab und fuhr in Richtung Oklahoma. Meine Mutter wimmerte kurz im Schlaf wie ein Welpe, worauf Carla erwachte und sie besorgt ansah. Mutter schlief auf demselben Kissen, das sie seit meiner Kindheit auf alle Reisen mitnahm. Cynthia behauptet, Mutter habe das Kissen schon als kleines Mädchen besessen. Vater war jedes Mal wütend, wenn sie es in ein New Yorker Nobelhotel mitschleppte.

Ich litt noch immer unter den Nachwehen der Unterhaltung mit Cynthia, besonders, weil sie behauptet hatte, Vernice werde mich wie Müll entsorgen. Ich hatte Vernice zweimal in Chicago getroffen, und der zweite Abend war bestenfalls so lala gewesen. Als ich ihre klaustrophobisch enge Behausung betrat, kreischte sie völlig aufgedreht, sie habe einen erfolgreichen »Siebenseitentag« hinter sich, denn sie war dabei, ihren Sexroman zu überarbeiten und anzureichern. Sie sprang im Kreis herum und tobte mit Carla. An meinem Werk hatte sie keine einzige weitere Zeile redigiert. Ich bemerkte einen Löffel, der aus einer leeren Dose mit gebackenen Bohnen guckte. Ich hatte mit ihr essen gehen wollen, aber sie war zu müde. Sie trank die schöne Flasche Meursault, die ich ihr mitgebracht hatte, innerhalb einer halben Stunde aus, legte sich auf den Bauch in ihr Bett und sagte, ich solle sie in dieser Position vögeln, weil sie sich nicht mehr rühren könne. Als ich fertig war, schlief sie fest mit einem Lächeln im Gesicht. Ich wollte ihr eine Nachricht hinterlassen, mir fiel aber nichts Elegantes ein, ich schrieb darum: »Liebste Vernice, freut mich, dass du einen guten Schreibtag hattest. Bla, bla, bla. Herzlich, David.«

Nachdem wir endlich Tucson erreicht hatten, begann die Zeit zu rasen. Ich machte ein paar spöttische Bemerkungen, und meiner Mutter war das prächtige Anwesen hoch oben auf der Nordseite einer Anhöhe, das sie von ihrer Cousine geliehen hatte, selbst etwas peinlich. Besser wäre es gewesen, ich hätte den Mund gehalten. Sie hatte mit dem Gedanken gespielt, das Haus zu kaufen, aber nun wollte sie ihr Geld lieber für Cynthia und mich sparen. Ich sagte, wir könnten es doch nach ihrem Tod verkaufen, und sie erwiderte: »Darauf bin ich gar nicht gekommen«, und wieder bestätigte sich, dass die Frauen ihrer Generation vor allem darauf getrimmt worden waren, ihren Ehemännern als hübsche Dekoration zu dienen. Mutter hatte nur sehr ungenaue Vorstellungen von Geld, und ich wusste, dass ihre Familie es stets verhindert hatte, dass irgendwelches Geld von ihr in die verrückten Investitionen meines Vaters floss. Wie ein Kind nannte sie ihr Einkommen »Taschengeld«.

Ich richtete mich in einer entfernten Ecke des Grundstücks in einem kleinen Gästehaus neben dem Swimmingpool ein und fragte mich besorgt: Wirst du auch leben, während du schreibst? Die Tage vergingen in atemberaubender Geschwindigkeit. Ich erfand lauter kleine Verrichtungen für mich. Ich übernahm zur Freude des mexikanischen Dienstmädchens den Einkauf. Der Gärtner war mit dem Dienstmädchen verheiratet. Er kam aus einer Kleinstadt an der Grenze, die Patagonia heißt, und empfahl mir die Gegend, weil man dort gut wandern könne. Ich übte mein schlechtes Spanisch und lernte jede Menge umgangssprachliche Floskeln. Ich stand regelmäßig schon vor Tagesanbruch auf und fuhr sehr früh los, um den lästigen Berufsverkehr zu meiden. Carla nahm ich dabei nur einmal die Woche mit, um ihr Herz zu schonen. Eine gute Stunde wanderte ich dann in der Gegend, die der Gärtner empfohlen hatte, mit einem Bestimmungsbuch in der Hand, mit dem ich die dortige Flora entschlüsselte. Den Rest des Tages verbrachte ich mit Schreiben. Bis auf die schönen Wanderungen war es sehr eintönig. In den ersten drei Wochen stürzte ich dreimal, weil jemand aus dem Mittleren Westen es schließlich nicht gewöhnt ist, ständig darauf achten zu müssen, wohin er tritt. In dem ganzen Gebiet, das Empire Ranch hieß, gab es keinen Weg, der nicht entweder bergauf oder bergab führte. Einmal schürfte ich mir den Hintern auf, als ich ein Bachbett hinunterrutschte. Einige Tage lahmte ich und musste pausieren, sodass meine von den Katzenklauen-Büschen und Kakteen zerschundene Haut Zeit zum Heilen hatten. In einem moderaten Gebirgszug im Süden, der Mustangs hieß, versuchte ich mich im Klettern. Doch beim Abstieg wurde mir schwindelig, und ich bekam es mit der Angst zu tun. Ich bin ein Flachländer, so einfach ist das. Eines Tages traf ich einen Biologen, der dabei war, ein Rattennest und einen Müllberg auseinanderzunehmen. Er erklärte, man brauche Jahre, um ein neues Biotop zu begreifen.

Noch heute treibt es mir die Tränen in die Augen, wenn ich an jenen ganz bestimmten Morgen Anfang Februar zurückdenke. Es war kurz nach Sonnenaufgang, und ich machte einen kleinen Spaziergang mit Carla in einem entlegenen Canyon. Am Vortag hatte es geregnet, und in den Felsmulden hatte sich Wasser gesammelt. Irgendwo weiter vorn bellte Carla. Als ich sie eingeholt hatte, sah ich, dass sie eine frische Berglöwenfährte aufgespürt hatte. Wir machten umgehend kehrt, doch als wir schon fast wieder beim Pick-up waren, sprang plötzlich ein großer, geschmeidiger Eselhase aus einem Katzenklauen-Gebüsch. Carla raste wie verrückt hinterher, und obwohl ich sie herbeirief, rannte sie noch einige hundert Meter weiter, bis sie wie vom Schlag gerührt umfiel. Ich lief zu ihr, sah den regungslosen Körper und fürchtete, sie sei tot. Und sie war es. Ich setzte mich neben sie und weinte. Ich blieb Stunden dort sitzen, eine Hand auf ihrer erkaltenden Brust. Wie konnten ihre Augen plötzlich so leblos sein? Ich konnte an nichts anderes denken als an meinen geliebten Hund und unser gemeinsames Leben, besonders an jene Zeiten in der Hütte, die ihre schönsten waren. Ich trug sie zum Auto und fand eine Tierklinik in Tucson, die die Einäscherung besorgte, denn ich wollte ihre Asche an der Hütte begraben.

46

Carlas Tod war ein Einschnitt. Danach wurde alles sehr verwirrend. In jener ersten Nacht versuchte ich, das *Alexandria-Quartett* von Lawrence Durrell zu lesen, das Vernice mir in der Hoffnung geschickt hatte, die Lektüre werde meinen Stil vielleicht etwas auflockern. Ich mochte die vier Romane sehr, und dass *Mountolive*, wie Vernice schrieb, in zehn Tagen verfasst worden war, hatte mir einen Schock versetzt. Als ich meine Zweifel daran äußerte, sagte sie, ich würde nie besser als ein guter Dilettant schreiben, wenn ich nicht mein ganzes Leben dafür gebe. Doch das schien mir gänzlich unmöglich. In jener Nacht nun, in der ich den großartigen Durrell las, tauchte zwischen den Seiten immer wieder Carla auf: Carla, die unter unserem heiligen Baumriesen schlief, Carla, die im Lake Superior schwamm, Carla, die sich auf dem Fluss treiben ließ, als mache sie eine Kreuzfahrt, Carla, die unters Bett kroch, wenn die Welt sie zu sehr ärgerte, Carla, die Clarence bei der Gartenarbeit begleitete, als würde sie ihm helfen, Carla, wenn sie betete, was bei ihr hieß, dass sie mich beim Essen anstarrte, weil sie auf etwas Interessanteres als Hundefutter hoffte. Hätte ich ihr Gebet etwa nicht erhören sollen? Wie sie Käseravioli mit einem Klacks Marinarasoße liebte, oder die Haut gebratener Weißfische, oder etwas Butter und gerösteten Knoblauch und Parmesan über ihrem Trockenfutter. Ich schickte Todesanzeigen an Coughlin, Jesse, Mrs Plunkett und Mick in Grand Marais – an die Menschen, die sie am meisten gemocht hatte und umgekehrt. Coughlin schrieb zurück, meine Trauer sei verständlich, da Carla wohl das einzige Geschöpf in meinem Leben gewesen sei, das zumindest einige Eigenschaften einer guten Ehefrau oder Geliebten mitgebracht habe. Voller Zorn musste ich immer wieder daran denken, dass die Kirche Tieren seit dem siebten Jahrhundert den Zutritt zum Himmel verwehrte – weil sie nun einmal nicht über Geld verfügten. Jedenfalls musste ich Lawrence Durrell erst einmal beiseitelegen und zu Elaine Pagels zurückkehren. Ich hatte die Autorin zur heiligen Elaine ernannt, zu meiner Schutzheiligen, die jenen Christus wiederbelebt hatte, der in meinem Herzen gestorben war, erstickt an den abscheulichen Lehrmeinungen über ihn.

Der Februar ging in den März über, und Mutter wurde zunehmend schwächer. Sie musste jetzt, statt zweimal, dreimal in der Woche zur Dialyse. Im Wartezimmer hatte ich viel Zeit zum Lesen. Cynthia kam für eine Woche herunter und nahm die Dinge auf ihre Weise in die Hand. Sie kaufte ein kostspieliges Dialysegerät (etwa fünfzigtausend Dollar) und fand einen jungen Arzt, der dreimal in der Woche ins Haus kam. Als ich Bedenken äußerte, meinte Cynthia, Mutter könne es sich leisten, und außerdem hasse sie die Krankenhausgänge. Allein ihre gute Erziehung hätte Mutter daran gehindert, sich bei mir zu beklagen. Eines Abends meinte Cynthia beim Essen, ich scheine aufzublühen, weil ich endlich einmal nicht mir selbst, sondern einem anderen Menschen helfe. Ich hatte einen Kronenbraten zubereitet, ein altmodisches Gericht, das Mutter gerne mochte. Nachdem Mutter zu Bett gegangen war, erzählte ich Cynthia, dass ich vorhätte, das Examen zu machen, um Humangeografie zu unterrichten, denn ich wolle auf gar keinen Fall Schriftsteller werden. Ich sei ohnehin schon ein ziemlich einsamer Mensch, und ein schreibender Beruf würde es nur noch verschlimmern. Sie sagte, wenn ich meinen Master an der Madison oder der University of Chicago machte, übernähme mich bestimmt das College einer indianischen Stammesgemeinschaft. Ich betrachtete das Gesicht meiner Schwester, ihre Augen lagen im Schatten der Lampe. Wir sahen gerade eine Varietéshow auf einem mexikanischen Sender. Ich sagte: »Ich liebe dich«, und sie blickte mich alarmiert an, lachte dann aber. »Ich liebe dich auch – auch wenn ich es dir noch nie gesagt habe.«

Am nächsten Morgen flog ich nach Hause und ordnete zusammen mit einem Buchhalter, der auch meine Buchhaltung machte, mehrere Tage lang die Unterlagen der Familie. Zusätzlich engagierte ich die Frau meines jungen Anwaltsfreundes, die sich in diese Angelegenheiten einarbeiten sollte. Es gab noch jede Menge Land, worauf Cynthia und ich das Pfandrecht besaßen, und dazu einige Bürogebäude in der Stadt. Nur aus Neugier schaute ich mir Vaters Kreditkartenabrechnungen an und war entsetzt, wie viel Geld für Restaurants und für »Big Daddys Wein und Spirituosen« in Key West sowie für Delikatessenlieferungen aus Palm Beach draufgegangen war.

Mrs Plunkett begann vergesslich zu werden, entsann sich dann aber doch, dass ich Post von Riva und Vera bekommen hatte. Rivas Brief las ich in der Küche, aber den von Vera sparte ich mir für mein Zimmer oben im ersten Stock auf. Riva schrieb, sie sei ziemlich glücklich über ihre Arbeit bei der Regierung in Jackson, Mississippi. Die Stadt gefalle ihr viel besser als Washington D. C. Seit Kurzem korrespondiere sie wieder mit Fred und finde, »der Ferne Osten« habe ihm gutgetan. Sie habe eine nette Affäre mit einem Buchhändler, was auch bedeute, dass sie Bücher umsonst bekomme. Nur grillen könne er nicht, auch wenn er das nicht wahrhaben wolle.

Ich gebe zu, dass ich nervös war, als ich Veras Brief öffnete. Ganz hinten in einer abgeschlossenen Schreibtischschublade lag ein Foto von ihr in ihrem blauen Bikini, das anzuschauen ich mir jahrelang verboten hatte. In einem Anfall von Verwegenheit holte ich dieses Foto heraus, bevor ich den Brief las, und war verblüfft, dass es nach all den Jahren noch eine solche Macht auf mich ausübte. Der Brief aus Mexiko hatte absolut nichts Romantisches. Vielmehr sollte ich Veras Vater dazu bringen, dass sie in Jalapa anstatt weit draußen auf der Kaffeeplantage leben durfte, wohin er selbst im Alter ziehen wollte. Sie schrieb, wir lebten doch in »modernen Zeiten«, und es sei nicht gerecht, dass sie finanziell seine Gefangene sei. Sie würde sich lieber umbringen, als die Frau eines Farmers zu werden. Ob ich ihr zweitausend Dollar leihen würde, damit sie sich in Jalapa eine Wohnung suchen und hoffentlich einen Mann finden könne? Ihr Sohn, der in der Stadt so unglücklich gewesen sei, liebe die Farm und wolle dort bleiben. Sie schloss mit der Bemerkung, vielleicht hätte ich ja Lust, sie eines Tages in Jalapa zu besuchen.

Natürlich brannten mir die Ohren, und ich bekam Herzklopfen bei diesem Vorschlag, aber ein Rest von Verstand sagte mir, dass diese Idee verhängnisvoll war. Wie sollte man mit der Frau schlafen können, die ein Kind von dem eigenen Vater hatte? Ich würde ihr die kleine Summe überweisen, um die sie gebeten hatte, aber ganz gewiss nicht nach Jalapa fahren, beschwor ich mich.

Mrs Plunkett ging es nicht besonders gut, weshalb ich das Abschiedsessen für Jesse selbst zubereiten wollte, aber er zog den Imbiss vor, wo er so häufig gegessen hatte. Wir tranken einen strammen Whiskey im Arbeitszimmer und schlidderten dann vorsichtig den vereisten Hügel hinunter. Jesse freute sich auf die Rückkehr in seine Heimat, wo er für den Rest seines Lebens endlich nicht mehr frieren müsste. Stillschweigend waren wir übereingekommen, keine schwierigen Themen anzusprechen, weshalb Vater ausgespart blieb. Wir aßen das Tagesgericht, einen einfachen Hackbraten mit einer undefinierbaren Soße, und verbrauchten eine ziemliche Menge Tabasco. Wir redeten über Clarence, über Carla und auch über Cynthia, die er außerordentlich bewunderte. Allerdings fiel mir auf, dass er das, was er an Cynthia liebte, ihren Mut zum Widerspruch, bei seiner Tochter gerade nicht duldete. Anschließend genehmigten wir uns in seiner Garagenwohnung noch mehrere Gläschen Rum als Absacker und hörten Musik aus Veracruz. Melancholisch betrachtete ich seine gepackten Sachen. Er hatte nur zwei Koffer, schöne Lederkoffer, die ihm meine Eltern einmal zu Weihnachten geschenkt hatten. Wir leerten ein Drittel der Rumflasche, und danach gab es keinen Grund mehr, den Abend weiter auszudehnen. Ich würde ihn morgen früh zum Flughafen bringen, wo er den ersten Flug nehmen wollte, und am späten Abend würde er Veracruz erreichen. Als ich die Tür öffnete, um zu gehen, machte er einen kleinen Tanzschritt und sagte: »Ich habe für meine Familie gesorgt.«

In der Nacht hatte ich einen aufschlussreichen Traum, der als Albtraum begann. Ich arbeitete tief unten in einem Erzbergwerk, drüben bei Ishpeming. Eine Glocke läutete, und das Tagwerk war beendet. Ich fuhr durch einen Wald nach Hause, am Straßenrand lagen aufgestapelte Baumstämme. Eine Frau mittleren Alters, die ich nicht kannte, servierte mir das Essen (Hackbraten). Um fünf Uhr früh erwachte ich aus diesem Traum, eine halbe Stunde bevor der Wecker klingelte. Ich kam auf die Idee, dass ich meine vorhandenen hundert Seiten besser aus der Perspektive von Holzfällern und Bergleuten hätte schreiben sollen. Aber das war natürlich unmöglich, da ich nie als Holzfäller oder Bergmann gearbeitet hatte. Noch schlaftrunken dachte ich, das ließe sich doch leicht ändern, indem ich jeweils für ein Jahr in beiden Berufen arbeitete. Als ich dann unten in der Küche die Kaffeemaschine in Betrieb nahm, schien die Idee schon weniger plausibel, aber immerhin noch möglich.

Vor meinem Rückflug von Arizona hatte Vernice mich am Telefon gefragt, ob mein neues Hundertseitenmanuskript nicht besser in der ersten anstatt in der dritten Person verfasst sein sollte, da ja jetzt kein »alter Griesgram« aus dem neunzehnten Jahrhundert mehr erzähle. Die damit verbundene Arbeit schreckte mich nicht besonders, denn was hatte ich sonst schon groß zu tun? Ich musste mich um meine Mutter kümmern und machte meine Wanderungen in der Wüste und in den Bergen. Bis ich etwas Besseres fand, konnte ich mich ruhig weiter mit Schreiben beschäftigen. Vernice hatte meine Idee gefallen, den von ihr abgesegneten fertigen Text nur in einigen Zeitungen auf der Upper Peninsula zu veröffentlichen. Das Buch sollte lieber ein echter Schriftsteller schreiben.

47

Die Zeit raste dahin, wie es geht, wenn die Tage voller Arbeit und Pflichten sind. Es fiel mir leicht, die Unterstützung meiner Mutter für etwas Sinnvolleres zu halten als mein Schreiben, vor allem, da es jetzt nur darum ging, den vorhandenen Text von der dritten in die erste Person umzuformulieren. Eigentlich gefiel mir das Wort »ich« nicht besonders. Doch in Spragues Tagebüchern war mir aufgefallen, wie schnell er von der eigenen Person zu umfassenderen Betrachtungen gelangen konnte. »Ich« war der Angelpunkt, von dem aus die Energien in alle Richtungen schossen.

Inzwischen hatte ich im Andenkenladen des Wüsten-Museums für Carlas Asche die wunderschöne Nachbildung eines Krugs der Hohokam-Kultur gekauft. Carla war zwar ein Hund aus dem hohen Norden, aber sie war auf dem Territorium der Hohokam-Indios gestorben, dort, wo man häufig auf die kleinen roten Scherben ihrer Keramiken stieß. Ich hatte Carlas Asche untersucht und die kleinen Knochenreste befühlt, die das Krematoriumsfeuer nicht verschlungen hatte. Von Carla war nichts geblieben bis auf die ebenso vergänglichen Erinnerungen derer, die sie gekannt hatten. Meine trübsinnigen Briefe an Coughlin hatten mir die Antwort beschert: »Besorg dir lieber einen neuen Hund.«

Es war ein warmer Samstagmorgen Ende April. Ich hatte schon fast alles für meine Rückkehr nach Marquette gepackt, saß mit Mutter im Hof und versuchte, die Zugvögel an ihren Stimmen zu erkennen, als das Dienstmädchen Inez mich ans Telefon rief. Es war Pollys Mutter, die mir mitteilte, dass Pollys Mann bei einem Motorradunfall ums Leben gekommen war. Eigentlich wollte ich es Mutter nicht sagen, tat es dann aber natürlich doch. Sie stand auf, schwankte einen Moment unsicher und begann zu weinen. Ich wusste, dass sie Pollys Mann immer »etwas grob« gefunden hatte, aber sie weinte wegen Polly und der Kinder.

Ich suchte nach möglichen Flugverbindungen für meine Mutter, zog auch ein Ambulanzflugzeug in Erwägung, aber das lehnte sie entschieden ab, schließlich sie sei nicht invalid. Und so würde sie am nächsten Morgen nach Chicago fliegen, wo Coughlin sie am O'Hare-Flugplatz abholen wollte. Ich war den ganzen Tag mit Packen für uns beide beschäftigt und staunte über Mutters Garderobenschrank voller matronenhafter und sicherlich horrend teurer Kleider. Für sie und ihresgleichen lautete ein ungeschriebenes Gesetz, man habe jederzeit auszusehen wie aus dem Ei gepellt. Deshalb brauchte sie auch in der Regel eine volle Stunde, um sich zurechtzumachen, wenn sie mich zum Einkaufen begleitete. Als sie einmal stichelte: »Eine Dame isst keinen Knoblauch«, fragte ich sie, wen sie denn zu küssen gedenke, woraufhin sie mir lachend erzählte, im Jahr vor meiner Geburt habe sie einmal Clarence geküsst, aber weiter sei sie nicht gegangen. Das kam mir dermaßen unglaublich vor, dass ich sie nach dem Grund fragen musste. Und sie erklärte, Clarence sei der einzige »männliche Mann« gewesen, den sie je kennengelernt habe, und außerdem habe er sie damals an ihren Lieblingsfilmschauspieler, Robert Ryan, erinnert.

Ich belud den Pick-up mitten in der Nacht und brach nach Chicago auf. Eigentlich hatte ich direkt durchfahren wollen, aber das hätte nur dazu geführt, dass ich an einer Beerdigung hätte teilnehmen müssen, an der ich nicht teilnehmen wollte. Ich kam am späten Abend des Beerdigungstages in Mutters Haus an, wo auch Polly, ihre Kinder und ihre Eltern versammelt waren. Die Eltern würden ein paar Tage bei meiner Mutter wohnen, da ein Hotelaufenthalt für ihren Vater schwierig und Pollys Wohnung sehr klein war. Der Vater bewegte sich wie ein Roboter in seinem Rollator, behandelte mich aber überraschend freundlich. Wir tranken ein Glas in der Küche miteinander, und er nannte meine Mutter einen »Engel«. Er hoffe, sagte er, Polly werde wieder »nach Hause« kommen und das Höllenloch Chicago hinter sich lassen. Es sei die Heimatstadt ihres Ehemanns gewesen, aber jetzt gebe es für sie keinen Grund mehr zu bleiben.

Am nächsten Morgen machte ich mit Polly denselben Spaziergang zum Lake Michigan wie mit Cynthia, nur dass es jetzt ein warmer Frühlingstag war und der See friedlich dalag. Ich musste das Thema Umzug gar nicht erst anschneiden, da sie selbst davon anfing und sagte, sie sei Chicago schon seit Jahren leid, weil man sehr viel verdienen müsse, um einigermaßen anständig zu leben, und als Lehrer habe man da praktisch keine Chance. Ihre Versicherung habe bei dem Motorradunfall nicht gezahlt, da ihr Mann zuvor schon drei Unfälle gehabt hatte. Mir rutschte heraus, dass es doch viel besser gewesen wäre, wenn er in einem Auto gesessen hätte. Als ich über diese Taktlosigkeit errötete, sah sie mich ernst an, schüttelte den Kopf und lächelte schließlich. Wir setzten uns auf eine Parkbank, und sie sagte, sie würde nicht gern in der Gegend von Iron Mountain unterrichten, weil das zu nah bei ihren Eltern wäre, und ihr verbitterter

Vaters täte den Kindern sicherlich nicht gut. Escanaba wäre in Ordnung und Marquette auch, weil die Kinder dann ans dortige College könnten. Ich sagte, ich könne ihr ein Haus kaufen, doch sie korrigierte mich und meinte, vielleicht könnte ich ihr Geld für eine Anzahlung leihen. Sie wusste noch nicht, dass sich ihre Bitte erübrigen würde, weil Mutter sie in ihrem Testament bedacht hatte, mit einer Summe, die für mehr als nur ein Haus reichte. Für Mutter war Polly eine echte Schwiegertochter, und sie würde sie nicht im Stich lassen, nur weil ihr Sohn es getan hatte.

Eine geschlagene halbe Stunde lang sagten wir gar nichts, sie hielt nur meine Hand. Schließlich meinte sie, sie wolle nicht, dass ich mir Hoffnung auf eine zweite Heirat mit ihr mache. Die Zeit mit mir und mit ihrem toten Ehemann habe ihr gereicht. Darauf wusste ich nichts zu sagen, aber wahrscheinlich hatten die Erschütterungen der vergangenen vier Tage sie einfach sehr verstört.

»Er besaß vier teure Motorräder«, sagte sie. »Jetzt sind es noch drei. Wir haben dauernd Motorräder abgezahlt. Ich glaube, er hatte eine Freundin oben in Kenosha, aber das ist jetzt auch egal. Ich glaube, eine Zeit lang habe ich ihn geliebt, und er war ein guter Vater, zumindest ein gerechter. Auf jeden Fall hat er dich als Ehemann um Längen geschlagen.«

»Das liegt aber auch schon sehr lange zurück«, entgegnete ich lahm.

»Natürlich bist du heute anders, aber das ist jetzt unwichtig. Die meisten Frauen wünschen sich einen zahlungskräftigen Ernährer, zu denen gehöre ich aber nicht. Natürlich brauche ich hin und wieder etwas Zuneigung, und ich meine mich zu erinnern, dass du gar nicht so schlecht darin bist.«

48

Wenn ich zurückblicke, waren es sicher die seltsamsten Frühlingsmonate meines Lebens, dieser Mai und dieser Juni. Es tat gut, erneut zu erleben, wie es auf der Upper Peninsula zu grünen begann. Cynthia hatte sich von ihrer Lehrerstelle beurlauben lassen und übernahm meine Rolle als Mutters Pflegerin. Am Telefon zeigte sie wenig Lust, den Mai im Umland von Chicago zu verbringen. Ich eröffnete die Hüttensaison, und Sam und Teddy nahmen den Gartenbaubetrieb wieder auf. Polly kündigte ihre Arbeit und zog Mitte Mai nach Marquette. Ich lieh ihr die Anzahlung auf einen kleinen Bungalow ein paar Straßen von unserem Haus entfernt. Sie bat mich, einige Wochen lang nicht aufzutauchen, damit die Kinder nicht noch mehr durcheinandergerieten. Sie hatte sich in eine ziemliche Wut auf ihren toten Ehemann hineingesteigert. Die verbliebenen drei Motorräder schenkte sie jedenfalls kurzerhand seinen Freunden.

Vera schrieb, Jesse habe die zweitausend Dollar, die für ihre Flucht nach Jalapa gedacht waren, abgefangen und zurückgeschickt. Offenbar sei ihr Wohnort immer noch nicht weit genug von dem seinen entfernt. Das war eine heikle Geschichte, denn mir wurde klar, dass jede weitere Einmischung meinerseits desaströse Folgen haben könnte. Sie schrieb auch, sie werde nun vielleicht doch den Farmer heiraten, weil er nett zu ihrem Sohn (meinem Halbbruder!) sei und ihn offensichtlich bändigen könne. Sie bete, dass wir einander eines Tages wiedersähen, und ihren Farmer werde sie frühestens im Spätsommer heiraten, schon um ihrem Vater zu demonstrieren, dass er sie nicht herumkommandieren könne. All das zu lesen bereitete mir großen Kummer. Ich dachte die ganze Zeit: Wieso soll ich an einer Stelle in den Fluss springen, wo ich schon einmal fast ertrunken wäre?

Der größte Schlag sollte aber noch kommen. Am ersten Juni wurde mein Hundertseitentext »Was meine Familie anrichtete« in einem Dutzend Zeitungen der Upper Peninsula veröffentlicht. Bei zehn Blättern hatte ich für den Abdruck zahlen müssen. Vernice hatte das Redigieren halbwegs eingestellt und meinen letzten Entwurf als »so lala« qualifiziert. Ihr Interesse war ganz offensichtlich erlahmt. Mitte Mai hatte sie geschrieben, sie ziehe von Chicago nach Boston, weil sie in der Nähe von Verlegerkreisen sein und sich um ihren Dichter-Liebsten kümmern wolle, der wegen akuter Depressionen in einem Privatkrankenhaus in Cambridge lag.

Nach der Veröffentlichung meines Essays geschah nichts Nennenswertes. Ich weiß nicht, was ich erwartet hatte. Ich zitiere den Schlussabsatz als Beispiel für meine Großspurigkeit.

> Nichts ignoriert die menschliche Gattung lieber als ihre eigene Geschichte. Es ist, als hätten unsere Vorväter die wahre Geschichte mit einer Tinte geschrieben, die schon zu ihren Lebzeiten verblasste, um die Nachkommen nicht mit den Schandtaten der Vergangenheit zu belasten. Unsere Holzbarone der Upper Peninsula haben die Landschaft praktisch gerodet. Weniger als ein Hundertstel des ursprünglichen Baumbestands hat überlebt. Es erhebt sich allerdings die Frage, ob Gier sich quantitativ messen lässt, denn mit welchen mathematischen Größen ließe sich das

Leid der Nachgeborenen bemessen? Das Buch vom Menschen als dem schlimmsten aller Raubtiere ist noch nicht abgeschlossen, und verglichen mit ihm sind Krebszellen geradezu unschuldig. Doch solcherlei Betrachtungen liegen den meisten von uns fern, da unser Wissen darüber im Niemandsland zwischen den Generationen verloren gegangen ist, verloren zusammen mit seinem emotionalen Gehalt, denn Wissenschaftler, die sich heute dieser Vergangenheit widmen, tun dies schließlich, um ihren Lebensunterhalt zu verdienen. Ich musste für meine Studien nur die Geschichte meiner eigenen Familie ausgraben und sie den Bürgern der Upper Peninsula vorlegen, ob es sie interessiert oder nicht. Ich kann, nach Beendigung dieser Arbeit, nicht behaupten, ich hätte meinen Frieden gefunden, aber ich hege die stille Hoffnung, dass dieses dunkle Kapitel der Zukunft als Korrektiv dienen möge.

Wieder hatte ich den Eindruck, dass mein Leben nicht so lief, wie ich es gern hätte. Ich bekam ganze neunzehn Leserbriefe. Die meisten waren voller rührseliger Erinnerungen an die »guten alten Zeiten«. Einige andere waren nur ätzend: »Entzückend: Ein reiches Arschloch, das über verschüttete Milch weint.« Ich wurde von drei Umweltgruppen und einem Bibliothekarsverein in Escanaba zu einem Vortrag eingeladen. Alle vier Einladungen schlug ich aus. Polly meinte, was ich jetzt erlebte, ähnele vielleicht der Depression von Frauen kurz nach der Geburt ihres Kindes. Ich entgegnete, meine Schwangerschaft habe fast zwanzig Jahre gedauert, worauf sie nur die Achseln zuckte. Als wir schließlich in der Woche vor Mutters Tod eines Abends miteinander schliefen, dauerte es bei mir kaum eine Minute. Zum Glück versuchten wir es am nächsten

Morgen, nachdem sie den Hund, den ich für ihren Sohn gekauft hatte, weggebracht hatte, noch einmal auf dem Sofa, und es war wunderbar. Ihre Jahre in Chicago hatten sie energischer gemacht, und hinterher strich sie mir über das schweißnasse Haar und sagte, ich sei ein »tapferer kleiner Soldat« – vielleicht eine Reminiszenz an ihre Ehe mit einem Veteranen?

Ein paar Tage später fuhr ich nach Chicago, um Abschied von Mutter zu nehmen, deren Zustand sich rapide verschlechterte. Doch sie erholte sich noch einmal, und ich fuhr wieder nach Hause. Cynthia hatte ihre Kinder dabei, und meine Hauptaufgabe bestand darin, mit den beiden Ausflüge in den Zoo und zum Navy Pier zu machen. Cynthia schimpfte mit mir, weil ich ihnen zu teure Geschenke machte, aber ich hatte ja keine Erfahrung mit Kindern und wusste es nicht besser.

Es war im Mai in der Hütte, als ich endgültig begriff, dass es mit meinem Leben, wie ich es bisher geführt hatte, endgültig aus war. Ich wanderte noch einmal auf der alten Strecke zu meinem Baumriesen, was mich wunderte, da man auf den verschiedensten Wegen dorthin gelangen konnte. Zwar war selbst Carla stets dieselben Pfade gegangen, aber wieso verhielt ich mich wie ein alter D-Zug, der nicht nach rechts oder links abbiegen kann?

Als ich beim Abtippen meines Manuskripts auf den letzten Seiten war, fiel mir auf, dass ich nicht mehr wie früher vom Stuhl aufsprang. Mein voranschreitendes Alter deprimierte mich plötzlich zutiefst. Fast alle Profisportler beenden ihre Karriere, wenn sie mein Alter erreicht haben. Eines Morgens stolperte ich über einen Haufen Feuerholz, das ich gehackt hatte, und ich spürte einen Stich an der alten Knöchelverletzung. Das machte mir Angst, doch am Abend war der Schmerz verschwunden, was ich mit einem mittelmäßigen Steak und einer guten Flasche Rotwein feierte. Jedenfalls war ich inzwischen in einem Alter, in dem einem die Mütter auch ohne grausame Krankheit wegsterben.

Erfreuliches gab es dann aber doch, als ich endlich mit dem Tippen fertig war. Ich wusste mit einem Mal wieder, warum ich das Wasser liebte. Ich starrte stundenlang auf den Fluss und ruderte auch wieder im Hafen und auf dem Au-Sable-See. In der Zeit meiner stumpfsinnigen Arbeit war mir offensichtlich die Fähigkeit zu genauerer Wahrnehmung abhandengekommen, doch das änderte sich nun mit dem Abschluss meines Projekts. So vieles in meinem alten Leben hatte sich aus dem Ressentiment gegen meinen Vater gespeist, und nur wenn ich von mir selbst absehen konnte, wurde alles lebendiger. Jetzt in der Hüttenzeit erschien mir die Welt manchmal so überwältigend, dass mir schwindelte. Ich begriff, dass das romantische »Ich« – eine Idee des europäischen neunzehnten Jahrhunderts, wie ich aus Universitätstagen wusste – mir nichts Gutes gebracht hatte. Mein Bestreben, mich von der Menschheit abzusondern, ließ mich jetzt an Carla denken, die sich manchmal stundenlang die wunden Pfoten lecken konnte.

Eines Tages verirrte ich mich südlich der Kingston Plains und hockte mich frustriert an einen der zahllosen Baumstümpfe und weigerte mich, meinem Kompass zu glauben. Reuevoll dachte ich daran, wie ich mit Riva gevögelt hatte, während Fred sich mit Alkohol vergiftete. Doch dann hatte ich genug von meiner Reue. Die Gelegenheit hatte Liebe erfordert, und ich hatte mich der Herausforderung gestellt. Jede Person, die ich liebte, war ein ganz und gar von mir getrenntes Wesen, ein privates Universum, das nicht ich war. Und das war eine simple Tatsache, die schwer zu begreifen ist. Wenn ich an die Frauen dachte, die ich geliebt hatte – Vera, Polly, Vernice –, wurde mir klar, dass ich, so wie ich war, für sie nicht das Zentrum ihres Lebens sein konnte. In Laurie war ich, glaube ich, nie verliebt gewesen, und das brachte mich zu der Frage, ob es für das, was wir einander bedeutet hatten, vielleicht einen speziellen Begriff gab.

Wie ich da an diesem wolkenverhangenen Tag an dem Baumstumpf lehnte und keine Sonne schien, die meine Zweifel am Kompass ausräumte, war klar, dass die Natur nicht dazu da war, Trost zu spenden. Doch das war auch nur so ein theoretischer Gedanke. Menschen waren ebenfalls Natur, und es war schizophren, sie von dem zu trennen, was wir normalerweise für natürlich halten. Je weiter der Blickwinkel wird, aus dem man die Welt betrachtet, desto zahlreicher werden auch die Fragen.

Als ich vor dem Gedenktag für die Gefallenen nach Marquette zurückkehrte, wartete schon der Brief eines Freundes meines Vater aus Duluth auf mich. Während des Essens in einem Restaurant hatte eine Kellnerin meinen Vater geschlagen, und er hatte ihr einen »Hieb auf die Nase« versetzt. Im Laufe der Auseindersetzung schleuderte mein Vater eine Weinflasche durch das Schaufenster. Einige Angestellte hielten ihn so lange in Schach, bis die Polizei kam. Mein Vater klagte über eine Schulterverletzung, und der Freund ließ ihn für eine Woche in ein Krankenhaus einweisen, um das Gerichtsverfahren hinauszuzögern. Ein wohlwollender Richter erklärte, wenn mein Vater bereit sei, für sechs Wochen in eine Entzugsklinik in Minnesota zu gehen, würde sich das günstig auf das Urteil auswirken. Das Delirium tremens im Krankenhaus habe die Diagnose Alkoholsucht »nahegelegt«. Vaters Kumpel hoffte, die Familie schicke einen Scheck für die Krankenhauskosten, da mein Vater in letzter Zeit an der Börse große Verlust gemacht habe. Und all das nur wegen eines »harmlosen Hiebs« – es sei wirklich traurig. Als ich den Brief zu Ende gelesen hatte, lachte ich und stellte mir vor, ich würde meinen Vater hängen lassen und die entsprechende Summe an den Verein für Gewaltprävention in Marquette überweisen.

49

Da wären wir also: Wir schreiben den 17. Juni 1985. Mutter starb an diesem Morgen. Seit Monaten hat sie darauf gewartet. Jetzt ist es Abend. Polly ist hier, und sie weint, ihr Essen hat sie nicht angerührt. Mrs Plunkett tapst in der Küche herum und schnieft und nennt Mutter eine »wahre Dame der alten Schule«. Ich bin ziemlich ruhig, da ich schon seit geraumer Zeit auf das Ereignis vorbereitet bin. Polly wischt sich die Augen und sagt: »Ich weiß, für dich war sie vielleicht keine gute Mutter, aber zu mir und den Kindern war sie wundervoll.« In Tucson hatte Mutter sich selbst einmal als »Spätentwicklerin an der Mutterfront« bezeichnet.

Am nächsten Tag fliegen Polly und die Kinder mit mir nach Chicago. Im Trauerhaus spricht Cynthia gerade mit drei Frauen, Freundinnen von Mutter seit ihrer Kindheit. Gesetzte Damen, aber sonderbar aufgedonnert in ihren teuren Kleidern und dem vielen Schmuck. Ein wenig selbstgefällig betonen sie, dass sie nicht wie die anderen nach Lake Forest gezogen, sondern in Evanston geblieben seien. »Die anderen« können nicht besonders viele gewesen sein.

Coughlin kam vorbei und bald danach auch Fred, frisch aus dem Hawaii-Zendo. Er sah wirklich gut aus in seinem Hawaiihemd unter der ausgefransten Leinenjacke, dazu sein kahler Schädel und die ewige Knollennase. Zu dritt machten wir vor dem Abendessen eine mehrstündige Wanderung. Coughlin war zum Angeln im mexikanischen Zihuatanejo, wohin ich ihn wegen Mutters Krankheit nicht begleiten konnte. Es sei herrlich gewesen, erzählte er unterwegs. Er habe Roosters und Snooks geangelt, sei allerdings den Forellen untreu geworden. Fred machte mich etwas nervös mit seiner neuen Schweigsamkeit, wo er doch früher stundenlang dozieren konnte. Coughlin erklärte, natürlich sei der Tod eines geliebten Menschen ein heftiger Schlag, aber richtig begreifen könne man den Verlust erst in jenen konkreten Momenten, in denen man seine Abwesenheit schmerzlich spüre. Das dauere manchmal Jahre. Ich sagte, das hätte ich bei Carla gemerkt. Ich sei monatelang sehr ruhig gewesen, aber als ich dann ihre Asche im Versteck unter dem Baumstumpf begraben hätte, sei ich zusammengebrochen. Coughlin korrigierte mich: Das Bewusstsein könne nicht »zusammenbrechen«. Als wir am Strand entlang gingen, errötete Fred tatsächlich beim Anblick einer sich bückenden jungen Frau im Bikini. Es war ein sehr warmer Tag, also war sie nicht die Einzige. Coughlin fragte Fred nach der Zen-Einstellung zum Sex, und Fred antwortete, es gebe keine, was mich irritierte. In dieser Nacht schlief Polly bei mir, aber wir vögelten nicht.

Als wir am nächsten Nachmittag die letzten Vorbereitungen für eine kleine private Trauerfeier trafen – keine richtige Beerdigung –, ging das Telefon. Cynthia nahm ab und wurde leichenblass. Sie reichte mir den Hörer. Es war Vater. Er sei im Drake-Hotel und müsse mit mir noch vor der Trauerfeier am nächsten Morgen in Lake Forest unbedingt sprechen. Ich fragte natürlich, wieso, und er versicherte, ihm gehe es gut, und er habe die ersten drei der vorgeschriebenen sechs Wochen in der

Entzugsklinik in Hazelden hinter sich. Ich sagte, ich müsse erst darüber nachdenken und würde ihn zurückrufen. Ich bat Cynthia hinaus auf die hintere Veranda, und sie sagte, für sie käme ein Treffen auf gar keinen Fall infrage, aber für mich sei es vielleicht gar keine schlechte Idee, da ich, im Gegensatz zu ihr, nie die Gelegenheit gehabt hätte, endgültig mit ihm abzurechnen. Sie hatte mir nicht erzählt, dass er unserer Mutter eine Woche vor ihrem Tod geschrieben und sie um Vergebung für sein verfehltes Leben gebeten hatte. Mutter hatte Cynthia eine Nachricht an ihn diktiert: »Ich vergebe Dir und hoffe, dass Dir das ein wenig Frieden schenkt. Leb wohl.«

Ich nahm ein Taxi zum Drake, und seine gute Verfassung überraschte mich. Sein Blick war zwar etwas glasig, vermutlich, weil er Beruhigungstabletten nahm, aber es gab nicht dieses nervöse Zucken, mit dem ich gerechnet hatte. Seine Bitte war simpel, auch wenn ich erst einmal schlucken musste. Ob ich wohl mit ihm nach Veracruz reisen würde? Er wolle Jesse um Vergebung bitten und Vera, wenn sie da sei, ebenfalls. Um Vergebung bitten sei Teil des Zwölf-Schritte-Programms, zu dem er sich verpflichtet habe. Er könne zwar nicht im Ernst Vergebung erwarten, doch es sei wichtig, überhaupt die Bitte zu äußern. Er habe Jesse zufällig getroffen, als der geschäftlich in Key West war, und die Erinnerung daran sei unerträglich. Wir würden nur zwei Nächte bleiben, dann könne ich wieder zurück nach Marquette, und er würde für drei weitere Wochen nach Hazelden fahren. Als Buße habe er vor, Jesse seine Hälfte der Kaffeeplantage zu schenken. Das war typisch für meinen Vater, der einfach nicht begriff, was Wiedergutmachung heißt. Wir unterhielten uns während des Essens im Cape-Cod-Zimmer des Hotels noch eine Weile und tranken beide Eistee. Es war beeindruckend, mit welchem Genuss er seinen Hummer aß. Das war anders, als er noch seine Martinis vorm Essen trank. Wir verabschiedeten uns im Foyer, und ich gab mein verhängnisvolles Ja zu der Veracruz-Reise. Fast amüsierte es mich, als seine Augen zu einem hübschen jungen Mädchen wanderten, das bei den Aufzügen stand. Über-Nacht-Bekehrungen sind eben doch ziemlich unwahrscheinlich.

Der Trauergottesdienst am nächsten Morgen ging reibungslos über die Bühne. Irritierend war nur der kurze Moment, als Vater mit seinen alten Freunden von der Yale eintraf. Cynthia und ich standen als Vertreter der Familie am Portal der Episkopalkirche, Donald und die beiden Kinder etwas weiter weg. Als Vater erschien, erstarrte Cynthia, obwohl sie vorbereitet war, ging dann aber recht gut mit der Situation um. Vater war freundlich, geradezu unterwürfig, ignorierte allerdings Donald komplett. Cynthia winkte die Kinder herbei und stellte sie ihrem Großvater vor. Die beiden schüttelten ihm die Hand, und Vater schritt in die Kirche, nachdem er mich kurz umarmt hatte. Während des ganzen Gottesdienstes starrte ich auf meine Hände. Hinterher fragte ich mich, wer von den vielleicht hundert Freunden meiner Eltern, die aus Lake Forest, der Chicagoer Gegend und vom Club gekommen waren, wohl ein so chaotisches Leben geführt hatte wie meine Familie. Wahrscheinlich nicht viele. Aber wer weiß? Es folgte ein langer Nachmittag mit Cynthia und ihrer Familie, einigen von Mutters Freundinnen sowie Coughlin, dessen Anwesenheit eine beruhigende Wirkung auf alle ausübte. Ich schlief schlecht in dieser Nacht und konnte es kaum noch begreifen, wieso ich mich zu der Fahrt nach Veracruz bereit erklärt hatte. Vielleicht wollte ich einfach sehen, wie die lange Geschichte zwischen Vater und Jesse ausging. Vielleicht handelte es sich aber auch um fehlgeleitetes Mitleid. Ich hatte nur einen Vater, und sein Sohn hatte etwas von einem Narren. Ich musste es schlicht und einfach zu Ende bringen.

50

21. Juni, Sommersonnenwende

Wir sind auf dem Weg nach Mexiko-Stadt, erster Klasse natürlich, denn Vater hat die Flugtickets besorgt. Bald nach dem Start nickte er ein, und ich betrachtete ihn. Dasselbe Gefühl der »Dislokation« wie auf meiner ersten Mexiko-Reise befällt mich. Mit Freundlichkeit geht alles leichter. Er hatte mich damit überrascht, dass er den Sympathischen gab. Wenn das Flugzeug jetzt abstürzte, weil die Piloten betrunken waren, ich wette, ich würde auch ihnen vergeben. Aber das waren eindeutig keine aufbauenden Gedanken, weshalb ich mich der Frage zuwandte, wieso mein Vater das Leben und den Flug ohne Alkohol ertrug. Vermutlich nahm er starke Beruhigungsmittel.

Als uns die Stewardess das fade Essen (mit geeistem Tee) brachte, aß er mit der Hingabe eines Verhungernden und vertilgte auch noch das, was ich übrig gelassen hatte. Einige Passagiere tranken ziemlich viel Alkohol, aber er schien es nicht zu bemerken. Wir kamen auf meinen Aufsatz in den Zeitungen zu sprechen, den ein Freund aus Duluth ihm geschickt hatte. Er bemängelte nur ein paar faktische Irrtümer, die seinen Vater betrafen, war aber keineswegs über meine ziemlich unversöhnlichen Schlussfolgerungen erschüttert. Ich dachte schon, seine Pillen seien tatsächlich sehr wirkungsvoll, aber dann sagte er: »Geld verdienen ist immer hässlich.« Auch mit Peter White, den Mathers und den Longyears ging er weniger sanft um als ich. »Sie waren nur besser in der Öffentlichkeitsarbeit, während unsere Familie sich einen Dreck darum scherte.« Er schloss mit der Bemerkung, falls ich mich für weitere Räubergeschichten interessiere, solle ich mir doch mal Banken, Öl, Stahl und Viehzucht genauer vornehmen und auch das Pentagon und den Kongress nicht vergessen.

In Mexiko-Stadt war der erste Anschlussflug nach Veracruz gestrichen worden, und wir saßen mehrere Stunden in einer Nobel-Lounge der Mexicana Airlines. Während er nach draußen ging, um sich einen Hamburger zu holen, was ihm früher nicht im Traum eingefallen wäre, trank ich rasch zwei Gläser Rum. Als er mit Resten von Ketchup in den Mundwinkeln zurückkam, lächelte er mir verschwörerisch zu. Anscheinend roch er, was ich getrunken hatte.

Auf dem Flug nach Veracruz schlief er wieder und verpasste daher den herrlichen Anblick des schneebedeckten Orizaba. Bevor er einschlief, schäkerte er noch recht charmant mit der Stewardess, die seinen maßgeschneiderten Tropenanzug lobte, neben dem ich mir regelrecht zerlumpt vorkam.

Die schwüle Abendhitze in Veracruz war ein Schock. Roberto erwartete uns. Er war herzlich zu mir und unverbindlich zu meinem Vater. Er brachte uns ins Emporio und sagte, er werde uns am nächsten Morgen um acht Uhr abholen. Ich erklärte meinem Vater, ich sei nicht hungrig, wünschte ihm eine gute Nacht, ging in mein Zimmer und bestellte mir eine Kleinigkeit zu essen und eine Flasche Rum. Es war das hübsche Zimmer, in dem ich auch bei meinem letzten Besuch gewohnt hatte, und ich setzte mich auf den Balkon, trank Rum und sah zu, wie ein riesiger Frachter in der Dunkelheit vom Kai ablegte, und wünschte mir, ich wäre dort an Bord.

Am Morgen war Vater sehr viel munterer als ich. Ich bat Roberto, den längeren Weg zu Jesses Plantage zu nehmen, damit mein Vater die Schönheit der Berglandschaft bewundern könne. Roberto wies erneut darauf hin, dass er lieber »Bob« genannt werden wolle. Für meinen Vater hatte er weiterhin keinen Blick. Der aber genoss die Fahrt, die ihn an bestimmte Bergregionen auf den Philippinen erinnerte. Der Plan sah vor, dass wir bei Jesse übernachteten und Bob uns am nächsten Morgen auf der kürzeren Strecke zum Flughafen brachte.

Rückblickend würde ich gerne sagen können, ich hätte irgendeine Vorahnung gehabt, aber in Wahrheit spürte ich nichts dergleichen. Jesse umarmte uns an der Einfahrt zu der schmucken Plantage. Sie lag am Fuße eines Berghangs voller Kaffeebüsche, denen größere Bäume Schatten spendeten. Er erklärte, Kaffee müsse Schatten haben, um nicht bitter zu schmecken. Ich sah zu dem jungen Mann hinüber, der vor einem Schuppen an einem Traktor werkelte. Trotz der Entfernung von etwa fünfzig Metern konnte ich an seinem charakteristischen Unterkiefer erkennen, dass es mein Halbbruder war. Jesse folgte meinem Blick, tat aber genau wie mein Vater so, als wäre Veras Sohn gar nicht vorhanden. Jesse sagte, Vera sei mit ihrem Verlobten, dem Farmer, im Augenblick in Jalapa, werde aber am nächsten Morgen vorbeikommen, um sich von mir zu verabschieden.

Es gab ein leckeres Mittagessen mit gedünstetem Fisch, den eine attraktive Frau um die vierzig servierte, von der ich annahm, dass sie Jesses Lebensgefährtin war. Während Vater und ich Eistee bekamen, trank Jesse ein Bier zum Essen und sagte, er habe nett mit Cynthia in Chicago telefoniert, was unseren Eistee erklärte. Ich fragte mich, ob er das Bier wohl trank, um das Bevorstehende noch etwas hinauszuzögern. Er und Vater begannen (ohne Ironie) über die »guten alten Zeiten« auf den Philippinen während des Zweiten Weltkriegs zu plaudern. Bob sah, dass die Unterhaltung mich langweilte, und erbot sich, mir die Farm zu zeigen.

Draußen stellte er mich offiziell meinem Halbbruder vor, der immer noch an dem uralten Ford-Traktor bastelte. Ich kann nicht sagen, dass er herzlich zu mir war, aber sicherlich höflich, und er benutzte das denkbar formellste Spanisch. Er mochte inzwischen neunzehn sein und war etwa so groß wie ich, aber sehr muskulös, und trug eine Machete am Gürtel. Wir stiegen in einen offenen Jeep und fuhren den Berg hinauf. Bob sagte: »Er weiß, dass Sie nicht schlecht sind, aber dass sein Vater sehr schlecht ist.« Ich nickte stumm, weil es darauf nichts zu sagen gab. Aber als wir oben angelangt waren und die Aussicht auf uns wirken ließen, versuchte ich, Bob den Grund für unsere Reise zu erklären. Es war, als versuchte ich, einem Berglöwen eine Lektion in Nächstenliebe zu erteilen. Als ich fertig war, meinte er zu dem Plan meines Vaters, Jesse und Vera um Vergebung zu bitten, nur: »Schwachsinn.« Ich wurde rot vor Scham. Wir verfielen in Schweigen, und ich versuchte mir vorzustellen, ich sei der Vater von Pollys zwölfjähriger Tochter, und ein Mann vergewaltige sie, worauf das Mädchen sich vollkommen verändert. Könnte ich ihm vergeben? Das Beispiel war aus meinem eigenen Leben gegriffen, und das »Nein« fiel mir leicht. Ich nahm einen erneuten Anlauf mit dem Hinweis, dass mein Vater als Sühne seine Hälfte der Plantage Jesse schenken wollte, aber Bob erklärte, Vater habe Jesse seit drei Jahren keinen Lohn mehr gezahlt, und die Summe, die er Jesse schulde, übersteige den Wert seines Anteils. Erst in dem Moment wurde mir die absolute Absurdität unserer Reise klar. Das letzte Zipfelchen Rationalität, an das ich mich klammerte, war die Tatsache, dass mein Vater wegen seines Zwölf-Schritte-Programms um Vergebung zu bitten hatte, ganz gleich, ob mit oder ohne Erfolg. Als ich da oben mit Bob stand und den Blick über die sagenhaften grünen Hügel und die Bergkette im Hintergrund schweifen ließ, bekam ich feuchte Augen, denn mit einem Mal wusste ich nicht mehr, was ich in diesem grünen Königreich zu suchen hatte. Bob legte mir die Hand auf die Schulter, als wollte er sagen, es sei nicht meine Schuld. Wir fuhren wieder hinunter und betraten Jesses Haus durch die Küche, wo eine alte Frau ein Ferkel zubereitete. Die Aussicht auf ein gebratenes Ferkel zum Abendessen belebte mich. Bob zeigte mir mein Zimmer, und ich sprach ein ziemlich wehleidiges kurzes Gebet vor einer kleinen primitiven Marienfigur. Das Jesuskind guckte unter ihrem Rock hervor. Selbst Jesus war durch die Art und Weise, wie er auf die Erde kam, ein Opfer der natürlichen Geburt, dachte ich noch kurz vorm Einschlafen.

Ich erwachte und landete in einem Albtraum. Als ich in die Küche kam, briet die alte Frau gerade das Ferkel. Sie schenkte mir eine Tasse Kaffee ein. Ich hörte erregte Stimmen, mir wurde ganz flau im Magen, und mit Herzklopfen betrat ich das Wohnzimmer, wo Bob und mein Halbbruder Mañoso an der Wand standen, während Jesse und mein Vater am Esstisch saßen, Rum tranken und miteinander stritten.

Noch hoffte ich schwach, vom Rum und den Tranquilizern würde Vater einfach umfallen, aber er wurde stattdessen immer wütender. Die Flasche war schon fast leer, sie schrien sich an, und es ging um Geld. Mein Vater brüllte heiser und lallend, ein Klassenkamerad von ihm sei amerikanischer Konsul in Mexiko, und der werde seine mächtigen mexikanischen Freunde veranlassen, Jesse das Geld, das er ihm schulde, zu zahlen. Ich sah hilflos zu Bob und Mañoso, die offenbar nicht begriffen, was los war. Bob winkte mich weg, als ich zum Tisch der Streithähne wollte. Jesse brüllte, mein Vater habe seinen Anteil an der Plantage verloren, in dem Moment, da er Vera vergewaltigte. Mein Vater erhob sich schwankend, warf sich über den Tisch und drückte Jesse mit beiden Händen den Hals so fest zu, dass seine Augen hervortraten. Jesses Stuhl kippte um. Beide fielen auf den Boden, und Jesses Gesicht verfärbte sich zusehends unter dem Griff meines Vaters. Bob eilte herbei, ich folgte ihm, und beide zogen wir meinen Vater weg, der mit den Händen immer noch Jesses Hals umklammert hielt, sodass wir sie zusammen hochzogen. Bob schlug meinem Vater wiederholt ins Gesicht. Ich sah Mañosos Machete nicht niedersausen, als sie mir die Daumenspitze kappte und meinem Vater eine Hand vom Handgelenk trennte. Noch einmal sauste die Machete nieder, und die andere Hand war abgehackt. Ich fiel hintenüber, stieß mit dem Kopf gegen die Tischkante und sah das Blut aus den Armstümpfen meines Vaters schießen, während er sich auf dem Boden hin und her wälzte. Ich muss einige Zeit ohnmächtig gewesen sein, denn als ich wieder zu mir kam, war Mañoso verschwunden, und Bob hatte die Handgelenke meines bewusstlosen Vaters mit Isolierband verklebt. Jesse saß röchelnd auf einem Stuhl. Bob verband meinen blutenden Daumen, und als ich zu sprechen versuchte, klebte er mir einen Streifen Isolierband über den Mund und band meine Hände und Füße zusammen. Ich saß da, bis es dunkel wurde. Mein Vater lag immer noch bewusstlos auf dem Boden, und Bob wischte das Blut auf. Jesse kam zu mir und hatte Tränen in den Augen. Dann ging er wieder. Als es ganz dunkel war, wurden Vater und ich von Mañoso, der uns ohne erkennbare Anstrengung tragen konnte, nacheinander auf einen Pick-up geladen. Wir wurden mit einer Plane zugedeckt, und ich war überzeugt, dass es eine Fahrt in den Tod würde. Ich hörte Vaters Kopf auf der holprigen Straße immer wieder auf die Ladefläche des Pick-ups schlagen. Endlich hielt der Wagen in einem Mangrovenhain, und wir wurden in ein Ruderboot geladen, wo Bob meine Arme und Beine losband und das Klebeband entfernte, während Mañoso uns in die Strömung schob, die ins offene Wasser führte, von wo ich leichten Wellengang hören konnte. Er gab dem Boot einen kräftigen Stoß, leuchtete uns ein letztes Mal mit der Taschenlampe an, und dann wurde es dunkel.

Vater wimmerte. Dem Stand der Morgensonne und dem schwimmenden Treibgut entnahm ich, dass uns eine unmerkliche Strömung langsam nach Süden führte. Er kauerte zusammengesackt auf der Rückbank des hölzernen Ruderboots, und ich beugte mich vor und packte ihn am Hemd, damit er nicht über Bord fiel. Seine beiden Hände waren am Handgelenk abgetrennt, und die Stümpfe waren fest mit Isolierband verklebt. Seine einst so welken Arme waren jetzt hässlich verfärbt und angeschwollen. Als sie uns vor Morgengrauen mit beginnender Ebbe in der Flussmündung aussetzten, hatten sie mir nur ein Ruder mitgegeben. Das wurde mir erst bei Tagesanbruch richtig klar, und mir entging keineswegs das Komische daran. Ich war ausgerüstet, um mit der linken Hand im Kreis zu rudern. Der Daumen meiner rechten Hand fehlte, und der Schmerz ließ nach, wenn ich sie hochhielt. Im ersten Morgenlicht hatte ich eine Grüne oder Unechte Karettschildkröte gesehen und meinen Daumen, den mir jemand in die Tasche gesteckt hatte, genommen und dem Tier hingeworfen, doch die Schildkröte hatte meine gute Absicht missverstanden und war erschrocken weggetaucht. Im Laufe des Vormittags wurde das Ufer sichtbar, und ich konnte die Küste südlich von Veracruz erkennen. Die Strömung trug uns in Richtung Alvarado. Mein Vater erwachte aus einer erneuten Ohnmacht. Sein zerschmettertes Gesicht ließ deutliches Sprechen nicht mehr zu, und anstatt zu wimmern, stöhnte er jetzt. Mit den Augen machte er mir seine Bitte klar, und ich stieß ihn sanft über den hinteren Bootsrand. Es sollte einige Zeit dauern, bis er völlig verschwunden war. Ich konzentrierte mich auf die stinkenden Fischschuppen und getrockneten Hautfetzen auf dem Bootsboden und blickte dann hoch, und er trieb noch immer in der Strömung. Und dann sah ich ihn zu meiner Freude endlich versinken. Was für eine sonderbare Art, seinem Vater Lebewohl zu sagen.

EPILOG

Ganz offensichtlich habe ich es bis nach Hause geschafft. Die Flut, die in dem endlosen Mündungsgebiet bei Alvarado strömte, trieb mich schließlich näher ans Ufer. Ein Junge, der bei der Brücke angelte, sah mich, und sein Dad band das Ruderboot an sein Motorboot. Ich fuhr mit dem Bus nach Veracruz, kaufte mir unauffällige Kleider und machte mich auf zum Flughafen. Von Mexiko-Stadt aus rief ich auf der Plantage an und erklärte Jesse, was mich betreffe, so sei mein Vater verschwunden, als wir im Emporio waren. »Was ist passiert?«, fragte er. »Mein Vater ist auf See geblieben«, sagte ich. Als ich aufgelegt hatte, fragte ich mich, ob es wohl noch Komplikationen geben würde, aber mir fielen keine ein. In meiner Vorstellung sah ich ihn das Emporio verlassen und nach einer sehr jungen Hure Ausschau halten. Man wusste ja um seine Vorlieben. Früher oder später musste es so kommen.

Ende Juni, kurz vor dem Wochenende des Unabhängigkeitstages, kam Cynthia von Soo nach Marquette, und wir fuhren gemeinsam zum Club, um Mutters Asche ihrem Wunsch entsprechend am Strand von Huron Point zu bestatten. Ich hatte die ganze Geschichte in groben Zügen am Telefon erzählt, nähere Details schien sie nicht hören zu wollen.

»Ich wollte nicht, dass er Mutter überlebt. Er hat es nur für fünf Tage geschafft«, sagte sie.

Der Club hatte einen neuen Pförtner, und wir waren einen Moment lang verwirrt, als er sagte, unser Vater habe seine Mitgliedschaft gekündigt. Aber dann erwähnte Cynthia den Mädchennamen unserer Mutter und erklärte ihm unseren Auftrag. Da ihre Verwandten immer noch als Mitglieder aktiv waren, wurden wir durchgewunken.

Von unserem Parkplatz waren es anderthalb Kilometer auf einem sandigen Pfad bis zum Huron Point. Ich hatte kein Insektenmittel dabei. Cynthia konnte von Glück sagen, denn sie war immer noch schnell wie der Wind, während ich kaum mehr als einen gemäßigten Trab zustande brachte. Es hätte schön sein können, wenn es ein schöner Tag gewesen wäre, doch das war es nicht. Ein kühler Nordwind blies, und der Lake Superior hatte weiße Schaumkronen. Wir knieten uns hin und gruben mit den Händen ein Loch. Wir öffneten die Urne und schütteten die Asche mit den winzigen Knochenresten hinein. Rasch fand das Seewasser einen Weg durch den Sand in das Loch, und wir schauten eine Weile lang zu, wie spielende Kinder. Und natürlich hatten wir, genau wie alle Menschen, etwas von einem Kind – wenn nicht in den Knochen, so doch in der Seele.

DANKSAGUNGEN

Ich möchte Amy Gibbs und Professor Richard Eathorne von der Northern Michigan University für ihre Hilfe bei der Recherche und für ihren Rat danken.

Ebenso möchte ich Joseph Bednarik danken, der sich für diesen Roman so verdienstvoll eingesetzt hat.

Deutsche Erstausgabe
1. Auflage

Die Originalausgabe erschien 2004 unter dem Titel
True North bei Grove Press, New York

Published by arrangement with Grove/Atlantic, Inc.,
New York, NY, USA

Aus dem Englischen von Christel Dormagen
Lektorat: Heiko Arntz, Wedel
Umschlag: Christoph Krämer, b3K, Hamburg – Frankfurt a. M.
Umschlagmotiv: © Darren Staples/Corbis
Satz: Greiner & Reichel, Köln
Druck und Bindung: GGP Media GmbH, Pößneck
Printed in Germany
ISBN 978-3-7160-2623-6

www.arche-verlag.com